知 苑 新 语

（上）

陈钰鹏◎著

文汇出版社

不妨自序

陈钰鹏

好友劝我说,对《知苑新语》这样的作品,最好自己写序。精选后 320 篇,篇篇是独立的,请人冠序有点像给人出难题。窃以为,你不妨和读者谈谈写作心得。

考虑再三,觉得好友说得也是。

那就不妨先说说一个经常听到的问题,时有读者问起,你怎么会喜欢写知识散文的?"因为我喜欢,所以就写了。"如果再追问一句,为什么喜欢?"因为我热爱生活,而热爱知识,首先是因为热爱生活。生活中到处是知识,只有热爱生活,才能对生活中的知识感兴趣。"

笔者从小和祖父母生活在一起,在杭州的故家,有两个天井(一个前天井和一个后天井)。每至春夏,我会将吃水果剩下的核或种子埋进前天井的泥土里;在后天井的一颗大柏树下,放置着不少我从家里寻出来的瓦盆,种的是凤仙花、鸡冠花、葱、菜秧——所谓的平民花卉和秧苗。我心里老惦记着这些植物,每天必去观察和关注它们的成长……

不仅呵护植物,我也对家里的微动物(如书鱼、地鳖等)十分好奇,少年时代的我,尽管知道书鱼是吃书的害虫,但不像蟑螂、蚊子、苍蝇那样可恨和讨厌;至于地鳖,它们只是喜欢呆在家里比较潮湿的地方罢了，基本上是无害的，我的所知，仅此而已。没想到几十年后的今天，书鱼和地鳖竟然成了我的文章选题。有时候，让人们不太上心的微小事物唱主角往往更能引起读者的兴趣。

学生时代，我爱好抄录读过的好文字，喜欢临摹好画。上世纪六十年代初，《辞海》(按专业分的)单行本试行版问世了，我当然没有经济能力去买，就算有这个能力，也无处可买，因为是内部发行，整个学校的图书馆只有一套，而且不许外借，在阅览室内阅读也不行，只能在藏书室内翻翻。作为图书馆员的那位老师非常同情和支持我的行为，他似乎特别理解我，为我在他的座位和书架之间安置了一张桌子和一把椅子，允许我在这张桌子上翻阅、抄写和画图。于是，每天下午没有课的时候，人们都能在这位老师的身后发现我。

茫茫辞海，不可能什么都抄录和临摹的，我因此想到，以《辞海》中的人物为红线，凡是有肖像插图的词条，全部抄录和临摹，有了人物的线条，有关知识便尽在其中了。在大学毕业前，我终于做成了一本厚厚的《人物小传》(以活页方式装订，封面用颜料绘画，穿带子的孔像皮鞋上的鞋带孔一样，按上从小皮匠那里讨取的孔扣；以前有很多账本及资料就是用这种方法装订的)。人物肖像全是一些著名画家的白描，我做事通常都很仔细，故临摹比较到位，许多人乍看后都说是印画的，后来发现尽是厚卡纸写画而成，觉得说话不免冒失了。我自己也觉得做了一件很有意义的事情，它对我以后的人生颇有影响。

可惜到了文革时期，知识匮乏，几乎无书可读，在百无聊赖中，我终于下决心买了一本《实用五金手册》(别人可能会笑我买这样的书,但我确实从中学到了知识)。父亲对我的"此举"也感慨地说:"你这个人啊,就是样样喜欢。"这句话的意思只有我最能理解,父亲是五金行业的,我能涉猎五金知识,他心里其实是高兴的,不过他的话中隐藏着另一层意思,他担心如果我真的样样都喜欢,那开销就大了。但我没有让家里多承担支出,很多东西我是自己动手做的。

我写知识散文起始于1982年《新民晚报》复刊,按当时副刊"夜光杯"的要求,文章应具有知识性、趣味性、可读性,尤其是写知识散文,理应注意细节、多收集素材,有一次,为写冬青树,每天上班经过一条主干道时,我对着隔离带上种的冬青之红色果子及一种刺叶冬青总要观察一会儿才离开,如此这般,竟然持续了两个星期才定稿。

如果说有人过奖我是"写知识小品而又注重文笔的作者",那么也许可以这么理解:我一直在争取做到,尽量不让知识散文落入"罗列知识"的俗套。写知识实际上也是一个学知识的过程,人的所有知识都是后天在社会实践中形成的,我至今所做的只是把我学到的东西以及学习的心得快速传送给读者而已。

三十几年前,笔者曾受到上海对外服务公司的团委书记和工会主席的采访,他们曾问起,你既要做好本职工作,又要写作,这个问题你是怎样处理的? 是啊,那个时候,我们从学校毕业后,工作是由国家统一分配的,不能喜欢干啥就干啥。"我准备做两番事业。"我说,"怎么做? 付出双倍努力呗。"

做自己喜欢做的事情,我坚持了三十几年,这一生一世,我确实很努力了,也够能吃苦了,写知识和传递知识,至今都放不下手。

最后,我要由衷地感谢上海《新民晚报》的历届和现任领导及副刊部的所有领导和编辑人员,谢谢你们的大力支持,谢谢你们热情地为我这个"知识快递员"提供平台。

2017 年 8 月 6 日于上海十方阁

目　录

何止笑靥秀美人

人体表面有不少凹陷的小坑，我们称为"窝"，比如"眉间窝"、"下巴窝"、"酒窝"、"骶菱窝"……其中的酒窝和骶菱窝被看作美的体现。

酒窝长在女子脸上尤其漂亮，所以常作为女性魅力的标记之一。中国自古十分强调和赞赏酒窝，在诗、词、赋等文学作品中称之为"靥"，如"两颊笑涡（窝）霞光漾"、"秀靥艳比花娇"、"明眸善睐，靥辅承权"等。酒窝形似梨子的凹陷，故亦称"梨窝"——"十年浮海一身轻，归对梨涡却有情"。"面靥"现在只用在书面语中，通常还是叫酒窝或笑窝。

酒窝是所有"窝"中唯一的"动态窝"，也就是说，只有在笑的时候或做牵涉到脸颊和嘴的表情时，才显出妩媚可爱、娇小玲珑的酒窝，而平时并不显露或只是略微显露。酒窝不是每个人都有的，东方民族约18人中有一人有酒窝，通常左右颊各有一个，个别人只有一个或其中一个不明显。

人体的大部分肌肉都是通过肌腱纤维附着于骨上，然而面部的表情肌却不是这样，它们直接附着于面部皮肤上。于是，当表情肌收缩时，面部皮肤便受到牵动，出现各种各样的皱纹——喜怒哀乐的表情。酒窝系颊肌、笑肌等表情肌的牵动而产生的。笑肌不太发达和面部皮下脂肪过少的人脸上就不会出现酒窝。有一种观点认为，有没有酒窝及酒窝的深浅与遗传有关。

　　酒窝的魅力促使一些不长酒窝的女人去做人造酒窝，按今天的医学技术，通过酒窝成形术在脸上形成酒窝是不成问题的，问题在于手术的方法有好多种，一些比较简单的方法往往效果不能持久，所以术前应与医生一起了解效果、讨论方案，尤其需要明确手术的必要性，因为脸颊过瘦或倒三角脸等做上酒窝不见得好看。

　　除了酒窝，能体现美的窝就是腰窝，腰窝也是一对，位于后腰稍下一点、背脊中线两侧的骶三角区（亦称百慕大三角），年轻女子身上尤为明显；男子大概只有四分之一的人有腰窝。这个腰窝也让女人独占了风致，西方人特别重视，为此专门赋予美称"维纳斯窝"。腰窝的学名为"骶菱窝"，骶即腰部下面、尾骨上面的部分；两个小浅窝呈菱形，故名。标准体形的人，此处的脂肪层较薄，皮肤向内少许凹陷，成为骶菱窝。腰窝的另一个名字叫"米夏埃利斯菱窝"，系用妇科医生米夏埃利斯的姓氏命名。西方的雕塑家、油画家和摄影艺术家十分欣赏女子身上这一对颇具性感的菱形浅窝，他们用许多人体画和人体摄影作品表现了具有腰窝的人体美，如勒菲弗的油画《宫女》和委拉斯开兹的油画《照镜子的维纳斯》等都是赞美人体背部的世界名作。

　　由于骶三角区是人体和应力中枢，是最容易造成急性软组织损伤及慢性劳损的地方，也是抽吸脂肪的禁区，因此不能随便动这个区域。

三明治和夹板男

夹心面包为什么叫"三明治"？据传，三明治是英国一位名叫约翰·蒙塔古的第四代"三明治"伯爵于 1762 年发明的。三明治只是一个贵族的封号，而当时欧洲的贵族封号都采用国王封赐的领地名，也就是说，三明治是英国地名，是位于英国东南角的一个镇（属肯特郡，英国人喜欢称它为小城）。问题在于，这个镇的中文译名不叫"三明治"，三明治是最早的汉语音译，译者在当时不可能按汉语普通话标准音翻译地名，多数用自己所操之方言来音译，因而不标准。按中国地名委员会颁发的《外国地名汉字译写通则》的规定，该镇应叫桑威奇，叫桑威奇的地名美国也有一个，加拿大有个桑威奇湾，澳大利亚有桑威奇角。

约定俗成，三明治叫法无法再改了，那么为什么不用那位伯爵的名字命名，而要用地名命名一个夹心面包呢？这里还有一个典故：约翰·蒙塔古是个嗜赌如命的大老爷，耍起牌来真叫废寝忘食。他让厨师准备最方便的食物，能一面吃一面打牌的，而且要携带方便；于是厨师给他制作了用两片面包夹一片腌渍牛肉的夹心面包。伯爵也常到附近地方去赌钱，有一次几位牌友对他说："我们也想尝尝那个东西，就是你在三明治（桑威奇）吃的那种面包。"从此，那种夹心面包就被称为三明治面包。

到了 19 世纪，三明治成为欧洲人十分喜爱的中间餐（两顿正餐之间的点心),尤其是英国人喝下午茶时,三明治是必不可少的茶点,它也是英式野餐中的重要组成部分。英国有一段时间发起过禁酒运动,去酒店喝酒的人明显减少;不少小酒店为了吸引顾客上门,对酒客免费赠送一份三明治。在美国,许多私人俱乐部成员都可享受三明治。有几种三明治已成为固定款式,如黄瓜三明治(最简单、最有名的英式三明治,传统的下午茶茶点)、鸡肉三明治、出版商三明治、卢卡拉斯三明治(用鹅肝酱的三明治),配料特别丰富的是酒店三明治,今天还有一种狭长的三明治被称为"潜艇三明治"。

一块小小的夹心面包居然成了全世界闻名的食品,确实不简单,货真价实是一个重要因素。从三明治还延伸出了另一个意思:穿插在第一幕和第二幕之间的"夹心演出"。三明治这一概念后来慢慢变成一个修饰词,如"三明治板"(三夹板或多层板)、三明治男人或三明治男孩(胸前及背后挂着广告牌穿街走巷的广告人)、三明治一代(需要照料年迈父母和未成年子女的中青年夹心代)。三明治一词甚至用到了医学上:血清学中的三明治法(夹心片技术)。

其实目前中国社会有一族被称为夹板男的、可怜的已婚男子,当自己的妻子和她的婆婆发生矛盾时,他们往往被夹在中间,很难做人。因为他们两边都不想得罪,所以只好自己受罪。"老娘"要立规矩树威信,"小娘"想摆架子不服气,于是夹板男动辄便成"出气筒",真是"婆媳闹翻天,儿子轧扁头"。上海人干脆叫夹板男为"三夹板",他们才是道道地地的三明治男人呢。

肚脐眼里做文章

中国民间一直流传着一句口头禅：好人没有肚脐眼。有什么道理吗？没有。这句话也许可以从两个方面来理解，首先，肚脐是一个凹陷的孔眼，在人出生以前，它是胎儿接受母体营养的生命之眼。一旦呱呱落地，脐带脱离，肚脐从此就封闭了起来，已经不再是孔，不再和内脏相通，但仍然是个较浅的眼子（眼子有两种：一种是穿透的孔；另一种是凹下去的、深度不等而有底的洼陷处，如"一眼井"）。又因为肚脐位于人体的中心（国外常用"世界的肚脐"表示"世界的中心"），故也被称为"心眼"，久而久之又被当作"心计"来理解。说一个人没有肚脐眼就是没有心眼，没有心眼就是不会算计别人，这样的人自然是好人啰。其次，"好人没有肚脐眼"往往在吵架对话时作为讽刺语："你是好人？帮帮忙，好人没有肚脐眼的。"意思即"你绝不是好人"。用不可能存在的事物来否定一个行为现象，相当于另一句话："好人还没有生出来呢。"

打住"戏言"，话说这肚脐尽管完成了重要的历史使命，但人类总觉得还应该再让它发挥一点作用。现代人终于想到了一个点子：脐饰。一向有头饰、服饰、足饰……为什么不来点脐饰呢？肚皮，尤其是女人的肚皮，常常被看作一个性感平台，之所以性感，主要是有一个肚脐眼在点缀，否则，一个没有肚脐眼的肚皮不就成了一块怪怪的平板了吗？

脐饰又称"肚脐扣",起源于 20 世纪 90 年代的西方。为了佩带脐饰,必须在肚脐边的皮肉上穿孔,穿孔后要经历一个较长的愈合期(数周至数月不等)。穿孔处每天应消毒几次,首次装入的脐饰还得定时转动。饰品款式可通过螺纹更换。

　　热衷于脐饰的女性也许会诉说脐饰的一大堆优点,不过当你听说在一次车祸中,一位年轻的女士因所系安全带强烈挤压脐饰而受到严重伤害时,不知有何感想。

　　也许很少有人知道肚脐眼中会积累一种"产品"——脐绒,内衣上掉落的纤维和身体上的尘埃由体毛缠绕着,组成一小撮脐绒而积聚在脐眼中。此现象主要见于体毛茂盛的人种。2001 年,澳大利亚悉尼大学的卡尔·克鲁谢尔尼基对这一现象作了系统研究,最后得出如下结论:脐绒由内衣纤维、坏死的皮肤细胞和掉落的体毛组成。和人们想象的相反,脐绒主要是从下往上进入脐眼的,即下身掉落的体毛和内裤摩擦产生一种引力将纤维吸入脐眼。男性的脐绒比女性的多,因女性的体毛细而短。脐绒都是蓝灰色的,这是各种颜色的内衣混合而成的"平均色彩"。克鲁谢尔尼基后来因其跨学科的研究成果而获"低级诺贝尔奖"(源自英语 ignoble——低级)。该奖旨在激励人们对科学技术的兴趣和探索,获奖者无奖金,研究成果都在知名杂志上发表,它们看似无用,却趣味无穷、发人深思。

　　肚脐眼里还有一点名堂。一些科学家发现每个人的肚脐眼都是一个微生物的小生境,里面生活着由各种微生物组成的"群体",在每一个群体中都有一些"与众不同的东西",较少洗澡者的肚脐眼里甚至生活着(能在极端环境下生长的)极端微生物。因此有研究者认为,肚脐眼里的微生物群,在必要时可以替代指纹,用来验明正身。

大自然的皱纹

上了年岁,脸上和身上的皮肤产生皱纹,很少有人对此感到奇怪。何止是人,大自然的一切都会披上皱纹,从喜马拉雅山到我们的 DNA 细胞,都不能避免。笔者曾两次前往敦煌,弥补一路单调景色的幸亏有壮观的祁连山脉,那满山披戴的折皱让我感叹万分,它简直和我国古代山水画上一模一样。不,应该说,是中国山水画的勾勒手法优秀地表现了气势磅礴的山脉折皱。

有史以来,人有皱纹显得不好看,但百褶裙和经艺术折叠的餐巾,有人说过它们有皱纹而不好看吗?我们的大脑皮层不也是按折皱原理构筑的吗?皱纹其实是大自然安排的、从平面过渡到立体的一种现象,是一种智能过程。

中国古代很早就发明了折纸,这种技巧后来在日本有了进一步发展,成为一门艺术。不知从什么时候开始,数学家们对折纸术产生了兴趣,研究出了通用模式和规律,为计算机程序设计打下了基础。于是出现了经折叠后可放到裤袋里的运动鞋及可播放 DVD 的折叠式手机显示器。

折纸艺术显然引起了美国 NASA(国家航空和航天局)科技人员的注意,他们从中得到启示并产生灵感,目前正在研制一台新的宇宙望远镜用的巨型镜片,它的直径有 100 米。然而运载火箭的直径只有 4 米,所以只能用折叠的办法才能将宇宙望远镜送入宇宙。

按折皱原理设计的折叠程序在交通安全方面有重要意义,两车相撞时,汽车头部会按设定程序像手风琴那样折叠,最大程度消灭"撞击能量"。据报道,国外甚至已经试验成功,将折叠程序直接"预设"到汽车用钢的分子结构中,这种材料在撞车时会按程序(人的愿望)变形,但仍保持应有的坚固和稳定。至今,为了防止海洋生物附生在远洋轮船底并产生腐蚀作用,通常将船底涂上对这些海洋生物有害的油漆。今后可以把船底钢板的表面加工出细微的折皱,使海洋生物的幼虫在船底没有附着点。这是人们受了淡菜(贻贝)的启发而想到的:淡菜的贝壳表面没有附生其他生物体,因为上面有许多细微的折皱。

一些医学专家认为,折叠原理和计算机折叠程序很可能为医疗带来突破。比如将一根折叠得很小的金属管送至已经硬化的心脏冠状动脉,这根管子会自动扩展 5 倍,撑开血管,可避免冠状动脉梗塞。有人说,有一枚诺贝尔医学奖在等待科学家去摘取,那就是从蛋白质着手研究出一种治疗新型克雅氏症(新型早老性痴呆症)的方法。此病可由疯牛病传染而引起;有一种观点认为,这种海绵体脑病是由于组成蛋白质的氨基酸束的折叠错误造成的,因此首先必须解开蛋白质结构和氨基酸束折叠之谜,然后人工仿造正确折叠的蛋白质作为治疗手段。这是一个相当复杂和困难的任务,但成功的一天必然会到来。

如果想到,皱纹和折叠是自然界解决问题的途径,那么我们人的脸上长一点皱纹又有什么不可呢?因为皮肤松弛,面积变大,但人却不会再长大了,皮肤除了向立体发展,还有别的办法吗?

小巷时闻栀子花

小时候我总以为栀子花来自小巷深处,只要听见"栀子花……白兰花……"的吆喝声,清雅的香味也就扑鼻而来。江南地区的卖花女总是将栀子花和白兰花一起叫卖,随着这一熟悉的声音,我便跟着母亲一起出去,把花的香气闻个够——篮子里摆着两大香花,简直香得醉人。卖花女是个中年妇女,每次都带着她那五六岁的女儿,女儿穿着素淡的旧衣服,但很干净,就像栀子花一样素雅可爱。

栀子花是中年女子最喜欢佩戴的花,可戴在头上,也可挂在胸前。在欧美也是一样,女子出门前,除了将皮鞋擦得锃亮,还喜欢在纽洞上佩挂一朵"小纽洞花"(栀子花早先在欧洲的俗名叫"纽洞花皇后")。一个女人如此打扮,那就是要出去"征服世界"了。

栀子花原产我国中南部,是我国八大香花(桂花、兰花、茉莉花、白兰花、栀子花、代代花、玫瑰花、珠兰)之一。唐朝时,栀子花东渡扶桑。17世纪初,又从日本传入欧洲,18世纪末和19世纪初传至美国。栀子花的学名Gardenia Jasminoides,是为了纪念美国植物学家Garden而命名的。在我国,栀子花非常出名,大家也都会叫,但有些人不知道怎么写。《本草纲目》载:"卮,酒器也,卮子像之,故名,俗作栀。"

自古以来,民间许多地方在端午节前有插栀子花的习俗,花瓶里插,女人的发髻和胸前也插。三国时,武侯诸葛亮病逝陕西岐山五丈原,汉中人民皆佩栀子花以表哀思,纪念诸葛亮的品格和才华。

栀子花洁白、温馨、素雅、清香,花瓣厚实,是夏季的观赏名花。花可食用,可以做菜、做汤、煮粥。比如可与黄瓜相拌,配以糖、醋、蒜泥、香油等各种调料,做成清脆爽口的凉菜,非常适合于夏季食用,有利于清热、解毒、杀菌、利尿。或用肉丝、榨菜丝、葱花或香菜等配制,同样能做成一份美味、开胃的消暑汤。鲁尔大学香料科学家汉斯·哈特和他的研究小组曾发现栀子花中有一种芳香物质能起镇静作用。

栀子花的果实能用来提取天然色素,可作美容剂和食品的色素;很早以前,我们的祖先就懂得用栀子花果实中的黄色色素来染丝绸。栀子花木质细而坚实,可制作农具,也是良好的雕刻用材。

美丽的花卉常常伴随着美丽的传说,按中国民间传说,栀子花是七仙女之一下凡,她因羡慕人间的生活而变成一棵花树。一位年轻的农民看见了路边这棵小树,便将其移植家中,尽心呵护,百般照料。小树终于开出了许许多多洁白幽香的花朵,她们就是栀子花。仙女白天在家里为主人做饭洗衣、晚间回到院子里,香气四溢,沁人心脾。月光下,栀子花总是分外娇丽:"玉质自然无暑意,更宜移向月中看。"当妇女们知道这栀子花原来是仙女的化身后,便纷纷将其佩戴在胸前或发髻上;于是,炎夏的世界因女人和栀子花而变得清凉芬芳。

围炉忆暖锅

在鞍山出差与德国同事和法国同事（法裔德国人）一起吃肥牛火锅时，他们向我推荐法式火锅"方丢"（fondue）。

后来我果然在德国和法国品尝了好几回"方丢"，尤其在那位法裔德人的陪同下，我对"原创方丢"有了较多的认识。方丢的花样其实是蛮多的，有奶酪方丢、葡萄酒方丢、巧克力方丢、原汤方丢、鱼方丢、肉方丢……最古老、最传统的方丢是奶酪方丢：底料为熔化了的奶酪加上葡萄酒，用淀粉勾芡，再添加适量樱桃酒、大蒜头、胡椒等助鲜。加热后的方丢底料盛在一只专门的陶罐（或搪瓷锅）里，端到桌上的酒精炉上。用长柄叉叉住面包块或半熟的土豆，放进锅里"作小半径圆周运动"，片刻后即可取食。在捞取其他食材时可用不锈钢丝做成的袋形笊篱。

暖锅各有各的滋味，但吃来吃去还是觉得自己家里的烧炭暖锅最有乡味和情趣。严冬腊月以及乍暖还冷的春寒日子也是我们家经常吃暖锅的时候。下雪前的天空总有点阴冷和灰蒙蒙的，吃暖锅不仅是为了饱口福，更重要的还是提高一家人的情绪——全身暖乎乎的，有吃有说有笑，聊啥都开心，更何况看着"暖锅司令"祖父那一套熟练的操作，真让我们长知识。作为硬件的紫铜暖锅其实是一个锅子加炉子的套件，锅子附着在炉子的周围，中间是加热用的炉膛，和锅子底部相齐的地方有炉箅子（炉膛和炉底之间承载火炭和漏炭灰的铁箅子）；再下面就是炉底（具有承接炭灰、通风和支架的作用），炉底有一个风口。我的印象中有些暖锅的炉底和上部是可以分离的，这样有利于清洗。

事先在锅里加入适量的热水、鸡汤或肉汤，将烧红了的木炭用长筷子夹入炉膛，放在铁箅子上，接着用扇子将木炭进一步扇旺，一面扇一面继续加新的木炭，等新木炭被引着了，即可停止扇风。记得投料中荤菜多为熟的，只有素菜是生的。我们通常吃的是什锦暖锅，内容有肉丸、肉皮、鱼丸、油爆虾、粉丝、蛋饺、咸肉、白斩鸡……

祖父是个细心和爱动手的人，他有一套请朋友制作的操作工具：促使燃烧的铁皮高帽子、一双夹火炭的"阻燃桉木"长筷和炉底的移动炉门。至于火太旺的时候，祖父便拿起一只小酒杯，倒上大半杯冷水，然后将杯子放在炉顶。那双桉木筷其实不是什么"阻燃筷"，只因桉木的密度较大，不是特别易燃罢了。有一天，当筷子头部终于烧焦的时候，祖父也就不再相信"阻燃"了。

倘若气温连续几天在冰点以下，那么祖母在买菜时会捎回老豆腐，晚上将豆腐切成小块，放在一只挂在屋檐下的竹匾上，老豆腐在低温下结成了冻豆腐。有了冻豆腐，便可吃冻豆腐暖锅了。这时的汤料不再是荤的，通常从自家腌的冬腌菜缸里取出几碗腌菜卤，加在暖锅里，和大白菜（有时干脆用腌菜）、粉丝、冻豆腐、冬笋等一起煮着吃（如嫌清寡，可适当加点猪油），味道清爽不腻，经过冰冻后的豆腐里有冰，速煮后，冰是化了，但却在豆腐中留下了孔隙，吸足了腌菜卤的豆腐吃起来确实有另类滋味。

《平安夜》溯源

如今的东方人（尤其是年轻人）同样热衷于过圣诞节；确切地说，是过平安夜——圣诞夜（即圣诞前夜），其实也就是图热闹。

平安夜指 12 月 24 日晚，是圣诞夜的意思，英语叫 Christmas Eve（圣诞前夕，圣诞前夜），平安夜也用来表示圣诞节前一天。巧得很，和中国民间的"扫尘节"一样（夏历 12 月 24 日，在全国大部分地区的家庭里都要扫尘，"尘"和"陈"谐音，"扫尘"因而有"除旧"的意思），在旧时的欧洲，平安夜也是扫尘的日子。这一天尤其对农村的父母来说，是非常辛劳的一天。他们要为圣诞节和新年做许许多多事情：忙地里活、照料牲口、擦地板、洗厨具、烤圣诞鹅、做蛋糕、布置圣诞树、张罗圣诞礼物……等到全家团聚欢庆平安夜的时候，父母们通常已经累得直不起腰了。

圣诞夜唱圣诞歌，这是古老的传统；据不完全统计，全世界有记载的圣诞歌约有上千首；久唱不衰的有 50 几首，而最有名的圣诞歌是《平安夜》。这首歌共有 6 小节，通常流行的是 3 小节（原作中的第一、第二和第六小节）。第一节的歌词大意为：平安夜，神圣的夜！/人人安息，/至圣独醒。/慈祥鬈发的儿子，/睡吧，在美妙的宁静中，/睡吧，在美妙的宁静中。第一句就是"平安夜"，歌名因此也叫《平安夜》，从此，圣诞夜就得名"平安夜"。

1792 年 12 月 11 日，约瑟夫·莫尔作为编织女工安娜·朔伊贝尔和当地驻军的一个步兵的私生子在奥地利萨尔茨堡出生,父亲因害怕而逃走。洗礼时,只好请了萨尔茨堡的一个名叫约瑟夫·沃尔格穆特的刽子手当教父。莫尔心地善良,好为弱者、穷人和孩子们做事,但不幸的身世使年轻的莫尔不断受到驱赶,直至1815年,莫尔才担任萨尔茨堡附近奥伯恩多夫小镇的牧师,在那儿的集市上认识了来自邻镇阿恩斯多夫的小学教师和集市组织者弗兰茨·克萨弗·格鲁贝尔,两人成了好朋友。莫尔(作词)和格鲁贝尔(作曲)合作的圣诞歌《平安夜》于1818年12月24日首次在奥伯恩多夫镇教堂演唱,由于管风琴被老鼠咬坏,临时改用吉他伴奏。顺便提一下,《平安夜》几乎译成了全世界所有的语言,歌词原文是用德语写的,第一句是 Stille Nacht(寂静的夜或安静的夜),安静或寂静与"平安"还是有区别的,但最早就以"平安夜"被译成了中文,先入为主吧。

1914年12月24日,参加第一次世界大战的各国士兵自发停战,他们从广播中听到了奥地利歌剧女演员奥丽丝·舒曼演唱的《平安夜》。此时此刻,她的两个儿子都在前线聆听母亲的演唱,一个在德军的战壕里,另一个在协约国军队的前沿阵地,他们多么希望战争早日结束,回家和母亲团聚。

不管在哪里、不管如何欢度平安夜,需要记住的是,《平安夜》见证了世界人民渴望和平的心愿,在平安夜要感恩你们的父母亲。

11＋1

　　国外有一种新的叫法,把足球队称为"足球11","巴西11"指巴西国家队、"德国11"指德国国家队,因为一场足球比赛中上场队员是11名。能否踢赢比赛,就看这11名勇士了。但有人说,决定胜负的绝对不是11人,而是12人,怎么能把教练给忘了呢。

　　先说说这11是从什么时候开始的。现代足球于1863年起源于英国(足球最早起源于中国,已得到世界承认),然而中世纪早期,足球运动在英国已十分普及。一个村子或一个小城的所有男子几乎都是某个足球队队员,如果两个队进行比赛,一个队的队员(人数很多)要将球从东城门踢到西城门(或从南城门踢到北城门),然后在那儿把球踢入城门,两个城门之间的距离有好几英里。现代足球比赛常在一些英国的名牌大学里进行,1863年出现了第一个比赛规则,虽然已将"越位犯规"列入了比赛规则,可是还没有提到上场比赛的球员人数。尽管如此,许多大学生队都把自己的球队称为"11人队"。比如1864年剑桥大学的"11人队"派到场上的队员实际上是14名,据说因为当时大学生的寝室都住11个学生,"11"对学生来说是一个"单元"、一个"团队"的概念,是一种团队精神,这种意义上的精神最后得到了贯彻。从1870年开始,剑桥大学和伊顿公学足球队都实行11人比赛制。但德国人仍然另立山头,体育教师康拉德·科赫于1875年订立了德国足球比赛规则,他把每队比赛人数定为 15 人。1897 年,英国足球协会最终作了权威性决定:每队上场球员 11 人。

说到 12,且不说一名足球教练在一场比赛中起着多么重要的战略指导作用,就以他在比赛中和比赛后精神上所受的压力而言,他的心理负荷大于任何一个球员,特别是当本队输了以后,成千上万的球迷会骂他;晚上,在几百万或几千万电视观众面前,人们又来评头论足,说不定还会取笑几句;第二天早上,他又以失败者的形象出现在报纸上。总之,教练始终生活在负荷与压力中。还有,从一个拥有 20 几名球员的球队中只能挑选 11 名上场,谁又能保证候补队员没有意见,这对教练来说又何尝不是一种压力。1990 年,有一位教授对 17 名教练的心理负荷作了测试和分析。从比赛开始前 2 小时到结束后 1 小时这段时间里,他分别测量了他们的"应激激素"皮质醇的浓度,并 5 次测试唾液。测量结果令人吃惊,它们竟然和一个第一次作自由降落的跳伞队员的测试值接近。奥特马尔·希茨费尔德(2001 年度世界最佳教练)承认,他的脉搏在比赛过程中从未低于 125 次/分。其他教练的情况更为严重,久拉·洛伦特于 1981 年死在足球场教练长凳上,就是在他的前锋没有将球踢进对方球门后不久,心脏突然停止跳动。还有那位苏格兰队教练乔克·斯坦,1985 年世界杯资格赛时,在与威尔士队比赛中也因心力衰竭而死。而利物浦队的教练杰勒德·豪利厄却于比赛进行中被送往医院。

看来,只有当 11 + 1 = 12 处于最佳状态时,球队才能立于不败之地。

DNA-肖像

在客厅的墙上或卧室里床上方的墙上挂着一张肖像照片,它是独一无二的,全世界只有一张,因为全世界只有一个你。现代的家庭里好像已经很少再挂肖像照片了,然而在美国和加拿大,人们为了体现居室的个性和独一无二的属性,便挂上 DNA-肖像。顾名思义,它是一张具有基因特征的肖像,但不是具有外表形象的照片,而是看似现代派艺术的抽象摄影作品。全世界也只有一张这样的 DNA-肖像,而且它比"形象肖像"更不容易混淆,照片色彩艳丽,由许多按一定规则和一定亮度排列的线条、块条等组成,照片上的所有特点,只有你才具有,所以称为 DNA-肖像。

DNA-肖像一般在网上定制,发出订单后,制作中心会给客户寄来一套 DNA-取样工具。取样很简单,用小棒在面颊内侧的口腔粘膜中刮取细胞试样,无痛方便。然后将试样寄至制作中心并提出色彩和照片尺寸等要求,过一个月便可收到 DNA-肖像照。

DNA-试样首先要用一种荧光胶加以处理,这种胶能使 DNA 在紫外光下发出荧光。照片用一架特殊的相机拍成,照片的载体是化纤、棉纤和亚麻混纺成的织物,照片耐腐蚀,图像不褪色。制作中心由相关的官方机构颁发证书,严格按照数据保护和数据安全的规定运作,在一个安全的实验室里制作。每一份试样编有一个 6 位数的查询号,不用姓名;采用一种绝不会出错的方法,可对进来的试样进行反馈跟踪和对整个过程进行严格检查,从而确保DNA-肖像照上的安全码和本人试样的查询号完全一致。需要强调的是,DNA-肖像的魅力在于体现个人特征和独一无二,从肖像中不能获得任何其他基因信息,这是对用户信息的最大安全保护。

在 DNA-肖像制作成功后,客户的 DNA-试样就在制作中心被强制销毁。肖像也只保留 6 个月,然后彻底删除,也可应客户要求而提前删除。客户可通过另行付费,要求制作中心提供电子版肖像,作为电脑屏保画面或发送给朋友。

很多年轻人对这种抽象的肖像照显示出极大兴趣,而且想到了其他应用途径,比如为已故的亲属制作 DNA-肖像。制作中心表示,只要能按长度和数量提供死者的头发,同样可以制作死者的DNA-肖像。还有的人问,能否为家庭宠物制作 DNA-肖像,答案同样是肯定的,最合适的是哺乳动物,因为取样也在口腔里。

制作中心尚有一种辅助业务:制作指纹艺术画和唇印艺术画,它们同样也是有个性和独一无二性的。

DNA-肖像犹如中国人历来推崇的善本和孤本,因此制作者必须懂艺术和分子遗传学,创始人萨拉姆诺维克及其伙伴阿梅德,前者是艺术家,后者是分子遗传学家。从事这一工作的人,必须严格遵守职业道德和有关规定,来不得半点弄虚作假、马虎苟且和偷工减料。

爱情密码

　　据调查,通过网站的搜索引擎,人们提得最多的问题为"什么是爱情"、"爱的感觉来自什么力量"、"渴望两人之间的罗曼蒂克仅仅是体内各种激素调制的鸡尾酒在起作用吗"、"伟大的爱是一种进化的绝招——繁衍和传代吗"。人们看到的是,爱情无论在哪一种社会形式中都起着重要作用,然而即使在西方,研究爱情的秘密也会被认为是不严肃的行为,也就是说,应该让爱情保留着自己的神秘。而事实上,从20世纪50年代以来,一直有科学家在不倦研究,他们希望为爱情解密。至今已经初步找到了"几把钥匙"。

　　早先曾有科学家提出过,爱情的目的首先是确保物种(人类)继续存在下去。"为了人类世世代代生存下去,爱情是进化的需要。"科学研究于是从这里切入。原始时期,人类每天会遇到无数危险,死亡时刻威胁着人类,一个孩子如果有父母双亲的保护,直至长大成人,他脱离险境的机会便大为增加。如果说爱情的目的是为了维持人类的存在,那么从进化的眼光来看,异性的相爱、结合和互相忠诚只能停留在石器时代,因为大自然为人类设计了程序,让夫妻双方在一定的时间内待在一起,而不是永远在一起。

　　科学家并不完全反对这样的推论,在现实生活中,离婚率在不断增长,而且基本上和人类的寿命成正比(难怪有人说,不能保证所有夫妻至死都待在一起,寿命越长,越难做到始终不渝)。在觉得大自然的程序设置时间太短的同时，研究者将话题转入另一个方向：两个人在相爱的时候，体内会发生什么？爱情能不能测量？不久前的一个试验表明，深爱着的双方在关键时刻的呼吸模式和心脏跳动节奏十分相似。人们还进一步发现，热恋中的人会发出一种信息素（亦称外激素，生物体释放的一种化学物质，能被一定距离内的同种生物感觉到并影响和控制其行为），它是一种性诱素。对于人类而言，信息素同样在择偶中起到重要作用；比如信息素会随着汗液释放到体外，潜在配偶嗅到了会觉得气味宜人，这就说明，他们能互相成为免疫基因的理想补充，他们的后代将具有对许多疾病的抵抗力。欧洲一个免疫和渐成论研究所已经研制出一种香水，它能加强信息素的气味，从而使寻觅者更快遇到合适的另一半。当然，这是建立在进化论和基因学基础上的理想爱情，而现实中往往存在不少"利益之恋"或"被恋爱"现象，这一点必须注意到。

不理想的爱情也能导致婚姻，这样的婚姻更需要双方去理智地经营。据最新报导，一些研究者认为催产素尚有对付性趣内向症、沮丧、性障碍等作用。苏黎世大学在试验人造催产素滴鼻剂时获得一个指示未来的启发：通过使用类似于催产素的人造惬意激素，能缓解夫妻间的矛盾和对立气氛，因为这一激素是应激激素的"拮抗剂"。

奥运会与性别

　　世界体育史上发生过一件颇有影响的性别作弊案：波兰短跑"女"运动员沃拉希埃维兹于 1945 年欧洲田径运动会上以 11.2 秒的成绩打破了自己保持的 100 米世界纪录，居然与当时的男子 100 米记录相差无几。这一"优异成绩"使所有权威人士大吃一惊，最后判"因成绩太好而不被承认"，事情看来不可思议。其实，早在 1936 年的柏林奥运会女子 100 米决赛中，沃拉希埃维兹不小心输给了美国的斯蒂芬，恼怒之下咒骂斯蒂芬是"性别作弊"。1980 年，沃拉希埃维茨因与小偷搏斗受伤而入院治疗，医生意外地发现她是男性，然而此新闻公布于世时，沃拉希埃维茨已经去世。斯蒂芬得知此消息后痛斥沃拉希埃维兹当年"贼喊捉贼"。更有戏剧性的是，后来美国体育界传说斯蒂芬可能也是男性，可是正当人们议论纷纷的时候，斯蒂芬也去世并很快被火化。

　　还是在 1936 年的奥运会上，多拉·拉岑获女子跳高第四名，时过两年，她也被发现是男性。

　　鉴于运动员中的偶尔性别作弊现象以及为了比赛的公平，直至 2000 年悉尼奥运会，运动员在赛前都要接受"性别鉴定"。但随着变性人的权利和变性人受歧视问题的陆续解决以及不少参赛运动员对性别鉴定的反感，2004 年 5 月 18 日，国际奥委会在瑞士洛桑宣布允许变性人参加奥运会，并公布了实施标准及限制性条件：

参赛时,运动员接受变性手术后产生的性别变化必须已经完成。参赛的变性运动员在变性后必须获得官方对其新性别的合法承认。在参加比赛前,变性运动员必须接受2年以上的激素治疗。

面对这一新规定,不仅有些国家持不同意见,连奥委会的某些官员也有类似于许多女运动员的担心。对此,体育医学专家作了宽慰解释,男性体内的雄性激素较多,能增加肌肉蛋白质成分,因此肌肉力强大。雄性激素同时也促使提高蛋白质激素的水平,使骨髓产生更多含有血红蛋白的红细胞。而女性体内雌性激素较多,皮下脂肪沉积量较大。男性在变性手术后需进行激素治疗,结果是增加体内脂肪储存量,减小了力与体重的比率,影响比赛中的速度。此外,失去睾丸素导致骨骼的肌肉量减少,血液中的血红蛋白的流通亦减少,结果体现为力量的减小和最大氧气摄取量的降低,从而影响要求力量和耐力的运动成绩。

2008年奥运会上,鉴于我国对变性问题和变性手术尚无相关法律可依,如果奥委会对性别提出异议,仍然可实行性别鉴定。

芭蕉飒飒蒲扇摇

芭蕉给人一片凉意,风中舞动着的芭蕉叶子,仿佛是绿裙少女在婆娑曼舞。窗前屋后种几棵芭蕉,碧意葱翠,绿色尽染,为轩屋平添夏日中的幽雅和凉趣。明陆粲之《芭蕉女人》讲到一个故事:苏州阊门石牌巷住着一位冯姓秀才,院子里种了许多花木,其中一棵芭蕉长得和屋檐一样高。一晚明月当空,秀才兴之所至,朗诵诗书,声情并茂,忽见一绿衣女子从窗口闪过。秀才问道:"何人?"答曰:"小女子蕉氏,闻公子朗诵,循声而来。"秀才将她请进室内,见其举止文雅,气质非凡,欲与之亲近。女子气急斥之:"秀才此举有辱斯文。"正欲离去,被秀才拉住衣衫。女子遂断衣袖而去。次日,秀才看那断留的衣袖,已化为半截芭蕉叶;再看窗前,有一片芭蕉叶正好断了一半,剩下的一半和衣袖十分吻合。秀才羞愧万分,从此对蕉叶呵护备至,日日吟诗、忏悔、表衷肠。秀才的诚意终于感动了芭蕉仙子,她再次来到秀才居舍,有情人终成眷属。

芭蕉是芭蕉科多年生丛生草本,其假茎高达 6 米。叶片呈长圆形,最长可达 3 米。芭蕉原产日本琉球群岛和中国台湾,秦岭和淮河以南地区常作观赏植物栽培;叶纤维可织布,织物称蕉葛;既宽又长的芭蕉叶是古人的"纸张代用品",唐代怀素喜欢芭蕉,常用蕉叶代纸书写。假茎、叶、花蕾和匍匐茎可入药,功能清热解毒、利尿消肿、凉血、止痛。

下雨时,雨滴在蕉叶上发出清晰的击打声,是古代文人墨客乐于吟咏的"雨打芭蕉"意境;久而久之,"芭蕉雨"成了词牌。《红楼梦》中的探春酷爱芭蕉,称自己为"蕉下客",黛玉要将她"炖了脯子来吃酒"。因为春秋时,郑国一樵夫打死了一只鹿,他怕被人看见,将鹿藏在一条干壕中,再盖上蕉叶。等到樵夫想去取鹿时,却记不起那个藏鹿的地方了。他以为只是一场梦罢了,回家后逢人便说这件事情。有一个人按他的说法果真找获了那只鹿,他的妻子说:"其实那樵夫没有打死鹿,是你做了一个梦,所梦之事应验了。"后人便用"蕉叶覆鹿"表示世事的真假难辨,竟然也可把真事当成梦。所以林黛玉戏称"蕉下客"是一只鹿。

　　有句话儿需交代:千万别以为芭蕉扇就是芭蕉叶子。其实芭蕉扇是一个错误的叫法,因为以讹传讹,所以一错再错。蕉叶虽能生风送凉,却不能做扇子。芭蕉扇的正确名字应该是蒲扇,它是蒲葵的叶子做成的。蒲葵亦称"扇叶葵",属棕榈科,叶子的轮廓呈扇形,叶脉从叶柄开始呈辐射状,一直延伸到叶缘,每一扇叶子就是一把天然的扇子。蒲葵除供观赏和制蒲扇外,其根、果、叶均可入药,根可治哮喘;果能帮助治癌症、白血病;叶用于治疗功能性子宫出血。

　　赤日炎炎,"隔窗赖有芭蕉叶",室内尚有把蒲扇摇摇,心绪安逸的话,也许不一定要开空调。

拔河与林格曼效应

从 1882 年至 1887 年,对农业机械和劳动效益颇感兴趣的法国工程师林格曼一直在研究畜力(牛、马等)、机器和人的工作效率。他发现,在马拉车的时候,两匹马的拉力之和小于一匹马拉力的两倍。后来他又通过人在拔河时的效率损失证实了马拉车时的效率下降:他先测出每个人单独付出的拉力,然后算出每个人的平均拉力为 63 公斤;在每边两个人拔河时,得出每边的拉力为 118 公斤;在每边三个人参与时,拉力为 160 公斤。如此看来,在三人小组中,每人的平均拉力只有 53.3 公斤,比他们单独拔河时每人平均少了 10 公斤。后人把这一不成比例的现象称之为林格曼效应。

林格曼所做的实验报告于 1913 年才发表,并被看作社会心理学的第一个实验,在后来的教科书中也经常被提到;然而不少科学家认为,林格曼效应一直被错误地描述了,由于原始材料缺失,人们不知道林格曼在实验中经历了什么,但对林格曼效应的解释是有问题的,造成林格曼效应的原因并不是通常所认为的"劳动者的社会性偷懒",但确实和"效率的协调性损失"(队员之间相互不协调,造成做功被抵消)有关。所谓的"社会性偷懒"系指在一个团队中完成一件任务时指望其他人出力,而自己可以少做一点,反正也没有人知道,这样就会使团队的总动力(积极性)减小,每个人的平均效率也就下降。当代的社会心理学家指出,林格曼效应和"社会性偷懒"不能等同起来,林格曼实验也不是社会心理学实验。

那么林格曼效应除了"效率的协调性损失"外,有没有其他理由了?一些专家觉得,作为一名工程师,林格曼应该不会对心理学的因素感兴趣的,所以建议多了解一点拔河这一古老传统的民间体育运动。中国在春秋战国时期已经出现拔河活动,那时称"牵钩"或"钩强",是配合水上作战的一种军事技能,后来演变成民间的体育娱乐活动;最后和国际拔河接轨,实行统一的比赛规则,采用八人制比赛。在比赛中,队员的平均效率之所以达不到理论效率,是因为拔河是一项与物理学关系紧密的集体体育运动,每个队员应尽量做到动作、姿势、方向、用力时间的一致。其中很关键的一点是要将绳子拉直,否则产生的向量(既有大小,又有方向的量)会互相抵消,成为效率下降的重要原因。队员的排列也有讲究,个子高的、力气大的应该排在前面,因在拉拔时,力是向着斜下方的。此外,每个人并非一直用同样大小的力在拉,而是有时候会猛拉一下,每个人的猛拉时间节点不可能相同,这是造成效率下降的又一原因,尽管可通过啦啦队的指挥使这一时间节点同步,但不可能百分之百奏效。掌握一些拔河的技术诀窍很有用处,诸如注意拉前的身体姿势:一条腿向前伸直,另一腿在后弯成弓步;队员之间需保持适当的距离……还有,拔河取胜的关键之一是体重及人和地面之间的摩擦力,体重越大,摩擦力也越大(所以拔河比赛按各队运动员的总体重分为八个级别),凡此种种,都是物理性因素,尽量消除这些因素的影响,也就是克服林格曼效应的过程。

百尺游丝跨江河

　　"摆下八卦阵、专捉飞来将"的蜘蛛,是一种神奇的节肢动物,通常生活在屋檐、墙角和草木间。不管人类是否喜欢蜘蛛,它们创作的蛛网是相当诱人的。撇开蜘蛛对猎物的无情以及对同类的残忍,随着科研的不断深入,人们对蜘蛛和蛛丝的用途越来越感兴趣。

　　据调查,全世界已知的蜘蛛种类约有 45 380 个。蜘蛛个体的大小差别很大,马达加斯加有一种名叫"树皮蛛"的巨型蜘蛛,它们可在河的两岸间织出一个巨网,跨距达 25 米。蜘蛛分泌的"牵引丝"(蛛网中辐射状纵向骨架及外围边框和包卵丝)尤其是逃生时分泌之"牵引丝"的综合力学性能胜过钢丝和芳纶高性能纤维。而围绕蜘蛛网心的蛛丝(横丝)虽然强度较低,但伸长率却很大。最吸引人的是,蛛丝是纯天然的无菌和抗菌纤维,细菌和真菌无法固着在蛛丝上。古埃及人、古罗马人和古希腊人曾经用蛛丝治疗伤口及牙周脓肿。欧洲一个医学研究小组的急救药箱里就常备着一团蛛丝,它不会变干,用在割伤或烧伤的伤口上,几天便能愈合,且不留疤痕。蛛丝的这些优异性能一直激励着医学专家们,因为在脏器或组织移植时,涂覆了蛛丝的移植物不会(因受到宿主体内致敏的免疫效应细胞和抗体的攻击)被排斥;人们也想到了用蛛丝生产的弹性缝合线以及人造神经通路……从理论上讲,这些课题既有吸引力，又极具实用价值。

很多专家做过实验，试图人工养殖蜘蛛和采集蛛丝，可是由于蛛丝的量很少，尽管一只蜘蛛在 15 分钟内通过人工采集能产出 100 米长的蛛丝，但通常采集一次的量被控制在 500 米，否则蜘蛛会太疲劳。再说蜘蛛颇难驯养（比如蜘蛛会相互残食，有时会吃掉所织之网）。人们最后得出结论：蛛丝材料必须人工合成，经过多年的失败，终于有人找到了一个途径：发明一种"工作微生物"。具体地说，是改变大肠杆菌的基因，通过转基因大肠杆菌来生产人们渴望已久的人造蛛丝胶原蛋白。2008 年，在德国慕尼黑创立了蛛丝产品公司，产品的计划应用领域：美容、服装（抢救人员的功能衣、运动员服装、防弹衣等）、医学、汽车工业（安全气囊）。2013 年已推出了防治皮肤干燥和神经性皮炎的蛛丝护肤产品。蛛丝具有抗炎性能，下一步将用涂覆了蛛丝的乳房硅酮植入物作临床试验。

皮肤细胞喜欢"定居"在蛛丝上，因此让活的结缔组织细胞结合蛛丝胶原蛋白，用 3D 打印机生产人造皮肤和人造器官是一种非常理想的方法，比如在对心脏病患者做手术时，利用患者自身的心肌细胞，结合蛛丝胶原蛋白，通过 3D 打印机生产出心脏"配件"并立即植入患者心脏。这一切今天听起来好像是科幻故事，但专家们确信，这种不会引起排异反应的植入物，再过 20 至 25 年将成为现实。科学家们的乐观态度是有理由的：实验室里已经通过蛛丝生物喷墨打印，成功地生产了神经通路。

帮你胡噜胡噜

小孩子跌倒了,身上某个地方有点疼,便大哭起来;妈妈急忙将孩子扶起说:"哦哦哦,宝宝不哭,宝宝不哭,妈妈帮你胡噜胡噜(方言,抚摩之意)。"有的妈妈甚至胡乱地在孩子的背脊上、脸上、腿上抚摩起来。何止小孩,大人如果撞到什么地方,或者因一个错误的动作而扭伤了一块肌肉,作为第一反应,便是本能地捂住疼痛的部位,并用手轻轻抚摩伤处周围,好像每个人都确信这样做能将疼痛抚摩掉。

为什么要这样做?这样的抚摩(轻轻摩擦)真的能减轻疼痛吗?是的,真的能减轻疼痛。在人的皮肤上温和、轻柔地抚摩有利于消除类似上述原因造成的急性疼痛,因为通过抚摩引起的神经信号可以压制疼痛信号。抚摩产生的信号有其自己独特的直接进入大脑的路径。轻柔而不断重复的抚摩刺激和普通的接触刺激不一样,"它们像一种另类的疼痛刺激,在和普通的疼痛刺激进行竞赛"。

传递抚摩信号的线路由专门的神经纤维(所谓的 C-神经纤维)组成,而且是无髓鞘神经纤维,所以输送信号比较慢。这些神经纤维的末端位于我们身体皮肤上长汗毛的地方,每一单元的 C-纤维大约收集一平方厘米皮肤上的信号,然后将信号传递至大脑。

那么疼痛抚摩具体是如何起作用的呢?疼痛的传递路径分快

路径和慢路径，当我们碰痛了，皮肤上的疼痛"传感器"首先发出警报，快路径以初始刺痛的形式将信号传至大脑，让我们立即发觉自己受伤了，便于我们很快采取措施，比如促使我们将手从灼热的煤气灶架上缩回，以免发生更糟糕的事情；或者作出条件反射，马上用手在碰痛部位抚摩。与此同时，疼痛信号也通过慢路径（C-神经纤维）发送，到达大脑后成为"迟钝、模糊的痛感"。如果我们抚摩碰痛的地方，也会通过慢路径发送有利的抚摩信号。即使大脑从身体的同一部位收到快路径传递的刺痛信号，但抚摩信号不会被封住，相反，这时是抚摩信号对快路径信号起封锁作用。

试验表明，自我抚摩的减痛效果最好，从受试者的反应来看，自我抚摩的效果可比他人抚摩的效果强60％左右。科学家指出，抚摩是在活化 C-神经细胞，在一定的压力和速度组合下，抚摩能起到最好的作用（当抚摩频率为每分钟 40 次时）。然而在实际操作时不可能也没有必要做到这么精确，通常可凭感觉或观察被抚摩者的反应而定。还有，强迫别人接受抚摩是错误的，有时受伤者会对抚摩者说："别动，别动，让我自己来。"此时，旁人一定要打住。

有的研究者认为，我们感觉到的疼痛有多强，主要取决于大脑如何分配和组合疼痛信息，自我抚摩显然是在帮助大脑更好地做这一工作。

褒贬兼得凌霄花

凌霄花原产中国华北至长江流域各地以及日本,系紫葳科,凌霄属,落叶木质藤本,为重要的垂直绿化植物。凌霄的花期很长,从6月至深秋为花盛期,此时的花事开始趋于寂寞,凌霄正好为大自然平添锦绣色彩。在北美洲有一种美国凌霄(也叫长花凌霄),据称是中国凌霄迁种至美洲后的变种,能耐零下20℃的气温。凌霄喜温暖、湿润的气候,要求土壤肥沃湿润、排水性好;但凌霄有一定的适应性,凡气候、土壤条件合适的世界其他地方都能见到凌霄花。欧洲人习惯将凌霄种在西墙或南墙边。

凌霄花呈漏斗形,花冠唇状,略皱,花色为红色或橘红色。荚果很长,看似丝瓜,里面装满了"会飞扬的种子",尽管如此,凌霄花主要用根或茎扦插繁殖。据《尔雅》记载,古代的凌霄花有白色的,可惜今天已经不存在白色凌霄花了。凌霄也是药用植物,花、根、叶都是传统的中药材。凌霄花性寒,味辛、酸,有活血凉血和痛经散瘀的功能,不过凌霄花的花粉有毒,不宜直接嗅花。凌霄根煎汤有利于减轻风湿性关节痛。

凌霄最引人注目的特点是其凌云九霄的本领,凌霄不能竖立生长,需借助茎上的攀缘气生根攀附大树或别的物体往上生长。正是这一特点,使凌霄在中国历史上成为褒贬不一的典型植物。许多正直的文人都把凌霄的这一"行为"看成是"趋炎附势"和"依仗权势"；凌霄因此被用来比喻依靠别人势力而往上爬的"势客"。白居易一生痛恨这样的小人，曾写过《有木诗八首》，每一首都用一种植物作喻体，比喻社会的众生相。其中第七首《有木名凌霄》严厉抨击"附丽权势，随之覆亡者"："有木名凌霄，擢秀非孤标。偶依一株树，遂抽百尺条。托根附树身，开花依树梢。自谓得其势，无固有动摇。一旦树摧倒，独立暂飘飘。疾风从东起，吹折不终朝。朝为拂云花，暮为委地樵。寄言立身者，勿学柔弱苗。"宋代诗人梅尧臣同样在《凌霄花》中借凌霄花批判当时社会中阿谀趋奉的丑恶现象。南宋爱国诗人陆游更为形象地描写了凌霄爬到顶端后连自己所依附的松树都不放在眼里的势利小人。

然而另有一些文人却持相反意见，他们偏偏认为凌霄花具有攀高峰、争上游的凌云壮志而值得褒扬。宋代诗人杨绘如此赞美凌霄："直饶枝干凌霄去，犹有根源与地平。不道花依他树发，强攀红日斗妍明。"

从今天人们所掌握的科技知识来看，植物是不具备思想意识的，对凌霄的褒贬是人的某种寄托和愿望罢了，凌霄只不过被充当了喻体。郭沫若的一首《凌霄花》也许是最恰当的评语："人们叫我们是凌霄/有点夸大/我们是蟠着大树的南枝往上爬。写成'凌苕'看来是要好一点/凌霄的不是我们/是我们的东家。"（古称凌霄花为苕，如《诗经》中苕的另一义为红薯）。

短命的"小姐"

　　曾几何时,"小姐"是资产阶级的、是腐朽的,动不动还要带上一个龌龊的定语:资产阶级臭小姐。然而,随着改革开放,"小姐"这个称呼又和"先生"、"太太"一起重新流行起来。现在的女人大多喜欢别人用"小姐"称呼她们,有人叫错了,她们会很不高兴。有一个外国笑话:妇科医生对一位前来就诊的女子说:"太太,我要告诉你一个好消息。""医生先生,请你叫我小姐。"女子纠正医生说。"那我要告诉你一个坏消息。"医生无奈地摊开双手说。

　　女人是小姐,说明她是单身,她不需要依靠别人,她活着是自由的,她有一种活着的快乐。通常认为未婚女子可称"小姐",说得白一点,"小姐"也就是我国民间所谓的"黄花闺女"(年轻女子,尤其是名门闺秀喜欢在梳妆时画眉、贴黄花,而古代菊花又叫黄花,用来比喻女子的贞节)。中国古代,"小姐"专指官僚和富家的未婚女子,但也有例外,如娘家人把已出嫁的女儿始终称作"小姐"。

　　现代社会中,"小姐"的适用范围越来越广,除了泛指未婚女子外,人们把女服务员、女售货员、女乘务员一概称为"小姐";而在选美比赛、体育比赛或其他专项比赛中获胜的女子均称为"小姐",如选美比赛中有"世界小姐"、"亚洲小姐"、"法国小姐"、"香港小姐"等,体育比赛中有"排球小姐"(或"排球皇后"),在葡萄酒大赛中选出的杰出女子就叫"葡萄酒小姐"(或"葡萄酒皇后");在英国,小学生把女教师称为"小姐";欧美地区在社交场和商界介绍已婚女子时往往也称"小姐"。

"小姐"似乎是一个高雅的称谓,其实也不尽然,最典型的是近几年来产生于德语国家妇女界的"反小姐"心理思潮,德国的未婚女子讨厌别人叫她们"小姐",这一现象和德语"小姐"一词的本义有关,德语"小姐"可直译为"小女人",而"小"经常带有一种贬义。"我们是女人,不是小女人。"这是德国未婚女子的抗议,它和眼下汉语中的"小女人"相当吻合。有人把"小女人散文"(女作家的散文)视作 20 世纪末上海文坛的一种流派,但"小女人"在这里不是贬义。"小女人"一词是褒贬兼而有之的,有的女孩经常在办公室戏称自己"小女人"或"小女子"。即使"小姐"本身,用在我国宋元时,则是对地位低下的女子的称呼。赵翼《陔馀丛考·小姐》云:"……在宋时则闺阁女称小娘子,而小姐乃贱者之称耳。"而古英语中干脆把娼妓和情妇都称为"某某小姐"。

眼下一些服务行业的女子又不愿听"小姐"这个称呼了,原来是因为有一种女子是专被人差遣当"三陪小姐的"。

高贵和低贱有时相去不远,有时甚至是共生共通的。小姐本身并不显示职务或职称,一个小姐是否高尚,关键还要看她自己的行为、素质和修养。

宝石为粒玉为浆

　　石榴，石榴科，石榴属，落叶小乔木或灌木。学名 Punica Granatum，系拉丁文"迦太基人的多核果"之意，通常简称为"多核果"或"多核苹果"，因为欧洲人认为石榴是生活在西地中海沿岸的古迦太基人推广和传播的。石榴原产巴尔干半岛至伊朗及其附近地区，中国栽培石榴的历史可上溯到汉代以前。

　　石榴果在秋天收获，但石榴的观花季节在夏天，石榴花之红可用一个字概括——火。有诗句为证："海榴开似火"（温庭筠）、"风翻一树火"（元稹）、"游蜂错认枝头火"（张弘范）、"火齐满枝烧夜月"（皮日休）……不过除了主旋律的大红色以外，石榴花的花色尚有粉红色、桃红色、黄色和白色等。有一种四季石榴，夏季开花后便结果，到了秋季又开花，花果并立而挂，十分繁华。

　　古希腊神话中有一个关于石榴的故事：冥王哈德斯将珀尔塞福涅（众神之父宙斯与农业和丰产女神之女）劫走，把她带到地狱，强娶为妻。农神伤感之极，不再赐人间丰产。于是宙斯下令，要哈德斯交还珀尔塞福涅，理由是珀尔塞福涅在阴间没有吃过东西。于是在临走前，哈德斯强行将 6 粒石榴籽塞进她嘴里。就这样，珀尔塞福涅每年只有三分之二时间可与母亲待在一起，还有三分之一时间必须在阴间度过。

　　我国陕西临潼的石榴是石榴中的极品，有句话叫"提到临潼，想到石榴"。据说石榴传入我国，首先是在临潼栽培的。临潼石榴果大皮薄、籽肥渣少、甜中略酸，含有丰富的维生素 C（含量比苹果高 1 至 2 倍）。石榴有收敛作用，故有涩肠、止血功效。石榴皮及石榴树根皮含有石榴皮碱，对人体寄生虫有麻醉作用，为古代民间的有效驱虫药（尤其是对付绦虫）。

石榴汁经发酵可制成石榴酒，是亚美尼亚和以色列的传统出口产品。近年来，国外有 250 个研究项目表明，石榴汁对血循环疾病、癌症、关节炎的治疗有积极作用，但这些研究大部分尚局限在细胞培养或动物实验上。至今为止只发表过 7 个临床病例，其中部分病例采用双盲试验（亦称双瞒法，测定药效时，病人和医生事先并不知道所试药物）。药物学家认为，关键是石榴汁中的多酚在起作用，多酚具有抗氧化性和清除自由基的能力。石榴所含的多酚比红酒多，效果也比红酒好。曾在白血病患者身上发现，应用发酵后的石榴汁，癌细胞要么"重分化"为健康细胞，要么编程性细胞死亡。

时下正是石榴上市的季节，从郊区农民肩挑的担子上，花 10 元钱能买到 3 个石榴。吃石榴既别有风味，又有利于健康。石榴浆果中平均有 400 粒宝石般的石榴籽，因为吃罢肉和汁，还要将核吐出来，所以吃石榴还可以锻炼耐性。

荸荠长在鱼缸里

我的祖母曾经把荸荠和金鱼一起养（种）在一只直径约50厘米的小水缸（上釉的粗陶缸）里，对金鱼而言，荸荠那根根挺拔的空心嫩枝是它们迂回嬉游的背景植物；而鱼的排泄物增加了缸底土壤的肥力，供荸荠生长。祖母有时会从菜场买回一点鱼虫喂金鱼，平时就将挂面折断了扔进鱼缸，或将就着丢几粒米饭了事。后来我发现鱼儿们不爱吃饭粒，于是偷偷跑到离家只有200米左右的河埠头去捞鱼虫……

荸荠长得挺不错，祖母总是煮熟了再给我吃，但我觉得生的更好吃；祖父发话说，自己种在鱼缸里的荸荠不会有姜片虫的，想吃生的也行。

随着年龄和学识的增长，我对荸荠以及祖母种荸荠的方式曾不断琢磨（我喜欢注意细小的事物）。首先是认识到荸荠的"荸"应念"bí"，但是杭绍一带都念bó，后来发现念bó也没错，因为荸荠有一个别名叫"铁葧脐"（徐光启《农政全书》中提到）。上海人称荸荠为"地栗"很有道理，和英语、德语等称荸荠为"水栗"有异曲同工之妙，作为别名（或方言），"地栗"是正确的写法（宋·华岳《呈陈平仲》诗："荐公地栗三杯酒，分我天香一味羹。"）。荸荠在古书上称凫茈（fú cí），（旧籍曰，王莽末，南方饥馑，人庶群入野洋，掘凫茈而食之）；李时珍释荸荠的另一别名乌芋曰："乌芋，其根如芋而色乌也。凫喜食之,故《尔雅》名凫茈……"

很多地方也称荸荠为马蹄,比如用荸荠制成的食品罐头称"马蹄罐头",从荸荠制取的淀粉叫"马蹄粉"。

荸荠原产印度,我国亦是盛产荸荠的地方。荸荠的可食部分是地下球茎,老熟后表皮呈栗色或枣红色,有三至五圈环节,长有鸟嘴状顶芽和侧芽。肉白色,味甜,嫩脆多汁,含蛋白质、维生素、钙、磷、铁、胡萝卜素(因含草酸较多,故不利于钙的被吸收)。荸荠性寒,有清热泻火之功能;又因含抗菌物质"荸荠英",对金黄色葡萄球菌、大肠杆菌及产气杆菌有一定的抑制作用。

苏州所产的荸荠以个大味甜出名,古代曾被列为贡品。至今苏州民间仍流传着一个年俗:在年夜饭里埋入几个荸荠,吃饭的时候将它们挖出,谓之"掘元宝"。

祖母当年(20世纪50年代)让鱼和荸荠"共生"的故事,其实是中国古代劳动人民用水耕代替土耕的延续。当今国外出于生态和环保的理念,也在"重新发现"这样的"水生生物养殖法"(Aquaponics),台湾的农业专家称之为"鱼菜共生系统",植物的品种较多,如茭白、玉米、水稻等,动植物也不一定处在一个容器中,但连在一个系统上,可减少水资源的浪费和化学剂的滥用。

颠覆性技术革命

　　一张有六个四方形的扁平塑料被扔进水里后,发生了奇特的现象——在每个小方块的折叠边上发出了折叠的声音,很快,六个面自动就位,组合成一个塑料骰子。将一根笔直的塑料带子放进水里,也能立即组成三个字母:MIT(美国"马萨诸塞州技术研究所"的缩写)。在这个研究所里聚集着各种学科的精英:建筑师、生物学家、化学家、信息专家、物理学家……他们成立了自变形研究小组,研究的最终目标是在生物学、材料学、机器人学、交通事业、宇宙学、市政建设等众多领域掀起一场彻底革命。

　　在生活中,到处可以实现自变形和自装配,首先是自来水管可以实现自敷设、自修理、管径自动改变;椅子、梯子都可以自装配。买回来的家具也许是一批主材料和一包配件,配件会自变形,通过连接件(或粘接剂)与主材料自动组合成一件家具。

　　未来建高楼,也许建筑材料都会自变形,所有部件和组件都会自装配;一部通往太空的电梯(升降机)完全能自动边组装边自己伸向天穹。人的体内在需要时,也可以进行自生长、自疗、自移植、自再生。

　　自变形和自装配的重要意义在于极端条件下(如在太空或深海区域)的自动操作,这一技术的雏形是会执行安装任务的机器人,科学家们为它们配置了马达、微芯片和软件。后来发展为利用部件内的电子系统和磁体,用引力来完成正确的变形和装配工作。接着又产生了不用软件的技术,采用具有专门几何图形的部件,利用存在于材料和周围环境中的负能量,让部件自己完成变形,比如使部件在温度、湿度、运动、压力或重力等因素影响下完成自组装。同时采用变化着的设备状态(如高温下成为液态、低温下发生时效硬化)以及"唯一几何形状",确保只能用唯一的方法组装起来,绝对不会出错。

科学家们正在研究将各种个性化小部件放入一个特殊成形容器,容器按精确的设计进行转动,最后通过磁体让所有部件准确定位、"咔嚓"锁定,设备装配完毕。

智能材料和 4D 打印技术将大大促进自变形和自装配工艺——变形密码和组装密码藏在智能材料或人的遗传特征中。先让一台普通 3D 打印机"吐出"会自变形的智能材料,比如自变形管材,它们能借助水下的"浪能"自动组装成水下管道。"4D 打印"中的第四维,在这里指时间,打印产品其实还不是成品;如果只输送较少量的天然气,则管道的断面会自动减小,管内压力便升高,以这种方式节省泵组的耗能和运行成本,而且管道能自修理,体现出名副其实的 4D 打印材料性能。还有,建成的高楼在发生地震时,能灵活地使其基础和承重部分经得住震动,所需之动力和能量从地震中获得。

医学专家同样抱着极大希望,比如需移植的人造器官可以最小体积送入体内,到了目的地后再精确地按解剖学成形。但愿颠覆性技术革命能为人类带来更多正能量。

冰上象棋

　　中国女子冰壶队曾获 2008 年女子冰壶世锦赛亚军、2009 年女子冰壶世锦赛冠军。人们把"一片冰心在玉壶"的横幅挂在比赛场馆，是在赞美队长王冰玉和她的团队耐苦寒、甘冷寂、酷展巾帼英姿的精神——在她们的努力下，使起步很晚的中国女子冰壶运动直跃而上。

　　冰壶在我国旧称冰上溜石，起源于 14 世纪的苏格兰，至今在苏格兰仍保留着一只 1511 年的壶石，石上刻有 St. Js B Stirling 字样，故称斯特林（苏格兰城市）石。1716 年在英国的基尔塞斯成立了第一个冰壶俱乐部，当时比赛用的壶石较为粗糙，通常是在河里很容易找到的扁石，也不经加工。投石者很难控制壶石，多数凭运气取胜，无技术、战术可言。今天的冰壶均由不含云母的苏格兰花岗石制成，形状如扁壶，上有手把。

　　如今冰壶运动最普及的地方已经不是苏格兰，而是加拿大，1807 年成立的蒙特利尔皇家冰壶俱乐部是北美现存的最老体育组织。冰壶运动在美国、瑞典、瑞士、丹麦、苏格兰、德国、捷克、澳大利亚、新西兰、韩国、日本都很受欢迎。1966 年在温哥华成立了国际冰壶联合会（ICF），1991 年改称世界冰壶联合会（WCF）。1998 年的冬奥会正式将冰壶列入比赛项目；2006 年，轮椅冰壶也被列入冬季残奥会比赛项目。

冰壶运动虽然起源和发展在欧洲，但其实非常适合于东部亚洲人（如中国、韩国、日本和朝鲜人）。冰壶不是一种运动量很大的体育项目，不是比体力、比耐力、比速度；而是在一定的身体素质基础上比技巧、比战术、比智慧、比经验、比谋略、比配合、比团队精神；冰壶因此在欧洲有个别名叫"冰上象棋"。

冰壶比赛的场地是一个表面铺制了冰层的冰道，两端各有一个相同的营垒（或称圆垒、垒圈），营垒在每一局后（按投壶区和标的区）交替使用。每一队上场四名队员——一垒、二垒、三垒和四垒（通常为队长）。每局比赛两队队员交替投壶，每名队员可投两个壶，共比 10 局。在圆垒中，位置比对方队所有冰壶更靠近圆心的壶可计一分，比赛结束后，总分多的一队获胜。

在两垒圆心线之间的冰道上，投壶后己方两名队员可在滑行的冰壶前两旁刷冰，以控制壶的运行方向、速度和距离。这种刷冰动作配上队员的喊叫声，构成冰壶比赛的一个看点。但壶过标的区的圆心线后，只准一名队员刷冰，此时对方的队长也可以来刷冰，旨在将冰壶引出垒圈，使其出局。

冰壶比赛一直被公认为"君子的比赛"，比赛中必须体现"冰壶精神"（或称"比赛文化"）：不能因对方的失误而幸灾乐祸；不贬低对手；不干扰对手发挥水平；发生非故意的违规后应主动告知对方队长；如比分相差太大，落后方应主动放弃比赛认输；再如有些犯规可由对方队提出处理意见；还有一个友好传统：比赛结束后，赢队向输队敬酒。观看一场高水平的冰壶比赛，是一种赏心悦目的享受。

不是不理你

有一幅漫画,画着一个戴帽子的男子走在路上,他眼睛看着地,颈项上挂着一块牌子,上书:"不是不理你,我有面容失认症。"这个人在告诉他曾经认识的熟人和朋友,他现在可能认不出他们了,请原谅他的"不礼貌"。

面容失认者其实是能清清楚楚地看到他所遇见的人的眼、鼻、耳、嘴等部件的,但下一次再遇见时,他就认不出这个人了。这样的人经常被误解为"没有礼貌的人",因为他们和熟人相遇时根本不打招呼就擦肩而过。他们通常被称为面容失认症患者(也称感觉障碍者)。

1947 年,德国神经科学家约阿希姆·博达默发现并命名了一种大脑中的感觉障碍现象——面容失认症,他报道了三位患者,他们在大脑受伤后都认不出护理人员,有的连自己的亲戚也认不出了。

当时博达默将面容失认者分为三种类型:感知型面容失认者、记忆缺失型面容失认者和先天性面容失认者。人们普遍认为这是一种罕见病,患者很少,最初时全球发现的患者数量在 100 名以下。直至 2015 年 6 月,德国的科学家们再次提醒,面容失认者人群的存在远比人们想象的普遍,而且很多患者往往兼有阿尔茨海姆病或其他神经性疾病。研究人类基因的科学家托马斯·格鲁特博士（他本人就是一名面容失认者）指出，这种神经性感觉障碍的遗传概率很高，很可能是由一种显性基因引起的。估计目前患者约占世界人口的2%。

一个正常人看到他所熟悉的脸面时，在若干毫秒的时间内，大脑中便产生复杂的过程，眼睛获得的信息被传递到视皮质，从那儿又被传到其他脑区，这些司职不同的脑区让我们感觉面容、回忆面容、提供我们所熟悉的信息及相关面容的名字。对于非先天性患者来说，得病的主要原因是人体或人体器官的损伤，比如因中风或交通事故造成（大脑）枕叶和颞叶之间的"决策性"通路受损（这个脑区的梭状回是参与识别面容的）。

有的专家认为，相关神经细胞其实并不是认出熟悉的面容本身，我们的大脑为我们平时熟悉的面容往往形成一个"平均值"，而相关神经细胞的任务是识别偏离于平均值的"偏差值"（与平均值的不同之处），这样才能区分不同的面容。而面容失认者偏偏就找不到这一偏差值，于是在他们看来，所有的面孔是一样的（都是平均值）。面容失认者并无视觉器官的障碍、没有健忘症、没有心理障碍，也没有注意力问题，而是识别不出这一至关重要的"不同之处"。然而这些人往往是其他方面的天才，他们能杰出地通过其他特点如对方的声音、特别的穿着、发型及其他信息（体形、身材、动作等）来认出对方。

面容失认者虽然在生活中会有所缺失，比如他们在看一部电影时很难分清人物和角色；但症状较轻者还是可以通过训练而认出一定数量的面孔的。

不衰的白桦情愫

　　白桦,落叶乔木,树木端庄挺直,树皮呈灰白色纸状,分层脱落。喜光、抗寒、抗旱、抗湿,我国的大兴安岭、小兴安岭、长白山及华北、西北、西南以及朝鲜半岛、日本北部、俄罗斯、北欧、东欧都有生长。在我国是绿化造林的先锋树种,木材可制胶合板、矿桩等。树皮可提白桦油,是化妆品香料。

　　俄罗斯、爱沙尼亚、芬兰、立陶宛、波兰等国几乎把白桦树当作"国树"看待。白桦树象征新的开端,根据信仰和传说,古代新生儿的摇篮用桦木制成。古罗马高级官吏上任时,会收到12根一束的荆条,用白桦树细枝捆着——祝贺新官上任。

　　在欧洲,桦树被称为"北欧之树"。桦木含有所谓的"桦焦油",因此在鲜湿状态下也能燃烧,很受北欧人重视。直至21世纪初,那里的人们用白桦树皮卷成螺旋状的棒,作为火把,使用前先在油里浸过。桦树被看成照亮未来的光,所以又叫"光之树"。

　　桦树皮的防水性能颇佳,斯堪的纳维亚人盖房子时,在(平房或多层建筑的底层)地板格栅的下面要铺不透水的桦树皮,阻挡地下的潮气;也用桦树皮盖在房上。加拿大的印第安人善于用桦树皮制作轻巧的独木舟。

　　在俄罗斯民族的家庭手工业中,桦木和桦树皮是用途极广的天然材料,柔软而有弹性的桦树皮可像皮革那样地加工,可用来制鞋、做披肩、绑腿、装饰品等。有一种矮种白桦的细根是斯堪的纳维亚的拉普人编结白桦根床罩的原料,白桦根床罩是一种很有特色的工艺品。

北欧和东欧人有采"桦汁"的传统,据传桦汁能调节人体内的水分平衡,能适当激励膀胱和肾脏,被用来治疗水肿、风湿病、痛风、关节炎、肾结石和膀胱结石。桦汁通常在春天采集,在一米高处的树干上钻一个洞,插入玻璃管,树汁便开始滴流,两天后用接枝蜡将洞口封上。收获的桦汁在温度较低的地方可保存一个星期,此后就会发酵。不过发酵后的桦汁可用来酿制桦酒,桦酒以前是俄罗斯农民的"家乡酒",曾一度被当作治疗男性性功能不力的壮阳酒。将黄色的内皮(形成层,富含维生素 C、糖、油)切碎,晾干后制成粉末保存起来;用这些粉做成的烙饼曾经让不少印第安人和淘金者度过了严寒的冬天。

第一次世界大战期间,在俄国作战的德国士兵用桦树皮做成明信片寄回家乡,家人们既高兴又惊讶。其实,在公元 1 世纪已经有写在桦树皮上的书问世了。随着手工业的发展,白桦木的用途越来越广,它们可用来做梯子、轮缘、车杠、猎枪的部件、碾磨机中的传动装置以及家具。第二次世界大战时,白桦居然被用来制造轻质的飞机构件(如螺旋桨),因此出现了"飞机桦"这一概念。

多用途打造了白桦树的千年风情,然而对俄罗斯人而言,白桦林尚有其四季各异的景色:春天像纯洁的白衣天使,夏日里葱葱郁郁,秋季是金黄和雪白的交相辉映,冬天犹如一排排傲然屹立的战士在守卫疆域。一年四季,最难忘的是白桦情愫。

不资寸土安淡泊

　　菖蒲，蒲之昌盛者也；其叶似剑，又名剑水草；天南星科，菖蒲属，多年生水生草本。每年端午节，老百姓总是将菖蒲和艾草扎在一起，挂在门楣或门旁，深信菖蒲有避邪、驱五毒的功能。按杭州民俗，端午要"吃五黄"（雄黄酒、黄鱼、咸蛋黄、黄瓜、黄豆瓣裹的粽子或雄黄罗汉豆），用烧酒和雄黄调制的雄黄酒里往往还要掺入菖蒲的根状茎。大人们也会用菖蒲叶子做成宝剑，给孩子们去玩。

　　菖蒲在中国被列为"花草四雅"（菊、兰、水仙、菖蒲）之一，以其独特的芬芳和碧翠的雅静而著称。菖蒲的高雅之处在于"不假日色，不资寸土，不计春秋"；"耐苦寒，安淡泊"。无论在野外，在庭院，始终生机勃勃、昌茂俊秀、所求甚少。

　　菖蒲原产我国和日本，一向被作为观叶植物，因为菖蒲花很稀少。有一种花菖蒲，花大而美，是日本野花菖蒲的改良品种，但它不是菖蒲属，而是鸢尾科，鸢尾属。菖蒲主要被作为一种药用植物看待，历来认为菖蒲的根状茎可作香料，有提神、通窍、杀菌的功效，是一种芳香健胃剂。欧洲人同样把菖蒲当作一种草药，用来开胃，治胃不适、便秘、口腔粘膜炎。嚼根状茎可减轻牙龈炎和牙痛，有的漱口药水中因此掺有从菖蒲提炼的芳香挥发油。以前欧洲人还用菖蒲沏茶或制成药酒；菖蒲曾经被当作戒烟剂，据说嚼了菖蒲的根状茎就会厌恶烟草味。

中国古代读书人也善于利用菖蒲,晚上点灯苦读,若在油灯下置一盆菖蒲,能吸收灯油燃烧时产生的烟雾,起一点净化空气的作用,有利于健康。

　　菖蒲入药以石菖蒲最有功效,石菖蒲含有许多具有药效的成分,现代医学认为石菖蒲有镇静作用,能促进分泌消化液和治疗某些皮肤病。南宋诗人陆游曾写过一首名为《石菖蒲》的诗,是送给当时著名的史学家和博学家郑樵的,相传因郑樵开了一个处方治愈了陆游爱妻唐琬的尿频症,而药方中的主要一味是石菖蒲。

　　菖蒲的生存能力极强,它们不需要特别照管,少有病虫害,而且还能起到"生态农药"的作用。取菖蒲的根状茎约 0.5 公斤,捣碎后加入 3 倍重量的水,煎煮一个多小时,将渣滓滤去,兑入约 5 公斤水,可用作杀灭稻螟蛉、稻飞虱、红蜘蛛、蚜虫等农作物害虫。

　　菖蒲平时较少见到,也较少被谈论,不是因为菖蒲存在得少,而是因为菖蒲与世无争、淡泊名利、性尚低调。其实这正是当今较难觅得的一种精神。

彩色的梦

我国古代文人在诗句中常提到五更天做梦："五更风雨梦千里,半世江湖身百忧。""五更千里梦,残月一城鸡。"是因为古人多在黎明前做梦吗,非也。正常人一般每晚会做4至6次梦,做梦时间和深睡时间相交替,时间长短不一样,入睡后的第一个梦往往是最短的,因此第一个深睡阶段也就最长。而将近黎明的最后一个梦是整个晚上最长的梦,可达半小时或半小时以上,它可能是一个长梦,也可能由几个短梦组成。由于此时做梦离醒来时间相隔最近,所以五更梦最能被人记住;而早做的梦多数容易被忘记。每个人做梦的多少相差无几,人们所说的做了几个梦,其实是记住了几个梦。

无论是午夜做梦,还是黎明生梦,梦的本质是一样的:富有创意,但缺乏逻辑性。做梦是睡眠过程中,由于局部大脑皮质没有完全停止活动而引起的生理和心理活动。大脑皮质的某些部位如有一定的兴奋活动,体内和外界的弱刺激到达中枢与这些部位发生联系时,就能产生梦。梦的内容与清醒时意识中保留的印象有关,但梦中的这些印象常常错乱不清,不过画面活泼,感情深刻。

经常在快动眼睡眠阶段醒来或被唤醒,就会感觉到在做梦,在非快动眼阶段醒来,便觉梦少。梦中以视觉想象为主,其次是触觉、听觉和运动感觉,味觉和嗅觉想象较少,痛觉想象更为稀少。

随着尤金·阿塞林斯基于 1953 年在芝加哥发现睡眠中的快动眼阶段，人们对做梦这一现象开展了积极的研究。1962 年，以米歇尔·朱维特为首的科学家们发现，是脑桥在控制人的睡眠阶段和做梦。

梦大致有下列类型：快动眼梦（往往是印象深刻的梦）、非快动眼梦、入睡阶段梦（"飞行梦"是典型的入睡梦，很多人大概都有亲身经历）、噩梦（带有恐惧和尴尬内容的快动眼梦，如灾难梦以及连续遭追捕、当众出丑、梦见自己死了等，"总算被吓醒"是噩梦的统一结局）、心理创伤后梦（心里创伤的重复，这种梦会出现在任何睡眠阶段）、清醒梦（做梦者知道自己在做梦）……

对梦的影响因素包括两个方面，除了白天的经历内容以及做梦的日期与经历的时间差等内在影响因素外，随做梦时出现的外界刺激也在起作用，这些刺激通过人的感官被接受，然后经相应的加工而掺入到梦中。开过的汽车声、闹钟的声音、说话声、通过闭着的眼睑的光效应和各种体感印象（饿、渴、尿急等）都是影响做梦的外界因素。睡觉时手放在胸部易做噩梦就是这个道理。

人的智能至今只用到一小部分，大部分被潜存在无意识之中，而做梦正是一种无意识活动，通过梦中的创意思维，有助于进一步开发人的潜在智能，人需要做梦，不做梦才是不健康的。但是国外也有人认为，关于梦的作用，至今尚未形成能普遍接受的假设。

梦是彩色的，然而不少人却说，他们没有看见梦的色彩，那是他们太注重内容而忽略了色彩。在人生中，每个人都有一个梦，一个彩色的梦，一个美丽的幻想和愿望。

残酷的点球

距离近、速度快、毫无障碍,孤家寡人独守空城,只能凭猜测和运气,在主罚者举脚罚射前往球门的左侧或右侧扑去——足球比赛时,守门员面对罚点球的典型场景。

点球在国外很多国家都不叫点球,要么叫 11 米球,要么称 12 码球。这里牵涉到罚点球的起源问题。出身于英国北爱尔兰地区一个企业家家庭的威廉·麦克拉姆是米尔福德足球队的守门员,鉴于在罚球区的犯规动作越来越多,他曾向爱尔兰足联提出建立罚 12 码球的规定,当时建议,罚球可在与球门线相距 12 码的一条平行线的任何一点执行。这一罚球在那时就叫"12 码球"。1891年 6 月 2 日,国际足联全体会议通过决议,将罚 12 码球正式列入足球比赛规则。又因"码"是流行在英国和北美等地的长度单位,1 码等于 0.914 4 米,换算成公制相当于 10.972 8 米,为了统一起见,改称"11 米球"。

1902 年开始,11 米球被固定在一个点上——与球门线中点相距 11 米的一个"罚球点"上。从此,"12 码球"或"11 米球"也称"点球"。

通常认为,点球是无法事先被守门员准确判断的(或者说是来不及判断的),所以守门员只能选择一个方向:左边或右边。又因球的速度很快,故必须在罚球者起脚前就扑出去,判断对了(运气好),就守住了,否则只好输球。

也有人说,罚点球时,主罚者比守门员更紧张,因为守不住是正常的,而罚不中倒会引起球迷的说三道四;所以罚点球者往往设法给守门员造成假象,如在射门前全力减速,从而将球往守门员的反方向搓去,但根据国际足联规定,助跑过程中的停顿和假动作是允许的,助跑完成后停下脚步不射门而作迷惑性动作被视为违规。

点球是残酷的,而点球大战则是非常残酷的。如果双方在比赛中必须决出胜负时(如世界杯 16 强淘汰赛),经过上半场和下半场的 90 分钟再加 30 分钟的加时赛后仍然没有输赢,那就只能通过点球大战的方法一决雌雄了。双方在开始前先确定各自的罚球队员和出场顺序,轮流罚球,共罚 5 轮。倘若 5 轮罚球结束后仍然不分胜负,只能进行加罚,也就是继续互罚点球,直至有一方罚进而另一方未罚进(谓之"突然死亡法")。

要是在点球大战开始前,有一方已被罚下一名球员,则另一方的罚点球队员也必须去掉一名,只有当一方参加罚球的所有队员都依次罚过球后,才能让已经罚过球的队员再次罚球。点球大战和普通点球的区别在于不许补球。

1976 年欧锦赛时,捷克斯洛伐克队与联邦德国队对阵,经过包括加时赛在内的 120 分钟比赛后,双方以 2∶2 的比分进入点球大战,比到第四轮点球时,捷队前锋帕连卡利用守门员通常不是向左就是向右扑球的习惯,用一个"勺子点球"轻搓中路,骗过了对方守门员。"勺子点球"(球射出后的弧线像一把勺子)被认为是帕连卡发明的。意大利著名足球运动员托蒂用"勺子点球"最多、最好,人称"勺子托蒂"。

城市的重量

　　大部分学生觉得地理课很单调、很乏味,学好地理必须背出许多地名、国家和城市的面积、人口……所以不少年轻人没有那份耐心去和枯燥的数据打交道,以致地理知识贫乏,连我国某些省会级的城市都不知道。话虽这么说,哪怕我们再热爱地理,有一个地理概念是我们至今都没有碰到过的:城市重量。

　　城市重量的定义是城市所在地的体积重量加上建筑物和人口的重量(后两者往往可以忽略不计)。城市面积是很清楚的,但高度(深度)应该取多少呢? 问题就在这里,因为这个值对每个城市来讲是不一样的,否则城市重量这个概念就没有意义了。高度就是城市所在地的地壳深度。地壳是地球固体圈层的最外层,厚度各处不一样,大陆地壳的平均厚度为 35 千米,分上下两层,上层是花岗岩层,下层为玄武岩层。地壳的底界(和地幔之间的界面)称为"莫霍洛维契奇界面",简称"莫霍界面"(莫霍洛维契奇系南斯拉夫地震学家,他根据地震波资料测定了地壳和地幔之间界面的埋深)。欧洲地球科学家们利用地下爆破或强大的声波震动器,在固定地区制造人工地震波,由于地震波通过"较松软"的地壳岩层快于"较硬实"的地幔岩层,所以经过"莫霍界面"时,震波图上会出现一个小"弯折"表示速度差,根据到达这一点的时间,可以得知"莫霍"界面位于什么深度,然后按照测量点所在地区的岩石比重,算出该地或该城的重量。

　　当然，实际操作和计算过程中需做大量的工作，需要大量的数据（比如岩石成分和比重等）。积累了足够资料后，兴许可以设计出计算模型，那就会方便多了。根据城市重量尚可算出整个国家的重量，据悉，德国、奥地利、瑞士等欧洲国家已经启动了计算城市重量的工程，经计算和研究发现，柏林是德国最重的城市，因为柏林所在地的地壳厚度有 33 千米（德国所处位置的地壳厚度在 20千米至 40 千米之间），而且柏林的地下有很多含铁的岩石。然而在德奥瑞三国中，德国只是个轻量级国家，奥地利的重量是德国的三分之一，但面积只有德国的四分之一，奥地利所在地的地壳特别厚，最深可达 55 千米，所以奥地利是欧洲单位面积最重的国家之一。据推测，澳大利亚和加拿大在最近 30 亿年中，由于火山爆发的原因，岩石富集和堆积严重，那里的城市应该都是较重的。

　　测量和计算城市重量不仅有利于地球内部结构的理论研究，而且对发展经济和环境保护具有重大意义，比如在测量过程中已经发现许多"地热区"，这些地区的地球内部热能在强烈地上涌，是建造地热发电厂的理想厂区。

吃饭了没有

　　和老外一起到了某公司,走在去会议中心的路上,好几个熟人先后跟我打招呼,同时也会意地跟老外笑笑。老外问我:"他们跟你说什么?""他们向我问好。""我怎么没有听见他们说'你好'?""他们问我吃饭了没有。""有这么问候的吗? 要是你没吃,难道他们请你吃?"我一时答不上话来。后来我倒是想起来了,有的地方的人还真会煞有介事地接着说:"没吃上我家吃。"如果说前面一句还能与问候搭上一点界,后面一句则纯粹是假客气了。

　　中国人有很多习惯总要扯上吃饭,有人来访,走的时候主人有心无意地要说一句:"吃了饭再走吧。"这句话听多了就觉得很假,在多数情况下主人并没有请客吃饭的意思,但料想客人肯定会谢绝,假客气一下也无妨,顺水人情乐得做。一位朋友告诉我,有一次会谈一个项目,持续了好几天,每天中午总是一个老外叫外卖,并由他埋单。一天中午一位中国同事对那个老外说:"我来付吧。""好吧,你想付就付吧。"老外爽快地说。事后,付账那位同事不好意思地说:"其实我没有想埋单的意思,老外那么有钱还用我来埋单吗? 我不过跟他客气客气罢了,没想到他来个老实不客气。"

　　作为问候语的"吃饭了没有",我没有考证过,是不是古代有哪个大人物说了那样的话,后来下面的人乃至所有的老百姓不管愿不愿意都模仿起来。不过有一点应该是没错的,古代中国人一向以农耕为生,劳动生产力低下,长期经济落后,生活贫困,有衣穿、有饭吃就算不错了。见面就问"吃饭了没有",可能就是关心别人"以食为天"的头等大事,后来这种问候就流于形式,甚至掺入了假惺惺的意味。

假客气是中国人的陋习之一,自古到今就像基因那样地传承下来,从皇帝到平头百姓,拷贝不走样。大的大虚伪,小的小虚伪。有例为证:大明天启七年(公元 1627 年),明熹宗(朱由校)驾崩,遗诏由他弟弟信王朱由检(后来的崇祯皇帝)接位。按惯例,除了遗诏,尚需有宗室和文武大臣的"劝进";然而两次劝进都被朱由检拒绝,理由是皇兄驾崩不久,他悲痛万分,没有心思谈做皇帝的事情。直至满朝文武第三次劝进,他才装出一副不得已的样子——遗命在躬,不敢固逊,勉以所请。一场虚伪的宫廷戏总算收场。

假客气通常分为事先假客气和事后假客气,事先假客气带有一定风险,倘若对方是个直来直去、不喜欢客套的人,就像老外那样老实不客气地接受你的客气(虚情假意),那你只好认了;但多数情况下是可行的,因为中国人喜欢互相客气,即使想接受,也要推来推去,搞上几个回合。事后假客气就能吹得没边了:"啊呀!我昨天一直等你到晚上九点钟呀,你都没有来。我准备了八菜一汤……"其实她什么也没有准备。

说严重一点,假客气是一种不文明的习惯,是一种陋习。像"吃饭了没有"这样的问候,不妨改成"你好"。没有这份诚意,就不要装出慷慨、大度、热心的样子,大可不必说"吃了饭再走"。

闭上眼睛试试

人体有各种各样的感觉器官,感觉器官是我们通往世界的窗口。如果有一种感觉器官有了缺陷而无法正常工作,其他的感觉器官就会承担起其中一部分任务。盲人或视力有严重障碍的人,他们的其他感官往往特别灵敏,尤其是听觉和触觉功能远远强于常人。

但是也有人有意识地闭上眼睛或用布条蒙上眼睛,试着体验体验盲人的生活,比如妻子搀扶着蒙上眼睛的丈夫去散步,丈夫简直都不敢迈步了。有的人闭上眼睛在家里摸索着做家务,结果发现,竟然花了平时的两倍时间。由此可见,我们在生活和工作中是多么地依赖于眼睛呀。只有一件事情,闭着眼睛吃饭或许能让人觉得另有一番口感,可以慢慢地、静心地体味饭菜的香气、温度、味道。

解放前,有一些不法的封建会道组织,他们欺压百姓,骗取钱财,让人闭上眼睛,自己在他身后一米之处念念有词或施出所谓的气功,最后一定让被骗者"受到感应而倒地",而且多数情况下都能应验。其实这只是利用了一个很普通的现象——闭上眼睛,人会失去平衡,乃至倒地。

那么如何来解释这个现象呢?为了保持人体的平衡,我们的大脑在加工来自四个不同的信息源的感觉中枢信息:内耳中的平衡器官让我们感觉到地球引力的方向,换句话说,让我们感觉到哪里是上,哪里是下。有一个信息源负责发出让头部在空间转动和加速的信息。另有一个信息源发出深度感觉信息,使我们感觉到身体中肌肉的状态,即它们的长度、张紧度,好让神经系统调节关节姿势。还有一种策略性信息,它们让我们感知站立时,我们的重量在脚掌上是如何分配的。

此外,视觉印象在人体平衡中起到相当重要的作用,如果我们是睁开眼睛的,并固定看着一个点,一旦身体往前倾了,视觉方向就会被我们调整,以便继续固定看这个点。也就是说,眼睛必须动起来,此信息同样在帮助大脑察觉,应该往哪个方向动作才能保持身体的直立不倒。总之,大脑将所有信息综合起来,协调出一种使身体保持平衡的状态,并估计出这一状态与理想姿势的偏离值是多少。

谚语说"眼睛参与吃饭",说的是食物的丰富色彩能提高人的食欲。科学家们认为这句谚语其实可以用反证法加以解释。吃饭的时候不妨闭上眼睛,实验表明,凡是看不见所吃食物的人,分泌的唾液和胃液便减少,吃的当然也少,最后会高估自己所吃的量。简言之,他们提早认为自己吃饱了。据一份实验报告介绍,90 名受试者中,40 名是看着食物吃的,其他 50 名则闭着眼睛食用。结果是闭眼者几乎都比睁眼者少摄入 20% 的量。有些科学家甚至提倡,不妨再创造一句谚语:闭眼吃饭能减肥。

摆脱传统密码

生活在电子时代和信息时代,人们离不开密码:登录名、个人识别号、解锁码、(网上银行交易中用户需输入的)交易验证码……还有许多用于其他行为和目的的大量密码。可是谁又能真正记住一大堆的数字和字母组合呢？再说密码是不宜随便用书面形式记下来的,而银行等交易机构提供的原始密码(如给你一个任意六位数、6 个 8 或者国外通行的 Iloveyou 之类)是必须及时加以修改的。既要对他人保密,又要使自己易记,这是一对重大矛盾。

据统计,有 1％的网上密码对专业数据窃贼(黑客)来讲只要试 10 次就能搞到手;全世界最喜欢用的密码约有一万种,因此大部分这样的密码很容易被黑客解密,这些网络犯罪分子能用专门的软件在很短时间内窃取 12 位以上的密码。老练的黑客往往将一种"字典功能"编制在软件中,所以建议用户不要在字典中找概念作为密码用。

鉴于网络黑客越来越严重的袭密行为,IT 企业的专家们提醒用户应经常更换密码。2013 年成立了一个由 IT 企业组成的"在线身份快速识别联盟"(FIDO),网上支付平台贝宝(PayPal)、中国的联想和搜索引擎巨头谷歌等都是该联盟的成员。使用 FIDO 的验证方法,用户的密码不需被发送出去,而是由手机或电脑等设备内部的软件进行处理,验证通过后不保留登录信息。值得注意的是,FIDO联盟正在积极致力于研发彻底摆脱密码的验证手段。

除指纹扫描外,摩托罗拉还在研制一种像药片一样的、可吞咽的探测器,药片里有一带有开关的微型芯片,吞下后,胃酸就作为电解液活化药片,在体内产生类似一种18-bit-心电图的信号,原则上身体就"变成了身份确认密钥"。有朝一日,这一技术也会用在汽车和住宅上,以确认它们的主人。吞下"探测器药片"后,人的手和臂便成了天线,用无线解码信号证明自己是器械的主人。前提是每天需要吞服一粒这样的安全智能药片。

第二次世界大战期间,美军曾通过分析敌方发报人员的独特按键节奏而跟踪德国部队的行动。如今,美国的计算机专家正在研发一种"按键分析法",通过精确地跟踪一个用户在键盘上的平均击键时间、击键压力以及两次击键之间的时间间隔而建立验证手段,因为一个人的击键模式是不变的,也是别人无法模仿的。测量精度可达到毫秒,测量准确率为99%。

每个人的心搏或脉搏的节奏跟指纹一样,也是独一无二的,手腕上戴一个环带可进行心率的电子测量,从而产生一个独一无二的生物统计密码。环带通过蓝牙技术与周围的仪器通讯,证明用户的身份。

此外还有人正在研究一种通过脑(电)波证明自己身份的方法,比如通过思想自己的妻子(丈夫)或家里的狗狗而产生的特殊脑波来证明自己的身份。不少研究者认为,这种目前听起来像科学幻想的方法,不久的将来说不定能成为现实。

冰天雪地鸟亦欢

冬天,妈妈和孩子在小区遛狗,突然,走在一起的孩子对妈妈说:"妈妈,你干嘛给狗狗穿上鞋子,我觉得狗狗穿着鞋子会难受的。"妈妈回答说:"我给它穿得暖暖的,它怎么会难受呢,它应该觉得舒服才对。""舅舅说,每一种动物都有自己的生活方式,这是长期形成的,这叫进化,进化就是它们已具有能在自然界生存的本领了。"

孩子的话说得是有道理的,狗不会说话,人们不知道它们喜不喜欢穿衣着鞋,但有一点是肯定的,它们愿意服从主人的意愿、听主人的话,所以主人为它们着装,它们也不闹。想想那些家禽,鸡、鸭、鹅等脚上一点羽毛都没有,它们却能在冬天的雪地里欢乐地走来走去,丝毫不觉得冷,也没有人想到要给它们的脚穿上点什么东西,是因为受宠的级别不够吗? 可是人们饲养家禽绝不是为了等着吃冻死的鸡、鸭、鹅肉呀。

不过请放心,冬天家禽裸脚是冻不死的,它们有它们的活法。禽类属于脊椎动物的鸟纲,一般的鸟都会飞,但也有的两翼已退化,不会飞行了,如鸡、鸭、鹅、鸵鸟等。有人担心,山雀、乌鸫,尤其是麻雀,越是下雪,越喜欢在雪地里蹦蹦跳跳(其实是在寻找食物),它们的脚会不会生冻疮呀。不会的,无论是会飞的或不会飞的鸟类,它们的腿脚有一种特殊的机制。换句话说,鸟类是"冷脚动物"。具体而言,鸟类的脚掌在冬天的温度通常低于1℃,而它们"穿戴"着羽毛的身体的温度最高的可达40℃。

鸟腿中有一个特殊的系统,即所谓的"灵网",这个网由许许多多细微的血管组成,它们以对流的原理使血液进行热交换:热的血从鸟的心脏流至腿中的"灵网",在"灵网"中得到冷却,然后作为冷血到达脚部;冷血返回到腿部时又通过"灵网"而被加热。换言之,在血液的热交换过程中,向下流动的热血在加热向上流动的冷血;向上流动的冷血在"灵网"中冷却热血,效果相当好,因为腿中的毛细血管数量极多,而且分支巧妙、互相交叉、错综复杂、难怪被俗称为"灵网"。

既然脚温这么低,鸟类怎么不感到难受,这是因为鸟类脚上的神经束比较少,对温度的敏感性因此便下降,再说低温对鸟的脚掌并不发生危害,故脚掌就不向身体发送"寒冷"警报了。

有人做过一个试验,让人光脚在结了薄冰的湖面上小范围走动,开始没有发生问题,冰也能承受人的体重;然而过了一定的时间,有一只脚掉进水里去了,因为脚温把冰融化了;不一会儿,脚已大幅度冷却,冰窟窿的水又开始结冰,竟然把人的脚一起冰住了。鸭子就不一样了,它们是水禽,不仅能在冬天的湖里游水,还能任意在结了薄冰的湖上大摇大摆地奔走,因为它们的脚是冷的,不含能融冰的热量。

多吃点无花果

　　一位老外说过一句颇有创意的话："我看他应该多吃点无花果。"我顺水推舟地附和道："是的,这个人太不要脸了。"说老实话,当时我还没有把"吃无花果"和"不要脸"扯上关系。回到家里我边吃晚饭边想……对了:《圣经》中提到亚当和夏娃在伊甸园偷吃智慧果后终于为他们的赤身裸体感到羞耻。经许多专家和学者考证,《圣经》中所说的智慧果不是苹果,而是无花果。我很佩服这位老外的幽默感,因为语言词典中并没有"吃无花果而知羞耻"的用法,不过"无花果树叶"倒是"遮羞布"的代名词,因为亚当和夏娃确实用无花果树叶来遮住下身的。

　　无花果系桑科落叶灌木或小乔木,是人类培植的最古老果树之一,全株含有白色乳汁。无花果是有花的,因花生于囊状隐头花序内,看不见,故称无花果。传说新疆阿图什有个叫库尔班的维族果农,他种的一种又甜又香的果子引起了可汗的注意,可汗命令库尔班将自己家中的果树全部移栽到宫中的花园里,否则砍树、毁园、杀头。于是库尔班连夜将所有嫩枝剪下,送到老乡们家里扦插,把老树株送至可汗宫中。结果宫里的树一棵也没活,而老乡们家里的树却枝繁叶茂、花香果甜。库尔班因此被可汗抓去严加拷打。第二年,老乡们正在发愁,生怕花香被可汗闻到,又会遭殃。说来奇怪,果树竟不开花而结果。从此,这种果子便叫无花果。

无花果原产亚洲西部,后传入叙利亚、土耳其等国,如今地中海沿岸诸国栽培很多;唐代传入我国,长江流域以南和山东沿海都有栽培,新疆南部种植较多,品质最好。无花果可鲜食,肉质甜而柔软,营养价值极高,果实富含糖、蛋白质、氨基酸、维生素和矿物质等;每年的 6 至 10 月都产果。无花果也可制成无花果干、果酱、蜜饯等。无花果有开胃、助消化和止腹泻等功能。

在国际上,以土耳其伊兹密尔出产的无花果为上品。用来制无花果干的果实通常被留在树上,直至大部分水分消失,然后被摇下树,放在太阳下或干燥房里继续干燥至只含 25% 的水分。在土耳其,果干往往还要继续用热蒸汽处理,最后压制成卷状或块状。将这样的半成品炒成细颗粒,就成为"无花果咖啡",可与真正的咖啡以恰当的比例混合成色香味俱佳的咖啡,据说这也是著名的"维也纳咖啡"的配方。

新鲜的无花果木有韧性、很轻,地中海沿岸的民族以前用来抛光金属;因其易弯曲,也作为制作剧院座椅、箍圈、花环环圈的材料。无花果的喻义在西方几经改变,本来是和平及幸福的象征;后来又被看作死亡之树(经常有人在无花果树上自缢),古希腊传记作家和散文家普鲁塔克在其名著《希腊罗马名人比较列传》中提到古希腊哲学家提蒙一次来到一个集会讲台上,他对所有在场者说:"雅典的公民们,我家小院有一棵无花果树,很多人都在那树上自缢了,我准备砍掉此树造房,有谁想上吊可得赶快去啊。"

无花果有诸多好处,面对那些做事恬不知耻的人,应提醒他们"多吃点无花果"。

多作揖，勤洗手

中国古代通行作揖（后代称之为拱手）——双手抱拳前举，据说是模仿带手枷的奴隶的姿势，所以作揖的礼节有可能产生于奴隶社会初期，意为愿意做对方的奴仆，听从对方的使唤，不久渐渐成为一种友好的礼节。后来出现了握手，用在会见、别离等场合。《文选》载汉苏武诗曰："握手一长叹，泪为生别滋。"邓拓认为握手在欧洲用得极普遍，但不是中国传统的正式礼节。如果让今天欧洲的医学家和卫生学家来发表意见，他们肯定非常赞成中国古代的拱手作揖礼而反对见面就握手的习惯。

事情还要从我们的手说起，手其实是人身上的万能工具，对人很有帮助，唯一不好的是手乃传染病的载体。每年冬天是感冒多发季节，有时难免出现流感期。传统的说法曾经误导过我们："咳嗽、打喷嚏时要用手掌或拳头阻挡，以免飞沫带着病原体传入空气，从而将流感传染给别人，这不仅是卫生习惯，而且是一个文明礼貌的问题。"

针对这一"忠告"，医卫专家们不得不发出紧急警告：如果咳嗽和喷嚏往手上打，那么患感冒者只要去接触一件东西，比如门把手、楼梯扶手、公交车辆中的拉扶杆、电脑键盘、硬币纸币……流感病毒和病菌便留在了被接触过的物体上，别人再去抓摸这些物体，很容易被传染。瑞士的科学家们指出，流感病毒在纸币上的活跃时间可长达 2 周；而在常温下的空气中，病毒的半衰期为 30 至 60 分钟，所以在感冒季节里，应定时通风才对，每天至少 4 次，每次 10 分钟左右。至于用手遮挡飞沫的习惯应该改掉，即使要挡，也应用肘窝来挡。

鉴于上述原因，专家们提出两点建议：避免握手；彻底洗手。此外，在疾病流行期间，也不要用手去摸自己的脸、嘴和鼻子，因为它们是病原体的"入侵之门"。勤洗手是具有决定性意义的保护手段。专家发现，大部分传染病（约 80％）是通过手传染的，所以重视洗手显得十分重要，做下列事情前应洗手：做饭前和吃饭（包括喂孩子吃饭）前、下班前、戴隐形眼镜前或取出隐形眼镜前、处理伤口前、做美容和面膜前、男性在小解前也应洗手。做下列事情后应洗手：擤鼻子后、上厕所后（包括陪孩子上厕所以后）、为孩子换尿布后、与垃圾接触后、遛狗以及接触宠物以后、乘公交车以后、回家以后、探望病人以后或自己在医院看病以后、回家以后、拿话筒讲话或表演节目以后。

洗手时要注意洗手的正确性和有效性，比如涂抹肥皂应到位，手心、手背、指尖、指缝以及大拇指和指甲都应顾及到。使用皂液比固体肥皂卫生，建议采用 pH - 值中性的洗洁剂。洗手应在水龙头下用流动水冲洗而完成整个过程，宜持续 20 至 30 秒钟。在公共厕所关水龙头最好用一次性手巾（也有用自己的肘撞关龙头的）。上海有不少医院厕所水龙头上方的墙砖上用图示介绍"五步洗手法"或"六步洗手法"，值得点赞。

不愧百兽之王

　　虎和狮、豹等一样,是猫科动物,在国外被称为"大猫"。东北虎(国际上称西伯利亚虎)是世界上最大的老虎,平均体重约为265千克,产于中国东北黑龙江省和吉林省、俄罗斯西伯利亚和朝鲜北部。东北虎在西伯利亚被看成是调节野生有蹄类动物数量的主要猛兽,虎是狼的克星,凡有老虎出没的地方,就见不到狼的足迹,鹿等有蹄类动物的数量便很快增加。

　　虎是独居者,只有交配时雌雄短时间在一起,产下的虎仔由雌虎抚养至三岁。野生的虎常以尿划地盘,地盘的大小因猎物多少而有所区别,猎物多的地方地盘小,反之地盘大。虎的寿命在20至25岁。

　　"山中无虎猴称王,"老虎本来就是山中(众兽)的大王。在中国,老虎一向是百兽之王。客厅里一幅中堂,如果是动物,则虎居多,它威武勇猛,可压一切邪恶。然而按西方的说法,狮乃百兽之王。其实,这里牵涉到地域差异和文化差异的问题,狮子产于非洲、亚洲西部和印度孟买林区;而虎则分布在亚洲,欧洲人很晚才见到虎,古罗马的第一只虎是公元前19年印度送给古罗马皇帝奥古斯都的礼物。自然界的虎与狮从来没有打过照面,也不可能碰到一起;即使在印度,虎与狮各有各的生活区域,虎与狮的栖息地基本上是不重叠的,所以它们从来就是井水不犯河水的。

关于"虎胜过狮"的传说不算少,有人说古罗马的竞技场有"狮虎斗"的表演,每次总是老虎获胜。还有人说英国拍过一部电影,按剧情虎应该死于狮口,结果连续让三只虎(西伯利亚虎、孟加拉虎和苏门答腊虎)上场,每次都是虎将狮咬死。最后只好用枪将苏门答腊虎打死。

虎与狮,到底谁更厉害,不妨从生理结构和搏斗方式来作一比较。虎与狮的头颅差别不大,因为狮的头部至颈部有很多鬣毛,给人一种"头大"的错觉。虎的心脏容量大于狮,也就是说,虎的爆发力更大,耐力更好。虎的犬齿长约 6 厘米,狮的犬齿只有 5 厘米长。虎嘴的咬合力约为 450 千克,而狮的咬合力最多只有 400 千克。虎的咬合深度约 10 厘米,狮最多 9 厘米;这是一个很重要的条件,因为咬合深度是决定被咬者生死存亡的关键因素。虎的后肢力量特强,这有利于搏斗时的直立和跳跃,而狮子几乎不会跳跃。与狮相比,虎的体型相对"苗条",因此动作灵活敏捷。试验表明,虎会走平衡木,而狮不会。此外,虎的狩猎技巧比狮高明,善于偷袭,善于从背后咬住对方的颈脖子。由此看来,无论在"硬件"还是"软件"方面,虎皆胜狮一筹。令虎与狮决斗,稳操胜券的应该是虎。

再说这"王"字都已经写在虎的脸上了(虎之前额有似"王"字形斑纹),虎不为王谁为王?

虎,百兽之王,受之无愧。

不能不死的个体

　　人类存在的物质基础是细胞，通过细胞分裂实现个体的生长、发育和繁殖。开天辟地以来，人类就梦想着长生不老，直至科学昌盛的今天，仍有一批"永生学家"认为，只要解决三大问题，人就能避免死亡。三大问题是：避免体细胞死亡、治愈心脑血管疾病、治愈癌症等绝症。

　　关于人类衰老的学说有多种，最新的一种是端粒学说。端粒是细胞内染色体末端的 DNA 重复序列，能保护染色体的完整性。然而细胞每分裂一次，端粒的长度就要减少一些，端粒的不断缩短意味着细胞的老化。通常认为，细胞最多经过 52 次分裂后死亡。端粒学说发现，有一种端粒酶能修理端粒的缺损，比如人的精细胞和卵细胞的端粒都比体细胞的端粒长很多，因为精细胞和卵细胞中有端粒酶。进一步研究表明，端粒酶潜在于每一个体细胞中；可恨的是，除了精细胞和卵细胞以外，端粒酶只有在病菌细胞和癌细胞中具有活性，这也是癌细胞何以能扩散得那么快的原因。为什么会这样，有待进一步探索。尽管如此，科学家们仍在研究如何有的放矢地利用端粒酶，让它们起反作用：阻止正常细胞的老化过程、抑制癌细胞扩散。

　　人类的平均寿命在史前以及有史料记载以来，基本上没有很大变化；直至 170 年前，因医学和卫生的进步，人的平均寿命开始每隔 10 年约增加 2.5 岁。据推测,现在出生的女孩都有可能庆祝她们的一百岁生日。但至今为止,绝大部分科学家一致认为,人的寿命是有上限的,通常在 120 岁,最高 130 岁。

哪怕有限,也要孜孜以求。未来学家们企图从人工智能的途径延长人的寿命。据称最多再过 20 年,会有纳米机器人问世,他们会在人体内发现和消灭病原体和有害物质,还能修理人的基因。

激素是对人体最有影响的手段之一,但人的一生中,激素的产生在逐渐减少,这对人的免疫系统、新陈代谢和寿命都会带来不利后果。一些实验结果表明,生长激素似乎能抑制衰老。给一组 60 至 80 岁的老人定期补充生长激素,经一段时间后发现,这些老人不但没有继续衰老,反而变得更为年轻了。与此同时,能为生产细胞和组织提供潜能的、能治疗许多疾病的多能干细胞的应用及研究也日益受到重视。

按说进化是朝着有利于人的方向进行的,但为什么偏偏和人的寿命过不去呢? 一种较为普遍的解释是:人能继续生存下去的前提是,身体特点和行为方式不断适应环境的变化、气候的变化和社会形式的变化。比如全球变暖可能还会继续,但人类会适应的,当然,这种适应是一个比较长的过程,也许在 1 000 年内甚至 2 000 年内,在这期间,可能会有许多个体不适应而被淘汰,但对整个人类而言,将会有一种质的进化。作为个体的人是不免一死的,研究长生不老没有意义。

不甚大雅说马桶

许多人不喜欢直说"小便"、"大便",民间于是用一些委婉语代替"大小便"和"上厕所",我国常用的有"解手"、"方便"、"办公"等,现代人则多将厕所称作"洗手间"、"卫生间"。英语中针对"大小便"和"上厕所"有一种雅称,谓之"响应自然的召唤",不失为绝妙隐语。德国人也有几种变通说法:"到拐角去一下"、"我上皇帝走路去的地方"(皇帝平时以车、马、轿代步,惟有上厕所才步行)。罗马人及其周围国家的人把大便称为"做一笔大生意",小便叫"做一笔小生意";还有,凡坐在马桶上"办公",无论大小便,均被戏称为"在开会"。因为古罗马人很早就开始建造用水冲洗的马桶,"马桶间"十分宽敞讲究,许多人在马桶间聊天、开会、谈生意、讨论哲学问题,简直堪称"马桶沙龙"了。这些用语以后在欧洲不断普及起来,大便、小便干脆简称为"做大"、"做小"了。

有规模的马桶设备起始于公元前 2350 年的美索不达米亚平原。考古学家在特尔·阿斯马尔挖到一个宫殿,它至少拥有 6 个厕所,每个厕所里安装着许多马桶,这些马桶通过排放沟与主下水道相连。而古罗马的大型厕所都用山上流下的水冲洗。

欧洲中世纪骑士们的城堡外墙建有空心的直通沟,供城堡里的贵族直接排大小便。但城里人往往不讲卫生,将夜壶里的尿直接从窗口倒到街上,恶臭难闻。据说法王菲利普二世有一次不小心打开窗户时,被臭气熏得晕倒。

到了 1589 年,英国人约翰・哈林顿发明了早期抽水马桶,很受伊丽莎白女王的赞赏。至 1775 年,伦敦钟表匠亚历山大・卡明斯研究出划时代的虹吸水封式存水弯,它保障了不让臭气冒出来。1823 年,法国伯努瓦女士正式申请无臭味抽水马桶专利。

一些心理学家曾经研究过使用抽水马桶者的习惯和心理状态,发现出于卫生原因,许多上厕所的女性并不真正坐在马桶圈上,有的不惜用掉半卷卫生纸将马桶圈擦了又擦,完了再把卫生纸铺垫在马桶上(按德国 DIN 标准规定,为防止堵塞,每次坐马桶的卫生纸用量不得超过 12 张);上完厕所不洗手的女子多于男子,可能是嫌水龙头太脏。其实厕所门把手上的细菌和病毒比如厕者裤子上的多得多,所以专家建议,尤其是男性,在解小手前后都应洗手。心理学家们的另一个发现是男子解小手时爱“射击”某个目标,这种习惯容易使马桶周围被尿滴弄脏。针对这种习惯,2004 年举行欧洲杯足球赛时,汉堡的“博彻斯”咖啡馆老板动了个脑筋,他在尿盆上垫了半个塑料做的镂空足球场,球门正好处于尿盆中心,对准球门“射球”是毫无疑问的了。

没有想到,为人类服务了将近 200 年的抽水马桶现在竟然开始遭到质疑,许多厕所研究者认为传统的 WC(抽水马桶)在技术上已经过时,经济上也存在问题——耗水量大。按他们的说法,抽水马桶无非就是用水将大便、小便和手纸混合起来的机器,每年人均耗水量极大,到时候还得用污水处理设备再让它们分离。当代所提倡的是环保型的 Ecosan(生态卫生设备)及非混合型马桶(能将大小便分开的马桶,让小便单独收集起来作为制药工业的原料)。但使用非混合型马桶时,无论男女,大小便都必须坐在马桶上。

菜中大者为芋

芋是多年生草本植物(作一年生栽培),天南星科。我们所食用的部分系芋的地下肉质球茎,俗称"芋艿"(或"芋头")。芋性喜高温和湿润,原产东南亚,中国南方多有栽培,称为水芋,种植在水田里;北方也有种植,那就是旱地里的旱芋了。非洲是世界主要产芋地,新几内亚所产的芋头每个可达 3 至 8 公斤重。

芋的学名 Colocasia esculenta,中国人为什么为其起名"芋"呢?李时珍曰:"按徐铉注《说文》云:'芋犹吁也。大叶实根,骇吁人也。吁音芋,疑怪貌。'"这种植物的植株可达 1 至 2 米高,叶片像盾牌,很大(叶柄既长又肥);球茎不仅多肉,而且会"横行霸道"地垂直和水平发展。《毛传》(《毛诗故训传》的简称)中有一释义:"芋,大也。"

在遭外族侵略的时候,中国人吃的食物经常会带上反侵略色彩,如针对元朝以及清朝统治者的侵略和压迫,太原有一家专门卖"头脑"和"杂割"(此处指羊的头脑和内脏)的饭庄取名"清和元",好让老百姓痛痛快快地骂个够:头脑杂割清和元。至于为什么叫"芋艿",这里有一个民间传说:明朝时,倭寇常在我国东南沿海骚扰侵犯,朝廷派大将戚继光带兵抗倭,战绩辉煌。中秋佳节那天,军士们正在庆祝胜利,不料敌军乘机偷袭戚家军,遭围困的士兵们在粮草断缺的情况下挖得野芋充饥,觉味佳但不知名何物。戚继光曰:"为纪念遇难士兵,称它们'遇难'吧。"终于在一天夜里,士兵们在"遇难果腹"后,成功突围,并歼灭了无数敌军。后来,每年的中秋节,东南沿海的老百姓都要吃"遇难"以表纪念,这一风俗后又流传至周围省份,"遇难"也演变成了"芋艿"。

个子老大、貌似蓬发垢面人头的芋头,引来了一大串俗名和别名。《青棠集》和《古今谭概·无术部》均记载了一则与芋有关的典故:"张九龄知萧炅不学,故相调谑。一日送芋,书称蹲鸱。萧答曰:'损芋拜嘉,惟蹲鸱未至;然仆家多怪,亦不愿见此恶鸟焉。'九龄以书示客,满座大笑。"此处的"蹲鸱"其实是"芋"的一个十分冷僻的别名。此外,芋尚有不少与"大"有关的别名:芋渠、芋魁。渠、魁皆喻大也。

芋的球茎可菜用、粮用、制作酒精和淀粉,某些品种的花梗和叶柄也能作菜用,它们富含蛋白质和维生素,植株的地上部分还能用来作牲畜的饲料。我国劳动人民在长期生产和生活斗争中发现了芋能治蜂螫的功能。《梦溪笔谈》中讲到一个故事:处士刘易在王屋山亲历了一件事情,一只蜘蛛被蜂螫伤落地,腹部中毒鼓胀。只见它慢慢爬进草丛,咬破芋梗,将自己的伤口不断在芋梗破裂处摩擦,经过一段时间,腹胀竟然消失。从此老百姓便总结出一个治虫、蜂螫伤的方子:用生芋梗擦伤口或将芋梗捣烂做贴剂。

残雪映红万朵茶

　　我居住之小区,虽是高层建筑,但一年四季还是有花可赏,确实能给人一点居住美的享受。每次下楼,不管是什么原因,我常会多走几步路,在绿化地带赏一会花。一直很喜欢春天繁花满篱的蔷薇和金秋暗添幽香的桂花。然而今年春节后的两次降雪提醒了我,不要忽略了在风雪漫卷中斗寒展姿的山茶花。今年的山茶花,在枝头上残雪的衬映下,红得比任何时候醒目,成为无数幅"残雪映茶图"。正是山茶花的抱团拥簇,整整一个冬天,大自然才没有寂寞过。

　　山茶因"其叶类茶,又可作饮,故得茶名"(《本草纲目》)。山茶花又名茶花、曼陀罗、小茶花、耐冬花……花期11月至翌年4月。花色除大红外,尚有白色、粉红色、黄色、紫色、绿色、红白相间及带斑纹者。茶花原产我国、日本和朝鲜,系常绿灌木或小乔木,蒴果近球形,木材可供雕刻和制农具用,种子榨出的油可供食用或用在工业上。在日本,茶花籽油曾被用来润滑军刀和武器。花可入药,性寒,味苦,功能凉血止血;主治吐血、衄血(鼻孔出血)、便血等症。

　　茶花属于世界名花,何时传入欧洲,说法不一,一般认为1677年,我国茶花传入英国。然而在欧洲有人认为16世纪茶花已由葡萄牙水手从中国澳门带入欧洲。到了18世纪下半叶,茶花已在欧洲各国的宫廷花园里普遍栽种,成为上流社会的名贵花卉。法国王后约瑟菲娜尤其喜欢茶花。19世纪60年代,比利时成为欧洲的茶花栽培中心。19世纪是茶花在欧洲的繁盛时期,法国著名小说家和戏剧家小仲马于1848年出版的长篇爱情悲剧小说《茶花女》以及后来根据小说改编的、由威尔第作曲的歌剧《茶花女》曾轰动一时,感染了整整一代人。女主人公玛格丽特因喜欢茶花而得名茶花女;小仲马的构思当然是很合乎逻辑的,那个时候的女人酷爱茶花,然而《茶花女》的问世反过来也更加促进了人们对茶花的爱好和栽培。

在云南西双版纳傣族自治州勐海县生活着部分哈尼族人,汉族人称他们为僾尼族人。年轻的僾尼族人把茶花看作爱情的象征,并用茶花传达爱情。如果一个小伙子看中了一个姑娘,他可以采一朵美丽的茶花,将两根棉线缠在花上(以示他对姑娘的情意绵绵),然后将茶花交到姑娘手里。姑娘会欣然收下茶花,同时也摘下一朵茶花,经过简单的处理后回赠给小伙子。这时的他,心儿在怦怦地跳:如果花上也缠有两根棉线,就表示姑娘也爱他;倘若茶花只系着一根棉线,就说明姑娘并不爱他;要是花上绕着三根棉线,则意味姑娘已经有意中人了。

茶花的花期长,一朵花能持续绽放20天左右,一个花期能维持5个来月。植株的寿命亦很长,曾有报道,浙江瑞安仙岩乡有一棵树龄1 200多年的古茶花树,被列为国家重点保护植物。"唯有山茶偏耐久,绿丛又放数枝红。"美丽而不畏严寒的茶花看来还颇有一点现代人所提倡的"可持续性"。

厕所专家爆料

自从 19 世纪出现配有抽水马桶的厕所后,人类(尤其是儿童)的死亡率史无前例地下降;有专家认为,抽水马桶比抗生素所救的人还多。遗憾的是,至今世界仍有 40％的人没有抽水马桶,以致在有的落后地方,就像中世纪那样,将人的排泄物直接倒入河湖等水体或干脆随便倒在路上,令有识之士十分焦虑。

2001 年,来自全球 30 多个国家和地区的 500 多名代表在新加坡出席了世界厕所组织召开的第一届厕所峰会,为了确保饮用水安全、促进基本卫生设施建设、提倡清洁、舒适和卫生如厕,会议建议将每年的 11 月 19 日列为世界厕所日。2013 年 7 月 24 日,第 67 届联合国大会通过决议,将每年的 11 月 19 日正式定为世界厕所日。截至 2014 年 4 月上旬,世界厕所组织已拥有来自 177 个国家和地区的 477 个国际会员,我国的北京旅游局是会员之一。

世界厕所组织每年举行一次世界厕所峰会,交流和研讨人类的"大小私密生意"(古罗马人对大便和小便的雅称),探测人的如厕行为和习惯,研发新的设备和技术。专家们发现,在公共厕所里,最先被如厕者碰到的马桶间也是被用得最多的马桶间。来到这个相对安静的小室,有三分之一的 14 至 29 岁的人会无拘无束地唱歌或背诵台词。约有一半坐在马桶上的成年人习惯于阅读:女的看画报,男的读报纸。83％左右的男子解手后会洗手,但女子洗手的只占67%；据分析，她们不洗手的原因是嫌水龙头脏。

为了获取和分析信息，科学家们在厕所隔壁建立了实验室，现场分析来自厕所天花板、门和洗脸盆传感器的数据，所以专家们能知道一次小便的平均时间为2分钟，男子比女子快。男子通常在就位后2秒钟即开始小解，但这一时间和旁边是否有人关系很大。如果有人，就会延长开始时间；倘若此人紧挨着你，可能延长至8秒钟。面对身旁等用便具者，有三分之一的人压根儿就无法开始小解。为此，研究者告诫：不要紧挨着正准备小解的人。

在消耗手纸方面，男子比女子少得多，女子的手纸用量通常在8至12张，有17%的女子还会额外在马桶圈上铺好几层纸，所以女厕所的马桶堵塞现象远比男厕所严重。

厕所涂鸦是一个古今老问题，从出现公共厕所起就存在这种现象。内容五花八门，国外有些男人喜欢在涂鸦时评论政治家。而女人则多涂些情感或人际关系问题，如："我被男友打了，我该怎么办？"于是后来者纷纷"跟帖"："以牙还牙，回击！"或者会有人说："还是不要向他挑衅吧。"有一位语言学家收集到一串厕所涂鸦，是争论关于人生的意义和目的的，竟然多达60几条。

常备小姜

从小就开始体验生姜的用途——受凉感冒了，家里便给我煮姜汤喝，加了红糖，只觉得喝起来又甜又香又暖和，那种微辣根本不在话下，恐怕所有的人都有这样的感觉。姜汤也叫"还魂汤"，有一种传说：白娘子为救许仙冒险盗仙草，此仙草就是生姜芽，所以生姜有别名"还魂草"，姜汤因此叫"还魂汤"。需要提醒的是，姜汤只适用于风寒引起的感冒，不能用于暑热感冒。

生姜系多年生草本，作一年生栽培，我们所用的生姜是由若干小块连成的不规则手掌状根茎，看上去像顽固小老头。初生嫩者其尖呈紫色，称"紫姜"或"子姜"，每年9至10月为收获期。生姜原产印度尼西亚，我国和东南亚诸国都有栽培。我国的生姜品种颇多，有东北安东地区的白姜、陕西汉中地区的黄姜、四川川东的竹根姜。以山东平度生姜最有名气。

按民间的说法，生姜是助阳之品，有句话叫"男子不可百日无姜"。宋朝文学家苏轼在《东坡杂记》中提到，杭州钱塘净慈寺一八旬有余老僧，鹤发童颜。"自言服生姜40年，故不老云。"生姜在日本用得非常普遍，日本人持同样见解，德川十一代将军家齐，与其17名妻妾共生下55个子女，问其阳壮的秘密，答案是每天吃生姜。

除作生、熟调味品外，生姜有着很多治病、防病功能。冬天食之，其所含之姜辣素对心血管有刺激作用，可增强心肌收缩，使血液流动加快，从而让人感到全身温热。姜辣素还能刺激消化系统，增强胃肠蠕动和消化液分泌，提高吸收能力。

生姜有一种化学结构与乙酰水杨酸（阿司匹林）类似的物质，这种物质的提取物经稀释后制成血液稀释剂，可防止血液凝固。科学家还发现生姜能起到某些抗生素的作用，尤其是抗沙门氏菌效果明显。此外，生姜对金黄色葡萄球菌、白色葡萄球菌、伤寒、宋内氏痢疾杆菌及铜绿假单胞菌也有抑制作用。生姜还有对付真菌的作用，能有效抑制许多癣菌，浸酒涂擦对治鹅掌风和脚气有一定效果。

俗话说"上床萝卜下床姜，不劳医生开药方"。萝卜有消食化积作用，晚饭后睡觉前适当食用萝卜有利于晚间消化。早上起床后嚼食几片生姜，能防小毛小病；孔子曰："不撤姜食，不多食。"孔子一年四季食有姜，但不多食，饭后嚼食几片足矣。旅途中备好生姜，碰到牙疼，可取一片放于痛处咬嚼，能减轻疼痛。冬天有的人易生冻疮，用生姜涂擦可阻止冻疮复发。擦生姜对减缓关节疼痛同样有效。出门前口嚼生姜服下，有预防晕车、晕船、晕飞机作用。古人有出门带生姜之经验，李时珍《本草纲目》曰："凡早行、山行宜含一块，不犯雾露清湿之气……"据言生姜还能抑制亚硝酸胺（致癌物质）的合成，生姜中的姜油酮有一定程度的抗氧化作用。

必须注意：霉烂的生姜不能吃，因含有黄樟素，会使肝细胞变性。

车前足下也是宝

有一种夏天常见的草,往往不被人重视,它很贱,耐践踏,车过、马过、人过,它不在乎,照样顽强伸展在路边、沟壑、地头、田间,有的干脆长在路中间。此草就是车前草,因大多长在车辆经过的道旁,故名。

东汉名将马武在一次出征中陷入困境,缺粮缺水,又正逢酷暑,军士小便难解,连战马也尿血。马武正觉走投无路时,手下人来报,说他的战马尿血已止住,是因为吃了战车前一种长得像牛耳的草。马武于是命全军挖牛耳草食之,不几天,人和马的尿血症基本痊愈。马武喜不自禁,大呼:"好个车前草,此天助我也!"传说这车前草的名字就是马武叫出来的。

古代欧洲人也很早发现这种长在路旁的草有利尿、消炎、治伤口等作用,但他们不知道这是什么植物,很长一段时间将它归入玄参科,直至后来在"种系发生"调查中用分子生物学方法才将它划入车前科。欧洲古代一些较为有名的医生的著作中都提到车前草的治疗功用:治恶心、溃疡、带下、痢疾、出血、化脓等。甚至在莎士比亚的戏剧中也出现过车前草。

车前草系多年生草本,夏、秋开花。种子随着征战的士兵和商人们浪迹天涯,于是世界各地都有车前草,中国和亚洲其他国家尤多,所以车前草的学名叫 Plantago asiatica;Plantago 系从拉丁文

Planta(脚掌)演变而来；全名意为"亚洲脚掌草"。车前草在我国另有当道草、车轱辘菜、医马草、饭勺草等别名近 40 个；据说蛤蟆喜欢在车前草下逗留，所以车前草又多了一个"蛤蟆草"的名字。

其貌不扬的车前草，路上的尘土经常让它蓬头垢面。然而草亦不可貌相，车前草尤不可小瞅，它确实可以治病，采鲜草洗净，煎汁成"车前茶"饮之，能治尿路感染、水肿和高血压等疾病。亦可将车前叶剪碎晒干，日后冲茶喝，能提高水分、盐分、尿素和尿酸的排出量，从而起到利尿作用。车前草除含有胡萝卜素、蛋白质、脂肪、维生素、钙、磷、铁等外，尚含车前甙、桃叶珊瑚甙、熊果酸、β-谷甾醇。车前甙有促使气管和支气管粘液分泌及调节呼吸中枢作用，故能祛痰镇咳，并使呼吸适当减慢和加深。种子车前子是一味中药，功能基本上类似全草。

我国古代用车前草做成药膳，如车前叶粥、车前苋菜汤……西方人喜欢用车前叶做野菜色拉。不过以前很多人只知道拿车前草喂猪，猪倒是喂得很健康，却可惜了这一自然资源。前不久，四川省泸县兆雅镇人终于开始了人工种植巨型车前草，平均亩产可达 350 斤，产品卖给中药材公司，经济效益是油菜籽的二至三倍。

车前草就像有些人一样，他们有一技之长，但不善于包装自己和推销自己，也不期盼有人为他们炒作。人们走过路过，却总是错过它们——默默无闻的车前草。

吃茶和喝茶

　　一年一度的新茶正在陆续上市。清茶一杯,谈天说地,议论东西,这是中国人自古以来最文雅的消遣。五六千年以来,茶经历了药物、祭品、贡品、菜蔬、饮料等一系列功能。春秋时期,新鲜的茶树叶子被当作一种苦菜吃,据说"吃茶"就是这么来的。其实江南等地习惯于把东西送进嘴里的饮食动作都称为"吃",如"吃老酒"、"吃香烟"、"吃茶"等。但"吃"可以用来涵盖"喝",而"喝"却不能包括"吃";因此也就没听见过说"喝肉"的。不过时至今日,把茶叶拿来"吃"的现象还是有,杭菜"龙井虾仁"中的龙井茶叶是吃的,而不是喝的。

　　我国的茶叶历史悠久,由国家评定的名品茶叶共有 30 种,又从 30 种里选出佼佼者十大名茶:西湖龙井、吴县碧螺春、黄山毛峰、闽南铁观音、武夷岩茶、君山银针、祁门红茶、(安徽)六安瓜片、(贵州)都匀毛尖及(河南)信阳毛尖。

　　乾隆皇帝是我国历史上一位十分讲究品茶的君主,他下江南时特意到杭州狮峰品龙井茶,一天兴至,钦定 18 棵龙井茶树为"御茶",并吟就《观采茶作歌》一诗。直至 85 岁高龄退位时茶兴未衰,面对他的退位,一位大臣奉承说:"国不可一日无君!"乾隆笑答:"君不可一日无茶!"

　　17 世纪,茶叶从印度传入欧洲,荷兰和英国很快成为西方的饮茶大国,茶是英国人的第一饮料。不过英国人喝茶比较正规,他们崇尚喝"下午茶",届时家庭主妇常邀些朋友亲戚到家里"聚茶",同时提供精美茶点,成为一种温馨的家庭式交际活动。曾经有过一个时期,英国不少公司在"下午茶"时间免费让员工喝茶,也适当提供牛奶、白糖,有时还会有些茶点。

国外喝茶喜欢加配料(如糖、奶、柠檬等),中国人饮茶讲究茶叶的品级和沏茶的水质。不少名茶产地往往有好水相辅,最著名的是"龙井茶叶虎跑水"。被称为"天下第三泉"的虎跑泉水因其含有适当的钠离子及微量的可溶性有机氧化物,有保健作用,尤受推崇和青睐。然而真正享受虎跑水的人能有几多,绝大多数饮茶者还是只能依靠自来水。不过也可用桶装纯净水或经过滤杯处理的水煮沸沏茶,不妨比较一下,两者口味有明显区别。但有人坚持说纯净水没有营养,笔者以为,人体的营养不是靠喝水得来的,水中能有几多营养;再说,水中所含的不纯物质不见得都是营养。

有客来访,敬之以茶,乃中国人的礼仪和美德,但在清代,有一种叫"端杯"的官场习俗,若上司对下属说话不满,可板起脸端起茶杯,侍从便心领神会地呼道"送客"。民间也有一种不成文的规矩,主人与客人一起喝茶,主人不能过分"劝茶",否则会被疑作"逐客"。

饮茶得法,延年益寿,人若能活到108岁,被称为"茶寿",因为茶字由"二十"(廿)和"八十八"组成。要想活到"茶寿",请君常喝茶。

迟到老朋友

经常迟到的人往往都是我们的熟人,有时甚至是我们最要好的朋友,然而我们不得不经常为他们而浪费许多宝贵的时间,因为白白地等待他们。

经常迟到的人被称为"慢性迟到者",不少慢性迟到者会对自己的迟到作出种种分辩:我不是故意迟到的,但有时在出门前总会冒出点意外来。我家里有孩子,有了孩子上班就难免迟到。女人出门总得打扮打扮吧。

一位迟到者向主管解释说:"我必须把狗送到宠物医院去。""我记得你的狗已经死了,上次你迟到时就是这么说的。""我现在有了一头新的狗。"主管于是对所有在场的员工说:"你们所说的迟到理由也许所有的慢性迟到者都能理解,但我听了不入耳。"

反过来,准时是一种美德,德国人被公认为最准时的人,他们有时候甚至超准时,什么是超准时,通常可以理解为比约定时间出现得早。笔者曾在一位德国人的联系和安排下,和其他一些客人一起参观一个现代化车间。在车间外,带队的德国人停了下来。"糟了,我们超准时了。这样吧,我们在车间外转一圈。"有几位来访者轻声说:"早了总比晚了好。"其实不然,早了也是不准时,早去了,人家还在忙别的事情,打乱了别人的工作计划,认为来访者不礼貌算是客气的。

也许从后果来讲,早到比迟到好一点。在德国,迟到者会特别难堪,所以迟到者一定要非常虚心地道歉和自责。心理学家对迟到现象作过多方面研究,想找出人为什么会迟到乃至经常迟到的原因。许多研究表明,大部分迟到者通常按一种"预计储存时间"模式在安排自己的出行时间;问题在于,不是所有的人都能恰如其分地"预计"的,有些人常常低估完成一件事情所需的时间,弄到最后,势必因时间不够而造成迟到。还有的人不善于准确估计一分钟持续多长时间;准时的人通常把一分钟估计为持续 58 秒钟,而慢性迟到者最多会把一分钟下意识地"误判"为持续 77 秒钟。若按错误的时间感去安排每天早上的"例行公事",从而决定什么时间起床、什么时间出门,倘若再碰上一点"小插曲",难免不迟到。不过时间感的准确性是可以锻炼的。

　　美国华盛顿大学的一个研究小组通过对参试人员的调查作了研究,参试者首先须回答一份问卷,然后自己估计回答这些问题用了多少时间(试验者实际规定为 11 分钟)。实验的第二部分是让参试者拼图(规定时间为 9 分钟),试验过程中是允许看表的。最后发现,每个人的估计都不一样,也就是说,每个人对"预计储存时间"的设定不一样。但两部分实验在规定时间内完成者是经常看表的人,所以他们的时间感是比较切合实际的。而没有按时完成任务的人多数是没有掌控好第二个任务,有的甚至在关注与规定任务无关的事情,完成第二个任务的过程偏差往往导致"老迟到"。

　　有一个观点是存在争议的:你就不会早点起床吗——不同意。

　　有一个信息也许让人震惊:在美国,因不准时而造成的年经济损失约为 900 亿美元。

此鳖不是那鳖

老子在电话里对儿子说："现在没工夫多说,老爸我正在收拾家里的地鳖呢。"儿子好像对几个关键词的听觉特别好:"哦,老爸,你可得给我留一个,我特爱吃那玩意儿。"儿子显然以为老爸在家里杀甲鱼,准备改善伙食。其实老爸当时心里正烦着呢,因为家里的厨房里发现了好些地鳖,有活的,也有死的。不过此鳖不是那鳖,地鳖和甲鱼浑身不搭边。地鳖也称"土鳖"、"簸箕虫",系昆虫纲,蜚蠊目,鳖蠊科。身体扁平,长圆形,通常为黑灰色或褐色,家里出现的地鳖较小,一般为1厘米左右。

地鳖之所以被称为"地甲鱼",就是因为它们长得像甲鱼,好比是缩小了几百倍的甲鱼,不过它们的腹背是覆瓦状的节节。地鳖和蟑螂、书虫等害虫不一样,它们之所以喜欢待在你家里是因为有潮湿的地方适宜于它们生存。再说地鳖不危害家里的物品,也不传染疾病。如果白天在家里看到地鳖,那么它们很快就会死去的,有时我们看到的干脆就是死地鳖。

地鳖怕阳光、怕干旱,喜欢待在潮湿的地方,如石头和木头的下面,花盆的底下,也喜欢烂水果和烂蔬菜,厨房和卫生间的墙角缝是地鳖喜欢藏匿的地方。地鳖的祖先是水生动物,由于水中的生存竞争激烈,而地鳖又不具备对付敌人的特殊武器和手段,因而在进化过程中也就慢慢退出水域,最后成为陆地上的"微型鳖"。

所以地鳖的呼吸系统很特别,除了原来作为水生动物所具有的鳃以外,还形成了类似于节肢动物的呼吸器官(后腹部的第一二两对足的空心处具有肺的作用)。后腹部的足也保留着鳃的作用,有专门的"供水系统",使表面保持潮湿,便于呼吸。地鳖只有胸节上的足是用来行走的。

地鳖一般多见于夏天,它们的生存和光线、温度、湿度很有关系,白天潜伏,晚间出来活动。最适宜地鳖生活的温度是28℃至30℃,低于0℃或超过38℃,都会引起地鳖成虫和若虫的大量死亡。虽然喜欢潮湿,但它们不能在水中生活,因为它们已经不会游泳。而一旦温度下降到8℃,地鳖便不再活动,开始休眠。

地鳖的相貌不太好看,人看见它们的第一反应往往是捏死它们。但它们在大自然却能起积极作用,树叶、木质、蕈类等的纤维素首先是由地鳖分解的,它们的排泄物以及经它们分解后的植物纤维素作为其他土中动物的养料而被继续利用,从而使土壤形成腐殖质层。

在我国,地鳖(雌虫)是一种传统的中药材,秦汉时的《神农本草经》和明代李时珍的《本草纲目》中都有记载。以前靠人工采集,现已改为人工饲养,用干燥雌虫入药,药用地鳖的个头要稍大一些,性寒、味咸、有微毒,主治血滞经闭、跌打损伤及腹痛瘀块。

雌性地鳖堪称模范妈妈,为了保持潮湿的孵化条件,卵始终被小心保存在母体腹部的孵化袋中。家中出现只把地鳖大可不必紧张,只要尽量保持干燥,地鳖会自然死去;即使生存条件十分理想,地鳖的寿命最多也只有2年,更何况它们是无害的。

此花开处百花尽

听说有些城市的花店出售一种被称为"黄莺"的小黄花,像满天星一样,被当作花束的配花,店主们还颇为得意地向顾客们推荐着。近来,发现从我上班的写字楼看下去,曾经被某置地集团临时绿化的一块土地,竟然在短时间内悄悄地从绿色变成了黄色。这一切原来都是加拿大一枝黄争艳称霸所致。

加拿大一枝黄是外来生物,菊科,一枝黄花属,主要分布在北美洲,欧洲、亚洲亦有生长。1935年作为观赏植物引入我国,中国人给它起名"黄莺"和"幸福草",常用作插花时的配花。后来因失控而逸生野外,在公路旁、铁路边、河畔、荒野、山坡以及所有闲弃和缺少管理的土地上乃至花园里疯长。由于加拿大一枝黄繁殖能力强(每株约可产生19 000枚种子,借助于风和鸟儿任意传播;此外,残留在地下的根状茎上的嫩芽里仍含有丰富的养分,它们能在不很理想的条件下继续生存,来年完成无性繁殖),善夺其他植物的养分和水分,使其他植物不能生长成活,有害生态环境,从此一直被视为恶性杂草而另得"雅号"——"生态杀手"和"霸王花"。

很多国家除了加拿大一枝黄以外,都有自己的本土一枝黄,那些土生土长的一枝黄就不是害草了,因为它们的繁殖能力不如加拿大一枝黄,也没有那种高强的争夺能力。比如"一枝黄花"是我国的中药,俗名"蛇头黄"、"百根草"等,是我国的普通一枝黄,和加拿大一枝黄是两码事，它有清热、消炎的作用，常用来治感冒、急性咽喉炎、扁桃体炎、疮痈等。一枝黄花还能提黄色染料。欧洲的乡土一枝黄也有治痉挛、利尿和消炎作用。

由于加拿大一枝黄没有天敌，至今未发现对其有致病致死作用的细菌和病毒，所以对付其疯狂蔓延是一件令人头疼的事情。然而办法总是有的，例如欧洲有个业余养羊者，他喜欢培养新品种的羊。有个新品种名曰"杂食羊"，它们什么都吃，先后经 9 个品种杂交而成。利用这种羊消灭加拿大一枝黄效果不错：将受侵土地用篱笆围起来，一公顷面积放入 10 至 12 只杂食羊，不给饲料，必要时投一点干草作调剂消化用，据实验者说，持续一年即能见效。目前，该养羊者已开始"出租杂食羊"的业务，在个别情况下还可以协商出售。我国也提出了用加拿大一枝黄的茎造纸的方案，让它变废为宝，据悉，用这种原料造出的将是一种颇有韧性的高级纸张。

根据"十分之一规律"，外来物种大约只有十分之一能在新的生态环境中自行繁殖，而在这些能自行繁殖的外来物种中，又只有十分之一左右会引起生物灾害而成为有害物种。所以遇到加拿大一枝黄侵袭，既不用过分紧张，也不要等闲视之，但是必须采取行动。铲除时一定要连根拔起，可用火焚烧或者在烈日下翻土，将根状茎上的嫩芽"烤干"。处理以后的土地应及时播上别的植物种子，以免加拿大一枝黄"反攻倒算"。平时不可荒废土地，草地绿地宜常管理，不要人为传播（如出售"黄莺"等），是防患未然之道也。

聪明的麻雀

"鸟雀荒村暮,云霞过客情。"麻雀自古以来生活在有人类居住的地方,是一种亲人鸟;人烟稀少之处,麻雀也罕见。人和麻雀的关系微妙,小孩子多数喜欢麻雀。

冬天的雪后,傍晚,天色尚未全黑,我站在堂前的天井里,看着几只麻雀在围墙一头的瓦下和围墙另一头的瓦下来回地飞,我很关心它们是否也像我一样地觉得很冷……祖父把我叫进屋里吃晚饭了,他说:"老麻雀在忙于给小麻雀找食和喂食,雪积厚了,食物不好找了。吃你的现成饭去吧。"然而后来,当我念中学的时候,我也参加了学校组织的轰赶麻雀运动。星期天的上午,爬到定点居民家的晒台上,拼命敲锣拼命高喊。在全市统一行动下,麻雀被吓得魂飞胆战,我看见有好几只麻雀逃得筋疲力尽而掉了下来。后来,轰赶麻雀的做法被否定,麻雀在"四害"名单上的地位先后被臭虫和蟑螂替代,麻雀被摘帽平反了。而今天,有一次当我开窗时,麻雀差点没撞到我脸上。

其实,"消灭麻雀"在国外和历史上是大有先例的。18世纪,普鲁士国王弗里德里希·威廉一世为了保护王家土地上的"皇粮"不被麻雀偷吃,定出赏格,鼓励捕杀麻雀。后来又因害虫泛滥成灾而取消"捕杀令"。第二次世界大战后,由于过分夸张和错误估计,一些国家又犯同样错误,采用专门的陷阱或毒物来对付麻雀(应该承认,在某些粮食生产基地,被麻雀吃掉的粮食是比较可观的)。

平心而论,麻雀在人的心目中是可爱的。麻雀娇小、文弱、活泼、胆大、聪明、好奇,关爱和呵护弱小是善良人的本性;更何况麻雀还有一夫一妻制、关心雏鸟、夫妻共同哺育后代、不吃独食等优秀品质。值得提一提的是麻雀的灵性和悟性,麻雀善于在墙洞、墙缝中和旧式瓦房的瓦下筑巢,还会利用其他鸟类(如啄木鸟、燕子)废弃的窝巢。麻雀系留鸟,不作长途迁徙,是松散型群落生活的鸟类,能听懂其他鸟类的警告声,还能模仿乌鸫和椋鸟的警告声。为了防止寄生虫和保护羽毛,麻雀养成了一种叫"沙浴"的卫生习惯。

不久前,人们分别在墨西哥城和苏格兰地区发现了麻雀的一种新的行为:城市里的麻雀对烟蒂很感兴趣。在墨西哥城一个大学的校园里,研究者对 80 个麻雀窝作了检查,发现平均每个窝里有 10 个烟蒂,有一个窝甚至有 48 个烟蒂。生态学家和生物学家们注意到,这些烟蒂都被拆散了,烟丝和筑巢材料混合交织在一起。经研究得出结论:烟蒂越多,窝里的寄生虫越少。有人特意做了另一个试验:用吸过的卷烟和未吸过的卷烟引诱寄生虫,发现寄生虫全避开吸过的卷烟。由此可见,麻雀把烟蒂当作驱虫剂用。科学家们认为,很可能是麻雀主动开发了烟蒂的驱虫功能,因为有的鸟类会将有驱虫作用的植物拖进窝巢。

城市居民也许还能把麻雀当作生物报时钟——勤劳好动的麻雀每天在太阳升起前 15 至 20 分钟开始歌唱。麻雀让我一直记着这样一句话:宁要手上麻雀,不贪屋顶飞鸽。

从蜡烛包说起

中国旧时的商品包装不是很讲究,用纸袋或黄色方形草纸的较多,比如在南货店买东西,包装比较高级一点的食品送人时,店员通常先在柜台上摊一张较厚的草纸,上面再衬一张薄薄的白纸,将物品包成一个四棱台的形状,然后在小长方形顶面上覆一张红底黑字的招牌纸,再用绳子扎好,这是一种传统。但有一样东西是例外,它只包三面,有一面是敞露的,那就是蜡烛包,因为蜡烛的芯子是裸露在上面的,包起来容易弄坏。那时(红)蜡烛是按各种不同分量制作的,买蜡烛要说明是几两的蜡烛,买好后一对一对地包装,蜡烛芯都敞露着。年纪大的长辈过世了,小辈也带着红蜡烛包去拜别。以前中国的家庭有一个习惯,将初生婴儿用小被子裹起来并缚住,只露出头,很像包好的蜡烛,故谓婴儿蜡烛包,简称蜡烛包。

用纸袋和草纸包装不免显得低级和简陋,改革开放以来,商品的包装越来越受重视,尤其是礼品的包装,要求漂亮和有新意。

礼品包装用得最多的材料是包装纸,全世界每年要消耗大量的纸张,欧美有些国家每年在包装圣诞礼物时造成的碎纸和废纸拼起来有好几十平方千米,这是相当可观的浪费。为此,有的数学家找出了一个计算包装用纸面积的公式:$A = 2(ab + ac + bc + c^2)$,其中 A 代表所需纸张的面积,a 代表礼物最长一边的长度,c

代表最短一边的长度,b 代表剩下一边的长度。这件礼物是一个典型的长方体(皮鞋盒子),$2(ab+ac+bc)$正好是六个面加起来的面积,$2c^2$表示最短一边平方的两倍,这个量作为纸张搭接和粘贴所需的余量。用这一公式可事先知道包装一件礼物所需的纸张面积,可合理地裁分纸张和提高包装速度。

也可以这样做:包装的时候,将纸摊开,放上盒子,使最长一边对着包装者,将盒子往后翻滚三下,再加几个厘米作为粘结用,这就得出了包装用纸的长度。要将盒子两端包住和粘住,纸需要的宽度为:盒子最长一边和最短一边之和再加上一点余量。

若礼品是圆柱体,那只要用纸包卷起来即可,然后将纸翻折,粘住两端(其中一端可粘上一个花样),如果圆柱体的直径与高度之比大于 1.75,则礼品应像长方体那样包装。

中国人自古习惯于把钱当礼物送人,如过年送孩子压岁钱、生日送礼钱、结婚送份子钱、丧事送哀悼钱。这一习俗越来越被西方人认同:钱确实是每个人都需要的。然而到现在为止,我们的礼钱包装都很简单,永远是一个信封(红包),至于哀悼钱应装在什么颜色的包里,似乎没有什么规定。在礼钱的包装方面,欧美人已经后来居上了,他们要么买现成的包装,要么自己动手做包装。现成的以漂亮的钱盒、钱袋、储蓄罐和玩具运钞车居多。自己做的话,可以放开思路和想象,如用纸币折成一把扇子、根据折纸艺术将纸币折成衬衫、裤子、领带、花朵、蝴蝶、鸡心等各种图样,也可将纸币塞进透明的圣诞球,挂在圣诞树上;还有的人将纸币粘在自己做的贺卡上。经过装扮的钱就不会显得那么单调了,也会让收礼者铭记于心。

大变帽子戏法

作为足球比赛概念之一的"帽子戏法"语出刘易斯·卡洛尔的《爱丽斯漫游奇境记》,该书被列入世界十大哲理童话,是英国最受欢迎的儿童读物,书中提到一位能用帽子变戏法的制帽匠。英国板球协会最早根据这一故事决定向连续三次用球击中守方门柱或横木、造成该方击球手出局的攻方投球手授予一顶帽子。传说1858年在英国设菲尔德举行的一次板球比赛中,希思菲尔德·哈曼·斯蒂芬森首次获得这一荣誉。但人们对获奖过程有不同说法,有的说他被奖励一顶帽子,有的说比赛结束后他被允许用自己的帽子接受来自观众的捐赠和奖赏。

传说可以有不同的版本,再说,那是发生在板球比赛中的轶事。板球一直被视为"绅士游戏",很长时间以来只流行在中上层社会。后来帽子戏法终于走出板球,成为其他一些体育项目中的概念,比如在足球、冰球、曲棍球、手球等比赛中;尤其在足球比赛中被看成一种了不起的成绩。1958年瑞典世界杯赛期间,巴西队对法国队半决赛时,球王贝利一人连进三球,展示了帽子戏法。后来在《贝利自传》中,作者专门描写了这一辉煌。随着中文版《贝利自传》在中国的发行,"帽子戏法"这一名词才开始在中国足球界和球迷中普及。

如今,帽子戏法在足球比赛中最为流行,但不同的体育项目可以对帽子戏法有不同的定义和要求。有的国家在国内足球联赛时会建立"国家标准",比如要求同一球员在半场时间(甚至三分之一场时间)内连进三球。德国甲级队联赛时采用高于世界杯的帽子戏法要求,德国人把高于世界杯的要求称为"无可指摘的帽子戏法"或"经典帽子戏法"。

至巴西世界杯足球赛,随着德国队的托马斯·穆勒(顺便提一下,按准确译法应为托马斯·米勒)在对阵葡萄牙队时上演的一个帽子戏法,世界杯历史上已经先后创造了 49 个帽子戏法,其中不乏无出其右的杰作:1906 年英国业余足球队对阵法国队时,英国球员斯坦利·哈里斯和维维安·伍德沃德分别展现了帽子戏法。哈里斯在第 49 分钟、第 51 分钟和第 57 分钟进球;伍德沃德在第 63 分钟、第 65 分钟和第 73 分钟进球。该场比赛英国队以 15∶0 完胜法国队。1908 年,丹麦队对阵法国队,索弗斯·尼尔森在整场比赛中两次上演帽子戏法。2005 年德国女足甲级联赛中,巴特诺伊纳尔队的格林斯在对阵杜伊斯堡队时,短短 5 分钟内连进三球,创造了女子足球中的帽子戏法之最。

帽子戏法这一概念的运用已经越来越广,它被引入到许多生活和文化领域中,连续三次获同一个艺术奖(如电影奖、音乐奖)的也有人称之为帽子戏法;玩电子游戏时,同一名游戏者连续三次获得高分也是帽子戏法……

聪明和愚笨的距离

说起聪明人，常常使人想起一些名人，他们中多为科学家、作家、政治家、艺术家、各方达人……名人说的话就是名言，至理名言，充满了智慧。

有时候，名人名言确实让人佩服。丘吉尔说："不取笑别人的愚蠢是在为自己留一条后路。"言下之意是聪明人也有愚蠢的时候，也会做出愚蠢的事情，所以要包涵别人的愚蠢；这样，当你以后不小心说错话或做错事的时候，也会受到别人的谅解。

很多人认为聪明人智商高，愚笨者智商低。这样的定义有点偷懒，因为事情远远要复杂得多。什么叫笨？狭义而言，指一个人缺少一种能力：从感受到的事物中得出恰当的结论的能力。其原因在于不具备形成判断能力所必须拥有的（对事实的）认知能力、理解能力缺乏或理解迟缓和困难、对既有事实的整合速度较慢、观点带有情感性、受到某种思想的灌输；当然，智商较低也是原因之一。但愚笨必须和智障区分开来，因为它尚处于认知的正常范围。

愚笨具有多样性和相对性，比如有形势性愚笨、特殊性愚笨、社会性愚笨、历史性愚笨。某些事情，有的人认为是愚笨的，但在其他人看来却是正常的；有的事情在过去被看成聪明和正确，今天看来却是愚笨的。在文学和现实生活中，有一种被称为"丑角"的人（如中世纪的宫廷丑角），表面看来愚笨可笑，实际上他们被描写成聪明人的提醒者;而中世纪的哲学家反而被看成脱离现实生活的笨蛋。愚笨在个体之间也是相对的,一些被人们称为"笨蛋"的人往往会找出比他们更笨的人来,在这种时候,光看智商的绝对值已经不能说明问题了。

在文化发展史上,不少人总是把聪明和愚笨看成是矛盾的,人类虽然研究出了一种表示个体智力高低的数量指标——智商。可是几十年来,只有极少数的"讽刺科学家"在研究愚笨原理,他们发现愚笨可以造成比犯罪更大的损失。研究愚笨的学者们还指出,很多人往往低估在运行中的愚笨个体的数量;一个人的愚笨概率和所有其他特点无关;非愚笨者总是低估愚笨者的潜在危险,而且总是忘记,和愚笨者打交道或进行谈判会导致重大损失;愚笨者是人的所有类型中最危险的一种。一个愚笨者的行为往往是损人不利己的,充其量是把自己也搭进去受损,这一结论被认为是"愚笨学"中的黄金规律。

有些人喜欢将聪明和愚笨进行比较,这种比较也带动了对愚笨的研究,有个时期,书市上充斥着所谓的"厚黑学"一类的书,撇开商业炒作,里面牵涉到不少关于聪明和愚笨的问题。其实研究、分析、判断本身就是一个体现聪明和愚笨的过程,有益于社会大众并受到点赞的就是聪明的判断,很多经典的哲理名言只能出自那些能辩证和幽默地看待聪明和愚笨关系的人。而愚笨者的结论,一旦切中了真理,便是聪明的见解,可爱得胜过聪明人;有的聪明人之所以显得聪明,因为他们把愚笨的想法藏在心里不说出来。聪明和愚笨的距离,有时仅一步之遥。

从世界"名左"说起

　　有一位以色列作家,擅长讽刺小品,他写的幽默作品有个特色:总有一个人物对某件事物提出异议,读者会发现,这个人的出发点很好,但提的建议往往很可笑。比如:有一次在喝咖啡时,他觉得生产厂家太不顾及左撇子了,气愤地说:"为什么不生产一些把手在左边的咖啡杯?"平心而论,社会对左撇子还是够关心的,如市面上提供左撇子用的剪刀、开瓶器、罐头开启器、吉他……(当然,不一定所有国家和所有地区都能买到所有左撇子用品的)。

　　人类中大约有10％是左撇子,令人佩服的是左撇子往往很聪明,历史上很多名人(包括科学家、美术家、音乐家、执政者)都是左撇子:伽利略、达·芬奇、米开朗琪罗、牛顿、毕加索、丢勒、莫扎特、爱因斯坦、亚历山大大帝、恺撒大帝……美国最近的七位总统(包括奥巴马)全是用左手签署文件和协议的。为什么会有这种现象?这里有社会原因和心理学原因。年纪大一点的人应该记得,当一个孩子开始念小学时,家长和老师如果发现孩子是左撇子,就会想尽办法让孩子的左手优势纠正过来,孩子要么顺从,也许写字改成了用右手,但其他事情仍用左手完成。要么不愿改,但他们从无望中努力开发自己的创意和智慧,用自信和成就弥补左手的"劣势",于是造就了左撇子天才(名左)。下定决心、情真意笃地去创造和追求、最后达到目的,心理学称之为"皮格马利翁效应"(语出希腊神话，塞浦路斯王皮格马利翁酷爱雕刻，爱上了自己所雕的少女像，爱神阿芙罗狄蒂被其深情所感动，为雕像赋予生命，遂使两人结为夫妇）。

关于左撇子和右撇子是如何形成的，科学家已经研究了很长时间，有不同的理论。最近奥地利专家提出一个新的论点：冬天出生的男性左撇子的比率高于平均值，冬天是指 11 月、12 月和 1 月。原因是左撇子和右撇子的形成与右半脑和左半脑的优势和支配有关，而雄性激素睾丸素（在胎儿发育的某些阶段）会抑制左半脑的发育。11 月至 1 月出生的胎儿正好全部经历易受睾丸素影响的、阳光强烈的阶段，右半脑明显占优势，男孩的左撇子显性便高，这一发现和理论被归入右半脑优势论。

古代，有一种迷信的说法：左撇子是因为着了魔，于是采用种种强硬方法加以纠正，专家认为这是一种对大脑的不见血的粗暴干涉，说不定会造成严重后果，所以左撇子不应强制纠正。

另有一个研究小组不久前在实验鼠身上确定了一种特殊基因，这种基因会导致实验鼠优先使用某一爪子，如果将这种基因排除，会引起鼠内脏的错误分布，如心脏位于右边，肝脏位于左边，据说人身上也有这种基因。看来关于左撇子和右撇子的问题又多了一个课题。

单击掌和双击掌

单击掌动作（或称手势）已在全世界（包括中国）广泛流行，有的一面击掌一面发出"耶"的声音。这一不胫而走的风习用来表示击掌者对一件事情的成功和胜利的喜悦、祝贺或鼓励，它比说话和握手简洁、明了、形象化，男女老幼皆宜，尤其是发生在两个孩子或大人与孩子之间，看到孩子这样做，觉得他们既成熟又懂事，老人击掌也很有意思，好比童心的再现。

单击掌的英文名为 high five，后来变成运动员相互之间致意的动作，意为高举手掌，因手掌有五个指头，所以用"五"代替，大部分人认为这一习俗起源于 1977 年 10 月 2 日洛杉矶道奇棒球队与休斯敦太空人棒球队的比赛，约翰尼·贝克在 46 000 名观众前完成了一个创纪录本垒打，他的队友和老朋友格伦·伯克兴高采烈地高举起右手在欢呼，贝克正好朝伯克奔去，于是两人下意识地用右手击了掌。从此单手高举击掌成为运动员相互之间致意的动作，后来正式发展为对取得优异成绩的祝贺和喜悦；最后又延伸到各个领域并走向了世界。

应该提一下，单击掌也有过别的意思和象征，格伦·伯克在退役后曾向公众自曝隐私，说自己是一个同性恋者，不久，单击掌竟然在旧金山的卡斯特罗区一度成为同性恋权利运动的象征（同性恋是一种与性发育和性定向有关的性指向障碍，目前已有几十个国家实现了同性婚姻合法化、保护同性恋者的合法权益)。高手击掌也曾是美国儿童的一种游戏,两人对玩,其中一个举着手,另一个唱儿歌:"举手……往左……往右……慢慢往下……再慢一点……"在说完"再慢一点"后,举手者必须立即放下手,不让对方用手掌击到自己的手掌,否则对方便赢了。

有的民俗学家却认为,击掌庆贺起源于美国黑人的爵士乐时代,而且不一定是高手击掌和单击掌,也有低手击掌和双击掌,低手击掌用来代替"我们握个手吧!"

眼下高手单击掌流行的原因之一是这样的动作比较卫生,击掌后从对方传染到的细菌只有握手的一半,因此有人建议今后干脆用单击掌代替握手的礼仪。

运动员中至今仍然保留着许多双击掌的庆贺形式,尤其是排球队员之间——一个队员平伸双手,掌心朝上,另一队员用掌心往下拍。2015 年 5 月 28 日晚在天津落下帷幕的女排亚洲锦标赛中,获得金牌的中国女排频频上演双击掌——成功拦网后、攻手钉地板似的将球扣死在对方场地后、发好球直接得分后……场上队员总是先抱团,然后互相双击掌祝贺成功,表示再接再厉,争取更大胜利。

当归不当归

几年前在甘肃某单位出差,临别时主人送我一份礼物,其中有一盒当归,寓意该回家了,免得家人挂念;再说当归也是甘肃特产。当时我真的不知道"当归不当归",我归来不久,谈好的事情果然遇到了麻烦。

当归是一种多年生草本植物,主要产于中国甘肃、陕西、四川、湖北、云南、贵州等省,以根入药,有补血活血、调经止痛的功能,可治血虚、痛经、经闭等,因对妇科疾病疗效较多,故有"妇科圣药"之称;又因许多中药方剂中都会用到当归,所以又有"十方九归"之说。当归入药分三种:去除叉枝须根的当归粗根称"归身",补血功能最佳。留着叉须的粗根叫"全归",用来补血和活血。只用叉枝须根的谓之"归尾",有活血祛瘀、治经闭作用。

中国人为什么要称这种草药为当归,因为中国的文字和文化丰富、形象,而这种优秀传统在中药药名中体现得尤为妙趣横生。古代有个幼年丧父的年轻人,以采药为生。他听说离家五百里地有一座百药山,山上百草险生、虎狼出没,但他坚持要为百姓找到治百病的草药。可是他一去竟然三年,妻子在家盼夫成疾,正当病危时,年轻人回来了,他立即从所采百药中取出一棵开着伞形白花、根长半尺的植株,给妻子煎汤饮之。服药一个月,妻子病愈,健康如初。因为正当妻子盼望丈夫归来的时候,丈夫回家了,并带来了灵药,从此人们便称这种草药为"当归"。这里的"当"是"正当"、"正值"的意思;后来被理解为"应当"。如清代有一位才女给久在异地谋事的丈夫用中药名寄书一封,表示思念之意:"槟榔一去,已过半夏。岂不当归耶?谁使君子,遥寄生缠绕他枝,今故园下视忍冬藤,盼不见白芷书,茹不尽黄连苦。古诗云豆蔻不消心上恨,丁香空结雨中愁。奈何!奈何!"其中的"岂不当归耶"一句便是。

提到当归,人们总说当归是中国的特产,确切地说,应该是:"中国当归"是中国的特产,因为西方也有当归的。西方的当归叫"安吉莉卡"(Angelica)——女性的名字。我们国内通常说的当归学名为 Angelica sinensis(中国当归)。有意思的是,按西方某些国家的传说,西方的当归在民间有个别名叫"不当归"。相传有一个村子里的小孩都被魔鬼带走了,他们只要吻一下孩子,孩子也会变成魔鬼。一个名叫安吉莉卡的小姑娘病得很重,没有被带走,但她的病没有人能治。有一天,一个天使来到安吉莉卡家里,他说小姑娘命不该绝,不当归也。并告诉小姑娘的家里人,村后不远处的山上悬崖上长着一棵开小白花的草,需由一名勇敢者前往将其连根拔出,取回给小姑娘熬茶喝。后来是一名乞丐将药采了回来。药到病除,小姑娘恢复了健康。这草药便得名"安吉莉卡"或"不当归"。

中国当归尚有消斑、健肤、美容的效用,而西方当归通常只用于促进食欲、镇静和治呼吸道疾病,兴许是两种当归的成分有较大差别或者是西方当归的功能没有被完全开发吧。

大热天小识西瓜

公元前两千多年以前,在南非的大草原和沙漠中到处生长着野西瓜,可惜野西瓜的籽大,瓜瓤是苦的,瓜瓤的颜色为白色或浅绿色。人们将这样的西瓜采回去,只是为了将瓜皮腌渍起来,剩下的部分全部用来喂家畜。有时也能碰到不苦的西瓜,这时瓜籽就能炒来吃,或者磨成面,或者榨油。通常认为,最早栽培西瓜的是埃及人。在人的智慧作用下,"卡拉哈里沙漠之球"终于慢慢被改造成人类夏天清凉甜美的伴侣。在非洲的卡拉哈里沙漠和其他一些干旱地区,几百年来,西瓜是人们重要的"水之源"。西瓜在非洲基本上也是生吃,但也有人煮了吃的,瓜皮用来腌渍或做蜜饯。

西瓜瓤的 90％ 是水分,所以西瓜在欧美叫"水瓜"。"无籽"和"少籽"是栽培西瓜的重要目标之一。我国最早种植西瓜的地方是新疆,因从西域传来,故称"西瓜"。西瓜被列入葫芦科,系一年生蔓性草本;以瓜瓤生食者谓之"西瓜",取其籽者称"打瓜"或"籽瓜"。西瓜和其他葫芦科植物的不同之处还体现在两个方面:一是西瓜叶呈羽状复出;二是瓜瓤中到处分布着瓜籽,而不像其他葫芦科植物,瓜籽集中在果心。

一个普通的西瓜重量大约在 3 至 25 公斤,西瓜并非越大越好,体积大了会给运输、销售和储存带来问题;为此,日本的瓜农曾经培育出立方体西瓜,俗称方西瓜(中国近年也有人偶尔种过),一个方西瓜在超市的标价为普通西瓜的四倍。方西瓜的好处是占空间少，便于堆放，便于运输和便于在冰箱里存放（西瓜的边长甚至是按冰箱的格子尺寸生长的）。生产方西瓜其实很简单，只要事先做好玻璃盒，让果实长进玻璃盒，最后收获的就是立方体西瓜。这一创意曾经给予了一些厂家专门生产玻璃盒子的机会，但最终方西瓜还是没有在日本和全世界推广；可能是生产成本问题以及玻璃盒对西瓜吸收阳光有一定的影响吧。

西瓜不愧为"水瓜"的称号，西瓜中水分占90.5%、碳水化合物占8.2%、蛋白质占0.8%、脂肪占0.3%、粗纤维占0.2%。西瓜含糖量很高，约占西瓜重量的10%，一个5公斤重的西瓜含糖量在500克左右，糖尿病患者因此必须根据自己的血糖指数有控制地进食或不食。

一般人夏天都爱吃冰镇西瓜，一个完整的西瓜在冰箱里最多可保存3周时间；已经切开的西瓜最多只能保鲜3天。据研究，在室温下，西瓜里的二次植物代谢物的比例在增长；放在冰箱里则不会增长，甚至会减少。所以建议买了西瓜应趁新鲜吃掉，是否要放进冰箱，各人可自己权衡。

最后不妨介绍一种非常讲究的西瓜之西式吃法——西瓜波列酒：选一个大西瓜，切下一个盖子，挖空瓜瓤，只剩瓜皮，使之成为一个容器，注入一瓶白葡萄酒和0.5升伏特加，然后加上切成小块的瓜瓤和一罐头什锦水果，盖上西瓜盖，放进冰箱过夜。第二天吃前再加一瓶冰镇香槟酒（酒精饮料可视情况灵活应用）。

点滴香醇造硕士

　　有一个时期，红葡萄酒被炒成了灵丹妙药，价钱也随之不断飙升，直至假酒、假进口被揭露，于是人们便开始怀疑，连真正的名酒也不敢相信了，人的消费心理就是这样，假作真时真亦假。

　　说句实在话，踢开虚假的广告，葡萄酒应该是高贵的营养食品。从葡萄的栽种、管理、阳光、葡萄酒的酿造、配方、制作条件，直至工艺的控制、储藏、温度的掌握……均颇为讲究；长期以来，在欧美等地，产生了一门学问，形成了丰富的葡萄酒文化。

　　在高档的餐馆或星级酒店用餐，如果你点葡萄酒，仅那一套点酒程序就让你感受到一种高尚的礼仪。点酒时，由专门的斟酒侍者为你服务。首先他会头头是道向你推荐，等你选定一种品牌后，他会拿一两个杯子来，请你（们）品尝。当你说"OK"后，他便觉得自己要开始执行命令了。只见他用干净的白毛巾裹住酒瓶，手捏在裹毛巾处，慢慢"旋转式"往杯子里注酒，在做这些动作时，他的左手始终放在背后，这是我们国人称之为"腔调"的礼仪。为什么？这里有着科学的道理和历史的原因。葡萄酒越是名贵，则越是要讲究温度，红酒以16℃至18℃为佳，白（葡萄）酒的理想温度通常在10℃至12℃。手的温度会通过皮肤而传到酒瓶上，所以应尽量避免手与瓶子的直接接触，裹毛巾的理由即在于此。当年罗马和埃及的上流社会流行一种习俗（或叫规矩），主人家里吃饭时由奴仆为全家人斟酒,对阶级矛盾的敏感性促使主人提高警惕,为了不让奴仆有机会腾出手来往酒瓶里下毒或带一把匕首到桌上来,规定在斟酒时必须将左手放在背后,这一规定后来就成为一种饮食礼仪,早就失去了原先的意义。

17世纪的欧洲,斟酒侍者演变为家政中负责掌管葡萄酒费用的管家,自1812年起,成为饮食行业中的职业名称。20世纪中期,英国和美国始创"斟酒硕士"的头衔,不少国家创办了斟酒硕士专业学校,报考这种学校不需要学历,但念完课程后必须参加非常严格的考试(被称为世上最严的考试)。考试一般要持续几天,分口试、笔试和实际操作。考生不仅须了解全世界所有的葡萄酒,包括它们的产地、储藏条件、相配的膳食、相关的饮食举止和葡萄酒管理知识,有时甚至还会出现关于鸡尾酒、啤酒、烧酒和雪茄等方面的问题。经常会有一道十分苛刻的考题——"盲品"(蒙住眼睛,在规定时间内确定葡萄酒的品种、产地及生产年份)。据称每年考试约有90%的考生不及格,如果三年内都未能通过考试,则必须重新读书,以前所读的相关学历作废。

英国和美国均设有"斟酒硕士"考试院,当地没有这种学校和考试机构的可由英国和美国的考试院主考并授予头衔。尽管考试很严,但普通的斟酒侍者也可以"斟酒硕士"的名义工作。就像中国旧时的"茶博士"那样,是香醇的葡萄酒造就了"斟酒硕士"。

顶针——穷人戒指

　　小时候母亲给我讲过一个很简短的故事：戒指和顶针本是姐妹俩，姐姐后来嫁到有钱人家，就叫戒指；妹妹当了穷人家的媳妇，人称顶针。那么，戴在手指上的指环为什么在中国叫戒指呢？

　　汉初，中国宫廷中的后妃时兴戴戒指，其作用是表示她们适逢例假或已有身孕，不能侍奉皇上，此乃"戒"之本意。关于婚戒的起源，除了众所周知的一些说法，尚有鲜为人知的传说。上帝创造了亚当，同时也教会了他如何制造戒指。亚当做成了戒指并将它戴在手指上。夏娃发现后，要求亚当把戒指送给他，作为他们爱情的象征。亚当拒绝了，夏娃从此也不再理睬亚当；但她每天傍晚会偏头痛，于是自己尝试做戒指，做了很多，没有一个能让自己满意的（这就是后来除婚戒外各种各样戒指的来源）。再说当时的大地上，除了夏娃没有第二个女人，亚当也觉得没有夏娃的日子非常凄寂难熬，最后终于去找夏娃，希望和解，同时又做了一个一模一样的戒指送给夏娃。这是关于婚戒来源的最新说法。

　　至于婚戒应该戴在哪个手指上，至今普遍认为应该戴在左手的无名指上，其实这样说太笼统、太片面。古罗马和古埃及人将婚戒戴在左手的无名指上，他们相信，左手无名指上有一根直通心脏的血脉，爱情是要用心血来珍惜的。同样，在瑞士和欧洲南部国家（如意大利、希腊、西班牙等国）以及美国，婚戒也是戴在左手的，理由是左手离心脏更近，爱情更可靠，忠诚更有保证。还有些地区的人认为，右手是干净之手，用右手可以不用餐具取食物和抓饭吃。如果把戒指戴在右手，则细菌和脏物很容易积聚在戒指缝隙中，很难洗净。但是奥地利人、德国人和北欧国家的人通常将婚戒戴在右手的无名指上，因为在这些国家，"右"是"优先"、"法"、"权"的意思。

如果撇开传说，顶针的历史远远早于戒指，在莫斯科附近出土的骨制顶针表明，从新石器时代开始已经出现了原始顶针。狩猎者将古代名叫猛犸的长毛象（现已绝种）的象牙磨成中空的细珠子，然后缝在皮套上，戴到手指上，既舒服，又能"顶针"。2 500多年前，意大利的伊特拉斯坎人用顶针已很普遍，当他们征服了日耳曼人后，将顶针传到日耳曼人手中。当时的顶针用青铜做成，由于工艺不过关，使用时常常会将顶针的颜色染到手上或料子上。以后又用黄铜为原料，且不再用铸造方法，而是用黄铜皮卷制加工而成，减少了环境污染，比铸造环保多了。

曾几何时，穷苦而勤劳的母亲和奶奶们戴了一辈子的顶针——她们一生中的戒指；而现代人别说不会用顶针，很多人连针线活都不会。前不久，有一位戒指设计师设计了一款新型戒指，戒指周围分布着许多不规则的凹陷小圆点——编码信息点，它们储存着佩戴人的各种信息、密语，看上去更像一枚顶针。终于，富姐姐找到了穷妹妹。

东山再起工装裤

当人类处于高度文明的时候，衣服的功能经常被迫退居第二位，再实用的服饰都会被追求时髦的人们加以时装化，从而体现人对美的思想和理念。工装裤是第一次世界大战前作为美军中安装师的保护服而发明的，后来很快在社会各个领域成为"整体式"工作服而流行。我国的工人阶级很早便开始穿一种背带工装裤，解放初期国庆游行时常有穿着工装裤的腰鼓队，他们精神抖擞、整齐而有节奏地发出"咚吧咚吧，咚乐乐咚吧"的击鼓声，体现出工人阶级翻身做主人的欢乐精神。

显然，工装裤的产生完全是出于对功能的需要，因为工装裤是连体的，上衣和裤子连在一起不分开，工作时化学品和脏物油腻等不会侵入人体。所以早期工装裤都采用粗斜纹布或帆布做料子，并尽量减少开口处。第一次世界大战期间，工装裤在欧洲亦受广大妇女欢迎，在邮局和工厂里成为"劳动妇女服"，有的家庭妇女做家务也穿工装裤。工装裤甚至流行到农村，尤其是养家畜的农民爱穿，理由是工装裤能起到一定的隔离作用，病菌不容易在牲畜和人之间传布。

20世纪60年代，工装裤在欧洲的大学校园里经历过一个繁荣时期，首先是在瑞典和芬兰的大学里，大学生们常举行各种活动和派对；在这种场合，几乎每个人都穿上工装裤。每个专业的工装裤有自己的颜色。穿工装裤参加派对的初衷据说也是为了起保护作用，因为学生的派对太狂热、太激烈。此习俗后来传到整个北欧，更是蔚然成风，成为大学生文化的一部分。工装裤往往印上系和专业、学生组织或球队的名称，更为引人注目的是，一条工装裤经常是缝上了各种各样的、用织物制成的标志。这些标志通过考试获得，也有的是作为活动纪念品的布质标志，还有的是布质入场券。有趣的是学生们非常乐于交换这些标志，有许多学生的工装裤在毕业时已经缀满了标志，比迷彩服还要五色斑斓，俨然是一面大学生涯珍贵的镜子。

当年的北欧大学生们都已先后步入老年，然而他们还清楚地记得关于工装裤的不成文规定，比如工装裤不能洗，只能透风晾晒。还有的地方主张参加派对最好贴身穿工装裤，即工装裤内什么也不穿。但有一点很明确，不愿穿工装裤出席的也没有人反对。

作为防护工作服问世的工装裤，密封是最初的重要准则，原始的工装裤除了领口、袖口和裤脚口，不再有别的开口，穿和脱的地方有一排纽扣（后来改成拉链）。以后的许多职业装其实都是从工装裤派生而来，较为典型的有击剑服、滑雪服、赛车服。国外曾流行过一种病人穿的护理服，也从工装裤演变而来，它从头部套入和脱去，拉链装在裤腿内侧，贯连两个裤脚口，便于换尿布。根据疾病和手术的不同部位，拉链也可装在背部或腰部。

2009 年是工装裤再度复兴和时装化的一年，不仅色彩缤纷、款式新颖，而且用料不拘一格。一款红色的女式短工装裤（短袖、短裤腿的），配上红色的腰包和红色的凉鞋，绝对是引领潮流的。

冬暖草也乐

上班的路上,时不时会有叫不出名字的草儿在吸引你的眼球——"草不知名随意生"。

暖冬的天气不仅促使一些通常初春才放的花卉纷纷吐艳展姿,连路旁、墙边和空地上都不识时节地冒出各种野草来。

我国自古用草象征离情、愁情、多情,如"香轮莫辗青青破,留与愁人一醉眠"、"到底多情是芳草,长随离恨遍天涯"等。

草,分为人工栽培的(如铺草地用的草以及入药用的草)和野生的两种,人们常说的草主要指野草。骚人墨客说野草是芳草,而农民却视野草如大敌,贬之为杂草,因为我们习惯用"杂"字构成骂语。杂草夺走了栽培植物的养料、水分和阳光,从而使作物减产,严重情况下甚至能造成颗粒无收,所以和杂草做斗争是作物管理的重要措施,在农业生产中于是产生了许多有关除草的智慧语言:冬季清除田边草,来年肥多害虫少;夏天拾把草,冬天吃个饱;锄头坌得勤,棉花白如银……

讨厌野草的还有一种人——铁道部门的人。铁道路基干燥是铁道经久耐用的前提,而轨床的空气流通又是路基干燥的保证。长了野草则谈不上路基干燥了,路轨也就容易生锈。如果野草长在火车站的路基上,那危害性更大;它们不仅影响铁道上部结构的施工,而且因为野草妨碍视线,会增加扳道岔时的事故可能性,所

113

以铁路上的野草也是杂草,必须清除掉。除去铁路路基上的杂草一般有4种手段:红外线、热蒸气、除莠剂和机械手段(割草机、拔草机)。

除草是件不容易的事情,因为野草的生命力和繁殖力特强,它们有非常特殊的生存本领:产生大量种子;很快由风传播;种子在土壤里可待相当长的时间,直至具备发芽条件。在尚未长庄稼的土地上,野草总是最先定居。发芽早、生长早,在争夺光和养料的竞赛中,它们已经占有了最佳"起跑位置"。还有不少野草的根系布得很深很深,犁田耕地碰不着它们。

冬天乐也好,春天乐也好,野草被看作讨厌的杂草是因为它们长在了不该长的地方。它们本来不是杂草,自从人类有的放矢地栽培某些植物后,只要它们妨碍这些植物的生长结实,就被定为杂草。

不少植物学家认为,野草颇有它们好的一面,它们大大提高了大地生态的多样性,它们可作为土壤的覆盖植物而避免土壤侵蚀,它们给某些动物提供了食物及越冬条件。此外,田边、地边的野草能吸引某些有益的昆虫,而这些昆虫又能吃掉棉蚜、烟蚜等害虫,所以有的国家建议农民不要用化学除莠剂消灭田埂上和地边的杂草。

野草有一种精神不容忽视,那就是外国谚语所说的"野草是不会灭绝的"(我们是不会气馁和屈服的),用白居易的话来说,就是"野火烧不尽,春风吹又生"。尽管如此,今天的植物学家们还是在担心野草的品种正在减少,有的野草已被列入"濒临灭绝品种"。

独木也成林

　　俗语说:"单丝不成线,独木不成林。"此话用来比喻只有一个人的力量是不足以办成大事的。无论在自然界还是在生活中,这是不争的事实。然而大自然偶尔也有例外:在巴西北里奥格兰德州州府纳塔尔南部 12 公里处,有一个名叫帕纳米林的乡镇,那里有一个占地面积 8 500 平方米的树林,林中枝叶茂盛、花果累累;但这一大片绿色植物是由一株腰果树盘曲蜿蜒而成。1888 年,有一个名叫路易斯·伊纳多·德奥利韦拉的渔夫在该地种下了这棵树,至今已有 124 年树龄。此树的主根深入地下 1 至 2 米。很奇怪,这棵树的树枝不爱往高处长,而是一个劲儿横向霸占空间,因为除主根外,它还有一个相当发达的侧根系统,到处横行霸道,直至自身重量迫使树枝弯到地上。而一旦树枝接触土壤,便钻到地下成为树根,以后新根又会长出地面,萌生新枝,继续拼命横向生长……经过一百多年的苦心经营,这棵神奇的腰果树终于构筑了一个世界上罕见的独木树林。期间,栽树人德奥利韦拉以 93 岁的高龄安详地在树下去世。据科学家们推断和分析,这棵腰果树的生长方式是基因异常引起的,它应该还能扩展到 3 万至 4 万平方米的面积,不过近几年来周围建造的道路使树(林)的生长可能性受到限制。

　　且不说这是一棵神奇的腰果树,就算是寻常的腰果树,说起来也很有趣。腰果树又称"鸡腰果"、"树花生"、"檟如树"、"介寿果"（"檟如"和"介寿"系英语腰果的早期汉语音译）。腰果是常绿小乔木或灌木，漆树科，腰果属，与核桃、榛子、扁桃仁并列为世界四大干果；原产美洲热带地区、莫桑比克、肯尼亚、坦桑尼亚，我国南方广东省、海南省等都有引种。腰果树长着硕大的、肉质陀螺形或灯笼辣椒形的假果（或称果梨），其实它不是果实，而是果托（果柄），长5至10厘米，是腰果重量的2至4倍，着生在果托上的、体积和重量小得多的"鸡腰"才是坚果。果托非常漂亮，成熟时呈黄色或红色，有麝香香气，味酸甜，富含维生素C，可食用或酿酒、做果酱、饮料，或晒干成"果梨干"。可惜果托很容易腐烂，因此没法存放和运输、销售，通常在收获后便立即就地加工。当果托和坚果连在一起、挂满枝头的时候，看起来别有一番景色。

腰果果壳榨出的油可制绝缘油漆、防水纸和厚纸板的胶粘剂、木柱和船舶的涂料，用来防腐蚀、防白蚁。果壳有一种毒素，但通过焙烤或高温加热，毒素便失去活性。人们往往先将腰果连果壳带果仁放在油里焙炒或用高温水蒸气处理，这样做既能去毒，又容易剥壳。腰果仁富含维生素C及镁、铁、钾、磷、钙、钠、锌、锰、铜、硒等矿物质。此外还有一种对人体和哺乳动物很重要的氨基酸——色氨酸。腰果可油炸、盐渍、制果仁巧克力、果仁糕点等，是一种美味的果仁。红灯笼，黄灯笼，灯笼底下挂果果——腰果林中最美丽的景象。

肚兜背心仍可秀

夏天来了,而且来得比往年早。肚兜和背心的最流行时期虽然已经过去,但喜欢内衣外穿的背心族和肚兜族仍可穿起小背心、亮出红肚兜——向炎夏示威。

肚兜和背心都属内衣,中国古代称内衣为"亵衣",乃亲近、贴身的衣服,不能轻易让人看见的。汉代我国的内衣款式已经很多,有"帕腹"、"抱腹"、"心衣"等。既有前片,又有后片的称之为"两当"(或作"裲裆"),此乃背心的最早形式;而只有前片,没有后片的内衣,那就是肚兜的雏形了。

女子穿的肚兜多为大红色或粉红色,用料通常是布或绸;小孩子和男子穿的不一定是红色肚兜(清朝的男子也穿肚兜)。红色象征火和血,象征爱情和忠诚,旧时女子出嫁时必备有肚兜。

传统的肚兜十分简单,基本上由一块菱形的料子和带子组成,其形如伸展四肢的青蛙抱着人体,据说这是一种图腾文化。远古时,女娲开天辟地创造人类,她传给人类的服饰就是这种形状的"裹兜儿",它既能保护腹部,又可遮羞。根据这一传说,肚兜应该是中国人的最早服饰了。秋冬时节,肚兜中间尚可充填絮棉保暖;肚兜中亦可放置药物,用以防治"腹作冷痛"之类的疾病。

背心因有前后"两片",故更雅一些,更适合于外穿。不过背心宜穿白,一则是外穿背心的日子天气总是有点热,白色的背心不吸热,看上去清爽白净;二则白色一向表示纯洁、无辜、正直、没有污点。有许多欧洲人喜欢说:"我有一件白背心。"这句话表示"我扪心无愧"、"我的举止无可指摘"。有"铁血宰相"之称的俾斯麦曾于1866年说过:"……至今我们在白背心上没有污渍"(《思考与回忆》)。顺便说一句,背心如果太宽松,不仅不好看,而且也容易给人钻空子。有句话叫"钻到别人的背心里",那是想探知别人的真正内心活动和动机。所以,无论从哪个角度看,背心紧身一点好。

在公共场所围肚兜、穿背心其实也是一种时尚,无可非议。内衣外穿古已有之,我国魏晋时曾流行"两当"外穿,而且以女子为多,所谓"妇人出两裆,加乎交领之上,此内出外也"即这种现象的记录。女孩子们最好记住:红肚兜,白背心,没错的。

端午·艾草·味美思

　　相传中世纪的欧洲,有兄弟两人结伴去朝圣。哥哥带了一袋钱币,这是他赌博赢来的钱,他想,钱给了他幸福,所以也会在一路上保佑他的。弟弟除了一袋晒干了的艾叶和一瓶酒以外,什么也没带。这是他自己酿制的酒,曾经治好过他的病,他认为曾经给他健康的东西也会让他健康地回来的。

　　兄弟俩日夜兼程,一路上不敢耽误。一天来到一个树林,不料被一帮强盗抓了起来,去见他们的大王。"快把他们的脑袋割了。"大王命令说。"大王,不要杀我们,我给你钱。"哥哥说完把钱袋扔向大王。钱袋落在大王的肚子上。"哎哟,疼死我了!"大王叫了起来,命令用棍子狠揍哥哥。"快割下他们的脑袋,我需要血。""对不起,大王,我可以为你诊病和治病,你什么地方疼?"弟弟问。"肚子。一个巫婆说,用一升人血,而且要脑袋上的血,拌上两把蚂蚁和一堆牛粪,煮上两个小时……""你还是先尝尝我瓶子里的东西,然后再杀我们不迟,"弟弟说。"什么,你瓶子里是血吗?""是我的血。""它怎么不是红的?""我可以告诉你,巫婆是想用她的处方慢慢地杀死你。我这儿的血是加了神奇的草药的,你可连续服用五天。同时我再为你炮制一些,备着以后用。"五天后,兄弟俩被大王释放,朝圣后回来的路上也没有遭到麻烦。后来听说大王在朝圣地到处找他们兄弟俩,并将抢来的金银珠宝分给朝圣者。

大王所饮的"血"就是苦艾酒,以艾草为基础香料酿成,它在中国有一个美丽的译名叫"味美思",以意大利和法国出产的为上品。味美思有舒筋活血作用,欧洲人通常将它作为开胃酒和健胃酒饮用。

艾草是菊科植物,多年生草本,又称艾蒿、家艾等。挂艾蒿是我国民间的端午习俗,这一天人们要洒扫庭除、清污去垢、驱虫消毒。明《山堂肆考》载:"端午以艾为虎形,或剪彩为虎,粘艾叶戴之。"艾叶有杀菌灭虫功效,这一点早就为我国劳动人民所认识。从端午挂艾虎和菖蒲剑、用大蒜煮水泼洒墙根屋角等举措来看,端午节也可以说是我国民间的卫生节。

艾叶有多种功效:止血、止痛、安胎、抑菌、利胆保肝、消炎、镇咳、利尿、防止化疗时出现血尿、增进食欲等,但剂量不宜过大,否则有可能引起急性胃肠炎。

艾叶亦可食用,如将嫩叶煮熟剁碎,和米粉一起做成艾粑粑,碧绿细腻,惹人喜爱。有一种小吃名"叶儿粑",用糯米粉和艾茸做皮子,取大白菜、虾仁、火腿做成馅(或以核桃仁、芝麻、白糖为馅),包好后再裹上玉米棒子壳或芭蕉叶等蒸之,其味颇为清香糯鲜。

艾叶尚能用来提取艾叶油,是许多香水和化妆品的原料。

"端午时节草萋萋,野艾茸茸淡着衣。"艾草,在鲜花灿烂的五月,她犹如一位朴素无华的青衣少女点缀着春天的大地。

番茄走味为哪般

最早时传说吃了番茄会中毒(未成熟的番茄、叶和柄均含有毒的生物碱),所以只是拿它来欣赏和把玩。到了18世纪,法国的一位画家在室外写生时,摘下一个红艳的咬了一口,尝到了难以言状的酸甜美味,也没有中毒,从此番茄成为烹饪的原料。

番茄为一年生草本,原产南美墨西哥等热带地区,明朝时传入我国。今天,俄罗斯、土耳其、中国、埃及、西班牙、意大利及美国是番茄的主要种植国,全世界的天然品种约有1 000种;它们不仅味美可口、色泽艳丽,而且形状各异,除常见的圆形、椭圆形外,还有梨形番茄和正方形番茄等,正方形番茄是1984年在美国培育成功的,主要是为了便于采摘和包装。

番茄富含维生素C、胡萝卜素、糖及苹果酸、柠檬酸等有机酸,因酸度高于一般蔬菜,对维生素C有一定保护作用。番茄被看作水果型蔬菜,其各种维生素的含量比苹果、梨、香蕉、葡萄高2至4倍,且含有占总重量0.6%的各种矿物质。番茄中的细纤维素对促进肠道中腐败食物的排泄很有作用。英国医生曾将番茄作为治疗冠心病人、肝脏病人的辅助食品,美国《时代》杂志把番茄列入现代人10种最健康食品榜首。

通常认为,蔬菜和水果都是生的比熟的营养价值高,但这只是从维生素C的角度而言。拿番茄来说,熟番茄会损失30%左右的维生素 C。番茄的特点在于,熟番茄中的番茄红素和其他抗氧化剂的含量反而显著上升。番茄红素对有害游离基的抑制能力是维生素 E 的 10 倍,研究者认为,番茄红素能降低得癌症和心脏病的风险。

几乎人人都说番茄的味道好,那么到底什么是番茄味道,恐怕没有一个人能确切地加以描述。番茄的味道是独特的,我们只能说别的食物带有一点番茄味道,却无法说番茄像某种食品的味道。食品科学中有一门"感觉中枢研究"(主要指味觉和嗅觉),研究人员需经特殊的味觉、嗅觉能力培训,并创造出独特的词汇和表述语言。

眼下市民们普遍反映,现在的番茄没有番茄味,不少人便认定是"转基因惹的祸"。番茄喜欢日照和温暖,只有成熟了红得可爱时采下来的番茄才有地道的番茄味,由于温室不可能满足真正的天然条件,加上种植者出于运输保鲜等原因,不等番茄熟了就开始采摘,即使不是转基因产品,番茄已经走了味。如此看来,只有在 6 月至 10 月上市的、在天然条件下成熟的番茄才能吃出真正的番茄味。再说至今为止,番茄转基因的主要目的在于延长保存期、使之具有更多的功能……比如科学家们研究的抗乙肝转基因番茄,据说可以代替注射乙肝疫苗。转基因(动植物)食品是通过基因技术将一种动植物的基因导入另一种动植物中,从而产生一种人们所需要的、具有某种特性的新物种;比如可以将鱼身上的耐寒基因导入番茄,培育出耐寒番茄。当然,转基因食品是否安全、是否有不良的副作用,需经有关的食品卫生和安全检验机构检查,作出判定。

飞地与奇异国界

　　有时候,倒是一些古城、小镇更值得游人细细品味。荷兰有一个乡镇叫巴勒拿骚,位于荷兰北布拉班特省蒂尔堡以南 15 公里处,这个镇和比利时的巴勒海托赫(属比利时安特卫普省)错综复杂地聚合在一起,两个镇内到处可见稀奇古怪的国界线。

　　具体说,比利时的巴勒海托赫由 22 块土地组成,其中 16 块被荷兰的巴勒拿骚镇所包围,因此被称为"飞地"(他国境内的本国领土;反之,本国境内的外国领土也叫"飞地");还有 6 块土地不在荷兰(巴勒拿骚)境内。这两个镇的边界线之所以复杂,是因为荷兰的巴勒拿骚也有 7 块小土地位于比利时巴勒海托赫的"飞地"中,被称为"亚飞地"。

　　造成这一"奇迹"的是历史上贵族和诸侯之间的权力之争,争斗结果是 1198 年达成了两个协议。其中一个协议由朔滕的戈德弗里德二世和布拉班特的大公海因里希一世之间签订协议,协议中规定,戈德弗里德认可海因里希为领主。第二个是有关没收戈德弗里德早先获得之封地以及赔偿其他土地的协议。不过海因里希可继续保持对某些封臣和扈从的控制权,这一权利后来又慢慢变成为对某些土地的控制权。这是巴勒被分成两部分的萌芽,以后,随着西班牙、奥地利的介入,争端不断发生,结果于 1648 年,巴勒被分成巴勒拿骚和巴勒海托赫。随着比利时王国的成立并得到荷兰的承认，这两个镇被正式归属于荷兰和比利时。从 1836 至 1841 年，由于税务原因，在两地进行了土地丈量。1842 年，比利时与荷兰签订边界协议，土地丈量的结果被写入协议的附件。

第二次世界大战后，又发生过一次边界争端：比利时人热拉尔·范登艾金德想购进几幢既在巴勒拿骚又在巴勒海托赫土地局登记的房子，有意开一个赌场。这一申请最后于 1959 年 6 月 20 日由国际法庭判决，以 10 票对 4 票的优势将房子判为纯比利时地产，两国于 1974 年重新批准和签署协议。1995 年再次丈量土地，这次的丈量精确到厘米。当时已有人说过这样的话：有钱就可以这么任性。

两国的小镇都以旅游业出名，游客往往怀着无限好奇心来到这里。首先映入人们眼帘的是这里的门牌号码，看到门牌号码，就知道住在里面的人是比利时籍还是荷兰籍。比利时境内（巴勒海托赫）的门牌左上角有一面比利时小国旗；而荷兰的门牌号码两边各有一色条，左边是红色的，右边是蓝色的，加上号码牌的白底色，表示荷兰国旗的三色。如果国界线正好穿过一幢房子，则以房子大门所在的位置决定国籍。5 号荷兰飞地只有几幢房子，其中的"国界啤酒馆"（国界线穿过其酒馆）装有一台荷兰电话和一台比利时电话；此外还拥有两个不同的地址。因两个国家店铺的营业时间不同，要是一家酒馆要打烊了，客人只需走几步路，换一张桌子就行了。当地有人用"你是不是经常换桌子?"来戏说对方在外面留恋饮酒、乐而忘返。

肥胖会传染吗？

肥胖不是错，我很同情肥胖的人。当然，肥胖有各种不同的程度，轻者只是影响体形，但也够一些年轻女性烦恼的了；特别严重的生活不能自理，还会因此而得其他疾病。我也特别佩服和尊重有的肥胖者，他们不仅生活得非常乐观，而且还能为别人带来欢乐。

几年前，笔者曾经介绍过印度科学家杜兰达对肥胖的研究成果。杜兰达曾在美国学医，20世纪80年代回印度从事肥胖研究，他做了很多研究和试验（包括动物和人体），初步得出了一个结论：病毒是发胖的原因之一。他于是又回到美国，准备深入研究，谁料一直没有人理会他的论断。直至有一天碰到美国肥胖研究专家阿特金森，两人便开始合作，最后终于找出了"凶手"——病毒AD36。从此，研究肥胖与病毒关系的科学家和小组不断增多，尤其是最近几年和最近一个时期，科学家们得出了不少结论。

AD36是腺病毒36（Adenovirus 36）的缩写，这种病毒以前一直被认为只是引起感冒等呼吸道疾病以及眼病的病原体，现在被科学家定为也是引起肥胖的原因之一，因为它们直接在脂肪组织中作祟：AD36能在很短时间内将干细胞变成较大的脂肪细胞，而且从试验结果来看，被注射AD36的受试者产生消瘦素（亦称饱感激素）的能力大为下降，吃了东西没有饱感。因此而发胖的人身上这种病毒的数量是正常体重或理想体重者身上的 6 倍，受害者主要是脖子和躯干发胖，四肢通常不胖，而且血液中的胆固醇并不升高，所以血管梗塞或中风的危险性不一定升高。路易斯安那州大学的一个研究小组从肥胖者身上抽出的脂肪中分离出了干细胞；科学家们在实验室里观察到，在一周时间内，AD36 病毒就将干细胞变成了脂肪细胞。

专家们特意为儿童发胖问题作了研究，在 240 名受试儿童中，发现凡是受过 AD36 感染的孩子体重普遍超标，在 19 名受试者中发现了 AD36 病毒的抗体。几乎 80％的 AD36-阳性的孩子是胖子，而在苗条孩子中只有 4 例有感染迹象。

有一位志愿受试者接受了 AD36 病毒的注射，结果也证实了科学家们得出的结论。既然 AD36 是肥胖的原因之一，而这种病毒是有传染性的，那么这种原因的肥胖症是否也有传染性。答案是有可能。尽管如此，不少研究者还是认为，这些病毒不是肥胖的唯一原因，也不是每一个感染这种病毒的人必然会发胖。

非常可喜的是，杜兰达最近通过动物试验在 AD36 病毒中发现了一种参与增加脂肪组织的基因，科学家们希望能利用这种基因，培育出一种对付此类肥胖的疫苗。

飞檐走壁说跑酷

念初中时，课余时间特爱看武侠小说，尤其痴迷翻江鼠蒋平和三盗九龙杯的杨香武那样身怀轻功绝技的江湖义侠。他们身轻如燕、行走似飞、一跳就过墙、一蹬便上房。这些路见不平、拔刀相助的武林达人，经作者的大胆夸张和艺术加工而受到广大读者的喜爱。

近几年来，现代人也能看到会飞檐走壁的人了。央视 CCTV5 时而会播出一段有关"跑酷"的视频，许多人于是想到：古代人的飞檐走壁可能是真的。古人对武功的衡量标准和参照因素的选择跟今天的也不一样；再说，"飞檐走壁"本身也是一种夸张的形容。所以说，飞檐走壁是可以做到的事情。

过栏杆、上屋顶、攀高墙、跳马路……一路跑来一路翻，基本上只用腿以及身体的翻滚（有时用手帮一下），一切障碍不在话下，无往而不前。这就是当今的时尚体育运动跑酷，也算一种极限运动，英文叫 parkour。

跑酷是一种非常年轻的新兴体育运动，跑酷者需要从 A 地跑到 B 地，他们必须克服路上的种种天然障碍，可以选择通往目的地的最近路段，可以运用平时所学的绝技，以最好的效果和最短的时间到达。跑酷一词最早来自法语 parcours，本意是路线、路段或经过。

跑酷运动既可在野外，也能在城市里进行。如在城市进行，则城市里的许多设施、物品和建筑物都是跑酷路上的障碍物：水坑、垃圾桶、私人车库、围墙、栅栏、报亭、花坛……有时尚需攀登高楼、跨越楼峡（高楼间的间隔）。跑酷也可在体育馆内练习，这时，运动器械和墙壁等就成了障碍物。

　　跑酷有将近 40 种特技动作：倒立、立定跳远、精确定位跳远、走栏杆、鱼跃翻滚、侧空翻、后空翻、猫爬……

　　跑酷运动具有极高的观赏性，同时也有很大的危险性。从事跑酷运动的人通常都遵守"跑酷理念"——把跑酷看成一门创意艺术；跑酷者在从事运动时必须谨慎地和周围环境及周围的人打交道，要让周围的人理解；应努力保持环境不受损坏，不伤着周围的人；按早期规定，跑酷不实行比赛。

　　说到跑酷运动，不能不提跑酷运动的创始人达维德·贝勒。达维德·贝勒于 1973 年出生于法国的费康，从小由外祖父带大，外祖父在巴黎的消防大队享有很高声誉，对达维德·贝勒起过积极影响。达维德·贝勒的父亲出生在越南，很早就在法国军队里打仗，以优异的体育成绩而名扬法军。尽管他受的是如何去杀人的训练，但他做的和想的往往是救人和助人。父亲的高尚品质和杰出的体育成绩激励着儿子，达维德·贝勒从小就开始从事各种体育项目，他下决心要赶上父亲，后来听从了父亲的建议，于 15 岁退学，全力以赴创造了今天成为青年文化之一的跑酷运动。达维德·贝勒称跑酷为"移动艺术"，他的理念是："跑酷应该用来救人和助人。"

非安慰剂效应

有不少人拿到药品后喜欢先看说明书中所列的负面作用,诸如"不良反应"、"禁忌",大量的"注意事项"以及有可能出现的种种副作用……但有的患者粗略看完后便说:"这个药我不吃,原来的病能否治好且不说,弄得不好说不定把肝或肾倒给损坏了。"这种心情是"非安慰剂效应"的前兆。

医学上早就有个叫"安慰剂"的概念,没有治疗作用、但能让患者相信有药物成分的物质称为安慰剂。许多患者觉得安慰剂有效果,关键在于患者对医生的信任以及自我提示:吃了药病情能好转。在用抗抑郁剂和安慰剂治疗抑郁症时,脑扫描显示的化学过程是一样的,不同的只是作用时间的长短。安慰剂还常用在临床医学的实验研究中,比如作为对照组而获得有关药物疗效的信息。

与安慰剂相对的、产生生病感觉的东西被称为"非安慰剂"。一种药物没有理想地起到应有的治疗作用,反而体现出对机体的某种损害作用,但这种副作用并不出现在所有的服药病人身上,只是被认为"有可能"起损害作用。患者越是担心、越是"念叨",就越容易应念"非安慰剂效应"。

非安慰剂效应是沃尔特·P·肯尼迪于1961年提出的,这一概念至今仍远远不像"安慰剂效应"那样普及。患者所抱怨的副作用往往是身心医学(研究心理对疾病影响的医学)原因造成的,有的专家认为,非安慰剂效应与人的体质状态及预料行为(善于担心出现负面作用)有关。

　　安慰剂如果出现了负面的、致病的作用,那么就不能再叫安慰剂了,而应该叫非安慰剂。广义而言,凡是兼具有害作用的物质、手段或影响因素都可称为"非安慰剂"。上世纪 80 年代初,科学家曾在 34 名大学生身上做过一个实验:受试者被告知,将有一股电流通过他们的头部,有可能引起头痛。其实并没有输送电流,却有三分之二的学生感到头痛。

　　安慰剂尽管不含"治疗物质",但因患者对安慰剂抱有一种积极的态度,机体的"自疗能"得到激励和活化,所以能起正面作用。而非安慰剂正好起相反作用(心理-神经免疫学家称此为非有意识的强烈负面影响),造成患者的负面预料、忧虑,害怕导致原来的症状变坏并加上新的症状。在一次试验中,医生给两组心脏病患者处方 β-受体阻滞剂,并对第一组患者说明药物的其中一个副作用是可能导致性功能问题。对此毫不知情的第二组患者中只有 3% 的人出现快感受挫,而第一组患者中有此问题的人达 31%。

　　医生在告知药物可能造成的副作用时可采用不同的表达方式。"大部分病人都能很好地接纳这种药。"和"有 5% 的患者反映用后出现副作用。"这两句话造成的后果显然是有区别的。就"非安慰剂效应"而言,如何与患者恰如其分地交流,是医界一直在讨论的问题,国外甚至有人提出"不告知法",以免引起患者不安。如何面对洋洋大观的药品说明书,也是患者觉得头痛的事情。

分子厨艺

　　一杯冰淇淋,却吃出猪油炒鸡蛋的味儿;明明是一份早餐煎蛋,却没有鸡蛋的味道,因为蛋白是用椰奶和豆蔻做的,蛋黄是胡萝卜汁加葡萄糖。橄榄油可以做成龙须糖一样的细丝,还能放在锅里炒而不会变形;一个个鹌鹑蛋放进嘴里,顿时化为一嘴泡沫,很快又消失,只留下一股柠檬的芳香,原来是伯爵茶……创意在烹饪艺术中大显身手,分子厨艺(或称分子烹饪术)是最近几年来具有烹饪革命意义的世界餐饮新潮流。

　　从另一个角度看,分子厨艺堪称一种实验烹调,它将物理、化学与烹调技艺结合起来。如果走进餐馆的厨房,展现在你面前的一切更让你觉得身处一个实验室:一个个"分子罐头"里装的是粉末食材、调料、配料……烹饪用具中有很多针筒、试管、量杯,甚至还有液氮。所谓分子厨艺,就是改变原料的物理形态,但保留其化学成分,用新颖的款式让食者获得前所未有的味觉、嗅觉、视觉享受。

　　分子厨艺有三大诀窍:一、要善于将具有相同挥发性分子的不同原料配在一起,加强刺激鼻腔内的同类感觉细胞。二、用液氮或其他方法改变食物形态,形成特殊口感和异常造型。三、用文火烹饪,保持食物的原始口味。此外,改进传统菜肴的烹饪方法也是分子厨艺所追求的,比如低热量生产炸薯条(无脂肪炸薯条),

采用一种添加剂在水中操作,为此要将水的沸点提高到 130℃。有的专家甚至主张用木薯做薯条,那样可以长时间保持松脆。分子厨艺的重要工艺手段之一是液氮的应用,将水果或蔬菜浸入液氮几秒钟,香气易释放出来。吃的时候稍微解冻,表面十分生脆。

尽管分子烹饪术的实践时间并不长,但分子烹饪学的概念已于 1988 年产生。这里需要提到两个人:一个是尼古拉斯·柯蒂,牛津大学物理学教授,专门研究低温技术,业余爱好做饭,并喜欢从科学角度解释烹调问题。另一个是埃尔韦·蒂斯,他曾在法兰西学院作过研究工作,在图尔科技学院任教,长期研究烹饪的分子基础,出版过许多书,其中包括《烹饪艺术之谜》。1988 年起,两人开始紧密合作,并将研究课题定名分子烹饪学。

目前世界厨艺界公认西班牙艾尔布利餐厅的主厨费兰·阿德里亚为分子厨艺原创大师,它的分子厨艺达到了颠覆人们对传统饮食认知的地步。当你津津有味地品尝着法国鹅肝的时候,周围的人却以为你在吃西洋梨;而你面前放着的鱼子酱原来是你点的瓜果。难怪人们称费兰·阿德里亚为"厨艺界的达利"(达利系 20 世纪西班牙超现实主义画派代表人物)。属于世界三大"分子烹饪餐馆"的,除艾尔布利外,还有英国的肥鸭餐馆和法国的皮埃尔·加涅尔餐馆。

虽然分子厨艺眼下多为上流阶层所消费,然而业内专家深信这一烹饪新模式会越来越普及。美国芝加哥的分子烹调师坎图甚至希望分子烹饪术能为解决世界饥饿问题做出贡献。

愤怒，可遏乎?

当不满和气愤情绪快速升级，不愉快的感受就变成了愤怒。这时，如果我们不能自控，便会怒气冲天，做出后果严重的事情。为了一点点小事，最后竟然将对方杀了，这样的事情并非绝无仅有。

愤怒不一定对人，也可以对物。有一部外国短片叫《令人不快的一天》：一位穿白衬衣的男性员工坐在小得很难转身的工作空间里冲着电脑发怒，因为电脑不听使唤，不做它该做的事情。于是他用手指重击键盘，进而动用拳头，最后端起键盘朝显示屏砸去。显示屏落到地上，四分五裂。同事们吓得躲进了岗位隔离屏，这位员工气犹未消，又朝显示屏踢了一脚。对他来说，已经发泄了愤怒，于是离开了办公室。情节是过于夸张了，但观众们却开心地大笑着，尤其是一些白领观众，他们也有过"恨不得砸了你"的想法，只是大多数人在"愤怒"和"发作"之间筑起了一道理智的屏障。

西方有人称愤怒为"特大号生气"，释放(发作)"特大号生气"是需要一定能量的。根据进化生物学的观点，愤怒是人类最强有力的天然武器，所以在进化过程中发展为人的本性之固定组成部分。当生命或跟生命一样重要的东西(如名誉、自我价值)受到威胁，人很容易愤怒，这时人体便会获得"特大号能量"——血压升高、心跳加快、肌肉张紧(特别是手臂的肌肉)。愤怒在某些人身上的速度很快,比理智快,这样的人更容易发泄愤怒,做出后悔莫及的事情。通常情况下,愤怒的情感可以通过理智加以控制和调整,但不一定完全成功,最后结果:愤怒地睁大眼睛、咆哮如雷、打人,或者忍气吞声,压制愤怒。

处理好愤怒,最好从小做起。人在 2 岁时,愤怒首次达到最大值,因为这时孩子进入执拗期,他们会哭闹、会在地上打滚,有时甚至是为了不让妈妈帮他穿鞋。执拗的孩子都想引人注意,并想测试一下他们的愤怒可以达到什么极限。父母要学会充满爱心地与孩子的愤怒打交道,做出明确的规定,并为孩子树立榜样,使孩子懂得在愤怒时,沟通比号啕大哭更能达到目的;让孩子学会有区别地对待自己的愤怒。随着发育成长,孩子也就会养成移情和关心他人利益的习惯。还有一点很重要,从小就被忽略或被虐待的人,对愤怒的调节能力很差,他们从来没有经历过自我价值,对伤害别人也无顾忌。值得家长注意的是,尽量不要让青少年有不公平感和委屈感。

动辄发泄愤怒固然很糟糕,然而一味压制愤怒同样有害。愤怒的原因经常是受到中伤、不公平、受委屈……愤怒既然已经产生,倘若只是忍气吞声、逆来顺受、一个劲儿压制,也会造成沮丧、高血压和心肌梗塞等风险。当今社会,数职场白领最会压制愤怒,也许这是导致他们“office 型”亚健康的原因之一。以前有人提出愤怒时去慢跑,或者怒击沙袋发泄一通,但这只能暂时减弱激动情绪。怒不可遏时,不如打开电视机,看看相声、小品和滑稽戏,从精神入手为好。

风致韵绝牡丹花

牡丹于 1982 年被定为洛阳市花,洛阳牡丹的品种有八百多个。

有一首七绝概括出牡丹的品格和特性:得天独厚艳而香,从来畏热性宜凉;不爱攀附献媚色,何惧飘落在他乡。牡丹属芍药科,系落叶小灌木,因芍药是多年生草本,故牡丹学名实为"半灌木芍药"(Paeonia suffruticosa),"木芍药"也就成了牡丹的别名之一。

宋、明、清代,牡丹是中国的国花,被誉为"花王",她富丽、典雅、清香,堪称色、姿、香俱备。宋代欧阳修曾编著《洛阳牡丹谱》、《洛阳牡丹图》、《洛阳风土记》,《洛阳牡丹谱》是我国现存最早的牡丹专著。

牡丹之精神所在,在于她不附权势、不畏强暴、宁遭贬谪、劲骨刚心而独树群芳。牡丹遭贬洛阳的传说不仅中国人知道,而且在西方也因《镜花缘》一书译成英、德、法、俄等语而广为流行。武则天以"圣天子"自居,酒兴至极,令百花于寒天齐放,众卉皆放,独牡丹迟迟不开。武后大怒,将牡丹贬至洛阳,洛阳从此成为牡丹之都。"姚黄"和"魏紫"是唐代洛阳牡丹中的绝品,花盛时节,人们不惜以重金争相观赏和嫁接。据文字记载,嫁接一株"姚黄"须付 5 千钱,欣赏一回"魏紫"也得花 10 来个钱。

牡丹原产我国西北部,约 8 世纪时传入日本,欧洲引种中国牡丹已相当晚,约在 18 世纪。不过欧洲也很早有了自己的"欧洲牡丹",只是没有中国牡丹名贵罢了。牡丹在西文中叫"佩翁尼",源出古希腊文"佩伊翁"一词,佩伊翁是古希腊神话中诸神的医生,因古代欧洲的牡丹并无欣赏价值,人们只在修道院因其根部的药用价值而种植。牡丹的根可入药,根皮称"丹皮",可治高血压,除痈消肿,清火散瘀。古时欧洲民间甚至迷信牡丹的根有魔力,传说院子里一旦种过牡丹,只要残根尚存,则魔力尤在;半夜时分,残月当空,在无人偷看的情况下,将牡丹根挖出,它不仅可抵御邪魔,而且能开启埋藏宝贝的门和锁。德国人把牡丹种子称作"阿波罗籽",系因阿波罗在古希腊神话中同时被视为医者和消灾祛病者,小孩子们因此用牡丹花籽串成项链挂在脖子上。牡丹花可食用,明《二如亭群芳谱》载:"煎花,牡丹花煎法与玉兰同,可食,可蜜浸。"

中国牡丹品种繁多,"牡丹之乡"菏泽已成为牡丹的栽培中心,而每年 4 月中旬,牡丹花盛开的时候,古城洛阳便开始欢庆一年一度的牡丹花会。那"红衣浅复深"的红牡丹、"折入文窗纱并绿"的绿牡丹、"羌独生成洁白身"的白牡丹、"紫玉盘盛紫玉绡"的紫牡丹、"春烟笼宝墨"的黑牡丹……纵放天香,尽透国色,风致韵绝,煞是好看,再现了昔日"洛阳春日最繁华,红绿丛中十万家"的风貌。

除洛阳和菏泽外,江苏盐城近郊的小镇便仓是"枯枝牡丹天下奇"的观赏佳处。2013 年,上海松江建成了华东地区最大的牡丹园——新浜牡丹园,园内有 16 株百年牡丹。杭州花港观鱼的牡丹园则将牡丹和山石、翠草、金鱼、百鸟融会成一幅富丽堂皇的织锦画,让人醉赏国色不思归。

枫　情

　　秋天,香山的红叶、岳麓山的枫林、栖霞山的古刹丹叶、天平山的千枝红叶……让人们在进入萧瑟残秋和凛冽寒冬前,再次领略胜似春光的火红景色。

　　枫树即枫香树,系金缕梅科,通常作行道树或大片种植供观赏。枫之美,美在其叶,霜秋时节,漫山红遍,美不胜收。然而红色的叶子并不是天生的。秋天到来以前,枫叶也是绿色的;春天和夏天,叶子由于黄色色素和蓝-绿色的叶绿素而呈现绿色。到了深秋,叶子受低温影响,产生叶绿素的能力慢慢消失,而原来在叶子里的叶绿素则通过叶脉和树枝回到树干中储存起来。同时,许多叶子在凋落前的两周内会产生大量的红色花青素,叶子便呈现红色。产生花青素的能力与寒流袭击的程度成正比,即霜冻越严重,花青素形成越多。另外,山上的树叶比平地的红得早、红得深,因为山上的昼夜温差大,有利叶内糖分的积累,从而产生更多的花青素。

　　中国历代诗词中咏枫佳作颇多,常常提到枫叶、红叶、霜叶。但他们所写的枫叶不一定都是真正的枫叶,有的只能统称为红叶。这也难怪古人,即使现在,仍有许多人把枫树和槭树混为一谈;当然槭树叶子也是红叶,两者形状也很相像,然而槭树系槭树科,槭树属。在中国,加拿大一向被称为"枫叶之国",其实那里的红叶也不是枫叶,而是槭叶。人们常津津乐道加拿大的"枫树节"(槭树节)、加拿大"枫糖"(槭糖,许多槭树都能提供甜液,供制糖用,所以西方人把枫树称为"中国糖槭")……历史上有好多概念是被搞错了的,但却很难再改过来。

值得一提的是,古代有一位诗人对槭树分得很清楚:"……槭槭深红雨复然,染得千秋林一色,还家只当是春天。"

枫树也好,槭树也好,它们的共同特点是都有红叶,都能为人们提供美丽的秋色。如果没有把握,不妨将它们都说成红叶,于是我们也可以同时歌颂"乌桕犹争夕照红"的大戟科观叶植物乌桕了。

孵太阳与心情食品

我虽已好多好多年没有一本正经地孵太阳了,但我对孵太阳有一种难忘的印象和说不出的好感。只要想起冬天,人们孵太阳的情景马上便浮现在我的眼前。至今我仍觉得孵太阳的人们是热爱生活的人们,他们在严寒中寻求温暖、寻求好心情。然而人们很少会想想孵太阳的原理。

许多人到了冬天就会情绪低落,在身体瑟缩、冻手冻脚的同时,心情沮丧,萎靡不振,经常觉得疲倦、嗜睡,好像做什么事情也打不起精神来。这是一种季节性抑郁症,或叫冬季抑郁症,也被戏称为"冬季心理流感"。冬天的日照时间短,人体的生物钟不容易适应这种变化,致使生物节律紊乱、内分泌失调,影响人的情绪和精神状态。具体来说,如果人体获得自然光或日光太少,那么分泌的内啡肽及血清素(5-羟色胺)也减少。内啡肽是大脑分泌的一种具有止痛和提高情绪作用的化学物质;血清素是体内产生的一种神经递质,提高血清素的分泌量,能改善睡眠、使人镇静、带来幸福和愉悦感,因而在西方被称为"幸福激素"。通过提高血清素的含量,能在一定程度上治疗抑郁症。

另一方面,由于冬季的黑夜时间比其他季节长,因此冬季大脑分泌的褪黑激素比较多,褪黑激素在协调人体生物钟时起着重要的"调解人"作用,褪黑激素腺体松果体与视网膜有密切关系,所以受到白天和黑夜交替的控制。当眼睛发出"黑暗"信号时，松果体产生的褪黑激素就进入血循环系统，向机体发出指令，体内便发生生理变化，产生疲倦感，心脏和消化系统工作减慢，体温和血压下降——该睡觉了。天亮了，自然光又落到视网膜上，褪黑激素便停止分泌或分泌量受到限制。冬季日照时间短，这就是人在冬季嗜睡的原因。故冬天若能坚持进行户外运动，多接受光照，有利于阻止褪黑激素的过多分泌。

上述原因归纳成一句话：引起冬季抑郁症的主要原因是缺少光照。所以冬天多晒太阳是在有意无意地驱走消极、伤感、被动心情，从而提高情绪。有一种说法认为有些食物中的营养物质能促使人体分泌血清素，所以产生了一个"心情食品"的概念。比如冬天可适当多吃一些奶制品、全谷物、果仁等。巧克力被认为能减轻人的沮丧、失意情绪，草莓奶油冰淇淋能给人安慰，在国外是颇受欢迎的心情食品。另外还有菠菜、深海鱼、香蕉、大蒜或大蒜制剂、南瓜等也有提升心情的作用。

孵孵太阳，吃吃坚果，愿读者诸君都能安全、愉快地度过冬天。

服饰的错觉效应

　　如今的年轻女性经常因为没有一个好办法瘦身而心烦。还有，女人天生爱吃零食，而很多男人不但不吃零食，就说吃饭吧，也是阴盛阳衰，吃不过女人。我曾在好几个食堂和餐厅观察过吃午饭的男人，他们中的不少人往往吃一半剩一半，或者至少剩下三分之一。一个女人看上去是否苗条，原本的身材固然很重要，然而饮食习惯和穿着艺术同样不可忽视。若所穿之衣服的样式、长短、图案和色彩能在观者的眼中引起"细瘦"的错觉，也不失为一种"瘦身手段"。

　　错觉是对客观事物的一种错误知觉，通常包括三种类型：第一种是在对比中或在以往经验的影响下产生的错觉；第二种是在某种心理状态的影响下产生的错觉；第三种是精神病患者产生的错觉。第一种错觉是经常被服装设计所利用的错觉。

　　一百多年来，中外的普遍观点是，穿竖条纹衣服显得比穿横条纹衣服"纤瘦"。可是近来国外有的专家提出相反意见，认为穿横条纹衣服者显得更为"苗条"，并指出，19世纪德国生理学家赫尔姆霍茨提出的"赫尔姆霍茨四方形错觉理论"已经证明了这一点。还有人指出，根据"奥佩尔-孔特错觉"，横条纹的衣服不如没有条纹的单色衣服能使人的个子显得高。"奥佩尔-孔特错觉"说的是相邻两条线之间的距离比两线之间再加一些平行线后显示的距离大。

"米勒-莱尔错觉"是一个十分有名的错觉现象,它为服装设计师提供了造成"高个子假象"的诀窍。两根一样长的平行线段,其中一根的两端画了箭头,另一根的两端画了 V 字形,结果带 V 字形的线段看起来明显长于带箭头的线段。所以穿 V 字形 T-恤衫的人看上去个子显得比实际略高一点。

人体从头顶到足底的长度基本上可以四等分:从头到腋窝、从腋窝到大腿根部、从大腿根部到膝盖、从膝盖到足底。如果一个人符合这一分割,那当然是再理想不过的,但实际上很少有人完全具有这样的比例,多数人不是腿短上身长,就是上身太短腿太长。

穿裙子的女子,可以用一些小窍门,给人造成"个子高"或"腿长"的错觉。如果在连衣裙上缀以横向缝线,那么缝线的高低位置就很有讲究了,若线在腰部以下(如臀部),就会把上身"拉长",让腿"变短";如线在腰部,则腿显得修长,上身便相应短一点。要是穿短裙,那么裙子的不同长度会造成不同的错觉效应:裙的下边略高于膝盖,腿看上去显短;但超短裙反而使腿显长;而拖到地上的裙子最能造成"腿短"的错觉,故不适合矮个子女子穿着。

有些人的肩有高低,比较适合于穿双排纽的翻领上衣,因为这种上衣的翻领部位是不对称结构,正好掩盖了"高低肩"的缺陷。此外,需要强调上身长度的人,可穿领口高、纽扣数量多的上衣,因为这样的上衣为观者的视觉提供了更多的上衣面积。

服饰,因为错觉而增强了"打扮功能"。

浮萍疯长池水清

对于漫不经心的人来讲,浮萍也许是植物界不屑一提的东西,甚至有人讨厌它们,因为它们的繁殖太迅猛,往往弄得人应对不暇。

萍,平字加上草字头和水字旁,平水浮生之草本也。古人对浮萍倒是十分上心的,杜甫诗曰:"相看万里客,同是一浮萍。"曹丕《秋胡行》云:"泛泛绿池,中有浮萍;寄身流波,随风靡倾。""萍水相逢,尽是他乡之客"(王勃《滕王阁序》)。浮萍成了文人笔下"浪迹天涯,行踪无定"的孤寂人生的借代词,"萍"字也就常在文学作品中露脸。

浮萍生长在池塘、水沼或湖泊等静止水体中,世界各国均有分布。通常有青萍和紫背浮萍之分,由一片或数片"小叶"组成,这些小叶其实是叶状枝,所以通称"叶状体"。叶状体有气囊,故能漂浮或半浮在水面上。从叶状体往水中垂生一细根,由此根吸收养分。紫背浮萍的上面呈绿色,下面为紫红色,通常三四片相连,从中间垂下数枚须根。

自古以来,浮萍常作为鱼类、禽类的"绿色饲料",也被当作绿肥使用。因为浮萍富含蛋白质(30％—35％)和淀粉(其蛋白质所含氨基酸成分可与大豆比美),因此也曾被推荐为供人食用的野菜(浮萍含有多种可食性氨基酸)。但因浮萍对矿物质和微量元素的吸收及储存能力较强,如果水体被有害元素和重金属污染,则食用浮萍对人和动物都有危险,值得注意。

净化水体是浮萍的一个重要作用,垂根在不断吸收水中的有机养料,使水体保持清洁。像绿色地毯一样的大面积浮萍同时也阻止了阳光射入水体,使水温不会升高,水体不会变质。浮萍尚能用来澄清甲烷(沼气)生产设备排出的污水,是低成本和环境友好型净化剂。

按中医的说法,浮萍全草入药,性寒味辛,有疏风透疹和利尿的功能,主治外感发热、麻疹、皮肤瘙痒、水肿等。传说宋时东京开河挖得一石碑,碑上用古梵文刻着一首诗,始初无人识得,后被林灵素(北宋道士,曾以方术得宠于徽宗)破译,原来是一首专治中风的药方歌《去风丹》——将紫背浮萍晒干碾成碎末,掺蜜制成丸粒。据《本草纲目》记载:"五月五日,取浮萍阴干烧烟,可驱蚊蝇也。"

近几年来,"世界生长最快的植物"浮萍颇受科学家们的关注,原因是玉米一直被视为"生物汽油"的重要原料,然而种植玉米要占用很多土地,经常施肥也会导致地下水污染。经有关专家的悉心研究,确认浮萍是玉米的最佳代用品。在最有利的条件下,少量的浮萍于20天之内可长成上吨的生物量(可用于生产生物能源的有机燃料),而且较少占用生产粮食的土地,在同样收成的情况下,浮萍所需的生长面积只占玉米的20%。"不在山间不在岸……泛梗青青漂水面",爆炸性生长的浮萍显然是生产生物汽油的新兴生态原料。

抱怨与倾诉

　　有时候碰到一个熟人或亲戚,你若问他最近可好,他马上跟你滔滔不绝起来,你也很快会发现,他在将满肚子的苦水倒给你,先是抱怨自己的身体不好,接着提到工作不顺心,又说孩子让他操心,还有邻居问题、天气不好、股市行情下跌……倘若你跟他的"抱怨之歌"唱和起来,说不定他会越发来劲。这时你不得不来个超越:"你这些算得了什么,我的情况比你糟多了……"于是他也就慢慢平下心来。

　　生活中总有一些人爱抱怨,喜欢发点小牢骚,对这不满意,对那很失望。他们也许希望引起别人的共鸣,释放一点自己的负面情绪,从而改善一下心绪。这样做开始可能会有点效果,能引起别人的关注或同情。但是抱怨其实是一种消极的做法,通过抱怨是什么也改变不了的。有人打比方说,抱怨好比是一个人坐在摇椅上,为了让椅子动起来,他便做功产生能量,然而椅子始终停在老地方,白白浪费了能量,所以抱怨同样只是在浪费能量而已。

　　经常抱怨的人,多多少少都有一点不知足的心态。有句谚语说得好:有些人,你给了他们富丽堂皇的宫殿,但他们的抱怨不会少于那些生活在地狱的人(伊朗谚语)。据心理学家分析,人之所以爱抱怨有着家庭和社会的原因,比如父母以前也是爱抱怨的人,孩子从小受到父母的影响。更重要的是,当孩子在家里抱怨和发脾气的时候,父母会非常迁就和关注;时间长了,孩子有了经验:通过抱怨,便会取得父母的溺爱和同情。

还有一些人,他们在生活中碰上了很大的麻烦,比如被人狠狠地骗了一次,或者家里陷入了灾难性困境,受到疾病或失去亲人等的严重打击。他们会经常心情不好,找人倾诉一番也许是很有必要的。将自己的负面感受说给别人听,以减弱强烈的负面情感引起的大脑应激反应,这样做还能激活控制情绪激动的脑区,减轻悲哀和恼怒。

当一个人陷入痛苦时,他非常需要找人倾诉,别人则应该倾听,当一个好听众(也就是所谓的"情绪垃圾桶"),并给予安慰和帮助。但有时可能找不到合适的倾听者,这时可以试着跟自己说话,通过发声把自己的苦闷发泄掉,以前寺庙里的拜佛求签者或国外教堂里的忏悔者都是通过"自说自话"进行倾诉的。也可尝试向宠物倾诉,因为宠物会通过身体语言作出相应的反应,从而调节你的情绪,减轻你的心理压力。还有一种办法叫"替代疗法",可用来替代倾诉,比如去做一些你乐意做的事情:唱歌、从事一项体育运动、逛书店、购物……

不过,倾诉者也要注意自己的倾诉方式,不能见人就像祥林嫂那般:"我真傻,真的,我单知道雪天是野兽在深山里没有食吃,会到村里来;我不知道春天也会有……"并且一直"倾诉到全镇的人们几乎都能背诵她的话,一听到就烦厌得头疼"。

膏药的前世今生

　　膏药是外贴的药物制剂,系中药五大剂型(丸、散、膏、丹、汤)之一。按配方用植物油将药物熬煎去渣、加红丹、白蜡等收膏后涂于纸、布或皮上,可较长时间贴于患处;通常用于治疮疖、消肿痛、祛风湿、和气血等。古医家云:"膏药能治病,无殊汤药,用之得法,其响立应。"

　　膏药在中国古代称"薄贴",国外也早就有"薄贴"了,但那是护创膏之类的膏贴,通常不含药物。后来慢慢出现有药剂的膏贴,近年来研发迅速,不断涌现以高科技支撑的高端产品。这些新型膏药不仅改变了给药方式,同时也能解决许多医疗上的问题。

　　需要注射疫苗的话,只要贴上一小张膏药,药物便会均匀而按精确剂量无痛给送到体内,因为这张膏药上有许多能穿透最外皮层(表皮)的微型尖刺,疫苗可直接分布到细胞中,免疫力立马起作用;流感肆虐时,能在短时间内施行大规模接种。动物实验已取得良好效果,没有发现副作用。科学家们确信,如果在人身上做实验也出现同样效果,那么人类便可通过贴膏药的方法接种 DNA 疫苗,更有效地对付传染病。

　　多年来,已有数种透皮缓释给药膏贴投入世界市场(包括用来止痛、避孕或戒烟的药物膏贴),药物不必经过胃、肠和肝(肝会很快降低药效),而是透过皮肤直接进入血液,可精确控制剂量。研究中的一种高科技自溶解多功能膏贴,用来治疗骨折,直接贴在石膏绑带下面的皮肤上,起消炎止痛的药物载体用一种可生物降解的塑料制成,它会分解成乳酸,最后成为水和二氧化碳。除了药物的长效缓释外,研究者还将测试人造特殊溶液与人的血清和汗液的相容性,顺利的话,这种膏贴有望不久的将来上市。通过透皮缓释给药,药物中的有效物质的计量亦可得到精确控制并保持恒定。

老年失智者经常会忘记吃药,使用"阿耳茨海姆膏贴"可让治疗老年记忆障碍的药物忆思能(Exelon)直接通过皮肤进入体内。

科学家们的下一个目标是研发数据载体膏贴,膏贴能接收和储存信号,同时也可将信号发送给手机或药剂,不过患者需吞下一枚微型传感器,用来测量体内药剂中有效物质的水平,并将数据发至膏贴,医生便能确定患者是否处于良好的控制中,获得的药物剂量是否准确。

三百多年来,在我国一直流传着一种"狗皮膏药",此膏药为明清期间名医姚本仁首创。姚本仁医术高明,以贴敷疗法效力于皇室;告老还乡后在家乡开设医馆"宗黄堂",为百姓治病。"姚家膏药"的特点是将黑药膏涂在狗皮上制成黑膏药,疗效比一般膏药好。旧时的江湖郎中常假造狗皮膏药欺骗病家,赚取暴利,所以后来用"狗皮膏药"比喻骗人的假货。

一些中医专家对狗皮膏药评价很高,认为采用穴位敷贴的狗皮膏药和现代透皮缓释给药有异曲同工之妙,只是当时尚无电子技术和信息技术等高端支撑罢了。

阁楼与工作室

工作室本是一个普通单词,但从其在世界范围的历史沿革和推广应用来看,应该是一个术语,它来自法语 atelier,atelier 源自古法语 astelier(本意为大量碎片、铁屑、刨花),用来借代工场间、工作间;后来专指木工的工场间。从 19 世纪开始,工作室的重点被转移到"创意劳动"中,比如用来指一个艺术家(画家、雕塑家、摄影师)或一个艺术团体的工作地点。后来不断扩大词义范围,泛指音乐教室、播音室、录音室、录像室、摄影棚、戏剧舞蹈的排练房等;还有,裁缝师傅也被确认为创意劳动者,裁缝铺称裁缝工作室,相当于今天的时装设计工作室。

许多创意劳动要求有一个采光优良的房间,尤其对画家来讲,他们希望有一个面积不是很大、环境安静、自然光照充足的房间作为工作室,于是很多人都选择阁楼,往往还是朝北的,因为阁楼的斜面有天窗,从北边入射的自然光非常均匀。因此在一些语言的复合词中常常用阁楼代替工作室,如阁楼窗户也可写成"工作室窗户";艺术家聚会可称"工作室聚会"。

工作室不仅是生产艺术品的地方,而且也是艺术家自我表现的场所。奥地利画家和装饰艺术家汉斯・马卡特(1840—1884)的维也纳工作室在当时很有影响力,经常成为艺术家们的聚会地。工作室也是画家们的创作题材之一,一般画家通常都会留下题名

《工作室》的作品，工作室属于一种时尚素材，画工作室甚至是每个有名望的画家必做的功课，如荷兰风俗画家弗美尔的《艺术家在工作室》(维也纳艺术史博物馆藏)，德国风俗画家卡尔·施皮茨威格的《肖像画家》(背景为工作室，私人收藏)，法国进步画家和巴黎公社委员库尔贝的《我的工作室，概括我七年创作生活的真实传奇》(巴黎罗浮宫藏)，德国历史画家、风俗画家和版画家阿道夫·门采尔的《工作室的墙壁》(汉堡艺术宫藏)，比利时象征派画家和表现主义先驱恩索尔的《工作室静物》(慕尼黑新绘画陈列馆藏)……

　　一位德国同事曾和我谈起，说他们家有一个传统，每年的平安夜全家聚在一起时，要举行讲笑话比赛，每个家庭成员都要讲几个笑话，看谁讲得最多，前提是每个笑话必须合格(认为可笑的票数占50％以上)。父亲发现小儿子连续几年得冠军，有点惊讶，孩子后来透露说，他的笑话是从一个应用文工作室搞来的。中国古代有代写应用文(主要是尺牍)的行当，那些文人(明清时多为绍兴师爷)待的小书房用现在的概念来衡量应该算作超前的应用文工作室吧。

　　由于工作室规模小人员少，运作灵活效率高，我国的工作室体制发展得很快，从最初的书籍装帧工作室(包括插图和封面设计等)、个人画室到时下流行的婚庆一条龙工作室，工作室的种类已扩大到30多个。

公鸡打鸣显霸气

中国古代十分依赖和信任鸡鸣，把鸡鸣当作计时手段，鸡鸣则起，表达了人们的勤劳和用功。"鸡鸣人当行，犬鸣人当归"（宋·陈师道《田家》）。"不为风雨变，鸡德一何贞。在暗常先觉，临晨即自鸣"（唐·李频《府试风雨闻鸡》）。"头上红冠不用戴，满身雪白走将来。平生不敢轻言语，一叫千门万户开"（明·唐寅《画鸡》）。鸡鸣，也是《诗·齐风》的篇名。全篇以对话形式，写妻子于鸡鸣时分一再催丈夫起身，由此而产生了"鸡鸣戒旦"这一成语。

公鸡善啼，好斗。在公元前1400年的文献中已有关于鸡的记载，家鸡的祖先是原鸡，原鸡系一种森林鸟类，分布在我国云南南部、广西西部和海南岛等地。

吴方言地区（包括上海）流行着一副对联：屋北鹿独宿，溪西鸡齐啼（相传为明代"吴中四才子"之一祝允明所作）。上下联分别压一个韵，但必须用吴方言吟读，方能显出押韵的神妙。这里只说"鸡齐啼"，有人不相信鸡会齐啼。关于这一点，需看你如何理解这个"齐"字。笔者以为，此处的"齐"并不表示"齐刷刷"的大合唱，而是意味着啼声此起彼伏、连成一片。

公鸡为什么在清晨（通常认为是太阳升起时）打鸣？小时候听大人讲过一个段子：很久很久以前，公鸡头上是长有两个角的，所以公鸡会飞到天上去。而当时的龙是没有角的，也不会飞，但他很想飞到天上去看看仙境,于是跟公鸡商量,把角借与他用一个晚上,答应第二天拂晓归还。公鸡拗不过龙的再三恳求,把角借了出去。谁知龙大哥一去不复返,公鸡失去了角,只好每天拂晓时分绝望地对着天空高喊:"龙哥哥……还我!"此乃笑话,言归正传。

2013 年,日本科学家作过一次研究,他们让处于实验室条件下的公鸡中的一部分接受恒定、持续的晨光照耀,从理论上讲,这一部分公鸡不会感知白天时间了,然而它们还是非常精准地在清晨啼叫,这一实验持续了好几个星期,一直起作用。这说明,公鸡主要是根据长期进化过程中形成的生物钟而准时啼叫的,换言之,它们已经不需要光作为啼叫开始的信号。但科学家们发现,光还是在起作用的,比如自然光在定期校准生物钟;光的强弱跟啼叫的频繁性还是有关系的。

此外,科学家们还发现,黎明时分,公鸡往往也会受到鼓励而啼叫起来,尤其在农村里,经常可以发现,只要有一只公鸡开始打鸣了,紧接着第二只也开始啼叫,第三、第四……纷纷跟着响应,说不定响应者并不是同一个院子的,而是河对岸某个鸡群的。噢,原来这就是"鸡齐啼"呀。

当然,其他科学家们也发现并提出了公鸡啼叫的另一些因素。公鸡啼叫是在告诫其他公鸡:不要到我的领地来,否则对你不客气。为了引起母鸡的注意:这里有一位美男子,请不要舍近就远了。这就是为什么在白天的其他时间里,有时也会听到公鸡打鸣的道理。

功夫茶和功夫咖啡

中国有功夫茶,西方有功夫咖啡,"功夫咖啡"是我给起的名字,意大利原文名叫 Espresso,我国市面上管它叫浓缩咖啡。我之所以这么叫它,因为它和功夫茶一样,都以"功夫"见长,两者的制法均十分讲究,味道浓重而带强烈苦味,量小,三口喝完,据说都有助消化作用,意大利人多在饭后喝浓缩咖啡。

鲁迅先生说:"有好茶喝,会喝好茶,是一种清福。"有人喜欢龙井茶的碧青爽口,有人偏爱褐红浓苦的功夫茶。曾经和一位民营企业家打过一段时间交道,每次到他那儿办事,他都要亲自给我们泡功夫茶喝。起先我一点看不懂,似乎见他老是将滚水浇在杯子外面,最后斟到小杯子里的一点点茶水喝起来苦得很。后来他请我们喝正宗功夫茶,由茶艺小姐一面给我们冲泡,一面为我们解释,我才有了一点头绪。

功夫茶据说起源于福建,冲泡很有讲究,要用乌龙茶(也可用铁观音、凤凰茶代替)。茶具选景瓷宜陶(景德镇的瓷器和宜兴紫砂壶杯)。泡茶工序有十几道:烫杯温壶、乌龙入宫、洗茶、冲泡、春风拂面(用壶盖拂去茶末)、封壶(盖上壶盖,用滚水浇遍壶身)、分杯、玉液回壶、分壶、奉茶、闻香、品茗……冲泡时,壶嘴要"点头"三次,谓之"凤凰三点头",向客人表示敬意。

《隋园食单》中对功夫茶有过较细的记载:"……杯小如胡桃,

壶小如香橼,每斟无一两,上口不忍咽,先嗅其香,再试其味……一杯之后,再试二杯……"

西方人主要喝咖啡,在意大利,咖啡是葡萄酒以外最重要的饮料。意大利每年向一百多个国家出口烘焙咖啡豆,出口量占世界第二位。近20多年来,全世界的咖啡爱好者都嗜喝意大利的浓缩咖啡。

浓缩咖啡有五大要素:混料、磨制工艺、计量、煮制工具、煮制技术和经验。煮咖啡的传统方法有:土耳其法(将咖啡放在典型的紫铜壶里煮)、过滤法(沸水从上而下流经咖啡粉)、摩卡法(带压力的沸水由下而上流经咖啡粉)。Espresso法是最新的煮法,只有用这种方法才能让咖啡中的油分发挥作用,咖啡中的油具有芳香剂,同时能使咖啡有稠性。

装了经筛选的绿色咖啡豆的圆铁筒在一台高温空气加热的炉子里转动烘焙,15分钟后便冒出香味,这时烘焙师必须时刻注意温度计上显示的温度并不断取样,温度低了不行,但若超过200℃和220℃,又会烘糊。烘焙后的咖啡豆放在来回运动的铁板上自然冷却。

浓缩咖啡的磨制也同样有讲究,因为咖啡粉跟盐一样,容易吸收空气中的潮气,所以环境湿度非常重要,但并不等于越干越好。粉的粒度一般在1微米和1毫米之间。当然,煮制浓缩咖啡时要用专门的浓缩咖啡机。浓缩咖啡虽说是意大利发明的,但人均消费量最高的却是挪威。和功夫茶一样,喝浓缩咖啡用的杯子很小。尽管浓缩咖啡的咖啡因含量小于普通咖啡,然而欧洲人每天的饮用量一般也不超过4至5杯。

钩

　　绝大部分的人应该还记得，那个时候（20世纪七八十年代或90年代初），乘公交车经常是只能站着的，一只手拉住上面的"拉杠"或别人座位上的"拉杠"，另一只手还要提一个拎包。于是人们不约而同地想出一招：随身带一个自制的钩——铁丝外面包塑料的S形钩子，将它挂在"拉杠"上，再将包挂在钩子上。现在不会再有人这样做了，否则等于在为"三只手"提供"顺手牵羊"的机会。

　　钩是一个部件或一个用来悬挂物体的工具（如吊车上的吊钩）。钩也是一个书写符号，用来表示一件事情或一个问题已经处理过了或者一个陈述已经"被阅过"（起源于拉丁文中字母V，即visum的第一个字母，"看过了"的意思。古罗马的官员们为了省事，就只写一个V，而且写得潦草，后来的人以为是一个钩）。认为一个答案正确或者填表格表示"是"时也用钩（据说是一位英国教师对学生作业的批语，凡是正确的，便写上right，后来为了方便，就只写第一个字母r，久而久之，r也就走样成√了）。钩还是一个发音符号，有的外语字母上方有个钩；汉语拼音中打钩的音节发第三声。在西语中，拳击比赛的"钩击"和冰球比赛中的钩人犯规就简称为"钩"。钩也是汉字的一种笔形。

　　钩尚有很多引申义或转义，比如在古代中国和英语中，钩都有"镰刀"的意思。汉语中的钩有牵连的意思，如"钩党"——相牵连

155

的同党。在美国俚语中，钩也用来称妓女、麻醉品，"钩店"即"妓院"。钩也是一个姓，中国汉朝有人名叫钩光祖的。外国人姓钩的很多，英语国家姓钩的，汉译为"胡克"；德语国家姓钩的，汉译为"哈肯"；法语国家的钩先生，中文便称其为克罗谢先生。

　　钩既可以作名词用，也能作动词用，中国民间流传着一种口头约定和承诺的习俗，尤其在孩子和年轻人中间，非常流行打钩（互相钩小手指），有的还要用拇指相贴，表示盖章，然后成为"一千年不变的合约"。传说有一位富家女儿，长得如花似玉，但她一定要嫁给一位能正确回答她问题的少男。她的问题用身体语言——伸出一个小手指，要求对方也用身体语言回答，最后只有一位能文能武的少男答对了问题，他用自己的小手指钩住了姑娘的小手指，他们互相保证一生一世永远相爱。后来丈夫带兵到边疆杀敌，不幸捐躯沙场；妻子悲痛万分。十年后，按当地风习，父母劝女儿再次征婚。女儿用同样方法，竟无一人答对。最后来了一个戴帽子的乞丐，一面伸出小手指，一面取下帽子……他就是十年前的丈夫，但丈夫说自己在十年前已经战死，这次是借一个乞丐的躯体前来实践诺言——永远相爱，妻子用左手小指钩住丈夫的小指，用右手拿杯喝下毒酒……随丈夫去到另一个世界。

　　打钩的故事悲怆而感人，可怜的是很多现代人根本不讲诚信；必须提醒善良的人们，遇事宜谨慎，见利莫贪小，以防上钩、中套。

狗的身体语言

统计曰,目前地球上有314种狗(包括人工培育的)。狗最有灵性,它们的听觉、视觉跟我们人的很相似,它们有很强的时间感觉。和人一样,它们有喜、怒、哀、乐、爱、恨、怕等感情。

通过人犬的长期共处,现代的宠物狗既保留着一些野生狗的习性,又拥有从中学会和养成的姿势、动作、表情等行为方式。狗虽然不会说话,但人类可以通过它们的身体语言了解它们、沟通它们。

狗的理解力和记忆力很强,它们会记住人通过有声语言传递的信息并运用到实践中。比如带狗出去散步时,主人常说"散步"或"遛遛"等词;以后,只要主人在家里和别人说话提到"散步"或"遛遛",这只狗便会站起来走到放牵狗皮带的地方,将它衔在嘴上,高兴地回到桌子旁边趴下,然后静静地等着主人和它去散步。

有句圈内话:有钱能买好狗,但买不到狗摇尾。狗摇尾巴是欢乐、友好的意思;若将尾巴弯到肚子底下夹藏起来,这表明它有痛楚,有悲伤和害怕;如果狗的情绪不好,那么它往往会耷拉着尾巴,同时耳朵也往后倒。摆动尾巴的频率以及尾巴与身体构成的姿态体现了狗的兴奋程度,有时只是尾尖摆动,有时尾巴根部一起摆动,有时连身体也摇摆起来,甚至打起转转来,这时瞳孔放大,耳朵向前竖起,这说明狗兴奋到了极点。

狗同样也会用鼻子示意玩耍、散步、抚摸等要求,他们常用鼻子温柔地碰触人。其实这是幼犬在母体上寻找乳头的原始行为方式,慢慢演变成现在这种意义上的身体语言。

有些狗会在人的面前跳起来,这是一种想舔人脸的动作,也是一种幼犬未完全退化的身体语言。最早时,当幼犬舔父母脸颊时,父母会张开嘴,有时嘴里会掉出残剩的美味佳肴。这一动作在和人的相处过程中逐渐演变为友好、顺从的信号。

狗打转这一身体语言是需要分析的,摇尾巴带身体打转是快乐的表示;如果是快速旋转甚至异想天开地想咬自己的尾巴,这是无聊的表现;还有一种身体打转发生在傍晚时分,这时的狗(不是所有的狗)倘若开始打转,便是就寝的前兆。这一行为方式可追溯到远古的草原野生犬,那个时候它们尚未受宠于人类,享受不到温暖的睡篮。天黑以前,它们必须自己营造睡窝,打几个转,把周围长得老高的野草压下去,然后躺在里边。

如今的狗不一样了,一些有福气的,日子过得让人都羡慕。但有时主人粗心大意忘了它们的饮食,于是宠物们会用身体语言来提醒主人。食盆空了吗?没关系,很多狗会走到食盆前,用鼻子在食盆上方做圆周动作,有时会将空盆子再舔一遍,接着将盆子从一个地方推到另一个地方,使其发出响声,好让主人听见。水碗里没水了也好办,久久地凝视平时放水给它们喝的那个水龙头,直至有人明白它们的要求。

关于比萨饼的抬杠

比萨饼(Pizza)被喻为"可食用的盘子",一个比萨饼足以撑饱你的肚子。以前我国将它译成"意大利馅饼",乍听起来很好,但仔细想想就不对了,因为它压根儿就不是馅饼,后来又有人在"馅饼"前加了一个"铺",表示配料是铺在上面的。然而严格来说,这么叫还是有问题,"馅"是包在面食、点心等里面的心子,既然是馅,就不能再铺了;既然要铺,就不能叫馅。——"嗨,你这个人真会咬文嚼字。"

所以说,比萨饼只能叫比萨饼。但偏偏又有人说:"比萨饼起源于中国。马可•波罗回到意大利后,想吃中国的葱馅饼,他请来一位那不勒斯厨师,让他按自己的口述做。这位厨师没能领会,将葱馅饼做成了'比萨饼'。"中国是个有着悠久历史和文化的文明古国,中国人发明了很多东西,很多事物起源于中国,但我们没有必要面对世界上的物质文明动辄说:"……其实中国古已有之。"笔者因此不能苟同"比萨饼源于中国"的说法。本来嘛,哪个国家没有自己的烙饼和馅饼,如果大家都来牵强附会,把比萨饼的源头说成在自己国家,那还有什么民族文化可言,不是还有人说比萨饼的前身在中东、在印度、在摩洛哥……吗? 当然啰,有个马可•波罗,故事容易自圆其说。

无意通篇抬杠,说一点实在的。提起比萨饼,意大利人都说它本来是一种穷人吃的食品，以前意大利南部尤其是那不勒斯一带的老百姓比较穷，因此比较节约。他们用面粉做成饼底，把吃剩的荤素菜等铺在饼上，放在炉上烤制成乡土风味饼。久而久之，这种饼子成了当地的特产。以后经过不断改进和优化，并采用精致铺料，形成不同口味的款式。但地道的比萨饼还是要在用柴火或炭火加热的维苏威火山岩砌成的炉膛里烤制而成。

比萨饼在意大利最早叫 picea，系那不勒斯方言，它表示饼出炉时手的一种操作动作。1889年，那不勒斯的"皮耶托比萨饼店"老板拉法埃莱·埃斯波西托接到一份订单，让他为正在那不勒斯视察的国王翁贝托一世及玛加丽塔王后定做三份比萨饼。埃斯波西托受宠若惊，他做梦也没想到王家会青睐他的小店，于是施展浑身解数，精心制作。其中一份用三种颜色强调意大利国旗的色彩：番茄——红色、莫扎雷拉奶酪——白色、罗勒（一种香草）——绿色。王后对这份比萨饼大加赞赏，从此以后，这一款式的比萨饼便叫"玛格丽塔"（因讹传，"加"变成了"格"），在全世界被认为是最好吃的。

通过移民、流亡者以及二战结束后返回家乡的美国兵，出现了用平底锅做的"美国版"比萨饼。1990年12月8日，37.4米直径的比萨饼被提名并接纳为吉尼斯世界之最。

眼下，全球大部分比萨饼屋是"必胜客"的连锁店。"必胜客"是弗兰克·卡尼和丹·卡尼兄弟俩于1958年在堪萨斯州创建的比萨饼屋，店招上写的是"比萨饼屋"（Pizza Hut）。为何要叫"必胜客"，应该是商业操作吧。

出人头地当管家

　　中国古代奴仆制度在封建大家庭中的延续、膨胀和发展,造成了特殊的管家阶层和体系。作为一家之主的大老爷不可能亲自去掌管家政,必须选拔一个能成为家里"一人之下、百人之上"的管家。当然,也可根据不同的家庭规模,按"房"设好几个管家,管家上面再设一个总管家或大管家。委派管家是一件必须慎之又慎的事情,按传统习惯,管家是在奴仆中选拔的,有一种奴仆叫"家生子"——世世代代在主子家里当奴仆的人,他们是"世袭奴仆",值得信任,是管家的主要来源。

　　产生管家还有另一种"缘",有的主子喜欢选用来自同乡的熟人担任管家,他们觉得"邻居老乡"比家里的所有奴仆更为亲切和可靠。此外,发小、患难之交、救命恩人、同窗好友也能成为建立主子-管家关系的一种缘。话要说回来,主子再怎么谨慎、缜密,管家如果是一个蓄意为了报仇而深埋在家里的定时炸弹,或者跟其中一位姨太太勾搭上了,那么这个家族弄得不好就会被葬送。也许这就是中国历来文学作品中只要有管家就会有好戏的道理——感恩戴德抑或冤冤相报。

　　相比之下,西方的管家这一行没有那么重视社会关系。欧洲国家的"管家"一词是从古法语中的"斟酒的仆人"演变而来的,开始的地位很低,直至 17 和 18 世纪,管家才渐渐有了领导权。传统的管家都穿制服,以区别于穿号衣的普通仆人;现代管家穿一种典型的男式西装或职业便服。管家要是被加上一个头衔,被称为"白银管家",那他们还有一个额外的任务:看管白银餐具和其他贵重餐具。管家由家里的男主人雇聘,但日常生活中直接听女主人指挥。主人、家庭成员及亲密的客人以姓直呼管家,家里的佣人则以"姓加先生"相称之。

第二次世界大战前后,欧洲的仆佣和管家数量不断下降,至20世纪80年代,欧洲模式的管家需求量又开始回升,原因之一是管家工作的技术含量在不断增加。管家不仅在年轻化,而且也有女性化趋向,如荷兰国际管家学院的毕业生中,女生已占10%,而且比率还在不断上升。不少国家,比如阿拉伯地区的国家以及俄罗斯,雇主会有意识地雇佣女管家,理由是除了本人以外,雇主不许其他男子随意接近他们的妻子。多年来,英国王家也是一直雇佣女管家的。2013年成立于维也纳的第一高级家政培训学校专门招收了不少女生,上岗的女管家被称为"完全小姐"。

如今,除了富家、大家以外,许多大公司、私营企业、大使馆等都需要管家,坐远洋豪华游轮或内河游艇的游客甚至可在船上租用管家。

行行出状元,管家中颇有一些名人,仅在白宫就出过好些名管家:阿朗索·菲尔兹,在白宫曾为总统胡佛、罗斯福、杜鲁门、艾森豪威尔当过管家,出版过一本广受关注的传记;菲尔兹的生平是一部剧本的原型。尤金·艾伦,曾先后为白宫的八位总统服务过,2013年上映的影片《管家》,故事情节出自艾伦的生平事迹。

盥洗室歌唱家

  很多人听到"盥洗室歌唱家"这个词,不用解释可能已经明白是什么意思了,因为他们有亲身体会,说不定自己就是一个"盥洗室歌唱家"呢。关上盥洗室的门,跨进盛满"淡绿色"热水的浴缸,躺上一会儿,在热腾腾水汽的熏陶下,觉得浑身惬意、筋骨舒松,颇有一种想唱歌的欲望。想唱就唱呗,反正没有别人在,唱着唱着,自己听听觉得还蛮不错的,好像有什么混响器或者其他器械在处理他们的音色音质似的。从此,只要进了盥洗室,就会情不自禁地放声歌唱起来,自得其乐一番。

  慢慢地,"盥洗室歌唱家"成了一个地球人通用的俗语(英语为bathroom singer),专指那些喜欢唱歌但缺少天赋的业余爱好者。更多的人则用"盥洗室歌唱家"来自谦和自嘲,表示自己水平不高,不敢在公众场合显露,只会在盥洗室里偷着唱唱自娱而已。但英语中的"盥洗室歌唱家"主要用来指音质很差、没有前途的业余歌手。

  喜欢在盥洗室(或淋浴棚)唱歌,这一现象已经存在好几个世纪了,早在1350年,阿拉伯哲学家伊本·乔邓就着手为这个问题寻找答案。他认为一个人独自处于雾气缭绕的浴缸里(或莲蓬头下)会有唱歌的欲望,起关键作用的是满室的热蒸汽,热蒸汽在提升人的情绪,使人产生狂喜感和幸福感,而且很想发泄这种感情。

此时此刻，最好的方式莫过于高声歌唱了。被热水活化了的身体和洋洋得意的心态使我们倾吐出包含着丰富情感的声音。

其实伊本·乔邓只解释了一半问题，也就是软件问题，所以现代声学家证实说，我们在盥洗室感受自己发出的歌声确实比平时圆润得多。凡是室内狭窄的地方、有木嵌板镶嵌的地方或贴了瓷砖的地方，这些位置容易产生杰出的声学效果。2012 年，由伍迪·艾伦导演的美国影片《爱在罗马》问世。该片由四个互不相关的小故事组成，其中讲到一个歌剧演员，他只能在淋浴时才能出色发挥，于是，凡是有他戏的场景，都要为他在舞台上搭建一个淋浴棚，只有这样，他才能找到感觉。

美国男声双重唱组合西蒙和加芬克尔因《寂静之声》而一夜走红，成为 20 世纪 60 年代最受欢迎的双人组合之一，后又为经典电影《毕业生》配唱插曲而奠定了辉煌成就。2003 年他俩获得格莱美终身成就奖。在回忆成功之路时，保罗·西蒙曾谈到，他的工作室十分重视声学效果，他特意请人把工作室设计得像个盥洗室，墙面用瓷砖环贴，地面额外镶嵌木条，以便专门用来录制"盥洗室音乐"。

鉴于盥洗室的这种特殊声学效果，后来相继出现了许多"盥洗室音响设备"，比如具有 MP3 功能和调频功能的双喇叭放音机和无线防水音箱系统，为你的偶像配上盥洗室声学效果，供你在盥洗时欣赏本来没有盥洗室效应的歌曲。

狗为什么咬人

许多人认为狗是不会咬人的，"它们受到主人的百般呵护，有吃有穿，有什么不满意的？再说了，它们是人类的朋友，怎么会咬自己的朋友呢？"然而狗咬伤孩子以及成人的事情还是时有发生。狗是人类最早驯化的家畜，比起原始狗来，它们确实温顺和文明多了，和同属犬科的狼相比，更是大相径庭。然而狗毕竟是食肉动物，侵犯性仍然是它们的自然秉性，这一点似乎已被人们忘记了。

狗的侵犯性行为通常是有预兆（预先警告）的，是事先可以被识别的。问题在于，预先警告往往没有被人（主要是狗的主人）注意到，或者被误解了。等到真的咬人了，便大惑不解："我们的狗狗是从来不咬人的呀。"作为狗的主人，首先要能够观察到狗的一些异常反应和行为，比如你的狗变得不想玩耍了、它不喜欢别人抚摸它了、也不愿意别人去接近它了、你的狗对人的动作开始作出侵犯性反应或者已经在进攻别的狗了。一个好的养狗者应该研究狗的侵犯性行为的征兆，要能正确作出解释。狗咬人的原因是多种多样的，其中有几个原因在进化过程中始终被保留着：狗需要捍卫自己的领域；狗要保护自己的后代；狗热衷于维护自己的地位，它们不能容忍竞争对手。还有，如果一条狗有了一种严重的身体障碍或疾痛，但这种状况没有被发现和认识，在不能自救和被救的情况下，有可能会咬人。

有些人非常相信一句俗语：会叫的狗不咬人。在犬科动物中，狗是最善于大声吠叫的，狗有着发达的喉头，这是狗在进化中的选择性决定的，尤其是担纲警卫和看家的狗，它们的吠叫能力最强。吠叫最早是狗用来沟通的手段，用来向周围环境（包括人和其他狗）发出警报，表示发生了一些不寻常的事情，希望一起把侵入领域者赶走。还有一些其他意义的吠叫：神经性激动型吠叫、防御性吠叫、专注型吠叫、不安型吠叫、受挫型吠叫及按指令吠叫。

　　原始狗是不会吠叫的，至今在澳大利亚和中非尚有些种类的狗是不会吠叫的。很多情况下，狗的吠叫不是为了咬人，而是表达一种不安和害怕，它希望你不要靠近它，和它保持距离，如果你一味地靠近它，说不定它会因害怕而向你进攻。人在这种情况下是走开为好。有一种摆尾的吠叫比较让人放心，这是狗高兴而发出的吠叫。

　　"会叫的狗不咬人"用在人身上比喻"只是发发火罢了，不会动真格的"或"瞎咋唬而已，没什么了不起的"。但是这句俗语不具备100％的准确性，甚至还有人持相反意见，之所以这样，恐怕还是因为对狗的发声意义没有完全研究清楚。欧洲有些语言学家从词源学角度探索了"会叫的狗不咬人"这句话，发现这句话跟四条腿的狗和两条腿的人都没有关系。由于词义的发展和变化，"狗"、"吠叫"和"咬人"原来的意思分别是"钟"、"敲响"和"破裂"，所以该俗语的原始意思是"敲得响的钟不会破裂"。

光彩夺目说宝石

宝石,因稀而贵,甚至价值连城,令普通人不敢奢想。它们往往聚集在古今中外的权贵和巨富身上,英国女王的王冠犹如一个稀世的"钻石库",它缀有 3 000 颗钻石和其他著名宝石,其中有世界第二大钻石"卡利南"。我国清朝时,大小官员的官帽顶上都饰有宝石,如一品官帽顶是红宝石、二品官帽顶是珊瑚、三品官帽顶是蓝宝石、四品官帽顶是青晶石……

宝石,五色斑斓,诱人心动,它为人增添风姿,它把人变成豪富;它往往又和不幸连在一起,它引诱人去犯罪,多少人为它去抢、去骗、去偷,甚至为它倾家荡产、送掉老命。举世闻名的"霍普"钻石(又名"希望之星")曾换过近 20 个主人,它首先由法国珠宝商让·塔韦尼埃从印度一尊神像的额头偷窃到手。从此,这颗稀世宝石开始了一番血的经历,几乎所有的占有者都直接或间接地因此而惨遭横祸。塔韦尼埃本人后来被猎狗撕咬而死;出版商麦克莱恩死在精神病院,他儿子送命于车祸,女儿自杀;银行家霍普最后破产。今天,这颗带来不幸的钻石已无人敢占有,它陈列在华盛顿国立博物馆史密森学会。

尽管如此,华美瑰丽的宝石难免不叫人动心,戴上一枚宝石戒,确能给人平添几分光彩。不过从岩石学角度来看宝石,它们无非都是些普通的物质:碳、铝、铍、硅……宝石之所以珍贵,贵就贵在一个"稀"字。虽说组成宝石的元素在地球表层比比皆是，例如我们经常碰到的碳，但它只有在 1 400℃ 高温和 60 000 Pa 大气压的条件下，才不至于变成石墨，而是形成金刚石。

人们往往迷恋宝石的色彩，这些迷人的色彩同样是由普通的微量杂质引起的，如蔷薇石英的色彩是锰引起的，红宝石和绿宝石的色彩是铬引起的（铬以不同的离子存在于宝石内，使之产生不同的颜色），无色的金刚石和透明的水晶，因为它们不含杂质，所以纯洁无瑕。

宝石根据稀有程度和品质不同而价值各异，它们在"排行榜"中的位置大致为：钻石、红宝石、蓝宝石、绿宝石、黄玉、电气石、蛋白石、尖晶石、紫晶、绿松石、天青石、多层蛋白石、玉石、绿玉髓……钻石被誉为"宝石之王"，它不仅美观、纯洁、晶亮，而且坚硬无比，可作高级研磨切割材料和用于原子能工业。

传说每一种宝石都有一种治病功能，这当然多所牵强附会，不足为信，不过有几种宝石确能起到某些特殊作用。如蓝宝石戒指能给人安静、温和、清冷的感觉；（多看看）绿宝石戒指能消除眼睛疲劳；绿松石的作用更妙，把它制成挂件佩带在身上，它能起预示疾病作用，因为绿松石的渗透性较强，它有很多毛细孔，外界物质容易入侵，使宝石发生化学作用而改变颜色。人体皮肤上的脂和酸只要与平时稍有不同，绿松石的颜色就会变得偏蓝，从而提醒佩带者要注意身体健康的变化。

宝石价值高、重量小、色彩丰富、便于携带和储藏，它们的贵重程度远在黄金之上。

早餐，多吃不如会吃

　　"过早"是湖北人，尤其是武汉人说"吃早饭"的意思；"吃天光"则是安徽省黟县及附近地区所说的"吃早饭"，"天光"是"天亮"之意。我最欣赏的早餐表达词是英语的 breakfast，它由 break 和 fast 组成，如果"死译"，反而非常形象：中止节食。整整一个晚上，人们什么也没有吃，早上起来，该中止节食——吃早饭了。法语早餐叫"小午饭"（petit déjeuner）déjeuner 有"早餐"和"午餐"的意思，为了明确起见，加一个"小（petit）"则肯定是早餐。德语中的早餐叫 Fruehstueck，和中国人说的"早点"非常接近。由于中国语言的丰富多彩，吃早餐这一饮食行为在各地有很多不同的叫法；有时从早餐的叫法也可以窥出一点当地人的经济和生活状况，黟县地区的人民自古就吃苦耐劳，天一亮即起床，匆匆吃罢"天光"就去地里劳动。顺便说说他们的另外两餐：午饭叫吃点心，可见也是简朴得很；到了太阳落山的黄昏才收工回家"吃落昏"（吃晚饭）。不过也有例外的：一顿丰盛的早餐却让广东人用十分低调的三个字"吃早茶"掩盖了。

　　吃早饭叫什么都可以，关键是吃什么、怎么吃、如何吃得健康。荷兰人每天吃两顿早饭，起床后吃一份甜食——第一次早餐；中午 1 点钟吃真正的早餐，其实这顿早餐代替了午餐。东欧和北欧人早餐喜欢吃得多，而且口味很重。英国人以他们营养丰富的早餐闻名：水煮荷包蛋、煎小香肠、煎土豆、培根（熏咸肉或腊肉）、番茄酱豆、炒鸡蛋和煎鸡蛋、小烤鱼、土豆煎饼、血肠（含有猪肉、猪油丁和猪血的黑香肠），外加传统的燕麦粥。

当今的西方人都承认，他们的早餐不健康，可又经不住诱惑；相比之下，中国人的早餐很健康——清淡美味，热乎乎的，有汤有水，易于消化。欧洲人一向有一种说法，早饭一定要吃饱、吃好，要像皇帝那样地吃。理由是：饿了一个晚上，不补充营养，怎么开始新一天的工作和生活呀。但这一说法不适用于中国人，因为西方人的饮食方式和中国人有很大差别，他们多数是一天两顿吃冷的（早餐和晚餐），只有午餐是热的，也就是说，晚餐是最不受重视的，且吃得较少（所谓的"晚餐像乞丐"），晚餐吃得既少，又节食了一夜，早餐自然就显得很重要。欧洲人常常笑话法国人的传统早餐简单得可怜，法国人吃早饭无非就是将一个羊角面包浸入咖啡，或者把一个奶油圆球蛋糕泡进牛奶咖啡里。因为法国人每天吃两顿热饭——午饭和晚饭，晚饭吃得也很像样，早上起来没有那种"饿瘪了"的感觉。这有点像中国人，中国人通常不太讲究早餐，长期形成的饮食习惯也使我们的消化系统有了固定的适应性，如果盲目学习和搬用西方人对早餐的意念，早上猛吃煎鸡蛋、熏肉、果酱、奶酪、甜点……或者冷牛奶冲麦片，那肯定是不利于健康的，甚至会影响吃午饭。不过，太不重视早餐同样于身体有害，更不能因贪睡而放弃早餐。

早餐应在健康的原则下，以吃得舒服为宜。墨西哥人尽可在早餐桌旁喝一杯龙舌兰酒，而中国人也许觉得吃一碗汤面最乐惠。

好一个开心果

　　有位老兄说话喜欢抠学名(当然还有点卖弄的意味),一天在办公室和同事们打赌,他说如果他输了就请吃阿月浑子,同事听了皆哑然。接着他又神秘兮兮地对大家说:"我是说请你们吃开心果,开心果你们总该懂了吧。"

　　阿月浑子即开心果,知道的人确实不多。但阿月浑子却是最早的"中文学名",开心果只是一个较新的俗名而已。按说一样东西的俗名本来也是人定的,而俗名的约定则往往是先入为主。阿月浑子原产地中海地区及亚洲西部,唐朝时经中亚传入我国,当时人不知道该叫它什么,叫不出名字,干脆就称"无名子"吧,于是它就得了个"无名子"的名字。有人估计"阿月浑"很可能是原产地的人们对该坚果的称呼;又因为阿月浑子的形状和味道都有点像榛子,且从西域传来,后来人们又管它叫"胡榛子"。

　　那么阿月浑子既然已经有了"无名子"和"胡榛子"这样的俗名,开心果这个名字又何以会流行起来呢,这不是不符合约定俗成的规律吗? 事实是,作为休闲食品,在20世纪70年代以前,阿月浑子这玩意儿始终没有在中国走俏,无论是"无名子"还是"胡榛子",知道的人还是很少,原因大概有两个:一是阿月浑子在我国**的产地很少**,仅新疆喀什有少量生产;二是价格有点高。随着我国**阿月浑子产量增多并大量进口,现代俗名开心果便在中国大地普**

及开来,同时很快被人们所接受,此即世人只知开心果而不知阿月浑子之缘由也。

开心果,漆树科,黄连木属,国际通用拉丁文学名为 Pistacia vera;不过中文也好,洋文也罢,它们都没有开心果这个名字好,说它好,也有两个理由,一是开心果形象地描述了这种果实的外形和特点,你看,带壳的核果多像一颗鸡心,经晒干或焙烤后,果壳纵向的合缝便相继裂开,真是开了心了。二是开心果富含脂肪和蛋白质,每 50 克开心果含蛋白质 7.5 克,脂肪 26.4 克;而脂肪中的 83％是不饱和脂肪酸。更令人开心的是,经焙烤的开心果尚含有不少钾、铜、镁、铁、磷、锌、维生素 B_1、B_2、B_6、维生素 C 以及叶酸、烟酸和泛酸(亦称遍多酸,B 族维生素之一)。如此富有营养的食品,吃了怎不叫人开心呢。

由于开心果富含膳食纤维、健康脂肪、抗氧化物质(紫红色的果衣含花青素,绿色的果仁富有叶黄素),属于较低血糖指数的坚果,在摄入同样热量的情况下,餐后血糖升高远小于全麦食品。

你听说过"家有开心果"这句话吗? 那是说家里有一个成员是乐天派,他不仅自己不愁不烦,而且总是让全家人开心;电视连续剧《还珠格格》中的乾隆帝有句口头禅:"小燕子真是上天赐给朕的开心果。"家里若有一个给人带来欢乐的小宝宝,大人更会不无自豪地逢人便说:"他是我们家的开心果。"

不论指物,还是喻人,开心果都是诱人的,吃了开心果,真的让人好开心啊!

合　欢

　　有一种树叫有情树,因为一个传说故事,它又被改名为合欢。古时有一个员外晚年得子:妻子为他生得一女。夫妇俩对女儿爱若掌上明珠,起名欢喜。转眼间千金小姐出挑得仙女似的,17岁那年随父母去烧香还愿,不料回家后,小姐便得了重病,好像灵魂出了窍,茶不进,饭不思,身子日渐消瘦。没有一个郎中能治得此病,员外无奈,只好张贴告示,重赏求聘名医。第二天就有一位英俊的秀才揭榜愿为小姐治病。秀才不仅满腹经纶,而且通晓医术,只因无钱赶考,在家行医度日。见了小姐,秀才心中已有八分主意——那日烧香他见到过这位小姐,小姐还频频向他暗送秋波。诊病后秀才安慰员外说:"令爱乃心绪不顺,郁思致病。前面南山有一棵有情树,花呈丝状,粉红色,小叶昼开夜合。采花叶煎茶服用,可解郁安神,怡悦心志。"药到人到,小姐的病能不好吗?后在小姐的资助下,秀才赶考步步晋升,最后中了状元。金榜题名时,洞房花烛夜,有情人终于合欢。从此,那棵有情树被改称合欢树。

　　合欢,豆科,落叶乔木,夏季开花,花色多为桃红,亦有淡紫和黄绿色。产于我国长江、黄河及珠江流域,日本、印度、伊朗、非洲及其他温热带地区都有栽种。合欢有很多别名,仅在我国就有"夜合"、"马缨花"、"绒花"、"有情树"等20几个。古人以为,合欢能使人镇静、不发怒:"欲蠲人之愤,则赠以青裳。青裳,合欢也。植之庭院,使人不愤"(《古今注》)。《养生论》云:"合欢蠲愤,萱草忘忧。"中医认为,干燥的合欢树皮入药,性平、味甘,功能安神、解郁、活血等。主治气郁胸闷、失眠、跌打损伤、神经衰弱。合欢花亦有同样功能。

合欢花色多为半白半红,"散垂如丝,为花之异",艳丽醉人。看到如此姿色的花,确实能让人心境平静、气消怒散。

合欢的叶子为羽状复叶,最长可达30厘米,上有许多对生小叶,昼开夜闭(有些国家因此俗称合欢为"睡觉树")。因为叶柄基部的细胞有十分敏感的"水囊",水囊的吸水或放水受周围环境的光线、温度和湿度的影响,所以在天气干燥的时候,小叶同样会闭合起来。这是一种自我保护机制。

合欢树冠开阔,呈优美伞形,盛夏时节,绒花满树,是清雅怡情的观赏植物;可作行道树、庭荫树和盆景。合欢对氯化氢、二氧化碳和二氧化硫有不同程度的抗性,是厂矿的理想绿化树种。

合欢树木材坚硬纹理直,是做家具的好材料(包括制作木枕),还能用在建筑、造船和农具制作等方面。合欢树皮能提制栲胶,树叶具有去污能力,可洗涤衣物。

合欢在中国民间是一种吉祥花木,她象征着"阖家欢乐"、"夫妻和睦"、"欢聚"和"有情有义",一向为海峡两岸的炎黄子孙所喜爱。

何以向天歌

　　"鹅鹅鹅,曲项向天歌。白毛浮绿水,红掌拨清波"(唐·骆宾王《咏鹅》)。作者十分形象地描述了鹅的嬉水姿态,用白毛、绿水、红掌、清波概括出丰富的色彩世界,同时道出了鹅的典型行为之一:弯着脖子朝天叫"嘎嘎"。一个孩子对事物的观察能力之强,令人惊叹(据说《咏鹅》是骆宾王在七岁时创作的)。从此,向天歌渐渐成为鹅的代名词。

　　鹅是从野鹅进化来的,早在五六千年前,人类已开始驯养鹅。古希腊人和古罗马人特别喜欢鹅,因为他们爱吃鹅肉,爱用鹅毛。鹅肉是高蛋白、低脂肪、低胆固醇的美味健康食品。100 克鹅肉中含有 10.5 克蛋白质、13 毫克钙、25 毫克磷以及钾、钠等元素。鹅肉含有人体生长发育所需的各种氨基酸,鹅肉的脂肪中不饱和脂肪酸的含量占 66％。民间有云:"喝鹅汤,吃鹅肉,一年四季不咳嗽。"2002 年,鹅肉被联合国粮农组织列为 21 世纪重点发展的绿色食品之一。

　　"笨鹅"是对鹅的一种很不公正的结论,因此必须还鹅一个公道。如果把鹅比作一个学校的小学生,那么鹅就是很守纪律的学生,行为谨慎而有礼貌;若把鹅比作士兵,它们又是服从命令听指挥的好战士,有很强的警惕性,善于发现"敌情"。通常鹅出生后 20 天就可放牧,清早,只要牧鹅人发出口令,分布在饲养场各个地方的鹅便纷纷走出大门，它们会先扇拍几下翅膀，若飞若走地行进六七米，伸长脖子相互问候，然后集合，在头鹅的带领下向放牧地走去。走到一个路口时，头鹅会停步等待牧鹅人发口令。遇到障碍物，鹅群也会站住观察一会，确定没有危险后再前进。

夜间睡觉时，大部分鹅是卧睡的，有少数在外围的鹅采取站立式，这些站立睡觉的鹅中有一部分担任放哨任务，被称为"哨鹅"。一旦有猫狗之类的大动物或陌生人来骚扰，哨鹅会曲颈发出响亮的"嘎嘎"声——向天歌。其他鹅听到后便到处飞奔，同时也大声嘶叫，谓之"惊群"。

鹅还有别的优点，它们很有"人情味"，对伴侣忠诚、关心子女和同伴。这些优点是野鹅遗传的，野鹅的家庭观念很重，对家庭成员有着强烈的责任感。倘若伴侣或子女病了或受伤了，其他家庭成员会暂时离群担负照顾工作。最令人感动的是，野鹅夫妻中有一方死了，另一方则独守终身，拒绝和别的异性鹅交配。许多野鹅家庭会联合在一起组成一个群体，这样不仅能使家庭得到更好的保护，而且整个群体的鹅都能互相关心和照应。在迁徙途中，万一有一只野鹅被枪击中，就会有几只同伴留下来看护。

把骆宾王《咏鹅》中的"鹅鹅鹅"理解为鹅的叫声，不无道理。也有人开玩笑说，鹅之所以"曲项向天歌"，除了行为上的因素，说不定是在叫屈："我们要活 20 年。"鹅的自然寿命最长可达 25 年，而工业化养鹅将它们的生命期缩至 1 到 2 年。

荷花机制

"六月荷花朵朵开。"儿时做游戏就唱这样的句子了。荷花的别名有将近 20 个之多,其中更有"静友"(《三余赘笔》)、"净客"(《三柳轩杂识》)、"六月春"(《类月夜辑览》)等雅号。

荷花原产我国和印度,据文字记载,我国已有 3 000 年植荷历史。然而根据 1973 年在浙江与河南发掘古代文化遗址时发现的古莲子分析,我国荷花栽培可追溯到 5 000 年至 7 000 年以前。

荷花浑身是宝,但夏日里,除了欣赏娇艳盛放的映日荷花外,最不该忘记的是看似不起眼的荷叶。暑天以荷叶泡茶清凉解渴,有利于祛小儿痱子和止泻。荷叶入药有利于治疗高血压。荷叶泡茶或熬粥,不仅清香爽口,而且有助于减肥。

荷花自古为人称颂,历代文人将她们誉为"花君子",为后世留下了大量脍炙人口的佳句,仅《古今图书集成》草木典就收集了 400 余首颂荷诗词。然而荷花的最高境界是"廉洁"和"洁身自好",即众所周知的"出淤泥而不染"。荷花为什么有这一"美德"?是因为荷花的表面十分光滑,污垢难以停留?非也。经电子显微镜扫描观察,发现荷花的花瓣表面像毛玻璃一样,尽是 20 微米大小的"疙瘩",正是这些"疙瘩"使荷花拒绝一切淤泥。这一被称为"荷花效应"的发现给人意外的启示,它促使人们去研制"不染淤泥"的涂料和油漆,使墙面像荷花一样不受污染,永葆鲜艳色彩。

荷花能自身加热，即使外界温度降到 10℃，她也能保持花朵内 35℃的温度。一株盛开的荷花可提供 1 瓦的功率，这一能量来自荷花细胞内能发热的线粒体——细胞的"动力机构"。荷花的自身加热有利于花粉传播。晚间，花瓣关闭，待在温暖的花朵里的昆虫悠然自得；第二天清早，荷风送香，身上沾满花粉的昆虫立即可以起飞，不必先晒太阳（许多昆虫的起飞需要 30℃以上的胸廓温度），从而避免成为敌人的猎物。

莲子的生命力很强，寿命很长。1951 年，在辽宁省新金县普兰店泡子屯村的泥炭层里，发现了 1 000 年前的莲子，人们破其硬壳，将其泡在水里，古莲子竟抽出新芽。1953 年，北京植物园试种古莲子，两年后开出粉红色莲花。美国科学家从一颗 1 300 年前的古莲子培育出新的健康荷株，据称，这颗莲子和其他 6 颗莲子一起都是从中国古代一个枯竭荷塘里被发现的，沉睡了千年的莲子竟然在 4 天后长出嫩绿的新芽。后来，科学家从千年古莲中离析出一种酶，发现是这种酶在修理细胞本身蛋白质损坏造成的缺陷。倘若能从莲子中分离出负责修理"衰老损坏"的基因，不是也可以把这种基因移植于其他植物乃至人的身上，让人类的"不老"梦想成真吗？

"未花叶自香，既花香更别。雨过吹细风，独立池上月。"喜欢荷花有诸多理由：因为她的雅丽、因为她的气质、因为她的功用……临湖赏荷，如今多了一种思考：荷花的机制。

轮胎·隧道·斑马线

　　交通这个词,有时候往往被不完全理解,因为交通是运输和邮电通信的总称,也就是人和物的转运输送以及语言、文字、符号、图像的播送传递。如果只局限于前面一半,而忽略了后面一半,那就是不完全理解。然而在现实生活中,这种片面理解似乎也是允许的,比如经常把交通仅仅理解为海、陆、空运输以及人的行走。抗日战争及解放战争期间则把通信和联络工作称为交通,党的地下工作联络员也被称作交通员。本文涉及的其实也是人和物的运输中几个小概念。

　　其实,交通的进步与发展从一个侧面反映了人类文明的进步与发展。古罗马时代,庞贝城已是一个十分繁华的古城,车水马龙,人流不绝。车、马和行人混行,非常不便,而且易发事故;于是古罗马人在道路两边建起了高于路面的人行道,让人和车马分开"移动";又在接近道路口的地方砌起高出地面很多的石块,行人可踩走石块过马路,马车的车轮在石头之间通过。这就是庞贝城著名的"跳石",被看作斑马线的雏形。后来,由于汽车的发明,"跳石"反而成了"障碍物"。1949 年,英国开始试行条纹状人行横道线,最初为蓝黄相间,像斑马身上的条纹,故称"斑马线"。如今,各国的斑马线颜色也是各国不尽相同。

　　很多人对一些交通设施的特点表示纳闷,比如汽车的轮胎为什么是黑色的,隧道为什么不建成笔直的,几乎所有较长的隧道都要打弯子……

最早的汽车车轮是木制的,只是外面包了金属或硬橡胶,坐这种轮子的汽车很不舒服,颠簸摇摆得厉害。不久发明了充气的橡胶轮胎,但首批橡胶轮胎是灰白色的——橡胶产品的本色。后来在生产轮胎时添加了工业炭黑,大大增加了轮胎负荷及耐磨性,从而提高了使用寿命,车胎就成了黑色。人们觉得黑色挺好的,粘在轮胎上的道路垃圾和脏物也不再那么显眼。从 20 世纪 90 年代起,不少生产厂家曾改用比炭黑环保的二氧化硅,进一步改善了轮胎的行驶性能;但二氧化硅是无色的,为了让轮胎耐脏,故仍然要添加一定比例的炭黑。从理论上讲,将轮胎生产成其他颜色是毫无问题的,不过时间用久了很容易褪色,最受欢迎的仍然是黑色轮胎。今天生产的轮胎通常是天然橡胶和合成橡胶的混合物,含有多达 200 种的化学添加物。

有人不理解,一般稍为长一点的隧道为什么总要打弯,驾驶员不能看到较远的路面不是有危险的吗。其实正好相反,因为隧道的形状很单调,始终笔直的隧道会使驾车人感到无聊,有时甚至会睡着,这是隧道打弯的原因之一。此外,在隧道的头尾处设计一个小弯道能防止冬天隧道温度的损失,因寒冷和冰冻容易腐蚀材料,混凝土对湿冻十分敏感。另外,隧道也略带一点驾车者感觉不到的坡度,有利于自动排除正常进入隧道的水(同时也自动清洗了隧道)。总之,隧道的建设绝对考虑了安全、节能、成本、寿命等方方面面。

杜鹃花开映山红

每年四至六月,是杜鹃花烂漫的时节。杜鹃花以红色、粉红色和玫瑰红色为主,也有黄、橙、白、淡紫等色,我国的主要杜鹃花类毛鹃因此在民间俗称映山红。杜鹃花鸟同名,皆因传说中人(如蜀帝杜宇等)死后变成鸟(杜鹃鸟),悲鸣咯血,尽染遍野山花(杜鹃花)所致。

除映山红外,杜鹃花在我国尚有很多别名:满山红、艳山红、清明花、山归来、照山红、灯盏红花、红柴爿花……杜鹃花被誉为"花中西施",是中国十分普及的名花。

云南地区流传着一个具有劝化色彩的故事:很早很早以前,"花都"大理坝举行百花选美,选中者为花王。品种繁多的杜鹃花大家族便推美丽的马缨花(杜鹃中花形似马帮领头马头上所佩之红绣球者)为代表参赛,不料马缨花傲气凌人,故意迟到。百花当然不让,准时开赛,结果山茶花夺冠,被选为花王。很多年以后,因杜鹃姐妹们的谦虚和美丽形象感动了百花,杜鹃花终于赢得了"木本花卉之王"的称号。

杜鹃花以常绿灌木、半常绿灌木、落叶灌木乃至小乔木出现,所以杜鹃的植株小到十几厘米,高至20几米,国外因而俗称杜鹃花为"高山玫瑰"或"乔木玫瑰"。杜鹃花是世界三大高山花卉之一。

我国的杜鹃主要分布在长江以南，西部和西南部最为繁茂。世界野生杜鹃有 900 多种，我国有 650 多种。杜鹃在我国通常分为四类：东鹃，即东洋杜鹃，在日本经杂交和园艺栽培传入我国。毛鹃，我国原产杜鹃，俗称锦绣杜鹃或映山红，因上叶面有疏糙伏毛、下叶面多密毛而得名；多生长于山坡，系酸性土壤的指示植物，生命力极强，有的植株简直就是从石缝里钻出来的。夏鹃来自印度和日本，开花较晚。西鹃即西洋杜鹃，花色丰富，花型繁多，是比利时及荷兰的植物学家经多年杂交培育而成的新品种，因最初多见于比利时，所以又叫"比利时杜鹃"。神农架是我国杜鹃资源集中的地区，那里的原始杜鹃林最多，杜鹃花排在"神农架十大名花"榜首。

　　读小学时，每年学校组织远足（春游），回来时总要带上一把从山上采摘的映山红，花瓣放在嘴里嚼起来酸津津的，可是大人们却说，嚼多了会流鼻血的。国外的研究者认为杜鹃含有梫木毒素，中毒症状为恶心、呕吐、肠胃不适、皮肤发痒……重者心率减慢。

　　杜鹃花是尼泊尔的国花，也是我国大理、长沙、三明、丹东等市的市花。3 月 28 日至 4 月 28 日是贵州的"百里国际杜鹃花节"。百里杜鹃国家森林公园有我国面积最大的原生杜鹃林，位于贵州省西北毕节地区的黔西和大方两县的交界处，整个天然杜鹃林带延绵百里，被誉为"杜鹃王国"、"杜鹃花的海洋"。

　　"一路山花不负侬"，清明时节，不妨到葱绿叠翠的山间去领略杜鹃花开映山红的乡野景色吧。

民意和民意调查

民意调查也称民意测验、舆论调查，是了解公众对时政等问题的普遍意见和态度的一种手段，其目的在于精确反映社会舆论和民意动向。民意是不能被篡改、包装和"强奸"的（强奸民意——反动统治者把自己的意见强加于人民并说成是人民的意见）。

民意调查起源于1824年的美国，当时哈里斯堡（宾夕法尼亚州首府）的一份地方报纸想了解自己的读者希望谁成为下一届总统，最后是"民意"与结果不相符合，这次调查虽然失败了，但仍被看作最早的民意调查。成功的"民意调查之父"当推美国社会学家和记者乔治·盖洛普（1901—1984）。他于1935年成立了第一个"真正的"民意调查机构，第二年的民意测验准确预测了富兰克林·罗斯福将再度当选美国总统。盖洛普致力于用科学方法推进民意测验，从此，民意测验的科学性和准确性大为提高。今天，盖洛普民意调查公司在全球有70个分支机构。

民意测验是一种问卷式调查，通常程序为：确定调查课题——确定调查对象和抽样方案——设计调查问卷——发放和回收问卷——统计和分析调查资料。民意调查根据调查课题的目的而进行随机抽样设计，确定研究总体和调查范围。调查问卷一般比较简单，问题数量有限，答案往往为"是"或"否"。另外，尽管调查的问题是公众熟悉和容易理解的，但由于被调查者的文化程度以及对问题的关心程度参差不齐,因此在调查前应考虑到调查结果有可能出现精确性和深度方面的某些局限。

　　民意调查也采用观察法,观察法分为参与观察和非参与观察。所谓参与观察是指观察者直接深入到一个社会群体,并以群体成员的身份参加各种活动,以便于观察、收集和分析资料;非参与观察指观察者不进入调查对象群体而进行旁观。参与观察又分为完全参与和不完全参与观察,完全参与观察者长期生活在被观察群体中,有时需隐瞒和改变自己的身份,扮演群体中的一员,就像演戏一样,完全进入角色;而群体也把他(她)当作"自家人"。非完全参与观察者无需改变自己的身份而在群体中进行观察,但他们必须做到能被群体认可和信赖。

　　民意调查(测验)所研究的是公众普遍关心的政治、社会、经济等问题。向民众公布调查结果是为了解释问题的趋势和倾向,引起公众的重视,以此引导社会舆论,向公众提供了解社会的窗口。民意调查机构通常持中立态度(也必须持中立态度),被调查者因此愿意配合和合作。民意调查可由官方机构实施,也可委托民间的民意调查机构进行,民意调查是一件严肃而重要的工作,调查者应具备各方面的优秀素质。

　　由于现代通讯手段、大众传媒工具及计算机的普遍应用,民意调查越来越科学和精确,能为决策提供重要参考数据,受到各国政府的重视和广大民众的欢迎。

话说删除记忆

人脑不是电脑,电脑永远代替不了人脑。但有些人希望人脑能和电脑一样,可以存入信息,也可以将不再需要的文件删掉。具体地说,有的人有过深深的心灵创伤,每当回忆起曾经的痛苦,心里十分害怕;他们多么希望能够永远忘记这一切。经历过特大灾害的人一想起当时的情景就会有心理恐惧。参加过世界大战而幸存的"老兵",他们的精神创伤使他们几乎无法正常生活。上述人群其实都已或多或少患上了"创伤后压力心理障碍症";科学家们也很想帮助这样的患者,他们在寻找途径,希望能删除这些人大脑中没完没了的折磨——记忆。

通常认为,记忆的形成分4步:获得、巩固、储存、调用。记忆会重建,重建后再重复第四步。脑细胞中的受体NMDA起着关键作用,它负责细胞间的通信,它的基因越活跃,人的记忆力越强。孩子的NMDA活性强,所以孩子们学东西很快。

荷兰科学家在试验时人为地制造恐怖记忆(如看恐怖照片等),同时给受试人施加轻微电休克,补充刺激记忆,然后让一组受试人服用β-受体阻滞剂,另一组只给安慰剂(没有疗效、只产生心理作用的药)。第二天试验继续,服真药的第一组受试人对恐怖照片已经很少再有恐惧心理,因此被认为可怕的记忆已删除。荷兰人的这一发明立即受到英国同行的质疑和批评,英国科学家不仅反对这种"药物处理",而且认为储存在大脑中的恶性记忆不像一个小疱那样容易去掉;再说用药物会影响大脑,因为对人来说,记忆是极为重要的,我们不能草率地乱动我们的大脑。更为糟糕的是,在删除噩梦般的记忆时,美好的记忆也被删除了。

为了让有心灵创伤的人从沉重的"经历负担"中解放出来,科学家们不愿放弃继续研究,反而乐此不疲;他们要做到"只删除个别记忆,整个记忆系统不受影响"。已经有人在实验鼠的身上成功地将恶性记忆删除,接着要解决的问题是,如何在人身上也能有选择地删除引起"创伤后压力心理障碍症"的记忆。据称当大脑中某一种记忆被活化时,可给予一种名叫 U0126 的物质,于是这种记忆即被删除。

科学家们的初衷非常好,有选择地删除记忆的办法至今尚未问世,笔者以为有几个原因。首先是人类至今对自己的大脑认识和了解还是不够的,有许多神经化学和神经生物学的问题至今尚未完全搞清楚。其次,大脑是人的一个禁区,是人的行为(包括思维)的司令部,不宜轻易加以干涉。即使哪一天办法成熟了,是否行得通,还是个问题,因为还会碰上伦理学、法学……上的问题。难怪有人说,"删除记忆"这件事,本来就不该去做。

黄花不逐秋光老

　　车至长安小憩,导游带我们走进一间品茗室,确切地说是品尝杭白菊花茶。一路上正觉唇焦舌干,看见茶艺小姐为我们准备的黄中透绿、冒着缕缕热气的白菊茶,我顺手端过一杯小球状的菊花茶,据我所知,这是一杯胎菊茶,是杭白菊中的极上品。所谓胎菊,是菊花初开,尚未完全绽放时摘下的,其营养成分和药用价值最高。

　　杭白菊花茶有清火明目、消除眼睛疲劳等功效。传说浙江桐乡某地住着一个叫阿牛的农民,七岁失去父亲,靠母亲织布为生。家境贫苦,母亲因常哭泣而得严重眼病。十三岁上,阿牛去财主家干活,劝母亲不要再织布了。两年后母亲的眼病益发严重,最后双目失明。孝顺的阿牛一面打长工,一面开荒种菜,用卖菜钱替母亲看病抓药,但母亲的眼病总不见好。一天晚上,阿牛梦见一个漂亮的姑娘指点:往西数十里有个天花荡,荡中有一株白菊花,九月初九开放,采此菊煎汤吃能治好眼病。届时阿牛带上干粮去天花荡找那株白菊花,找了老半天才发现,阿牛连根带土将白菊花挖起带回家,种在屋前,每天采一朵给母亲煎服……母亲的眼睛果然复明。事情传到财主家里,财主派一帮人要抢这株白菊花,阿牛和他们力争,菊株被折断,他坐在断菊株边一直哭到夜里。漂亮的姑娘在朦胧中又出现了:"阿牛,你是个孝子。菊花没有死,你可将根挖出移栽别处,按《种菊谣》去做便能长出新的菊花:三分四平头,五月水淋头,六月甩料头,七八捂墩头,九月滚绣球。"聪明的阿牛悟出了《种菊谣》的意思:种白菊要在三月移植,四月掐头,五月多浇水,六月勤施肥,七月八月护好根,九月便开出绣球状菊花。

阿牛是个优秀的中华少年,原产中国的菊花终于也树立了自己的"菊花精神"。菊花历来受到文人的吟咏,一是以菊花自喻和明志,二是表达一种愁思和怀念。菊花开放在秋冬之交,不仅平衡了大自然的环境、色彩和空气的清新,更因为她不畏严寒、傲霜孤放,常被一些怀才不遇和仕途失意的文人用来比喻他们不与世俗合污、孤高自洁的骨气。陶渊明在《饮酒诗》中所表达的不单纯是爱菊和种菊,陶公一向唾弃恶俗世界,情愿弃官归田,侍弄菊花,寄托自己的情怀,菊花的气质体现了陶公的品格。某年重阳节,我国历史上非常爱菊的女词人李清照用《醉花阴》词牌写就一首词寄给她日夜牵思的、在外地为官的丈夫赵明诚。赵明诚读后赞叹妻子的文学才华在自己之上,但他也很想写一首能超过妻子的词,于是闭门三日三夜,写就50首新词,并将妻子的《醉花阴》抄下夹在50首中,让好友陆德夫"指正",陆品味后说,有三句堪称绝妙佳句,它们是(李清照的)"莫道不销魂,帘卷西风,人比黄花瘦"。赵明诚心悦诚服。

因悲秋而思人,用秋菊寄情,凄凉、婉转、真挚,盖无人超过李清照的。从爱菊、怜菊进而抒发对人生晚年的珍惜之情,当推元稹的"不是花中偏爱菊,此花开尽更无花。"趁此大好秋色,不妨都来赏菊、饮菊、咏菊吧。

会煮鸡蛋不简单

　　鸡蛋也称鸡子儿,鸡蛋是渺小的、被人瞧不起的。有一句外国谚语"鸡蛋自以为比鸡聪明"就是用来讽刺那些无知的年轻人自以为比老人聪明。国外还有一句俗话"花一个苹果和一个鸡蛋得来的东西"——廉价购得之物。鸡蛋也被认为是食材中最好对付的:"我会煮鸡蛋。"这是很多人表示自己不会做饭的谦辞。

　　其实煮鸡蛋也不是容易的事情,煮鸡蛋时经常碰到的问题是"鸡蛋炸了",避免这一点可在鸡蛋入水前,在水里加点盐。盐在高温下易与近蛋壳的蛋白反应。倘若蛋壳开始有细缝,便加快反应,使细缝处的蛋白将细缝堵住,不致继续开裂,不过此举的效果可能不明显。另一种办法是从源头堵住炸裂现象:用戳蛋器将生鸡蛋戳一个细孔,加热过程中因热胀而产生的空气便能从细孔释放出来,鸡蛋自然不会爆裂了。

　　在一些人群中存在两个误识。有的人认为,鸡蛋只要煮熟了,在沸水中可以继续煮下去,煮多久也没关系。这一看法很有问题,煮得时间过长,不但使鸡蛋变得坚韧,同时会在蛋黄周围形成绿色的边,透过蛋白放出一种难闻的气味;人们往往把它归咎于"鸡蛋不新鲜"。如果鸡蛋煮得时间太长,那么蛋白中含有硫原子的蛋白质会释放出硫化氢,绿色也是硫化氢所致。另一错误的做法是将鸡蛋放入温水或冷水里,然后再煮。这样做的结果是,蛋白不能均

189

匀地分布在蛋黄周围,造成蛋黄形状不圆、蛋白的厚薄不均匀。如果拿这样的煮鸡蛋切片做冷盘用,"卖相"不好。所以应将生鸡蛋放入已经沸腾的水中,等水再次达到沸点后用文火煮 8 至 9 分钟,然后立即捞出鸡蛋放入冷水急冷。

要是你在四星级以上酒店享用自助早餐,当你要一个煮鸡蛋时,服务生会礼貌地问你:"请问您要几分钟的?"(不太地道的服务是在一只篮子里已经放好了煮熟的鸡蛋)这时你可在 4 分钟和 9 分钟之间选择,如果你想吃溏心蛋,那就说 3 分钟。煮鸡蛋时,蛋白先凝结,这一过程是要吸收热量的(蛋黄的凝结温度比蛋白高 8℃),在蛋白的"保护"下,3 分钟以前,蛋黄还不能凝结,从 4 分钟开始逐渐凝结。所以溏心蛋产生于 3 至 4 分钟之间,有经验的煮蛋者善于利用这 1 分钟的时间差"抢救"出溏心蛋。

吃煮鸡蛋,东方人没有特别的讲究,用手剥去蛋壳即吃,有的人喜欢加点盐或糖;但西方人却要用餐具——蛋杯和蛋匙。蛋杯用来托住煮鸡蛋,将鸡蛋竖立在蛋杯上,小头朝上(今天已无这一规定),用蛋匙(比咖啡匙还小)轻轻敲掉蛋壳的顶部,然后用蛋匙舀着吃。今天,蛋杯的收藏价值远远超过了实用价值。

其实煮鸡蛋真正的难处在于煮出"黄裹白"鸡蛋:将鸡蛋用胶纸包住放进一只干净的丝袜里,两边打上结,用一台厨用离心机快速甩转鸡蛋,接着可用手电照射蛋壳,如颜色明显深于先前,便可用水煮鸡蛋了(连带胶纸包),约煮 10 至 15 分钟,期间将蛋拨动几次。最后用冷水骤冷,切开的鸡蛋,中间是蛋白——被周围的蛋黄包裹着。

极限之极限

2013 年 10 月 8 日下午,匈牙利翼装飞行选手维克多·科瓦茨在张家界举行的第二届翼装飞行世锦赛正式比赛前的试飞中不幸坠崖身亡。

翼装飞行是世界上众多极限运动中最为极限的一项,为了这项极限运动的诞生、表演和比赛,人类失去了许多优秀的高处跳伞(从悬崖、摩天楼、直升机等高处跳伞)运动员。高处跳伞的英文为 base jump,所以有人风趣地将它半音译为"背死跳伞"。

飞行者的主要装备是腋下和双腿间连膜的翼装,翼翅材料具有很大的韧性和张力。飞行者腾空后,伸展四肢,翼膜便展开,进入的空气对翼囊充气,产生浮力,飞行者可用身体的动作掌控飞行高度和方向,使一部分垂直降落运动转换为水平运动,进行无动力飞行。最后再借助降落伞在降落点着落。属于装备的还有一顶特殊头盔,头盔配有 2 个 GPS 定位仪,眼镜右下角的小显示器可显示飞行速度和滑翔比,另外用声音向飞行者报导是否偏离航道。今天,飞行者的最大降落速度可达 50 千米/小时,前进速度为 200 千米/小时(滑翔比 1∶4)。

20 世纪初,人们已经开始尝试用人工翼翅来控制自由降落。在第一批先驱者中,有一个名叫弗朗茨·赖歇尔特的奥地利人,1912 年,他在与另一位极限运动的挑战者从埃菲尔铁塔跳落时,不幸遇难。至今为止，已有 70 多位极限跳伞运动员亲身作了无数次飞行实验，最后付出了自己的生命。他们中最有名的是法国人克莱姆·索恩和莱奥·瓦朗坦，为了探索翼装飞行，索恩比瓦朗坦早 20 年被死神召唤；而瓦朗坦则孜孜不倦地在研究最合适的飞行姿势。据说他是在一次厨房操作失手时获得启迪的：一天，他正好在做饭，不小心让一个烹饪用的漏斗从窗口掉了下去，他赶紧扑到窗台往下看。令他惊讶的是，这只漏斗并非翻滚着往下掉，而是一直尖头朝前落地。作为一个在法国空军担任了多年伞兵培训员的瓦朗坦，看到这一现象非常激动。他想，人如果也保持一种类似漏斗落下时的姿势，说不定也能较为平稳地从高处落到地上。于是他不厌其烦地在镜子前反复摆姿势琢磨，最后确定了双臂和双腿均往后伸直的姿势——至今一直被翼装飞行运动员采用的"瓦朗坦姿势"。

然而新的发现必须在实践中检验，法国空军严禁瓦朗坦进行试验，于是瓦朗坦毅然提出退役。1950 年 4 月，他用新姿势首次试跳，发现还有问题。第二次试跳时终于有了突破，把降落速度减小到 150 千米/小时，为水平飞行创造了良好条件。法国各家报纸纷纷在头版刊登他的照片和事迹，称他为"一位新的人民英雄"。1954 年，他创造了打开降落伞前在空中飞行 5 千米的成绩。荣誉持续了 2 年，在一次飞行表演中，瓦朗坦不幸丧生。

翼装飞行被喻为空中 F1，也有人说它是一种与死神相伴的极限运动。向自我挑战、体现勇敢精神、发挥身心最大潜能、享受从中获得的成就感和幸福感，这也许是对参与翼装飞行的最好解释。

计划老化和有意报废

　　老化是一个有多种意义的概念。在自然界,老化是一种随着时间进程而出现的衰退、陈旧和淘汰的自然规律。人和物质都会老化,人的老化是因为细胞的衰老;人的细胞分两大类:干细胞和非干细胞,尤其是干细胞的衰老会引起人体的老化。许多材料,特别是高分子化合物会老化,由于在外界条件(光、热、空气等)作用下,因化学结构受到破坏而导致力学性能和物理性能的减退。当今有一个很时髦的词汇——年龄结构老化,这是一种转义,指人群中老年人比例增大。

　　根据现代端粒学说,由于细胞染色体末端的端粒长度随着细胞的重复分裂而减小,致使细胞不再分裂。端粒被称为"生命时钟",因为端粒的长度在决定细胞的寿命。但人们也发现有一种核糖蛋白酶,能通过自身的 RNA(核糖核酸)模板合成端粒 DNA,将它们加到染色体末端,从而加长端粒,延长细胞的寿命。这种核糖蛋白酶被称为端粒酶。已经有科学家克隆出能控制端粒酶活性的基因,通过这种基因有望获得端粒酶控制剂,用以激活端粒酶、阻止端粒的丢失,使细胞维持分裂。要是能将人体各种干细胞端粒长度控制到"年轻水平",同时调控 DNA 的甲基化、细胞氧化等其他因素,人也就实现了"返老还童"。这是人对自身老化的干预,让老化按人的意志和计划进行,所以也可称为计划老化。

除此以外,在垄断资本主义初期也曾经流行过"计划老化"这一概念,那是指在产品生产过程中,资本家有意识地在产品中埋伏薄弱环节,采用快要过期的溶液或质量较差的原料等,使产品"按计划"磨损、老化、报废、淘汰,许多产品往往在过了保质期不久就开始出毛病或者功能不全。要实现产品的计划老化(或称有意报废),是需要煞费苦心采取措施的,因此只有通过生产和销售的垄断才能行得通。比如当产品坏了需要修理时,修理费非常高,或者根本没处修理,于是用户被迫再买一件新的。与此同时,制造商为了不断销售产品,便不断推出"新产品"——很多只是在外形和个别地方稍有不同,但能唤起顾客的"追时髦"欲望。对于消耗品来讲,不存在提前磨损等手段,那么就从包装器具着手,如将沐浴露或沐浴添加剂的瓶口开得很大,让你一不小心就倒上很多;再如番茄酱的瓶子总是倒不尽,老有一定量留在瓶里被连瓶一起扔掉。

　　有一个经典例子:20世纪20年代初,世界上几乎所有的灯泡生产厂都联合起来,组成了"弗布斯-卡特尔"(卡特尔——垄断组织的主要形式之一),统一将灯泡的寿命限制在1 000小时,直至1941年,在世界反卡特尔法等多方的反对下,"弗布斯-卡特尔"才被迫解散。

　　同样一个老化问题,前者希望延缓(人的)老化,后者设法提前老化,但都是有计划、有意识的行动,不过需要提醒类似于后者的人们,不要昏了头去害人,骗、诈是良知的堕落和人性的倒退,会受到全世界的谴责和惩罚的。

记性去哪儿啦

有一种现象在很多人身上都会发生：突然间想不起来某个熟人的名字；从卧室走到客厅想去拿一把剪刀，可是到了客厅却不知道自己要干什么；想到书房去找一本书，站在书橱前却发起呆来，忘记了要找的书名。更有甚者，把家里的一串钥匙乃至手里正好拿着的一块抹布放在了冰箱里，事后到处找钥匙、找抹布，找得好辛苦。还有的人注意力很容易被吸引和转移……凡此种种，像病又非病，因为过些时候记忆又会回来，只是当你非常需要的时候，记忆偏偏掉线了。

有人把这种现象称为短时失忆，有人称之为丢三落四，有的年纪稍大一点的干脆怀疑是阿耳茨海姆病前兆。曾经有人作过解释，认为造成这种记忆丢三落四的罪魁祸首是家里的门，上述现象基本上都发生在从一个空间到另一个空间时，之间要经过一道门（包括只有门框的"虚门"）。由于这种解释有点似是而非，且缺乏具体的科学阐述，因而并不被人们接受。

前不久，波恩弗里德里希-威廉大学的一个科研小组展开了大规模研究工作，参与试验的志愿者达 500 人，男女都有。该研究组的科学家根据以往的研究方向，心里已经有了"犯罪嫌疑人"——多巴胺 D2 受体基因，简称 DRD2 基因。这种调度和指挥大脑中短时记忆的基因有两个变种：一种是胞嘧啶类型的，另一种是胸腺嘧啶型。经唾液取样和检查分析,发现经常有丢三落四、乱放东西和注意力分散的受试者的多巴胺 D2 受体基因往往是胸腺嘧啶型,它们因而被锁定为丢三落四的"肇事者"。

此外,让胸腺嘧啶型受试者填写问卷,说明在他们身上发生忘记名字、乱放东西、注意力不专等现象的大致频率。然后将基因分析与受试者的阐述进行比较,发现丢三落四者基本上是胸腺嘧啶型基因的载体。DRD2 在将信息传递到大脑的额叶中起着重要作用,就像一个乐队指挥在协调一个乐队,而 DRD2-基因就像指挥棒,显然,在传递信息时,胸腺嘧啶型给定的速度有错,从而减弱了传递作用。

由此可见,所谓的"丢三落四"不是病,也不是性格不好(不努力不上心),而是基因造成的一种遗传体质,说通俗一点是一种命运;确切一点不妨说它是一种间隙性记忆故障。尽管如此,面对这一问题,作为弥补,我们还是可以做一点事情的,比如为了应对记忆短路,可以采用写记事条的办法,有的事情可以在做以前设定一个随身提示:伸出食指和中指,其他三指收起,做成一个剪叉的样子,到了目的地就不会忘记拿剪刀了。有的重要东西(如钥匙)平时应该有一个固定的存放位置,任何时候也别放到其他地方去。还有一个做法兴许也能奏效:倘若到了目的地已经忘了,不妨立马返回出发地,出发地的环境气氛说不定能给你提示。

嘉年华

　　嘉年华这一概念是近几年流行的一个外来词的中文音译，英语叫 carnival，德语称 Karneval，本意是（四旬斋前持续半周或一周的）狂欢节；后来词义有了扩展，用来表示提供旋转木马、各种游艺活动和杂耍的流动游艺团体或游艺场，同时也有通常意义的狂欢庆祝会之意。

　　嘉年华一词最早起源于拉丁文 carne vale，系 carne（肉）和 levare（拿走、扔掉、放弃）的组合和演变的，直译为"肉啊，再见了"。也就是"谢肉"的意思。这一解释与嘉年华过后的连续 40 天吃素相吻合。另有一种解释说嘉年华是从"狂欢船"演变来的，说的是当时罗马人统治下的欧洲莱茵地区流行庆祝"春之节"：新船造好通常都在"春之节"举行下水典礼，人们在狂欢船上尽情欢庆，所以后来的狂欢节花车都造成船形。

　　狂欢节的历史可追溯到 5 000 年前，当时的美索不达米亚地区已经有狂欢节的雏形了。公元前 3 世纪的一块古巴比伦碑文上记载着，教王的臣民们举行为期七天的庆祝活动，时间在新年以后，这一狂欢活动象征着某一个神的婚礼……在这七天内，人们不再碾磨粮食，女奴和她的女主人是平等的；男仆可以和他的男主人互换角色；强者和弱者一视同仁，人与人没有等级区别。人们互相赠送礼物，主人甚至也会为仆人服务。

在欧洲，狂欢节一般在基督教大斋戒（即四旬斋）前半周或一周举行，因教会在封斋期间禁止肉食和娱乐，所以人们在四旬斋前举行各种欢宴、跳舞、化装、游行，尽情享受。又因为四旬斋在复活节前的40天，而复活节的时间又是每年不一样的，在德国，这就成为了为狂欢节规定固定时间的一条理由。本来，嘉年华的时间于1823年已经被固定在1月6日，但是后来嘉年华联合会认为1月6日离四旬斋时间太近，于是决定将嘉年华的开始时间往前面赶：定在11月11日11时11分。正好四个11，因此有人把嘉年华称为"四个十一"。

关于"四个十一"，人们是这样理解的：对农民来说，每年的11月11日意味着一年已经结束，租也交了，雇工们的工资也结了，因此该像模像样地庆祝一番了。那么为什么偏偏是11时11分呢，在钟面上，12是最后一个小时，它象征着死亡，而11则是死亡前的"时辰"，一定要快乐地活着，坚持到最后。还有一种说法和嘉年华联合会有关，按说狂欢节联合会中有一个11人组成的干事会，但以前城乡的干事会要么是10人，要么是12人，这11人是干事会的一种有意识的权力挑衅。

说到嘉年华，除了游艺、娱乐、轻松、享受外，还有一点很值得继承：人与人之间的平等相待。

健康蔬菜之王

因为在欧洲的一家餐馆尝吃了奶油芦笋鸡丝而喜欢上芦笋，当时吃的是白芦笋，觉得量不多，味道也适合于我。没想到老外竟夸我"有眼光"，原来芦笋在欧洲是一种高级蔬菜，有极高的食用价值和药用价值。

芦笋又名石刁柏、龙须菜，多年生宿根草本。我们所食用的部分是春天从地下茎抽出的嫩茎，这是绿芦笋；绿芦笋经培土软化后便成为白芦笋。中国人通常吃绿芦笋，白芦笋用来做罐头食品。

芦笋分布于南欧、中欧、中国、阿纳托利亚（土耳其亚洲部分）、西伯利亚西部、北非以及北美和南美某些地方。今天，在中欧气候温暖的堤坝、路边、小丘及草地上仍能发现野生的芦笋。人类认识芦笋的历史可上溯到四五千年以前，但古人把（野）芦笋看成是一种草药，古希腊的医生认为芦笋有利尿、通便（致泻）和治黄疸作用；西方医学奠基人希波克拉底在其文献中也提到过芦笋。芦笋曾经被当时的官方定为药物，芦笋的种子被作为咖啡的代用品，一直流传到19世纪。

我国栽培芦笋始于清代后期，约有100多年历史。19世纪末以前，人们只知道绿芦笋。绿芦笋暴露在地上，可以形成较多的叶绿素、类胡萝卜素和其他天然色素，维生素C及矿物质的含量也远远大于白芦笋，而且少有筋络，基本上可以不削皮。芦笋富含蛋白质，各种维生素的含量很高。又由于所含的天门冬素及大量的钾，故芦笋有利尿功能。

芦笋的纤维柔嫩、质地松脆、吃口鲜香，白芦笋有糯性，能引起食欲、增进营养、提高免疫力，是地道的保健蔬菜，被联合国卫生组织排在"世界十大蔬菜"之首。低糖、低脂肪、高纤维素和高维生素，完全符合现代营养学对保健食品的定位。

我国山西省芮城县西南的风陵渡被称为"中国芦笋之乡"，每年春天在那里要举行熙熙攘攘的芦笋节。德国的施洛本豪森有一个"欧洲芦笋博物馆"，因为该地也是德国的芦笋之乡，早先已经建立了巴伐利亚芦笋种植中心和德国芦笋博物馆。欧洲芦笋博物馆利用施洛本豪森市原先古城墙上的一个城楼建成（该城楼曾经是一个监狱）。博物馆的一楼陈列了有关芦笋历史和种植的丰富资料及实物，包括草药典籍和铜版画之类的植物学和艺术方面的珍品。有一部电影短片形象而有趣地介绍了芦笋作为蔬菜和药物的起源、发展和意义。二楼展厅名为"吃芦笋"，这里收藏了以前人们吃芦笋用的珍贵餐具，还有一位俄国宫廷宝石匠制作的芦笋夹。施洛本豪森所产之芦笋过去只有宫廷和诸侯吃得起，从保留下来的一本1856年的宫廷园艺师的账册可以看到，当时每星期要为桑迪埃尔伯爵往慕尼黑提供60支上等芦笋。如今，施洛本豪森已获得欧盟颁发的"受保护商品产地"证书。

孑遗万年公孙树

　　银杏属于地球上最早的植物,两亿年前的地球上已经生存着银杏。曾几何时,地质史上繁盛地生活着一批动物和植物,它们种类多,分布广;然而到了某一新时期却大量衰退,仅少数地方留下少量种类,有的甚至濒临灭绝,这样的动物称为孑遗动物,如我国的大熊猫;这样的植物称为孑遗植物,如银杏、水杉和北美的红杉。野生的银杏世界上已经很少,仅我国尚有,天目山较多;所以银杏的原生种被列为我国濒危珍贵树种,包括其木材,是禁止出口的。

　　银杏是长寿树种,树龄达千余年。北京潭柘寺三圣殿西侧的银杏,系辽代时所栽,已有1 000多年历史。山东省莒县西浮来山定林寺有一株需八人才能合抱的银杏树,据鉴定为商朝遗树,被称为"天下银杏第一树"。三国时期,我国开始栽培银杏,以江南为甚,唐朝时,中原地区开始种植,再后来传至日本;从日本又传入欧洲和北美。

　　银杏树生长缓慢,从种树到收获银杏果实,至少要30至40年,爷爷种树,孙子收获,所以银杏树别名"公孙树"。日本人十分喜欢银杏树,银杏树常出现在民间故事、传说和历史教科书中。有些树龄高的银杏树会从水平分枝上长出"钟乳瘤",最后形成钟乳石洞里钟乳石般的树瘤,非常奇特。由于树瘤开始时呈圆形,像女人的乳房,因此长有"钟乳瘤"的老银杏被年轻妇女作为朝圣的对象,尤其是婚后尚无孩子的妇女,她们在树下祈求早得贵子、乳汁丰富、孩儿平安。日本仙台市有一棵古老的钟乳银杏,关于这棵树还流传着一个故事:公元700年左右,日本皇帝的孩子们由皇帝的姑母带养,她同时也是孩子们的乳母,在宫廷享有很高的地位。皇姑临死时对皇帝说,她的墓上不要立墓碑,种一棵银杏树足矣,她的灵魂将会继续活在树中。后来这棵树长出了繁茂的"钟乳",妇女们称这棵银杏树为"乳母树",纷纷至树下祈求子孙满堂。

日本人喜欢银杏树的另一个原因是银杏的极强生命力,1945年8月6日,美国在广岛投下了一颗原子弹,方圆2公里内的生命均遭殃及。然而离爆炸处800米远的一棵银杏树虽然上半株已完全烧焦,第二年春天却重新焕发出绿色的生命力。

中国民间爱吃银杏的果实(其实是种仁)——白果,旧时上海地方傍晚时分常可听到小贩的叫卖声:"现炒热白果,香又香来糯又糯!"但白果不能多食,多食了会中毒。银杏的珍贵还在于其有众多功能,种子能入药,对治疗喘咳、遗精、带下、尿频颇有帮助。银杏叶含黄酮类及内酯类化合物,制成针剂及保健品有利于扩张血管和治疗心脑血管疾病,据说对老年痴呆症患者也有好处。银杏是建筑、家具、雕刻、工艺品用材;可作庭园树和行道树;可调节气温——夏天银杏树下的温度通常比别处低4℃至5℃。

也许是银杏太高大、太深远了,时下也不见有人卖白果了,留在我的记忆中最深刻的是一枚夹在我书中的银杏叶,听人说能防书蛀虫的。

锦绣一片香两家

　　杭州故家小园子里的篱笆总让我难忘,那是作为分界用的;篱笆的那边是一个更大的园子——我们家的邻居和房东的园子。每年的梅雨季节里,篱笆的竹爿上会长出黑木耳,我那幼小的心灵每天都会去关心它们:大了没有,多了没有?然而更让我开心的是,初夏时节的篱笆上开始出现一片锦绣——粉红色和白色的蔷薇花开得闹猛极了。这蔷薇花是我们的邻居种的,花盛时,花枝和花朵纷纷从篱笆缝钻了过来,更多的则是翻过篱笆或骑在篱笆上,就像是我们家种的一样,透出她们的美丽和芬芳。

　　蔷薇和玫瑰、月季同属蔷薇科,蔷薇属,被称为三姐妹,三者其实是很好区别的,尤其是蔷薇,她是攀缘和蔓生灌木,开起花来层层密密,如一床锦被,给人一种繁华的感觉,所以蔷薇花又名锦被堆花。一般认为"多花蔷薇"是蔷薇的别名,其实这个名字来自学名 Rosa multiflora,"野蔷薇"的意思,但它道出了蔷薇"多花"的这一特点。月季比较明显,拉丁文称之 Rosa chinensis(中国蔷薇)。而 Rosa rugosa 则是玫瑰的学名。既然如此,为什么平时老是将蔷薇和玫瑰颠来倒去的;比如解释英国的"蔷薇战争"时曰:"也叫'玫瑰战争'。"把"蔷薇色"(粉红色)叫成"玫瑰色"。道理也很简单,只要不是学术著作,外国人不会那么地道写出蔷薇或玫瑰的学名全称的,一般只写她们所属的"科"或"属",所以都叫 rose 或

rosa,处于无所适从境地的译者,有的就译"蔷薇",有的就译"玫瑰"。引用者也只好说:"又称……"

花名之不确切必然导致其他概念的模糊,从色标看,被我们称为"蔷薇色"或"玫瑰色"的那种颜色是粉红色。蔷薇花以粉红色较多,而玫瑰花色的主旋律是紫红色,如此看来,蔷薇色、粉红色、淡红色应该是同义词;玫瑰色代表紫红色比较合理。说到蔷薇色,不妨提一下"蔷薇三角"。纳粹统治下的第三帝国时期,搞同性恋的男子被抓获后即送进集中营,集中营里的每一个囚犯在衣服上都佩有一个倒三角符号,符号的颜色因罪名而异。"同性恋罪犯"的三角是蔷薇色的,蔷薇在欧洲象征乐观、欢娱、活跃。据不完全统计,当时被送进集中营的同性恋者有 10 000 至 15 000 名,其中53％的人遭杀害。

蔷薇的历史非常悠久,世界上大部分地区的蔷薇是 6 000 万年以前从亚洲传播出去的。我国抚顺地区曾发现蔷薇花瓣的化石,据鉴定属始新世时期,距今 5 500 万年左右。关于蔷薇的得名,有这么一个小传说:年轻美貌的姑娘蔷薇,为了躲避皇帝选美,和未婚夫阿祥逃进深山。被官兵追得无路可走,于是双双跳崖自尽。后在他们合葬的坟上长出一棵开满粉红花朵的小树,人们说那是蔷薇姑娘化显的,树上的刺是阿祥为了保护她从此不再受欺负而变的。

如今,每见小区矮围墙和铁栅栏上花团锦簇的蔷薇,"一家种花两家香"的亲切感便油然而生。

倒勾和鱼跃

倒挂金钩(简称倒勾)是足球比赛中最难的射球动作,也是最能惊艳观众的绝技之一,除了杰出的射门技巧外,射手需有很高的控制身体能力和杂技般艺术水平,同时还要具备良好的时空概念。

有人认为被称作"橡皮人"的巴西第一位足球明星莱昂尼达斯是这一射门艺术的先驱者。在1938年的法国世界杯中,巴西队对阵波兰队,这位前锋以娴熟的技巧展示了倒挂金钩,并获得"最佳射手"称号。

而智利人却回忆说,他们记得是出生于西班牙的智利球员拉蒙·翁扎加·阿斯拉于1914年在塔尔卡瓦诺首次展现了这一特异射门方法。到了1927年,智利球员戴维·阿雷利亚诺随他所在的俱乐部队作欧洲巡回赛,为兴奋的欧洲观众和记者们献演了倒勾进球。所以欧洲球迷看到倒勾球使用西班牙语大呼"智利人"。

不管是谁发明了倒挂金钩,足球史上出现过不少倒勾名将。被称为"倒勾王"的前联邦德国国家队球员克劳斯·费舍尔于1977年在与瑞士队比赛时,以杰出的倒勾射门征服了电视观众,该进球被誉为"世纪最佳进球"。1982年世界杯时,德国队对阵法国队,费舍尔又用令人折服的倒勾进球将德国队从落后处境中挽救出来,把比分追成3∶3。60岁那年,活到老勾到老的费舍尔在室内再度为球迷们表演了倒勾进球的拿手好戏。

足球场上另一夺人眼球的绝技是鱼跃。本届巴西世界杯赛开锣的第二天,荷兰队队长范佩西即为世界球迷奉献了一个足以载入世界足球史的鱼跃冲顶——一个漂亮的鱼跃动作加头顶进球,将(对阵西班牙队的)比分扳平为 1∶1。

　　在足球比赛中,鱼跃分为进攻型鱼跃(如上述鱼跃冲顶)和防守型鱼跃(守门员的扑球动作)。严格讲,鱼跃动作叫"梭子鱼跃",因为普通鱼的"跃动"并没有什么了不起的,不足以形容运动员迅捷、飞跃、穿梭般的勇猛和霸气。而梭子鱼属凶猛鱼类,身体呈纺锤形,嘴似鸭嘴(所以动车的机车也是鸭嘴形的),嘴里约有 700 颗向内弯的尖牙,背鳍、臀鳍远位于身体的后部,与尾鳍一起组成一套有效的"舵桨",便于突然加速和转向。

　　作鱼跃动作时,要求运动员快速跃出、伸展肢体(拉长身体),以便及时够着球,触球或接球后,身体应轻巧、分步落地,不致伤着自己。

　　必须提一下,鱼跃不仅仅应用在足球比赛中,羽毛球、排球、体操、跳水等项目中都有鱼跃动作,体操和跳水中的鱼跃有时作为规定动作。而鱼跃和倒勾同时由一名球员施展的精彩表演大概只有在排球比赛中能看到:前几年的一次男排国际比赛中,中国队主力自由人任琦(上海人称他为"神奇",曾获 2011 年男排世界杯赛"最佳自由人"单项奖)用一个惊险的鱼跃动作救起对方的扣球,另一位球员将救起的球从场外很远处补救进来,但还是没有进入本队场地,任琦再拼命往后面跑去,用手已经够不着球了,于是拉起一脚,来了个倒勾动作,背向将球踢过球网进入对方场地。够神奇的!

警示千秋万代

有科学家想象过这样的事情：一万年以后，地球上某个地方的人接二连三莫名其妙地生病。于是来了一个科考队开始作调查研究，他们在地面以下 800 米的地方发现了神秘的地下墓穴，内有许许多多金属容器残骸。墓穴的门上写着（对科考队员来讲是）奇奇怪怪的文字。很快，这些队员的头发掉光了，不久他们全死了。这一所谓的墓穴就是 20 世纪和 21 世纪的人埋葬核电站的核废料的地方。

不少科学家已经意识到在遥远的将来，总有一天会发生上述这样的事情。这些科学家被称为核警示科学家，他们认为，人类肩负着一种永恒的使命，地球上正在运行或者还将建造的核电站最后都要被作为"核垃圾"而深埋掉。关于这一事实的知识必须世世代代传下去，确保千秋万代的后来人的身体健康和生命安全。

然而要做到这一点是很不容易的，如果光凭警示牌上的文字说明，是很不可靠的，因为一万年（或更久）以后的人可能看不懂我们现代人的文字。我们语言的半衰期比许多放射性元素的半衰期短得多，估计在 4 000 年或 6 000 年以后，我们今天所用的词汇量有一半已经消失或者被另一种完全不一样的语言的词汇所代替。最晚到 12 000 年后，我们现在所说和所写的文字不会再有人懂得；而到那个时候，对放射性元素钚-239 来说，还要再过 12 000 年才有一半的放射性消逝。而放射性元素碘-129、钍-232等，它们的半衰期更长。

如何才能制作出永远能被理解的警示信息，让我们的子孙后代明白今天的文明遗留下的危险，这是专家们苦思冥想的难题。他们想到了各种可能性，尽管有的听起来近乎天真，比如有人主张编制关于死亡危险的神话，让这些神话成为一种集体的记忆而世世代代传下去，让好奇者远离"神圣的地区"，免受"超自然的报复"。还有人建议用图示法，虽说不久前国际原子能机构和国际标准化组织公布了核辐射警示新标志，比以前仅仅只有三叶形电离辐射符号的标志详细和完善得多（在黑框红底三角形内，除辐射标记外，还有一个骷髅头标记和一个有箭头指引的逃跑人，表示辐射、死亡、逃跑），不过仅有这一标记仍然不够，因为即使在今天，尚有许多人不认识这一辐射标记，更不用说一万年以后了（调查表明，在有的国家，只有6％的被调查者知道辐射标记）。因此必须采取其他措施配合，比如在核废料埋葬处的地面建一个几米高的场地，周围竖满交叉布置的刀剑；再用最坚固的石料按一定间隔建立方尖柱，用连环画图示形式刻出细节问题。还有人建议培养一种在空气中出现放射现象时毛色会变的猫……一种最为大胆的方案是发射一个人造月亮，万一因战争或自然灾害的原因，地球上的保险数据库在被破坏前，会自动提示人造月亮内部有用各种信息载体储存的信息备份。

虽然科学的智慧中包含着一定的幻想和未知因素，然而科学家们的豪言确实感动了人们：要对我们的后代负责，因为我们用一种对他们致命的方法干涉了他们的生活空间。

静

　　有些地方历来特别讲究一个"静"字，比如医院、图书馆、法院等都设置醒目的"静"字（或中国古代的衙门，公堂上一直竖着"肃静"的牌子）……因为我们做很多事情需要专心、专注，不让思想受到周围环境中的噪声干扰。做手术更加要求全神贯注，通往手术室门口的"静"字打老远就能看到。

　　静有许多表达（同义词），如寂静、宁静、沉寂、死寂……但它们的意思并不完全相同（至少在程度上是有区别的），死寂是"静"的最高级。有些国家特别留恋"安静"，他们的语言中"喂奶"一词是从"安静"引申的，因为母亲在喂奶时，婴儿便显得十分安静。

　　安静是许多工作或许多意识行为的框架条件。当我们在从事与听觉有关的工作时，经常要求周围的环境和人保持安静，尽管有时正在从事的工作本身也在制造噪声或干扰别人，比如演奏音乐、打电话等。有人强词夺理说："你要是在专心工作，就不会听见别人的声音了。"证据是"城门口的读书者"。教育学家认为，在学习过程中，安静是促进专注力的前提，噪声是分散专注力的；再说人是不可能习惯于噪声的，更不可能喜欢上噪声。

　　"佛门净地，不得喧哗"。安静在宗教中也被提倡，几乎所有宗教都主张冥思苦想，这时安静显得至关重要。天主教主张在忏悔前、传教和讲道后、准备祭祀时、圣餐仪式后，教徒都要为自己的一生祈求安静。瑞士人和德国人尤其崇尚安静，那里有50几个教堂、出版社和社团组织将2010年定为"安静年"，意在使现代人走出"浮躁紧张"，找到安静。每年4月份，法兰克福（美因河畔）有一个"反噪声周"，期间举办安静、无噪声培训班。欧洲人大多觉得越来越受累于马路噪声、飞机噪声、超响度音乐、割草机声……人几乎生活在心烦意乱之中。

然而很多人将"反噪声"和"绝对寂静"混为一谈。在美国有一个试验用的"绝对寂静空间"，至今为止，没有一个受试者在这个房间里所待的时间超过45分钟的。针对这一现象，声响心理学家解释说，尽管噪声在严重情况下会引起人的疾病，然而人类归根结底是一种依赖于音响的生命，人也会通过空间听觉辨别方向的。耳朵最早是人类的报警器官，只要碰到敌人，就会通过响声而获得声音信号，从而辨别出危险的方向。有时候，当人处于绝对寂静的空间时，什么也听不见，这时他甚至会凭借幻觉作出反应。

太安静了反而给人一种紧张的气氛，比如"暴风雨前的宁静"，说是"宁静"，其实让人感到非常紧张，它往往预示着一桩正在临近的坏事。于是演讲者或说书者常常在关键时刻来个修辞要素——停顿和安静一下，戏剧性地提高紧张气氛。

文学和技术中也会用到"安静"，如"无线电静寂时间"，表示发报的定期中断、无线电或电视由于技术原因或节目播送的原因，不发送信号。此话也在日常生活中作比喻用。

酒，欢喜冤家

　　关于酒的起源，在我国有两种说法：夏朝初年，仪狄用桑叶包饭发酵的方法造酒献给大禹，大禹虽然点赞了酒之醇美，但却担心后代会有人因贪饮而亡国，故下令停止造酒。按这一说法，酿酒在中国有 4 000 多年历史了。另一说认为，酿酒始于周朝的杜康，即便如此，离今天也有 3 000 多年了。而美国有一位叫帕特里克·麦戈文的考古学家则认为，早在 9 000 多年前的石器时代，中国人已经酿制酒精含量为 10％的蜜汁了，其依据之一是在发掘地的史前陶罐中发现了酒石酸痕迹。

　　酿酒过程中，除了酒以外，还有许多副产品（包括一些毒副产品）。我们通常说酒（或酒精），是指含乙醇（酒精）的饮料。纯酒精在 78.37℃的温度下便蒸发了；而无酒精啤酒实际上也是含酒精的，连果汁和水果也都含酒精，比如苹果含酒精可达 0.4％，一只成熟的香蕉甚至可含 1％的酒精。

　　从某种角度而言，最早遭遇酒的是非洲人，他们从掉到地上的、已经发酵的果子中认识了酒。有一位进化论科学家将已经灭绝的灵长目动物的基因密码和今天的 27 种灵长目动物的基因密码做了比较研究，发现很早很早以前，这些动物就在"消费"酒精了，而且它们的机体能很快消除酒精。有一种晚间活跃在热带雨林的小松鼠，它们每天在棕榈树上享受发酵的"琼浆玉液"（酒精浓度达 3.8％），如果换算成人的饮酒量，那人必须喝下 9 杯葡萄酒才能达到小松鼠的血醇含量。看来动物中不乏"酒鬼"。

含酒精饮料中的酒精是通过糖化发酵（如葡萄酒、绍兴黄酒）或蒸馏（如烧酒、威士忌、朗姆酒）而形成的。1895 年，美国推出了一种麦芽啤酒，声称是给母亲和婴儿享用的营养啤酒，其酒精含量为 1.9％。

常听人说，某某先生酒量很大，喝了多少多少，不动声色，没有一句酒话；而有的人两口下肚便脸色泛红头发晕。为什么会这样？因为饮酒时酒精主要分布到人的体液（身体细胞内和组织液）里，一般较少进入脂肪组织。每个人的体液量是不同的，体液多的人对酒精具有更多的稀释空间，所以酒量较大。反之，体液少的人就会不胜酒力。

还有，为什么女人的酒量不及男人？男人体重的 68％ 左右是水分组成的，而女人的水分重量约占 55％（但她们的脂肪比率较高），所以在体重相同的情况下，男人的酒量大于女人。饮酒过度为什么会醉，这个问题目前尚未完全研究清楚，但有一点很明确，酒精会侵害神经细胞并使脑中的防御细胞受到影响。

酒与人，是一对欢喜冤家。饮酒不是坏事，在一定的节度和环境下，不失为一种享受。至于酗酒、酒驾、醉驾，它们的危害已人人皆知。唯有假酒、高价酒（或天价酒）及它们的推手和不实广告还在挣扎，尚需认真整治。

咖啡的两面性

关于世界三大饮料之一的咖啡,长期以来,人们都这么说:"咖啡含有咖啡因,所以咖啡有提神作用;喝了咖啡,晚上睡不着觉。"然而不时也听人那样说:"我喝咖啡没用,照样呼呼大睡。"甚至还有的说:"和我的期望相反,喝了咖啡还是犯困。"有鉴于此,近一个时期,不断有科学家对咖啡进行重新研究,研究结果已经无法用"咖啡提神"来解释。如美国科学家对 80 名年龄从 18 至 40 岁的受试者作了各种试验,这些受试者被分成 4 组,第一组获得相当于安慰剂的、毫无作用的饮料,其他三组分别获得不同剂量的咖啡;接着用一个计算机程序计算并显示受试者的应激反应能力及达到兴奋所需的时间,结果发现获咖啡剂量最少的一个组应激反应能力最强,达到兴奋所需时间最短。而获咖啡计量较多的两个组反应能力和计量最少的组一样或者更弱、致兴奋所需时间更长——和科学家们的预计结果很接近:起到提神作用,一杯咖啡足矣。

另有一个试验表明,喝了咖啡又饮酒的人,在他们身上不起提神作用。所以专家提醒:千万不要用一壶咖啡来对抗你的醉意,否则你能走进地铁车厢、然后能在正确的车站下车已经是大幸了。

特别是患有注意力缺乏综合征的成年人,他们在喝了咖啡后会有离奇的反应:比平时安静得多。如果这些人在接受一次手术前喝过咖啡,应向麻醉师说明,因为这杯咖啡有可能让病人从麻醉中醒来后重新回到微睡状态去。

有一位神经科医生甚至建议一些头痛病人在睡觉前喝一杯浓咖啡,这样就容易入睡,咖啡在这里起着扩张有问题脑血管的作用。对某些没有头痛的人来讲,咖啡也能起到催眠的作用,据有些年纪较大的人说,睡觉前喝一杯咖啡一点不影响睡眠,不喝倒反而睡不着。

咖啡为什么有与传统说法相悖的作用,有两种原因。一是咖啡的特殊作用方式,咖啡中所含的咖啡因会封锁一种叫腺甙的物质,而腺甙能抑制起兴奋作用的神经递质(如多巴胺或肾上腺素等)的分泌,从而起到提神和兴奋作用。但咖啡也能很快暂时增大血管和呼吸道横截面,所以咖啡起先是降血压和呼吸频率的(不少人因此感觉咖啡起镇静作用),可是过 15 至 20 分钟,大脑开始兴奋,所以喝咖啡后若隔较长时间再上床睡觉,很有可能彻夜难眠。另一个原因与"体内环境稳定"这一生物原理有关,每一个生物体都要创造一种体内"力的平衡",有些人因患有注意力缺乏症或者已经受到酒精的刺激,再用咖啡就不会继续起作用了;相反,机体有可能启用紧急制动。

此外,咖啡对于注意力及学习能力的作用也不是单向的,有一种理念认为,咖啡有利于毫无目的的学习,如果一边在轻松地读一本书,一边悠闲地品味着芳香的咖啡,那将会有许多读到的东西被"注入"大脑。

咖啡的两面性其实也不是那么绝对和精准的,但有一点应该记住,喝咖啡不宜过量。

挎包说袋

包,也许对女人很重要。在这个世界上,女人要做的事情比男人多,女人随身携带的东西比男人多,包就是一个例子。

女人的包小乾坤大,包里装着整个的女性世界。她们的包里欢聚着钥匙、钱、口红、镜子、香水、口腔喷剂、纸巾、手机、股票机、一本另类书……有了这个包,她们觉得很悠然;她们的包里可能还装着一些隐私:秘密电话、女士烟、记事本、"乐而雅"之类……有了这个包,他们觉得很踏实;包上挂一个可爱的包饰,包的用料、颜色、款式可以不断更新,不断交替着和服装搭配,有了这个包,她们可以快乐地操纵流行、把握时尚。

包,确实对男人也很重要,只是男人的包不会翻着花样地携带着,它们充其量也只能表明一点:包的主人也许是个白领。然而男人的包分量很重,包里可能装着一张支票、一笔大款、一份合同、一个工程方案或项目企划书、一个商务通(男人的手机通常佩在衣服上)……

包,也可以称为袋,包者,"盛物之囊";袋者,"用软薄材料制成的有口盛器",两者都是囊,经常被通用和混用,比如手提包,有人叫它手袋。在很多外语里,包和袋往往根据习惯而窜用,女孩子用的双肩背包,德国人习惯叫背袋。早先,提到袋,主要指衣袋,人们把钥匙、零星日用品等放在衣袋里。在衣袋出现以前,用一块布将这些东西，尤其是银两包起来，放在衣服中一个合适的地方（如我国古代的衣袖筒里）。因为常在衣袋里放零花小钱，所以，德国人称给孩子的零花钱为"衣袋钱"。

包（袋）有时还专指钱包、钱袋。衣袋里放钱，钱包和钱袋即从衣袋引申，故深掏衣袋也就是大掏钱袋、大掏腰包之意，小偷是不会把手伸到一个一贫如洗者的衣袋里去的。法国人说"有包"即"富有"的意思，此处的"包"指"钱包"；"娶包"因而就是"娶有钱女人"之意。

包和袋在国外常被拿来作比喻用，包也好，袋也好，它们的口子毫无疑问应该是朝上的，要是有人说你像一个倒过来的袋子或倒过来的包，那就是在说你完全变了一个人。"一个已经没用的旧包"指一个"又老又丑的女人"，相应汉语中的"人老珠黄不值钱"。中国人有句成语叫指桑骂槐，德国人却说"打的是袋子，指的是驴子"。把提包、挎包和衣袋分开，这是服饰文化发展和进步的产物，但无论是衣袋还是包包，里面装的是什么，只有它的主人最清楚。我们不是常说"对某人了解得如同自己的包袋"吗？

翻别人的包是绝对不礼貌和不道德的，倘若有一天，一个女人将自己的包托付给你，并让你从包里帮她拿一张纸巾，这下你可有戏了。

来一杯冰镇啤酒

　　炎夏天气,在阴凉的露天下,三五个知己围坐一起,来一杯冰镇啤酒,谈天说地,消暑解渴,可谓难得的享受。啤酒一定要喝冰镇的,哪怕在冬天。有不少人至今不明白,他们(包括一些酒店服务员)反而嘲笑喝冰镇啤酒的人:"这么冷的天哪有喝冰啤酒的?"还有一个喝啤酒的误区亦需消除:为了表示热情服务,有的服务员十分主动为客人斟酒,但他们却小心地将瓶口凑在杯壁处,慢慢地倒出啤酒,不让杯子里形成泡沫,据说这种斟酒法被笑侃为"卑鄙下流"(啤酒顺着杯壁往下流)。喝啤酒要的就是一个"泡沫效应",不过应掌握分寸,泡沫要让它缓慢(分两三次)形成,一般占杯子的三分之一或四分之一,而且高出杯子成为一个馒头形。

　　传说啤酒是古代两河流域南部的苏美尔人发明的,为了使病人更容易吞下食物,有人将一块面包泡在水里,但却将它忘了。面包最后发酵成一种"糊糊",病人喝了居然很是陶醉。在《汉穆拉比法典》中曾规定过巴比伦百姓每天的啤酒配给量:普通劳动者2升,一般官员3升,高级官员和神职人员5升。啤酒都在家庭作坊酿造,酿啤酒是女人显身手的事情。但有规定:啤酒不许出售,必须用大麦换取。如果提供的啤酒质量低劣,同样要受法律制裁。所以至今在一些国家流传着一个比喻:"和酿啤酒一样认真",表示十分严肃、十分认真。

到了中世纪,欧洲的啤酒酿制有了很大进步和发展,并开始转向修道院。由于斋期在饮食上有许多禁忌,允许吃的东西很少,所以修道士首先热衷于开发和改进有营养价值、耐饥而味美的啤酒,也就在那个时代,酿啤酒开始采用啤酒花。修道士不仅允许喝啤酒,而且可以在修道院开设的旅舍零售啤酒,啤酒于是大为普及、大受欢迎。有好几位修道士被公认为"啤酒酿制专家",有一位名叫希尔德加德的修女在其《病因和治病》一书中多次提到啤酒,她建议性情忧郁者喝啤酒,以此提升情绪和精神。

喝啤酒确有很多讲究,比如当服务员送来一杯啤酒时,会同时给你放上一个"啤酒杯垫"。别小看这片薄纸板,这可是一个好主意,它的主要功能在于吸收从杯子外壁流下的冷凝水;否则,当你举起杯子、倾斜杯子饮用时,就会有水滴流下来。啤酒杯垫的其他功能为:作为店主或"店小二"的记账牌,他们往往用笔在垫子上画道道,表示饮用的杯数;另外还可记下客人所消费的菜肴。杯垫也是啤酒的广告载体,每一个啤酒作坊有自己的牌子和商标图案,这些连同广告语,都被印在杯垫上。倘若客人不想再喝了,可将杯垫盖在杯子上。啤酒杯垫在西方已成为一种收藏品(中国也有少数人在收集),在某种情况下还可以当明信片使用,邮资仅 45 欧分。

还要提醒一下,不要随便拿个杯子(如葡萄酒杯乃至白酒杯)给客人斟啤酒——尽量用啤酒杯。

来一杯冰镇啤酒,Cheers!

酒吧和鸡尾酒

许多人喜欢到酒吧去喝一杯。

酒店为何要叫"酒吧"?"酒吧"(bar)一词产生于粗犷的美国西部,西部人有点野,卖酒的小店老板生怕酒客打起架来砸了他们的柜台和货架,所以在柜台外面架起了栏杆,要打架就在栏杆外面打。bar就是"栏杆"、"横梁"、"棒条"的意思,从此,这样的小酒店就叫"吧"。最早的酒吧里是没有桌子和凳子的,同样是不想让喝醉酒的人待在酒店里;想喝酒就靠在栏杆上喝,喝完了走人。

到了19世纪,美国的大饭店里都开始设酒吧,上档次的饭店一般都有一个法式餐厅和一个美式酒吧。1919年,欧洲开始兴起酒吧文化,而当时正是美国的禁酒年代。苏格兰人哈里·麦克埃尔霍恩在巴黎开设了一家"纽约酒吧",他的酒吧有特色、有气派、有火车站的候车大厅那么大。这个酒吧后来成了知识分子和文艺界人士聚会的场所,美国作家海明威、法国作家萨特、美国作曲家格什温等都是这里的常客。哈里的"纽约酒吧"供应180多种鸡尾酒。今天,全世界都有按哈里模式建造的酒吧。

调酒师的调(鸡尾)酒表演是酒吧的特色之一,曾经有一个时期,酒吧的生意不景气,为了吸引客人,调酒表演成了一种行之有效的手段。自从美国影片《鸡尾酒》公映后,调酒表演更加普及。

鸡尾酒是两种以上不同饮料以一定方法(调和法、摇和法、搅和法、兑和法）混合成的一种新口味含酒精冰镇饮料。这种混合饮料为什么要叫鸡尾酒，说法颇多。有的说以前在斗鸡比赛结束后，要用一杯酒和一根败鸡尾毛向胜鸡主人祝贺，故名之。另一种说法认为鸡尾酒（cocktail）是从法语 coquetier 来的，两个词发音接近，但法语中的 coquetier 是（吃带壳煮鸡蛋用的）"蛋杯"的意思。一个名叫安托万·佩绍的法国药剂师将一种混合饮料装在蛋杯中供人享用，"蛋杯"到了英语中被讹传为"鸡尾"。还有一个比较浪漫的传说：在美国有一家酒吧，一天，很多军官来这里喝酒，可是女招待发现酒吧里各类酒的存货已经不多，她情急生智，将各类酒混在一起，并用一根鸡尾毛搅拌。军官们尝后交口称誉，问她是什么酒，她随口答道："鸡尾酒。"

鸡尾酒的调配是一门学问，人说鸡尾酒有 4 000 至 5 000 款。德国奥尔登堡"巴里斯塔"酒吧的调酒师托马斯·霍夫洛格会调 400 种鸡尾酒，而且不需要用量杯。

无论是阳光灿烂的日子，还是心绪不好的时刻，不妨到酒吧去坐坐，即便不是冲着啤酒、鸡尾酒，也该领略领略调酒师的拿手戏。

渴

渴有两个意思：口干欲喝水；很迫切。前者是生理的，后者是心理的。作为口干的意思，人们一直很纳闷，不知道渴的反义词是什么。有人真的很有韧性：1999 年，世界有名的语言出版机构德国杜登出版社和立顿茶饮料公司联手发起了一个征求"渴"的反义词行动，来自各大洲的 10 几万人参与了投稿，共收到 4.5 万个候选词，其中有 40 名参赛者提出了同样的词：sitt。评委对这一结果相当满意，因为 sitt 和饿的反义词 satt（饱）结构相似，他们从 40 名选手中抽中了德国路德维希堡的学生雅沙·弗洛埃尔为获奖者。然而在以后的语言实践中，这一"人造词"几乎没有被应用，即使有人用了，也要作一番注解。专家估计，全世界的所有语言中大概都没有"渴"的反义词。

人的下丘脑中有一个"渴中心"，如果人的细胞或血液中的水分太少或太多，或含盐量太低或太高，信使物质抗利尿激素就会更多地分泌到血液中，倘若这样还不足以回收水分，人就会有渴感，这是一种信号：体内水分库存不足，需从体外供水达到平衡。体内水量只要降低约 0.5％，脑便会通报"渴"，当水分缺失 10％时，口腔就会有"干"的感觉，说话也会受到影响。

一个成年人每天需要补充 1.5 至 2 升的水（包括通过食物得到的水分），但这一数字不是绝对的，而是因条件而异的（如天气状况、体质状态、劳累程度等）。

身体缺水会被下丘脑中的渗压感受器所记录，在引起人的渴感的同时，促使抗利尿激素的分泌，提高肾脏水的重吸收，从而减少水分的排泄。另外，血液中的盐分浓度太高、电解质含量的升高也会导致口渴，此时体液必须稀释，人体会根据溶解的盐与体液之比，精确地调节饮水行为，体液太稠，需多喝水；太稀，则以尿液的形式排泄。

有时，较严重的口渴也可能是一种自然现象，比如身体作了大量体力活动、天热出汗、发烧、腹泻或呕吐也会失去很多水分，机体在缺水的同时也会失去大量对心脏功能颇为重要的电解质，所以必须喝许多含有一定盐量的水进行补偿平衡。

人从 50 岁开始，随着年龄的增长，内生（身体本身的）渴感慢慢减小。许多研究表明，老年人（尤其是女性）的总水容量低于年轻的成年人。

俗话说，吃一下，胃口就来了；饮一口，口渴便走了。所以通常认为，盛夏时节，大汗淋漓，外加消耗了很多体能，这时若能喝上几口冰镇饮料，会让人觉得透体清凉；其实这是一种误解，冰镇饮料会使机体更加紧张，从而提高对解渴饮料的需求。但如果换成很烫的饮料，同样是错误的，因为身体必须做到，让送入体内的饮料适应身体本身的温度。也就是说，身体要么加热饮料，要么冷却饮料，两者都会消耗能量，即导致出汗，使我们重新口渴。为此建议饮用相当于室温的饮料，这样只会引起轻微的出汗，期间形成的蒸发冷也就使人觉得清爽凉快。

酒后未必皆真言

古代有父女二人相依为命，日子过得清苦。一日父亲回家很晚，一身酒气，却面有泪迹；女儿只得先扶父亲上床安息。过了片刻，只听父亲说："好闺女，本乡刘员外欲娶你为妾，我已应允。刘家明天就要来下聘礼了。"女儿想弄醒父亲问个究竟，无奈父亲醉得不省人事。女儿只好找来与她情投意合的建春哥，两人合计，觉得老父亲不是在说梦话，而是"酒后吐真言"，于是连夜远走他乡……二年后，小夫妻俩带着儿子回乡看望老父。此时父亲不好意思地说，那天晚上是他酒后胡言，其实他平日里是一直希望女儿能嫁与有钱人家，他好早日收财礼。

"酒后吐真言"一直被古今中外认为是一句哲理性谚语。其实一个人喝醉酒后所讲的话并非都是真话。国外经常有一些女性接到喝醉酒的男性打来电话。有一位女子经历了这样的事情：她的前男友跟她分手后，隔了一段时间，一天夜里喝醉了酒，3点钟打电话给她，说他很爱她，没有她就活不了了。还有一次，她的堂兄也喝醉了酒给她打电话，向她示爱。奇怪的是，第二天她问他时，他却说是拨错了电话，可是在电话里却一直叫着她的名字。人们为她分析说，她的堂兄说的是真话，因为一个喝醉了的人不太能感觉到自己周围的人和事，他以为是在和自己说话，很少顾虑，所以容易说真话，而他白天说的假话更证实了他的酒后真言（醒着时他总是不敢说)。她的前男友的酒后之言是假的,因为据女子介绍,他们分手时他曾说过"没有你我一样生活"。"爱她"、"想她"是真的,而"没有你我活不了"是在酒精作用下的下意识补充,所以酒不是"真言血清"(西方人对酒的别称),它有时反而会让人作出不恰当的"过度反应"(多余的反应)。

通常认为,酒后言语失控系急性乙醇中毒引起神经兴奋所致,兴奋期分为轻度兴奋期及中度和重度兴奋期。轻度兴奋时,言及之事或人往往是醉酒者平时痛恶但又不敢直言的,此时醉酒者基本上知道自己在做什么,所说之话应该是有意识的。吐真言发生在醉酒者中度或重度兴奋时(急性乙醇中毒的亢奋期),因为此时醉酒者的大脑已失去理性控制,无所顾忌,一吐为快,醒后全然不知。

酒精下肚 6 分钟后就会改变大脑中的代谢作用,干扰神经递质(简称递质,在周围神经系统和中枢神经系统中,其突触大多数是化学突触,信号传递是有方向的,由突触前细胞传向突触后细胞,从而对突触后神经元产生兴奋效应或抑制效应)的活度,并刺激内啡肽(由脑下垂体分离获得的具有吗啡样活性的神经肽的总称)的分泌,使醉酒者话多;但有时也会使其迟钝、麻木。

由此看来,醉后的话语不一定全是真话,不要把"酒后吐真言"当作真理,更不要为了淘真话而故意将别人灌醉。

《水浒传》的作者施耐庵有一句诗说得忒聪明:醉是醒时言。他没有说酒后吐真言还是假言还是胡言,妙就妙在这"醒时言"。

克里姆林何其多

　　自十月革命后,克里姆林宫是苏联党政最高领导机关所在地,现为俄罗斯联邦政府机构所在地。实际上克里姆林宫今天在俄罗斯至少有十个,因为在俄语(东斯拉夫语支)中,克里姆林(Кремль)不是一个专用名词,而是一个普通名词,"城堡"、"卫城"的意思。由于莫斯科的克里姆林在封建时代多为列国统治者的常驻城堡,于是给人的印象似乎"克里姆林"是用来修饰"宫"的,两者其实是同位语,克里姆林此处即"内城"和"宫"之义,为此在俄语中专门大写,从此真的成了专用名词。要顶真的话,应该叫莫斯科克里姆林,以便和其他地方的克里姆林区分开来。

　　在古希腊语中,有个和 Кремль 相当的词,拉丁文拼写为Krimnos,"陡峭河岸"的意思,克里姆林实际上往往是临河靠山的要塞和堡垒。俄罗斯有三个克里姆林被联合国教科文组织批准列入世界文化遗产,除莫斯科克里姆林外,其他两个为喀山克里姆林和诺夫哥罗德克里姆林。在另外 7 个保留至今的克里姆林中,有一个位于遥远的西伯利亚托博尔斯克。

　　有人称莫斯科克里姆林为"世界第八奇景",卫城的建筑群布置在一个呈三角形的区域中,周围是红色城墙,城墙全长 2 235米,高度 5 至 19 米不等,厚度在 3.5 和 6.5 米之间。城墙上耸立着20 座塔楼。伊凡大帝钟楼是建筑群中最高的建筑物(81 米高),钟楼及两旁的配楼中共置有 22 口 16 至 19 世纪铸成的大钟。来到莫斯科克里姆林的观光者都不会放弃参观军械库的机会,名为军械库,其实也是一个艺术博物馆,共有展品 4 000 多件,由于沙皇彼得一世于 1712 年迁都圣彼得堡时将大部分库存物品留在了莫斯科,所以成就了这一"珍宝馆",不过其中的钻石陈列室直至1967 年才首次对公众开放。

位于圣彼得堡东南部 180 公里处伏尔乔夫河左岸一个小丘上的卫城诺夫哥尔德克里姆林于 1992 年被列入世界文化遗产,整个城堡呈南北走向的椭圆形,长 565 米,东西向宽 220 米,总面积 12 多公顷。城墙全长 1 487 米,为砖石结构,墙厚 3.6 至 6.5 米,高度8 至 15 米,正门上的教堂很有特色。城墙上保留完整的塔楼有9 座。

俄罗斯联邦鞑靼斯坦共和国首府喀山是俄罗斯的重要历史名城,喀山克里姆林建于公元 1552 年,兼有俄罗斯正教和伊斯兰建筑风格,位于伏尔加河支流喀山卡河畔,同样保留了 9 座塔楼。名胜古迹集中在市中心,其中的库尔-沙里夫清真寺是欧洲最大的清真寺。2000 年,融汇了两种文化的喀山克里姆林也被联合国教科文组织列入世界文化遗产。

喀山是俄罗斯著名的大学城之一,也是一个名人辈出的城市,列宁曾就读于国立喀山大学。列夫·托尔斯泰 9 岁就来到了喀山,以后在喀山国立大学念书。非欧几里得几何的创始人之一罗巴切夫斯基、有机化合物结构理论的创始人亚历山大·布特列洛夫等科学家都为这一世界文化遗产之城增添了耀人的光芒。

空间和停车位

　　人活在地球上需要有空间,人与人不能靠得太近,参加一个派对、和贸易伙伴谈生意、和陌生人一起同乘一部电梯……都需要保持空间距离。

　　人类的祖先以狩猎和采集果子为生,经常遭遇危险,人身上至今保留着许多原始的恐惧,它们常常影响着人在空间的行为。如果一个陌生人靠我们太近,我们会情不自禁地后退。

　　美国人类学家爱德华·霍尔在其所著之《潜在尺度》一书中谈到"空间关系学",从而开创了一个全新的科学分支。空间关系学是研究人与人在不同社会环境、社会团体或文化群落之间对空间的需要以及人对周围空间感觉的一门科学。通常把人际间距分为四种,间距最近的称为知己间距,是知己和情侣等人之间的间距;稍远一点的称为私人间距——好朋友和家庭成员等之间的间距;再远一点的间距称社交间距,是合作伙伴和普通同事等之间的间距;最远的空间间距叫公众间距——和陌生人需要保持的间距。

　　按欧美人的理念,在陌生的地方、在陌生人面前要牢记公众间距。比如有的行为学家建议,在一家不熟悉的餐馆用餐,最好选择能一眼望见门和窗的座位(以便在发生意外事件时迅速作出反应)。根据空间关系学的理论,大自然赋予人类大脑的防范智慧更多的是用来对付地面危险的(所以人们习惯于筑篱笆建围墙,却没有布网防空的倾向)。很多人把侵犯任何一种空间间距都看作"侵犯领域",哪怕是蔷薇花穿过篱笆长到邻居家去了也算。

人们在日常生活中经常需要保持的间距是公众间距,而这一间距和人类祖先为保护及防卫自己、营造安全生活而形成的本能关系最大。这种本能的残留以及人为自己生存而产生的不同程度的自私性,往往导致人与人在空间关系中的矛盾。在空间有限、居住条件困难的情况下,会更强烈地体现出人际空间矛盾。于是不少人沾染了占据公共面积的陋习,把家里的破东西放在公共走道上,公共楼梯的上方挂灯结彩似的吊满了无用的物件……以种种方式达到占有公共面积的目的。

形势变了,中国老百姓终于迎来了"广厦千万间"的时代,但由于精神文明建设没有跟上物质文明的发展,人际空间关系依然存在问题,甚至生出了新的矛盾。有私家车的人不得不考虑停车的空间问题,小区的停车位紧张,车回来晚了往往很难找到车位,车子越来越多,问题越来越严重。每天车辆出口处总斜横着一辆车,似乎在示威:老子没地方停车,你们能拿我怎样?车辆开出去很是费劲。实在没办法时,有的车就爬上了绿化地,半辆车停在草地上,还有的车干脆挡在通道前。狗可以在草地撒尿和拉屎,没人敢指责;现在汽车也有了进草地的一半资格了。有趣的是狗和汽车(确切说是车主)发生了矛盾,因为狗喜欢跷起腿搭在轮胎上小解;苦于没有抓住现行,常听车主在骂娘。不知杜工部他老人家还有什么相应的愿望,可以启发和指点我辈后代。

哭笑不得乌龙球

2005 年的亚冠联赛八强赛中居然出现了 3 个乌龙球,而且都由各队名将创造,其中一球为健力宝队主力杨晨所踢,他用高难度头球破己门而入,使本队门将防不胜防。杨晨在德国也是大名鼎鼎的,曾效力过德国甲级队和乙级队,他事后恼恨地叹息说:"我以前从来没有进过乌龙球,这种感觉真是太难受了。"

踢足球忌讳乌龙球,乌龙球英文叫 own goal,指足球比赛中将球踢进本队球门,通常被判为对方得分(掷边线球或发任意球时直接进入本队球门不算),所以乌龙球是"臭球",因为踢了乌龙球而受教练训斥、被本队球员和"粉丝"责骂是很正常的事情。

然而乌龙球是很难避免的,1998 年第十六届世界杯足球赛中出现过 4 个乌龙球。连足球名将贝肯鲍尔也不例外,当年德国乙级队联赛时,他曾在连续两场比赛中踢了乌龙球。还有卡尔茨,他是德国甲级队中的乌龙球创纪录者(踢进过 6 个乌龙球)。

乌龙球分三种,大部分属于误踢,让人感到遗憾,被人们骂一通也就完事了。第二种是故意乌龙球,但这种情况是个别的,如纽伦堡的利贝罗斯·卡萨罗,由于赌球,于 1991 年在一周内连踢 2 个乌龙球,最后被开除。还有一种是"好球"——臭球中为数不多的好球;1985 年德国联赛时,巴伐利亚队以 0 比 1 败给于丁根队,因为巴伐利亚队的赫尔穆特·温克尔霍弗尔从 30 米远处一脚将球射进本队球门，成为足球史上"漂亮的乌龙球"，此球甚至被评为"本月最佳进球"，只是温克尔霍弗尔后来不愿出席授奖仪式。

踢了乌龙球固然很糟糕，但更重要的是本队队员和广大球迷的态度。1994年第十五届世界杯足球赛中，哥伦比亚队后卫埃斯科巴踢了乌龙球，致使哥伦比亚队以0比1负于美国队，无缘进入该届16强。埃斯科巴受到本国球迷的痛骂，回国后竟然遭枪杀，这一事件曾震惊全球体坛。

迥然不同的是，足球史上出现过一个美好的例外。芬兰队队员彭蒂·克科拉于1986年第5次踢了乌龙球后，自责不已，但本队队员并没有责怪他，他们事后合伙买了一个精致的指北针（指南针）送给他，鼓励他以后要看清方向；既发泄了队员们的不满情绪，也没有过分伤害克科拉的自尊心。

"乌龙球"一词在外语中被用作比喻词，表达某人在说话或行事中不小心为对方提供了不利于自己的条件，在文学作品中亦常见到。

老人的强项

中国古代的诗人词人大都善作忆旧诗词,而且能把儿时和旧时的人、事、物演绎得活灵活现。他们中的多数到了晚年尚有不凡的怀旧力(记忆力),这和古代的读书习惯大有关系——古人学习讲究背诵,而背诵是提高记忆力的好办法。

人到了老年都喜欢回忆,他们回忆往事、回忆童年、回忆同桌、回忆儿时的小玩伴……回忆是他们的强项。

按说随着年龄的增长,人的记忆力会越来越差;不过这只是一种笼统的说法。从神经心理学的意义讲,记忆是人脑(神经系统)将获得的信息(经验过的事物)加以识记、保持和再现的能力。记忆的质量与每个人的记忆目的、任务、态度和方法有关。

根据信息保持的时间,记忆可分为瞬时形象记忆(亦称超短记忆,保持信息的时间为几毫秒至几秒)、工作记忆(旧称短时记忆,保持时间为 20 至 45 秒)和长期记忆(保持时间数年乃至终身)。瞬时记忆是信息的一种中间储存,对不同的感觉方式获得的信息保持时间也不一样,如视觉信息记忆约 15 毫秒,听觉信息记忆 2 秒以上。瞬时形象记忆获得的信息量相当大,但很快就会瓦解,人的意识和专注力对这一记忆不起作用。工作记忆相当于信息的有意识加工中心和储存器,让一定量的信息处于一个可随时提取的活跃阶段,信息可作进一步加工,作较长时间的保存,最后被处理成长期记忆。至今未发现长期记忆有容量极限,有的信息之所以被忘记并非容量问题,而是在众多信息中的一种保护作用,或者是先后学到的知识相互干扰而致。

长期记忆可分为两种形式:明确记忆和不明确记忆(也称含蓄记忆和行为记忆,系自动保存的行为过程或熟练技巧如走路、骑自行车、跳舞、开车、弹钢琴等,不需思考就能再现)。各种形式的信息都独立地保存在不同脑区,患有失忆症的人不会失去行为记忆。

随着年龄的增长,老年人体内应激激素在不断增加,这些应激激素是由肾上腺分泌的所谓皮质类固醇,它们是造成记忆力衰退的"重要责任者"。人们将老年鼠的肾上腺去掉,发现它们突然产生相当规模的新脑细胞。皮质类固醇对海马的负面影响很大,而海马和(大脑)新皮质是负责人的记忆力的。

受皮质类固醇的影响,老年人的记忆力下降主要体现在瞬时形象记忆和工作记忆上,即记忆痕迹不能或较少被处理成长期记忆,具体表现为对当前或近期的事物记不住,而童年和以往的人、事、物都是早已形成的长期记忆,可轻而易举地调用。此外,在慢波睡眠阶段,海马和新皮质的相互作用和沟通最有可能,对记忆痕迹的巩固最有利,而恰恰老人的睡眠时间较少。没有或只有少量新的长期记忆的竞争,回忆往事自然成为了老人记忆的"一枝独秀"。开发和推广旨在封锁和抑制皮质类固醇及其对海马不利影响的锻炼法是逆转记忆力下降的一个方向。

冷手冷脚的妻子

"给点温暖吧。"冬天的夜晚，夫妻进入被窝后，妻子温柔地对丈夫说。这不仅仅是妻子的一种娇柔发嗲，更多的是妻子觉得脚冷，想借丈夫的身体暖和暖和；同时也是一种提醒："我的脚很冷，碰到你的身体不要被吓一跳。"

这里的"妻子"泛指所有的女人，由于生物学上的原因和进化造成的结果，女人在冬天容易经受脚冷手冷，尤其是脚冷。其实人的手温和脚温基本上保持在 28℃ 左右，明显低于平均体温 37℃；而 80％ 的女人的脚温比男人的脚温更低。男人的肌肉约占体重的 40％，而进化过程只为女人配给了 23％ 的肌肉。在身高相同的情况下，男人的体重比女人多 20％。肌肉是身体的加热器，肌肉在工作的话，则大部分的能量以热量释放。还有，女人的身体表面积较大，更容易释放掉热量。这一点也可用来解释，为什么一个人觉得寒冷的时候，会情不自禁地将身体蜷缩起来，尽管体重没有变，但身体表面积变小了，就不会很快失去体温。

因此，如果天冷了，女人的机体会启动节能模式，确保对生命具有重要意义的器官（如大脑、内脏器官等，倘若怀孕了，还有子宫）具有37℃的温度是最高原则；于是对那些相对不太重要的部分（如脚和手）通过收缩血管，减少供血，血液流通较弱的地方热量也就较少，所以女人脚冷实际上是一种生存和自我保护的战略。

从进化的角度来看,自远古以来,当女人围坐烤火的时候,男人必须去狩猎,他们需要利用强劲的肌肉来满足能量的消耗,除了肌肉做功消耗外,往往还有剩余热量,被分配到脚趾、鼻尖等部位。而女人一生中有很长时间担负着生育、养育后代的重任,能量在体内的分配和男人有着本质上的差别。

此外,男人身上的性激素睾酮不仅有利于肌肉的强烈生长,而且使男人能更好地向整个身体供热。女人身上的雌激素分泌在更年期有时会产生紊乱,如突然出大汗,而身体会不适应这种变化或分泌的减少,这也会导致供热问题。然而针对女人机体对次要部分的供血较差,大自然也有相应的支撑,雌激素能使身体对寒冷作出敏感的反应,所以女人的血管能比男人更快地收缩,从而采取必要的措施。

脚冷虽然不是病,但也会增加感冒的得病率,应适当注意,比如冬天穿鞋必须合适,鞋的前面不能太窄,否则会进一步影响供血。吸烟不利于血液流通,傍晚吸烟多,则晚间脚更冷。泡脚、脚趾按摩和热水盆浴有利于暖脚。中国古代医家提倡一种养生术:导引关节、屈伸手足,使血气流通——也许有所帮助。

离婚照

自从发明了照相机,人们对生活中一切重要的事情——结婚、分娩、生日、孩子获得博士(硕士)学位……都要拍照留念。

婚礼这天是人生最美好的一天,这一天会产生许多美丽的情感、发生许多值得庆祝和纪念的现象……

然后呢,结婚以后大部分夫妻会致力于把婚姻经营好,然而据统计,有很多国家,平均在结婚 15 年以后,三分之一的婚姻解体了,烈火样燃烧过的爱消失了,只留下一堆由诸多恼怒、责备、埋怨组成的灰烬和瓦砾。只是那件婚礼上穿过的白色婚纱一直还保留着。可是,终于有一天,两人又双双来到民政局,这次是申请领取离婚证书。

对待离婚,人们宁愿让它悄悄地过去,通常没有人去拍照留念的,有的人连以后再婚也会十分低调,不请客、不办婚礼。尽管我国的离婚率比很多国家低,但如果我们来作一个纵向比较,会发现离婚比率的上升速度还是相当惊人的,因为现在闪婚太多,有闪婚也就有闪离;因为"我爱你"说得太随便,所以也就太不值钱。

长期以来,人们一直在思考:离婚怎么说也是一件大事,纵然不宜轰轰烈烈,但也不能一点痕迹都不留,无声无息将其埋葬掉。约 10 年前,美国开始出现专门为人拍摄离婚照的小规模影楼,响应的人竟然不少,绝大部分是女性——那些刚离婚的"前妻",她们正好需要有一个释放和发泄哀怨及愤恨的载体,拍离婚照也就成了合理的选择。

不久,离婚照风行到欧洲,根据不同的成本(有时要用到很多道具),收费在 200 和 500 欧元之间。有需求的离异女士于是重新穿上婚纱,但她们很可能在白色婚纱上乱涂各种颜料,故意显露出膝盖上的瘀伤和青肿,或干脆在膝盖上也涂点污渍,这样的照片在向人们展示:我的前夫十分粗暴地对待我,是个家暴狂。还有的离婚女子拍照时一手拿着一个啤酒瓶,另一只手夹着一支卷烟,这表示她的前夫不仅是个酒鬼,而且还是一个烟鬼。

通过离婚照,离异女士们想告诉别人,她们已经告别婚纱,她们正在处理离婚之痛,离婚照是这种表白的恰当手段。为此,她们有意识地将婚纱剪坏、把丝袜扯破,或者用斧子敲坏一只曾在婚礼上穿过的婚鞋;在摄影师按下快门按钮的时刻,她们尽力释放自己的悲愤和怨恨,并配以相应的脸部表情;唯有如此,才能送走不幸的前段婚姻,从而顺利地开始人生的下一个阶段。

有人说,拍离婚照是摄影师竭尽全力展现创意和离异女士挖空心思发挥想象力的合作过程。摄影师会像对待结婚照那样,在离婚照上留住当事人的特殊感情及其对离婚后的生活之希望和信念。也有的离异女士并不想毁掉婚纱,那就要开始另一种构思了。有一套离婚照的其中几张颇受好评:离婚后的一位女子提着箱子一直在马路上气宇轩昂地向前走着……

连鬓胡子阳刚气

近年来,中国的男人把三样东西视为男子气:光头、大肚子、连鬓胡子。蓄连鬓胡子是一种男子美容、也是一种文明行为。但如果让连鬓胡子肆意疯长,那叫胡子拉碴,谈不上美和文明。

连鬓胡子又称络腮胡子、颊须。胡子基本上每个男人都有,不过在黄种人地区却不是个个男子都有连鬓胡子的。连鬓胡子和人种的遗传本质有关,一个黄种人的连鬓胡子是否传给下一代,是一个复杂的遗传方式问题,通常认为连鬓胡子是常染色体显性基因控制的显性遗传。而在欧美、阿拉伯等地基本上是男人就有连鬓胡子,他们的胡子原本就是连鬓胡子,就看他们蓄不蓄了。

在欧美,连鬓胡子是指一种胡子蓄剪和打理的款式,而不是胡子本身所长的模样。19世纪初,许多穿匈牙利式制服的轻骑兵在欧洲留起了连鬓胡子。不久,这股风刮到了法国,法国人非常喜欢这种款式,起初称之为"科泰"(侧面的意思)。拿破仑一世时期的法国很流行连鬓胡子,十有八九的男子都留连鬓胡子。连鬓胡子被作为当时社会等级的代表、世界观和政治态度的表达。第一次世界大战时规定士兵必须刮胡子,因为他们经常要戴防毒面具。20世纪50年代,连鬓胡子又风行过一阵。作为男子气概的象征或有成就男子的象征,直至今天,连鬓胡子的宽窄、长短、形状几经变更,时不时又起来威风一番。

曾几何时，欧美的许多绅士、文学家、艺术家乃至国王、总统（如奥地利皇帝弗兰茨·约瑟夫一世、德国数学家高斯、德国哲学家黑格尔、挪威戏剧家易卜生、俄国诗人普希金、德国威廉一世皇帝、美国第二任总统约翰·亚当斯、美国第八任总统马丁·范布伦、美国第二十一任总统切斯特·阿瑟、德国作曲家瓦格纳等）均以自己独特的连鬓胡子风格为骄傲。美国人曾经把连鬓胡子称为"伯恩赛德"，伯恩赛德是美国南北战争时的一位将领，他作战无能，但留的连鬓胡子式样（下巴不溜须）却受到人们的喜欢和模仿。今天，"伯恩赛德"专指下巴不溜须的连鬓胡子。

　　有一个故事说美国总统林肯在竞选前听了一位 11 岁小姑娘的建议，蓄起连鬓胡子，掩盖了自己瘦削的脸颊，大大改善了形象，如愿以偿地被美国公民选为总统。据说林肯回复那位名叫格蕾丝的小姑娘的信一直被保存在她家里，直至 1966 年才以 1.8 万美元被拍卖掉。

　　纵观世界连鬓胡子的流行史，积极、进取、成就、风度、男子气等褒义词几乎都被用来形容"大胡子男人"。在瑞士的库尔，至今已经举行了 26 年的"阿尔卑斯美髯公"大赛。连鬓胡子有各种各样的款式：细的、粗的、长的、短的、一大把的……墨西哥人和哥伦比亚人喜欢在留连鬓胡子的同时剃个光头。当今欧洲流行一种在两颊只留到耳朵末端的连鬓胡子，被认为是一种既阳刚威武又文雅秀气的经典款式。

粮糖兼收甜芦粟

我很小的时候,故乡杭州家里来过一位客人,他提了一大捆甜芦粟作为家乡土产送给我们。我当时不懂如何剥吃,不小心被锋利的皮割破了手;尽管如此,我还是觉得甜芦粟很好吃,特别是让我们这些家里并不十分富裕的孩子也能在暑假里有点乐趣;以后很长一段时间都是大人剥好了给我吃。再长大一点,我不仅能自己剥来吃,而且还学会了用剥下的皮做一个灯笼骨架或别的什么东西。后来我也自己买来吃,摊主多为童年的小朋友,他们因为家里经济条件不是很好,暑期闲着也是闲着,批发一点甜芦粟来卖,赚一点小钱补贴家用。

甜芦粟亦称甜高粱(或糖高粱)、甜秫秸、甜秆、芦粟、芦黍等,系禾本科高粱属的一个变种。甜芦粟的茎秆富含糖分(含糖量为10%—12%,最高可达19%),江浙一带百姓多拿来生吃,作为夏秋时节的平民水果。国外则主要用来制糖、酿酒(芦粟酒)、造纸、作家畜的青贮饲料……

19世纪50年代起,甜芦粟在美国广为栽种,1879年,美国用甜芦粟生产的糖浆年产量达到2 800万加仑。第二次世界大战期间,美国的芦粟糖浆产量有很大滑坡,但今天的美国仍然保持着世界最大芦粟糖浆生产国的地位,美国重视甜高粱的生产,因为用甜高粱除了能生产糖浆和饲料外,含糖的茎秆还可提供生产生物乙醇的原料。除此以外，人们始终没有忘记，甜高粱的顶穗子粒是粮食，可供食用或作饲料。甜高粱一直以来被人们视为粮糖兼收作物。

近些年来，由于全球的气候变化，地球上很多地方变热、变干旱，甜芦粟种植于是倍受重视，因为人们本来已经认识到甜芦粟在生产生物气(沼气)、生物乙醇等生物能源方面很有前途，而耐干旱和耐热又是甜芦粟的生长习性。

许多中老年上海人都念念不忘味甜、汁多、松脆的崇明甜芦粟，以前的"七家村"甜芦粟被传为招牌产品，据说标准的七家村甜芦粟应该是每株13节，节节都甜美。甜芦粟和甘蔗正好相反，除中段外，是梢头甜，老头(近根头)不甜。不过崇明甜芦粟由于长期定向培育，其顶穗子粒基本上已不能作为粮食。

几十年以前，甜芦粟被整株整捆地扛在肩上，背到弄堂里，靠在墙壁上，一株一株地卖。现在通常要事先切断，每两节或三节一根，送到超市里卖要求更高。2008年因此曾引进一种"保鲜技术"，使加工好的芦粟空气流通、不受细菌侵害，从而延长保鲜期。从青纱帐到市场，在温度较低的情况下，甜芦粟甚至能保存一个月。

"麦行千里不见土，连山没云皆种黍。"甜芦粟，是应该提倡种植的。

邻里互帮平台

国外常有人在议论,生活在注重人情世故和强调个性化的现代社会中,邻里之间的关系在走向淡薄,有的人总是那么和别人保持着距离,在同一幢楼里住了十几年,相互之间连姓名都不知道,见面时能互相点下头已经不错了;否则宁愿在电梯里尴尬地坚持到目的地,谁也不想和同乘者打招呼。

老喜欢说"我们是同一条弄堂的"、"我们是隔壁邻居"的上海人(乃至所有的中国人),随着居住条件的迅速改善,纷纷搬进了新楼、大厦和别墅,在欢天喜地之余,也不免发出怀旧的感叹:以前条件是差,但前后左右都是老邻居、老熟人,平时多所来往,连吃饭也不消停,时而端个饭碗去串门。一家遇到困难,别家都会关注,你会助一臂,他会帮一把。今天,为了找回昔日的美好感觉,不少分散后的老邻居纷纷相约定期聚会,一起吃个饭,聊聊天。

无论是中国还是外国,同住一个小区(或街区)的邻里确实应该尽量沟通,因为每一个家庭都会碰到困难、需要支持,尤其是一些居家老人、病人和残疾人,如果邻居能搭把手,问题能解决得更及时,社会或专职机构的压力也就相应减少。

欧洲一些国家的老百姓同样很怀念以前的"邻居互助",并在自发地致力于复兴"邻里间的互助团结"精神,建立公益站点,广招义工。公益网页上有这么一段话:"如果您需要帮助,我们的义工人员会给予支持,帮您外出办事、帮您开车、陪您去做祷告、陪您去扫墓、陪您去看病、帮您做家务、为您购物、替您照管孩子、替您看家……所有服务免费提供,只有驾车收取 35 欧分/公里的费用。我们目前有义工 50 名,实行一对一服务。此外,欢迎您参加近期活动:2015 年 12 月 30 日,守夜和新年致辞;2016 年 1 月 5 日,圣诞树义卖和抽奖;2016 年 1 月 12 日,煎香肠射击活动……"

邻里互帮在欧洲曾经流行过,是邻里间行之有效的互助方式,通常是一种放弃收费、以另一种类似形式获得回报的公益活动,用来解决个人或集体的困难和危急。人们普遍觉得眼下有限的公益组织远远不能满足需求,很多人因此想到了利用现代化的高科技建立邻里互帮平台,其实这是一个很简单的主意,可是直至 2013 年,在意大利博洛尼亚的一位名叫费代里科·巴斯蒂亚尼的年轻记者的倡导下,才正式出现了着眼于 21 世纪的邻里互帮平台:一个住宅区或街区的互联网使用者自发和自愿地联合起来,成为一个封闭式虚拟组织,借助 Facebook(美国的一个社交网络服务网站)或 WhatsApp(智能手机之间通讯的应用程序),开展互帮活动。倘若你想借一把电钻、希望某位邻居能帮你接一下在从事课余体育锻炼的孩子……你只要发出请求,说不定很快有多位邻居响应。

目前在意大利已有 300 多个邻里互帮平台,参与人数约一万人,按意大利的范式,奥地利、瑞士等国亦相继推出了具有本国特色的互帮平台,并强调"以助人为己任、灵活机动、心系弱者、充满理解、反对繁琐"。

凌　乱

　　家里的其他房间都很整洁,唯独书房显得凌乱。按说书房有16.5平方米,但当初装潢时只设计了一面墙的书橱,后来书越来越多,就干脆放在写字桌的两边,一本一本地加上去,终于成了两座大山,桌子上的空间也就越来越少。还有,经常要从书橱里拿书翻用,为省时起见,用完了顺手在书橱下方的台面上一放(书橱下面的三分之一是比书橱深的柜子,面板上可放东西),久而久之,竟然构筑起11个高达50厘米的"书摞",封锁了所有的书橱门,取书很是不便,反而浪费时间。一个好端端的书房,业已被我弄得凌乱不堪。妻子一再催我好好整理整理(因为家里的其他房间也是由我负责打扫的),我总说没有时间。再说,理书不像理别的东西呀,常常会理着理着就看了起来。以前我见过不少编辑,他们和我有类似的情况,有的写字桌简直就是一个书和稿子的"围城",人就埋在里面,可谓"三面书墙一面人"。

　　凌乱其实是人的性格中的一个弱点,很多人都有,有的人天生就有"凌乱基因",有的人是后来养成的,但基本上所有的人都知道杂乱无章、乱七八糟、邋里邋遢是一种被人鄙夷的性格。平时不太注意打扫住房的人一听有人来访,通常会以最快速度清理掉一些杂乱的东西,尽量堆放到柜子里和其他看不见的空间里,免得"家里乱糟糟"被传到外界去。

导致凌乱的原因大致有这么几个：劳累紧张而无力收拾；缺乏应有的素质和教养；懒而不想收拾，希望别人去干。还有一个原因是文化差异（这里也牵涉到文明和礼仪问题）。比如有一个外企的中国员工坐在办公桌旁剪指甲，完了将指甲屑往地上一抹，部门经理（中国人）看了直皱眉头。后来一位老外高管走过看见了地上的指甲屑，也没说话，但他让那位中国部门经理去告诉那位员工，以后不要在办公室剪指甲。

　　奇怪的是，在国外竟然有些人不赞成井井有条和整然有序。有人搬出爱因斯坦的语录："如果一张乱糟糟的写字桌代表着一个凌乱而无修养的人，那么一张空空的写字桌又意味着什么呢？"很有意思，有的人真的答题了："也许桌子的主人正好在度假"、"也许这张桌子刚刚整理过"、"也许这张桌子刚买回来"。爱因斯坦的真正意思可能是不太赞成一味地追求整洁，而是要看坐在桌子旁的人作出的成绩。还有一种说法是，不注意整洁的人往往是天才，有创意。又以名人为例：奥地利著名作家弗朗茨·卡夫卡的写字桌经常乱七八糟地堆满了书、手稿、文具、信函，当图书馆来信催还书时，怎么也找不到这本借来的书。有人甚至随意介绍说，青霉素的发明要归功于英国细菌学家亚历山大·弗莱明没有收拾好实验室，其实弗莱明一向是很细心的，而偶尔一次不整洁，那也是有原因的。

　　有一位女士说得好："如果你真是个天才，你杂乱无章不整洁，我认。老实说在乱糟糟中生活实在无趣。"

留个好印象

别人是否喜欢你,第一印象往往很重要,有时甚至起决定作用。通常只需要 60 至 90 秒钟时间就能产生第一印象;如果出发点和方法对头,第一印象的命中率还是比较高的。为什么这么说,因为脸部表情是不会说谎的,所以一个人倘若一早起来心情很坏,哪怕他再怎么满脸堆笑,只要仔细观察,也能看出他的坏心情。装出来的笑容只能"忽悠"不到一秒钟的时间,然后脸部就会透露出人的真实感情。但也有的人能够抑制所谓的"显微表情"——真正的心情,从而给人错误的第一印象,这样的人大概只占 5％。

脸部之所以是我们获取第一印象的主要依据,因为脸部有几十块肌肉可构成无数种具有细微区别的脸部表情,这些表情一般都有个体特色(在同一个家族内,由于基因传承而具有某种程度的相似性,因而存在"家庭典型表情"现象)。由于大脑中的情感中心对(别人)脸上的表情和情感特别敏感,所以第一印象的形成很快。除了表情以外,大脑有时甚至凭借一张照片就能得出结论:照片上的人是外向型还是内向型的人。

配合脸部表情的尚有说话声音和身体语言,大脑只需要几毫秒时间便能将表情和姿势结合起来"解释"第一印象。说话的声音是一把重要的钥匙,它在透露一个人的性格。通过说话的方式方法,首先能判断对方是个急性子还是慢条斯理的人。说话声音轻而又不太连贯，说明对方胆子小，缺乏自信性。说话大声且很有礼貌，是自信的表现。说话的声音让人觉得舒服，多数是好相处的人。总之，一个脸部表情和善、笑容满面、说话时喜欢寻找眼光对接的人，多数是外向型的。专家认为，说话对判断一个人的智慧也是很重要的依据，但前提是说话必须流畅、不拖泥带水。

第一印象不仅受到被观察者的影响，而且跟观察者的情绪有关。如果观察者是在情绪恶劣的情况下得出的结论，那么这样的第一印象不仅缺少准确度，而且还会引起连锁反应，比如当对方看出你有负面评价时，便开始隐藏自己的一些特点，于是第一印象的跑偏度越来越大，最后成为一种偏见。因此在获取第一印象时，切忌主观片面，因为第一印象一旦形成，便占有"先入为主"的优势。

几乎所有的人都希望给人留个好印象，有的人于是刻意追求一些本来不属于自己的行为方式，常常弄巧成拙，适得其反。值得注意的是，"好印象"还要照顾场合、地点、人群乃至国别。举个例子：求职面试时，西方认为应聘者应抹香水，且男子必须用男人香水，最好是在应聘资料上洒上一点香水，以便产生"先期效应"。恰恰相反，在我国的某些招聘面试会上，香水和异味都应避免，尤其在公务员面试时，男性根本不宜用香水，女性也要避免香味特别浓烈和具有刺激性香味的香水。

留下好印象，祝你一路顺风！

旅馆的星级

在我国，把高级旅馆称为酒店是符合眼下"高大上"理念的；在国外，无论是高级的、低级的还是中级的旅馆，一概都叫 hotel。记得曾经播放过一部名为《大饭店》的美国电视连续剧（那时候把旅馆中的佼佼者称为"饭店"），再早些时候好像是"宾馆"才算最好的，为了表示对某一外宾的高级待遇，就给安排一个"宾馆"（译者往往将其译成 guesthous），可是人家听了似乎不怎么领情，因为在老外的心目中，guesthous 的主要意思是"家庭旅馆"，所以不会想到"五星级旅馆"之类的。现在都要把好的旅馆说成"酒店"，才不算你 out，汉语词典也就为"酒店"增加了一个"旅馆"的释义，可见风行势力的强大。

约 700 年前，以商业和艺术繁荣著称的意大利大都市佛罗伦萨慢慢变成为政治和经济危机的多发地。旅馆业主们开始认真思考：对旅游者来讲，什么东西最重要？答案是：安全。谁能保证客人夜间不受袭击，就允许在自己的旅馆招牌上画一颗朱红色的星，最早的星级旅馆诞生了。1979 年，瑞士的旅馆业主们联合制定了世界上第一个旅馆星级系统，大部分旅游业发达的国家都按这一系统运行。欧洲有个餐饮业组织"霍特雷克联合会"（HOTREC，旅馆、餐馆、咖啡馆的组合缩写）负责评定旅馆星级，但有少数重要旅游国如意大利、法国、西班牙、土耳其不是"霍特雷克"成员国，他们采用本国或地区的评定标准（这些国家的官方规定标准）。"霍特雷克"成员国的星级旅馆有义务服从 270 条不容曲解的考核标准，从而获得相应的星级。

按一般人的理解，一星级旅馆相当于旅游旅馆、二星级旅馆相当于标准旅馆、三星级旅馆相当于惬意旅馆、四星级旅馆相当于头等旅馆、五星级旅馆相当于豪华旅馆。尽管至今并没有全世界统一的星级旅馆标准，不过每一级别的大致条件也差不多：一星级旅馆虽是供要求不高的客人住宿的，但也有基本标准：具备淋浴条件，有抽水马桶，在每天打扫的房间里有一台彩色电视机，洗脸间里备有肥皂和毛巾……二星级旅馆同样是为不愿多花钱的客人服务的，但它多一些与客人方便的小设施：洗盆浴用的洗浴香波、可向总台索取牙刷（有的赠送，有的需要购买）、免费提供像样的自助早餐，不少旅馆能提供无线上网……三星级旅馆的洗脸间备有吹风机和洗脸用的纤维素，客房里有迷你吧；电话机配有小记事本及书写笔。睡觉怕冷的客人可通过电话要求增加一条被子；客人所提的问题会得到专业性答复……四星级旅馆（通常开始叫"酒店"了）是一个跳跃性升级，卫生间里也供暖，此外还提供指甲锉、淋浴帽、棉花棒；走廊里有穿衣镜，卫生间多一面具有放大功能的圆形化妆镜，拖鞋通过"索取"免费提供……五星级酒店额外备有浴衣、保险柜、一把阳/雨伞。五星级酒店的最大特点是对客人的任何要求都必须有交代，不能将问题"挂起来"，更不能置之不理。

略谈社会方言

　　社会方言系指语言或方言的社会变体；换句话说，也就是在同一语言或方言社团里某些群体所使用的特殊词语和语言表达方式，如阶级习惯语、行业语、不同阶层人群的特殊语言风格和专用词语。社会方言不同于地域方言，它没有自己的语音系统、基础词汇和语法结构，因此不能发展成独立的语言。

　　法国中世纪的丐帮语是欧洲较早和较有影响的社会方言。随着社会经济的发展，行业语不断产生和繁荣。旧时中国各类商铺及行号均有自己的行话；卖菜的有切口：常青（白菜）、白条（萝卜）、紫条（茄子）、闭翼（卷心菜）……山货店称竹笋为"钻天"、称马鞭笋为"地蛇"、称笋干为"蛇干"、称冬笋为"泥尖"。枇杷叫"黄袍加身"、将山货贩卖给山货行的人被称为"里山客人"。典当业最喜欢用别称作行话：穿心（马甲）、叉开（裤子）、大毛（狐皮或貂皮之类的皮货）、小毛（羊皮衣服）、幌子（长衫）、软货龙（银子）、硬货龙（金子）、遮头（帽子）、踢土（鞋子）、四平（桌子）、安身（椅子）、彩牌子（古画）、墨牌子（古书）。连货物较为单纯的香烛店也有很多业内语：牛头（檀香）、通宵（二斤重的蜡烛，意为可燃一个通宵）、夜半光（可点至半夜的十二两重蜡烛）、状元红（矮而粗的半斤重蜡烛）、大四支（四两重的蜡烛）、开花（二两重的蜡烛）、三拜（最小之蜡烛，比喻三拜后蜡便燃尽）、斗光（最大号的蜡烛）……弹词艺人在行话中称柳叶生,正角谓上档,配角称下档,三弦叫柳条,弹琵琶曰捉白虱。

丐帮类别颇多,故切口和黑话特别多,比如上门乞讨曰"拜客"、妇人求乞谓"进香"、被人脚踢曰"吃火腿"。

欧洲的贵族自命清高,不屑平民语言,凡是平民百姓所用的"粗俗语",他们一概不用,比如在家里或在贵族圈内,吃饭前从来不说"胃口好",吃饭时不说"好吃"或"味道很好",碰杯时不说"Cheers"。尤其是德国和奥地利的一些年纪大的贵族,既固执又高傲,只要他们喜欢的,便都是卓越的,普通人家用的东西一律被他们贬称为"贱物"。其实贵族用的很多词语老百姓是听不懂的,傲慢使贵族把自己封闭起来。

自 20 世纪 90 年代起,随着计算机技术的突飞猛进和个人电脑、智能手机的不断发展及广泛应用,世界范围形成了一种现代社会方言——网络语和短信语(有时通称为网络语)。网络语有其形成和应用上的特点,最早是为了减少词语的长度,以便在允许的符码范围内发送或者加快文字输入和网上聊天的速度。用缩略语和符号是一种快速、省时和形象化的手段,为减少在键盘上的切换次数,全部用小写。在拉丁语系中,经常用 0 代替 O 或 Q、用 1 代替 L 或 I、用 2 代替 R、用 3 代替 E、用 4 代替 A 或 H、用 5 代替 S、用 6 代替 G、用 7 代替 T、用 8 代替 B、用 9 代替 G 或 P……然而由于某些使用者的不严肃或为了引起别人注意,往往会在网络上出现一些莫名其妙的词语,这就不可取了。

咖啡常宜悠着品

　　尽管咖啡原产埃塞俄比亚，但土耳其在咖啡的推广和普及中起着很大作用，至今还保留着一种传统的饮用方法。有一次，一个土耳其人在家招待一个外国朋友，用传统的方法煮咖啡。不知怎的，客人总觉得不大对劲，但又不好意思说，最后终于逼出了两句打油诗：人说土国多风貌，咖啡杯中藏渣药。原来主人是将咖啡和水一起煮，完了连咖啡渣一起倒入杯中；客人提到"渣药"，因为一直传说咖啡和咖啡渣有很多治病功效。

　　饮咖啡和饮茶一样，提倡一个"品"字，因此有不少讲究，即使在快节奏时代亦然。比如饮咖啡要用咖啡杯、咖啡碟和咖啡匙，咖啡匙用来搅拌，搅拌后放在碟上，不能用匙舀着咖啡喝。添加咖啡时，不能单提起杯子，要连咖啡碟一起拿起来。切忌一口气将一杯咖啡喝完，如果受朋友或别人家庭的招待喝咖啡，应记得趁热喝完，不要等咖啡凉了乃至剩下不喝；如果觉得咖啡太烫，也不应用嘴吹气致凉，否则都是不礼貌的。拿咖啡杯通常是拇指和食指捏住杯耳（杯把），实在觉得捏不住可适当用中指辅助一下，勿将手指穿过杯耳孔。这些所谓的规矩，是为了营造一种文雅和高尚的咖啡文化气氛。

　　咖啡文化的繁荣直接推动了世界经济的发展，长期以来，咖啡始终是世界第二重要的合法商品（第一是石油），近些年来，人们改变了口吻：咖啡是世界第二珍贵的合法商品，且大部分由发展中国家出口。对有些国家来讲，咖啡是唯一值得一提的出口物资。全世界约有 2 500 万人在从事咖啡种植、加工和销售，加上他们的家属，估计有一亿人口靠咖啡生活。

据欧洲一个咖啡联合会调查，芬兰人绝对是世界饮咖啡最多的民族，每年人均消费量为 12 公斤，其他北欧国家的咖啡消费量也很高，这可能和气温较低有关。

工作越紧张，人们越是想找机会喝咖啡，西方的企事业单位多数都规定上午有一个叫"工间咖啡"的休息时间。平时大家也会找出种种理由聚会喝咖啡……只要碰在一起，就有理由喝咖啡……开会、讨论、研究问题等工作时间也喝咖啡（比较隆重的喝咖啡，配有精美的点心糕饼等）。有人认为，喝咖啡是快节奏生活中的最佳缓冲剂。

俄罗斯流行一种按时间收费的咖啡屋，据介绍就是为了提供慢节奏享受生活的机会以及满足某些客人想消磨时间的需求。在慢节奏咖啡屋饮用咖啡，结账时不是按客人喝了多少咖啡，而是根据客人待了多长时间：第一个半小时每人（折算后）2 欧元，从第31 分钟开始，每待 1 分钟付 5 欧分。小孩免费，6 至 12 岁儿童半价。进入咖啡屋的客人都在手腕上套一根小带子，上面打印了入屋时间。咖啡屋里有一种较高级的客厅，那里的价位稍高一些，但所提供的咖啡、茶和点心随便吃，如果觉得点心不够吃，允许自带点心，客厅里提供棋牌、书籍，还可以上网。

据说这种模式的咖啡屋已经流行到欧洲的其他国家，很受欢迎，因为经济实惠，不受约束，想摆脱"亚历山大"的人们在这里找到了好去处。

盲人门球

　　中国盲人门球队 2008 年首次参加残奥会比赛,在 2007 年 10 月的北京国际盲人门球邀请赛上,中国男队以 8 比 3 的优异成绩大胜瑞典队,夺得世界冠军。

　　盲人门球比赛是残奥会上颇有观赏性的比赛项目,此项球类活动的发明人是奥地利人汉斯·洛伦岑和德国人泽普·赖因德勒,1946 年,1 250 克重的响铃门球首次投入比赛场地。发明此项球类活动的宗旨在于为第二次世界大战中完全失明或部分失明的军士提供体育活动和消遣的机会,同时也是为了使这些受到战争刺激的伤员能一定程度地分散思想。

　　1976 年加拿大多伦多残奥会上,盲人门球比赛被列入表演项目(当时只有男队);1980 年第六届残奥会上被列入正式比赛项目,1984 年在美国举行的第七届残奥会上,女子盲人门球也被列入正式比赛项目。

　　盲人门球比赛有很多特殊性和"清规戒律",比赛用的响铃球用橡胶制成,周长 76 厘米,球上有直径为 1 厘米的 8 个小孔。比赛场地 18×9 米,中线将全场分为两个半场,每个半场又分为防守区、着地区和中立区。球门宽 9 米,高 1.3 米;球门线也就是防守区的底线;门柱和横杆都是圆的,直径 0.15 米。每一队由 3 名场上队员和 3 名替补队员组成,比赛开始前由裁判掷币确定开始投球方。比赛分上、下两半场,每半场 10 分钟,中间休息 3 分钟。球滚过球门线即算投球方得分。倘若比赛结束时双方得分持平,则需进行上、下半场各 3 分钟的加时赛,先得分的队获胜。

根据不同的残疾度,盲人门球员分为 B_1、B_2、B_3 三个级别(B 为英语"盲"的第一个字母),无论哪一级别的球员,上场比赛必须戴眼罩,这是为了绝对保证比赛的公平性。严格禁止场上队员触摸眼罩,否则将受处罚。即使球员被罚下场而离开赛场时也不许触摸眼罩,不然的话,将再一次受罚。如果在比赛过程中、暂停时或其他形式的中止比赛时,球员确实需要触摸眼罩,在裁判员同意后,可转身背对赛场,然后触摸眼罩。

由于球员都是盲人和不同程度的视力障碍者,他们只有通过触觉知道自己在场上的位置,必须凭借听觉判断球的方向和速度,所以比赛有一条与众不同的纪律:在投球时,任何球员不许发出干扰防守球员跟踪门球的噪声,否则将被判罚。同样,比赛时观众必须绝对保持安静,通常是某一方得分后现场播送喜庆音乐,观众随之鼓掌喝彩。如果场上不够安静,志愿者便会高举牌子向观众示意。

盲人门球比赛中有一些其他球类项目中没有的规则:高球——进攻方球员将球投出后,球至少需在着地区或防守区触地一次。短球——进攻球员投出的球未达到对方的防守区,由防守队实施罚球。远球——球投出并触地后,必须在中立区至少触地一次,否则投球无效。第三次投球——一名球员只能连续投球两次,在本队球员投球前的第三次投球是犯规的。10 秒规则——防守球员触到球后须在 10 秒钟内将球投出,以免 10 秒犯规。

毛先生的手舞足蹈

　　念高中的时候,同学们对许多任课老师的评价都很高,包括教化学的毛先生,那时候我们除了上课时说普通话,其他时间在学校里都说上海话,所以老师用沪语被称为"先生",互相觉得这么叫蛮亲切的。按说化学课如果不做实验的话,是一门非常抽象和枯燥的课程,可是同学们偏偏喜欢听毛先生在课堂上讲课。毛先生上课有个特点:喜欢手舞足蹈。比如他讲解一个化学方程式,先用两只手的手指像中药店里的伙计抓药一样地动作,表示两种反应物被放在一起参与反应。在做手势的同时,双脚一点一点地离开黑板的中间,往先生的左边移动(在学生看来是从左往右移动)。为了使反应式的左右两边平衡,先生会做一个貌似被人挤推而站不稳的动作,然后用幽默的语言表示在哪里该加上什么数字。跟着毛先生的话语和姿势,同学们的脑海里出现了一个十分形象的化学反应式。等到反应完毕,生成物出来了,毛先生的身子已经站在黑板的最边上了。

　　都说老师如果绘声绘色地讲课,再加上一些动作,容易提高学生的听课兴趣。脑研究专家认为,有资质的老师在上课时都会配上各种姿势,这样有利于学生接受和记忆。同样,在学习语言时,老师配以动作的讲解能帮助学生记住词汇;比如当英语老师一面发音"聚合"这个动词,一面用手做出聚合的姿势,这个词就能更好地扎根在学生的脑子里。因为语音和动作向学生的多个脑区发送了信息,学习便有了多倍的效率。有一位神经科学家为了证明这一论点,亲自设计了一种人造语言,用不同的方法教授两个受试班级(一个班级只用语言,另一个班级既用语言,又用姿势),持续一段时间后停止授课。一年以后,发现"姿势+语言"班级的受试学生记住了全部词汇的10%,而"纯语言"班级的学生只记住了1%。

平时,当我们迫切希望儿童走路时要看清两边的车辆时,往往不仅用语言关照,而且会做好几遍姿势。有人开玩笑说意大利人打电话时总喜欢用手比划或做出各种姿势,对方又看不见,不是在白费劲吗?其实,做姿势不仅有利于向别人传递信息,研究表明,做姿势者自己也能受益——能协助"工作记忆"。即使生下来就是失明的人,也会通过做姿势减轻"工作记忆"的负担,因为姿势不仅是一种沟通手段(比如作为身体语言的表达手段之一),而且还能支撑思维过程。姿势对培养人的说话能力也具有积极作用,姿势做得越多,词汇量掌握得也越多。

小孩子可以利用做姿势来表达他们想表达的一件东西,哪怕他们还没有掌握表示该东西的词汇。不久前,通过核磁共振成像术,专家们发现,语言和姿势的信息由同一脑区(布鲁卡脑区)加工,所以估计通过激活相关的神经元,姿势也能帮助成年人找到合适的话语,帮助习成新的知识。

没有公公不成戏

多年来,我们有幸经常能看到"王朝戏"及戏中的诸多"公公"。没有"公公"们的参与,便看不到"精彩的"宫廷斗争。"公公"虽说是对太监的尊称,但据有的太监回忆,他们打心底里并不喜欢这个称呼,他们多么希望人们也能称他们一声"爷"。

太监在国外称阉人或去势者,希腊语中,阉人是"守床者"的意思。历史上首次大张旗鼓提倡阉人的是埃及法老拉美西斯三世,公元前1193年,法老和入侵西尼罗河三角洲的利比亚军队交战,为鼓励士气,他颁行了一种犒赏制:士兵每抓到一个俘虏,只须凭俘虏被割下的一只手即可领赏。但后来士兵们竟然把无辜妇女的手割下来去领赏;为防止作弊,拉美西斯三世从此要求把被俘者的生殖器割下来作为凭据。战争结束后,一些失去了生殖器的战俘被带回宫廷,成为国王后宫的侍从。

古代的拜占庭国王觉得,他们周围需要有天使般纯洁的生灵。如果男子在青春期以前阉割,那就是最理想的"天使"了;据说这是那个地方产生阉人的原因。

在土耳其苏丹的后宫里,起先,阉人侍从的任务是每晚为国王挑选一名合适的妃子。根据他们在后宫的长期观察和研究,知道哪一种外貌和性格的女人最适合国王当天的情绪和心理。如果想到萨罗蒙国王有700个正宫和300个偏宫,就不难理解,后宫阉人的任务是多么重要。很多阉人因此大受国王宠信,最后爬上极有权势的地位。17世纪时土耳其苏丹的最高后宫阉人甚至也有自己的后宫,他们整日挥霍无度,暴殄天物。

唐朝宦官高力士权力大至极点,文武奏事无不经他之手;明朝太监多结阉党,成为一个依附阉宦的官僚帮派。明熹宗时,宦官魏忠贤专权,他勾结熹宗的乳母客氏,自称九千岁,把揽朝政,陷害东林党人。

人们虽然不喜欢太监,但有些太监在历史上的功绩是不容抹煞的。拜占庭统帅纳尔塞斯在国王的阉人卫队供职,是国王的执剑扈从,曾大败东哥特人。而古今最伟大的航海家之一是一位中国明朝的阉人——七下西洋的三保太监郑和。

太监一旦做到顶级,三品已经不够刺激(李莲英被破格赏赐二品顶戴),有的于是娶妻纳妾,这种现象,通常认为只是一种权力的象征,然而从性基因角度看,阉人尽管失去了生殖器,但他们仍然是男人,女色对他们不会没有一点吸引力的。

大多数太监的下场是悲惨的,他们没有妻室儿女,没有天伦之乐。他们要么默默苟且,要么穷凶极恶地在历史舞台上表演一番,成为不齿于人类的罪人,活着没有人歌颂,死了没有人纪念。慈禧太后宫中的数千名太监最后有不少沦为乞丐。

历史上的阉宦现象反映了用摧残男性为手段在宫廷里实现对女性的性禁锢和性压迫的丑陋事实。太监们通常都把割下的生殖器用防腐剂保存着,让人在他们死后再缝上去,或带到棺材里去,抱着一种精神寄托——来世不再做太监。

玫瑰缘何不沁香

　　玫瑰原产我国,其花色艳丽、花香沁人,被世人推称为"花魁";也就是说,人们是因玫瑰的"色"与"香"而倾心于玫瑰的。中国人把玫瑰看成富贵、吉祥和爱的象征。欧洲人认为爱神和美神维纳斯与玫瑰是同年同月同日降生的,所以玫瑰永远是爱和美的象征。

　　玫瑰的香气是独一无二的,就像葡萄酒有不可混淆的香味一样。当有人送你一束玫瑰花时,你也许会情不自禁地先闻一闻。古罗马人十分钟爱玫瑰,玫瑰的香气充斥着所有的街道,人们至今还管这种香气叫"古老的香雾",玫瑰香曾使当时那不勒斯附近不起眼的小城帕埃斯图姆名声鹊起。

　　玫瑰的香气并不总是一样的,比如有的玫瑰只在清晨有香气,傍晚时分只有少数玫瑰发出香气,还有的玫瑰在雨后特别清香。德国的西贝尔教授提出玫瑰的香气可分成五个星级:一星级——微香、二星级——香、三星级——浓香、四星级——艳香、五星级——超香。令人遗憾的是,现代玫瑰大部分变得不香了,究其原因,是人类的过分追求:追求多品种、追求花期长、追求色彩妖艳。中国明朝有个叫陈确的写过诗句"可惜蚕忙刚四月,人间只许病夫看。"他的叹息表达了人们希望玫瑰还能在其他时间绽放的心声。

　　据统计,今天玫瑰的品种已达到 3 万多种,几千年来,通过杂交和嫁接等手段形成了无数改良品种,其中的许多新品种出自 19

世纪玫瑰栽培的繁荣时期。值得注意的是，经改良的玫瑰中约有90％失去了上一代玫瑰的香气，10％的新品种尽管保留着香气，但它们的香型已大为走样。有一位植物学家说："有的玫瑰气味像香蕉，有的甚至有霉味。"今天，玫瑰香型的香水比玫瑰花香浓得多。看来，那么多的玫瑰品种是以失去香气为代价的结果。

培植新品种的目的（延长花期、多次开花、让花色更丰富娇丽等），从基因角度来看，和玫瑰的香气这一特点是相悖的。

其次，芬芳的玫瑰花瓣对疾病的抵抗力较弱，换言之，香气扑鼻的玫瑰不太适合运输。而玫瑰花又是高级优良的插花艺术花卉，为了使玫瑰花有一个较长的花蕾期，许多东非和南美的玫瑰种植公司甚至有意识地放弃了玫瑰的香气（香气对花蕾的另一不利因素是刺激花蕾，促使花蕾开放）。于是玫瑰便能朝气蓬勃地到达客户手中，总是处于半开半闭的娇羞状态。

按说，大部分野玫瑰总是很香的，但为了培植耐寒的品种，必须让选定的玫瑰与耐寒而不香的野玫瑰杂交，因此也必须放弃香气。

20世纪70年代，出于对玫瑰香气的怀旧情思，戴维·奥斯汀曾让古典玫瑰和现代玫瑰相结合，培育出"英国玫瑰"，成为一种色、香俱优的品种。

衷心希望玫瑰专家能在商业利润和观赏价值之间找到两全其美的突破口。

梅雨时节话白蚁

有着1600多年历史的江南古刹杭州灵隐寺的大雄宝殿正梁因长时间受白蚁蛀蚀，于1949年倒塌，佛祖释迦牟尼像被压毁。南非约翰内斯堡的一个图书馆阅览厅也坍塌于白蚁的肆虐。在斯里兰卡的某个监狱里，白蚁"攻穿"了砖墙，致使三个囚犯有机会出逃。澳大利亚的一个博物馆陈列着一根被白蚁蛀得千疮百孔的铁路枕木，看了让人起鸡皮疙瘩……

白蚁不仅造成民房和办公楼宇的倒塌，而且经常破坏桥梁、堤坝等重要设施和农作物及树木（如甘蔗、柑橘）等。每年的梅雨季节，雨后傍晚，天气闷热时，家白蚁便群出"分飞"。所谓分飞，是因为蚁巢内的白蚁个体越来越多，需要向外扩散分群；雌雄成虫也乘机交配，并在条件合适的地方建立新的窝巢和群体，所以白蚁的"分飞"又叫"婚飞"。

白蚁以木材、半腐叶片和菌类为食，其肠内共生的鞭毛虫能帮助消化纤维素。白蚁所分泌的"蚁酸"能腐蚀铅、塑料等材料。白蚁分生殖型和非生殖型，生殖型包括有翅型、短翅型和无翅型，短翅型又称补充生殖型，蚁后、蚁王死后由短翅型承担生殖任务。无翅型也是补充生殖型，只有在原始种类中才有。飞出巢外后，有翅型白蚁的翅膀会很快掉落。蚁王和蚁后都是生殖型，有翅。工蚁和兵蚁为非生殖型，无翅。有趣的是，在低等白蚁中，当蚁巢中白蚁数量过多时,少数工蚁会变成有翅的生殖型,然后进行分飞、营造新巢。

近几年来,白蚁扰民越来越多,不仅砖木结构的老房子里有,新造的高层建筑也会遭蚁害,原因是在大兴土木的浪潮中,早期所建的房屋由于无知(或为了省事省钱),造房前对地基未作白蚁隐患检查或没有认真检查并采取措施。另一方面,装潢材料的生产过程中缺少灭虫这一工序。再则,绿化是搞好了,树木也多了,但同样也忽视了查灭白蚁这一环。据悉,法国有一规定,在房屋交易前,买卖双方必须检查是否有白蚁。

其实白蚁根本不是"蚁",蚂蚁为膜翅目昆虫,而白蚁是等翅目昆虫。有意思的是,蚂蚁和白蚁非但不是近亲,相反是冤家对头,确切地说,蚂蚁是白蚁的凶恶敌人(蚂蚁要吃白蚁的)。小小白蚁却是人类的大敌,它们在地球上比人类的资格老得多(比人类的历史至少长 100 倍)。白蚁能为自己建设起拥有一百万至几百万"居民"的城市,澳大利亚和非洲的许多蚁巢建在地面,形状千奇百怪,有像坟墓的,有像宝塔的,有像假山的,还有的像一棵树。汉语中统称这样的蚁巢为"蚁冢",它们非常坚固。蚁冢内有各种设施:蚁后宫、孵化室、幼儿园、通风道、(通往其他蚁冢的)联络通道……有的白蚁甚至会在蚁冢内的"农地"上"种蘑菇",蚁冢的地下通常都和水源相连。一个白蚁城有时由好几个蚁冢组成,最高的蚁冢可达 9 米。澳洲、非洲等地的蚁冢被视为奇特的景观,尤其在澳洲,有许多狭长的蚁冢,两头指着南北方向,游人常将它们当作指南针用。

美丽的索契

　　2014 年第 22 届冬季奥运会的举办地索契是俄罗斯联邦位于黑海边上的一颗明珠。该市气候宜人，也许有人不能想象，一个举办冬奥会的地方，2 月份的月平均最高温度达 9.8℃，月平均最低温度也有 3.2℃。是啊，索契真的不是一个很冷的城市，索契是亚热带气候，夏天长而热，秋天温暖，冬天短而不冷。一边靠海，另一边有高加索山脉的保护屏障，给索契带来了丰富的降雨量，使索契成为一个颇受欢迎的旅游胜地。尽管一月和二月是此地最冷的月份，但为了举办冬奥会，索契不得不储存数十万立方米的积雪，保存积雪的技术由一家芬兰公司提供，估计要花费一千多万美元的资金。

　　在索契和全俄罗斯人民的不懈努力下，现代化体育场馆一个接一个地建成，除冬奥会主会场菲施特奥林匹克体育场外，为冬奥会服务的尚有一系列设施：波尔肖冰宫（冰球）、"冰立方"冰壶中心、阿德列尔竞技场（速滑）、劳拉滑雪中心（滑雪和冬季两项）、罗莎自由滑雪中心（自由滑雪和滑板滑雪）、国家跳台滑雪中心（跳台滑雪和北欧两项）玫瑰庄园极限运动中心（高山滑雪）、花样滑冰和短道速滑馆……

　　平心而言，索契是一个很有资格举办世界性体育赛事的城市，因为索契是一个大学城，除索契国立大学外，还有俄罗斯很多名牌大学的分校和研究所；其中著名的俄罗斯国际奥林匹克大学和网球专业学校培养了杰出的网球运动员玛丽亚·莎拉波娃和叶夫根尼·卡费尔尼科夫。索契的体育院校也曾为俄罗斯输送过拳击、游泳、篮球等项目的杰出体育健儿。

别小看了只有三四十万人口的"小城"索契，她可是个藏龙卧虎的地方，著名物理学家米哈伊尔·沙波什尼科夫及著名歌唱家格奥尔基·米纳斯扬等都是索契的骄傲。2018年，世界杯足球赛将在俄罗斯举行，索契的足球场也将成为世界杯足球比赛的场地。

随着冬奥会的举行，索契已经名扬全球，沙滩、亚热带植物、温泉、公园、纪念碑和冰雪艺术同样吸引着来自全世界的游客。体现索契高尚文化的是米夏埃尔大（天使）教堂、冬天大剧院和夏天大剧院；管风琴和室内乐音乐厅则因索契交响乐团的定期演出和其他国内外著名艺术家的登台表演而经常客满。索契的奥斯特洛夫斯基文学纪念馆曾经是这位苏联无产阶级作家的故居，著名的《钢铁是怎样炼成的》就在这里诞生。

索契也是一个会议和活动城，自1991年起，每年夏天举行（俄语地区的）电影节；在俄罗斯政府的倡导和赞助下，从2002年开始定期在索契举办国际投资研讨会。至今索契已和14个国家的相应城市缔结了友好城市，我国的威海市和索契互为友好城市。

索契市的东部山区有一个高加索生物圈保护区，它同时也是1999年被联合国教科文组织列入世界自然遗产的西高加索山区的一部分。至2020年，索契将拥有6公里长的F1赛道。体育、旅游、文化、艺术、科技，得天独厚的资源加上人民的勤劳和友好，索契正在蒸蒸日上。

梅雨心情

初夏时节,江淮流域连绵阴雨,此时正逢梅子成熟,自古以来称为梅雨;这一时节气温较高,通常在 25℃—35℃,相对湿度在80％以上。全世界只有 3 个国家有梅雨:中国(江淮流域)、日本(中南部)和韩国(南部)。

"三日雨不止,蚯蚓上我堂。湿菌生枯篱,润气醭素裳。"宋梅尧臣对梅雨时节衣服发霉、枯篱长霉、蚯蚓入室(地下水太多,连蚯蚓也呆不住了)等潮湿霉变现象描写得细腻而形象。梅雨时节,粮食容易发霉、衣服容易发霉;皮革、木材、家具会生霉;橡胶会老化、塑料会发脆;霉菌还会长到油漆涂层上,使油漆暗淡无光;霉菌会使电线漏电,使玻璃、照相机和摄像机镜片发霉;使虫草、参茸等名贵补药发霉;使茶叶、卷烟、书籍产生霉味;使家电发霉、使收藏家的藏品发霉(如邮票的品相降低)。总之,梅雨给人带来麻烦,人们都不喜欢黄梅天——这也霉那也霉的着实让人心烦。

霉菌若只是影响到人体的表皮,那么皮肤有可能生癣(脚癣、灰指甲等),但如果霉菌进入血液,则会侵害内部器官。某些霉菌的代谢物如麦子上的赤霉菌产生的赤霉菌素能导致人呕吐腹泻。至于霉菌造成的黄曲霉菌毒素,那就是致癌物质了。所以江淮人家都很重视防霉、晒霉,尤其是出梅以后,几乎家家翻箱倒柜,将曾经发过霉的衣服物件等搬到室外,在火辣的太阳下狠狠地晾晒晾晒。

黄梅天通常在每年的 6 至 7 月,此时南方的湿暖空气开始向北移动,可是到了长江流域和江北地区碰到了尚不愿退去的北方冷空气,两股气团势均力敌、互不相让。但因暖空气比冷空气轻,因此沿着冷空气上升,带来的水汽形成一个狭长的雨带,持续较长时间,成为潮湿闷热的梅雨期。

从气象医学的角度来看,天气变化和人之间存在三种关系:第一种关系叫人体的天气反应,这是人体对大气环境刺激的一种生理反应,在正常情况下我们感觉不到这种反应,只有当天气特别热或特别冷的时候,人体为了保持正常的体内温度,便会自动调节热量的产生和释放。最简单的例子是天热通过出汗释放热量、天冷通过身体的哆嗦产生热量。第二种关系叫人体的天气感受,当一个人的反应能力突然提高,觉得对天气及天气变化的感受力增强了——身体到了超负荷的边缘却没有自动调节,此时人就会觉得乏力、头胀、心情烦躁、抑郁沮丧。梅雨天让人十分难受就属于这一反应,因为湿度大,人体的汗水不易蒸发,出汗少了,体内的热量过多,人自然就不舒服。第三种关系叫人体的天气敏感,这种关系主要牵涉到患有某些疾病的人或曾经受过伤、动过手术的人,梅雨天一到,他们会感到头疼、胸闷、伤疤疼、呼吸急促以及幻肢痛(感到已被截去的肢体还在疼痛的一种幻觉)。

梅雨天气使人心情不好,但梅雨心情主要靠人自己去调整,要积极去适应,比如专心去做一件自己很喜欢做的事情,坏心情就会不知不觉缓解。

门前一棵枣……

枣是棗的简体字,上下两个束叠在一起(简写后,用两点表示重复上面的束),说明针状的刺很多,因为枣树枝有直刺或钩状刺。

枣是中国人食用最早的干果之一,我记得小时候到了年边,家里要煮"藕货"(谐音"偶富",也有人解释说用方言念时听起来如"我富")——一大砂锅的甜品,内有莲藕、荸荠、红枣、甘蔗等,供大人小孩在正月里当闲食吃。婚嫁时更少不了枣子,许多地方流行着"撒帐"的婚俗:新夫妻入洞房前,由一名亲属中的"祥人"将红枣和栗子一把一把往新郎新娘的帐子里撒,口中不断唱道:"一把栗子一把枣,小的跟着大的跑。"这是祝愿"早立子"(枣栗子)的意思。

枣,原产中国,在《山海经》、《尔雅》等多种古代典籍中早有记载。在河南新郑裴李岗发掘的新石器遗址及长沙西汉马王堆古墓中都发现过红枣。后来,枣先传到日本,接着传到印度,经波斯、叙利亚传至地中海地区,再转传欧洲各国,最后传到美洲。枣,欧洲人通常不生吃,但把它当作药物,16世纪前,中欧人管它叫"止咳果";他们用枣沏茶,相信喝了能止咳和治感冒。

枣有三个变种:无刺枣、龙须枣(供观赏)和葫芦枣(果实中部有缢痕,像葫芦)。山东省夏津县有一棵15米高的大枣树,树龄约有400岁。该枣树不仅产量高(最高年产量曾达900公斤),而且能长出十几种形状不同的枣子：扁枣、楞枣、秤砣枣、葫芦枣、油瓶枣、奶头枣等等。某些科学家对这种怪异现象的解释是：在几百年的岁月中，枣树因多次遭雷击而发生基因变异。中国有很多名种枣，如山东乐陵金丝小枣、河北沧县及山东庆云无核枣、浙江义乌大枣、新疆和田玉枣……

新鲜红枣经水煮、火熏便成为黑枣（又称乌枣、熏枣），可作糕点原料。若将枣核挖去，塞填桂圆肉和核桃肉蒸之，是冬令滋补佳品。黑枣加羊肉、生姜、黄酒、冰糖蒸食，可御寒。

枣性温味甘，能益气生津、补脾胃、解药毒、养血安神。它营养丰富，含有蛋白质、多种氨基酸、糖、钙、铁、磷、镁……维生素C含量为苹果和梨的好几十倍，所以俗话说："每天三颗枣，郎中不用找。门前一棵枣，红颜直到老。"

枣树的树叶细小，树皮粗糙而疙瘩，树枝多刺尖，相貌不太好看，然其木材坚硬，是雕刻和制家具的上好木料。四五月份，黄绿色的小枣花清香宜人；至于那挂满枝头的枣子，从最初的绿色变成黄色、红色，看了惹人喜爱，真是观赏、食用两相宜。

迷你风情说纽扣

纽扣是服饰中的小不点儿,由纽洞(或纽圈、纽攀)和扣子组成,它主要用来关锁衣服上需要合闭的部分,如上衣的门襟、衬衫的袖口、裤脚口、裤子的腰身及男裤的直裆(现在男女裤的直裆全用拉链闭锁)。纽扣同时也是一种重要的装饰品,如18世纪法国有一条男裤的外侧缝了60枚扣子。

约5千年前,人类已经开始使用类似于纽扣的饰品,史家认为纽扣起源于亚洲中部。早先,中国、蒙古、日本、朝鲜等国家的纽扣都用织物做成,即用服装本身的材料做成纽球和纽攀。现代人所用的纽扣产生于13世纪的欧洲,至16世纪,欧洲男子的紧身上衣已普遍缝制纽扣。

谁又能想象,小小纽扣竟然牵系着60万大军的生命。1812年5月,拿破仑率60万军队远征沙皇俄国,在短短几个月内战果辉煌,占领了莫斯科城。然而俄国采取坚壁清野战术,迫使拿破仑军队撤出莫斯科,撤退途中,60万士兵中的绝大部分在饥寒交迫中被冻死。加拿大化学家莱克托在其新作中提出了极为新颖惊人的论点:拿破仑士兵军衣上锡做的扣子在低温下发生化学变化而成为粉末,没有了扣子,几十万大军被活活冻死——按这位学者的观点,锡扣是拿破仑军队崩溃的罪魁祸首。

大凡用于闭锁和连接的器物都有阴阳二部分,阴阳是社会和自然现象,它们同样出现在科学技术和哲学中,如锁和钥匙、螺丝和螺母等。对纽扣来讲,纽洞为阴,扣子为阳,而纽扣的缝制位置和扣闭方向也有阴阳之别,即女左男右。从穿着者角度说,男装的扣子缝在右边,纽洞开在左边,女装则反之。起先并无这种规定,但到了18世纪下半叶,男式齐膝紧身外衣上的扣子开始缝在右边,至19世纪下半叶成为一种不成文的规定,原因是男子常用右手拔剑,冬天为了让手可不时伸插到上衣里去取暖,"左扣右"比较合适。本来女服亦仿效"左扣右",但自19世纪60年代起,女服流行"右扣左"方式,即扣子缝在左边,这种方式一直延用到今天。"右扣左"的道理很简单,当时领导服装潮流的是上流社会,而上流社会的名媛淑女梳妆穿衣都要由女仆侍候,面对女主人缝在左边的扣子,对女仆来讲意味着用右手拿住扣子,这样不是很方便吗。而男人们出于"右手取暖"的原因,就顾不上男仆是否方便了,因而一直保持着"左扣右"的习惯。

纽扣能起一种标志作用,如警察、司法、税务、军队、铁路、邮政等符号都可制作到扣子上。纽扣不仅把服装连成美妙的整体,而且是时尚的传神之物。17世纪时,法国有一位伯爵将他情人的肖像装饰在扣子上;另一位伯爵的扣子竟全部用微型钟表做成,真是纽扣乾坤小,风情变幻多,难怪藏家如此酷爱纽扣。据报道,我国辽宁省的一位顾先生曾藏有18 700种纽扣,计82 797粒,收藏量超过了世界十大收藏家之一的英国人查普曼。

面对严寒

冬天来临，面对寒冷和食物不足，不少动物（如温带和寒带地区的无脊椎动物、两栖类、爬行类和某些哺乳类动物）以"冬眠"为应对手段。冬眠其实是一种消极的适应方法，主要通过不活动、心跳减慢、降低体温、减少代谢，使机体处于昏睡状态，从而克服上述不利的生活条件，过渡到春暖时节。但也有的小动物却采取积极措施，它们非但不想昏昏度日，而且是拼命加强运动，产生热量，勤劳的蜜蜂便是一个最好的例子。当外界的温度降到零摄氏度以下，蜜蜂群体会在蜂房里团团合抱一起，同时集体抖动身体，通过抖动产生热量。人们称此为"团队偎依"和"运动热身"，抱成一团的蜜蜂因而叫"冬天的抱团"。在这种情况下，处于中间的蜂王被绝对保暖。哪怕外界的气温在零下 10℃ 以下，蜂房内却暖如春天，有时甚至可达到 30℃ 的温度。

蜜蜂是讲究公平的昆虫，蜂房里的温度（或者说抱团的温度）是中间高，外沿低。所以在外沿"做工"的蜜蜂会不断得到中间蜜蜂送来的给养——蜂蜜，而且经过一定时间，外沿和中间的蜜蜂便互换位置。蜜蜂决不会贪恋温暖和舒适，到了二三月份，一旦外界温度升至 15℃ 以上，它们会飞出蜂房，到外面去解决一些问题，比如痛痛快快地上个厕所。最迟到三月份，冬天的生活便告结束。

蜜蜂在冬天通过集体的努力维持生命，这一点对提高蜜蜂的寿命颇有好处。在夏天，蜜蜂的寿命一般比较短；而到了冬天，不采花粉不酿蜜，也没有小蜜蜂出世，蜜蜂的寿命也就大为提高。

蜜蜂能用上述方法解决过冬的问题，是因为它们首先解决了食物问题。在冰天雪地中奔忙的许多鸟儿，有时候是在重新寻取它们在严冬到来前隐藏起来的食物，因此它们的记忆力通常都很好。有一种生活在较冷地区的黑头山雀，它们的大脑和生活在较温暖地区的同类不一样。研究人员发现，它们大脑中的海马体的体积较大，因此神经元也更多。海马体对瞬间记忆（浅层记忆，约10秒钟，记忆痕迹形成的第一期）转为长期记忆（海马记忆或深层记忆）具有重要作用。有人将出生在阿拉斯加的黑头山雀和美国中南部堪萨斯州的黑头山雀养在同样条件的封闭空间中（这些雏鸟出生才10天）。养了5个月后，发现来自阿拉斯加的黑头山雀在觅食方面明显比堪萨斯州的聪明，它们知道去除食盘上的保险薄膜或盖子。

南极是极冷的地方，冬季最低气温在零下88℃，甚至出现过零下94℃的个别记录。大部分企鹅是那里的固定居民，在几千万年的酷冷条件下，它们的羽毛进化成重叠、密集的鳞片状，成为抵御海水和严寒的出色屏障；同时，厚厚的皮下脂肪又是最佳的保温层。尽管具备了这些御寒条件，但当它们感到冷的时候，也会抱团取暖。

"菩提树下"故事多

柏林有一条十分有名的大街,名叫"菩提树下大街",是欧洲最著名的林荫大道之一,又因 2006 年世界杯足球赛决赛在柏林举行,这条大街便更为世人所知。但它其实不是"菩提树下大街",而是"椴树下大街",系最早翻译的时候搞错的。我们不忍责怪早期的翻译家,他们是很不容易的。但今天已经知道错了,有的人却希望它将错就错下去,因为他们觉得"菩提树下"很有诗意,还带有佛教中的神圣和觉醒觉悟的意味。不然的话,舒伯特那首著名的《菩提树》不是也要改成《椴树》了吗。

本文要说的当然不是菩提树,而是椴树,德文叫 Linde(n),英文叫 lind,在中欧国家,尤其是德语国家被看作"家乡树"、"百姓树"。据统计,仅德语国家就有 1 142 个地名是从"椴树"派生的,而许多姓氏也是从"椴树"派生的,连瑞典植物学家林耐的姓也和椴树 Linde 有关。椴树被普遍种植于庭院、修道院、城堡,每个村子里都长着很多椴树,其中最大一棵椴树的底下就是村民们的公共活动中心,现代民俗学家称其为"古代多功能厅",因为椴树能长至 30 米高,树干最大直径可达 1 米,当年德国的克里姆希尔德花园里长着一棵大椴树,其树荫可覆盖 500 人。

椴树被欧洲人看作神圣、祥和、欢乐的象征,劳动之余,老百姓便聚集于椴树下,尽情唱歌、跳舞、喝酒,解除一天的疲劳。人们不仅在地上跳舞，而且利用树杈搭起平台，可在树下跳、树上跳、树里跳（有的树干已空心，里面可供五六对舞伴跳舞）。

村民们集会、讨论或者村长发布公告等事宜也都在椴树下进行；椴树在村子里还有最严肃的一个功能，那就是"椴树下的法庭"，这一史实在古代许多文献中都有记载。因为人们相信，神圣的椴树定能揭露出事物的真相，故"椴树下断案"已有悠久历史。雅典人不一样，他们习惯于在室内审判，但如果碰上谋杀案，则案件也在椴树下审理，因为法官不愿意和杀人犯待在同一个屋顶下。中世纪的日耳曼民族每年在椴树下举行2次大型露天审判会，届时，凡是适合于当兵年龄的男子都需拿着武器到场担任治安，破坏审判安静和进程的人，将受严厉惩罚。判决书末尾照例要写上套语："……此判，某年某月某日于椴树下。"被判死刑的罪犯，审判会结束后即被绞死于椴树下。

人们之所以喜欢围绕着椴树，还有一个重要原因，那就是椴树于民生有很多实惠之处。椴树材质优良，纹理细致，是家具、建筑、造纸、火柴杆等的重要用材树种。17世纪的欧洲，椴花茶是一种时髦的药茶；椴花水用来美容；夏天睡觉时，将新鲜的椴叶覆盖在眼睛和整个脸上，这一古代民间面膜有明目清眼的功能。椴木碳也是西方的民间排毒剂，因它能吸收体内的毒物和过多的胃酸，吃后再服泻药，毒物便排出体外。至今最受欢迎的还是蜜蜂从椴花中采集酿造的椴树蜜，它比其他蜂蜜的营养价值高，美味、清香、晶亮，还有美容、润肤等作用。在我国，椴树蜜和荔枝蜜被称为南北两大名蜜。我国的椴树蜜已获欧盟有机食品组织的认证。

男士巧克力

人说巧克力也是糖,糖不能多吃,其实巧克力的主要成分是可可粉,糖是添加剂,尤其是男士巧克力,糖的成分较少,可可含量特别多。可可拥有许多颇有价值的类黄酮(黄酮类化合物),对血管的修理机制很有帮助,所以有利于预防高血压病、心脏病,最新研究指出,甚至对预防老年痴呆症的形成也有好处。

男士巧克力是西方的一种俗名,或叫商品名,实为苦味巧克力(也称黑巧克力),为什么要称其为男士巧克力呢?因为自19世纪后期以来,巧克力主要是一种为妇女和儿童生产的食品,为了让男士们名正言顺地享用巧克力,有关人士和商家特地将这种带苦味的巧克力冠之以"男士巧克力"。还有一种说法:因为男性得高血压和其他心血管疾病的较多一点(饮酒和吸烟之故)。

19世纪以前,巧克力是一种成人享用的饮料,被看作营养品和补品,有时甚至被当作性药。19世纪70年代,瑞士的乔可拉·苏查德公司生产一种可可粉,可冲成饮料,供军队使用,名曰"军用巧克力"(巧克力和朱古力都是中文译名,其实是公司创始人的名字)。1900年左右,几乎所有的欧洲军队都配有"军用巧克力"。第二次世界大战时,出现了添加咖啡因的苦味巧克力,作为飞行员的营养品,成为空军给养的重要组成部分。

美国一个研究小组从1996年至2000年对2 291名怀孕女子

进行了跟踪研究,发现吃苦味巧克力可降低孕妇得先兆子痫(妊娠约24周时,孕妇在高血压和蛋白尿的基础上感到头痛、眼花、恶心、呕吐)的风险。

有人认为吃黑巧克力(苦味巧克力)可以减肥,而且特别指出要在饭前吃。这种说法有一点道理,因为黑巧克力能抑制食欲,但如果长期这样做会导致营养不良或营养不平衡。

黑巧克力分纯黑巧克力(苦味较重)和半苦巧克力(略带苦味)。黑巧克力的颜色为深褐色,不像牛奶巧克力那么甜,很少加牛奶或只加少量牛奶,脂肪含量也就相应较少,适合于患有乳糖酶缺乏症的人群食用。黑巧克力的可可成分明显高于其他巧克力,按规定半苦巧克力和纯黑巧克力的可可含量必须至少达到50%或60%。通常是可可含量越高,味越苦,甜度越低。

黑巧克力可提高机体和器官的抗氧化能力,又因含有黄烷醇(类黄酮物质的一个亚类),能帮助治疗轻微忧郁症。不过吃东西要讲究辨证,好的东西并不是吃得越多越好,尤其是已经患有心血管疾病、糖尿病、胆结石的人以及便秘者应该谨慎食用。

名字不仅是符号

越剧有一个颇具幽默感的传统剧目叫《九斤姑娘》，九斤姑娘是箍桶匠张天保的女儿，聪明能干，因出生时体重达九斤，九斤便成了她的名字。绍兴一带历来有这样的风俗：用婴儿出生时的体重作为名字。鲁迅小说中有许多人物就是"按体重"起的。《风波》中的九斤老太也是个"九斤姑娘"，她的孙子叫七斤，曾孙女叫六斤。她发现祖孙四代出生时的体重越来越小，"一代不如一代"的感叹于是油然而生。至于小说《离婚》中的八三，则又是另一种"起名规则"了，是因为出生时他的祖父八十三岁。据越俗，儿女小名亦以父母之年或祖父母之年呼之。

鲁迅在作品中起的名字都是现实的反映，《祝福》中祥林嫂的儿子叫"阿毛"，鲁四老爷的儿子叫阿牛，看来似乎很俗气，富人和穷人也没个区别，其实这是一种讲究。据传说，许多妖魔鬼怪专害出类拔萃者，但不杀下贱之人，所以民间以为用猫狗等牲畜作名字则孩子好养，不会夭折。其实"阿毛"原本是"阿猫"的意思，加"阿"是爱称。用"阿"修饰表爱称是我国许多地方的习惯。

可见，名字不仅仅像有些人所说的那么简单，只是一个符号而已。当然，名字的主要功能是在一般情况下"认证身份"和"区别于他人"，但就功能而言，名字不是绝对手段；相反，名字以及起名，从一个侧面反映了人类的社会、经济、教育、科技等状况，何况名字本身就是一种文化现象。

　　中国人的名字实际上是"名"和"字"的合称,《礼记·檀弓》曰:"幼名,冠字。"古代人出生后先起名,至二十岁成人,即行冠礼加字。名字通常也指人的姓名,或者仅指名。起名和起字的规律是,要么两者的意义相近,要么相反。

　　中国的人口数量为世界之最,而姓是比较稳定的(或者说相对较少——500多一点),名字通常也只用两个字甚至一个字(单名),同名同姓的现象因此十分普遍,好在报户口时派出所对新生儿的名字基本上不会有异议,比如可用三个字作名字,选什么字一般也无人干涉。但在欧洲有些国家,民政局有权干涉为孩子所起的名字,如果办事官员认为家长所起的名字体现不出孩子的性别、名字透露出一种极端意识、名字容易闹笑话……这时家长必须重新给孩子起名。在许多欧美国家,可以为孩子同时起二三个乃至更多的名字,包括可以加上父亲的名字。若父母决定名字之间用短划相连,那以后孩子在正式文件上签字也必须写上所有名字并用短划隔开,否则签字无效。

　　早先在一些流行天主教的地区,人们只庆祝命名日,不纪念生日,因为那时候往往给孩子起一个圣名(圣徒的名字),家长们希望圣徒的保护力和虔诚心能在孩子身上起作用,故轻生日而重命名日。

　　有人作过调查统计,发现在欧洲最受欢迎的男孩名是卢卡斯和卢卡;最受欢迎的女孩名是玛丽亚和玛丽。调查者还发现,起名也受时尚及潮流的影响。

南京的德国活菩萨

　　约翰·拉贝何人？他是中国人民的朋友，在中国生活了 30 年左右，是个大善人、日本帝国主义制造的南京大屠杀见证人，他用日记详细记载了日本军队在南京犯下的滔天罪行，以菩萨般的心肠保护了无数的中国人。然而，他确实是一个不可思议的人。

　　1882 年 11 月 23 日，约翰·拉贝出生在汉堡一个船长的家庭。父亲早年去世，家境不好，这位聪明的男孩只好辍学，在一家公司的办事处当学徒。拉贝从小向往异国，20 岁时乘船到了非洲南端的莫桑比克，在一家英国贸易公司谋职，从而学会了纯正的英语。

　　拉贝于 1906 年为治疟疾而回汉堡。但两年后他又带了女友多拉坐船去国外，这次的目的地是中国北京。1909 年，拉贝和女友在上海举行婚礼。从 1911 年开始，拉贝在西门子北京分公司供职。1919 年迫于英国政府的压力而回国，但拉贝在自己国家反而感到陌生，1920 年又回到北京，1931 年正式任西门子南京分公司总经理。

　　侵华日军占领南京前，拉贝和其他自愿留在南京的 20 几个外国人成立了南京难民区国际委员会，并被选为主席。在不到 4 平方公里的难民区里，曾有 25 万南京人避过难。

　　拉贝有一个秘密爱好：喜欢写日记，而且要为自己写就的东西配上照片和插图。在 1937 年 12 月 17 日的日记中，拉贝写道："人们在南京看到和听到的,只有日本军队的血腥兽行;时可以发现女尸的阴道里被塞进了竹竿;连70岁以上的老太太也难免被强奸。"

在日军逢人便杀、见房就烧、奸淫掳掠、无恶不作的大屠杀日子里,拉贝在自家花园里建造了一个防空洞,供他的员工及其家属躲避日军飞机的轰炸。哪怕在最艰难的时刻,拉贝总是保留着一点幽默,他在防空洞入口挂了一块牌子,上写"办公时间:9点至11点",这正是日军扔炸弹的时候。南京人称拉贝是"活菩萨",难民们送他一面红色锦旗,称颂他"济难扶危、佛心侠骨"的精神。

1938年3月中旬,拉贝被迫取道上海回国,日军允许他带一名佣人,其实此人曾是中国的战斗轰炸机飞行员,自南京大屠杀后,拉贝一直将他保护在自己家里。

意想不到的是,1938年4月,拉贝带着妻子抵达柏林时,竟然受到德国新闻界的冷遇。他给希特勒写了一封挂号信,报告了他在南京大屠杀中所看到的日军罪行,希望希特勒能干预此事。拉贝非但没有收到答复,反而被盖世太保逮捕,连续审讯了几个小时才被释放。当局没收了他的日记,同时禁止他谈论南京大屠杀。

此后,拉贝在自己的祖国日子越来越不好过,一家人在二战期间及战后时期饥寒交迫。当南京人民得悉这位拯救过中国人民的活菩萨如此落难时,纷纷捐钱寄往柏林。1950年1月5日,拉贝患脑溢血去世。

1996年,在美国历史学家艾里斯·张的一再请求下,拉贝的外孙女乌尔苏拉·赖因哈德才公开了拉贝的日记。1997年1月,中国人民将拉贝的墓碑运至南京大屠杀纪念地。德国前总统约翰内斯·劳访问中国时曾拜谒过拉贝的墓。

脑筋用在正道上

有些人喜欢提"为什么不……呢"之类的问题，当他们执着地想改变一下不完善的现状时，往往在不经意中，为世界作出了了不起的贡献，在历史上留下了光辉篇章。

在美国 BBN 电脑公司供职的计算机软件工程师雷·汤姆林森于 1971 年某个秋日突然想到："为什么不利用我们为五角大楼开发的阿帕网，使每一台计算机之间都能互相发送信息呢？"他明白，需要有一个隔离符号将发件人和域名隔开，为此，他想在计算机的键盘上找出一个很少用到的符号。只用了几分钟的时间他就作出了决定：用@这个符号。@最早是重量单位和容积单位，汤姆林森用英语中的 at 来发音@，表示了该台计算机的用户名以及所用的服务器，颇具逻辑意义，

@这个符号于 1880 年首先出现在美国的打字机键盘上，一个世纪前，英国的纺织品商人将@作为 at 的缩写方式，表示"以……的单价出售"。如今世界各地的人为这个小小的符号起了不少有趣的名字：小蜗牛、猴子尾巴、小狗等等。

汤姆林森用自己的电子邮箱地址 tomlinson@bbntenexa（也是世界上第一个邮箱地址）给办公室的邻座同事成功地发送了历史上第一个电子邮件。今天，从@又引申出一些别的概念，如@时代表示网络时代、@族表示 14 至 29 岁这一年龄段的人、@表情是

一种很酷的表情,表示很开心。一个不起眼的符号为个人通信带来了电子化革命,没有@就不能发送电子邮件,然而当我们每天收发邮件时,很少有人会想起雷·汤姆林森这个名字。

美国有个来自北卡罗莱纳州的加油站职工,名叫马尔科姆·麦克莱恩,他于1934年花了120美元购置了一辆二手货车。过了20年,他已是美国第一家上市的运输公司老板,作为一个拥有1800辆牵引车的企业主,他经常为一件事情生气:在装卸单件货物时,花费的时间太多。如果货物能用统一的容器装整齐了,再用吊车将容器从货车上转载到火车或轮船上,不仅装卸快,而且不需要包装工和堆栈工,货物占据的空间也少。

经深思熟虑,麦克莱恩终于将他的船队中的老油船改造成钢质集装箱运输船,按照他设计的尺寸制造的集装箱宽和高均为8英尺(2.44米),长度为20英尺(6.1米)。集装箱的诞生为国际物流作出了革命性贡献。不久又出现了一种40英尺长的集装箱。1968年,两种集装箱的高度均定为8.5英尺,并作为ISO-标准固定下来。近几年来,集装箱运输已在全球货运中占统治地位。

我们日常生活中的许多文明和进步其实是由无数的小发明组成的,这些发明不要求很高的学问和技术,最重要的是有一颗造福人类的心,这样才会把脑筋用在正道上。相比之下,那些利用高科技造假、欺诈、毒害百姓的人,他们不走正道,整天想着如何轻轻松松发大财,这些人必须受到重处。全世界人民应该联起手来惩罚这些人渣。

你能听懂牛吗？

　　牛来到这个世界，是因为在人间传错了玉帝的旨意，所以被贬到人间为人类"做牛做马"，使人类能过保持温饱的小康生活。牛只知道埋头苦干，任劳任怨，通常决不大叫大嚷，所以牛给人的印象是只会发出"哞……"的声音。

　　现代的生物声学家们并不满足于牛辛勤为人服务的现状，而是希望实现牛和人之间的沟通（让人通过牛的不同发声而知道牛的心情、感受、需求及即时状态），他们一直在致力于研究牛发声的意义。由于声学、电子学（包括计算机硬件和软件）及现代通信技术的迅速发展，与动物进行声通信的研究因此得到大力推动。有一组科研人员经过艰苦细致的研究编制出一部《牛语字典》，所谓的《牛语字典》，其实是一种幽默和夸张的说法，确切地说，至今为止，人们已经解读了牛的各种发声的意义，牛的发声种类不是很多，被通晓的发声及其意义有 10 种：大声吼叫表示"饿"和"渴"（牛的饥饿和口渴都用一种声音表达）。如果牛发出一种少有的高音，高得几乎有点尖锐刺耳，这种信号在告诉人类，它们在发情。要是奶牛发出短促、上升的"哞"声，那是因为涨奶，牛乳太多，请赶快挤奶。母牛发出深沉的"哞"声，说明她的蹄子需要护理。母牛的发声信号尤其值得注意，因为只有当牛有了交配的意愿时，受精才会成功。一头缺少蹄护理而跛行的母牛不仅产奶少，而且繁殖能力大为减小……令人惊奇的是,人们至今没有发现牛在平时会发出表示疼痛的声音。有人认为,这是大自然设定的一种进化程序,因为牛是人类的畜力。

识别牛的声音,不一定要完全懂得,可以购置一个专门的软件,该软件可将牛的声音归类和标准化(人有方言,牛发的声音也不是千篇一律的标准音)。软件中凝结着专家们的心血,为了进行研究,科学家们在不同的牛厩里采集了近 700 个声音样本,通过反复分析、推敲、研究、分类、定义,最后储存在一个声音数据库。在此基础上制作声音数学模型,最后将所有信息收入到软件中。应用时,软件可校正各地的不同种类的牛发出的声音,然后确定相应的意义。

生物声学是研究能发声和有听觉的动物之发声机制、声信号特征、声接收、声加工识别、动物声通信、动物声呐系统、动物声行为等的一门分支学科。1963 年,法国科学家比斯内尔编过一本名为《动物的声学行为》的书,颇有参考价值。柏林有一个动物声音档案馆,藏有经数字化处理的几万种动物的声音,为未来的研究工作提供信息和资料——科研为经济和生活服务。

凝香素雅千万结

几年前,歌手唐磊创作和演唱的网络歌曲《丁香花》被火爆传唱,感动了中国的一代年轻人,并流传着一个纯真无邪、凄哀绝美的传奇式故事。"你说你最爱丁香花/因为你的名字就是它……多少美丽编织的梦啊/就这样匆匆你走啦……尘世间多少繁芜/从此不必再牵挂……"本来,青春、浪漫、初恋、谦逊都是丁香花的花语,于是《丁香花》成了很多人的手机铃声,人们从此便更爱丁香花了。

丁香花是优秀的庭园花木,木犀科,丁香属。落叶灌木或小乔木。4至5月开花(欧洲5至6月)花色多为淡紫色或白色,所以淡紫色亦称紫丁香色。丁香花在我国被列为第四香花(前三名为桂花、兰花、玫瑰花)。传说古时日月山下有一位老人,临死前嘱咐三个儿子要团结和睦,只要家中的轮柏树不死就不许分家。不料老人去世不满3年,轮柏树便枯萎。兄弟仨在树前哭了三天三夜,忽然一声响雷将一枚钉子从树干里霹出,落到二媳妇怀里。二媳妇羞愧地承认钉子是她钉进树干的,因为她想分家,故欲致轮柏树于死地。二媳妇认了错,人们于是将轮柏改称丁香花,"丁"系"钉"的古字。

丁香开花,"一树百枝千万结",纵放繁枝,花色淡雅,凝香四溢。丁香花不仅能装饰园景,而且也能作盆栽。因对二氧化硫和氟化氢等有害气体的抗性较强,是工厂和矿区绿化和美化的理想植物。

丁香花原产中国北部,所以又称"华北丁香",宋代已广为栽培。公元 10 世纪由摩尔人传入西班牙,以后传入中欧和英国;由于香气诱人,中世纪的农家院子里常种丁香。欧洲的许多丁香品种用国名表示,如中国丁香(或北京丁香)、匈牙利丁香、美国丁香等。

欧洲人后来渐渐发现丁香有很多治病作用,他们认为用丁香花沏茶饮之可帮助消化;用丁香叶沏茶饮之可退烧;用果实沏茶喝可消除消化系统不适和打嗝;此外据称丁香尚有滋补作用,尚可治腹泻、口腔粘膜炎、肠胃气胀、痛风和风湿病等。也许是丁香花的香气特别宜人,以前的欧洲人对丁香的健身药用功效颇为依赖,除内服外,还拿来外用,如用叶、花、树皮当作沐浴添加物洗澡,据说有利于治疗风湿痛和痛风。

我国的花卉文化有着深厚的底蕴,除了民间文学与花卉的不解之缘,文人墨客吟诗作对,花卉是不可或缺的素材。关于丁香花,传说杭州府有个饱读诗书、知识渊博的读书人赴京赶考,途经一家客店投宿,客店主人的女儿不仅知书达理,而且精通琴棋书画;书生与她一见钟情,闲谈中小女子提到她曾出过一个上联:"氷(冰的异体字)冷酒,一点水二点水三点水。"一直无人对出下联,想必书生定有下联。书生一时找不到灵感,无以为对,羞愧成疾,竟客死他乡。小女子后悔莫及,悲痛万分,将书生埋葬,并在坟旁搭一茅屋为书生守坟。到了第 49 天,坟上长出一株美丽清秀的丁香花。小女子顿悟,这是书生的下联:"丁香花,百字头千字头万字头。"丁香的故事一直在延续,直至 21 世纪的《丁香花》。

牛肉与牛气

　　有一个奥地利人在吃牛排的时候给我讲过一个故事：传说有一个罗马牧师负责教堂祭祀，一天，他照例拿了刚烤好的牛肉往祭坛上放，可是牛肉太烫，手拿不住，掉在了地上，他赶紧把手送进嘴里"冷却"。这位牧师虽然在教堂干了多年执事，却从未尝过自己烤出来的牛肉，这会儿手指上的牛肉卤汁让他觉得美不胜言。他重新烤一块牛肉，准备弥补，不料烤好后他改变了主意——把牛肉留给自己吃。此后，牧师不再尽心尽职地祭神，而是常拿烤好的牛肉自己享用。日子一久，他的渎职行为被人发现。按当时的法律，牧师将被判罪。然而在法庭上牧师要求给他一个机会，让他给大家做烤牛肉吃，所有在场者食后交口称誉。牧师不但没有受处罚，反而因此被提升为主教。牧师做的烤牛肉就是今天名扬全球的烤牛排的由来。

　　牛肉不仅味美，而且富含营养，蛋白质含量为猪肉的 2 倍左右，脂肪含量较少，而且脂肪中 50％ 是不饱和脂肪酸。牛肉含肌氨酸（有利增长肌肉、增强力量）、肉毒碱（支持脂肪代谢）及维生素 B_6、B_{12} 等。《本草纲目》中提到黄牛肉具有"安中益气，养脾胃。补益腰脚，止消渴及唾涎"的功用。

　　一般认为小牛肉（不大于 6 个月、体重在 200 公斤以下的牛身上的肉）的味道和营养最佳，而里脊肉和后腿肉——肉牛身上的精华,在中世纪的欧洲被作为贡肉,专门提供给行政长官和高级神职人员享用。

由于饮食传统和习惯的原因,中国人食牛肉较西方人为少,但中国人对牛肉的烹制却非常讲究,因而形成了许多以牛肉为原料的名菜。应主人邀请,曾在重庆吃过一回全牛席,吃得我简直不知道什么是什么。

然而近几年来国外有人提出,为了保护环境和地球,应当尽量少吃牛肉少养牛。联合国粮农组织曾公布一份题为《家畜的长期影响》的报告,指出家畜是导致全球环境恶化的因素之一。人们发现,甲烷对地球变暖的作用是二氧化碳的 23 倍,大气中 15% 的甲烷是家畜,尤其是反刍动物排放的,而牛是反刍动物中排放甲烷的"超级大户"。牛的胃由瘤胃、网胃、瓣胃和皱胃 4 室组成,瘤胃中约生活着 7 公斤的微生物,在消化和分解青草和干草中的纤维素时,产生大量甲烷,随着牛嗳气(每隔 40 秒钟一次)排入大气,成为"温室气体"。绝大部分科学家确认了"少养牛少吃牛肉"的不可行性,认为应该从别的渠道采取措施,让牛少嗳气;比如正在研制的单宁酸药丸,据说可降低 20% 的牛胃中产生的甲烷。将皂甙作为添加剂和入饲料,可溶解微生物中单细胞生物的细胞壁,而单细胞生物并不是牛在消化时"不可或缺"的。此外可多用些精饲料,代替青饲料,因为青饲料含纤维素太多,用这种办法最多可降低 30% 的甲烷。

既能吃牛肉,又保护环境,这才是两全其美的办法。

女人爱抱怨？

一位朋友说他妻子三天两头在他面前抱怨，说来说去，无非是在数落他的不是，而数落得最多的，也就是他在家里什么事情没做好、什么事情压根儿就不关心。他说他简直受不了啦，下班后都害怕回家。他最后授予妻子一个头衔：抱怨大王。

我琢磨着这位朋友的话，他的话似乎很耳熟，能在我们的周围经常听到。一位同事在闲聊中说，他不是不愿意去买菜，而是怕菜买回来后听妻子"咕"（音 gú，上海方言唠叨之意）。"咕"什么呢？"看看，这条鱼的肚子这么厚，里面尽是鱼仔呀，你信不信？，韭菜怎么这么老，要买阔板韭菜的呀，你不知道？哟，这番茄都已经烂了，你没看见？"其实男人买菜不图表扬，老婆不"咕"足矣。

先不说"女人爱抱怨"是否有道理，但这句话确实由来已久。19 世纪前的欧美，如果一个女人（妻子）经常抱怨，甚至无理取闹，男人可以到司法机构去反映。

科学界也没有间断过对"女人抱怨"问题的研究，其中一个实验的结果似乎能解释这个问题：对 50 名男子和 50 名女子的大脑进行扫描，显示结果表明，女性大脑中分布的某些深色区域远远大于男性，而这些深色区域正是语言功能活跃区。科学家们认为，女人爱抱怨的原因就在于这些深色区域的作用。还有一种说法，女人的抱怨乃母系社会"女人当家"意识的残留或复萌，她们的抱怨归根结底是为了保护自己和树立自己。还有人说,女人抱怨是女人比男人长寿的原因之一,她们把话抖搂了出来,便觉得心里爽快。

女人的抱怨基本上有以下几种类型:单项抱怨(就事论事的抱怨)、复合抱怨(把所有不满情绪一股脑儿端出来)、比较抱怨(说别的男人比自己丈夫能耐)、提醒抱怨(事先警告丈夫不要去做使她恼火的事)及诉苦抱怨(总说外出没有像样的衣服之类)。女人一生中的抱怨是在变化的,一对夫妇结婚后,丈夫收入不丰,日子久了妻子可能抱怨丈夫没有本事赚钱;日后丈夫发迹成了大款,妻子可能要转向提醒抱怨了:老在外面野着,还要不要这个家了。

仔细想想,抱怨其实不分男女,人人皆有,男人也有抱怨的(上面那位朋友的话本身就是一份抱怨),只是由于大脑中的小小区别,男人不把抱怨挂在嘴上,而女人喜欢把抱怨吐出来。不妨试试,用后天补足来调整一下先天的差异,男人能不能做到,不给女人提供抱怨的把柄。老婆说过的事,能做不能做,或者暂时不能做,得先有个交代;女人抱怨过的事情,有必要长点记性;面对女人的抱怨,理解是最重要的,切莫以抱怨还抱怨。如能这样,兴许就没有那么多抱怨了。

听女人抱怨固然有点烦,但换个角度来说,让她们把话倾吐出来,让她们觉得心里爽快,对她们也有好处。有抱怨,不妨听之。

朋友，不要骂人

　　骂人作为一种不文明的语言现象，当然值得批评。那么既然如此，为什么几乎所有的人都会骂人呢？因为骂人和心理及生理有关系。当一件事情或一个人激怒了我们，我们就会激动起来；前者是主动的，后者是被动的，也就是说，骂人是有原因的，是人的一种激烈情感（怒气和怨气）的表现。然而这一激烈情感必须释放出来，人的心态才会平衡。于是"见鬼"、"该死"、"混账"之类的话便成为最起码的释放手段。我们的大脑中有一个和激动等情感有关的脑区，它会很快绕过脑中的"检查官"而将激动的情绪以骂人话的形式释放出去。而这一"检查官"就是大脑额前皮层，它通常是用来监控和抑制人身上"残留兽性"的，所以它是一个"文明检查官"。但如果情绪很激烈，则它很容易被绕开，骂语便冲开闸门而肆意泛滥。有的研究者认为，某些过分严重的激动情绪如果被强制压在心里，对心理和生理健康是不利的。再说，骂人也是避免武力冲突的手段。另一些人则持相反意见，因为骂人太凶正是引起武力冲突的原因。

　　最近，英国一些科学家就骂人及其结果作了研究，他们让一组受试人把手伸进冰冷的流水，直至受不了酷冷时再将手拿出来。在试验过程中允许受试人随心所欲地骂人一次。等受试者的身体恢复常态后（或隔一天后），再作同样的试验，也允许骂人一次，不过这次只能用中性词汇。科学家们将两次试验作了比较,发现第一次试验的持续时间明显比第二次长。根据诸如此类的试验,有人提出一种观点:骂人在客观上能起到更好地忍受心理和生理痛苦的作用。

一般来说,在一个国家里,什么是禁忌,什么就会成为骂人语。在某些国家,家长很有权威,因此爸和妈成了骂的对象。如"放你妈(爸)的屁"。中国人骂得最多的是"他妈的"。"无论是谁,只要在中国过活,便总得常常听到'他妈的'或其相类的口头禅。……这就可以算是中国的'国骂'了。"(鲁迅《论"他妈的!"》)德国人喜欢干净,讨厌屎尿,他们因此也有一句国骂叫"大便"(Scheisse,因为"大便"不符合中国人的骂人习惯,故常译作"胡扯"、"见鬼"、"该死"或"他妈的")。"大便"已成为德国人挂在嘴边的口头禅,他们甚至经常用"大便"来骂自己、埋怨自己。

中国社会长期受到封建礼教的束缚,性和性器官之类的词被道貌岸然地作为禁忌,因此民间就偏偏要用这些东西来骂人。问题是为什么在骂人时专把别人的"妈"拎出来,而不去冒犯"他爸"呢? 这很有可能是母系社会的残余影响所致。那时候的女人,尤其是母亲,她们是颇有威望的,冲撞母亲显然属禁忌。于是,要骂就要骂母亲(当然是别人的母亲)。

值得注意,骂人不是释放过激情绪的唯一手段,只因为骂人能实现第一时间反应,所以几千年的骂人陋习无法禁绝。我们应努力提倡不骂人,至少有一点必须注意,一定要避免用恶毒的、刻薄的、十分下流的谩骂去攻击别人。

捧　腹

　　一个人在大笑时通常会捧住肚子,不可自制的疯笑因此被称为捧腹大笑,捧腹大笑也可省略为"捧腹",如"令人捧腹"。能令人捧腹的一定是非常好笑的事物,所以让人越看越好笑、越听越好笑、越想越好笑,直笑到肚子疼,不得不用双手捂住肚子。

　　笑本来是有利健康的,但到了捧腹的程度就不一定了,说不定还会适得其反。因为捧腹(大笑)时,人体内会出现功能混乱,人会出汗、掉眼泪、蹬脚、怪声嘶叫、身体抖动、前俯后仰……这些都是因官能异常而出现的,会让人很疲劳;严重时,第二天起床后觉得腹肌疼。参与这一狂笑的关键部分是横隔膜(肌),横隔膜分割胸腔和腹腔,参与和支持呼吸运动。人在狂笑时,横隔膜发生混乱的摆动,使人觉得要"笑破肚子"了,于是捂住肚子——撑托横隔膜,使其不致于疯狂振摆。在这里,导致捧腹的直接原因是大笑,但大笑的因素除了上述极为可笑的事物外,还有一种人与人之间经常发生的行为"呵痒"。

　　有一种研究结论认为黑猩猩妈妈会在孩子长到一定时候给以"呵痒",作为笑的起因去刺激孩子,通过这一充满爱的方式实现"断奶",使孩子慢慢淡薄"吮奶"。人类中呵痒的原始动机和黑猩猩是一样的,只是人类后来用奶瓶和奶嘴接替母乳喂养,呵痒已经失去了原始意义。

呵痒是人们企图通过对对方身体某些部位（特别是脚底、胳肢窝、腰部等）的轻微接触、使对方情不自禁地大笑的行为。被呵痒者开始觉得有趣，但有人给正在被呵痒的人拍了照，发现他们的脸部有痛苦的表情（建议尤其不要对过小的婴儿呵痒）。由此可见，呵痒如果过度了，同样是不利于健康、有时甚至是危险的。难怪中世纪的欧洲人曾把呵痒作为一种施刑方式：将受刑者的光脚绑住，让每一个过路人轻触其脚底板。更有甚者，把犯人的脚和全身捆住，在脚底抹上盐，然后让山羊来舔其脚底。后果不堪设想，很多人就这样死了。

　　所以说，通过过度呵痒的方式使人狂笑更具危害性，因为无论是善意的呵痒，还是作为刑法的呵痒，被呵痒者是无法捧腹的。由此引出了一个问题：为什么在人类的进化过程中没有将"呵痒反应"淘汰？研究指出，对呵痒作出的反应是人体自我保护的一种反应，人体最容易受伤的地方也是最敏感、最怕痒的地方，比如腹部和腰部，在这些部位的体内有着人体重要的器官。只要敏感部位受到来自外界的轻微刺激，小脑便会发出命令，使人抽搐。

　　呵痒研究者认为，小脑只对外来呵痒作出反应，也就是说，人无法自己呵痒。但患有精神分裂症的人，当他不能区分自己和别人的时候，自我呵痒能奏效。总之，捧腹是人在大笑时的自我保护措施。

女人的辨向力

　　有人做过一个实验,让 12 位男大学生和 12 位女大学生从电脑模拟的迷宫中央走出来,男生平均用了 2.5 分钟,女生比男生多用 1 分钟。从仪器的显示器上可以看到,在寻找出口的过程中,男生和女生的工作脑区不一样,男生的脑中是加工几何信息的脑区在活跃,女生的脑中则是记住外表特征所需的脑区在工作。男生之所以少用 1 分钟,是因为他们的空间感和辨向力在积极起作用。

　　通常认为,女人的空间感和辨向力低于男人,这句话并非对女人在这方面能力的贬低,得出这样结论的研究者中恰恰有很多是女性;但仅仅这么笼统地说也不太全面。去找一个陌生的地方,或者再次去找曾经去过的地方,男人往往利用空间关系的描述、几何描述或记住空间关系而找到目的地,他们也能较容易地凭借地图找到地方。女人的空间感和方向感及其记忆略差于男人,所以她们常常用另外一种找路和记路的方法,比如记住目的地以及去目的地的路上有显著特征的建筑物:一座桥、一个加油站、一家超市、一个电影院等等。这样也能找到地方,但稍微要慢一些。男人当然也会利用外表特征,这就更有利于他们找路和记路了。

　　从进化论的观点来分析,男人的辨向能力是人类在长期的狩猎生活中进化而来的,他们经常要到离家很远的地方去打猎,有时要好几天。但他们必须回家,或者下次从家里再到同样的地方去,于是他们养成了出远门辨方向的能力。女人也要出去采集果子、蔬菜、蜂蜜等，但她们不会到离家很远的地方去，一般就在附近，凭一些具体的特征就能找回家。所以一些科学家认为，男人的辨向力高于女人不是天生的，而是后天学成的。另有一些人则认为，男女之间辨向力的差别是天生的，它和雄性激素睾丸素有关。以前曾经有研究结论指出，血液中睾丸素浓度较大的女人也能很好地根据几何描述找到目的地，他们的空间感和辨向力能和男人的媲美。

有一种较能为人接受的解释：方向和空间是由右脑控制的，但女人右脑的这一相关脑区在一定程度上被语言运用占用了。语言是由左脑控制的，由于女人在使用语言时同时要用到感情，而感情的控制是右脑的任务，也就是说，因为女人运用语言时同时用到左脑和右脑，右脑的感情功能负担过大，就适当占用了司方向和空间的脑区，所以女人着重依靠外表特征来辨别方向，有时难免会"找不到方向"。

辨别方向和记住空间关系时，女人有一个值得注意的优势：在封闭的空间里，她们的辨向力明显高于男人。比如在超市里，女顾客的辨向力比男顾客强27％，重新找到商品部门的出错率小于男顾客，超市所以有"女人天地"之称。

西方有句谚语：条条道路通罗马。在找路和记路时，女人和男人的区别在于，使用的方法不一样，需要的时间不一样，但最后都能到罗马。

啤酒格调

　　现在的人下馆子、品咖啡都追求环境和品位。饮啤酒同样是要讲究品位和格调的,这一点被很多人忽视了。在一些中等以下餐馆里,时常会碰到一些格格不入的尴尬:餐桌上通常事先放置了一种杯子,点完菜,服务员接着便问:"请问您喝点什么?""来一瓶青岛啤酒,要冰镇的。""不好意思,没有冰的,这么冷的天,您还喝冰啤酒啊? 要不给您加点冰块?""不,不,绝对不要加冰,加冰等于啤酒掺水。"无奈之下,只好提另一个要求:"那请您换成啤酒杯。""不好意思,没有啤酒杯,这杯子不是挺好的吗?"服务员还特意拿起葡萄酒杯转了一下说。看来不能再提要求了,不是人家的服务质量不好,而是啤酒文化没有在这里被领会。

　　无论春夏与秋冬,只要没有胃肠病之类的,啤酒确实只有冰镇了喝起来才爽。饮啤酒其实还有三个判断格调的指标:啤酒泡沫、啤酒杯和啤酒杯垫。在欧洲,特别是在一些啤酒大国如德国、比利时、捷克等,每一种啤酒都有自己的啤酒杯和啤酒杯垫,必须配套使用;而一杯啤酒出现约三分之一的泡沫,这纯粹靠的是斟啤酒的手艺和技术,通常要分几次斟才能在杯口以上形成一个馒头形泡沫柱。

　　欧洲的啤酒种类繁多,有黄啤、金黄啤、黑啤、红啤、白啤(小麦啤酒)等,通过每个国家的千百家啤酒酿造厂或家庭工场的不同酿制工艺,产生了风味各异的啤酒品种,因而也就有了上千上万种的啤酒杯和啤酒杯垫。给客人端上啤酒时,必须配上啤酒杯垫。啤酒杯垫的原始用途是接住和吸收顺着杯外壁流下的冷凝水,以免弄脏桌子,所以最早的啤酒杯垫是用毛毡做的。由于酒客往往喜欢坐在酒馆的路边或者院子的空地上喝啤酒,为防止小虫和树叶掉入酒杯,几乎所有的人都会把毡垫盖在啤酒杯上,一度曾将啤酒杯垫改称为啤酒杯盖。后来对啤酒杯垫的材料进行了改革,采用既吸水又能快干的纸板,同时对杯垫的形状和尺寸实行了规范化。2003 年,德国联邦议会基民盟-基社盟党团主席、财政专家弗里德里希·默茨提出了一种个人所得税改革方案,他把税率分成三级,每个人只要在啤酒杯垫上很快就能算出应缴税额,这一方案被称为"啤酒杯垫税法"。

啤酒杯的种数实际上比啤酒品种数还多,因为啤酒厂商会给一种牌子的啤酒配上几种不同形状和容量的杯子,啤酒杯和啤酒杯垫因而都是欧洲人的收藏品。以前有钱人多用有锡盖或银盖的带把陶杯和瓷杯,一些著名的啤酒馆专门为常客打造了啤酒杯柜,用完后客人可将自己的杯子放进柜子里锁起来。最大的啤酒杯可装 5 升啤酒,是一种靴子形的玻璃杯,起源于中世纪,今天主要用于啤酒游戏(集体依次饮啤),有各种游戏规则,规定最后第二个喝完靴中啤酒者支付下一轮(下一靴)的啤酒钱;饮酒过程中不许让靴形杯离手,不当心将杯放到桌上者受同样处罚……

屁滚尿流及其他

　　哭叫(常常因为是疼痛或害怕)是人类最古老的基因传承,它不同于其他本能,比如说话,孩子一般都要在 1 岁以后才能开口(通常女孩子比男孩子开口早),而喊叫却是呱呱坠地,与生俱来的。每个人都是喊叫着来到这个世界的,"喔哇"一声宣告"我来了"。历来的说法是,只有听到哭声,才知道新生儿是正常、健康地降生的,否则就有问题;于是,如果分娩后婴儿不哭,助产士或接生婆必须在婴儿屁股上打几下,让他(她)哭出声来,理由是哭叫时肺部放开,有利于将残剩的羊水排除,保证孩子正常呼吸。但也有不主张打屁股的,比如法国助产士提倡"温柔分娩",除了"温柔一刀"(剖腹产)、"水下分娩"等以外,还包括不打屁股。

　　人类和较高等动物在疼痛和恐惧状态下都会情不自禁地发出喊叫,这是一种强烈的沟通手段,是求助的信号,同时也在报告紧急状况。小孩哭叫,经常是因为饿了、疼了,甚至碰到危险了,大人基本上也是一样。不过,遇到猛兽或其他凶恶敌人,喊叫反而引起敌人更猛烈的进攻,其实,这是喊叫的第二种意义——社会意义:"我已经不可救了,你们赶快逃命!"

　　不管怎么说,喊叫在疼痛和恐惧状态下,通过呼气而有利于减轻疼痛和惊吓。尽管这种喊叫在一定程度上是可以克制的,但若疼痛或恐惧来得非常猛烈和突然,再坚强的人也难免不喊叫。比方说屁股一下子坐到一枚图钉上，没有一个人不叫的。

喊叫的响度通常跟性别有关，男人叫得比女人更经常和更响亮，这和人类最早的角色分配有关，男儿有疼痛、有悲苦、有危险只会在妈妈那儿表达，放肆地表达，而每个女人迟早都是妈妈。

疼痛和害怕，当情节十分严重时，无论在小孩和大人身上都会引起大小便失禁，也就是说，除了吓得魂不附体，还会屁滚尿流，这一点不夸张，有的人甚至大小便一起来。个别处于青春期的男子在万分惊吓和着急时，甚至会自动射精，一点无法控制。

人在非常危急时，神经系统执行最高预案，促使强烈分泌肾上腺素，以增强反应能力、减少痛感，此时心跳加快，瞳孔放大。最关键的是，在这种时候，被认为眼下并不重要的功能受到削弱，能量被转移到重要"岗位"上；受到这种机制影响的首先是平时耗能较多的消化系统和排泄系统，控制大小便的括约肌会在 1 秒钟内失灵，失去收缩功能，顿时尿你一裤子；倘若此时此刻的直肠里已经积累了一些消化后的残渣，那就不客气了，再给你一裤子的屎。

屁滚尿流的现象是因人而异的，平时心理素质好一点的人、胆大一点的人不易遭遇，在电视和小说中我们总碰到坏人屁滚尿流，大概就是这个道理。

汽车之星

2011年是人类文明的里程碑之一汽车发明125周年,汽车这个词在西语中几乎都是一样的:auto,起先叫Automobil(德语),英语和其他语种为小写的automobile,意为自己会移动的(车子)。汽车的发明让人们大大地移动起来、拉近了人与人之间的距离、频繁了人们的交流和沟通——促进了交通事业。

在汽车发展史上,有几位汽车巨星是人们难以忘却的。汽车发明者德国人卡尔·本茨是世界闻名的人物,1886年,他在曼海姆市为他的"机动车1号"提出专利申请。本茨非常谨慎,凡事顾虑重重,一直不敢将自己设计制造的汽车推向公众。经过两年的不断改进,在他的妻子贝尔塔和其他家人的鼓励下,本茨终于亲自驾驶着世界第一辆汽车从曼海姆开往普福尔茨海姆。沿途百姓好奇地赞叹这辆频频冒烟、哒哒作响的车子以每小时16公里的速度"自己向前移动"着。本茨从理论到实践的发明成功了。今天,用本茨的姓命名的汽车始终保持着世界最优秀汽车的地位(本茨后来改成了"奔驰"的中文译名,这一译名改得好,既保留了固有发音,又体现出一种形象的意义)。

保时捷汽车在中国的汽车爱好者中如雷贯耳,系用它的设计者费迪南德·波尔舍的姓命名的品牌(波尔舍是标准译名,保时捷是在汉译时改成的近音商品名)。波尔舍是德国籍奥地利人,据

1903 年的《维也纳日报》介绍，波尔舍是一位文静、泰然的设计师，然而他的眼界很厉害。他设计了著名的大众甲壳虫，后来又在斯图加特创立保时捷汽车制造公司。波尔舍喜欢实验，人称"实验狂"，他发明过世界第一辆混合驱动汽车。是波尔舍让德国人民变成了"移动的人民"。

中国人早就知道汽车大王福特的名字了。亨利·福特是密歇根州一个普通农民的儿子，正是这个土生土长的乡下人为现代世界的大规模生产汽车定下了节奏。福特相信一切都可以变得更快、更好、更廉价，在福特以前，从来没有一个人想到过要把工人安置在流水线旁。用福特的流水线生产，一辆福特 T 型汽车的生产时间从 10 小时减少到 1.5 小时，而造价却降到原来的三分之二。他曾设想过未来的美好世界——每个人有一辆汽车。流水线旁的工人当然很辛苦的，但他们的工资都在平均水平以上，所以几代员工一直乐此不疲。

雪铁龙也许是法国人的骄傲，公司的创业者安得烈·雪铁龙喜欢大张旗鼓，主要体现在广告宣传上，他被称为"广告之王"，从 20 世纪 20 年代开始，雪铁龙的名字就在埃菲尔铁塔上高高闪光，他的照片也随之走向全世界。他有一种直觉，懂得名人的广告效应，所以经常让著名的电影明星在车前做广告，"香车美女"于是流行于全球。

值得一提的汽车之星尚有詹尼·阿涅利（意大利菲亚特汽车制造公司企业主）、恩佐·法拉利（意大利赛车运动员、法拉利赛车制造公司创始人）……

千年不大是黄杨

　　据称有一棵黄杨树,树龄 700 多岁了,但胸径(乔木主干离地表 1.3 米处的直径)只有 30 厘米,是典型的"千年不大黄杨木"。民间有"黄杨厄闰"的传说,苏轼自注"园中草木春无数,只有黄杨厄闰年"句曰:"俗说黄杨岁长一寸,遇闰退三寸。""岁长一寸"并不夸张,黄杨木确实生长缓慢,不过"遇闰退三寸"是没有科学根据的。

　　黄杨为亚热带树种,黄杨科,黄杨属,常绿灌木或小乔木,原产中国,现各地都有栽培。黄杨别称瓜子黄杨、小叶黄杨、豆瓣黄杨、山黄杨、乌龙木等。黄杨枝多叶小,树姿美观,是绿化城市、点缀庭院和制作盆景的重要材料。我国选育的两个北海道黄杨新变种——冬红北海道黄杨和彩叶北海道黄杨,观赏价值极高。

　　从小脑子里灌进了一个名词——黄杨木梳。做木梳为什么要用黄杨木?民间文学家善于用一个传说来解释:从前,苏州虎丘乃海湾中一个随涨潮和退潮而时隐时现的小岛。几经沧桑,小岛最后成为一座永久露在海面的小山。有个叫许仙的郎中遭法海和尚的陷害被发配到苏州,当时苏州正在闹瘟疫,许仙被传染而病危。白素贞闻讯竭尽全力将许仙救出苏州城,来到虎丘岛上,巧遇东海龙王的女儿,龙女为白素贞对许仙的忠贞爱情所感动,从悬崖采得一枝黄杨木,制成两把木梳,交与白素贞,让她每天早晚为许仙梳头。许仙在白素贞的精心护理下很快痊愈，不幸的是，白素贞却因此感染了瘟疫。许仙想起还有一把木梳，于是照样天天为白素贞梳头，不久白素贞亦康复，两人结为恩爱夫妻，在苏州开了"保安堂"药店，为苏州百姓赶走了瘟疫，并大力推广黄杨木疏。现代医学认为，黄杨木含有黄杨素，有抑制真菌生长的功效，用黄杨木梳梳头，止痒和去头屑的效果更为明显。

黄杨木散发清淡香气，有驱蚊、杀菌和消炎作用，在黄杨木生长的山区，过去山民们有用黄杨树叶作止血药、在家放置黄杨树枝驱蚊的习惯。

有"千年矮"之称的黄杨，因其坚持不懈地生长和抗病虫害能力强而成为一种珍贵木材：木质极其细腻、结构致密，是雕刻的上等材料。黄杨木雕是世界闻名的艺术品，为"中国四大木雕"（乐清黄杨木雕、东阳浮雕、福建龙眼木雕、潮州金漆木雕）之一，作品微黄而温润，有象牙效果。故宫藏有元、明、清黄杨木雕作品一百多件，其中的《铁拐李》、《观音》、《弥勒佛》为稀世之作。

黄杨木的质地在国外同样被看好，早在公元前的埃及和美索不达米亚文化中，黄杨木已被用作雕刻、制作印章、木梳和小盒子。照相铜锌板印刷发明和应用前，曾用过黄杨版：在黄杨木板上移制图文，然后按板上的图文进行雕刻制成印版，类似于中国传统的雕版印刷。欧美人拿黄杨木制作武器中的部件（如弩和剑鞘）、乐器（如木管乐器巴松管、双簧管和弦乐器）、农具的部件、旋削品和家具镶嵌品、绘图仪、织布的梭子以及许多宗教用品（如天主教中的耶稣受难像、圣像和挂有十字架的念珠串等）。

亲近树林

惯住大城市，不免腻味烟尘、雾霾和烦嚣，难怪人们总是不愿放弃长假的机会，到城市的边缘或近郊乡下去"透透空气"，那里有天然的树林和全开放的大公园。"嘉木树庭，芳草如积。"清新的空气，加上鸟语花香，不少人便下意识地得出结论：来到树高叶茂的林子里，人一定会长寿。于是，人们往往在"天然氧吧"乐而忘返。

好多年前，笔者有一次将近一年时间在德国出差，当时住在门兴格拉德巴赫，休息天常出去遛弯，但每次走着走着就进了人民公园，这个公园以参天树木和小溪为主，走出公园时，好像头脑清新了不少。当时觉得这是很自然的现象，树林里空气质量好，心情也就好，头脑自然清新啰！

几年来，欧洲很多研究者都在提倡"到树林里散步"，他们的研究结果表明，树林散步有利于身心健康，能使脉搏减慢，心理状态会受到正面影响。令人想不到的是，专家们提到，树林散步同样会"烧掉"热量（消耗热能）。比如一个体重80公斤的男子在1小时内走4公里的路，会烧掉240卡热量。同样的路程，如果用30分钟的时间慢跑，也不过烧掉320卡热量。对此，体育医生解释说，因为散步时所跨的步子比慢跑时多，所以每天走3 000步，有利于减少中风、心脏病和动脉硬化的风险。

当然，有条件的话，散步最好选择在树林里。韩国的一个研究团队将 43 名中年妇女安排在树林里散步一个小时；让第二个由 19 名中年妇女组成的小组在城市里散步。最后测量她们的血压、肺活量和动脉的弹性。第一组受试者血压显著下降，肺活量增加，动脉弹性有所改善。第二组的指标几乎跟散步前没有差别。第二组受试者中，有几位甚至应激反应上升（因为散步时受到许多外界刺激的影响）。

作为一种业余活动，日本在很多年以前便开始推广"树林浴"——在树林里散步或逗留。日本的医学专家经多次研究，认为连续三天，每天三至四小时待在树林里，就足以提高我们的"杀伤细胞"的活性（可提高 50％），这些杀伤细胞会将病毒从我们的身体清除出去，能杀死肿瘤细胞以及潜在的癌细胞。此外，在树林逗留期间，树木也会活化被称为"穿孔素"的抗癌蛋白质。穿孔素能侵入癌细胞，在其他酶的配合下，将肿瘤细胞的细胞膜溶解而形成孔洞，导致肿瘤细胞解体死亡。据研究者分析，导致杀伤细胞和穿孔素活性提升的因素是气态的萜类化合物（气味）。萜本来是对树木的免疫系统起保护作用的，显然，人的免疫系统也会对萜有所反应的。

下一步需要研究清楚的是，萜是否仅仅通过呼吸而被人吸收，是否也能被皮肤直接吸收，如果是，那么"树林浴"需增加一个内容——拥抱树木，因为萜不仅存在于树叶（阔叶和针叶）中，而且存在于树皮中。

情侣座和飞机旅馆

在电影院里设置情侣座,好像上海是国内首创,估计也有将近二十年的历史了。为热恋中的情侣们提供一点私密空间,应该说是一种创意,一种通过空间的重新利用、为客户提供更受欢迎的服务、同时也能提高服务者利润的双赢举措。最近,丹麦首都哥本哈根出现了引人注目的流动情侣座——行驶在哥本哈根的每一辆公交车里都设有两个并排的、红色坐垫的座位——情侣专座。不过这两个座位不是为已是情侣的人设置的,而是为那些正在寻找情侣的人提供方便的。先坐上去的一位是在宣布:"我在寻找情侣。"有意者可坐到其旁,同时也表示:"我愿试试。"据哥本哈根公交公司称,这两个座位的生意挺不错的。然而设置情侣座有更深一层的意义,从表面看是为了吸引乘客,其实是一种节能减排措施:有关部门希望有更多的人能放弃私家车或少开私家车,多乘公交车。

空间的利用是需要不断更新的,尤其是一些已经过时或快要被淘汰的设施及其所占有的空间,更加需要通过改造,尽量保留原有的设施(至少是保留原来的建筑物),使空间起到另一种作用,发挥更有效益的功能。比较普遍的做法是将某一个建筑物(或设备)改成一个博物馆,比如将原来的煤矿改成煤矿博物馆、将一个老字号刀剪厂改成一个刀剪生产博物馆、将一个葡萄酒酿造作坊改成葡萄酒生产博物馆……

上述情侣座的设置属于空间利用的改进和补充。对于服务年限已经到期的、价值很高的设备及其空间，如何通过转变经营机制、实现价值的再利用是很有文章可做的。全世界每年都有退役的飞机出于航空安全而不再营运，法国最大的迷宫公园内停着一架伊尔-18型客机，它已被改造成有自炊条件的迷你豪华公寓式酒店，配有冰箱、微波炉、可冲淋浴的盥洗室。房间可以短期租用，供人度周末，最低价333欧元；租一周，最低价765欧元。

斯德哥尔摩机场停着一架波音747大型客机，已经好几年了。该机并未超出飞行期限，只因作为飞机主人的航空公司已经倒闭，只好长期停飞。2008年，瑞典一个企业家将这架客机购下并改建成一个"经适"酒店，客房分好几种，最便宜的是四人间，每人每晚25欧元（无洗澡间）。此外还有双人间、三人间。最贵的是前舱套房，带洗澡间，房价从235欧元起。酒店内的一个小咖啡室是客人用早餐的地方；一个小会议室可供临时谈话用。这家"波音酒店"纯粹是为转机客人服务的，如果赶早班飞机，从房间步行到斯德哥尔摩机场的登机大厅只需10分钟。

秋冬吃栗子

"倘若你走回家去,你会经过路边的一个摊子,在炉子旁停住脚步,你看着炉子里冒出的火苗,还有那火星。啊,烤得烫手的栗子……"出生于奥地利的诗人鲁道夫·施蒂比尔曾经这么写道。诗人不仅将市井生活描绘得有情有致,还让我们知道,欧洲人爱吃烤栗子,不亚于中国人吃糖炒栗子。

栗在我国已有2 000多年栽培史,板栗、锥栗和茅栗是原产中国的三种栗,世界各国栽培的尚有日本栗、欧洲栗和美洲栗。古希腊人称栗为卡斯塔那(卡斯塔那是当时希腊的一个城市,该地栽培了大量栗树),后来罗马人将这一名字拉丁化为"卡斯塔尼",西方很多国家的"栗"字几乎都是从"卡斯塔尼"演变而来的。

栗子是重要的经济作物,是古人的干粮,即所谓"民虽不田作,枣栗之实足食矣"。南宋诗人陆游在其诗中表达了他对栗子的爱好:"齿根浮动叹吾衰,山栗炮燔疗夜饥。唤起少年京华梦,和宁门外早朝时。"17世纪以前的欧洲,在气候较温暖地区(如意大利、瑞士阿尔卑斯山谷、巴尔干国家)的农民都种栗树,每棵栗树能收获100至200公斤栗子,遇上荒年,栗子占穷苦百姓粮食的43%。当时有过一个提倡:"每人一棵栗树"。栗子还可以顶替税款。瑞士的法律规定,在人口稠密的地方允许百姓占公共土地种栗树,数量不限,根据需要而定。这些树的所有权属于种树者,而且可作遗产传给子女,直至栗树死亡。

栗子还能做成美味的菜肴和点心,中国有红烧栗子鸡,欧洲有栗子鸭、栗子鹅,不过他们是将栗子和其他配料塞在整鸭、整鹅的肚子里加以烹调,成为秋冬季节的佳肴。德国有一种获德国农业协会奖的栗子茶点十分可口,超市里还能买到密封包装的栗子面粉,可自制美味蛋糕、甜烙饼或面条。法国人、意大利人和瑞士人喜欢吃一种栗子泥(用栗子果肉掺面粉、水煮成糊糊,加奶油、姜黄等调料制成)。

除淀粉、矿物质、维生素等以外,栗子含有较多的钾,故被看作"碱性食物",并作为小麦过敏反应者、耐力运动员及幼儿脂性下痢者的理想食物。栗子可入药,通常认为有强肾、止泻、治腰腿无力的功效。需要提醒一下,栗子一次不宜吃得太多。

不经化学处理也能耐风雨、耐腐蚀,这是栗树木的一大特点。另外,由于木纤维走势很直,所以栗树木具有一定的可弯曲性。容易接受抛光剂、油漆、蜡和木材染色剂的栗木还是制作家具、窗框、门框、铁路枕木、屋顶或天花板梁的尚好材料。以前西方人硝皮鞣革常从栗树木质和树皮中制取丹宁浸膏。

20世纪上半叶,欧洲的栗树因虫害而大量死亡,曾经繁荣和风靡一时的烤栗子从此也就一蹶不振,然而人们却难以忘怀秋冬时节的这一美味,于是在中国的大街上时不时会看到老外也在买糖炒栗子吃。

秋风秋雨秋海棠

秋天向人们透露的信息是收获,秋天给人们的感受是肃杀悲凉。在秋雨淅沥或秋风阵阵的日子里,树叶凋零、天气清冷,心中只有莫名的惆怅。旧时,一些经济上还过得去的人家往往在厅堂的墙角放上一盆秋海棠,作为应景花卉。

秋海棠原产我国,是著名的观赏植物,多年生草本,全年开花,尤其是通常所见的四季秋海棠,但花的盛期在仲秋。"秋海棠一名八月春,为秋色中第一"(清·陈淏子《花镜》)。《采兰杂志》载:"昔有妇人,怀人不见,恒洒泪于北墙之下。后洒处生草。其花甚媚,色如妇面,其叶正绿反红。秋开,名曰断肠花,又名八月春,即今秋海棠也。"

秋海棠虽然喜欢温热带气候,较适合潮湿一点的土壤,但她并不娇气,容易侍养;因叶多汁多肉,能耐暂时的干旱。秋海棠的最大优点是花叶均为观赏对象,花色为红色、白色、粉色;叶子同样色彩丰富、形状多样,有的叶子正面为绿色,反面为红色;有的叶子犹如象耳。秋海棠在中国常作为花坛、阶沿植物或室内观赏花卉(放在墙边或几案上);欧洲人善用秋海棠点缀阳台,很多人喜欢在已故家人的墓地种秋海棠,据说种了秋海棠,坟地上不会再有蜗牛了(秋海棠有一定的抗病虫害能力)。在那里,人们青睐一种被称为"妖艳蔷薇"的秋海棠,她不仅花色娇丽,而且容易过冬。

秋海棠在中国有一种特殊的象征意义：相思和断肠。宋著名爱国诗人陆游和其表妹唐琬结为夫妇，两人相敬如宾，十分恩爱。然而他们的婚姻遭到陆游母亲的反对，陆母要求儿子"以功名为重"，不许留恋儿女之情；凡事总斥责儿媳唐琬，甚至到了逼迫小夫妻离婚的地步。分手时，唐琬送陆游一盆秋海棠。陆问她是什么花，答曰："断肠红！"陆曰："应称相思红。"陆因外出，托唐琬照看秋海棠。这一去竟然十余年，当陆游重返绍兴沈园时，见一盆秋海棠，园丁告知这是相思花，是赵家少奶奶关照他好生护养的（其时唐琬已被迫嫁与赵士程），陆游感慨万千，后又遇唐琬和赵士程来园，被棒打鸳鸯的陆游和唐琬竟难以互诉衷肠，相对无言。须臾，唐琬差人送来一壶酒；陆游凄然独饮，深感秋海棠不仅是相思花，更是断肠花，挥泪在墙上题词《钗头凤》。唐琬读后亦含泪和一词《钗头凤》，悲凄的唱和成为千古绝唱；而秋海棠则是他们在封建势力下的忠贞爱情之见证。75 岁时的陆游再返沈园，其时恋人早已作古，也寻不见秋海棠……

"栽植恩深雨露同，一丛浅淡一丛浓。平生不惜春光力，几度开来斗晚风"（秋瑾《秋海棠》）。中国民主革命烈士，巾帼英雄秋瑾平生不仅喜欢清代诗人陶澹人的诗句"秋风秋雨愁煞人"（表达她对腐败的清政府的愤恨和对深受封建统治迫害的中国人民的悲悯），而且也是一位爱咏秋海棠的诗人。

平民良药

2007年,在美国和欧洲刮过一次"枸杞风",短短几天内,枸杞子被购罄。原因是枸杞子的营养、保健、治病作用被过分夸大和宣传。等到人们冷静下来后,才发现枸杞子确实有利健康,但不少功能尚未得到科学证明。

枸杞系茄科,枸杞属,落叶或半常绿灌木,藤本状植物,产于亚洲、欧洲,我国的宁夏、甘肃、青海、陕西、河北、广东等省都有栽培,上海也有少量栽种。中医以果实枸杞子和根皮(地骨皮)入药,功能补肾益精、养肝明目。

宁夏枸杞子已名扬全球,老外买枸杞子指名要宁夏枸杞子,而且有三个标准,首先要确定产地是否宁夏,其次要当年产品,最后还要搞清楚是否作过硫化处理或有害光照射。外国人喜欢宁夏枸杞子也带有一种信仰,他们相信,宁夏是黄河流经的地方,黄河带来巴颜喀拉山的水是营养丰富的水,连黄河带来的泥沙也是肥沃的,枸杞是得天独厚了。他们说对了,自古引黄灌溉的银川平原向有"塞上江南"之称。

据传中国古代把人参和枸杞当作能延年益寿的补品,有"千年人参,百年枸杞"之说。又由于人参像人,枸杞似犬(枸杞寿命很长,老枸杞的根有不少长得似狗,故枸杞有"狗奶子"、"狗地芽"等别名),枸杞的功能更被神化,也引出了更多神话。民间传说,有路人看见一个年轻美貌的女子在追打一位年迈老人，路人愤而责之。女子反问道："我管教曾孙，错了吗？家有神物，小子不食至此老态。"路人接问："请问姑娘芳龄？"答曰："三百六十有余。"应路人跪请，姑娘又曰："春谓天精，三月采茎食之。夏谓枸杞，五月采叶食之。秋谓地骨，七月采花，九月采果食之。冬谓西王母杖，十一月采根食之，是也。"这就是传说中的（服枸杞的）"神仙法"，其实是道出了枸杞花、叶、茎、根全能入药、通体是宝的特点。

枸杞的嫩叶可作蔬菜，炒食或做汤，含胡萝卜素、核黄素、硫胺素、钙、蛋白质。果实枸杞子呈卵圆形，挂在枝上的累累红果，串串似玛瑙，晶莹美丽之极。枸杞子富含维生素、钙、铁、磷，生食略带甜味，可作汤类罐头（如杞子牛肉汤），有明目、补肝肾、降血糖、降血压等功能。

有不少试验表明，枸杞能预防痴呆症，尤其是早老性痴呆症。这当然也需要进一步研究分析并从临床得到证明。

尽管枸杞曾和人参相提并论，然人参至今仍是高档补品，而枸杞则早已成为百姓大众消费得起的平民良药。

企鹅及其燕尾服

　　企鹅之所以被称为企鹅，因为它们站立时喜欢作出昂首企望之态；它们似乎有着比"向天歌"（喻家鹅）更为远大的理想，它们大部分时间生活在令人向往的浩瀚海洋中。通常都认为企鹅分布在南极洲，这样说不够全面，企鹅的分布范围其实要大得多：从南非到南美洲西部岩岛以及南极洲沿岸，都有企鹅的足迹，还有少数种类分布在温带的树林里、副南极带的草原上，甚至还有极少数生活在热带的企鹅。根据化石资料研究，企鹅约在 1 亿年以前生活在新西兰一带，后来有一部分企鹅向南极扩散，成为南极企鹅。南极周围没有大型食草动物和肉食动物，企鹅因此能获得足够的食物，南极地区于是成为了企鹅的福地。

　　企鹅在孵化和换羽时登陆，在陆地上，它们的形象相当讨人喜欢，善于在岩石上跳跃，走起路来一摇一摆，让人想起喜剧大师卓别林（应该说是卓别林成功地把握了企鹅的幽默动作）。

　　企鹅虽然属于鸟纲，但却不会飞行。在长期的进化过程中，为了适应生存，它们的身体变成了富含脂肪的流线型，已经不利于飞行，不过非常适合于潜水和捕鱼；还有翅膀也因飞行功能的消失而退化成颇有意义的"燕尾服"——鳍状肢。体内有一层特别明显的、2 至 3 厘米厚的脂肪层，身体表面有着短、密、均匀分布的、细小呈鳞状的羽毛层。

既然企鹅以捕食鱼虾为生,大自然也就毫不吝啬地让企鹅成为幽默绅士——赋予企鹅一件燕尾服:小企鹅从出生后第十个月起,就终身穿着燕尾服了。它们的头部、背部及鳍状肢变成黑色或蓝灰色,肚子是全白色的,好比是燕尾服衬衫的前胸。常在海里游泳,就必须抵御敌人(如海豹、虎鲸、鲨鱼等)。用燕尾服伪装,可以大大提高在海洋中的存活率。海豹习惯于从企鹅的上方(背部)袭击,深色燕尾服让海豹觉得是深海的颜色或海洋底部的颜色。鲨鱼则喜欢从企鹅的下方(腹部)发起进攻,但它们无法对浅色的肚皮和天空加以区分。

　　对企鹅而言,黑色不仅在水中有用,而且在陆地上也有好处,倘若它们觉得太冷,可以将黑色背部撑开对着太阳,阳光被吸收,增加了热量。如果太热了,企鹅可用白色的肚子反射阳光。

　　此外,企鹅的鳍状肢和腿上有着高效的"热传导器",在这些肢体中流动的动脉血将大部分热量传导给流回身体的静脉血,利用对流原理,使热量损失降到最小程度。另一方面,一些生活在热带水域中的企鹅却需要解决过热问题,它们的鳍状肢的宽度大于身高,这就导致了排热面积的扩大。有些种类的企鹅脸皮上不长毛,热量容易散发。还有的企鹅干脆将自己的活动时间转移到傍晚或夜间。

　　企鹅的寿命可达 25 岁以上。

名士辈出说"师爷"

　　曾经听过好多机智故事,其中不乏关于绍兴师爷的。传说绍兴有个无恶不作的歹徒,有一天抢劫一户人家,临走前又揭开躺在床上的姑娘的被子,将其手上的镯子夺走。姑娘高喊救命,于是歹徒被一位碰巧路过的壮士抓住送官。姑娘的父亲托人写了状纸,状告歹徒"揭被抢镯"。师爷看过状子,指点姑娘的父亲将"揭被抢镯"这二个动宾结构倒一倒,改成"抢镯揭被",致使歹徒受到重判,因为"揭被抢镯"只有一罪,揭被只是抢镯的手段,而"抢镯揭被"则可二罪并罚,抢在先,一罪也,再揭被,那就是为了强奸,至少可判个"强奸未遂"。类似的故事尚有将"屡战屡北"改成"屡北屡战",使一个常败将军非但未遭割职之祸,反而大受皇帝的赞扬……绍兴师爷们的文字功底不得不使人拍案叫绝。

　　绍兴师爷是中国历史上一种特殊的文人现象,清时尤盛。"师爷"者,幕友或幕客也,是衙门里主官的得力助手;但他们并无官职,没有品级,不享国家俸禄,由主官私自酬报他们。用时髦话说,绍兴师爷是"政府里的编外公务员"。可不是吗?师爷还有专业分工呢,诸如"刑名师爷"(主管司法)、"账房师爷"(搞会计)、"钱谷师爷"(顾问钱粮)和"书启师爷"(担任秘书)等等,其中以"刑名师爷"权力最大,他们直接参谋主官的军政大事。

　　在科举制度盛行的封建时代,读书人通过考试及第,方可当官受爵,仕途被看作谋生的正路;至于那些未得科名者,则不得不去教书或当师爷,当师爷又叫游幕。按说师爷全国都有,为何绍兴师爷秀出班行,那是因为绍兴不仅山清水秀,而且文风极盛,自古文人名士辈出,那些名落孙山而当上师爷的"知识分子"大多聪明过人、能说会道、足智多谋、善于策划,更会玩弄文字,成为主官的智囊。然而一个小小绍兴城怎容得那么多师爷,于是师爷们纷纷"外出打工",各地的衙门因而也有了绍兴师爷,而那些拜绍兴师爷为师而当了师爷的人也叫绍兴师爷,故有"无绍不成衙"之说。

不过"绍兴师爷"也曾被人当作贬义词和骂人语,成为"奸刁"和"油滑"的代名词,这并不奇怪,任何一个行当都有好人坏人,良莠不齐本属正常,绍兴师爷中有不少败类,这也是事实;但不可否认,民间流传的许多关于绍兴师爷的故事大多说他们是好人,更值得一提的是,他们为中国的应用文做出过贡献,如《秋水轩尺牍》(龚未斋)、《雪鸿轩尺牍》(许葭村)等一向被视为应用文的楷模。而明著名画家和文学家徐渭(徐文长)也曾是个耿直不阿的"顶级师爷"。

笔者以为,造成绍兴师爷这一特殊群体的重要前提还在于封建社会"政府机构"的不健全。一个知县,一个知府……样样要管,没有绍兴师爷,勿太吃力噢。

千人千面

　　每个人的脸都是一张真实而不可混淆的名片,所以正常的人都能从"第一印象"认出对方,因为这张脸不仅具有外表特征,而且有个性特征,不断通过表情在透露其心情、感情和精神状态。凭视觉就能分辨出每个人,千人千面,这是作为地球上最高级动物的人的一大优势。

　　动物不一样,主要通过声音或气味来识别种群中的其他个体。人能从外表(主要是脸)识别周围的人,需归功于漫长的进化过程。为了促进这一识别功能形成和发展,进化为人类创造了无数的脸部特征。美国生物学家通过遗传特征分析和身体特征测量数据证实了这一点。这种进化很早就开始了,因为从分布在欧洲、北非、西亚一带的更新世晚期、旧石器时代中期的"尼安德特古人"的遗传特征中已能看到并证明这一进化,而尼安德特人已于 3 万年以前灭绝。要不是因为人与人之间的相互识别十分重要的话,那么所有的人就会显得很相像。社会结构的越来越复杂促使进化力去积极通过外表特征识别人。比如,为了识别对方的表情,大脑眶额皮层以及颞上沟后端的皮层变得越来越活跃。

　　为了说明人的脸部特征的各不相同性,美国科学家利用了美国的军用数据库。这一数据库拥有美军中所有男性和女性成员的**体外特征数据(测量值)**。他们仔细比较了脸部特征(眼距或鼻子的长度和宽度),并从中发现,人的脸部特征是千变万化的,远远超过手或腿的长度变化。与此同时,科学家们还分析了基因数据,明确指出,影响脸部外表的基因,它们的变化远远多于影响其他身体特征的基因。

也许有一点需要强调一下:动物通过声音或气味识别其他个体不等于"动物的外表特征(或脸的特征)不具备'不相同性'"。地球上的每一个生物体都有一个"不相同性"的基因库,所以一个种群中的个体永远是独一无二的。如果我们捕一些家蝇,将它们置于放大镜或显微镜下观察,就会发现它们的身体茸毛密度和长度都是不一样的,躯干的粗细也不一样,翅膀的花纹或壳质的纹理不一样,还有,复眼也都不相同。由于动物世界的社会结构与人类社会相比,较为低级,大自然因此没有为识别个体区别而安排相应的进化措施。

尽管人类具有识别同类个体的功能,但若让他们观察相距200米远的一组人,而这组人的脸部无法看清,且没有体外特征(比如所有人都是裸体和光头,没有可资区别的体外特征)此时,这组人对他们来讲同样也是无法识别的。

所以说无论是人或动物,尽管都具有不相同性的基因库,但若进化没有赋予识别功能(如很多动物种群那样),或有识别功能,但供识别的体外特征被抹去了(如上述的距离太远),则会给个体辨认带来困难。于是有人说,标准和理想的美容手术是和进化背道而驰的行为。

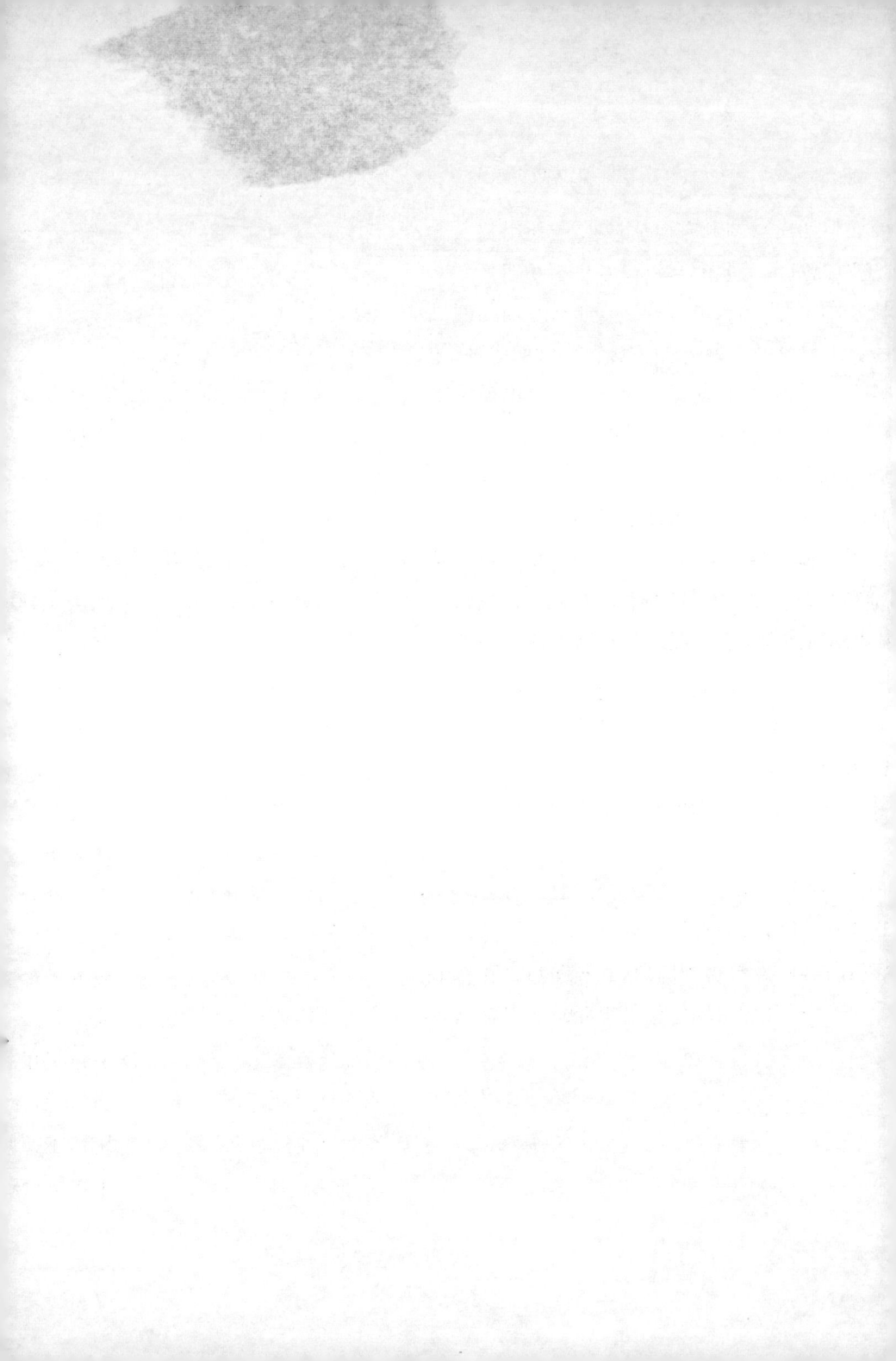

知 苑 新 语

（下）

陈钰鹏◎著

文汇出版社

图书在版编目(CIP)数据

知苑新语：全 2 册 / 陈钰鹏著. —上海：文汇出
版社，2017.9
ISBN 978 - 7 - 5496 - 2346 - 4

Ⅰ. ①知… Ⅱ. ①陈… Ⅲ. ①中国文学－当代文学－
作品综合集 Ⅳ. ①I217.2

中国版本图书馆 CIP 数据核字(2017)第 240373 号

知苑新语(上、下)

著　　者 / 陈钰鹏

责任编辑 / 甘　棠
封面装帧 / 光　南

出版发行 / **文汇**出版社
　　　　　上海市威海路 755 号
　　　　　(邮政编码 200041)
经　　销 / 全国新华书店
排　　版 / 南京展望文化发展有限公司
印刷装订 / 上海天地海设计印刷有限公司
版　　次 / 2017 年 9 月第 1 版
印　　次 / 2017 年 9 月第 1 次印刷
开　　本 / 890×1240　1/32
字　　数 / 500 千字
印　　张 / 20.875

ISBN 978 - 7 - 5496 - 2346 - 4
定　　价 / 48.00 元

目　录

一日秀

中国有句俗话,叫"黄花菜都凉了。"这句话的意思是"太晚了",或办事速度太慢。那么为什么要用"黄花菜都凉了"来比喻呢?说法很多,其中一条,姑妄听之:某一地区有一习惯,饭局上最后一道菜总是黄花菜;倘客人赶到时,连黄花菜都凉了,那肯定是晚了。

黄花菜,江浙一带称金针菜,学名"萱草"(花)。"萱"本作"谖",古人以为能使人忘忧的一种草,故"忘忧草"为萱草别名之一。《诗·卫风·伯兮》曰:"焉得谖草,言树之背。"表示忧思难忘,北堂树萱,可令人忘忧。背:北堂,古时主妇的居室;后也以"萱堂"指母亲的居室或借指母亲。

萱草花有个特点:朝开暮蔫,花之寿命只有一天。所以西方称萱草为"一日秀"或"一日百合"(萱草为百合科,萱草属)。

萱草花最妩媚的时分是清晨,初放时犹如天鹅之嘴,光彩夺目,楚楚动人,看了真能使人忘却忧愁。我们平时当菜吃的是黄花萱草,花形秀美,鲜黄清香,晒干后宛如金针,和冬笋、木耳、香菇并称"四大山珍"。其实萱草花的花形和花色丰富多彩,花色有紫色、绛紫色、玫瑰红色、黄色、橘黄色、大红色等,丰姿远远赛过百合花。

萱草有很大食用价值,黄花菜营养丰富,含蛋白质、糖、胡萝卜素、钙、磷、铁、多种维生素和氨基酸等。在西方,根据不同的品种,几乎全株都能食用。根的端部很粗大的部分可削皮后像土豆一样加工，味如坚果或栗子（但有过报道，有人过量食用而发生中毒现象）。嫩叶（叶芽）生吃有甜味，煮熟后味同白芦笋。萱草的叶子切碎后可做成生菜，或放入汤内作辅料。绿色的花蕾可当水果吃，也可煮食或油炸了吃。

萱草根沏茶，饮之能利尿。在韩国，萱草根曾被作为治便秘的草药。萱草具有一定的抗衰老和健脑作用；黄花菜是高血压患者的保健蔬菜。明代药学家李时珍发现萱草有美容养颜效能，这一点似乎得到一位英国御医的认同，据他透露，黛安娜王妃就是用萱草中提取的液体进行美容的；于是，欧洲的化妆品公司争相研究萱草美容品。值得注意的是，通过实验发现，某一种萱草根的细胞提取物具有抑制人的癌细胞增生的作用，因为这种物质含有蒽醌类衍生物。

"不尽人间万古愁，却评萱草能忘忧。闲花若总关憔悴，谁信浮生更白头"（宋·刘过）。好一首别出心裁的咏萱诗。如果说中国的历代文人为我们留下了无数欣赏萱草的优美诗篇，那么现代科学家仍在孜孜不倦地开发萱草之有利于人类的功能。

幽深巷子窄窄弄

巷子是童年生活的载体,巷子是老人回忆的纵横线条。在城镇长大的人,无不眷恋巷子。巷即小街、胡同;吴方言称小巷为弄堂或里弄,弄堂也作"弄唐"(祝允明《前闻记·弄》曰:"今人呼屋下小巷为弄……俗又呼弄唐,唐亦路也")。还有,坊也是里巷的意思。

在杭州出生和长大的我,对杭城的巷子有较深印象,首先是我们家住的那条巷子叫汤团弄(我记得门牌上写的是"湯糰衖",全是繁体写法),祖父对我说:"杭州有两条汤团弄,别人问你要说清楚,是'岳家湾汤团弄',或'下城新桥汤团弄'。"

话说我们那条汤团弄不算很短,但是好像只有八九个门牌号码。其实一个门牌号码标志一个宅院(墙门),一个墙门里也许只有一家(往往是开丝织厂的),也可能住着十几家、二十几家。记忆中有少数宅院进去以后有一条很长的通道,因为两边没有窗户,所以黑乎乎的一直通到里面的天井。有一天放学,一个同学邀我去他家玩,他们家也是这样的格局——要通过一条"巷中之巷"。

江南多古镇,古镇多巷子。离上海不远的西塘,镇上的建筑具有浓厚的明清风格,以前这里多大户人家,深宅大院导致了深巷长弄,全镇有 122 条小巷(弄堂)。来到这里的游客免不了要去穿越一下"石皮弄",这条巷子全长 68 米,最窄的地方只有 80 厘米。石皮弄是西塘最窄最长的巷子,地面用168块石板铺成,体现出江南水乡的路面特色。

福州的三坊七巷乃唐宋风格的坊巷,是福州市南后街两旁从北到南排列的十条小街,这一街区也是中国十大历史文化名街之一。

成都的"宽窄巷子"则反映出川蜀地区行和居的文化,由宽巷子、窄巷子和井巷子三条平行布置的街巷及穿插其间民居组成。

小巷,不同的时节有不同的韵味,哪怕雨巷也能勾起人的不寻常情致;有人的巷子和无人的空巷,都会让人生情。但是有一点巷子是必须具备的,那就是生活气息。让人喜欢的巷子通常都能突显两个方面:巷子的幽深和巷子的狭窄。

于是,凡是来到德国罗伊特林根旅游的人都被告知:请您侧身收腹穿过施普罗伊尔霍夫小巷。这条巷子虽然长度不大(只有6米),但它是世界最窄的巷子——最宽处43厘米,最窄处31厘米。2007年3月7日,《吉尼斯世界之最》为该巷颁发了"世界最窄巷子"的证书。这条窄巷在罗伊特林根已经存在了300年,300年前的一场大火毁灭了市内许多中世纪的建筑物;当人们重建这些房屋时,在房屋之间留出一定的空间,以免火灾时火势很快蔓延到别的房子。

施普罗伊尔霍夫小巷一侧的建筑物以前是施普罗伊尔霍夫医院的粮食储藏室。由于居民贪方便,把这一间隔作为交通道路使用,因此被认定是一条巷子。

我想,中国有那么多形形色色的巷子,弄个把"世界之最"应该没有问题的。

一帘葱绿漾微波

天气渐渐转暖，我看着对面那幢小房子慢慢地绿了起来，我知道那是爬山虎开始长出绿叶了，没有几天工夫，除了两个窗户眼，几乎整个房屋立面都披上了葱绿，微风吹拂，就像湖面漾起了绿波。几年前，我在德国勒弗库森出差，住在一条小街的一家连锁旅馆里，一住就是 50 天。小街上几乎都是一幢一幢独立的两层楼或三层楼房子，有两幢房子的墙上攀满了爬山虎。时值夏秋之交，所以我看着它们由绿色慢慢地转成橙黄或红枫色。德国人（包括旅馆的经理）都称这一植物为常春藤，但我总觉得它们是爬山虎，爬山虎的叶子到了秋冬会变颜色的。

在中国也是这样，不少人将爬山虎和常春藤混为一谈，有的还坚持认为爬山虎是常春藤的一种，把它们分开是人为的，是多事者硬把爬山虎归入葡萄科的（因常春藤属五加科，常绿木质藤本）；而人家"国外认为两者是同一种植物"。又说"常春藤和爬山虎在英语中都叫 ivy"。其实不是这样的，英语中表示爬山虎的词有 Japanese ivy、Boston ivy，还有一种五叶地锦（爬山虎的一种）叫 Viginia creeper。其他西语中都有表示爬山虎的词，常用来定义植物和动物学名的拉丁文分得很清楚：hedera = 常春藤；parthenocissus = 爬山虎。又如德语中常春藤叫 Efeu；爬山虎叫 Jungfernreben 或 Zaunreben。

不过话要说回来，爬山虎和常春藤确有很多相像的地方。首先，它们都是攀缘植物，爬山虎的登攀能力很强，最高可达到 20米；卷须的前端有吸盘，一根两厘米粗的藤条种植两年后，墙面的绿化面积可达 40 平方米左右。爬山虎的生存能力和适应性很强，耐贫瘠土壤，虽喜阴湿，但也不惧旱、热，非常适合作宅院、庭园、别墅和桥堍等的配绿植物，起到降温、净化空气、减少噪声等作用（需要提醒：应经常关注，不致因肆意攀爬而使建筑物受损）。爬山虎的根和茎可入药，有祛风通络及止痛作用。常春藤的茎有攀缘气根，可缘墙或树干上升。茎、叶也能入药，也有止痛、祛风、活血、消肿的功能。由于人类的定向培养，常春藤常被制作成大型盆栽，成为高雅的室内观叶植物。

在欧洲和美国，常春藤几乎已是一种文化。古罗马有一风俗：乡镇的酒店和客栈可以不挂招牌，但却必须挂一个常春藤做的环圈，因为常春藤是古罗马和古希腊神话中酒神的象征，能保护葡萄种植者和葡萄酒酿制者。还有一个与此相关的习俗，当时喝酒的杯子多用常春藤木做成，因为人们相信常春藤能揭露杯中的酒是否掺了水。由于常春藤一旦依附在另一植物上，便能繁茂生长，所以也是友谊和真诚的象征，古希腊的新婚夫妇都会得到一支常春藤枝条——互相支撑到白头。

美国有一个常春藤联合会，专指美国东北部 8 所名牌大学：哈佛、哥伦比亚、耶鲁、普林斯顿、康奈尔、布朗、达特茅斯、宾夕法尼亚大学。这些大学均以学术成就和社会地位著称，而且学校建筑都攀缘常春藤，故得此雅名。

知羞耻而文明

有一天下班回家,快到家时在人行道上看到两位遛狗的女士,其中一位满意地对另一位说:"蛮好蛮好,两家头一人撒了一泡污。"意思是两只狗都将屎排掉了,所以很好。显然,不少人遛狗的主要目的之一是让他们豢养的狗将屎尿排在公共场所,对这种自私行为不但没有羞耻感,反觉欣喜、得意。与此同时,有许多清洁工乃至普通居民在认真地捡拾狗粪蛋,他们倒在替这些不文明的遛狗者感到羞耻。

羞耻和羞耻感是随着人类进化而产生的,是人类文明的动力,是羞耻和羞耻感使人成为社会生命的。人会因裸体而感到羞愧、因工作失误而有罪过感、因谎言被揭穿而惭愧、因在银行信誉度有问题被拒绝贷款而觉得有失脸面,或者因曾经干过的一件损人利己的事被曝光而尴尬。羞耻感甚至会使人感到无地自容,也就是人们常说的"地上若有一个洞,恨不得钻进去。"

一个人如果意识到自己的行为有悖于社会准则,那就是有羞耻感(羞耻心)。人在感到羞耻、丢脸、不好意思、负疚、抱歉、问心有愧……时,通常都会脸红。关于脸红的一种解释是植物性神经系统对羞愧时的激动、紧张等情绪的应激反应,植物性神经系统由起激励作用的交感神经和具镇静作用的副交感神经组成,平时两者处于平衡状态。当人有羞耻感时,交感神经占优势,身体于是进入"戒备"状态,血管受到刺激,皮肤上表层的血液流通加强。由于脸部的皮肤血管密集,且比其他部分皮肤的血管粗;又因脸部皮肤天生较薄,因此显出脸红;而身体其他部位的皮肤相对不易"变红"。另有一种说法认为,脸部皮肤静脉的β-肾上腺素受体具有使血管舒张的作用,因此有更多的血液进入脸部皮肤。

羞耻感被分为好几种类型:适应型羞耻感——因自己和其他人有不一样的特点而感到羞耻,包括女孩子因自己的乳房太大或太小或腿上长毛而感到羞耻。文盲型羞耻感,包括不了解最基本的知识。集体型羞耻感——为自己所属的群体、集团等感到羞耻。"人自宋后羞名桧,我到坟前愧姓秦。"后人因有秦桧这样的奸臣而感到姓秦的耻辱,是集体型羞耻感的典型例子;再如第二次世界大战后,因纳粹分子的残忍和在第三帝国时期犯下的滔天罪行,不少人作为一个德国人而感到羞愧。移情型羞耻感——面对流浪者、乞丐、无家可归者而产生的一种带有同情心的羞耻感。私密型羞耻感,如年轻姑娘在妇科医生处就诊时感到羞愧、青年男子接受确定是否适宜服兵役体检时产生的羞耻感。创伤型羞耻感——女子因受强暴、侮辱而产生的深重羞耻感……

羞耻感是一种具有社会意义的心理感受,它可维系社会公德;没有羞耻感就没有良知,就不知道"按既定的社会道德准则行事"。糟糕的是总有人不识"羞耻"二字,对损害社会、集体、他人利益的行为毫不在乎,不愿做一个文明公民。

为了维持文明的人类社会,人必须有羞耻心。"风俗之美,在养民之耻。"

指甲虽小名堂多

指甲根部有一白色的弧形小块，大概许多人不知道它叫什么，它叫"甲半月"，是自我观察体质的"晴雨计"。其实指甲上有几十个概念，只是我们平时不关心，也不想知道罢了。

指甲亦叫"扁爪"，主要由甲体和甲床组成，甲体是指甲的主体，甲床是甲体下面、和大部分甲体连接的皮肤组织，富含毛细血管，为指甲的再生提供丰富的营养。

指甲往往被作为一个不太严格的广义概念而提及，它包括指甲和趾甲，平时所说的指甲通常指"手指甲"。人的指甲每天长 0.1 毫米左右，同一只手上每个手指的指甲生长速度不一样，中指的指甲长得最快，拇指和小指的长得较慢（因为手指越长，指甲长得越快），身体好、营养好的人指甲长得稍快一些。指甲的生长速度和气温也有关系，气温越高，长得越快。此外，右手的指甲长得比左手的快（左撇子除外）。

当人体血循环系统及供血正常时，指甲生长快，新生的甲体来不及"老化"，所以甲半月的颜色较淡，成乳白色；由于甲床中间分化较快，两侧的生长速度渐小，故成半月形。通常认为，甲半月占整个甲体的五分之一是正常的。若营养不良、供血不足、代谢有障碍，则甲半月就小，甚至消失，所以甲半月的形状、大小、颜色等可提示人的健康状态（比如是否有贫血或神经衰弱等）。

在急救医学中，人们曾经用过一种指甲试验法，用来快速、简易地大致了解灾难和事故受害者的供血情况：将甲体短暂往甲床压，甲床颜色变白，如果一秒钟内未恢复颜色，说明供血不足。但这是粗略的办法，倘若指甲正好受伤了，那就不准了。

另外，指甲上的一些异常现象，如白点、竖纹、横纹、凹坑等，按中医和西医的说法，都能预示某些疾病。

健康的指甲是一种美的体现，尤其对女性来说。指甲的形状基本上有三种：百合形、扇形、圆形。百合形的指甲最美，多见于女性：指甲修长，中间突起，就像一瓣百合（鳞茎）。女性比较喜欢留长指甲，中国古代女子有时用剪下的指甲或头发送人留作纪念。《红楼梦》中的晴雯在临死前剪下自己的指甲，连同一件贴身旧红绫袄交于宝玉。亚洲某些国家上层社会的男子也有留长指甲的（多数只留小指甲），可能是为了炫耀自己的经济和社会地位，表示他不必从事体力劳动。

近年来流行"美甲"，用人造指甲粘贴、嵌插、涂抹硬化等方法，既美化指甲，又保护指甲，让人便于从事家务劳动。有一种紫外线凝胶技术很受欢迎，将凝胶状塑料用笔涂抹在指甲上，再把手指放入紫外线硬化器内，使凝胶变硬成光亮美丽的人造指甲。

指甲不仅有保护指端的功能，而且能增强手指触觉时的敏感性，协助完成细巧的、用手指实施的抓、捏、夹、挤等动作。经研究发现，一克甲垢中约有 40 亿个细菌。读者朋友，请您保护好指甲，并勤剪指甲。

手袋现象

　　手袋是女人的忠实伴侣。在西方有句流行话叫"不带手袋不出门"。手袋被归在服饰类,每个女人至少有一个手袋,手袋是女人最私密的服饰之一。一个由心理学家等专业人士组成的小组在世界 17 个城市(包括上海)对"手袋现象"进行了调查和研究,他们在女人手袋中发现过 250 种物品,收集到 150 个关于手袋的故事。一份民意调查显示,女人们一生中平均约有 76 天的时间在她们的手袋里翻来翻去。

　　欧洲中世纪时期,手袋是男人和女人都用的器物,通常固定在腰带上,用布料或皮革做成。16 和 17 世纪时,男人的手袋变成了衣袋,缝在衣服里边;女人的手袋也躲入了裙子,甚至缝在衬裙上,裙子上有开缝,伸手可及。男人的手袋从此永远成了衣袋,女人的手袋虽然在裙子里躲藏了相当长的时间,但到了 18 世纪,女式方形低领口紧身胸衣成为时尚;18 世纪末,在(1795—1799,法兰西第一共和国)督政府时期风格的影响下,女式时装越来越趋紧身、越来越透明,手袋已无法在紧身胸衣和半透明裙子里隐藏了。1805 年前后,热衷于紧身胸衣的女士们决定恢复独立的手袋,并为手袋装上了提带和弹簧锁。至 19 世纪末,手袋终于成为女子的专门服饰。

　　第一次世界大战后,真皮匮乏、手袋昂贵,很多著名的服饰公司不得不用棉布作为生产手袋的材料。20世纪20年代,合成材料所占比例大为上升,与此同时,加拿大军队的军需袋上所用的拉锁也出现在上流社会的手袋上;信封式手袋、金属丝网舞厅手袋等纷纷"卷土重来"。从20世纪30年代末开始,手袋日渐大型化,背带和提带越来越长。

1976年签订了"华盛顿物种保护协议",根据协议规定,必须持有合法证书才能生产爬行动物皮革商品;于是,成立于1972年的国际爬行动物保护协会制定了物种保护标识,作为合法证书。爬行动物皮革手袋的生产明显受到限制,皮革制品厂于是研制了一种冲压法,将牛皮表面压成鳄鱼皮的皮纹,权充鳄鱼皮手袋。

经历了几个世纪的手袋现象竟然引起了一位心理学教授的极大兴趣,他对手袋和它们的主人作了20年之久的研究,根据该教授的观察和研究,用大手袋的女人喜欢享受生活、有创意但比较冲动,生活中有点杂乱无章。喜欢小手袋的女人总是生活在梦幻世界里,她们的手袋里装满了渴望和期待,她们通常比较拘谨和被动,似乎总在盼望着会发生什么。爱用中等大小手袋的女人很可能是完美主义者,生活比较实在,穿着比较随便,愿意帮助别人处理事情,她们的手袋也许朴实无华,但里面有很多内袋,因为她们喜欢看见袋内"一清二楚"。

袋如其人,手袋在告诉我们,它的主人在什么年龄段、经济状况如何、喜欢做什么事情、什么东西对她很重要、她有何种风格……当然,男人也可以用手袋的。

睡眠的其他理由

10 年以前，欧洲有个名叫于贝尔曼的女大学生，因有严重睡眠障碍，于是为自己开发了一种睡眠方式：24 小时内睡 6 次，每次只睡 20 至 30 分钟（她只能持续睡这么久）。对她来讲，效果很好，解决了睡眠问题。这一睡眠方式也被其他一些大学生所采纳，有一位攻读经济学的学生总觉得时间不够用，于是也开始分阶段多次睡眠。结果让他惊喜万分，因为他一下子就多出了许多时间。这一睡眠方式后来被称为"于贝尔曼-睡眠模式"。睡眠学家解释说，和很多动物一样，人最早的时候就是这样睡觉的，为了防止野兽和敌人，他们必须时刻保持警惕，只能断断续续地睡觉；连续较长时间睡眠是环境的不断改善和人的进化而导致的。但现代人绝大部分已经不适应这一古老的分阶段多次睡眠方式；这种睡眠模式后来也就被渐渐忘记了。

尽管如此，还是不断有人问，人真的必须把三分之一的生命时间用在睡眠上吗？人到底为什么要睡觉？很多人会说，睡觉是为了消除疲劳、恢复精力，节省体内的能量。然而睡眠学家认为，我们对睡眠的研究虽然已有 80 年的历史，但始终还在黑暗中摸索。关于为什么要睡觉的问题，虽然有着各种研究方向和假设，但科学家们还欠着一笔（解释）账，因为至今为止他们仍没有提供一致的、完整的、明确的解释。而上述理由并不是最终的、全部的答案。

近几年来,通过对动物睡眠行为的研究,科学界出现了"睡眠的其他理由"。其中一条理由是:人的睡眠对长期储存信息、确保长期记忆十分重要。人和动物在睡眠的快速眼动阶段是经常做梦的,梦中通常会重复人的各种活动和经历,通过重复,这些事件便牢牢地扎根在记忆中。借助脑电图描记,发现树懒科动物在打盹以后,能非常准确地回到它们原先所待的树上(在它们打盹期间,人们对它们作了移动)。而这些动物睡眠的60%属于快速眼动睡眠;换言之,它们的睡眠经常在梦境中度过,所以它们的记忆力很强。更为重要的是,睡眠首先是对大脑有利,人的一生中要接受无数信息,在睡眠中,经过筛选,一部分信息被储存在长久记忆中,另一些内容则被删掉,睡眠后,大脑便能清醒地接受新的信息。

据统计,人所做的梦有三分之二的内容是可怕的、不愉快的、凄惨的。我们在梦中不是经常在被人追赶、与人搏斗、坠入万丈深渊吗?这其实是一种求生的锻炼——在睡眠中为危险形势作好准备。现实生活中万一真的碰上了凶险,人就不至于惊得发呆、束手无策。

还有一种观点认为人连续睡8小时有其生物必要性:增强免疫系统、促进学习过程、促进伤口治疗、促进生长。现在的许多孩子都有自己的卧室,他们睡得踏实、睡得有连续性;孩子的机体在深睡阶段分泌的生长激素明显增加。

善待弱者

至今记得一则和兔子有关的西方笑话:妈妈把家里养的一只兔子杀了做成美味的兔肉菜,然而两个孩子特别喜欢这只可爱的兔子,所以妈妈不告诉孩子这是兔肉。男孩吃得津津有味,问爸爸盘子里是什么。爸爸得意地说:"你们猜猜看,不过我可以给你们一个提示……你们的妈妈有时候就叫我……"女孩一听就把嘴里的东西全吐了出来,并对哥哥说:"千万别吃了,这是屁股眼。"(按:兔子被用来比喻规矩、谨慎、可爱的人,这是爸爸的本意。但女孩记得的却是妈妈有时叫爸爸"屁股眼"——坏家伙)。兔子可爱而温弱,常在寓言、童话和笑话中出场,而且往往是"领衔主演"。

兔子一向被看成动物界的弱者,它们的身上没有利害的武器,它们(尤其是野兔)在自然界有的只是许许多多的凶恶敌人——那些肉食凶兽:狐狸、狗、鼬、獾、鹰、乌鸦、猫科动物……正因为如此,长期的进化使兔子在生理和行为方面具有了不少有利于生存和对付敌人的手段。可是人类有时不公正地把它们的行为比喻成狡猾,比如成语"狡兔三窟",且不说并非所有的兔子都有这种本领,即使少数种类的兔子能在地下挖出迷宫式的窝窟,那也是被敌人逼的。纵然有"三窟"的法宝,兔子还是免不了经常成为上述敌人的牺牲品。于是,大量繁殖便成为传承后代的补偿措施。雌兔的妊娠期为 30 天左右(野兔要长一点),每年可产 4 至 5 胎不等,每胎约有 4 至 10 只幼兔出世。以前人们因此也用兔子的繁殖来比喻生一大堆儿女的女人。幼兔出生时通常都已发育得比较完善，野兔更是如此。很多种类的幼兔出生时已经有毛、有牙齿、能看见东西（最晚十几天后也能看见），出生后几分钟就能行动。到了 6 至 8 个月，兔子已经性成熟，可以进行交配了。话虽这么说，自然界的野兔寿命很少有超过 1 年的。

有句俗话叫"兔子不吃窝边草"，对于这句话，似乎并没有颇具说服力的解释，有的说，兔子的两眼虽然长在两侧，视野很宽，而且可以看得很远；但在看正前方时有一个"盲带"：两眼分在两侧，看到物体的重叠范围小，不能形成立体影像，所以近的（窝边的）看不清。还有，与下巴成 10 度角的方向，也是兔子的盲区。另有一种说法：若把窝边草吃掉了，窝的掩蔽物就不存在了，所以不能吃。好像后者更有道理一些，因为按前者的说法，舍近求远，去吃远处的草，但到了远处，远的不是又变成近的了？还是看不清嘛。是不是还有一种可能：这句话只是拿动物比喻人而已，兴许并无特定的依据，比如也可以把兔子换成另一动物来打比方——不在自己周围作恶。

兔子尚有很多其他特性，其中值得一提的是，兔子（主要是野兔）有时会吃自己因营养过剩而在晚上排出的软粪，因为软粪中含有半消化状态的营养物质，是兔子充分利用养料的可爱现象。

兔子，弱者也。兔年伊始，送一句劝：不要欺负弱者，否则……你知道的，兔子急了也咬人。

何必判刑一万年

康熙皇帝在梦中见到天生桥旁有一繁华美丽的城市，于是派人寻找该地，并命大臣程金山父子在该地建一座屯军城市。程金山父子贪污了建城银款，只打造了一座简陋土城聊作应付。事发后，康熙处死了贪官程金山父子，并下令用程金山的后脑勺骨做成油灯盏，用他的两个儿子的头盖骨做成鼓圈，人皮做成鼓皮。又令在附近建一寺庙，名永宁寺，将人皮鼓、油灯盏挂在寺里，每天撞响钟声以警示：为官要"清正廉明"。这个城市就是后来的甘肃省安西县（2006 年改称瓜州县），位于 312 国道离上海 3 146 公里处。当时称桥湾城，后人称梦城。笔者曾两次路过该地，那里有一个陈列馆，陈列着灯盏和人皮鼓，馆的后院是黄土垒成的破败城墙——当年所谓的土城。这应该是一个传说故事加商业炒作的产物。传说表达了老百姓对贪官污吏的痛恨，但对罪人死后的处理，如此量刑是不可取的。自国家产生以后，每一个历史时期，每一个国家都有自己的、作为国家机器的刑法规定和量刑标准。什么行为是犯罪，什么行为不犯罪，什么罪行量什么刑，都按当时该国的法律定处。

对特别严重的犯罪行为，法院有时也会作出荒唐的量刑，比如在实行沙里亚教法的某些国家曾经有过阉割刑（适用于强奸罪）和剁手刑（适用于偷窃罪）等。但这样的量刑基本上已不被允许，尽管如此,各国的定罪量刑仍然是有区别的。西方不少国家没有死刑,但是有的罪行确实非常严重、民愤极大、死有余辜,而偏偏量刑中没有死刑。于是,一种同样是荒唐的量刑方法出现了:判处罪犯很长很长时间的监禁——远远超过了他的寿命。

菲律宾有一个男子几乎每天对他女儿施行强奸,长达一年时间,被控对当时 13 岁的女儿进行过 360 次强奸。按每一次强奸被判 40 年监禁,共判处 14 400 年监禁。1972 年,在西班牙发生过一件案子,有一名 22 岁的邮递员,由于扣下了 42 768 封信,没有将它们送出去,按每扣押一封信判刑 9 年计,理应判处 384 912 年监禁,最后法院宣布减刑为 7 109 年监禁。

前几年美国判决了一起震惊世界的金融诈骗巨案,诈骗犯名叫伯纳德·马多夫。此案中主要受害者多达 30 名(多为公司和企业),这些受害者中最少的损失也在 4 880 万美元。美国有 23 个州已废除死刑,因这一诈骗金额达 650 亿美元的犯罪行为,马多夫最后被判 150 年监禁(判决时已 71 岁)。

量刑是在认定犯罪的基础上,对犯罪人是否判处刑罚、判处何种刑罚以及判处多重刑罚的确定与裁量,量刑由法院行使,依据是刑法规定。所以量刑是否恰当,刑法的公正以及刑罚是否保护人民是关键所在。否则,判一万年和十万年有何区别。

讲卫生

　　"卫生"是为了增进人体健康和预防疾病、创造适合于生理要求的生产环境和生活条件而采取的措施。卫生是为了健康,所以英语中的"卫生"（hygiene）系从希腊神话中的健康女神 Hygieia 派生而来。

　　每个时期、每个国家、每个宗教都有自己的卫生标准,现代的西方人总以为东方人不够讲卫生,但有的西方人却不同意这种看法:"当中国的皇宫里已备有香味手纸的时候,欧洲人还在用干草擦屁股呢。"佛教、印度教、伊斯兰教、犹太教一贯崇尚"水洗",尽管其意义在于"洗清罪恶",但客观上起到了洁身的作用;而基督教却让人在很长一段时间里生活在醒龈中。马可・波罗曾经提到,中国皇帝用膳时,在一旁伺候的人的口和鼻要用蚕丝和金线织成的"巾"蒙起来,使气息不致传到御膳上——看来中国人早就用上了口罩。

　　人类文明的早期,人是很讲卫生的。古埃及人喜欢用水和类似于肥皂的洗洁剂洗身;古希腊人竞技后必用水洗身;运动后用油和沙子抹身,接着用金属做的刮身棒将涂物刮掉,最后用清水冲洗。而古罗马的社交神庙犹如多功能娱乐中心,里面设有浴室、游泳池、健身室、图书室、理发室、医务室……说到浴室,其实中国很早就有了澡堂,商代的甲骨文中有"澡堂"二字,出土文物"虢季子白盘"是2 600多年前的一种沐浴器。最早的澡堂设在王宫、寺庙和馆驿中。至宋代出现了商业性澡堂,澡堂门口挂一壶,成为标记。澡堂又称"香水厅",兼卖汤面之类的点心(上海及周边地区旧称澡堂为"混堂",此名起自明朝)。

欧洲自罗马帝国灭亡后,卫生标准便赶不上古罗马帝国时代,原因有二:一是南来的日耳曼民族没有能力维护复杂的罗马水管网和运河系统;二是基督教反科学势力不断强盛,"越脏越虔诚",似乎是基督教的箴言。16世纪和17世纪被认为是"欧洲历史上最脏的时期"。城堡在欧洲大陆比比皆是,城堡的某一处墙壁是往外突出的,此处有一个洞直通下面,是"堡民"的大解之所,这一设施称为"扑通马桶"。那个时候连国家的首脑也相当不讲卫生,英国女王伊丽莎白一世(1533—1603)声称,她每个月要洗一次澡,不管有没有这种需要。言下之意,她还是很注意卫生的。而法王路易十四(1638—1715)在他漫长的一生中只洗过两次"完全澡",为此他必须不断地扑香粉,用假发盖住他那黏糊糊的真发,一天换3次衣服。

细菌学的诞生终于使人们认识到卫生对人类健康的重要性,1940年,美国出现过一幅广告,上面写着醒目的大字:讲卫生者可获得工作。

时至今日,还有那么多人不讲卫生,原因大致可归纳为:没有条件讲卫生;自私——把干净留给自己,龌龊留给别人;侥幸心理——不卫生不至于就生病;丑陋愚昧的不卫生习惯在文化落后的人身上扎根太深,难以改掉;反卫生论调("适当地龌龊一点有利健康"、"活得邋遢,做得菩萨"……)在误导。

龙文化比较谈

龙是不存在的虚幻生物,然而全世界都有龙的形象,尤其在中国,一不小心就碰上了龙,因为中国是一个龙文化的国度。带有龙的地名不计其数;有龙字的成语可举出一百多个;以前不少父母给孩子起名字喜欢加一个"龙"字;文学作品(古典文学和神话小说、童话、民间传说)离不开龙;旧时地方上几乎都有龙王庙,其普及程度和城隍庙、土地庙一样;在风雨失调之年,乡民们纷纷至龙王庙烧香祈拜,求龙王爷多多给力,生风降雨或停止淫雨……

龙是中国古代传说中有鳞、有角、有须、有爪、能兴云作雨的虚拟动物。《本草纲目》称"龙有九似",意谓龙是一种兼备多种动物特长的神灵生命。在封建社会,龙是皇帝的化身;另一方面,龙在民间又是祥瑞的象征,但龙并非中国特有。

欧洲的龙文化历史也很悠久,欧洲龙也是一种"几不像",换句话说,欧洲龙也是集结了多种动物特点的"组合"生物,但和中国的龙不一样,它们不玩水,而是玩火——会喷火。有的龙即使玩水,但只吸水不喷水,给人类造成干旱。所以欧洲的龙是人和神的敌人,它们甚至要吞掉太阳和月亮。在欧洲神话中,只要有龙,就会有斗龙英雄,英雄杀死了龙,世界才能继续存在。欧洲的多头蛇(三头或七头的)是龙的另一种形象,它们综合了鳄鱼(或长尾蜥蜴)、豹、雕……的特点,大部分会喷火。在一篇神话小说中说,龙是从公鸡蛋孵化出来的,龙和公鸡也扯上了关系,反正是神话,爱信不信。其实在中国的神话传说中,龙和公鸡倒是有一番纠结的:为了争取在十二生肖的排行榜上占前几位,龙跟公鸡商借了一副犄角,说好天亮前归还。天快亮了,不见龙的踪影,失信于公鸡。从此公鸡和龙有了过节,每天清早都要高声啼叫,让全世界知道,龙角是属于他公鸡的。欧洲还有一种生活在山洞里的龙,它们是专门看守宝藏的。根据传说,死去的人会以龙的形象出现保护自己的遗产不被活人夺走,于是龙被当成了宝藏的守卫者。

美洲的龙往往以双头蛇的形象出现(两个头分别在蛇身的两端),有的在身体中间还长着一个人头。阿拉伯国家所说的龙主要生活在陆地和高山上,也是凶恶的象征。中世纪时期,阿拉伯世界的龙是天文学和占星术中的一种象征,龙是一种星宿,是龙造成了日食、月食和彗星。后来阿拉伯龙受到中国龙文化的影响,明显沾染了中国色彩:剑柄上、书籍装帧上、地毯和瓷器上都装饰着中国特色的龙形图像。

龙年伊始,听说有人对"龙的传人"这一提法有些异议,有的认为中国人叫"龙的传人"不恰当;有的认为"龙的传人"这一提法只有 30 来年的历史,之前,中国从来没有这样的提法,不能因为一首流行歌曲的走红,中国人都成了"龙的传人"。其实,龙既然是虚幻的,也就不必去争做"传人";重要的还是要做好一个人,做一个勤劳致富的人、讲诚信的人、不骗人的人、讲文明的人、有爱心的人——一个堂堂正正的中国人。

绿色"宠物"

"草不谢荣于春风,木不怨落于秋天。"花木草树不仅有生命,而且有性情,甚至像猫狗等一样,忠心为人类服务而受宠于人类。

在一个全世界人口最多的国土上,多少年以来,建起了数不清的广厦高楼,解决了百姓生活中的第二大问题。然而宽敞豪华的住宅里往往隐藏着无数杀手——威胁人体健康的种种污染。这些污染有生物性的(尘螨、细菌等)、化学性的(甲醛、苯、二氧化碳、二氧化硫、氮氧化物等)和物理性的(电磁波、噪声等)。污染物浓度超标或长期接触污染物,对人体会造成很大危害。2002 年全国首届室内空气质量与健康研讨会透露,全球有 4％的疾病是室内污染引起的。发展中国家约有 200 万人的死亡与室内装潢污染有关。另据报道,我国每年死于装潢污染的人数约 11 万。与人类做伴的宠物也不能幸免,不得不一起成为受害者。然而许多植物能帮助人类吸收和消除室内污染,它们被亲切地称为"绿色宠物"。

1774 年,英国化学家 J·普里斯特利做过一个实验,他将一支蜡烛点燃后竖在一个密封的容器里,过了一会儿蜡烛灭了。于是他在容器里放进一盆绿色植物,再次点燃蜡烛放进容器,蜡烛继续维持着燃烧。普里斯特利得出结论,植物会释放一种"能助燃的空气"(氧气)。普里斯特利是最早发现植物能排出氧气的人,而今天,我们已经把植物看成空气洗涤器。为了净化和清洗宇宙空间站内的空气,科学家不断在研究并发现了许多植物在室内的环保功能。已经发现,吊兰对降低甲醛和二氧化碳的能力很强。将吊兰放在一个甲醛含量为普通房间 10 倍的实验室里,24 小时后,室内的甲醛含量减少了 86％。对二氧化碳的吸收作用更强,24 小时后,含量减少 96％。因此吊兰被誉为"杰出的空气净化者"。还有,号称"室内有害物质杀手"的槟榔值得一提,研究指出,槟榔能在 4 小时内去掉某个空间中 99％的甲醛。100 平方米的空间只要有 3 棵槟榔,室内所有化学物质的浓度都能得到降低。

洋常春藤(又名英国常春藤)是苯的克星,苯能放出有毒的蒸气。洋常春藤在一天一夜内能吸收 90％的苯、降低 11％的三氯乙烯,通常被放在楼梯间和室内靠窗处。

植物的叶子面积越大,则气体交换越多,空气净化能力越强。多次实验结果证明,植物根在这方面的能力远远超过叶子。

具有家庭环保功能的植物还有很多很多,有的是有专门针对性的,如薄荷的香气能恢复和提高人在室内的记忆功能和注意力;栀子的白花香气能减轻人的沮丧和抑郁心情;虎尾兰可放在有尼古丁气味的房间;芦荟对甲醛、二氧化碳、一氧化碳、二氧化硫等有害气体的吸收能力很强,当这些气体的浓度增加时,芦荟叶子上会出现具有警示作用的褐色斑点。另外,在大面积办公室里合理地配置绿色植物能起到过滤灰尘和抑制噪声的作用。

舍得花钱不如善于花钱,在室内"绿色宠物"上的投资看来是值得重视的。

猫狗吃素如何

"我们家的遛遛可喜欢吃香蕉呢,我看狗也能吃素食的。"一个养宠物狗的朋友说。然而民间所言"狗啃肉骨头"和"肉包子打狗,有去无回"等都在表明,狗是肉食动物。另外还有一个问题,有些宠物的主人出于养生保健或宗教原因,还有的是严格的素食主义者(不吃任何畜产品者),他们希望家里四条腿的成员也能以素食为生。很多拥护环保的人和动物保护者都很赞成这种想法,因为否则每年要被宰掉许多牲畜来供养这些宠物,而且增加环境负担。其实狗和人是一样的,什么都吃,可以说也是杂食动物,吃点素食是没问题的,但最好是荤素搭配着吃,对狗的健康有利。

猫就不一样了,它们一旦被人收养,就成为"家里蹲"动物,它们必须吃荤,一些国家的动物保护协会和兽医警告说:"猫不吃荤会死的。"因为猫的身体自己不能合成牛磺酸,牛磺酸只含在动物的蛋白质里,具有维护视网膜的光感活性等多种功能,对猫来讲是一种重要的氨基酸,缺少牛磺酸会致盲,重者甚至引起死亡。在商品(荤)猫食中添加牛磺酸就是为了增加这方面的营养。还有一种对生命同样至关重要的、名叫花生四烯酸的脂肪酸,猫也无法充分合成,要通过其他动物脂肪获得。所以猫天生只能吃动物饲料,要想将它们的饮食习惯从荤食切换到素食是不可能的。再说,猫是很挑食的(因为还缺少一些其他营养素),这也是狗比猫更受宠于人的原因之一。人们曾试过,在肉食底下放一点素菜,可气的猫儿就是很客气地将素菜留下了。也有人在素猫食中掺入了人造牛磺酸和其他重要的营养素,但这一方法在兽医界引起争议,因为至今还不了解,猫能以多大程度吸收人造牛磺酸等物质。

有一个家庭很喜欢宠物,养了两条狗和三只猫,每到"开饭"时间,家里特别闹猛,常常是猫吃完了自己盆里的,又去吃狗食;反过来狗也会去吃猫食。这家主人很有头脑,他总觉得猫和狗这样做有点不对头,于是去问兽医。医生劝他对猫和狗实行分割给食,尤其不能让猫吃狗食,因为狗食中的蛋白质和某些其他营养素较少,让猫吃了不利于健康。

曾几何时,国门尚未打开,偶尔有机会出国访问的代表团里,有人在超市错将狗食买回住处,后来发现了,只好扔掉。倘若人吃下去了,会不会有问题呢?如果厂家是严格按照规定生产的,偶尔食之,应该是没有问题的。因为国外的宠物罐头通常都能按类似于"食品和饲料生产规定及动物副产品(如内脏等)清除规定"的约束生产(当然也有个别违规者);按照有关规定,生产宠物罐头只能使用也适合于人食用的动物副产品。行文至此,不禁感慨:此间时而会被揭发出给人吃毒的丑闻——仅仅为了一点小利而不顾别人的生命和健康。对人尚且如此,对一般的动物便可想而知了。

养狗和养猫的区别

电视节目中曾介绍过一只正在发威的猫,这只猫一个劲儿将桌子上放着的东西抹到地上,而且只要家里人再放上什么,它就抹掉什么。通常当猫觉得受到排挤或威胁时会发脾气,猫儿往往把自己当成家里的主人。

近 20 几年来,人类对猫、狗等宠物有了很多新的认知,从而也在不断纠正一些过时的和错误的看法。猫和人相处至少已有5 000 多年的历史,古埃及有许多大型粮仓,它们也是老鼠和其他啮齿目动物的天堂。然而老鼠的天敌猫儿偏偏不放过老鼠,在长期与人共处的过程中,人类对猫产生了好感。猫儿帮助了人类,同时也受到人类的优待。就这一点而言,野猫应该是自愿被人类驯化为家猫的;倘若有朝一日,它们觉得在某一人家待得不舒服,是不会像狗那样"奴性十足"地屈从下去的(狗与奴才自古就被联系在一起,奴才如果还想仗势欺人,那肯定被骂成"狗奴才"),而是离开这个家。狗正好相反,它们决不愿意离开人家,甚至在某些情况下,即使被带到几百公里以外,它们也会不辞艰辛地寻回家来。

猫在大自然野生时,养成了一个习惯,会主动掩埋自己的排泄物,但此举并非说明它们讲卫生,而是为了避免被别的野兽注意和跟踪。有的研究者认为,要是家猫在家里将排泄物弄在"猫马桶"的外面,有可能是对这个家不满意的表现。

猫通常没有"过失感"，所以当它们把家具或其他物品抓坏时，对它们进行惩罚是无济于事的；而狗只要听到主人的训斥，就会很害怕，甚至会找一个地方躲起来。狗虽然有"过失感"，但遗憾的是，它们不知道自己错在哪里。猫在发出"呼噜呼噜"声时，建议不要去和它亲热，因为它正想找机会发脾气呢。狗却不一样，它们随时都在期待着人去抚摸和亲近。

狗和人做伴起源于 15 000 年以前，尽管如此，人还是存在着一些对狗的误解。新兴的"人畜关系学"创始人约翰·布拉德肖对狗作了 30 年的研究，他得出结论说："狗只是想成为一个家庭成员，狗的很多感觉和感情跟我们人的非常接近，它们有恼恨、有害怕、有爱、有欢乐，它们会表达对人的好感，善于取悦于人。在狗的心目中，人跟它们是一样的家庭成员。"

和猫相比，狗确实更为讨人喜欢，而忠实更是它们的本色。狗对嗅觉的信任胜过对视觉的信任（长期以来流传着一种不全面的猜测：狗只能分辨黑色和白色。其实狗对彩色世界的理解是：浅褐色-灰色-黄色。绿色在狗看来是无色的，而我们看到的红色，在它们的眼里呈黄色。）狗鼻子里的嗅觉受体数是人的 45 至 50 倍；狗脑的 12% 左右用来分析气味（人只用到 1%）。狗也是最能理解人的指向动作和手势的动物。有的狗还能够觉察到主人的心肌梗塞发作，这非常有利于及时急救。

当你下班回家，还没走到门口就听见你家的狗狗已隔着门欢叫着准备迎接你的归来，此时的你会有一种别样的温暖感，这也许是养狗和养猫的重要区别之一。

你睡得好吗

　　云雀俗称百灵鸟,比喻喜欢早起的人;而猫头鹰习惯在夜间活动,用来指称那些夜里很晚才回家或睡觉很晚的人,即通常所说的"夜猫子"和"夜游神"。坊间经常流行一些关于睡眠行为的俗话。研究和调查表明,早起者和夜游神不仅有着睡眠行为的区别,而且他们的生物节律特点对他们的性格、行为乃至性生活都有影响。无论是男性还是女性,夜猫子通常都比较外向;不管性别和年龄,都有较多的性生活,而且容易更换配偶。早起者则多为内向型性格,性生活明显要少得多,并能长期保持固定的配偶关系。有人分析认为,其中有着进化过程中的原因。石器时代,晚上集体围着篝火睡觉,早起者往往很早便睡觉了,而此时的夜猫子则还在活动,性格相同者便聚在一起,可能在长期的进化过程中形成了和生物节律及性格、行为有关的基因特征。研究者还提供了在研究过程中所做的生化测定结果,他们对受试者作了皮质醇含量的测试,发现"夜猫子"身上的含量确实较高,而"云雀"(尤其是女性)身上这一数值很低。

　　随着不断的研究,一些经常流传的说法需作相应的纠正,如:"早睡有利于健康。"此话缺乏证据,无论早睡还是晚睡,早上都需在一定时间起床,尽管晚睡者因此不能达到美国睡眠医学研究会提出的"九小时睡眠"的建议;但关键不在于是否早睡,重要的是睡熟后的一个半小时是最有利于身体的休息和恢复的，这一点与午夜前或午夜后上床睡觉没有多大关系；只要确保足够的睡眠时间，早睡和晚睡基本上是一样的。

有人说"裸睡最好。"科学家说"最好不要裸睡"。如果在深睡阶段仍然保持着裸睡状态，身体也容易成为"冷状态"，因为身体的温度调节功能在这一阶段是关闭的。

有人问："人能站着睡觉吗？"当一个人实在疲惫不堪的时候，确实会站着闭上眼睛……但不可能达到起重要休息作用的深睡，否则肌肉的张紧度会下降，身体必然就会"瘫下来"。

"年纪大的人睡得少。"似乎这是一种经验之谈，其实不然。一个人成年以后，睡眠的改变不会很大；如果有变化的话，也只是睡眠的量分配不一样罢了，比如不少年纪大的人嗜好睡个午觉，还有的老人只要静下来或坐下来时，甚至在看电视时，一不小心便打上一个盹，有了这些零碎的休息养神，晚上对睡眠的要求便相应减少了。

针对"酒能帮助睡眠"的论点，睡眠学医生不得不提醒："酒能帮助人睡去（睡熟），但在睡眠的后半段时间里，酒开始大起反作用——开始妨碍连睡（不断起来小解，睡眠不断被打断；有的人还会觉得很不舒服……）。"

有些人总怀疑自己的睡眠质量不好，因为经常做梦，以为这样非常影响睡眠。我国古代的文人对此早就有了正确的认识——梦中好像发生了许多事情，梦似乎持续了很长时间，实际上做梦只占睡眠的很短时间，有诗为证：枕上片时春梦中，行尽江南数千里（唐·岑参《春梦》）。

鸟类夫妻多离异

有一对鸟儿夫妻,每年冬天到来前,他们照例要到温暖的地方去过冬;来年春天,必然回到他们的老家(老巢)。去年他们决定各自去度冬假,但相约开年还在老家相会。春暖花又开,老婆先回来;但她发现老公不在家里,倒是有一个陌生男的占领了他们的家。令人费解的是,老婆并无任何举措,却把陌生鸟当成了新欢。过了四五天,她的原配老公回来了,看见这般情状,于是和入侵者展开了生死搏斗,老婆却在一旁"坐山观虎斗"。最后原配因旅途疲劳、体力不支而被打败,逃至一个空着的邻居家里(空巢),并不断呼唤他老婆。老婆没有理他,继续和新欢待在老家。在鸟类中,像这样的婚姻属于"恋巢婚姻",也就是说,其中的一方宁愿抛弃配偶也不肯丢掉老巢。这种过分眷恋窝巢的特性往往造成鸟类中的夫妻离异。

鸟类夫妇间,如果一方的形象发生改变,很可能遭到另一方的嫌弃。有一对蛎鹬夫妇已经信守不渝地相伴了 20 年,但在换羽毛期间,雌鸟头上的一根长羽将掉不掉地竖在头顶,看上去真像一个土著人的酋长。没想到这一"发型"的改变成了雄鸟驱逐雌鸟的理由。拿鸬鸟来说,在生活中折断一只脚的事故较常发生,但是这样的形象损坏往往成为婚姻破裂的原因。不过动物有时倒也挺有"人性"的,夫妻间有一方碰到这种不幸,不至于立即遭另一方抛弃,相反会受到另一方的加倍照料、呵护和供养,直到能自己独立觅食。到了那个时候,另一方便毫不留恋地说声"拜拜"。离婚没商量,这就是动物,这就是鸟,纵然有同情的本能,却没有深一层的思想。

在人类中有一种说法:男人有钱就花心。鸟类中也有一种"富裕堕落"现象,鹡鸰老公在食物短缺的年代是一个模范丈夫,他始终恪守"一夫一妻"制。后来由于自然环境的改变,生存条件也发生巨大变化——食物充足,甚至过剩。模范老公一有空就往别的窝巢里钻,和那些正在从事孵化的雌鹡鸰调情,别的窝巢成了他妻妾成群的"后宫"。真是机会招贼(原来很老实的遇有适当的机会也会顺手牵羊)。是什么机会?生活富裕了,不用那么操劳了,时间也多了,闲着也是闲着……

城市的绿化和生态条件在不断改善,鸟类于是也开始"城市化"。然而城市的光污染(明亮的街灯、刺眼闪烁的灯箱广告、通宵达旦亮灯的房子……)不仅让人类感到不舒服,夜间的持续光明也对不少鸟儿的行为有所影响,雏鸟比在广阔的自然天地里提前开始啼鸣。有报道说,雌性蓝山雀因此经常有外遇,孩子早啼鸣在告诉妈妈,她们不用再像以前那么操心了。另一方面,雏鸟提前啼鸣表明它们的性早熟和希望吸引异性,而由早熟促成的闪婚则往往是不牢靠的。

农业的转折性改革

老百姓平时见面,间或也会聊到日常生活中的烦恼:尽管现在的生活稳定,生活水平比以前高多了,而且在不断提高,但还是觉得活得很累。就拿食品安全来讲,有不得已而造成的农药残留问题,更恼人的是,生产者为了利润而有意识地添加毒素,卖家只顾让商品有个好卖相、高价格,却很少考虑到,由于他们的违法行为,很可能导致消费者的人生安全问题;有时候实在只是一点蝇头小利,却不惜以消费者的健康和生命为代价,既黑心又愚昧,可恨。媒体也经常提到这些问题,但往往只是就事论事,无非就是要求老百姓多长个心眼,要学会分辨。如何分辨,多为不切合实际的建议,难以做到(我们不可能对摊贩说,你等等,让我先做个试验)。作为一个普通公民,什么都需知道,什么都要会分得清,做人确实有点累。

笔者喜欢饮茶,且偏爱龙井,即使并非来自真正的龙井茶产地,也能接受。只是一直担心着茶叶上残留着农药,因炒制绿茶前,茶叶是不能洗的。后来有人安慰说,为保险起见,最好买当年的"明前"茶叶(清明前采摘的茶叶),清明前天气尚寒,茶树还不需要施农药。

话要说回来,农药残留,不是一两个人能解决的问题。长期以来,杀灭危害农作物的害虫和杂草是天经地义的事情,然而农药是双刃剑,这一点也是人类逐步认识到的。今天,解决农药残留已经成为农业生产中的转折性问题。

十几年前,欧洲的一些食品小超市以及廉价蔬菜商店的蔬菜陈列柜被国际环保组织——绿色和平组织查出残留农药超标,引起了超市连锁机构的重视,他们强烈要求蔬菜供应商改变生产方式。至今为止,越来越多的农业经营者放弃了施用农药;连曾经大量采用农药杀虫的西班牙南部安达卢西亚的大型蔬菜种植房也改用了益虫灭害虫的办法。利用"凶恶的"昆虫(益虫)杀灭喜欢吃食农作物的害虫,这是生态农业所要求的一种趋势。于是,生态农民也就不断地试图控制土壤中有机物之间的相互作用和较量,从而尽量争取高的产量,连祖宗用了几百年的老经验也被用上了,尽管其中的道理尚未全部搞清楚。

与此同时,农艺师们都在为人类能吃上安全健康的蔬果而孜孜不倦地做出贡献。很多人选择了昆虫(有益昆虫)养殖场作为创业项目,目前在欧洲已有70几种昆虫被作为农业害虫的杀手而养殖。

生态农业也包括充分发现和利用植物本身的武器,比如中欧的苜蓿类植物有一种奇特的本领——能使绵羊不孕。这些苜蓿能产生类似激素的分子链,它们通过和雌激素受体结合,从而中断妊娠周期,将食草羊群的吃食规模控制在一个能承受的水平。

经研究,发现金合欢是最有天才的"斗士",它们有4套手段来对付敌人:利刺;所有的叶子在受到羚羊或长颈鹿吃食时会酿造鞣酸,造成这些动物的消化障碍,最后被饿死;向周围植物发出"信使物质"(一种气体),让它们也分泌鞣酸;碰到蝗虫或甲虫时,借用一种"凶恶的"蚂蚁之力杀死它们。

农业需要转折性的改革,全人类都来努力吧。

球类运动儿多累

　　体育比赛往往要求运动员付出最大体力、承受最高精神负荷。"足球皇帝"贝肯鲍尔在 2002 年世界杯足球赛中总结说:"踢足球干脆就是负荷太大,为了冠军呀、奖杯呀……不断地面对赛事。拿全国联赛来说,踢 60 场或 70 场球,哪里还有尖端成绩可言,不在场上跛行和蹒跚已经不错了。"他的这番话在踢球者听来非常入耳,但也有不少其他体育项目的运动员觉得"贝爷"的话有点过了。《踢球者》杂志也认为,全国联赛没有球员踢过 60 场的,一般最多在 50 场左右。

　　了解各种球类运动对球员的力量、耐力和速度的要求于训练至关重要。不用说,足球比赛确实是耗体力、耗精力的球类比赛。身体素质、踢球技巧和比赛策略等必须全面达标;再说,正常比赛时间长达 90 分钟,比赛场地宽大,是球类比赛之最。今天,一场比赛下来,球员平均跑动路程约为 10.3 公里(1954 年才 4 公里)。相比之下,手球的比赛时间为 60 分钟,球员平均跑动路程 4 700—5 600 米;篮球比赛时间按国际篮联为 40 分钟,按 NBA 为 48 分钟,球员平均跑动路程 3 000—4 500 米;室外曲棍球比赛时间 70 分钟,球员平均跑动路程 5 500—6 500 米;排球比赛时间 40—120 分钟,球员平均跑动路程最多 900 米;网球比赛时间平均 78 分 21 秒,球员平均跑动路程 1 950—2 150 米……

乍看起来,足球比赛特别累人,但若仔细分析一下足球比赛过程中球员的跑动情况,就会发现 10.3 公里的跑动中,有 3.5 公里的路程,球员以 7 公里/小时的速度在场上"溜达";有 4.5 公里的路程,踢球者以最大 14 公里/小时的速度在慢跑;有 2 公里的路程是以 22 公里/小时或更快一点的速度完成的;全场比赛中,只有 200—400 米的距离,球员们是以 32 公里/小时的速度在"拼命"的;而一面传球一面跑动的距离仅占 150—200 米。

跑动和跑动速度是说明球员负荷的一个方面,另外一个方面是考验球员耐力的持续负荷。所以运动训练学和运动医学注重运动员的血乳酸值,它能更确切地说明球员的负荷大小及持续负荷;运动时和运动后,血乳酸值会显著升高。根据测试,手球球员和篮球球员的血乳酸值都会达到 4—9 毫摩尔/升(血乳酸浓度单位),而足球球员的血乳酸值在 3—7 毫摩尔/升(乳酸积累至一定程度会出现肌肉酸痛和肌力下降)。

负荷强度也是一个重要尺度,篮球比赛时,一个队在场上控制球时,必须在 30 秒钟内投篮出手(30 秒钟规则),所以等一场比赛结束,记分可在 100 以上。手球比赛虽然时间短于足球比赛,但手球运动的负荷强度大于足球,60 分钟内,球员们皆全力以赴,没有一个球员会在边线"轻松"一下的。乒乓球运动员的负荷强度、跑动距离和持续负荷率都相对较小,然而乒乓球是球类运动中最快的一种,和羽毛球一样,球员的思想来不得半点开小差,但羽毛球是球拍球类项目中最劳累的,加速和减速频繁,击球频率极高。

从各种因素考虑,手球、足球、室外曲棍球、篮球和羽毛球等应列为最累的球类运动。

全球黄金知多少

在人们的心目中,黄金是珍贵的、保值的。物价涨的时候,尤其是涨得明显和普遍的时候,有些人就会想到要买黄金,还有的人要炒黄金。黄金之所以珍贵,一是因为它稀少,二是因为它有一些宝贵的性能。

中国古代用⊙表示金,⊙在金文(旧称钟鼎文)中是"日"的意思,因为金子闪耀着阳光般的光芒。金通常不会生锈,除非碰到王水(1 份体积的硝酸与 3 份体积的盐酸之混合物),所以存在于金矿中的就是纯金。黄金的延展性很好,1 克黄金可拉成 160 米长的金丝,或者碾成面积 9 平方米、厚度 1/500 000 厘米的金箔。黄金能耐高温(熔点 1 064.43℃)、化学稳定性好。用黄金及其合金制成的记忆合金、超导材料和零件被广泛用在各种高新技术领域中。

只可惜地球上黄金的量实在太小,至今为止,全世界已经开采的黄金只有 16 万吨(一说 15 万吨),它们分别以各国的战略储备、各种机构和民间私有财产以及一般商品(如首饰、电子产品、文物、化工产品等)的形式而存在。目前全世界每年的开采量为 2 500吨。有一个数字乍听起来鼓舞人心:地球的黄金蕴藏量尚有 300亿吨,然而其中可以开采的只有 6 万吨,其他的蕴藏量只能长眠于地壳中或海洋底下,因为这些矿石或矿体中的有用组分(金)含量比太小(品位太低),平均含金量只有 0.000 4 克/吨。

世界五大洲都有黄金蕴藏着,蕴藏量最丰富的是南非,那里的威特沃特斯兰德地区的金矿品位达 45 克/吨。其他较有名的产金地区为:美国加利福尼亚州的马瑟矿脉、科罗拉多州的克里普尔克里克、阿拉斯加、加拿大、俄罗斯的乌拉尔山脉、加纳、津巴布韦、墨西哥、西伯利亚和澳大利亚。

关于黄金,常常用到"黄金储备"这一概念,它指一个国家所存金块和金币的总额。黄金储备本来有三个作用:作为国际支付的准备金、作为国内金属货币的准备金、作为存款和银行券兑现的准备金。但自从 1929—1933 年世界经济危机后,各国先后放弃金本位制,停止银行券兑换黄金,黄金不再作为国内金属货币、存款和兑现的准备金,只作为国际支付准备金。据国际货币基金组织称,世界上只有 6 个国家的黄金储备超过 1 000 吨,这 6 个国家分别是美国、德国、法国、意大利、中国、瑞士。

黄金是好东西,但对于个体的人来讲,体现黄金的好处需要一定的前提;设想如果地球上发生特大灾难,地球村的居民急需的是粮食、水、衣物等,黄金再珍贵也解决不了问题。我想,全世界人民如何积极发展工农业生产、努力创造卫生安全的衣食住行条件、坚决维护世界和平、维护生态平衡,这比拥有黄金首饰强多了。

人,够聪明了

20 世纪 20 年代,至少有三个神经科学方面的研究支持一种今天已被认为过时和错误的理论:人脑的利用率只有 10%。当时甚至有人搬出爱因斯坦说过的一句玩笑话作为佐证:"大部分人只用到 5—6% 的脑功能,我用到 7%。""10% 理论"曾经风行一时,于是很多人提出:"人类应该去发掘和提取另外的 90% 脑功能,从而使自己变得更加聪明。"

最近十几年来的神经生物学和脑研究知识否定了"开发和激活 90% 未被利用的沉默资源和备用资源"的口号。据说使人变得更聪明并不难,有一种神经增强剂能促使大脑中某些物质的分泌,从而增强人的专注力和记忆力。然而这样做会让人付出很高的代价:如果人类的记忆力和专注力变得更强了,那么就会丧失其他能力。人脑是在多种要求和多种环境条件下发展起来的,它能在各种重要状况之间体现出一种杰出的平衡。也就是说,人脑已处于一种"输金点",好得不能再好了,人类已经达到了能够达到的聪明程度。倘若超过这一"输金点",我们就必须削弱其他能力。利他林(中枢兴奋药)是一种提高专注力的制剂,可提高智商较低者的思维效力;但智商高的人用了这种药反而会感到自己"智力不全"。

具有独特思维才能的人往往也是(和其他脑区有关的)某些能

力缺失者。曾经当过莫斯科一家报纸编辑的俄国人索洛蒙·舍列舍夫斯基(1886—1958)被誉为"记忆艺术家",他可以记住别人长达几个小时的报告,可是他记不住别人的面孔和外表。犹太人中有一个种族,他们的 IQ-值高于欧洲人的平均智商。然而他们患某些遗传病的概率高出欧洲人的平均值。

作为人类,人脑已经进化到能使人很好生活的程度;作为个体,每个人的聪明程度是有区别的。人平均有 150 亿个脑细胞,通过各种连接可能性,可存储大量信息。人脑虽然不像电脑的硬盘那样可以不断扩大能力,但每个人都可以通过保持脑神经活度、建立许多接口,将脑神经网络扩建成一个在不断分化的枝状结构,使形成更好的体系和结构,从而保持思维和记忆能力,甚至到了老年还能提高这种能力。

人脑是一个高度复杂的器官,它全部被人所用,只是并非所有的脑区同时被用。当今,针对"人脑只有部分被用"和"挖掘 90%的未利用脑力"的神话,有人毫不客气地指出:传言来自那些想推销某些产品的人。当然,坚持旧话的人还是会有反对意见的。

同病相怜人和犬

　　她觉得很奇怪,家里那条狗近来疯狂地围着她的腿肚子转,一个劲儿地舔那粒褐色胎痣,常常会舔上一个小时,有时甚至想咬这粒痣。3个月过去了,狗的行为仍然这么异常,她终于害怕起来,便去找医生。医生为她切除了胎痣,并作了活组织检查,结果表明是恶性黑素瘤。所幸发现很早,癌细胞没有扩散到淋巴结。最近几年来,类似的现象时有报道并越来越受到科学界的重视。

　　早在3千多年以前,中国的郎中已经知道狗能嗅出疾病。2005年,加利福尼亚的一个研究小组成功地完成了一项实验,他们训练了5头不同的狗,让它们施展在诊断癌症方面的才能。为此,将55名未经治疗的肺癌患者和31名乳房癌病人的呼出气体试样收集在一个装着聚丙烯纤维棉的塑料罐里;另一个罐里装的是83个健康人的试样。每个罐里的试样都有来自吸烟者的和不吸烟者的,试样均在同一个空间里采集。狗闻到癌症病人呼出的气体就会坐下来,令人惊讶的是,这些狗的识别准确性达到99%。

　　癌会渗析出微量的烷烃(如甲烷)和苯衍生物,人感觉不到,狗却能嗅到,因为狗鼻子里的嗅觉细胞数量是人的20至40倍,而且狗有一种特别的闻嗅方式:每分钟吸气300次。它们对气味的感觉能力是人的一百万倍,空气中只要含有10亿分之一的异味,就能被它们闻出来。因此,计算机X线断层照片也反映不出的早期恶性肿瘤,狗都能识别出来。

由于狗的生活环境基本上和人的一样,所以它们得的病也和人类似。倘若居住环境里有石棉,时间长了人和动物都容易得石棉沉着症,最后也有可能发展成癌症,但在人身上的潜伏期可长达40年。因狗的寿命比人的寿命短得多,如果它们也因此而得癌症,通常在7至9岁时便暴露出来。从这一点看,狗是人类得病的指示体,尤其是对一些至今病因不明的基因缺陷造成的疾病。再说,犬和人的基因密码非常接近,在犬身上找到的基因缺陷及为此而研发的治疗方法,原则上都能适用于人。

有人估计,人类大概在15 000年前已开始驯养狼,后来转为养犬,至今已有400多个犬种,但它们绝大部分都是近交的结果,所以经常会得基因缺陷和变异导致的疾病,如致癌、致盲、致聋等。已经得知,犬的基因特征总和只比人的略少一点,人犬之间的基因一致性达85%,大于人鼠之间的一致性。狗会患上250至300种与基因有关的疾病,而这些病的发病过程和人的大体一致。

至目前为止,已有40多头狗通过修改基因而被治愈黑蒙(完全或部分失明)。狗自古被看成人的朋友,今后,它们将会在更多方面帮助人类。如果我们能在狗的身上隔离致病基因并研制出有效的治疗方法,或者通过修理有病的基因,使之成为一种"健康版本"的基因,那么人类医学的发展也将会因此而出现一个飞跃。

人海茫茫犹孤独

　　世界人口在不断增长，人们在不断互相靠近，至 21 世纪末，全球人口将达 110 亿。然而正当人和人处得很近的时候，很多人的内心却似乎在不断和别人分开，有越来越多的人感到孤独。

　　当今社会，是有不少人守着一百多平方米的房子，过着独处和独居的日子——配偶过世了，子女都在国外。有人说这些人很孤独，其实不尽然，人家看上去很忙，国内国外来回跑，见识世界眼福饱。这里需要区别两个概念：独处和孤独感。独处者不一定有孤独感，有孤独感的人不一定是独处者。

　　从心理学角度而言，人身上有一种基因型"孤独调温器"，每个人调定的"温度"是不一样的，因此每个人对"单独存在"的感受也是不一样的。孤独感不仅能在心灵上留下阴影，而且会给大脑和基因带来后遗症。就像流行病一样，如果感染了"慢性孤独感"，人就会开始不健康地饮食（比如经常喝酒）、依赖某些精神药物等。时间长了，大脑额叶前部的皮层活力减小，会影响一个人的情绪和行为。

　　从社会心理学理解，孤独感也就是与社会隔绝感，是一种主观意识，让人觉得很不舒服；而独处（或独居）只是一种状态的描述，是客观现象，独处也可以让人觉得很舒服。人不仅会建立社会联系、与他人接触，而且也会寻求独处。有人会故意远离尘嚣，过上一段时间的"隐居"生活。有一位作家曾经说过:"受孤独感的启发,觉得和别人在一起是相当美好的事情;和别人在一起时又让我感到,独自待着也很惬意,于是我就有了许多调节的余地,始终过着美好的生活。"歌德也曾把自己的作品称之为"孤独造就的孩子"。而哲学家叔本华却写道:"人只有在单独存在的时候才能完全成为他自己,不喜欢独处的人也不喜欢自由,因为只有一个人独处时,他才是自由的。"

生活状态的改变固然会造成独处的事实,比如配偶离去了、孩子搬走自立门户了、退休离开群体了或者生病独自住院了……但是否孤独并不取决于我们是否独处,而是取决于我们对自己以及自己生活的态度和看法。

孤独感分三个阶段(三种不同程度):1. 暂时性孤独感,孤独的感受持续较短的时间,只是对外界状况变化(如待岗、搬家、住院等)的一种反应。这一阶段的孤独感没有坏处,相反能让人去适应新的状态。2. 进续孤独感,孤独感开始了,不幸成为持续的陪伴者。建立联系、与人交谈的能力在慢慢下降。3. 慢性孤独感,孤独感持续数月乃至数年,常犯发呆,社交、联络、展示自己、认可别人等能力消失,成为一种疾病。

现代化的大城市,有些人过于关心建立自己的目标,关心自己的成就,凡事先想到自己;加上电脑在职业和私人生活中的普及,人们已经不习惯和他人进行实打实的联系、沟通、走动、交谈。想完全消灭孤独感是不可能的,但明白了造成孤独感的因素,我们至少可以做到把孤独感扼杀在第一阶段。

不怕热

"上无纤云,下无微风",清早起来就冒汗珠,此等夏日确实难受。我国古代诗人写过许多《大暑赋》《苦热》之类的诗歌,诉说了高温之下的苦衷,描写了炎夏时节的种种情状。但清朝的袁枚却喜欢炎夏,他在《三伏》中说:"却喜炎风断来客,日长添著几行书。"

19世纪的印度有一个怪现象,一到夏天,火车站上总有几口棺材停放着,这些棺材是为坐火车的英国殖民主义者准备的。夏天的印度是一个高温世界,车厢拥挤不堪,总有个把英国人被酷热逼得透不过气来而一命呜呼。

其实大自然创造了人这一万物之灵,给每个人以同样的体温,不管是生活在沙漠地带的人,还是居住在格陵兰岛上的因纽特人,他们的体温都是37℃,这是一种最佳体温,只有在37℃时,人体内的酶才能最佳地催化新陈代谢。尽管每个人的体温一样,但生活在不同气候带的人对某一地区的气候的主观感受是不一样的。比如英国人觉得18℃至20℃是最舒适的温度,而印度人则认为至少在25℃以上才舒服。

热死人只是个别现象,正常健康的人都能适应高温天气,哪怕是持续高温,因为人身上有一个调节系统,即位于中脑的温度中心,它始终通过皮肤以及脑中的"感温器"获得信号,知道体外的温度是高还是低,这些信号表示血液温度太高或太低,如果血液太热,则机体会使血管扩张、让身体出汗散热。

话虽这么说,但不同肤色(或者说不同人种)、不同体形、不同身高的人对高温的抵抗能力是不同的。通常,肤色深的人最耐高温,最能适应太阳光的强烈照射,因为皮肤中的色素可以使紫外线的侵入减少;浅肤色的人(白种人)皮肤中的色素少,因而适合于在阳光不太强烈的地区生活,即使在阴天,也有足够的紫外线进入他们的皮肤。

其次,体形和抗高温的关系很大,一个人的体积越大,即个子越高、越胖,则吸热越多,但如果皮肤的表面积越大,那么自身冷却能力越强。诚然,一个人的身高和体胖程度增加,必然同时导致体积和皮肤表面积的增加,但皮肤表面积的增加和身体体积的增加程度不一样。打个比方,一个巨人的身高为一个侏儒的 2 倍,则他的皮肤表面积是侏儒的 4 倍,但他的体积却是侏儒的 8 倍。换句话说,身高体胖的人适合于生活在寒冷地区,而热带地方的人个子普遍较矮,身体比较瘦,因而抗高温能力较强。所以北欧人个子高,男子平均身高 181 公分,女子平均身高 169 公分。居住在尼罗河上游的民族,尽管他们的个子不算小,但他们有棕色的皮肤,苗条细长的身材,因而同样具有抗高温的能力。此外,非洲、中美洲、南美洲土著居民的头发是卷曲的,这种头发有利于保护头部不受太阳暴晒。

人虽能适应高温,可高温毕竟使人不爽快,倘能在高温季节里尽量做到平心静气,使自己处于一种乐观、进取、安逸的心态,说不定能给自己降一点温。

人口与生态脚印

听说 1980 年上海只有 121 幢房子是超过 8 层的,而今天 8 层以上的高楼已有 1 万多幢——为了解决上海这个人口密集的大都市的居住问题。多年来我国的计划生育工作取得了可喜的成绩,生第二胎终于又被提到日程上,尽管如此,我们还是不能忘记我国是个人口大国,我国不仅人口"底子厚",而且人口密度过大的城市较多,据国外前几年的一个统计,全球人口逾 1 000 万的城市,中国占了 4 个:重庆、上海、北京、深圳。

有一种说法:"人口是定时炸弹。"人口爆炸是人类面临的最大问题,至 2050 年,地球人将会多至 97 亿到 100 亿。目前(2017 年)世界人口已达 75 亿,至今全球人口每年增加约 7 800 万,于是不断有人问,人口如此增长下去,地球承受得了吗?答案要从两个方面来谈,如果光从地球面积来看,地球是承受得了的,仅仅一个欧洲就可以再接受和安置 67.5 亿人。问题是人活在世界上要吃饭、穿衣、住房、出行、工作、消费、耗能、排污和二氧化碳……光用地球面积来分配是不科学的,必须用"生态脚印"的概念来评估。

生态脚印是指按今天的生产条件,一个人在上述要求得到满足的情况下所需要的地球(陆地和海洋)面积,其单位是公顷。因每个人的生活要求、标准和习惯是不一样的,所以生态脚印的大小也就不一样;但一个群体、一个民族、一个国家可以算出一个平均生态脚印。生态脚印越大,表示人类消耗的资源越多。根据全球脚印网和欧洲环境局所提供的数据,地球能提供的生态脚印是每人 1.8 公顷,但按目前人类的消耗,每人的平均生态脚印是 2.2 公顷,显然,一个地球已经不够用了。每个国家的生态脚印很不一样,如美国公民的平均生态脚印是 9.7 公顷、英国 5.6 公顷、欧盟成员国平均 4.7 公顷、巴西 2.1 公顷、中国 1.6 公顷、印度 0.7 公顷……如果全世界都像印度人民那样节约资源,地球让 100 亿人吃饱饭是没有问题的;倘若世人的生态脚印都和美国人的一样大,那我们今天就需要 3 个地球了。

生态脚印的概念首先由马西斯·瓦克纳格尔和威廉·E·里斯于 1994 年提出,得到世界公认。2003 年,瓦克纳格尔创建全球脚印网,从事拯救地球、保护环境、保护资源的工作。

人类正在辛苦地寻找第二个地球,梦想能否成为现实、什么时候成为现实,不知道。我们能做的是保护好现有的地球,地球人共同起来控制人口快速增长,尽量调整生活习惯,节约使用地球资源——保护人类自己。

动物眼优于人眼

苍蝇拍的速度不及苍蝇逃跑的速度,这是因为苍蝇头上长的是复眼,复眼对运动感觉的速度是人眼的 4 倍。其他昆虫如蜻蜓、蝴蝶等也有复眼,它们的复眼呈半球形,几乎占了头的大部分体积。

物体反射的光通过人眼唯一的晶状体的汇聚作用,投射到视网膜上,形成一个完整的图像。而许多昆虫的复眼则由无数所谓的"小眼"组成,每一只小眼只感觉周围环境的一小部分,所有的单独图像组成一幅完整的马赛克(镶嵌画),因此视野很广,如食虫虻,它们的复眼视野几乎达到 360 度,是所有已知生命中最大的视野。昆虫拥有的小眼数量越多,飞行速度越快。

蜻蜓的小眼可多达 3 万只,它们的额上还有 3 只单眼,凭借着宽广的视野和优异的视力,蜻蜓可在 20 多米远处感觉到其他动物,猎取在飞行中的小昆虫。

长期以来,生活在 1 000 米海洋深处的巨型墨鱼的眼睛是科学家们一直在研究的对象。它们生活的地方几乎一片漆黑,但它们还是能发现相距 100 多米的凶恶敌人——抹香鲸。巨型墨鱼的眼睛直径为 40 厘米,有篮球那么大,晶状体也大如橙子,是动物界创纪录的眼睛。当抹香鲸游近时,会碰到许多深海浮游生物,这些浮游生物于是发出生物光。巨型墨鱼就依靠自己的杰出眼睛而在很远的地方通过生物光而发现敌人,及时逃走。

鹰的视力,就像传说的一样,所以网球和排球等球类比赛中用来判定界内球和界外球的仪器称之为"鹰眼"。鹰之所以能在几百米高空发现一只老鼠,完全要归功于鹰眼的解剖学结构。和它们的身体相比,鹰的眼睛占了很大比例,而且在脑袋里甚至是互相接触的。鹰眼优于人眼还在于,鹰眼拥有大量的感光细胞(网膜锥体),不仅能提高视觉清晰度,而且还能看到前面和侧面。此外,鹰眼的晶状体比人的柔软,有利于更快地调节和提高清晰度。

猫头鹰通常在黄昏后开始上班,它们常待在5米高的树枝上,离它们的潜在猎物相当远;尽管如此,一只成年猫头鹰平均每晚可逮住四至六只老鼠;因为它们也有极好的视力,它们的眼睛占头的三分之一。人眼倘要达到这样的比例,那么人眼就会像苹果一样大。

猫科动物中的狮、虎、山猫等特别适合于夜间行动,在黑暗中的视觉能力极强,只要有光落到它们的眼睛上,眼睛就会在黑暗中闪闪发光,看了令人毛骨悚然。例如美洲豹的视网膜后面有一反射层(即所谓的"发光毯"),将光再次投射给视网膜,从而提高视力。

更为神奇的是变色龙的眼睛,它可清楚地看到1千米外的目标物体,能各自转动,达到一个几乎是圆周的视野。变色龙先用眼睛进行"全方位扫描",然后对找到的猎物进行聚焦。用同样的方法可很快发现敌人和隐蔽自己。不少蜥蜴具有长条形、四裂片状的瞳孔,可将瞳孔尽量缩小到只有丁点儿微光射入眼睛,从而保护视神经。

人眼不及动物眼,但在造物主的安排下,人在其他方面尤其智力方面具有极大优势,因而成为最优越的动物。

茸金繁蕊说桂花

仲秋时节,走在"金粟世界"的西湖边上,飘来阵阵扑鼻桂香,让游人不饮自醉。明代张岱在《西湖梦寻》中称满觉陇为"金粟世界",金粟系桂花的别名。满觉陇自古是杭州驰名的赏桂佳处,"满陇桂雨"曾是新西湖十景之一;秋风起,桂花飘,碎金铺满地。而今天的杭州,桂花又集中在西湖新秀之一的长桥公园。长桥在清波门外净慈寺东,南山路的南段,乃西湖三怪之一(长桥不长,断桥不断,孤山不孤)。桂花是杭州的市花,故长桥公园又叫市花公园。其实杭城处处能闻到桂香,比如通往玉泉的那条小道两旁就栽满了桂花树。

桂花是我国传统名花,已有 2 500 多年的栽培史。桂花树原产我国西南部,因其木纹理如犀,又称"木犀"。而花香幽远淡溢,又得美名"九里香"。

桂花在中国文化中可归纳为"美好高尚"四个字,成语"桂林一枝"比喻出类拔萃的人物。"蟾宫折桂"是说古人仕途腾达;蟾宫是月宫的别称,因传说月宫中有蟾蜍和桂树。西方和我国都有"桂冠"这一说法,我国古代用长着桂花的桂枝编成桂冠,以示清雅高洁。三国时《弭愁赋》曰:"整桂冠而自饰,敷萋藻之华文。"——戴上桂冠修饰自己,铺展锦绣华章也。在西方,"桂冠"一词出于希腊神话:太阳神阿波罗受小爱神厄洛斯(即罗马神话中的丘比特)戏弄爱上了女神达芙妮，一味追求她；而达芙妮也因中了厄洛斯的箭而只知道拒绝阿波罗的爱情，被追得没有办法，最后父亲让她变成一棵月桂树。但阿波罗坚定不移爱着达芙妮，抱着月桂树感叹不已，从此将月桂尊为圣树，他的头上、琴上、箭袋上永远挂着月桂树的枝叶。桂冠被赐予每年选出的最优秀诗人和英雄，"桂冠诗人"由此得名。后来，英王詹姆士一世首次将"桂冠诗人"的称号授予本·琼森。"桂冠诗人"成为一种领取宫廷俸禄的官职，他们的任务是在王室庆典时即兴写诗诵诗。不过有一点必须加以区别，桂花和月桂虽有很多相像之处，但它们不是同一种植物，桂花属木犀科，月桂属樟科。

桂香时节，正是人们吃桂花点心的时候：桂花藕粉、桂花汤圆、桂花年糕、桂花条头糕、桂花芋艿……杭州旧时风俗，结婚时分送桂花糖，桂花糖十分朴素简单：一张小红纸包着两粒小桂花糖，不像现在的喜糖——包装比糖还贵。

桂树的花、果、枝、叶均有药用价值，能祛寒、暖胃、化痰。桂花沏茶常饮或将桂花、菊花用开水冲沏后漱口，有消除口臭作用。

桂树在我国的浙江、江苏、四川、云南、广东、广西、湖北等省都有栽培。桂林、成都、苏州、马鞍山等都与桂花有不解之缘。用桂花作市花的城市除杭州外，还有苏州、桂林、泸州、马鞍山、合肥、湖北老河口；桂花还是台湾省台南县的县花。

悄悄地沁人肺腑、不知不觉地袭人以馨香；走在小区里，风儿送来了桂香，却还没有看见那株桂花树，这正是桂花的宝贵之处。为人不妨学桂树，少作秀，多低调。

如果你是一只鸟

人的生态平衡意识和动物保护意识在不断增强,随着城镇居民的注重绿化,鸟儿陆续不断来和人类做伴,小区一片花香鸟语。然而人们经常会发现鸟儿莫名其妙地死在老虎窗的檐沟里、高楼边的地上……鸟类保护者们对这一现象已研究了很长时间,他们称此为"撞鸟之死"——鸟儿会无缘无故地对着玻璃等透明或反光物体撞去,有的当场死亡,有的因内出血而拖一段时间再死去。

自然界生活着数不尽的鸟类,但并没有发生鸟儿成灾的现象,原因是它们的死亡率很高。鸟儿常常会因撞上下列设备而丧生:风力发电设备、架空电缆、电视塔、各种建筑物、卡车;会死于农药和野猫家猫等的袭击……在欧洲,每年约有 25 万只飞鸟撞死于固定的玻璃或反光物体。

经研究发现,鸟儿往往无法将玻璃之类的物体当作障碍物识别出来。玻璃的透明和反光性能,让鸟儿在玻璃面前只看到天空、云彩和树木,这些信号给予鸟儿以假象:我可以飞过去。穿梭的结果是丧命。

不少城市居民也慢慢意识到撞鸟的问题,为了保护鸟类,他们采取了一些简单易行的办法,比如有人将老鹰的剪影贴在窗玻璃上,用来警告鸟儿:离开玻璃!但效果不是很好,因为鸟儿对自己的导航本领很自信:我绕开它还是能过去的,在树木间来回飞翔是我的拿手好戏。有一个办法是将树木种在没有玻璃窗的墙边，尽量减少可供玻璃反射的物体。有人认为，最主要的是在启动一个建筑工程之前，将"保护鸟类"提到议事日程上。比如应该考虑，是否非建反光强烈的玻璃幕墙不可；能否不采用透明的玻璃或反光的玻璃，是否可以用彩色玻璃代替。市场供应一种专门的黏性薄膜，贴上后能使玻璃不会强烈反光。鸟类保护者建议在玻璃上粘贴垂直的色条，宽 1 至 2 厘米，间隔 5 厘米或 10 厘米，作为对飞鸟的警示。还有人主张用防晒霜，拿手指蘸取，抹到玻璃上，各点之间的距离约为 10 厘米。更有人提出放弃擦玻璃，或不要将玻璃擦得很干净，反正对人没有太大影响，却能拯救鸟儿的生命。

不久前已经研制出一种"护鸟玻璃"，适合于大面积使用（如作玻璃幕墙），这种玻璃在生产时涂上了能反射出紫外光的涂层。人看不见这些紫外光，但鸟儿能看见，于是知道玻璃是障碍物。

为了保障哺育后代并获得足够的食物，许多鸟类尤其在孵卵期有强烈的领地占据欲，在这种时候，它们显得十分敏感好斗，往往把在玻璃窗上反射出的自身镜像当作陌生的同类，因而全力以赴冲过去驱赶，结果造成悲剧。

收尾前想起两件事：其一，我曾跟人说起过"撞鸟之死"，有人觉得不屑：哪有这种事啊？就算有，管它干嘛？其二，我在以前一篇有关麻雀的短文中提到："有一次当我开窗时，麻雀差点没撞到我脸上。"现在想来，当时要不是那么巧，那只麻雀很可能撞到玻璃上了。朋友啊，你不妨想一想：如果你是一只鸟……

入冬话取暖

旧时的文人善于寒中作乐,约几个朋友围着火炉饮酒吟诗,若外面正在飘落雪花,那就更添诗意了。白居易有诗曰:"绿蚁新醅酒,红泥小火炉;晚来天欲雪,能饮一杯无。"西方人的情趣却限于家庭:先生坐在壁炉旁静心看书,太太靠在不远的沙发上结毛衣,绒线球抛在地上,任小猫玩耍,茶几上兴许还放着两杯热咖啡。

中国古代用木炭生火取暖,木炭燃烧时没有很大的火焰,且燃烧时间长,室内温度能较长时间保持稳定。一般人家里都有铜制或铁制的炭盆,外面加一个铁丝笼罩,除取暖外,尚可将一些急用的湿衣服或尿布之类放在铁丝罩上烘干。唐代人普遍开始用铜制的手炉和脚炉,里面放上火炭或尚有余热的灶灰。此外还有睡觉暖脚的"汤婆子",冲上热水即成。正如黄庭坚诗中所说的"千钱买脚婆,夜夜睡天明。"

我国北方地区的取暖设施有火塘、火墙、壁炉和炉灶等。从半坡遗址发掘可以发现设于靠房屋门口的灶坑,是炊事和取暖双重功能的火塘,助燃用的氧气吸收自室外,不会造成废气中毒,比现在的老式淋浴器还科学。咸阳宫殿遗址展现了当年的壁炉,建于洗浴池旁,系取暖用的设施。至于**火墙**,系用筒瓦做成的管道,敷于墙内,并与灶相连。

皇宫内的取暖就更讲究了,汉代出现了温室殿,用花椒和泥涂壁,殿内有各种防寒措施和设备,所以有的殿便叫椒房殿。汉高祖时,椒房殿是皇后的殿室,故"椒房"也成了皇后的代称。明清的宫廷专门设置负责宫内取暖的机构,如惜薪司便是专管薪炭的机构。清代的冬天取暖事宜分工更细,设有爇火处、柴炭处、烧炕处。乾隆年间,宫内每人每日的薪炭供应是有标准的:皇太后120斤、皇后110斤、皇贵妃90斤、贵妃75斤……紫禁城内宫殿的地面下多数挖有火道,称为暖阁结构。据唐《开元天宝遗事》载,玄宗的弟弟申王每到冬天特别怕冷,于是令宫妓们将其座位团团围住,抵御风寒,称为"妓围"。

行文至此,所言凡及社会的中层和上层,贫苦百姓往往连基本的取暖手段都没有——"岂知饥寒人,手脚生皱劈"。他们只能从冬至开始掰着指头数九九,连数九九八十一天,寒冬便挨过去了。也有苦中作乐的,那就是玩儿"九九消寒图",八十一朵素梅,每天填红一朵,最后迎来了阳春三月天。

如今的人真有福气,享受着先进的科技成果,一点冻不着。在多种现代取暖方式中,低温地面辐射采暖(循环水管埋在地板下,简称地暖)是最有效、最合理、最节能的取暖方法,因为大部分的热能用来加热从脚到头的"有效空间",50℃左右的热水在水管中循环,将地面加热至26℃—28℃,地面便均匀地向室内辐射热量。人的脚离心脏最远,最需要保护和加热,地暖的温度分布正好能满足这一要求,同时将头部温度基本保持在18℃左右。

三八节说女性美

　　女性美主要包括脸蛋美和身材美。目前国际流行的 WHR 值（腰围-臀围比）0.7 其实并不适用于全世界。尽管男人皆视女子胸脯丰满、腰身瘦小、臀部发达为身材美,欧洲和美国人甚至提倡"性玩伴"值,即(胸-腰-臀)90－60－90,按此得出的 WHR 值仅 0.67,但在另一些国家,人们以为较高的 WHR 值更有吸引力。不管怎么说,女子腰身小确实给人以曲线美,我国古代有"小腰微骨"之说,而且腰身瘦小本身说明身体健康、能产生足够的雌激素,因为女子在青春期以前及更年期以后的体形呈"管状"(当然有点夸张),和男子差不多,到了青春期,由于雌激素的大量分泌,身体的一切都在发生变化,这时将有好几公斤的所谓"再造脂"转移到臀部和大腿,这是女人在怀孕时需要消耗的能量(捎带一句,男人的 WHR 标准值被定为 0.9)。

　　怎样的脸蛋才算漂亮? 在欧洲文艺复兴时期有一种标准:耳和鼻应一样大,两眼内角之间的距离应和鼻翼的间距相同,而嘴的宽度是这一间距的 1.5 倍。马克斯·费克特(费克特化妆品公司创始人)于 1932 年发明了一种可笑的"漂亮校准仪",该仪器配有许多小螺栓,把它套在头上,用螺栓来校准脸蛋。至今最复杂的脸部美计算模型出自美国的斯蒂文·霍芬教授——以"好莱坞博士"而出名的洛杉矶美容外科专家之手,几乎所有的好莱坞女明星都上过他的手术台。霍芬于 1998 年发明了"漂亮指数"(BI)。根据脸上各测点的角度、圆度进行各种计算,算 9 次便可得知脸是否漂亮,BI 值在 1.00 和 1.30 之间是属于漂亮的。这一计算模型专供霍芬的同事们做美容手术判断用。

无论是脸还是身材,平均和对称是漂亮的重要因素之一,因为人和其他生物的美是建立在对称基础上的,这一点尤其适用女性。眼睛一大一小的脸谈不上漂亮,颧骨一高一低的脸有点丑,笑起来嘴斜的脸让人看了不舒服。目前西方研究出一种"平均脸"——好几张脸的幻灯片叠在一起产生的脸,也就是所谓的"三明治脸",符合平均脸的面孔被认为基本上是漂亮的。其实我国古代也提出过类似的美学标准:"夫美也者,上下、内外、小大、远近皆无害焉,故曰美。"(《国语·楚语上》)

虽说人的外表美不是美的全部,可是外表漂亮的女人确实占有一定优势,这种优势对求职和提升很有用处。心理学家们作过多次试验,他们故意在电话亭里放上硬币,等到有人来打电话,便让漂亮女人和不漂亮女人分别去敲门询问:"对不起,我是不是在这儿忘了一枚硬币?"87%的打电话者将钱币还给了漂亮女人;只有少数打电话者将钱币还给了不漂亮的女人。

"美女"是人类千古不变的话题,但漂亮只是一个相对的概念,古人所说的"肩若削成"(即美人肩)恐怕已无人问津。

雨伞的衍生功能

　　最近有一位荷兰设计师研发了一款气体动力学雨伞,在风雨交加时,持伞人手上的伞能自动调节到最佳位置,能确保伞面在100公里/小时的风速下也不会被"吹翻天"。新西兰的雨伞设计者对伞面形状作了较大改造:将固定伞骨的尖角改成钝角,避免平时以及风雨大作时伞骨刺坏面料乃至刺到人的眼睛。

　　美国有一位设计师研发了一把形状特殊的雨伞,打开后,伞面从伞冠开始往下包成210度的圆弧,可固定在肩上,非常适合于骑自行车的人使用,不必用手持伞。

　　在我国,传说伞是鲁班的妻子发明的,这种说法连英国人也认同。其实世界各地的人也许都有过自己最早的伞,随着社会的发展和人际交流的发达,人们渐渐统一于相对先进的产品。不过几千年来,伞的功能始终保持着自己的传统:挡雨和遮阳。人们对伞的印象相当深刻。法国作家大仲马曾在国外一家餐馆吃饭,他喜欢吃蘑菇,但那里的人不懂法文,没法知道他想点什么菜。大仲马灵机一动,用笔在白纸上画了一个蘑菇,交给侍应生。侍应生笑着点点头,很快给他拿来一把伞。有人怪大仲马绘画水平太低,但也有人说该城的雨水较多,向餐馆借伞是常有的事,也难怪侍应生动不动就想到伞。

　　英语中"伞"叫 umbrella,由拉丁文 umbra(掩护,荫庇)演变而来。所以伞就是人类的庇护者，它们被当作女性的装饰品和英国绅士的陪伴者，在这一前提下，伞就不知不觉地有了一些衍生功能。滑铁卢之战的胜利者，英国陆军元帅威灵顿有一把蜡染亚麻布雨伞，伞柄里暗藏着一把剑，无论从哪方面理解，这把伞就是他的庇护者。如果说几千年来伞有什么变化的话，那就是技术的改进（如发明自动伞、缩折伞、减轻伞骨的重量及加强伞面的牢度等）和伞柄的变化。伞柄的用材很广，可以是镀金和镀银的材料，可用皮料、动物角、象牙、玳瑁壳、竹管、贵重木料等制成。伞柄的制作不仅可赋予不同的艺术风格，而且可结合各种辅助用途，比如拧开伞柄，里面是一个手电筒、一支笔、一只小闹钟、一个装药的瓶子、一个指南针、一个望远镜……

在欧洲伞业繁荣的时期，名牌伞曾经是人们当作礼物的第三选择（第一是手表，第二为首饰），多在生日、母亲节、圣诞节、复活节、圣灵降临节赠送。今天，雨伞的最时髦衍生功能大概是作为"广告伞"。很多企业把雨伞作为广告载体和联络客户感情的"企业礼物"，因为伞面是再好不过的广告平台了。

笔者曾多次听见拿到外国公司送的广告伞的客户夸奖说："看人家做的伞多好啊。"必须承认，我们市场上充斥着不少劣质伞，那些确实是贪心的商贩用来骗钱的假货。如果我告诉你，2007年，全德国人共买了2500万把伞，其中98%是从中国进口的，你手里拿着的礼品伞很有可能是"中国制造"的，该不会再作这样的感叹了吧。

扫帚休息年初一

小孩子常听大人说，正月初一是不能动扫帚、不能扫地的，因为这天是扫帚生日。扫帚有生日吗？在孩子的心目中，大人说的大概不会错吧。扫帚还可以吃呢，但西方人有一句赌咒语："（此事）要是真的话，我就吃掉扫帚。"表示决不相信，他们认为扫帚是不可以吃的。其实有一种野菜叫扫帚菜，生命力极强，在贫瘠的土地上依然枝密叶茂，呈一团球形，其嫩芽可做汤，或开水烫后凉拌。秋后，将叶子抹去，是一把完整的扫帚。

年初一不扫地并非人们懒惰，更不是因为扫帚要过生日而给它个面子，而是人的致富心理在作怪。新年伊始总想讨个吉利，把垃圾看成财宝，不扫不倒，情愿满地狼藉也不去动扫帚，实在脏得不能忍受时，可从门口往屋里扫，将垃圾归在一处或盛在畚箕里，但决不倒掉。年初一忌扫地、忌倒垃圾终于成为岁时风俗。

然而扫帚拿在人的手里，到底该不该扫地，全凭一张嘴的说道。旧时浙江宁海地区逢岁末年初常有乞丐至农家门口，用小扫帚来回扫地，嘴里不断念唱："扫到羹厨头，养猪大如牛；扫到羹厨脚，养猪七八百。"最聪明的要数江苏人了，他们说："蓬尘垃圾扫出去，金银财宝扫进来。"横扫竖扫都有好处。

扫帚是人类发明的清洁工具，在人类长期生活和劳动实践中产生了不少和扫帚有关的俗语、谚语。如欧洲人习惯用"新扫帚扫地特别干净"来形容刚开始工作的人干得特别认真、特别起劲,相当于汉语中的"新官上任三把火"。说一个人骨瘦如柴曰:"瘦得像扫帚柄。""吞下了扫帚柄似的"用来比喻做事死板、拘泥形式。如果想对某个机构或某个系统狠狠整顿一下,可以"用铁扫帚彻底扫干净"来表示。"用别人的扫帚扫地"是借别人之力使自己得好处的意思。至于"只能和扫帚锅瓢打交道的人",那纯粹是贬称女人了;中国人也常用"扫帚星"来骂女人。国外还有一句隐语叫作"在扫帚下举行婚礼"——非法同居。

多瑙河畔的埃因根小城有一个扫帚博物馆,在这儿,参观者不仅能看到180多把形形色色、不同用途的扫帚,而且可以了解古代欧洲有关扫帚和扫地的风俗。

新年的第一天就来说扫帚,因为扫帚在帮我们扫除龌龊、扫除果皮、扫除纸屑、扫除枯叶、扫除污泥乃至扫除妖魔鬼怪,它们是人类的功臣,但却未受褒扬;我想可能是扫帚总挨着地、处于最下层、也没有人去提扶它们。若是让它们倒过来朝上立,说不定它们也能"敝帚自珍",可是人们又不许扫帚倒着放。人活在世上又何尝不是这样,有些并不咋样的人很出名,因为他们善于"自我推销",加之有人捧、有人炒、有人吹;而那些做了事情不愿张扬的人也就只好永远默默无闻了,再说炒作者有他们的标准,不是随便就炒的。扫帚也是这样,人们只知道利用它们,却很少有人愿意为它们做点文章。不过,大年初一了,扫帚至少也可以说一句:"今天我休息。"

色盲者也受重用

　　不具备正常人辨别颜色能力的先天性色觉障碍称为色盲,色盲分为红色盲、绿色盲、红绿色盲、黄蓝色盲和全色盲,其中红绿色盲最为常见。全世界约有 5％的人是色盲者,男子色盲是女子的10 倍。

　　人的视网膜上的视锥细胞是感受强光的,能分辨 380—780 纳米之间不同波长的光线,产生紫、靛、蓝、绿、黄、橙、红等颜色感觉,是明视器官;而视杆细胞则感受弱光,它们不能分辨物体的细节和颜色,只有明暗的感觉,是暗视器官。许多色盲者不仅是负责红色或绿色的视锥细胞坏了,而且是根本就没有用于红色或绿色的视锥细胞;但他们因此却有更多的网膜视杆细胞,有利于分辨对比度和晚间视敏度(视力)。

　　第二次世界大战期间,盟军有意识地加强征召色盲士兵,充实侦察部队。这些色盲侦察兵在军队中起了重要作用,尽管他们不注意颜色,但对物体的轮廓更为敏感,能出色地识别隐藏在掩蔽网下的敌方装甲车或经巧妙伪装的敌方军事营地。色盲侦察兵往往特别擅长解释夜间侦察行动中拍摄的照片,经常陪同侦察小分队执行任务。

　　研究指出,色盲者比正常色觉者更能区别黄褐色,而阵地上的掩蔽网以及士兵们的迷彩服正好都是黄褐色的。

在日常生活中,出于安全考虑,色盲者不能担任交通运输的驾驶工作,也不能承担其他需要具有辨认颜色能力的工作。为此,在高考填报专业时也就有一定的限制,但这绝不是对色盲者的歧视。为了消除在这方面产生的一些误解(比如有人对鉴定色盲的图本之科学性和权威性表示怀疑,有人认为戴了矫正眼镜或隐形镜片应该可以获驾照,也有的色盲者则很悲观),国外有关机构曾请一些色盲者介绍他们的切身体会。

有一位女性色盲者觉得在生活中确有不便之处,但也不必那么悲观。她喜欢和孩子们打交道,跟孩子们在一起,她完全忘记了自己有色盲。她认识了许多孩子,但几个星期后,在路上再碰到以前认识的熟人,她有可能认不出他们;甚至在马路上和丈夫相遇时,要丈夫说话,她才会注意。她意识到自己需要花点力气建立一个不会"认不出"的朋友圈,她正在努力中。

谈到色彩问题时,她说:"尽管我感觉不到某些颜色,但我的生活并不是无色的、单调的,更不是悲哀的。我喜欢待在阳光下,对将要试制的新型矫正隐形眼镜充满着期盼。我也喜欢看太阳落山或者开满鲜花的树木,虽说我没有眼福享受艳丽的晚霞和满树的花朵,但此时我的视觉对物体产生强烈的反差和对比度。和周围的人一样,我关心衣服的款式和用料,按我的兴趣和心情穿衣。只有一次求职面试让我觉得很受挫折,除此以外,色盲没有太多地影响生活。"

色盲既然是先天性色觉障碍,至今尚无有效的治疗手段,那我们至少可以做到平时不要称色盲者为"病人"或"患者"吧。

沙漠好玩吗

尚未进入大漠,凄凉的诗句已经映入脑海:"春风不度玉门关"、"西出阳关无故人"。当我第一次去敦煌的时候,心中怀着一种好奇和神秘:敦煌真的好玩吗？路途确实让我觉得孤寂和害怕,沙漠中唯一的一条国道(从飞机上看就是一条黑线),行走着唯一的一辆小车,司机把车开得飞快,我担心它会不会翻了,因为路有高低不平的坡度。除了人迹罕至的大漠,唯一可见的是雄伟奇壮的祁连山脉……直至目睹了世界奇迹莫高窟、鸣沙山和那风刮流沙不落水的月牙泉,才感叹万分:大漠中的明珠,世上少有的沙漠绿洲啊。

然而仙境只有此地有,地球上的沙漠基本上都是让人害怕的,在沙漠中行走是艰难困苦的,甚至还会看到骷髅和骨骼。从宇宙观望我们的地球,地球是一个蓝色的球体,但这是一个假象,地球上三分之一的面积是沙漠或半沙漠。有的科学家对沙漠有一个广泛的定义,凡是干旱到四季不长植物的地方,都被看作沙漠。地球上最干旱的地方是赖特谷地——南极周围地区一个长约 60 公里的谷地,据科学家估计,这个地方几百万年以来就没有下过一滴雨。同样,智利北部的阿塔卡马沙漠也有着一样长的干旱期,所以天文学家在那里安装了许多大型天文望远镜。尽管如此,阿塔卡马沙漠中仍然生活着一百多万人,他们靠地下水和无峰驼生活,因为他们要在这里开采金属锂。

在热带沙漠中旅行的最大问题是热和渴,倘若拿仙人掌科植物来湿润是很危险的,因为有不少仙人掌是有毒的,会引起腹泻和头疼。据说有一种梨果仙人掌的果实是可食的,果味甜酸,可口多汁,长在树形的植株上。

可以这么说,沙漠基本上不好玩,但偏偏有人要挑战沙漠,有一位叫帕克拉凡的伊朗人于 2011 年从阿尔及利亚出发,骑自行车穿越撒哈拉大沙漠,全程 1 734 公里,以 13 天 5 小时 50 分 14 秒的时间创下世界纪录。他的伴行人为他准备了食物和水,每天向他提供 6 000 卡热量和 7 升水。

沙漠可以穿越,却很难阻挡,地球每年有 1 200 公顷的土地变成沙漠,对此,人类要负相当责任(人类在不断"加热"地球和砍伐树木)。全球受沙漠扩张影响的国家有 110 个,人口 10 亿多。

我国从 20 世纪 70 年代起已经在北方启动了"绿色长城"防沙项目,预计在 2050 年完成这一巨大的防护工程。华夏大地不乏追梦人,有一位人称"大地妈妈"的母亲,名叫易解放,她为了实现儿子的遗愿,在内蒙古自费种树 10 年,至 2013 年已经种植了 150 多万棵树苗(也有丈夫的功劳),大地妈妈的"中国梦"已经得到广大民众的支持。

说一句公道话,沙漠并非一无是处,据物理学家计算,全球的沙漠在 6 小时内吸收的太阳能比人类一年内所需的能量还多。

山羊·绵羊·替罪羊

　　羊很可怜，做羊很辛苦，自古以来，羊就受到狼的极大威胁，而且经常成为比它们强大者的牺牲品。

　　羊主要分为山羊和绵羊。绵羊在人类历史上起着重要作用，它们是羊乳、羊肉、羊皮和羊毛的提供者，美利奴羊毛是世界优质绵羊毛。绵羊还能提供制作胶料、蜡烛、肥皂和美容产品的原料。此外，绵羊的肠可作生产香肠用的肠衣，可绷网球拍；羊粪是高级肥料。

　　研究发现，羊确实很胆小，任何一种较为陌生的声音（如闪电、雷雨、风暴等）都会使羊群慌乱得不知所措。羊是喜欢群居的动物，在 2004 年的一次研究中，动物行为学家们证实，绵羊可以记住 50 多个同类的面孔，记忆保存时间为两年多。

　　山羊对于人类而言，亦有很多经济意义，它们也是羊肉、羊皮、羊毛、羊乳的提供者，羊乳的产量多于绵羊。山羊非常好养，喜食短草、灌木、树木，几乎什么植物都吃。山羊身上抓下的绒毛称为羊绒，我国所产之紫羊绒是高级纺织用毛。以前国人往往把好的羊绒称为"开司米"，那是因为克什米尔出产的羊绒质量也很好，故名。

　　山羊比绵羊活泼，喜好登高，多在山地牧养。直至 20 世纪初期，山羊在欧洲也经常被作为挽畜（役畜）或驮畜。

意大利有句谚语："宁当一年狮,不做百岁羊。"为什么？羊除了常常成为人类举行庆典和各种仪式时的祭品,最可悲的是成为替罪羊。据《圣经·利未记》记载,古代,一年一度的赎罪日就是羊倒霉的时候,在举行祭祀时,大祭司将手按在一头公羊的头上,表示把全民族的罪过转嫁到羊身上。祭祀完毕,将这头羊赶至荒芜的沙漠,不管死活。

欧洲中世纪时期,贵族家里往往收养着穷苦家庭出身的男孩,他们是专门替贵族子弟受罚挨打的,被称为"替罪羊",因为小贵族是不能让下人来惩罚的。

过了很久很久,也就是到了近现代,"替罪羊"居然成为一种理论,在社会心理学中还有"替罪羊机制"的概念。有人写过一个实验短剧:中世纪时,特罗茨堡小城的铁匠在路边看到一个来自邻城霍赫贝格的商人,起了歹心,将商人击伤,拿走了钱,但事后又害怕了。他觉得刚才的一切都被附近塔楼的守卫看在眼里了,于是跑到守卫那里,把抢来的钱给了他一半;接着又去找市长,谎称商人袭击他,他进行了自卫将商人打伤在雪地上。市长让他不必着急,会处理的。铁匠又分别找了医生和男护士,均被拒绝帮助。铁匠最后传市长命令,医生才把商人的伤口缝好。不料商人当天半夜死了。"如果守卫能及时发现和及时报告一切,也许我还能救活他。"医生说。

在霍城士兵动用兵力前,守卫来到医生那里,用铁匠给他的钱向医生支付了一笔可观的费用。对于这一实验剧,众说纷纭,有的说守卫就是在按"替罪羊机制"行事——既然成了替罪羊,真正的责任者已经不重要了;但大部分人觉得没有搞懂什么叫替罪羊机制。

沙漠之舟北极来

　　话说 19 世纪有一个外国科考队在沙漠中寻找能适应酷热和高旱之恶劣条件的"沙漠动物",最后在他们居住的帐篷里抓住了一只蚊子,大伙喜出望外,以为有了新发现。然而研究结果给他们当头一棒:这只蚊子是他们从千里之外的城市住地随帐篷带来的。于是他们得出结论,除骆驼以外,沙漠对所有动物而言都是"死亡之地"。

　　骆驼属于沙漠,天经地义,就像鱼儿属于水一样。人们一直认为素有"沙漠之舟"美称的骆驼(单峰驼)来自阿拉伯半岛、印度和非洲北部,而双峰驼产于中国和中亚。如果这些科考队员还活着的话,当代的加拿大科学家也许还要让他们失望一回:最近人们在位于格陵兰岛西边的埃尔斯米尔岛发现了骆驼骨骼残骸,根据科学家们掌握的数据及骨中所含蛋白质的分析,证明这是一头原始骆驼,从骨骼看,其个头比现在的骆驼高大。由此说明原始骆驼的生活地区比原先认为的(北美)要往北推移 1 200 公里,也就是北极地区。科学家们于是得出结论,原始骆驼是通过白令海峡(当时是一条很窄的、两边是水的"陆桥"),先到欧亚大陆,后来再分布至非洲大陆的。

　　骆驼是人们穿越茫茫大漠的唯一伙伴和保障(尽管能在沙漠里生活的尚有沙漠蜥蜴、沙漠狐、沙漠跳鼠和少数小甲虫等,但这些动物只能保自身，它们不能帮助人类成功地走进沙漠、安全地走出沙漠)。骆驼的驼峰里以脂肪的形式储藏着大量营养；骆驼的四肢长，脚掌平而宽，有厚皮，这些本来都与北极的雪地相适应。

由于自身的进化，加上人类的驯化，骆驼慢慢发展成"沙漠之舟"，拥有一整套节水储水、忍饥耐渴的绝招——汗腺少，几乎不出汗，粪便干燥水分少；肾功能强，能浓缩尿液，从而防止随尿液排出过多水分；鼻孔在夜间能从湿度较大的空气中冷凝出水分；体内有一储水囊，一次性喝下大量的水后，能维持20天左右滴水不进；一天内体温允许有6℃左右的变化，有利于减少出汗……

有人问，骆驼为什么不叫"沙漠之车"呢？这是因为和其他偶蹄目动物不一样，骆驼以侧对步(身体一侧的两腿同时向前迈出的步态)行走，使骑者有颠簸摇晃的感觉，仿佛坐在船上似的。不习惯的人坐在骆驼身上是很不舒服的。

国外将骆驼分为旧大陆骆驼和新大陆(美洲)骆驼，旧大陆骆驼以能吃带刺植物和含盐植物而出名。新大陆骆驼会产生一种结构简单的特殊抗体(重链抗体)作为普通抗体的补充。重链抗体由双链组成，pH值和温度的稳定性较高，由于其特殊性能，在抗体药物研究领域有重要作用。除了骆驼以外，目前只有软骨鱼类(如某些鲨鱼)的体内有这样的重链抗体。

我们很需要学习的正是骆驼风格：吃苦耐劳、默默贡献、负重致远、温驯而不乏执拗。

山楂与冰糖葫芦

冰糖葫芦是中国的传统休闲食品，以山楂为基本原料，蘸了糖液凝固而成，是孩子们的最爱。尽管现在已发展到用香蕉、土豆、黑枣、苹果、草莓等串成，然而人们最喜欢的仍然是用山楂做成的，我小时候特别钟爱有豆沙馅的那种……传说宋时皇帝的爱妃得了重病，御医们用遍宫中名贵药材，总不见效；皇帝急得只好下令张榜求医。不料皇榜被一江湖郎中揭取，郎中诊脉后开出一方：用糖煎熬棠杭子（山楂）。皇妃服药数日后即痊愈，最后剩下的糖浆山楂冻成了玲珑剔透的糖山楂，传到民间慢慢演变成了冰糖葫芦。

山楂系蔷薇科植物，落叶小乔木或灌木。山楂果味酸而稍甜，在我国栽培很广，历史悠久（《尔雅》中已有记载），分方果山楂、圆果山楂、红口山楂、畅口山楂、青口山楂、白口山楂等品种。

山楂除中国和亚洲国家外，北美洲和地中海沿岸地区也有大量种植。在中国，山楂有"山里红"、"红果"等 30 几个别名，由于山楂的用途很多，所以各地区有许多不同的俗名，汉语的命名是因为其果实味道像楂。德国和奥地利人则称其为"白花刺树"（开白花，有小刺）。植物学名叫 Crataegus，因为古希腊有一种山楂树，其木很坚硬，人们便称其"克拉泰沃斯"（坚硬的意思），后来就作为拉丁文中的学名。

山楂果可加工成蜜饯或果冻，很适合与别的水果混合，制成富含维生素的多维果汁。欧美人常将果肉晒干磨粉,用作烤面包时的添加剂。果核能作为生产咖啡的代用品。和中国古代一样,欧洲人也用山楂的干花、干叶和干果泡茶。

山楂富含铁、钙、磷、多种酸类及维生素 C,其维生素 C 的含量是苹果的 17 倍以上。此外含有黄酮类物质、山萜和解酯酶,为消积、化滞、行瘀药物;有利于降低胆固醇、软化血管、治疗心脏病、高血压。在欧洲,山楂曾因其药用价值而颇受关注,一些药用植物学家认为山楂有利于治疗慢性心肌机能不全以及由此引起的低血压,能增强心肌收缩力、扩张心冠状血管,改善对心肌的供氧,但其作用机制和西药不一样,没有副作用。由于山楂和所有药用植物一样,很难获得专利权,无潜在经济效益;再说山楂可以不用处方购买,无法在医疗保险机构报销,所以山楂药理机制的继续研究步履维艰。

鉴于灌木山楂的生长条件不苛刻、耐修剪,又长着细刺,所以西方人以前常把山楂树用作围篱,以分隔和保护农地、院子、草地、道路、地产等。山楂树木质紧密坚实,在农村常用来制作工具的手把。

退一步讲,即使人类不去利用山楂,那么山楂在生物群落的食物链中仍然起着重要作用:山楂是 100 多种昆虫、30 多种鸣鸟和许多小型哺乳动物的出色营养提供者。

善问则进

"不刮风的时候,风在干什么?"这是著名儿童文学家埃里希·克斯特纳——《埃米尔捕盗记》作者在一首诗中写到的一个孩子向他母亲提出的问题。孩子最善于提问题,他们会把大人问得晕头转向,孩子是在提问中成长和发展的。其实人的一生都应该多提问题,只有提问题,才能学到知识;只有提问题,才能发现人类缺乏什么知识,从而促使人去寻找解决问题的答案,人类社会也就在提问题和回答(或解决)问题的过程中向前发展。历史上的发明家、科学家、能工巧匠没有一个不是善于提问题的。春秋战国时期技艺超群的工匠和发明家鲁班从小好学善问,据说他为别人造房子要到山里砍木料,常常问自己如何能快一点伐倒一棵树。有一次他被茅草划破了手,他不顾疼痛,反而问起了茅草为什么这么锋利,原来是因为草的边缘有许多细齿。后来他发现蝗虫吃草既快又利索,是因为蝗虫的牙齿也有许多细齿。鲁班为自己的问题找到了答案,后来便发明了锯子。

问路、考试、智力竞赛、民意调查、记者采访、审讯……尽管我们在不断提问,但我们还是问得太少、太晚、太不及时。提问是每一个民族、每一种语言所拥有的表意手段,而很多问题本身往往就蕴藏着促进人类文明和科技进步的智慧及力量。

约两年多以前,有一个国际性组织(30人左右)在笃行不倦地收集人类提出的种种问题。他们的工作受到安联保险公司、大众汽车股份公司和各界知名人士的支持和赞助。该组织保持中立、无政治偏见、无宗教倾向，主张"提出每一个问题，分享每一滴知识"。他们每天收到上百个乃至上千个问题，这些问题最后经筛选由112位科学家、学者、艺术家、社会学家……通过有史以来最大的圆桌会议讨论、给出参考答案、上传至互联网。每个互联网用户可阅读答案、回答别人的问题、对别人的答案发表意见（包括对专家们的参考答案）或提出更多的问题。

不少问题显示出质量和智慧：地球人口过剩了吗？有没有永久的幸福？自由太多有害吗？雄心勃勃是好事还是坏事？为了保护环境，我们应该放弃经济增长吗？谁是地球上最重要的人？英语成为世界通用语言好不好？什么是财富？对杀人的人必须判死刑吗？人类走在正确的道路上吗？为什么要用方言？是什么使人具有人性？历史上有哪十件大事值得我们借鉴？世上哪十件大事急需我们处理？用什么代替石油？知识为什么很重要？我们应该向其他星球移民吗？向非洲人学习什么？中国将成为下一个世界强国吗？世界和平有可能吗？……有两道问答受到好评——问：谁是地球上最重要的人？答：你。问：什么是财富？答：不妒忌别人的财富。

提问题表示我们对世事有疑惑，但更表示我们关心世事。中国强大了，世人也就很关心中国。于是有人问道："中国人如果都有私车，将会如何？"

奢侈的节日

推崇圣诞节的国家和地区都把圣诞节看作很重要的家庭节日,这是 19 世纪才开始的,在此以前,圣诞节在教堂庆祝,新年比圣诞节重要。在历史的进程中,人们总是喜欢找点由头,搞些欢庆和聚会,以获得从物质和精神上改善生活的理由,圣诞节是人们在这方面的重大创举,吃、玩、游戏等方面有很多发明,所以作为传统和风习而一直保留着。

在很多国家,圣诞节吃烤鹅(被称为"圣诞鹅",但英国人偏爱烤火鸡)是一件大事。几乎每个家庭在过了平安夜后,便着手将准备好的半成品推入烤箱,因为都要赶在圣诞节这天吃"刚出炉"的热烤鹅,所以不喜欢提前烤好放在那里。德国供电局有一年作了一次统计,发现在很小的时间跨度里,用电量就跳了 4.8 亿度,这些电可供 34 000 个家庭正常使用一年。从此,遇到突然的用电高峰就被称为"烤鹅峰值"。圣诞节期间的家庭照明、城市照明和马路上的其他照明加在一起,也会多出 4 亿度电——相当于一个中等城市的全年用电量。当然也有用电下降的情况,即平安夜 19∶30 至 22∶00 这段时间的教堂基本无信徒以及整个圣诞节期间做弥撒的人减少,例外地导致微乎其微的用电下降。

围绕着节日期间的活动和互送礼物,环境负荷也跟着上升:纸张和其他包装材料收集起来可以堆成山,这些材料中大部分是不能再生后重新利用,也无法生物降解的。而最具圣诞节象征意义的圣诞树给人们带来的环境问题更为严重,种植场的冷杉、云杉和其他针叶树被大规模砍伐,有的国家的需求量是以百万棵和千万棵计的。常言道,长的没有砍的快,大量砍树肯定影响气候。为了缩短生长期,尤其是为了让圣诞树都长成人们需要的形状——塔形,种植者就不得不采用专门的化学药品。听说丹麦的圣诞树长得好,有人便不远万里从丹麦进口圣诞树。曾经有个时期提倡过塑料圣诞树,然而假的不免让人扫兴,再说塑料圣诞树反而带来更多麻烦:天然圣诞树在栽培过程中、运输过程中及节日后焚烧过程中,平均每棵树直接和间接释放出 3 千克二氧化碳,而生产一棵塑料圣诞树会造成 48 千克的温室气体。

应该说早在 19 世纪,就有英国人批评过买高价的圣诞卡是一种奢侈。早先,圣诞节临近时,人们都自己动手做圣诞卡,既费力又耗时。1843 年,英国实业家亨利·科尔想出了一个办法,他请他的朋友插图画家约翰·霍斯利在卡片上画一幅一家人聚在一起欢度圣诞节的画,画的下方写上"祝圣诞节和新年快乐"!科尔看后高兴不已。接着他马上又想出了另一个点子,他让人印制了 1 000 张这样的圣诞贺卡,因为那时还没有彩印技术,着色需要手工,一张这样的圣诞卡要卖 1 先令,在当时相当于一顿晚餐的费用。英国维多利亚时代的百姓,民风朴实而严谨,许多人批评买这么贵的东西是发疯了,再说,画中每个人的面前有一个装了葡萄美酒的酒杯,"这不是唆使人酗酒吗?"

顺便捎带一句,这 1 000 张圣诞卡如今存世的只有十几张了,2005 年,其中一张以 11 000 欧元(折算后)的落槌价被拍走。

蛇

　　人们通常怕蛇、诅咒蛇;蛇常常令人毛骨悚然。然而小时候听祖母说,如果家里的房梁上有蛇爬过,不要去惊动它,那是青龙菩萨。在古希腊和古罗马,蛇也是神圣的。因为它们会不断蜕皮,不断生长,于是古希腊和古罗马人十分崇拜蛇,蛇被作为不死的象征,医神埃斯科拉庇俄斯手中的医杖缠绕着一条蛇;今天欧洲某些药房的店招上还能看到这样的标志。

　　蛇除了牙齿,没有其他武器。不过蛇的牙齿确实得天独厚,全是往里倒长的"锯齿",能死死抓住猎物。蛇用鼻子嗅觉挥发性气味,用细长分叉的舌头感觉非挥发性气味,两个舌叉能同时感觉两种不同的气味。它们的舌头在不断缩进和吐出,就是为了探测环境信息,从而发现和跟踪猎物或准备交配的异性。有些蛇具有获取红外线的感觉器官:在眼睛和鼻孔之间有一个感觉坑,能分辨0.003℃的温差。巨蛇的上唇和下唇鳞列中有唇坑,可感觉到0.026℃的温差,恒温动物在夜间的体温与环境温度的差大于白天,因此能被这些蛇发现。但这一功能不能用来发现变温动物。

　　蛇的眼睛主要用来确定其他蛇(竞争对手或异性)以及其他动物(猎物或敌人)。蛇的眼睛结构因种类而异,因此视力也各不相同。有的只能区别对象的颜色,不能分辨亮度;有的(主要是生活在地下的蛇)只能辨别对象的亮度,不能区分颜色。蛇的听觉较差

（感觉空气传递声波的能力较差），因为它们没有外耳及鼓膜。但它们能凭借内耳获得地上的震动信息，前提是头部要靠在地上。

蛇尽管是变温动物，但能在一定程度上"外调"体温。因为体温太高和太低都于生命不利，太高了会使体内的酶变性，使体内的许多生化作用无法进行。蛇平时会将身体盘起来，那是为了减少热交换面积。居住在地下的蛇则通过改变栖息高度调节体温。如果环境温度较低，蛇也会"孵太阳"：尽量展开身体接受太阳光照；有的蛇甚至能使自己的身体变扁，扩大接受光照的面积。还有的蛇善于待在被太阳晒热的地面或石头上。调低体温的最简单方法是到阴凉地方去，有必要的话，蛇也会到水里去，所有的蛇都会游泳。

热带和亚热带地区多蟒蛇，那些地方的人有时会将蟒蛇养在家里，甚至和它们一起睡觉。由于蛇需要外界供热，通常在环境温度处于 1℃ 至 9℃ 时，它们就不动了，这种生活方式的好处是，它们不像恒温动物那样为了保持体温而消耗大量食物能。所以蛇摄取食物不是很多，根据蛇的不同种类以及"最近一餐"的食物摄取量，小型蛇通常每隔 2 至 10 天进食一次，大型蛇每隔 4 至 10 周觅食一次。如果掌握了蛇的进食规律，定时给食，在一切都很和谐的环境里，人和蛇是可以相处的（但不能绝对保证安全）。

不管你是否怕蛇，蛇给了我们一个最好的启示：为人不要贪得无厌。"得失荣枯总在天，机关用尽也徒然；人心不足蛇吞象，世事到头螳捕蝉。"

深秋的叶子

今年的冬天突然提前猛烈袭击了秋天,四五天后却又暂时离去,秋天又回来了。树上的叶子这才开始或继续它们的凋零。叶子的颜色变黄及凋落和气温及水分有关,通常叶子中含有各种色素:叶绿素、类胡萝卜素、花青素等。叶绿素在叶子中的量很大,化学性能很活泼,但也容易被破坏。夏天,由于始终有新的叶绿素代替(褪了色的)老叶绿素,所以叶子总是显得绿油油的。秋至,天气变冷,叶子产生叶绿素的能力渐渐降低,比较稳定的类胡萝卜素便让叶子显示出黄色。至于有的叶子会呈现红色,那是叶子在凋零前产生大量红色花青素所致。

深秋,尤其在夜里,土壤下面的温度在不断下降,树根能吸收的水分越来越少,在达到零摄氏度以前,则完全停止吸收水分。然而树叶(主要是阔叶树的叶子)却在继续蒸发水分,如果不采取措施,只出不进,整个植株就会枯死。生物的进化教会了落叶树一种"丢卒保车"的战略——甩掉树叶,以免继续蒸发水分和消耗树枝、树干、树根的水分。于是叶梗和树枝相连处的组织软木化,变得非常脆弱,叶子在秋风秋雨中纷纷凋落。由此就很容易明白,为什么有的地方落叶并不在秋天,如地中海沿岸地区以及我国南方的海南、广东、云南等地,那里的树叶通常在夏天或二三月份凋谢,也就是在干旱的季节。

深秋其实是美丽的、彩色的时节；而满地金黄、橙黄、橙红的树叶，仍可为人类做很多事情。凋落的彩色叶子，可以拿来作树叶贴画，尤其适合于小朋友做手工。这些树叶还能做成书签——叶脉书签。以前的小学生都用手工做，全凭手上的感觉，一不留意，弄断了叶脉，就会前功尽弃，因为整个叶片的网络被破坏了。很多阔叶树的叶子都布满了大大小小、纵横交错的叶脉，中间一条较粗的是主脉，从主脉分出侧脉，侧脉再分出细脉，所有的叶脉都交织互联着。叶脉书签就是最后剩下的"叶脉互联网"，刚做好的时候散发着叶子的清香。今天的条件好多了，在实验室里可以将凋落的树叶按操作规程浸入 10％浓度的氢氧化钠水溶液约 15 分钟，取出放在玻璃上，用牙刷慢慢刷去叶肉……最后将剩下的叶脉漂白，可用一种水彩颜料溶液把叶脉染成漂亮的颜色，缀上丝线即成。

　　几个世纪前，欧洲很多地方的农民因冬天缺少干草，于是在秋末时大量收集树叶，将它们打成包送到干草场晾干，放到杂物间保存起来，冬天拿出来作床垫的充填物，有的穷人家里甚至连被子也用树叶灌成。瑞士阿彭策尔州的人说某一家人很穷常用"上上下下尽是树叶"（盖的和垫的都是树叶）。第一次世界大战期间，"树叶衬垫"再次流行，连小学生都被组织起来收集树叶，树叶在操场晒干后打包出售，用火车运走。

　　如今，树叶已经没有这种实用价值，但落叶需要处理，有的国家的法律甚至细化到了秋天的落叶上：每个家庭有义务清理从别人家里飘落过来的落叶，但若这样的落叶数量超出了正常范围，造成落叶的家庭应向受影响的家庭支付清理费。

神童与老天真

朱家角入口处一个小园地的角上,有好几个成年人在冲着一块噪声显示牌大声呼喊,我们几个见状也忍不住参与行动,只见分贝数不断上升:78……79……80……真是一群"老天真"。是童心的再现,用科学的概念说,是"幼态持续"。

当今,越来越多的人开始拒绝成年,这一倾向体现在很多方面。30 至 50 岁的人穿戴得看上去只有 20 或 30 几岁;母亲和女儿走在大街上活像姐妹俩。人们希望总是感到自己只有 35 岁,并将这种状态再维持 35 年。

国外更是如此,成年人捧着《哈利·波特》读得津津有味,英国还出版专供成年人阅读的儿童读物;在美国,最爱看动漫片的是18 至 45 岁的成年人。有的专家认为,最近 20 几年来(西方更早些)有一场"生命过程革命"在悄悄进行,年龄结构的束缚力已经崩溃,年轻人的生活方式和表达方式已不像以前那样受到成年人的抵制和反对,而是乐于被接受和套用。如果这种拒绝和推迟成年的趋势继续下去,有人估计,青少年时期将占人生的一半时间。

拒绝成年的真正原因在于社会和进化,英国曾对部分 30 岁的人作过一次三大成熟标志测试(学业是否完成、是否有自己的住房、是否靠自己的收入生活),测试合格的人不到三分之一。换句话说,三分之二的人还没有"三十而立"。按西方人的习惯,子女成年了就该自立了,受教育时间漫长和劳务市场形势不利导致越来越多的成年人大学毕业后或就业以后仍住在"妈妈旅馆"里。

　　从进化生物学着眼,人是唯一有终生好奇心和天真的物种,大多数哺乳动物都是从婴儿期直接进入成年期的,只有人的个体有一个较长的童年期。以前大部分神经科学家认为人的大脑是一台早就通过布线而设置好的计算机,但今天的科学家提出了新的理论:大脑的一生都能自我修改。后天失明的盲人,他们右手手指触觉能力的极大提高就是大脑认知和行为可塑性的极大提高。所以成年人通过有的放矢的锻炼、延续成年、使大脑可塑性和可变性的能力延时和持续,人便能学得更多知识、获得更多经验、为未来提出更多创意。在社会老龄化的今天,"幼态持续"颇有意义,愿大家都来当"老天真"。

　　另一方面,人类个体有一个童年期(不成熟期)不仅很有必要,而且宜长不宜短。人类是幼态持续和生长期长的动物,生命周期的30%在用于生长,因为人类社会比所有动物群体都远为复杂化和多样化,因此人类需要有高度灵活的智慧、需要有较长的学习和掌握技能知识的时间。幼儿的大脑因其不成熟才能重新布线和提高可塑性。由此联想到当前国内外的早期教育,无论是理论还是实践,都缺乏"复杂性意识"(而早期教育处理的对象偏偏又是最复杂的生命),忽视人类个体发展中存在的不成熟或延迟现象(幼态持续)。所以,除了个别例外,"少年天才"和"神童"论其实是严重违背儿童天性的。

生命的月光曲

    45 亿年前,年轻的地球上尚无能够成为一次地球大灾难见证人的生命。宇宙深处有一个不可阻挡的小行星正在接近地球,该行星的直径和火星一样大,似乎马上要直撞地球了……谢天谢地,最后只是与地球"擦肩而过",但其冲击力却大大超过广岛原子弹的一百万倍。巨大的碎块和撞击时爆发的各种物质围绕着地球运转了 100 年,最后,这些物质聚合成一个新的天体,它就是月亮。从此,月亮始终伴随着地球,人们歌颂月亮、眷恋月亮,创造了灿烂的月亮文化。

    消失了一颗行星,产生了一颗新星——地球的天然卫星,这是宇宙间不可抗拒的趋势和规律。也正是这一灾难造就了地球生命,由于月球和太阳引力(主要是月球的引力)的作用,地球自转的速度大为降低。如果没有月亮,不仅地球的自转速度要大得多,而且大气中还会持续刮起风暴,即使产生地球生命,也完全是另外一个样子。在几十亿年的生物进化中,月亮通过潮汐的节奏决定着海洋动物的生活节奏,同时不遗余力地在每次退潮时将矿物质和养料带到海洋中。约 4 亿年以前,首批水生动物敢于跳上陆地。

    珊瑚虫总是要等到有银色月光照耀的时候才将生殖细胞排入海里。每当某一个望月(满月)后一周的夜晚,数百万环节动物会集结在南太平洋萨摩亚群岛的海岸上——月光是将它们吸引到交配地的旋律。月光对夜间活跃的动物如猫头鹰和美洲豹猫等显得尤为重要,如果没有月光,它们的生存将会受到威胁,不是找不到食物,就是碰不上配偶。鹦鹉螺是我国一级保护动物,常在夜间的海中游荡,它们所居住的外壳由很多弧形隔板分成小室,隔板中央有细管贯通各室,动物体居最末一室,尽管如此,它们每天仍然在打造新的居室。月底,当月亮绕地球一周后,动物体便放弃原来居住的小室并将其封住,然后钻进新室。

一直以来,关于月亮对人的生理和心理的影响,有过很多说法,然而科学家至今没有能完全证明这些说法。不过人类确实已经非常习惯于月球在地球上创造的协调与和谐了。倘若月球消失,地球的自转轴会从几乎是垂直于黄道面的位置摆动到平行于黄道面的位置,会严重影响生命的发展和演化,甚至使生命难以维持。但也有研究者认为,即使没有月亮,还会有其他星球来维持地球的稳定。在俄罗斯有人指出,没有了月亮,地球自转轴的倾角变动大约只有 10 度,不至于达到使生命灭绝的地步。

"如果没有月亮……",这只是一种纯粹的假想,是因为觉得月亮对地球生命很重要而发。"今人不见古时月,今月曾经照古人。"月亮一直好端端地挂在天空,人们尽可以抒发月下怀人和借月相思的情怀,吟咏生命的月光曲。

生态作战

瑞典是两次世界大战中均保持中立的欧盟成员国之一,但瑞典也有自己的战争研究所。也许有人不太理解,中立国干嘛要研究战争。"现代化作战"是备受各国注意的世界大事,故瑞典战争研究所正在从事的研究课题"生态作战"(也称环境友好型战争)也非常引人关注。

自古以来,战争一直是人类社会集团之间、国与国之间为了一定的政治、经济目的而进行的武装斗争。经济是战争的物质基础,维护或争夺经济利益又是战争的根本动因;至少到目前为止,让人完全放弃战争还是做不到的。

说到现代化战争,专家们不能不提到战争的持续性以及环境对战争的承受性。绿色战争不仅指绿色汽油等可再生能源的应用,而且也包括军队装备中的生态技术。一个集装箱的顶上装了光伏电池,它是一个移动式战术微型电网;或者采用可折叠风电设备,这样,军队在战地的供电完全得到保障;而且是环保型的供电,士兵们不受噪声和废气的污染。

战争经济学已经相当成熟,打一场战争要多少军费预算、会造成怎样的财政赤字,这些都可以算得很准确。从生态的物质投入来讲,以往的战争中用了大量的含金属物质,它们以枪弹、炮弹、榴弹的形式,采用炸药或火箭作动力,发射到对方阵地,其实命中率并不高，而且对方也会以同样的方式回敬你金属和碎片。有专家提醒说，这样的做法今后应尽量避免。

另外还要提倡生态战略，比如给作战部队的给养和增资要持续和适当，提供足够的足值伙食（千万要杜绝垃圾食品），可让部队一天的行军路程翻倍，同时对处于战争地区的生态农业十分有利，可让生态农业参与家门口的战争。

有关专家同时也考虑了战争中的生态物流，如果交战国离战场较远，必须减少没有必要的部队运输，比如让士兵每隔几个月回家一次的做法太过分；已经阵亡的士兵不应运回家乡，应在阵亡地就地埋葬，否则与时代不相符，也不符合生态环境的要求，但做到这一点需要改变士兵伦理观。

军事专家和环境科学家也许想到了很多，有的内容是"战争法"（亦称"武装冲突法"）中没有包含的，换言之，"战争法"需要补充。有的专家认为，说千道万，制止战争和反对战争（尤其是要反对为了一小撮人的利益而发动的战争）才是真正有效的做法。决不能再让少数人导演战争、让老百姓埋单。

圣诞节说冷杉

　　俄罗斯一位年轻的男性患者被诊断为肺部长瘤,手术时发现这"瘤"原来是一棵圣诞树,确切地说是一棵5厘米长的冷杉。医生解释可能是患者曾在圣诞节期间不小心吸入一粒冷杉种子,在肺部发芽长成了树。冷杉是人们用来点缀圣诞节的,此俗最早起源于16世纪的德国,后来传入欧洲其他国家及美洲。其实古代日耳曼人早就有冬天用针叶树枝装点住宅、猪圈、马厩的习惯,以绿色表示人们辞冬迎春的心情。作为圣诞树,最正宗的是冷杉,其次是云杉和其他针叶树。

　　冷杉为松科,冷杉属,常绿乔木;耐阴、耐寒,是大面积造林和用材树种,全世界有51种。木材轻软、易加工、有弹性、干燥快、几乎不收缩,可作建筑和结构用材。由于树干端直,以前常用来做电线杆。冷杉经常被乐器制造者用作共振木(如管风琴声管),又是做器具、家具、胶合板的材料以及造纸和火柴工业的原料。当然,冷杉也是一种观赏树(年轻的冷杉大多作圣诞树)。

　　从种子到长成2米高的冷杉,大约要8至12年时间。冷杉最高可长到50至60米,树干直径可达0.4至1.2米,树干的用材长度可达20米。通常树龄到了80至100岁时,植株便停止纵向生长。很早以前,人们不太会区别冷杉和云杉,往往将冷杉和云杉混为一谈,欧洲人甚至将"冷杉"和"云杉"两个词连在一起泛指"针叶树"。其实有一个很简单的办法：种子成熟的时节，如果在地上能捡到球果，那么该树就是云杉。冷杉（由风）授粉后，种子在球果鳞片的保护下慢慢成熟，最后球果崩裂，种子撒落地上，再由风传播；而空的球果仍留在树上。云杉不一样，种子成熟后，整个球果便落到地上。

冷杉的形象美丽而庄重，远远看去像座宝塔，希腊神话说它是由一个牧人变成的。牧人阿提斯年轻英俊，被地中海地区的众神之母库柏勒看中并成为她的情人。后来由于嫉妒，库柏勒将阿提斯变成冷杉；每年，库柏勒在自己的庆典日都要派牧师去寻访阿提斯。牧师们终于找到了已经变成冷杉的阿提斯，但阿提斯已是女性，于是库柏勒令人将其作为森林女神供奉在神庙里。

在蒸馏法产生前，中欧人用冷杉加蜂蜜煎汁让啤酒发酵，制成一种颇受欢迎的药啤酒。冷杉中最有疗效的是在古代已经被开发了的"斯特拉斯堡松节油"，可治扭伤、压伤和挤伤。用冷杉的绿色球果煮成的茶，曾被欧洲的教师、传教士、歌手当作"声带柔韧剂"服用，以保护嗓子。古代欧洲还有一种用浅绿色的冷杉针叶尖儿熬成的糖浆，名为"五月绿"（因在五月采摘），据说因含有可治病的酶，所以被作为民间的家庭保健品。

人们每年要用掉大量圣诞树，然而环境学家号召宁用天然冷杉，也不要去生产塑料圣诞树，因为平均每生产一棵塑料圣诞树会产生许多二氧化碳，更何况冷杉在光合作用时会同化大量二氧化碳和释放大量的氧。

生命起源另说

　　土星不仅有着美丽的光环,而且拥有 60 余颗卫星,从 2005 年起,土星探测器"卡西尼号"一直在研究和探测其中的两颗土星卫星——泰坦(土星最大的卫星)和恩刻拉多斯(土星第六大卫星),至今已经提供了令人鼓舞的资料:有可能找到外星生命和查明生命起源问题。

　　从土星探测器"卡西尼号"首次向地球发回关于土卫星恩刻拉多斯的照片中,可以看到白色的星球表面,那是零下 200℃的厚厚的冰层外壳。照片上还显示了卫星的南极有一个喷射高度达几百公里的"间歇热水喷泉"在喷射蒸汽和冰粒的混合物。据研究分析,由于潮汐力的作用产生热量,在高压下,使蒸汽和冰粒的混合物通过厚冰层的细缝喷向宇宙。另外,"喷泉"的下面有四个"大峡谷",内有二氧化碳和碳氢化合物,也就是说,恩刻拉多斯土卫星具有热量、水和有机物,这是形成生命的一些重要条件。

　　恩刻拉多斯的"大哥"泰坦提供的信息更多,它有一个浓密的大气层(大部分由氮气组成)。泰坦上有山脉、沙丘和活火山。这个卫星上甚至还有湖泊,但湖内不是水,而是液态甲烷或乙烷,他们是从泰坦的上空降落的,在这样的液体中也是有可能存在生命的。如果真的有,那就说明除了地球上的水基生命形式外,还存在另一种生命形式。

不少科学家已经开始设想新的生命起源说,他们在推想:生命并不起源于地球,而是来自宇宙深处,来自别的星球,比如上述土卫星。那么在40亿年以前,当地球温度还很高的时候,泰坦和恩刻拉多斯是否已经具备使生命存在的条件? 这是完全可以想象的。土卫星比地球小,在太阳系形成后,它们冷却比地球快。当土卫星被别的小星球撞击后,会有几百万陨石弹向宇宙,其中一些会与别的行星相撞,便将它们的乘客(微生物)转载到别的行星上。模拟试验表明,飞驰的陨石上的微生物不会全部死亡。

　　然而科学家们也碰到一些问题,比如他们作了逆向模拟:让"地球陨石"到达土卫星泰坦,最后发现,从18 000个计算轨道中只有20个到达泰坦;这意味着,从泰坦到地球的概率就更小了。另外人们还发现,撞击时产生的碎石,由于泰坦的巨大引力而大部分被泰坦自己"吞掉"了,其余喷出的碎石在与地球轨道交错前,也是大部分被木星或金星从太阳系甩了出去。再说,至今在地球上发现的陨石中,还没有一枚是来自土卫星的。

　　尽管如此,欧洲航天局和美国航空航天局正在拟定一个名叫"泰坦和恩刻拉多斯使命"的计划,准备登陆这两个土卫星(2020年起飞),希望能找到液态水和微生物。但已有人预言,如果发现生命,那么从地球搭乘"陨石的士"到达土卫星的可能性更大。

　　希望再过第二个40亿年,泰坦能发展成"备用地球村"——科学研究不是急功近利的行为,而是为了人类的千秋万代而不断地努力工作。

盛夏追凉

冰,生成于寒冬,但它的价值更体现在赤日炎炎的夏天;我国《诗经》中就记载了三九寒天在结了冰的河里凿冰块的行为;将冰块储藏在冰窖里,谓之"纳于凌阴",至来年夏天取出来消暑(食用或降温)。清朝的宫廷采冰非常正规,每年封冻之前,在御定的采冰河湖如护城河、北海等先要打捞水草、清除垃圾杂物,谓之"涮河"。等上游的闸门打开将水域冲洗干净后,再把下游闸门关掉。在朔风寒流下形成的厚冰经采凿运至冰窖,进行码放,由里到外,从下到上,堆垛得十分标准,最后封门,等来年夏天取用。皇宫大臣和各品官员按级别大小,获得的冰块数量和质量亦各不相同。

冰,历来是人们消暑的主要手段,国外也不例外,但全世界都承认,最早储藏和利用天然冰的是中国人。和中国一样,在西方国家夏天能享受冰的也是王公贵族或者病人。古罗马的皇帝们夏天派人快速长跑从亚平宁山脉送冰至罗马;而古印度的国王则让人从喜马拉雅山采冰。古希腊著名医生希波克拉底甚至把冰作为止痛剂开在药方中。

除了用冰,夏天在皇宫内用机械装置将冷水送至屋顶,让水顺檐流下,成为送凉水帘和避暑甘泉。唐朝的官僚和富贵人家不乏在自家府邸营造避暑凉亭和水亭的,《唐语林》即提到某"宅第有一雨亭,檐上飞流四注,当夏处之,凌若高秋"。

用高代价换取的夏季凉爽当然只有皇亲国戚和达官贵人才能享受,平民百姓只能"哪里凉快哪里待着"。树荫下、溪边、湖畔、林子里、山洞中或家里有穿堂风的地方,都是纳凉的好去处。不过老百姓也有一些解暑的手段,除了扇子外,夏日的午后,头搁瓷枕,怀抱"竹夫人",在阴凉处睡个午觉,谁说不是享福呢。"竹夫人"系用竹青篾编成的长笼,或用整段粗竹做成,中空有洞,搁臂、垫腿或怀抱,颇有凉意。

中国古代也有冰箱,称为"冰鉴",用铜制成,系双层容器,有的铜冰鉴做得相当精致。鉴内有一瓦器,鉴和瓦器之间的空隙装冰,瓦器内盛酒或其他需冰镇之物。至于冷却剂,也只能用冬天采集的天然冰块。明代诗人和著名农学家黄省曾在其《鱼经》中提到,渔民将捕到的鰳鱼(上海人称"鲞鱼")"以冰养之",运到市场,谓之"冰鲜"。

11世纪的欧洲,普通家庭也开始夏天用冰,街上已有叫卖"冰棍"和食用雪的。在卡尔·冯·林德于1876年发明冷冻机以前,做雪糕都用冬天储藏的冰雪,自从用冷冻机生产机器冰以后,意大利的冰淇淋生产发生了历史性突破,据意大利冰淇淋生产协会估计,今天意大利生产和销售的冰淇淋已达600多个品种。

如今的人类处于电子时代,享受着高新技术的恩惠,空调机陪伴着我们度过一个又一个炎夏。新近有一种"冰垫",采用冰状物质冰沙——天然矿物质和高分子材料相结合的固体物质。当冰沙接触到比其相变温度高的物体(如人体)时,会由固态慢慢变成液态,同时吸收热量,吸热过程可持续数小时,而自身温度不变。可在夏天作鼠标垫、电脑垫或汽车坐垫用。

十个手指不一般

　　贝克汉姆曾在绿茵场上对观众竖起中指,这是一个侮辱性手势。中指一直是一个特殊的手指,古罗马人称它为无耻的手指或不光彩的手指,所以直至今天,对别人伸直一个中指,这是谩骂和挖苦。中指在 5 个手指中最长,进化生理学家把我们的手看成人类祖先类似于前爪的残余,出于平衡的原因而有一个较长的中指。

　　每一个手指都有其特长,在单用一个手指时,中指的"提拎"力最大,拇指的压力最大,食指最有指点作用。每一个手指都有一个名字,但西方没有无名指的叫法,无名指的学名是 Digitus anularius,意为"戴戒指的手指"。有的地方干脆将手指编号:拇指为一号手指,小指为五号手指。人的手指其实早已超前进化了,当类人猿进化成人的时候,十个手指都已为今天的打字和使用电脑而进化完善。灵巧的手指,除了夹、持、撑、压等功能外,尚有示意功能:拇指朝上或朝下表示方向;伸出中指是侮辱人;食指和拇指接触并摩擦是国际通用的信号——钱;伸出拇指、食指、中指是发誓的意思。

　　手指天天见、手指天天用,带"手指"的话语天天说:染指——沾取非分利益或插手某事;给他一个手指,他便要你整只手——得寸进尺;用小指即能摆平——轻而易举;第十一个手指——西方人隐指男性生殖器……

用手指可作出代表有声语言的字母，即手指字母。我国的聋哑学校采用"聋人汉语拼音手指字母"，和"手势语"结合教育聋哑人表达意思。外国语中也用手指字母教聋哑人学习，但因各种语言所用的字母有所不同，手指字母有相同之处，也有不同之处。通常伸出和叉开食指、中指表示"V"；伸出食指和中指，保持平行是"U"；叉开拇指和食指表示"L"；拇指向手心弯，其余四指展开是"W"；叉开拇指和小指是"Y"⋯⋯

人的创造性劳动主要依靠大脑和手指，每个指尖约有 700 个触觉神经受体。手指肚儿（掌侧面有螺纹鼓起的部分）有许多触觉神经细胞，痛感敏锐，十指连心；血液流通极强，因此是耳垂以外采少量血样最佳之处。指尖是人体触觉的中心，十分敏感，所以盲人可凭借指尖触摸阅读盲文。

指甲长在指尖的背侧面，它决不是可有可无的，而是人体 853 个主要部件中的一个，排在第 795 位。它的主要功能是保护指尖，协助完成高难度和高技术含量的劳动。有时指甲也可充当工具，比如用小指甲在什么地方"抠"一下。在欧洲曾经有过用指甲充当货币购买画作。现代人把指甲作为人体美化的对象之一，把指甲养得长长的，涂上有个性的（有的恐怕是有害的）靓丽指甲油，也许很好看；然而长指甲在工作时，尤其是做家务时很容易被弄断。由于指甲长得较慢，据说国外有人在指甲断裂后，秘密克隆指甲。指甲还是人体健康的晴雨表，指甲上会出现白点，这是指甲根部甲母质细胞生成时受伤所致；指甲无血色呈平板形，有可能是贫血的征兆；指甲凹凸不平可能是缺少维生素、钙质等造成⋯⋯

时间病与时间药

　　总在压力下工作,时间长了便感到精神不支,时而腰酸背痛;白天思想不集中,一不小心还会打瞌睡,而晚上却又难以入睡。现在有门新学科,叫时间医学,从人体的生物节奏、时间节奏着手诊断和治疗人的某些疾病。上述现象于是被归入时间病。

　　不少疾病是由于生理或心理节奏的障碍或不同步而引起的,因为身心节奏的动态平衡失调、机体时间节奏和生物钟受到破坏而使人得病。近几年流行的慢性疲劳综合征(CFS)和肌肉关节疼痛等被看作是人的节奏障碍,属于时间病。时间医学家们认为这两种综合征都和下丘脑-垂体-肾上腺皮质系统有关,因为心理长期超负荷,时间节奏紊乱,皮质醇由于必须长期在体内"组织产生能量"而严重失调。如果不及时调整、不及时增加营养和休息,身体的总能量就会太少,时间病就乘虚而入。

　　时间医学指出,不仅得病和时间节奏有关,许多疾病的痊愈也是通过时间节奏实现的。最普遍的是七天周期,因为机体内的时间节奏中有七天周期、24小时周期、月周期、四季周期等,所以恢复正常的时间节奏也遵循这样的规律。如果得了时间病,就要赶快按正常节奏生活,比如要遵守24小时节奏:白天工作,晚上睡觉;劳累和休息合理交替。

　　其实我们平时经常碰到的三班倒也会引起时间病,严格讲,三班倒是影响健康的,然而在现实生活中,三班倒无法取消。上夜班的人是在双倍地违背生物钟的时间节奏——当机体按正常节奏需要睡觉时,他们却在工作;当机体应该活跃的时候,他们却必须睡觉。上夜班者往往忽略了时间节奏的其他信号,比如中午胃液分泌量升高,而他们却偏偏吃得很少甚至不吃,结果容易得消化障碍,容易胃痛。针对翻班工作,可以采取一些措施:翻班应按顺时针轮回,即按早班-中班-夜班的顺序轮回。最多连续3个夜班后就应轮空休息。上夜班前应吃好,夜班过程中吃两顿少量清淡热餐,最后一顿宜在早上4时左右吃。夜间尽量不喝咖啡或浓茶,以免影响下班后睡觉。为白天睡觉创造一个安静遮光的环境。上夜班时应采用明亮的人造光照明,有利于推迟体温达到最低点的时间,从而将最想睡觉的时间推至第二天上午。

根据时间药理学,在恰当的时间服用恰当的药物很有必要,像阿司匹林之类的止痛药在傍晚时分服用的效果比上午强得多;局部麻醉剂在下午的作用持续时间大大长于早上;治哮喘的药物也是傍晚的效果更好些,所以专家建议实行不规则用药。有30几种癌症化疗药物,在一天内的不同时间使用,它们的疗效和对患者的副作用是不一样的,最多可有8倍之差。根据人体生物钟节奏特点,时间药理学家们已在研制"时间药物",比如降血压药,它可在睡前服用,但其最佳效果却发生在早上人快要醒来的时候——血循环开始加快和心肌梗塞风险升高时。

手写体要继续吗

以前学工科的学生，通常都掌握着一种本不属于他们应有的本领——写得一手漂亮的仿宋体。尤其是学机械制造或建筑设计的学生，因为他们必须学制图学，制图学要求图纸上的文字必须用印刷体写，具体来讲，中文用仿宋体，西文多用 Arial 体或类似的印刷体。

随着电脑的越来越普及，越来越多的人越来越少用笔和纸了，或者说很少用手写字了。图纸上的文字也不需要用手写了，一切都可利用计算机制图软件来完成，包括 3D 制图和有限元分析。制图者也不必因字写得不好看而感到不好意思了。

计算机技术的突飞猛进和智能手机的日新月异常常促使不少人去思考一些传统与前卫的矛盾问题。2014 年的一份调研报告中提到，有两组成年人接受试验，其中一组用手写记录一个报告，另一组用电脑键盘打字记录，结果发现，前者不仅听明白了报告的内容，而且对报告内容作了多方面的创意性处理，对以后的应用十分有利。很多人明确表示，尽管新媒体的应用势头越来越强，但手写文字仍是未来小学里的"手工艺"。然而持相反观点者认为，如果能写得又快又好，那么读书（小学）也许是一件真正开心的事情。问题在于，很多孩子的书面作业完成得很累，事后连自己都看不懂，因此容易产生对写字的反感，从而影响学习的积极性。于是有的人提出，手写文字最多只能让学龄前儿童去学，上小学后可改成键盘书写了。

2015年，国外媒体上出现了一个愤怒的浪潮，因为"芬兰在取消手写体文字"。许多报纸都报道了这一消息。尽管芬兰教育部后来解释说，报道有误，芬兰教育部只是提倡从2016年起，小学生尽量少用手写体，多用键盘写。但由此却引出了很多观点和主张。德国联邦教育联合会主席乌多·贝克曼说："我一点不赞成用键盘打字来代替手写文字。"用手写能改善记忆能力。一些采购东西的人为了防止忘记，常将需购的货品写在纸上，可是真的到了采购地几乎用不到这张纸，因为在写的时候基本上已经记住了。用手写的人能更好地经历和记住整个书写过程，而用键盘写字，按不了几下就出来一大串词和词组供选择，这样不容易记住书写方式。最近几年的无数研究证明了这一点。用手写，孩子们更容易将"b"和"p"跟它们的对称字母"d"和"q"区分开来。这一点对外国的孩子在学新的字母或新的单词时尤其重要。

另外，手写体有一个"连写"的环节，练习连写可锻炼孩子们的微运动机能，与键盘打字相比，更能开发认知能力。连写也许可与中国书法艺术中的草书章法相提并论。

到一定时候，孩子们会从艰难地学习字母（或中国的拼音）过渡到流畅而有个性的手写体，他们会自动地追求又快又好地书写，于是不得不放弃一些手写体中的"涡卷形"笔迹（它们太花费时间），还有人把"n"和"u"混淆着写，这里牵涉到一个动作经济学的问题，所以对外国人来讲，读名人的手迹比较难，就像不懂草书的中国人读不通草书一样。

在中国，存在一个更重要的问题：书法艺术。文字不可能直接升华为艺术的。

时间及时间感

　　曾经有一位画家，他下决心要创作一幅他认为最美的画。他不断地购买新画笔、高级颜料和昂贵的画布，可悲的是，他至死没有画成他想画的作品——没有时间。人们一直拿这个故事来比喻我们生活中的节奏、速度和时间的关系：时间需要有效地利用、需要正确地使用。

　　生活在电子技术和信息技术时代的人类，做事快到了从未有过的程度。按说速度快了能让我们赢得更多的时间，然而恰恰相反，很多人觉得时间越来越少了——越来越多的人总是跟在速度后面追赶，生活在一种透不过气来的、所谓的"亚历山大"感觉中。

　　长期以来，人类确实一直生活在按部就班的老规矩中，大家耐心地等待着自然的节奏和循环，16 世纪的商人已经认识到只有最快的人才能富有，而难以沟通的距离是时间的最大吞噬者。从人们发现如何将时间变成金钱的时候起，时间和速度之间的相对关系越来越明显。问题在于，今天的人已经把时间理解成只认一个方向的"时间流"，人不必去等待时间，而是应该智慧地去利用时间。

　　生活在"加速社会"，智能手机互联网，做事本该不慌忙，有人说，如果想到我们今天是每周五天上班，和以前相比，我们应该拥有更多的时间才对呀！那么，赢得的时间到底去了哪儿啦。要想通这一值得注意的现象，首先应该纠正对"加速社会"的误解。"加速"不等于我们可以绝对地决定我们的时间。其实,"强制加速"老是在我们生活的每一个层面追踪着我们,我们到处在应用节省时间的技术,但实际上这些技术已经成为"干更多工作"的理所当然的前提。

有一位美国心理学家,他花了一年时间周游了全世界,对时间、速度和人文关系作了采风式调研,提出了"五大万有速度因素"的论点:1.巨大的经济实力及与此相关的、能将时间变成金钱的能力,会导致人的匆忙和烦躁;2.工业化程度越高,对强制提高产量和速度的欲望越大;3.人口密度高的大城市,公民走路速度比小城市的快得多;4.热带地区的人生活节奏最慢;5.个体经济比集体经济和乡村合作经济更追求速度。

有人问道,时间看不见也摸不着,人有时间感官吗?由于自然环境和人体本身充满了"节奏传感器"——太阳和月亮的运转、四季更换、苏醒和睡着、呼吸、新陈代谢、脉搏和心脏跳动、生与死……所以在进化过程中没有为人体专门配置"时间感觉器官"。尽管如此,科学界已经作了几十年的努力,科学家们一直在寻找人体的"时间感官",曾经有过很多推测;自从有了磁共振断层 X 线影像诊断术,能用数据和图像来说话,结论也就比较具体了。专家指出,如果人想专注地估计出一段短时间能持续多久,这时控制肌肉动作的脑区便开始工作;小脑负责"自动化动作",基底神经节负责微小的动作,脑皮质辅助动作区负责动作的执行,这些脑区的受伤会直接影响到人的时间感。所以,时间感觉和动作的配合能确保我们在没有交通灯和斑马线的情况下准确判断:我是现在走到对面去还是等那辆车开过后再走。

首足并用说头球

　　足球比赛时,除守门员外,场上队员故意用手或手臂触球(从而改变了球的运行路线)是犯规动作,称为手球;但是允许球员用头触球——头球。头球其实是一种非常重要的进球手段,当球尚处于较高位置时跳起迎球,将球直接顶入对方球门或传给本队队员,往往能收到较好效果。头球进球的优点在于不给对方守门员有反应的时间,没有方向的预示,因为头球没有拦球或调整球的过程。

　　据统计,足球比赛中约有五分之一的进球是头球进球。许多优秀的前锋往往也是杰出的头球球员。世界足球史上有一位被誉为"金头"的匈牙利足球明星桑多尔·柯奇士(1929—1979),曾被世人称为"最佳头球运动员"和"射门机器"。在代表匈牙利国家队出场的 68 场比赛中,柯奇士共射进 75 个球,其中不乏头球进球;1954 年在瑞士举行的世界杯比赛中,他一人进 11 球,被评为"最佳射手"。

　　自从 1954 年联邦德国队创造了"伯尔尼奇迹"(逆转匈牙利队)后,联邦德国队里不断涌现出擅长头球的优秀前锋队员。著名前锋和头球高手乌韦·泽勒曾在 1970 年世界杯四分之一决赛时用后头颈将球顶进英国队门将彼得·博内蒂把守着的球门,这一进球竟然"改变了世界历史"。在一本名为《如果……那么……》的书中提到,如果没有这一进球,那么英国队就能成为冠军;如果英国队得了冠军,那么哈罗德·威尔逊就不会落选首相;也就不会有以后的撒切尔主义。戏说,姑妄听之,也许在球迷的心目中,头球就有那么伟大。贝恩德·赫尔岑拜因是一位不寻常的头攻球员。1979年欧冠赛中,联邦德国队与布加勒斯特迪纳摩队对阵,在第90分钟时,赫尔岑拜因以坐姿头球攻入对方球门。让人记忆犹新的是2002年的世界杯,德国队的克洛泽进了5个头球,又以漂亮的腾空翻技巧让世界球迷难以忘怀。

　　头球很精彩,但是有人担心,球员们长年累月训练和比赛,经常用头顶球对脑子有没有影响,或者会不会有更大的危险。一个重达445克的足球以飞快的速度(其加速度最大可达重力加速度的30倍)与一个相对迎来的脑袋碰撞,虽说头的硬度是球的10倍,然而在这1至2秒的撞击时间里,如果不掌握技术,头会晕的。美国爱因斯坦医科大学的科学家们进行了研究,发现在撞击的瞬间最大可达到颅脑创伤时的数值。尽管如此,研究者并未提出警告,因为头球是有意识和有准备的动作;再说职业球员在他们的职业生涯中每年受到这样的负荷都在1 000次以下,业余球员更少。专家认为,对业余球员来讲,每年1 000次以上头球才有可能引起持久性受伤。德国雷根斯堡大学对头球动作作了神经心理测试,没有发现对记忆力和专注力的负面影响。关键还在于玩头球的技巧,后颈肌肉对无风险头球起着重要作用,所以应从儿童开始用轻质球进行专业训练,按教练要求熟练掌握头球技巧。

水日说水

人类面临着严重的缺水问题,也许很多人并不关心这一点,至少在天天有干净水用的大城市里是这样。

水是生物的重要食品,人对水的依赖尤为显著。一般情况下,人可以十几天不进食,但若 48 小时不补充水,则会导致生命危险。人体的 60%—80% 是水,每公斤体重的需水量为 30—40 毫升。一个人每天需补充 1.3—2.5 升水,当人体缺水达到体重的 2% 时,人便感到口渴。

虽说地球表面的 71% 是水,但这些水域的 97% 是咸水,仅 3% 是淡水,而且只有 0.35% 的淡水分布在江河湖泊中,其中雾、云、雨、雹、雪和湿空气等就要占掉 8% 的淡水。问题的严重性在于,地球上淡水的分布不均匀,每个国家与淡水打交道的方式和态度也不一样。印度人每天人均耗水 25 升,德国人每天人均耗水 150 升,而美国人的每天人均耗水高达 300 升。据联合国儿童基金会统计,地球上平均 15 秒钟有一个儿童因缺水或缺乏卫生设施而死亡。

联合国曾发出过警告:水资源危机是有可能引发战争的。事实证明,污染水造成每年死亡的人数是战争造成死亡人数的 10 倍。并非危言耸听,以前农村里不是也常因争夺灌溉水而导致两个村子动武或械斗吗?水的现状确实严峻,发展中国家约有 12 亿人口得不到干净水。目前我国的淡水资源总量为 28 000 亿立方米,在全世界排名第四,然而人均量却只有 2 300 立方米,是世界平均水平的四分之一,所以我国是世界人均水资源最贫乏的国家之一。2009 年的旱灾殃及我国一半以上的省市,我国本来就处于一个自然灾害频繁的地区,根据《汉书》和《后汉书》的记载,汉代共发生过 346 次自然灾害,其中旱灾 48 次。

常言道:"水灾一条线,旱灾一大片。"旱灾造成的我国经济损失占气象灾害造成损失的一半。节约用水不是一个简单的生活习惯问题,而是有关全人类的生存和发展的共同大事。为了让人类了解水资源、保护水资源、珍惜水资源,联合国于 1992 年 12 月 22 日根据联合国环境与发展大会的倡议,决定自 1993 年开始,把每年的 3 月 22 日定为世界水日。2009 年 3 月 22 日是第 17 个世界水日,该年世界水日的宣传主题是"跨界水——共享的水、共享的机遇"(或简称"跨界水")。全球有 40% 的人口居住在由两个或更多国家共享的 263 个河流流域中,和平、友好地共享水资源对合理利用水资源、避免暴力争端至关重要。

我们得到的每一件(日用的和食用的)东西都隐藏着一个惊人的数字:200 克薯片中隐藏着 185 升水(包括直接和间接耗水,下同)、一件全棉 T 恤衫中蕴藏着 4 100 升水、一个 2 克重的电脑芯片中蕴藏着 32 升水、生产一辆小汽车耗水约 450 000 升、生产一个牛肉馅汉堡包耗水 2 400 升、生产 200 毫升橙汁耗水 170 升……如何减少生活和生产用水是一个向科研挑战的挖潜课题。而如何实现一水多用则是需要全世界人民去关心和付诸实施的事情。

税收的故事

一个流行歌曲明星在路上被一位男子拦住。"啊,太好了!我在这里碰见了你!几个月来我一直在追踪你的所有音乐会,好像票房不怎么样,不是吗?"那男子说。"绝对不是,所有音乐会全部客满!"歌星回答说。"但是你最近的一张 CD 却是失败的,对吗?""不对,销售了 100 多万张呢!作为一个粉丝,你怎么会提这种奇怪的问题?""粉丝?我是税务局的,正在调查你的最近一次纳税申报呢!"

税收是一个国家财政收入的主要来源,任何一个国家都会制定税法,按税法向公民征税;依法纳税是公民的义务。然而有相当一部分人不理解这一点,对纳税抱着抵触情绪,个别人甚至千方百计地瞒税逃税。其实税收是取之于民用之于民的,国家根据发展计划,合理动用税收,从事经济建设、发展交通事业、兴办教育卫生、加强国防力量、维护国家权益、开展科技研发……没有这一切,上海到江苏昆山怎么能坐地铁来回?崇明的高速路桥怎么会建成?探索宇宙的宏伟目标又如何去实现?

当然,在不同的社会制度下,税收会有不同的本质,因此在历史上、在世界的不同地方,都会产生一些稀奇古怪、荒诞可笑的税种。还有,不管在什么体制下,都会出现少数腐败分子滥用税收、一饱私囊的现象。18 世纪初的普鲁士首相约翰·卡西米尔·科尔贝·冯·瓦滕贝格挖空心思对流行服装征税：帽子税、袜子税、假发税……尤其是假发税，披肩的假发在当时中上层社会十分流行，如果想公开戴假发，则必须登记和申请，每月缴纳 3 塔勒（一种银币）假发税。缴税后在假发内衬上盖章，作为凭据。检查官员在街上随时有权让人脱下假发，接受检查，违者被强制揭掉假发。

欧洲 19 世纪初以前，很多国家实行一种门窗税，税额的高低根据房子里居住的人口数、门和窗的数量以及门窗的朝向而定，所以那个时代留下的临街房子往往门窗很少。而英国工业化初期所建的、面向工人阶级的廉价出租房几乎是没有窗户的，居住条件甚差。

古罗马皇帝威斯帕西亚曾推出公厕税，这一举措受到他儿子的反对，欧洲流行的一句成语"钱不会发臭"据说产生于他们父子间的辩论（威斯帕西亚在解释"公厕税是否合理"时所说的话）。

有些税目看似荒谬，但实际上却体现了税收的一个作用。18 世纪的德国柏林出台了"处女税"，纳税人是 20 至 40 岁的未婚女子，她们每月必须缴纳 2 格罗申（1 格罗申等于 10 芬尼，在当时可买 25 根煎香肠）的税金。处女税的潜在意义在于促进未婚女子早日走进婚姻殿堂，摘掉"处女"帽子，为国家生儿育女。沙皇彼得大帝统治下的俄国曾流行过"胡子税"，不剃胡子的男子每年需缴 50 卢布的税金，额度固然并不可观，但却体现了彼得大帝的改革决心，俄国要向西方开放，所以他要求男性臣民注意脸面。明白了税收的调节作用（比如对污染环境的企业强化征税而达到保护环境的目的），也许能有助于更好地理解税收及其意义。

睡眠文化拾掇

中国古代有"冬至阳生"的说法,是日阴极阳生,是一年中夜最长的一天,民间崇尚"早睡晚起"。战国时期流行名为"四味养身汤"的养身诀:"一曰无事以当贵,二曰早寝以当富;三曰安步以当车,四曰晚食以当肉。"苏东坡曾书此诀赠送友人。

其实古代的外国人也是习惯于早睡的,原始部族通常太阳落山后不久就睡觉了,天黑无事可做只好早早就寝。欧洲南部的人有白天睡觉的习惯,所以晚上睡的时间较短,至今有些国家在夏天的午睡时间仍然很长。

躺和睡对古罗马人来说是极为重要的,读书、写字、吃饭都用一个小床,宴请或大吃大喝则用三面置有躺椅的餐桌。此外还有手提床,供外出郊游小睡用。据说法王路易十四很喜欢在床上处理政务。

早先以狩猎为生的人以及游牧民族的睡眠方式很简陋,他们干脆就睡在地上,最多再垫上一块麻布或铺上些树叶。他们往往是群体睡眠,有条件就支一个帐篷,还必须燃起一个火堆,火光可以吓走野兽,烟能驱散昆虫。

在我国新石器时代建筑遗址中发现过高于地面的、土质较好的平台,长度略大于人的身高,很可能是当时人们睡觉的"炕"。至于床的出现,在我国已有3 000多年的历史,商代的甲骨文中已经有"床"字。1958年在河南出土的楚墓中发现了一张制作考究的木床,床的四周还有围栏。

自17世纪起,西方开始出现卧室,但穷人家里是例外:所有的家庭成员共同分享一张床,甚至客人来了也睡在这张床上,直至19世纪,"拥有自己的卧室"才成为共识。

按西方的睡眠文化,一个家庭里只有夫妻是同住一间卧室的,孩子有儿童室,等长大了也有自己的单独卧室,偶尔也有两个稍大一点的同性孩子合睡一间的。有一点是雷打不动的:外出旅游或出差,住旅馆开房间,绝没有两个同性者合住一个房间乃至合睡一张大床的。

2007年,英国一家连锁酒店公司发布了一个通告,言及2006年该公司在全球的连锁店里共发生过400次客人在大堂里裸身梦游事件,梦游者几乎都是男性。据解释,梦游的原因是酗酒、生活和工作压力大。为什么都裸身?很多人本来就喜欢裸睡的。还有那少数人呢?来该店住宿的,出差短住旅客较多,经常只带随身行李,压根儿没把睡衣放在心上。睡觉需穿睡衣吗?美国2004年的一份调查报告显示,从一大群人的问卷答案看,有22%的人喜欢裸睡,17%的人爱穿普通内衣睡,34%的人习惯穿睡衣裤,23%的人穿衬衫或T恤衫睡觉;还有1%的人穿运动衫裤睡觉。此外,有2%的人作了另类回答,1%的人干脆不予回答。

根据各方面的建议,夜间睡觉应穿宽松的睡衣或者裸睡,原因是女子裸睡或不穿贴身内裤有利于防止外阴的真菌感染;男子裸睡或不穿紧身内裤是为了确保精子质量不受影响。不过此类建议需加上前提:"在确保床单和被套勤洗勤换、干净卫生的条件下"。也可以说是因人因地制宜的。

四姑与慈姑

　　曾在国外看到一幅摄影作品：画面左下方是错落有致的数根水生植物的茎，有的冒出水面，有的尚在水中，只将箭头形的叶子托出水面。一根花轴婷立枝叶之间，白色的小花，花瓣的基部呈浅紫红色，成为整个画面唯一的"跳"色。蓝灰色的水面，平静得丝毫没有皱纹，几朵白云浮悬在画面的上方。初看觉得整个画面是在表现一块美丽的天空。这幅构思别致的摄影作品引来了观众的啧啧赞美声。其实画中出现的白云不在天空，而是水中的倒影。至于水生植物也是很普通的慈姑，因为慈姑在欧洲是观赏植物。

　　中国人说到慈姑，就是指可作蔬菜的慈姑球茎。冬天，叶子枯黄后，将球茎从土中挖出，此时的品质最好。南宋诗人陆游之嗜吃慈姑见于其诗中："掘得慈姑炊正熟，一杯苦劝护寒归。"

　　慈姑又名茨菰、茨菇、藉姑、燕尾草、剪刀草；国外很多国家称其箭头草（因其叶呈箭头形），系泽泻科，慈姑属，多年生直立水生草本，夏秋开花；原产中国，华中、华南和华东地区栽培较多。传说古代有个叫四姑的女子，邻居夫妇暴病而亡，遗一婴儿，啼饥不休。四姑不忍婴儿挨饿，便抱回家与自己的婴儿一同哺乳。乳汁不够，她用茨菰做羹喂自己的孩子，而将母乳哺育邻家婴儿。众邻居为四姑善举所感动，改称她为慈姑，同时也将茨菰改名慈姑。

　　慈姑做菜既能当主料，又能作配料。据传慈姑烧肉是清宫御膳的名菜之一。其烹饪工艺大致如下：五花肉切成块，慈姑去皮洗净后滚刀切块。其他配料有葱段、生姜片、酱油、料酒、白砂糖等。油锅热了先煸炒葱姜，然后再放入肉块，加料酒、酱油焖烧。最后放慈姑、白糖，等慈姑酥熟即可盛盘。据说一盘慈姑烧肉所含营养素有 27 种。苏北地区和浙江绍兴一带春节都有食慈姑的习惯，其中一个原因是所谓的吃慈姑可以防灾防难防事故（因"慈姑"与方言"事故"谐音）。至于苏州的油氽慈姑片和广东的生煎慈姑饼，则全由慈姑唱主角了。

吃慈姑需要注意一点，慈姑对铅等重金属有较强的吸收和积聚作用，如果种植慈姑的土壤和水含铅，那么就会被慈姑吸收。铅的残留量在慈姑球茎的表皮最多，其次为顶芽，所以吃慈姑要削皮、摘顶芽。这样就能确保每公斤（经处理的）慈姑球茎的铅残留含量约为 0.11 至 0.12 毫克，低于国家标准限量值，成为名副其实的无公害蔬菜。

慈姑的食疗作用不可忽视。它含有秋水仙碱等多种生物碱，有助于抑制癌细胞的有丝分裂和增殖，被用来配合防治肿瘤。慈姑还有解毒消肿作用；所含之多种微量元素具有一定的强心作用。但秋水仙碱有一定毒性，如欲防病、治病，应遵医嘱。可见，慈姑不宜多食。

慈姑的生长适应能力强，叶子的特殊形状和白色小花颇具观赏性，是湖畔、塘边的季节性绿化植物。慈姑甚至可以做成盆栽。

琐细事，过年情

春节是中华民族最为隆重的传统节日，也就是过年。历来人们把春节的持续时间有意识地拉得很长。实际上，从农历的"小年"（通常在阴历腊月二十三或二十四日）开始，到正月十五元宵节，整整二十几天，都叫新年。有人把阴历初五以后至元宵节称为"后春节"，初五以后向人祝贺新年曰"拜晚年"，说"晚年"其实不晚。阴历正月初九名为上九日，很多地方以拜年不晚于上九为亲近，超过上九谓之"拜晚年"；但有的地方确实提倡拜年要赶在初五六以前，即谚语所说的"拜年拜过初五六，不是没酒即没肉"。说得很明白，拜年晚了，主人便有理由怠慢了。

儿时春节经历的几件平常事给我印象颇深，因多年和祖父母生活在一起，让我认识了不少旧时的年俗（或者说杭绍年俗）。擦洗蜡烛台属于年边扫尘的内容，一年用下来的锡制烛台附着了一层氧化膜及油腻，祖母每年都用（自家杀鸡鸭后的）鸡毛鸭毛加开水擦洗，效果挺好的。我往往也参与（其实是轧闹忙），为的是捡几根漂亮的鸡毛。男孩和女孩都喜欢鸡毛，女孩用鸡毛做毽子，男孩则把鸡毛作为板毛球的材料。那个年代，人们的生活都很俭朴，多数家庭的家长都会做一些大路货的儿童玩具。毽子的底座用一个铜钱，外面缝上布料（将鸡毛管的一半剖成四份和布料一起缝住），再把三四根美丽的鸡毛插入鸡毛管，一个毽子便完工了。至于板毛球,难度要大一些,因为那个球是用一颗皂荚树果实中的核做成的,在核上需钻孔,然后插入鸡毛管和鸡毛。球拍有现成出售的,但很多家庭也倾向于自己动手做。

现代的年轻人也许很难想象,洗过蜡烛台的鸡毛鸭毛还有用处——等收购鸡毛鸭毛的人来了,可以换钱。我思忖着,鸡毛可能是经清洗、晾干后加工成鸡毛掸子的。那时还没有羽绒服和羽绒被,所以其他用途,作为一个孩子就无法想象了。

和扫尘有关的还有一桩事,锡箔灰也能卖钱。一年四季有不少节日要烧锡箔纸和锡箔纸折成的元宝,我家的堂前画桌下专门有一只铁锅放在木架上,这只铁锅就是存放锡箔灰的。我不太关心锡箔灰,但每天上学要经过一家简陋的锡箔纸加工店,那儿全是手工活儿;于是我似乎明白了,为什么有人收购锡箔灰。

从年初一开始,除了拜年走亲戚,有一种室内娱乐很吸引人,那就是打康乐球,邻居们常常聚在一起玩。康乐球用的是一个木制的四边围住的正方形台面,说是球,其实不是球,而是像中国象棋那样的子儿,四个角上都有一个圆洞,击球的球杆称为"枪棒"。可以四个人玩,但两人也能对玩。每人8个球(子球),其中7个沿着台面的边排列,用枪棒将母球击向对方的子球,让其进入圆洞。还有一个子球放在圆洞后面的角落里,这个球被称为"台湾角",比较难打,既要用力,又需准确,同时不能让自己的母球掉进洞里。把台湾角的球打进洞里,算是"解放台湾"了。康乐球的趣味性较强,被喻为"平民台球"。

春节充满了欢心乐事,回忆童年的春节又何尝不是一种幸福。

四季开花天堂鸟

花鸟同名的,除了杜鹃,天堂鸟亦是其一。就像杜鹃花一样,口语中常把"花"省掉,而"天堂鸟花"说起来则更别扭,所以通常也将"花"省掉。天堂鸟确实非常非常漂亮,其花序如仙鹤的头,所以俗称"鹤望兰"(其实并非兰科),天堂鸟花汇集了多种美丽的色彩:红色、紫色、橘黄色、蓝色。形和色均达到了极高的美学境界,是插花艺术中的高级花卉。

天堂鸟学名 Strelitzia reginae(原意为"施特雷利茨王后"),属美人蕉科,原产南非。关于天堂鸟的发现和得名,有一个传说。约瑟夫·斑克斯爵士是英国王家植物园主管,在他的主持下,该植物园成为全世界植物品种最多的地方。1773 年斑克斯首次从南非获得一株天堂鸟,但没有人知道这色彩绚丽的花叫什么名字,于是想到了英王乔治三世的王后夏洛特·索菲娅,她本是梅克伦堡-施特雷利茨的公主,此花便得名"施特雷利茨王后"。王后十分喜欢这种花,据说因为发现地名为"天堂鸟村",王后就叫它"天堂鸟"。

天堂鸟原本是野花,在非洲有 5 个品种,但被人工培育成名花的只有我们今天在花店里能买到的天堂鸟。在非洲当地,天堂鸟是吉祥、幸福和自由的象征。除了缤纷绮丽外,天堂鸟的另一特点是四季开花,而且每朵花最多可开 40 天,每一株一次能开几十朵,就像一群灿烂多姿的仙鹤,美丽极了。

天堂鸟虽然好看，但它不太好伺候，阳光、水分都需恰到好处，多了不行，少了更不成。然而最大的问题是繁殖，在非洲，天堂鸟是一种鸟媒花，靠蜂鸟传布花粉。但世界上很多地方没有蜂鸟，所以天堂鸟很名贵。好在可以采用人工授粉，分株繁殖，以传承后代。春天，在开花以前，根部要用锋利的刀一分为二，切面用杀菌粉加以处理，然后分别移入花盆。

1984年在洛杉矶举行的第23届奥运会宣布，获金牌者可再得一枝天堂鸟，从此，天堂鸟又被看作"胜利者"的象征。

天堂鸟是著名的插花花卉，1990年日本插花艺术家铃木苍子在东京举办的插花博览会上推出了她的名为《落霞与孤鹜齐飞，秋水共长天一色》的插花杰作，用枫叶、秋菊、枯枝衬托一枝天堂鸟，独具匠心地描绘出"落霞"、"孤鹜"的秋天意境，令观赏者赞叹不已。

笔者曾在一个朋友家里见过一盆有天堂鸟的插花，朋友见我观赏了良久也不说话，知道我没有发现破绽，于是禁不住向我透露，那天堂鸟是折纸，是他女儿的作品，真让我长见识了。

冬天是花卉相对较少的季节，天堂鸟让我们的生活仍然多彩。

太阳能高速公路

一个人要从甲地到乙地去(或将物品从甲地送往乙地),他要么走着去,要么选用交通工具,不管用哪一种方式,都需要有路才行。在文明发展的进程中,人类有大部分时间通过陆路移动,而且经常行进在由人自己"走出来的路"上。随着社会、文化、经济、科技的不断发展,人们已经不再满足于"走出来的路",而是开始"筑路"。现代人越来越清楚,筑路需要耗费人力、材料、资源,会污染环境。

风力和太阳能是大自然慷慨赐予人类的最绿色、最环保的能源。眼下,风电设备如雨后春笋般壮丽伟挺,太阳能电池越造越大。美国的工程师们从"乌托邦主义"出发,打破了以往的所有框框,推出了极为大胆的想法:要把美国所有的高速公路全部改造成所谓的"玻璃路"——太阳能高速公路。尽管泼冷水者说,这是无法实现的幻想,但美国政府还是启动了一个实验项目,作为支持太阳能高速公路网建设的第一步。

如果将美国的高速公路全部变成太阳能高速公路,那么这些高速公路利用太阳能所发的电能相当于美国年耗电量的 3 倍,此外还能节省 2 倍的石油用量。电动汽车可以直接在高速公路上充电。太阳能高速公路同时还能解决一系列问题:公路内装的传感器用来监控交通流量、加热器可防止寒冬时节冰雪滞留在公路上。

下雨天通过路边的落水管将雨水收集起来,经过滤后可用于农作物灌溉。

太阳能高速公路设想采用 3 平方米大小的标准模块材料拼建,每一块材料都有三层,表面是一层坚硬而耐重荷、有一定粗糙度的特种装甲玻璃层,这一层里安装了太阳能电池板、发光二极管和加热器;中间层有着极为复杂的、能活化发光二极管和实现模块网络化的控制系统。底层的作用是将(太阳能)所发之电输送到周围住宅或企事业单位。

与太阳能高速公路相配套的是目前在德国不伦瑞克开展的"智能停车"项目,通过名叫"停车者"的应用软件,驾车者随时可在智能手机上查看从太阳能高速公路传感器发出的"就近停车可能性"(即时可供支配的停车位)信息。"停车者"应用软件不仅对驾车人有用,而且有利于整个城市的有关机构了解驾车者的停车方式和停车习惯,便于管理和规划市政设施。

不少专家认为,哪怕动用其他领域的财政预算,也要为"建设清洁的交通世界、创造节能减排的环境"让路。可是事情没有那么简单,且不说政治、军事、社会等方方面面的因素,即便在技术上,也还挂着不少问号:是否有足够的材料、投资费用如何、怎样解决光污染问题……但乐观主义者提醒人们:历史上从无一蹴而就的发明,发明首先需要想象。

天才和神经错乱

历来有一种说法："天才多少都有点神经错乱。"古希腊哲学家亚里士多德在 2 300 多年前就有这样的看法。时至今日，医生、心理学家、遗传学家们仍然在维护这一论断，只是经过长期的研究和分析，科学家们认为这一论断主要适用于古今世界上的卓越天才，并不适用于每一个天才。

2004 年，冰岛医生和遗传学家约恩·卡尔松发现，聪明非凡的人都容易出现神经错乱；天才的亲戚们往往也是某一方面的达人。另外他还发现，有些天才自己没有神经错乱，但家庭成员中有精神病患者。天才中经常被诊断出的精神疾病是忧虑症、恐惧症、惊慌发作、强迫性神经错乱、精神分裂症和双极神经错乱（患者交替阵发躁狂和抑郁状态的错乱）。此外，有些杰出的科学家患有阿斯波哥尔综合征（一种不善交际、兴趣偏狭的内向征状，牛顿和爱因斯坦都有）。

牛顿是有史以来最有影响的科学家，按今天的标准，牛顿的智商达到了 190 左右。但牛顿生性腼腆、处世怪僻，脆弱敏感。牛顿曾长时间做过有毒化学物的实验，1692 年得了神经错乱，1726 年去世。有的研究者认为可能是慢性汞中毒引起的神经系统和心理的变化，而这种变化是交替可逆出现的，正是这一"交替可逆"造就了牛顿的毅力和创造力。

受到恩格斯高度评价的英国博物学家、进化论的奠基者达尔文曾乘海军勘探船"贝格尔"号作了为期五年的环球旅行,观察和收集到大量有关动植物和地质的材料,经整理、分析和研究,形成了19世纪自然科学三大发现(能量守恒和转换定律、细胞学说、进化论)之一的进化论。然而周游回来后两年,达尔文病了,直至他去世,一直没有痊愈。达尔文得的是什么病,至今说法不一,但有一点是可靠的:他患有严重的恐旷症(对陌生环境恐怖),一直退居家中,基本上不再和外界交往。达尔文甚至在自己住宅的外墙上装了一面镜子,不速之客在进来前就能被他发现。达尔文的五年辛劳及后来的神经官能症和惊慌发作是导致他成就的主要因素。

　　荷兰著名画家凡·高是一位典型的天才精神病,他小时候遭受了严重颅外伤,悲世悯己加上定期发作的癫痫病,是画家得精神病的主要原因。凡·高患的是双极精神病,这种病两次发作之间的清醒阶段(有时甚至只是瞬间)赋予了画家的创作激情,使得一个饱受疾病折磨的心灵和大自然的生灵结合在一起,形象地表现了画家的精神状态。有一次,凡·高跟他的朋友法国画家高更发生口角,在情绪冲动下,凡·高用剃须刀杀高更未遂,于是将自己的一只耳朵割掉,后来还创作了《割耳后的自画像》,成为代表作之一。

　　一些专家认为,精神病(尤其是双极精神病)在发作后有一段宁静清醒的时间,天才们往往会在这段时间里迸发令人惊讶的激情。凡·高经常在发病后立即作画,所以他的作品达到了"心灵艺术"的高峰。

冷天靴子俏

尽管有少数人夏天也穿靴子,但靴子毕竟还是最适宜于冬季的"脚上穿着物"。尤其对时尚女性而言,冬天里有了超高统(筒)靴,即使穿超短裙也冻不着。靴子和低帮鞋的区别在于,靴子的鞋帮(统)至少要高至脚踝处。用一个较严格的定义来说:鞋底上缘和鞋帮的上边之间的长度(统高)至少要占鞋长的80%,这样的鞋才能称靴。

有意思的是,靴子这个词还代表着一个国家的名字:在意大利语中,lo Stivale(靴子)的一个特殊意思是"意大利",因为意大利这个国家的地理形状活像一只高统靴。

靴子作为服饰,历史非常悠久。考古资料显示,我国新疆地区在约3 800年前已经有人穿靴子了。而在欧洲阿尔卑斯山脉的高寒地区,考古学家发现了一具5 300年前的尸体,据考证,死者当时穿的是兽皮服和毛皮靴。在西班牙阿尔塔米拉洞穴壁画上,甚至能看到年代更为久远的人类靴子的雏形。传说我国和现代靴子较接近的靴子是战国时期齐国的军事家孙膑(《孙子兵法》的作者和著名军事家孙武的后代)发明的。孙膑被庞涓诳至魏国,处以膑刑——去膝盖骨,故称孙膑。孙膑后被齐威王派人接回任军师,穿着自己发明的长靴指挥作战。

靴子有四种分类方法:按统高分为高统靴、半高统靴、低统靴和超高统靴(包住膝盖的);根据用途可分为猎靴、马靴、滑雪靴、摩托靴、登山靴、军靴、牛仔靴、漫游靴以及安全靴（如消防靴、林区伐木靴）等；按统上开口方式分为拉链式、搭扣式、系带式等；根据制靴材料可分为皮靴、毡靴、橡胶靴、木靴、棉靴、毛皮靴、漆皮靴。欧洲 19 世纪时靴子的款式繁多，但到了第一次世界大战后，功能性靴子越来越少，而且人们发现低帮鞋造价低，穿了舒服，所以高统靴也减少了。不过从 20 世纪中期起，靴子开始重新繁荣，在统高和款式等方面趋向时尚化，颇受年轻人青睐。

靴子的制作蛮有讲究，因为不但要考虑到款式美观和时髦，而且更要注意穿着舒适，尤其是脚背处的间隙，既要贴近，又不能挤得太紧。通常脱（高统）靴比穿靴还麻烦，所以欧洲早期有一种仆人叫"靴奴"，他们是专门伺候贵族或在鞋店里帮助顾客脱靴的。后来靴奴被废除，人们发明了一种脱靴工具，那是一块木板，带有斜度，其中一头是 U 形的，U 形头对着靴后跟，用一只脚踩住木块，向前顶着另一只脚的靴子；与此同时，另一只脚往外抽，脱靴就容易多了。这一工具仍然叫"靴奴"，但译成中文叫"脱靴器"。

服饰的流行与演进肯定会促进语言的发展和丰富，因此在欧洲涌现了许多和"靴子"有关的成语和谚语，如"这是两双靴子"（这是两码事）、"全是左腿穿的靴子"（全搞错了）、"舔某人的靴子"（对某人卑躬屈膝）、"这简直是在脱人的靴子"（这简直让人受不了）、"继续做老靴子"（照老规矩办）、"不要说靴子"（不要乱说一通）、能承受一只大靴子（海量——有一种酒杯做成靴子形的）……至于"西班牙靴子"，那是一种夹腿刑具。

善于穿靴子是一种艺术，愿天下喜欢靴子的年轻朋友们尽情发挥搭配的想象力，把靴子穿出创意来。

天香·香水·香气污染

我们常用"国色天香"来形容美女,因为美女既漂亮又有香气。那么"天香"是什么,《辞海》释义为:特异的香味。宋之问《灵隐寺》诗曰:"桂子月中落,天香云外飘。"唐李正封又用"天香"来描写牡丹的香气:"天香夜染衣,国色朝酣酒。"古代女子用香熏衣,穿上后使自己的身体发出"天香"。其实女人的身体本身就能发出"天香",而且不仅是女人,男人的身体也能发出"天香",这种"天香"也就是我们俗称的体味。不久前,美国、英国和德国的科学家指出,体味属人身上的信使素,但它们不能被普通的嗅觉细胞感觉到,而是由鼻前孔壁上一个名叫 VNO 的极小孔来嗅到的。每个人有自己独特的体味,可惜不是所有的人都能闻到和喜欢某一种体味的,这又和主组织相容性复合基因(MHC)有关。目前国外把人的体味看作是一种"性诱物质",据说它还能在择偶时起到一定作用。

香气是神秘的东西,它看不见、摸不着、听不到,它匆促而来,又悄然离去。香气和光、声信号不一样,它是直接到达大脑边缘系统(调节人体情绪反应和行为表现的构造之一)并促使分泌能引起兴奋、刺激作用的物质。地球上的生物面对着约 1 千万种气味,这些气味中有许多是鲜花发出的香气,每一种花都有自己特异的香味,人每个鼻孔 2 平方厘米的表面上约有 1 亿个受体,所以人大约可辨别 1 万种气味。

从鲜花中提炼香精油制造香水是人们用以保留和利用"外来天香"的办法,然而用鲜花蒸馏香精油,不仅价格昂贵,而且数量很小,从几吨玫瑰花中只能提炼出 1 公斤玫瑰油,所以世界上 75％以上的香精油是人工合成的。别以为合成的香精油香味不纯,今天的香精油甚至可以达到以往的鲜花香精油达不到的纯正度。研究表面,鲜花被采下后,其香味就会有所分解,从生物学角度看,花已死了,因此蒸馏出的香精油已不具备花的原来香型。几年前,美籍印度化学家布拉贾·姆克吉博士发明了"活花技术",从此我们能获得逼真的活花香型。姆克吉博士将一个空心玻璃球罩在花朵上,玻璃球与抽吸泵相连,泵不断把纯香气分子吸到一个过滤器里。几小时后拿掉玻璃球,然后在实验室里让香气分子与特奈克斯(Tenax)溶液混合,再用一个微型针头向一个气体-色层分离器的几米长的空心玻璃丝注入这一香气溶液,香气分子用电子射流轰击,香气的成分就被分解出来,从屏幕的曲线上可看出香气的组成,经精确分析后,将香气的成分保存在一个"嗅觉程序"中。通过这种方法,一种香型可复制得与活花毫无二致,逼真度可达 98％。

　　全世界每年的香水销售额已达六七十亿美元,从另一个角度来说,无论是体味还是香水,香味太重了会造成香气污染,严重时会引起人的过敏、头痛、头晕或其他不适感。再说香水和体味一样,不是每一种香型都能为所有的人接受的。闷热的天气,在一个很小的空间里冒出一股浓烈的窒息性香气,会使人受不了的。美国的环保组织以及其他一些国家已经在提倡"无香水区"。

添光透气老虎窗

　　我们通常所说的老虎窗往往指 20 世纪初出现在上海石库门房子上的一种较为讲究的阁楼天窗，那是从西方流入中国的一种屋顶设计，上海人于是用英文屋顶窗（roof window）的半音译半意译来表示，roof 的洋泾浜音译就变成了"老虎"。其实中国也有自己的老虎窗，那就是南方小城镇的瓦房上比较简陋的、突出斜屋面的天窗。我有一个姨夫曾在杭州开一爿茶店，房子是二层楼的（确切说屋顶下的一半房子有二层），楼下是茶店，楼上是卧室，没有老虎窗；但楼下烧水灶头的旁边有一片地是用长条大石头拼合而成的，石头之间有很大的缝隙，这块地方其实是倒水的天井，和外面街道的下水道是相通的。尽管沿街的排门板白天是全部卸掉的，但其他三面的墙上均无窗门，而灶头又设在最里面；考虑到里边的采光，造房的人在倒水小天井上方的屋面上开了一个大口子，口子上方约三四十厘米处竖起了一个面积比口子大得多的人字形小屋顶，姨夫称它为老虎窗，窗上并无玻璃，有时稍稍飘一些雨点进来也不碍事。后来我又在苏南的小镇上见过从平房斜屋面伸出的老虎窗，"小屋脊"直接从斜面水平挑出，"虚设的"正面和两个侧面也是没有玻璃的，有的斜屋面上甚至并排布有好几个老虎窗。中国"原装"老虎窗下没有阁楼，其作用纯粹是采光和通风。有时在老虎窗下方的梁上放几块搁板，用来堆一些杂物。

欧洲的老虎窗早在 20 世纪以前就问世了,在北欧和英国、法国、德国都相当流行。法兰西第二帝国的建筑风格十分优美,房屋的特点是高大壮丽、芒萨尔屋顶和精致的老虎窗。芒萨尔屋顶即折线形屋顶,以法国著名建筑师弗朗索瓦·芒萨尔的姓氏命名。

　　上海老虎窗的兴起和流行,主要原因是住房的紧缺,所幸房子的层高较大,于是就利用二层楼的坡面建置阁楼,阁楼需要通风和采光,阁楼的斜面是唯一可以开设天窗的位置,老虎窗是天窗的一个变种,它比普通的天窗精致和考究得多,而且还能扩大居住空间。后来,有老虎窗的阁楼被称为"三层阁",经济条件较差的人只好选租三层阁,经常被贬称为"三层阁里出来的人"。

　　老虎窗在欧洲有各种形式,如山墙形老虎窗、平顶老虎窗、弧顶老虎窗、牵引式老虎窗、斜脊老虎窗、帐篷形窗顶老虎窗、三角形老虎窗、牛眼老虎窗(老虎窗的正面呈圆形)、全采光老虎窗(正面和两个侧面都装玻璃)、横挑式山墙形老虎窗、多层式老虎窗(横挑式山墙形老虎窗的"衍生物",相当于二三个小阁楼)……

　　在老虎窗的发展历史中,丹麦著名建筑工程师和企业家维鲁姆·卡恩·拉斯穆森(1909—1993)起过发扬光大和推陈出新的作用,他曾被丹麦工业大学授予名誉博士学位,一生致力于门窗研究、设计和生产,共获得 55 个专利权和 9 个设计图案注册,并在世界范围设立了多个旨在促进艺术、文化、社会和科学教育的基金会。

天上落雨地下受

　　古人用水和吃水主要靠雨水和地下水（井水），这种生活方式持续了很长很长时间。记得我小时候，自来水还没有普及，我们家里有三口大缸，其中一口在前天井，是受雨水用的，两口在后天井，一口受雨水，一口存井水。每天早上，祖父要到墙门里的一口井去"吊水"，来回要走好几次，等缸里的水积得差不多了，就用明矾"打"一下，这就是饮用水了。每逢下大雨时，祖父便启用受雨水的"工具"，两只水缸上方的、从水落管接出的毛竹管（有时也用铁皮）先被移出水缸，让先期的脏水排到水缸外面，等水基本干净了，再将接管复位。我喜欢折了纸船放在雨水缸里玩，经常看到在水里扭来扭去的孑孓，觉得挺好玩的；后来才知道，这是一个造成蚊子繁殖的大问题，所以雨水缸里的水必须经常换掉。

　　1 500多年前的玛雅人为了把雨水留住，建造了许多阶梯式的公共蓄水池，并在水池里栽种了睡莲，以防止水变质。据后来的科学家研究，认为睡莲能起到天然过滤器的作用。

　　水是人类生存的第二重要条件（第一是空气）。自来水的发明大大方便了人的生活，然而自来水的生产是要花很大代价的。随着生活水平的不断提高，整个人类的用水量也在不断增加，而地球的水资源却会越来越少，人们自然又想到了老天爷所赐的雨水。国外许多国家早就开始了雨水利用设备的研究、设计、制造和安装,经雨水设备收集和处理的雨水可用来灌溉院子和浇花、作为花园池塘和私家游泳池用水、打扫卫生时的洗涤水、洗衣机用水和抽水马桶冲洗水。

在欧洲,比较规范和先进的是适用于二三层楼或三四层楼的雨水设备,可用在新建或改建房屋中。对屋顶的要求是有足够的雨水收集面积(通常为平均每人 25 至 40 平方米);平屋顶不太合适(容易积聚腐殖质),鞍形屋顶较好,屋顶材料应尽量光滑,以免出现脏物和风化现象。

雨水设备包括:1. 雨水收集管道(从檐沟中收集到的雨水经由水落管、通过雨水收集管道送至地下储水箱)。2. 粗过滤器(可装在每一根水落管里,或在储水箱的前面装一个总过滤器;若是旧设备改造,应在储水箱和水泵之间安装细过滤器)。3. 地下储水箱(大小根据屋顶面积、平均降雨量、雨水用途、居住人口数而定。储水箱应考虑溢流口,溢流口需配有防鼠和防壅水倒流的虹吸水封)。4. 抽吸管、水泵和送水管(抽吸管和水泵均位于地下室,水泵配有流量自动控制器和防回流装置,送水管将处理过的雨水送往住宅的各用水点)。为防止旱季和用水量高时储水箱干枯,可考虑自来水自动补充装置。

顺便提一下"灰水",洗澡、洗脸、洗衣后的水称"灰水",将灰水送往抽水马桶再利用的处理装置叫灰水利用装置,但单独的灰水利用装置目前尚未广泛应用。

雨水利用有利于环保,有利于水资源的保护,能节省用户的水费;雨水是软水,可省去水软化这一工序,系统中不会出现钙沉积(水碱)。某些国家甚至对住宅的雨水设备建设提供津贴。

条纹的意义

　　童话说,斑马身上本来没有条纹,有一天它在马路上拉车,违反交通规则而撞倒了一个行人,但它只顾继续往前赶路,最后终于被路人拦下,被撞者伤势严重,所以斑马需承担一定刑事责任。服刑期间,它被穿上条纹囚衣,在一次犯人会议上,它建议在十字路口的四条人行横道线上分别画上条纹,以便引起行人的注意。斑马因合理化建议立功,被提前释放,为了记住教训,斑马便始终穿着条纹囚服——斑马服。

　　为什么条纹服会成为囚服,这还得从中世纪的欧洲说起,条纹服装曾被教会视作邪恶的象征和魔鬼的符号,只有被社会遗弃的人(如奴隶、妓女、囚徒、刽子手、麻风病人等)才穿条纹服。同样,当时的世俗社会也很厌恶条纹服。中世纪的文学和绘画作品中,塑造反面人物最省力的方法是给他们穿条纹服。最早的囚服设计者考虑到,条纹服在任何时期都不可能与普通服装"撞车",更不可能成为时尚,因此很适合囚犯穿着。除此以外,条纹囚服尚有其他优点:能对囚犯产生一种心理效应,让他们自知已经丧失了尊严和地位。条纹服引人注目,如果囚犯想越狱逃跑,很难在普通人群中混迹和隐匿。出于这一原因,囚服布料的反面也印染了条纹,即使反穿,也掩盖不了这一标志性特点。还有,条纹服的生产成本低,而其他面料的生产需要相当破费的染织工艺。

在条纹囚服上大做文章的恐怕要数纳粹德国了。史学家将纳粹时期的囚服配置分为三个阶段。第一阶段（1933—1938），囚犯着装尚不太统一，通常为带有臂章的民服，或者被公用事业单位扔掉的制服。第二阶段（1938—1942），绝大部分为条纹囚服，冬衣里面衬条纹布碎料。第三阶段（1942—1945），乱象丛生时期，有的利用马伊达内克和奥斯威辛集中营里被杀害的犹太犯人的民服或者被枪杀的苏军战士的军服。囚犯须从事繁重的体力劳动，囚服必然容易脏污和破损，然而却要隔很长时间才能换洗（囚犯不准自己洗衣）。

　　二战接近尾声时，条纹囚服反过来起到了保护囚犯的作用：在疏散和撤离过程中，囚犯的队伍往往不会受到盟军战机的低空袭击，飞行员能认出他们是集中营的囚犯而加以保护。同样，集中营被解放后，条纹囚服也能确保受尽迫害的集中营囚犯无障碍返回祖国。

　　显得颇有戏剧性的是，先前嚣张跋扈、凶狠残忍的纳粹分子在面临自身灭亡时，竟然争先恐后地穿上条纹囚服，伪装成集中营囚犯，企图逃避盟军和全世界正义人士对他们的惩罚。贝尔根-贝尔森集中营被解放后，穿着条纹囚服隐藏在集中营的冲锋队长赫斯勒和他的冲锋队员于 1945 年 4 月 15 日被英军的一支小分队识破逮捕，赫斯勒后来被判处死刑。

　　时过境迁，曾经用条纹服作囚衣的国家都做了相应的改革，趋向简单清新。我国现在的囚服只在背部及胸前设置一横条的条纹。条纹囚服的发明者没有想到，如今条纹囚服也跟时尚挂上了钩：乌克兰时装设计师扎莱夫斯基让他的模特穿着时装款式的条纹囚衣在基辅的 T 台上表演，针对反对者的意见，他说："乌克兰人坐监狱也是最漂亮的。"

同传,巨难职业

同声传译又称同声翻译,简称"同传",是口译中最难的一种。译员一面听原语一面将原语翻译成另一种语言(目的语),通常出现在使用多种语言的大型国际会议上,译员通过同传设备或耳语进行同声传译。译员和说话者的同步是同声传译的特点,这意味着说话者是不给译员留出翻译用时的,谓其"巨难",难就难在这里。

同传最早是以"耳语同传"的形式出现的,因为这种形式不需要技术辅助手段。"纽伦堡审判"(1945 年 11 月 20 日至 1946 年 10 月 1 日在德国纽伦堡举行的对第二次世界大战中法西斯德国首要战犯的国际审判)的大会翻译被看作现代同传的成功诞生和应用;此后,同传技术设备的不断进步又促使了同声传译的进一步发展。

在简短的同传发展史上,有一句错误译文听起来既好笑,又令人心酸:"第三次世界大战以来……"这句话在告诉人们,同传这碗饭有多么难吃。同传比任何其他工作都在更加强烈地激励大脑皮层,译员好像在和说话者一起作报告,但同时又在不断地检查自己的话语。这就要求译员在很短的时间内将说话者所说的句子和自己的预识结合起来,并将句子分解成意义单元,根据目的语的特点加以重新组织,尽量设法去预料句子会如何继续下去(这一点当原语为德语时尤其重要,因为德语的句子是框形结构的,主动词往往最后才出现,为同声传译增加了额外困难,连德国人都承认自己的母语是"原始森林")。

在学习同传的过程中,有一点也许很重要:学会有意识地控制注意力,因为当你付出100％的注意力时,往往会错过说话者的话语,造成类似于"第三次世界大战"的错误,为此,同传训练时,注意力的统计分析受到很多培训师的重视。

鉴于同传给译员施加的难以想象的精神负荷,通常在大会期间对于相应的语言,至少同时配备两名译员,每隔半小时即换班,避免脑细胞因缺少能量而形成有害的代谢物。

除了脑子机灵敏捷、耐压能力强,同传要求译员掌握外语的水平接近母语。有的学习机构开发了同传学习模型,将传译过程分解成一百多个可以熟练掌握的单独行为;有的培训者要求译员学会左耳听说话者,右耳听自己的翻译。

中继翻译也是同传的一种形式,在一个主同传室里,将一种很小的语种或稀有语种的语言同传成一种国际会议常用的语言(如英语),这一英语译文又被其他译员作为出发语同传成相关的目的语。

在没有条件设立同传室的情况下,如临时在露天举行的活动,参与者不太多的话可以考虑移动传送技术和导传设备:译员直接听取说话者的讲解,并用导传设备的麦克风将信号送至听众的耳机。

国外常将手语翻译纳入同传范畴,这也说得通,因为同传强调的是"同时进行"和"同步效果","同声"系汉译时造成的"狭义"。

同传是效率最高的口译形式,只是对译员的压力太大,严重时甚至影响身心健康。

透过玻璃看明天

　　每个人也许都以为非常知晓玻璃，然而当你站在高层的一大片玻璃地板前，让你走过去，也许你不敢，因为透过玻璃往下看，是底层的空间，万一玻璃碎了，人不是也跟着掉下去了吗？其实这种担心是不必要的，因为这里用的是高强度不碎玻璃，完全可以用来代替钢筋混凝土。随着智能手机、平板电脑、3D 打印机、4D 打印机的问世和繁荣，玻璃家族中出现了大力士、薄皮士、可卷玻璃、智能玻璃、发电玻璃、自洁玻璃、（用电流脉冲控制的）暗化玻璃……

　　人类对玻璃的认识虽然已有 6 000 年左右的历史，其实在所有材料中，玻璃是被人了解得最少的材料之一；但玻璃生产的基本原理至今没有改变：将石英砂、纯碱、长石、石灰石等原料和相应的辅料混合，让它们在高温下熔融、澄清、匀化、成形和退火处理；整个过程很快，致使过冷浆液的原子没有足够时间结晶成有序排列的晶体，其中自由电子又少，反射效应弱，可见光波段也不在其吸收波段内，大部分光线都能穿透玻璃，所以玻璃是透明的。如果混合铝氧化物、镁氧化物、硼氧化物或铅氧化物……就能生产彩色玻璃或硬质玻璃。

　　高强度复合玻璃的承重力通常能达到每平方米几百公斤或更大，但是玻璃生产者的着眼点并不仅仅停留在强度上，发展趋势是智能玻璃，比如电致变色玻璃已经推向市场，只要按一下按钮，接通电流,玻璃就会变颜色或者完全变黑。给玻璃镀上专门的塑料薄膜或通过添加物,嵌入在薄膜中的分子和微小的晶体便重新排列,在几秒钟内,光学性能发生改变,使人目眩的阳光便受到阻隔。

通过与太阳能电池生产厂的合作,玻璃窗可以改造成"发电厂":将旋光性有机分子组成的透明太阳能薄膜以镀层方式结合到窗玻璃上,太阳能即可转变成办公楼的空调机用电。由于大面积的玻璃太阳能电池和有机发光二极管是用同样的材料组成的,在没有阳光的时候,发光二极管可将大面积玻璃变成一个临时光源,短时间内代替阳光。

我国国家纳米科学中心研发了纳米自洁玻璃。纳米玻璃是在原子或分子层次上控制玻璃母材的结构,使玻璃内部形成超微粒子或者分散形成另一种物质。纳米玻璃不仅保持了玻璃的性能,而且获得了许多别的光学性能和机械性能。

未来的移动显示器需要一种灵活的可卷玻璃,今天的市场已经有可强烈弯曲的面板玻璃问世,其厚度只有十分之一毫米,甚至还有更薄的玻璃,几百米长的玻璃可以卷成一个卷。可卷玻璃为快速在玻璃上打印电子元件或旋光性层创造了条件,在新型的锂电池和电容器生产上颇有应用潜能。

科学家们对未来的玻璃憧憬满怀,准备对玻璃中至今未被利用的元素进行详细研究,有专家甚至立志编一部"玻璃菜谱"——《玻璃生产工艺大全》,玻璃生产者只要提出要求,就能在书中查到相应的原料配方和生产工艺知识。

图个好心情

　　心情是一种可以明显让自己和别人感觉到并体现为精神状态的内心境况……也可称为心境或情绪。在很多外语中，心情一词都从"月亮"演变而来（或者把"好月亮"和"坏月亮"作为"好心情"和"坏心情"讲），因为古代人认为，人的心情如何，与月相的变化有关。心情不好于己于人都很糟糕，当事人会将这种不良心境发泄在任何一件事上、任何一个人身上，脸上好像写了字："我烦着呢！"。而此时此刻的周围人亦很无奈："不要去烦他，他现在心情不好。"其实恰恰是这个时候，心情不好者不该孤立自己，应走到人群中去，去接受别人好心情的感染。

　　坏心情是哪里来的，有一种坏心情和温度有关，比如有人早上（尤其是秋冬的清晨）起来，心里总是不大开心，别人跟他说话时，他干脆没好气地冲人。这是由于大清早体温和环境温度尚未协调好所致，过一会儿，这种坏心情会自动消失。

　　然而外界的压力、不顺心的事情、不幸的事故……甚至对自己的不满意，会经常导致坏心情。一般情况下，坏心情都是暂时的。话虽这么说，但坏心情非常影响工作、生活、同事关系，影响健康（容易导致消化系统、神经系统和内分泌系统紊乱及免疫力下降）。西方有一位诗人说过一句话："凡是心情打上的节，尚需心情来解开。"意思是说，产生了坏心情，要想办法将坏心情变成好心情。现代心理学家和行为学家提出了许多改变心情的建议,比如用身体语言做出好心情的表情、姿势和动作,并多次重复。多想一些令人兴奋的事情及词汇也会有利于转向好心情。

其实人的大脑是一台高度发达的生物电脑,当我们来到这个世界的时候,这台电脑中还是相当空的,只具备基本应用软件,那就是体现高兴和不高兴的情绪;硬盘中尚无阅读、书写和计算用的程序以及与其他情绪有关的程序,这些程序需要经过训练后形成软件而装入硬盘。问题在于,即使我们没有主动去介入这些有关心情的程序,这些程序也会自动激活,如果他们是负面的,那我们就有了坏心情。停止程序的有效方法是提出问题并进行自我解答,让正面思维代替负面思维,将注意力导向愉快的心情。可以提出诸如这样的问题:眼下我因何而幸福,我怎样可以高兴起来?我对什么感到特别自豪,我怎样使自己自豪?我喜欢谁,谁喜欢我?什么事情能让我兴奋?我喜欢和什么样的人在一起?什么是我最美好的回忆?我特别喜欢做什么事?在什么地方我感到特别舒服?就这样,在提问和自答过程中,坏心情逐渐转换到好心情。

坏心情固然有害,但好心情也不能过头,人不能过分兴奋和激动。国外流传着一个故事:舅舅原有的千百万资金在经济危机和股市暴跌中只剩下了十万,在又急又气中断了气;他的唯一继承人外甥是个游手好闲之辈,拿到了十万遗产竟然因高兴和激动而猝死。

土豆年和土豆名

联合国曾在总部纽约举行的全体大会上宣布,将 2008 年定为国际马铃薯年,这一举措的宗旨在于提高世界人民对马铃薯在人类与贫穷和饥饿作斗争中不可低估之作用的认识、肯定马铃薯作为粮食在发展中国家的意义、促进以马铃薯为基础的所有系统的完善、为实现联合国提出的新千年目标做出贡献。

马铃薯俗名土豆、地蛋、洋芋、山药蛋、薯仔,和玉米、小麦、大米并称世界四大粮食作物;原产南美洲安第斯山区,我国各地均有栽培,总产量为世界第一;后从南美洲传入西班牙,又从西班牙传至意大利,慢慢地以地豆、地苹果、地梨、荷兰薯等俗名传遍了整个欧洲。马铃薯的肉色有白色、浅黄色、黄色和蓝紫色等;皮色也有黄色、红色和蓝色的。由于土豆花很漂亮,叶子也很茂盛,曾有很长一段时间在欧洲被作为园林观赏植物栽培。

2006 年 1 月,一个由 14 个国家的 29 个研究小组组成的国际马铃薯基因组测序联合会开始了一项前所未有的工程:马铃薯基因组全顺序分析。2011 年 7 月 10 日,科学家们公布了马铃薯在自然界的基因组,基因组包括了能编码蛋白质的 39 000 多个基因。马铃薯有 12 条染色体。通过基因组全顺序分析,有助于提高马铃薯的产量、质量和营养值以及抗病能力;而最重要的是发现了800 多种疾病抵抗基因。此外,在秘鲁的利马国际马铃薯研究所设有世界最大的马铃薯基因数据库,拥有约 100 种野生马铃薯和 3 800 种在安第斯山区栽培的马铃薯的基因数据。

为方便起见,中国人习惯用土豆这一俗名。目前全世界约有 5 000 种土豆,令人不可思议的是,以前在欧洲的不少国家,土豆种植家庭都要为自己培植的土豆起一个名字,而起的多为女性名字(具体说是妻子和女儿的名字),如阿曼妲、安格拉、劳拉、亚历克山德拉、莱拉、琳达等。为何要给土豆起女性名字?因为土豆是圆的或椭圆的,非常饱满可爱;还因为土豆是用来养育人类的。至今还有相当数量的土豆种植者仍在为自己生产的土豆起名,尤其是德国人,种植者不仅热衷于为土豆起名,而且要用这一名字作为商标注册,可在汉诺威的联邦品种局登记注册,期限为 30 年,30 年内,别人想种注册土豆需向注册者购买许可证。

国外对土豆的分类和分级非常详细,作为粮食和蔬菜的土豆分为 A、B、C、D 四级,每一级都有相应的标准和条件。用来做精制食品(如炸薯条、炸薯片等)的土豆被列为深加工土豆一类。经济土豆是指生产工业淀粉和酒精的土豆。

土豆本身含有微量的龙葵素(茄碱),龙葵素有微毒,在正常含量下,人不会中毒,但未成熟、青皮的土豆或发芽、腐烂的土豆中龙葵素含量剧增,这样的土豆不能吃,否则有可能中毒。即使好的土豆,也是削皮食用为宜。

吐彩丝，织药绸

  丝绸是华丽的、柔滑的、性感的。丝绸甚至有点邪恶，正如阿拉伯人所说："丝绸的发明终于能让女人裸穿衣服了。"我国自古是养蚕和丝绸生产大国，蚕桑生产和蚕茧加工的历史悠久，对蚕事极为崇敬和重视，商代设有典蚕官"女蚕"，民间供奉蚕神。"朝看箔上蚕，暮收茧上丝。"（箔，蚕箔，系竹篾或苇子编成的无边框的放蚕用具）形象地道出了蚕妇的敬业和辛劳。

  去除了丝胶的蚕丝光亮、柔韧、富有弹性，是优异的纺织原料。七彩斑斓的丝绸料子是经过众多复杂的工艺步骤才形成的，仅染色这一步就是耗时、耗钱、耗能源、耗资源和污染环境的工序。所以科学家们作了一系列的试验，希望找到一种方法，使蚕能吐出彩色的蚕丝，从而免除麻烦的染绸工作，为保护环境做出贡献。通过不断的色彩实验，专家们找到了一种方法——从蚕的饲料入手。比如在蚕的饲料中掺入 0.05％的若丹明 B（若丹明是荧光染料系列），蚕宝宝就会结出粉红色的蚕茧。要是换成若丹明 110，能产生黄绿色的蚕丝；如果掺入若丹明 101，那就能收获雪青色蚕丝了。通过染料的混合还能得到其他色彩的蚕丝。用这种方法生产的彩丝，它们的强度和弹性均无"值得一提的"变化。唯一的副作用是，吃了掺有染料的饲料后一小时，蚕宝宝的身体也变成了粉红色、黄绿色或雪青色。

在早先的试验中,被染色的主要是蚕丝的丝胶,丝胶像胶水一样包围着蚕丝,在蚕丝加工前,丝胶通常会被洗掉,蚕丝的色彩也就随之消失。而最新的方法是丝心蛋白-纤维染色,所以色彩不会消失。

有人认为,如果开办一个生产彩丝的培训学校,这将是一种收益颇高的创业。国外报道中国每年的丝绸生产总产值约为 300 亿美元,全世界每年约生产 15 万吨丝绸,彩色蚕丝的生产将是一种大大有利于世界人民和保护环境、保护地球的举措。

在饲料中添加色素而生产彩色蚕丝的途径又启发了专家们的另一种念头——如果在饲料中加入别的添加剂,可以生产新的"前卫材料",比如使蚕丝成为具有抗菌和消炎的纤维,这样的蚕丝织成的丝绸可用来生产抗菌消毒的绑带和"丝绸胶布"。由于丝的生物耐受性很好,让新型的蚕丝和人体(肠子的)成纤维细胞(结缔组织中数量最多的一种细胞)结合,在实验室继续培养,可成为(不会被排异的)人造结缔组织。

和西方科学家有所不同,中国和日本等国家的专家则主张用基因改造的方法,使蚕的基因发生改变,再经过多次杂交,转基因蚕丝就会呈现各种颜色。中国工程院院士、世界著名蚕学家向仲怀教授多年来带领他的团队在蚕丝基因组的研究方面超出了日本,取得杰出成就。相信不久的将来,中国人将通过 21 世纪的丝绸之路把彩色丝绸传遍全世界。

氽江浮尸

氽江浮尸是沪语（或吴方言），从字面看，意思很清楚：漂浮在水面上的尸体。早先，大年初一，我第一次自己煮糯米圆子的时候，母亲问我："会煮吗？""会，只要它们像氽江浮尸一样漂上来了，基本上就熟了。"我自信地回答。于是母亲便责怪说："新年新岁别说这种不吉利的话。"煮汤圆的道理和煮饺子基本上是一样的，饺子生的时候密度比水大，所以都沉在锅底，煮了一会后，馅儿和皮子吸足了热水，开始膨胀，体积变大，馅儿里的空气也不断膨胀，当饺子的密度终于变得小于水的密度的时候，于是纷纷浮到水面。

平时，人们戏称那些在游泳池里不游泳却妨碍别人或刚学会游泳的人为"氽江浮尸"。用氽江浮尸作比喻要小心，许多人不爱听这一词儿。

"氽江浮尸现象"比较复杂，因素也是各方面的。一个不会游泳的人掉入水里淹死了，尸体不会立即沉入水中，身上穿的衣服越多，开始下沉越晚，因为衣服里有气泡，能让尸体在水上稍稍漂一会。接着尸体便下沉，直至水底。紧接着尸体便开始腐烂，在腐烂的同时产生许多腐烂气体，使尸体体积膨胀，密度减小，最后让尸体重新浮上水面。产生的浮力之大，有时甚至能使一个捆上重石的被谋害者的身体浮上来。这一过程在夏天不是很深的水域里进行得较快。而在水深天冷的情况下，腐烂现象发生得较晚，过程也较慢。

如果水域的深度很大，比如位于德国、瑞士和奥地利之间的博登湖，最深的地方有 254 米，在那个地方沉下去的尸体通常不再浮到水面上来，一则湖水深处温度低，细菌少，也就不会发生腐烂和腐烂气体；二则，水底有厚厚的沉积层将尸体固定在水底了。俄罗斯境内世界最大的淡水湖贝加尔湖具有自净化功能，湖中生活着一种小虾，它们能消灭所有的有机质，只需 7 天时间，一具尸体就会消失得无影无踪。

一般情况下，人淹死后，尸体马上就开始腐烂，专家能看出尸体上的变化。尸体是否会浮到水面上，受许多条件影响，比如有时候水底有水流，尸体就有可能被阻在水底。对浮尸外观的检查以及根据外观作出推断在法医中很重要，倘若发现尸体的肺里有空气，那就应该怀疑一下，死者是否有可能生前是死在陆地上、然后被扔进水里的。

每年夏天，总有一些不听劝告和不相信警示的人（其中不乏中小学生）在一些存在危险的江河溪流里游水嬉戏，从而酿成"氽江浮尸"的悲剧。希望大家都能"杜绝氽江浮尸现象"——不在非正式游泳场所的水域游泳；有人溺水，有能力者千万要见死相救。

脱毛衣男女有别

有一种所谓"科研年轻化和校园化"的全球性现象正在崛起。德国拜恩州的中法兰肯地区前几年举行过一次"青年科研大赛"，纽伦堡丢勒高级中学的一个学生参赛团队以题为"脱毛衣男女有别"的项目及其研究而获该次比赛的生物学研究奖。学生们调查了195名男子和136名女子，发现女子的脱衣方法，尤其是脱毛衣（套衫）或T恤衫的方法基本上和男子是不一样的。她们将双臂交叉放在腹前，每一只手分别抓住毛衣左右两边的下部，接着把毛衣往头上方拉。这种脱毛衣的方法较为优雅美观，但在脱的过程中，毛衣的里面变成了外面，在再穿上去之前，需将毛衣翻个面。男子却不是这样，他们的双手越过头部，往后去抓毛衣的领子，抓住后把毛衣朝头的上方硬拉，拉到一定的时候，再先后拉住左右袖口，让手臂退出来。这种脱法有点笨拙，堪称憨态可掬，但毛衣不翻面，比较实在。

现象既已被提了出来，人们于是纷纷参与讨论，这一性别差异是怎么造成的。有人表示不理解，因为在孩提时，无论是儿子还是女儿，均由妈妈帮着穿衣服和脱衣服，长大后，两性照理应该都采用女性的脱毛衣方法才说得通。还有的认为这一区别是基因决定了的，抑或与两性的身体结构有关？有一对年轻夫妇有意识地给两个孩子（一男一女）充分的自由，不强迫他们扮演自己的性别角色,可是儿子还是说长大要当消防队员,而女儿处处表现出喜欢红色。上述设想均被专家们否定了,大部分科学家指出是进化遗传学的因素在起作用:男女以不同方式脱毛衣极有可能跟两性不同的自我保护行为有关。

在漫长的人类进化过程中,男性和女性一直遵循着自己的角色,男子负责外出打猎和采集可食的植物,他们的任务比较危险,碰到野兽和其他危险时必须凭自己的强力与之搏斗。女子通常留在家里照料孩子、生火和用火……说到和脱毛衣的关系,研究者认为,女性在任何情况下都会本能地保护自己身体的敏感部位,在脱衣的短暂时间内,眼睛无法看到和搜索到周围潜在的进攻和侵犯,所以通过交叉的双臂遮掩自己的腹部和胸部。而男子脱衣时高举的双臂和双手正好有利于向突然袭来的对手进行有效的反击。

除此以外,学生们在调研过程中发现了一个合乎逻辑的解释。他们提出,尽管在脱毛衣和 T 恤衫等套衫时,男女有别,但这种区别也不是百分之百的;在男性和女性群内,还存在个体的差异,也就是说,也有个别的人采用异性的脱衣方式,主要表现为男性采用女性的脱毛衣方法,原因是多方面的,有民俗学的、美学的……女性之所如此脱毛衣,因为它有一个很大的优点:头发不会弄乱,发型不受破坏;头发只有极短的时间被往上提一下,很快又恢复原样了。按男性的脱衣方法,头发势必被弄得乱七八糟。

学生们上述解释的可接受性较高。其实,正如他们所说,可能还有其他方面的因素,比如地区因素,东方在这方面的差异兴许不是非常突出。

外星人不爱露脸

　　每年 7 月份,全世界的 UFO(不明飞行物)爱好者都蜂拥至美国新墨西哥州的罗斯韦尔市,举行盛大集会。在那儿,据说 1947年有一只 UFO 坠落,人们至今怀疑是外星人的宇宙飞船,怀疑外星人有侵略目的,想侦探军事情报。然而在罗斯韦尔没有一个人能回答这样一个问题:如果真有外星人,他们的科技又这么发达,为什么没有其他外星人来接应这只 UFO,为什么没有来收拾残骸,以免暴露自己的军事秘密。

　　外星人为什么不在地球上露脸? 关于这一问题,科学界有若干种理论性解释。

　　首先,外星人早就开始"史前宇航"了,并造访过地球,在地球上建立了一系列奇迹(如金字塔),后来他们消失在"宇宙深处"。然而地球人却一直无知地把这些遗迹仅仅当作旅游业中的名胜古迹。提出这一答案的是史前宇航说的维护者,他们甚至认为已经在《圣经》中找到了有关"史前宇宙飞船"的描写;古埃及神庙中发现的一个灯泡的浮雕也能说明问题。

　　其次,外星人的理解和悟性与地球人不一样,所以地球人传递给外星人的信号就像人对着蟑螂唱歌一样,蟑螂也许只感到振动而已。当前所有用射电望远镜探索宇宙信息的科学家也许会碰到类似的问题;换言之,我们发给外星人的信息以及外星人发给我们的信息说不定都被错过了,因为双方使用的通信频率不一样。

有人说,外星人想保护我们。讲究文明的旅游者到了自然保护区会非常小心和留神,不去打扰和人类不能沟通的大大小小的动物。30多年来,科学界一直在讨论一种"动物园假说",根据这一假说,外星人为了不打扰地球人的生活和进化,会绕开人类。有朝一日,地球人有了飞跃的进化,外星人和地球人便会"第一次握手"。

还有一种解释:我们就是外星人。所有生物的组织和遗传物质都用碳元素"组装",这不是偶然的。外星人早就将他们的遗传物质可靠地包装在极为坚固的碳元素中,通过宇宙传到小行星和彗星上。宇宙史上,当小行星和彗星撞击地球时,从一定程度上是让地球"受孕",后来形成的地球人便具有和外星人一样的基因结构。可以这么假定,我们就是外星人,至少也是外星人的后代。

另有一说:外星人的文明尚处于低级阶段,他们对发展高度文明并不感兴趣。等到他们能给地球人打电话了,或者真的能从飞碟里爬出来了,可能还要过一百万年甚至二百万年。

令人惊叹的假设:外星人已灭绝。人类(包括外星人)为了除掉那些讨厌的邻居,他们会不惜代价地投入力量。用原子弹随时可毁灭地球,所幸地球上还没有一个人疯狂到去按动毁灭性按钮。外星人有可能已通过类似的毁灭性武器自我灭绝了。也有可能是环境污染或自己的愚蠢行为导致了外星人灭绝。

丰富的想象:外星人已变异。地球人喜欢把外星人想象成小矮子或摇摇摆摆的巨人,因此很可能忽视了真正的外星人,他们兴许已经变成了美丽的云彩,或者已经成为躺在我们脚下的晶体。抱住传统的想象不放,也许是一个错误。

为环保吃素

据说梁武帝是中国提倡素食运动的人,他对佛教的理解是菩萨慈悲,反对杀生、反对吃众生肉。其实有史记载的、更早的素食主义者是公元前 6 世纪的古希腊哲学家毕达哥拉斯,他主张人类应以豆类和其他素食为生,不食荤腥。不吃肉的人被称为毕达哥拉斯信徒。当时的素食主义者相信人的灵魂是可以轮回的,但近代和当代的素食主义者从健康意义和环保意识出发,和宗教迷信脱离了关系。甲壳虫乐队成员保罗·麦卡特尼曾宣告说:"少吃一点肉,少一点全球变暖。"他号召大家成为素食主义者。

曾几何时,无论中外,餐桌上一个星期有一碗肉已经很不错了;而眼下的事实是,肉类和牛奶的消费在不断增长;2008 年,全球共消费了 2 亿 8 千万吨肉、7 亿吨牛奶。美国公民一直是肉类消费的世界纪录保持者,每人每年平均消费 120 公斤。令人惊讶的是,当今人类吃鸡肉的量已是 80 年前的 150 倍。吃肉显然是人们生活富裕的象征,据联合国估计,由于全球人口的不断增长,至2050 年,肉类生产至少要翻一倍,这将是对环境的灾难性负担。人类正处于一种十分矛盾的困惑中,每一种农业生产方式都会损害我们的环境。有一份调查指出,20% 的温室气体排放、60% 的磷排放、30% 的各种有害物质的排放都要上到农业生产的账上;农业要占用陆地面积的一半,农业的耗水量占 70%。

科学家和有识之士为了让人类走出尴尬的夹缝而提倡素食，因为吃肉带来的环境损害远远大于纯农业生产，养牲畜对全球升温的影响比交通带来的影响还大；生产 1 公斤牛肉造成的间接气候影响相当于一辆轿车开 250 公里造成的气候影响。此外，为了获得 1 公斤的牛肉，还必须生产 30 公斤的粮食或其他饲料。

　　从理论上讲，如果地球人能转型为素食者，则可节省（因肉畜而引起的）约 20% 的农业土地面积，相当于 340 万平方公里。而农药的需求量也会减少约 30%，对抗生素的需求量也将下降，因至今为止，大概有一半的抗生素制剂喂给了肉畜。尤其明显的是，牛羊等反刍动物是甲烷的最大生产者，一头奶牛每年平均排放 110 公斤甲烷，换算后，相当于一辆轿车行驶 15 000 公里排放的二氧化碳。

　　总之，吃素能让世界更加绿色，吃素能使人类获得更多的干净水，吃素能使空气质量更好，吃素能缓解全球变暖、吃素有利于健康，可减少许多疾病的得病率……然而纯吃素食也会带来很多其他问题，比如人类的营养摄入会变得不全面（因而必须在素食中加配营养素）；整个社会的阶层结构会发生变化，使以生产肉类为生的阶层变穷；人类将失去很多肉畜动物带来的副产品：制鞋的皮革、做衣服的毛皮、呢绒等。

　　说来说去，还是没有万全之计，所以只好退一步说话："尽量减少肉食。"

为啥长叹短吁

人常常会叹息,或者说叹大气,一般认为是因为碰到了不顺心的事,心里烦躁或者面临着一个艰巨的任务,感到束手无策,在无可奈何的情况下,觉得只能听天由命了,不禁长叹一口气。有时候经长时间努力解决了一个难题,也会轻松万分而大叹一声。还有一种被称为"晚悔型叹息"的绝叹:"嗨,悔之晚矣!"(早知今日,何必当初)对此,意大利威尼斯的"叹息桥"为世人留下了警示。叹息桥是威尼斯四百多座桥梁中的一座富有地标性的建筑,八米宽的护宫(运)河上,横跨着这座连接当时的城邦国家威尼斯共和国总督府及新监狱的特殊桥梁。被共和国直属法院判决徒刑或死刑的犯人通过这座桥被押解至新监狱,此时此刻,他们唯一允许做的事情是可以最后一次看一下桥外的美好人生,很多人因此而痛悔地长叹一声。此桥的中间有一道墙,将桥身分为两条道,被送至法院的犯罪嫌疑人和被压送至监狱的犯人是互相看不见的。后来,世上有不少国家模仿意大利,亦将有的桥称为叹息桥,如英国牛津大学和剑桥大学的叹息桥、德国不来梅的叹息桥……

叹息是一种深呼吸,深深吸气,短暂屏气,痛快吐气。其实,除了与情绪有关的叹息外,人经常在下意识地叹息,据有关研究报道,我们平均5分钟叹息一次,只是自己并不觉得罢了。

脑研究专家发现,在人的脑干中有两个很小的脑区,大概只有

200个左右的脑细胞,它们在释放某些神经肽,向呼吸肌发出有关指令,由此操控叹息。我们脑干中的呼吸中枢犹如一个有着很多按钮的控制盘,一个按钮在负责普通呼吸、另一个负责叹气,还有的在控制呵欠、咳嗽、(呼吸时的)鼻腔发声等。肺部有些小肺泡会定期瘪陷,叹气时,吸入肺部的空气为平时的2倍,会使这些瘪陷肺泡重新扩张,重新获得对生命至关重要的功能——将氧气送至血液,继而输送到各个器官。

长叹短吁是人体的一种补充呼吸,因为正常呼吸时有两种特殊的神经元结构会导致呼吸偏离规定的节奏,从而使肺部的"偏远地区"供氧受到影响,所以叹气非常有利于增加肺活量、增加血液中的氧含量、放松身体、协调大脑的兴奋和抑制状况,使人活跃振奋。

成人在正常呼吸的过程中,会时而来上一二次长叹,这是一种正常生理现象,如果发生在婴儿身上,则有益于肺的扩张和发育。坐办公室的人,可能因坐的姿势有问题或过于专注,造成换气不足,也会不自主地长叹。

有一种理论认为,人在悲伤时会倾向于浅呼吸,而叹气则具有针对浅呼吸的反作用,使人振作起来。在紧张状态下的叹气可能是与情绪有关的脑区也会释放能引起叹气的神经肽之故,但有的专家认为,关于情绪与叹气的关系尚需进一步研究。

惟恐绿多说冬青

冬青树枝茂叶盛,庭院街心,屋前房后,全年碧绿,是典型的绿篱植物。也许是看惯了,关于冬青树,人们反而说不出个一二三来。冬青树是常绿灌木或乔木,树身矮者一二米,最高的可达15米。夏季开花,雌雄异株。秋天,核果开始从绿色变成黄色,最后成为可爱的小红果。冬青本是观赏植物,由于它们耐得灰尘烟土,常被作为工矿企业的绿化树木以及道路中间的隔离树,于是绿油油的树叶和红艳艳的果实蒙上了灰色的尘埃,变得不再起眼。

冬青的寿命最长可达300年,树叶呈椭圆形,正面深绿,反面浅绿;有的带刺,有的不带刺。我国有一种刺叶冬青,民间称之"老虎脚底板",叶子有7个角,每个角上有尖刺,十分锐利,很适合充当护篱。传说,当耶稣将要被钉死在十字架上时,撒在路上的冬青树枝上的叶子顿时全变成了刺叶。从此,刺叶象征着耶稣的荆冠,红果比喻耶稣的血。冬青树叶带刺其实是生物在生存斗争中发展起来的技巧和本领,欧美有些高大的冬青树下部的树叶是带刺的,上部的树叶则无刺,这是因为动物和人够不到也伤害不到上部的树叶。冬青因此成了智慧、远见、永生、再世、庇护的象征,以前的西方人甚至相信有了冬青树就能辟邪和不被雷打,故圣诞节前,家家户户把冬青树枝或其他常绿树枝挂在门框上。

中医认为,冬青叶可入药,称为"四季青",能清热解毒,治发热咳嗽、咽喉肿痛、热疖肿痛、水火烫伤；在治疗肾盂肾炎、尿路感染、菌痢等症时亦经常用到。西方的民间草药中也有冬青，比如人们用冬青叶子利尿、通便、退烧（果实也被用来通便）。

　　冬青虽然有药用价值，但用得不当或滥用是有害的，因为冬青的叶和果含有毒素，人和动物食用后会中毒，症状为昏昏欲睡、呕吐、胃肠不适、腹泻，还可能伤害心血管系统，曾经发生过死亡现象。通常摄入两颗果实就开始出现中毒症状，如果吃下 20 至 30 颗，有可能危及生命。但是马匹中毒后只是昏睡、胃肠不适和腹泻罢了；奇怪的是，人们发现鸟类不会中毒，尤其在冬天，经霜打冰冻的果子正好为鸟儿提供了美味佳肴，作为回报，鸟儿为冬青传播种子。

　　冬青生长缓慢，故木质坚硬而细致均匀，常用来制造魔杖、手杖和各种工具的把柄，是细木工爱用的上好木料。有的冬青品种的叶子和种子可用来加工成饮料，如南美印第安人用巴拉圭冬青叶煎制成马黛茶招待客人；以前，欧洲南部的人将某种冬青的种子焙炒后制成咖啡的代用品。"比屋冬青树，人皆隐绮罗。春风十年后，惟恐绿阴多。"冬青树无处不有，品种很多，需要提个醒，不管是饮用还是医用，千万不要私自去采撷冬青树上的叶子、果实和种子使用，而应由专业人员来处理。还有专家建议，冬青树最好不要种在小学校和幼儿园里，以免发生中毒现象。

未来世界啥样子

据报道,未来 100 年间,可对人体结构作较大的改变(如增厚椎间盘、使膝盖亦能向后弯曲、将耳廓扩大等);通过向人体植入电子芯片,大大提高人脑的智慧,使人脑永远凌驾于电脑之上、使人永远优于机器人……提出诸如此类预测的通常都是一些未来学家,他们本身也是科学家,但他们研究的方向是未来社会的综合发展,用相当复杂的方法进行研究和分析,预测未来几十年乃至上百年的世界面貌和人类状况。

未来学于 1943 年由德国社会学家弗勒希特海姆在美国首创,未来学之所以能立足于世界科技领域,首先是因为未来学是建立在大量科学数据和信息基础上的。未来预测有四大支撑。1. 数学模型。2. 康德拉切夫经济周期循环论——世界经济的繁荣是按40 至 50 年的周期而循环的,而且繁荣总是伴随一种重要的技术变革而开始,比如蒸汽机的发明,使人们将大量的资金投入到这一新技术,经 20 年的繁荣后,经济又开始慢慢走下坡路,直至下一个新的循环。根据这一理论,人类目前正处在从信息社会向生态社会变化的阶段中。3. 特尔斐预测法(通过整理和归纳专家们的观点和意见,预测未来的发展)。4. 交叉作用分析法(一种概率计算方式,考虑到未来事物处在交变状态中,通常选出 10 至 40 件互相具有影响作用的事物,并计算每一事物出现的概率;研究者往往采用一种"模糊算法")。

从 20 世纪 60 年代已经开始采用计算机模型进行未来预测,研究者通常要挖掘来自全世界的几百亿、几千亿的数据组。罗马俱乐部(20 世纪 70 年代由企业家、经济学家和科学家组成的国际团体,定期对全球的食物、人口、环境等重要问题作出报告和预测)于 1972 年预测 2000 年的全球人口为 68 亿,而该年的实际人口为 60 亿。未来预测有可能得出不准确的结论,因此有人举例挖苦未来学:20 世纪 60 年代曾预测 2010 年的世界状况说,(届时)人类的传染病被彻底消灭;通过服用某种片剂,人类就能成为智能生命……不幸的是,有一个问题被言中了——通过不断发展的生产过程自动化,会有越来越多的人失业。有意思的是,移动通讯网、全球数据网、智能手机、导航仪乃至垃圾分类……都没有被预测到。

出现上述现象其实是很正常的,因为在未来学中未知的因素太多、无法预计的事物太多;如 2011 年 3 月 11 日日本大地震和海啸及由此造成的福岛核电站泄漏事件完全打破了未来学家对世界核电趋势的预测(有的国家因此表示将停止利用核电)。

值得提一下,未来学家对 2050 年的世界有所预测:其中提到,至 2050 年,世界经济大国的排位将发生变化,中国将名列榜首,美国第二、印度第三、巴西第四、日本第五、俄罗斯第六……未来学在预测按照人类需要所作的各种选择和实现的可能性,人类能从中得到趋势性指示或警告,我们不妨从"可能性"出发来关注人类社会的发展。

味觉——感官的团队作用

从小被迫常吃山芋的人长大后也许会终生不再爱吃山芋，因为山芋"不好吃"。有一个同事不爱吃鱼（包括所有的河鲜、海鲜），因为他在海军的潜水艇中当了好几年的水兵，几乎"天天吃鱼"，所以鱼对他来说"不好吃"。老吃一样食品，就觉得它不好吃，我们通称"吃腻了"。其实这是记忆对味觉所起的作用。

人们通常认为味觉是舌乳头、腭、咽等处的味蕾对食物味道的感受，但最新研究表明，味觉不仅依靠 2 000 至 4 000 个味蕾的感觉，味觉尚有其他要素，是几种感官的团队作用。有一组学酿酒的大学生应邀接受试验，他们每个人面前都放着两杯葡萄酒，经品尝后，一致认为其中一杯是红葡萄酒，另一杯是白葡萄酒。其实他们都中了"圈套"（或者说眼睛愚弄了舌头），那杯红色的酒并非真正的红酒，只是在白葡萄酒中掺了几滴红色的食品色素而已。

味蕾只负责粗略的味觉，可辨别甜、酸、苦、咸，感受典型的脂肪、典型的肉味和蛋白质等；味蕾也能辨出金属的味儿和味同嚼蜡的东西。科学家们没有将"辣"归入味觉，他们认为"辣"是舌神经的痛感记录。人很容易把橘黄色或红色的食品作为"成熟"和"甜"的食品来感受，所以，我们若能准确地调制出一种果汁的颜色，则能节约 10％左右的糖而保持同样的"甜度幻觉"。

此外，从大脑发出的味觉印象信号与嗅觉及听觉也有关系。

在感觉味道时,鼻子比眼睛更为重要。构成味觉的信息约有80%来自鼻子,嗅觉细胞可以区别多达10 000种的气味,一串烤羊肉上到底用了什么调味品,只有通过鼻子的"协作"才能明白。但嗅觉的介入有时会造成辨味的错觉,倘若把待在一个小室的某人的眼睛蒙起来,给他一杯热开水,再往室内供送浓郁的咖啡气味;当他喝下热开水的时候会觉得自己在喝咖啡,因为咖啡的芳香物质进入鼻腔后,鼻腔将信号传给大脑,大脑又将咖啡气味的信号送至口腔,口腔里于是产生一种"咖啡味"的印象。尽管嗅觉起了干扰作用,然而,如果没有嗅觉的介入,吃什么都会没有味道。吃苹果的时候将鼻腔完全堵住,那么苹果的味道也许和生土豆没有什么两样。

食品的温度也是对舌头的刺激因素,味蕾对四种传统味道的感觉在22℃至32℃时最敏感,将近冰点时几乎感觉不到甜味和苦味,所以制冰淇淋时需加入易挥发的芳香气味,以实现冰淇淋的享用价值。谚语说得好:饥饿是最好的厨师。一个饥肠辘辘的人比一个饱汉会更快喜欢上一道菜,更快确定做菜用的食材,更加觉得味道可口之致。

人们不禁要问,舌头既然只能执行粗略和基本的味觉,而且还会受到其他感官的"作弄",那么舌头在味觉中有何重要性可言。答案颇为新颖:舌头的重要意义在于保护人体不受毒害,大凡自然界的毒物皆是苦味或酸味的,舌头能单独感觉这些不舒服的味道,而人体也能快速作出反应:恶心、呕吐。孕妇对苦味的承受力低于一般妇女——大自然为保护未出生的生命而设定的机制。

温　度

　　温度是一个表示物体冷热程度的物理量。对人以及鸟类和哺乳类恒温动物来说,体温(身体深部的平均温度)是一个相当重要的概念。恒温动物具有完善的体温调节机制,能在环境温度变化的情况下保持体温的相对稳定。2016 年新年伊始,我国大部分地区遭受到"霸王级"寒潮袭击,1 月 24 日的全天气温在 0℃以下,最高气温只有－4℃。在如此寒冷的条件下,通过饮食提供的能量,经过下丘脑的中枢调节(体温调节中心),使人体保持产热、保热和散热的平衡,人的体温就能保持恒定。当然,倘若人体处于极度寒冷的气温下,又无任何保暖措施,那么身体的产热将敌不过环境低温,人的体温于是不断下降,低于 35℃时,人体功能开始紊乱;低于 25℃,体温调节中心失效,呼吸及心跳衰竭,人随之昏迷……死亡。不过低体温有时候被有意识地用在临床上,如采用亚低温疗法对脑外伤患者进行手术(将体温降到 35℃),有利于提高手术成功率。

　　相反,由于疾病的原因,使下丘脑将体温调节中枢的正常值调高了,或者环境温度太高,超出了人体的散热能力,都会引起体温升高——发热。一般情况下,体温调节机制会控制,不让发热温度超过某一值,比如人的正常体温为 36.2℃—37.2℃,发热体温为 38.5℃—41.0℃、马的正常体温 37.5℃—38.2,发热体温 38.3℃—

39.3℃、狗的正常体温 38.1℃—39.2℃,发热体温 39.3℃—42.2℃、猫的正常体温 38.0℃—39.0℃,发热体温 39.4℃—40.9℃、猪的正常体温 39.3℃—39.9℃,发热温度 40.5℃—41.1℃、鸽子的正常体温 39.7℃—40.7℃,发热温度 41.0℃—41.5℃、蛙的正常温度 25℃—28℃,发热温度 35℃—39℃。实际上在一定温度范围内的低热是不利于病毒的生存和繁殖的,因此也是有利于病情好转的。

在日常生活中,除了体温,我们也会经常碰到其他有关温度的问题,比如在用洗衣机洗衣服时,有人发现衣服洗完晾干后,会留下一种异味;还有人觉得衣服总是洗不干净。这里很可能牵涉到一个水的温度问题,如果衣服只是稍微有点脏,用 20℃ 或 30℃ 的水温即可;若衣服较脏,则应用 60℃ 的水温洗涤。很多人的问题出在水温低、洗涤时间又短。专家认为,选择 60℃ 的水温为好,因为有利于杀菌,再说,在这样的温度下,洗衣粉里的漂白剂(或另加的漂白剂)被活化,漂白剂也有杀菌作用。

严冬的日子,气温在冰点以下,母亲将刚洗好的衣服晾在阳台里面,女儿建议晾到外面去,母亲听了直摇头:"侬脑子坏塌了? 外面在结冰。""没有坏,现在气温低于 0℃,空气又干燥,水具备了升华的条件,冰可以从固相直接变成气相,跳过液相。所以衣服反而干得快。"女儿耐心地回答说。母亲不依:"你去升华好了,我还怕衣服全冻成了冰块,一不小心便断了呢。""妈,我不会升华的。你试试嘛。"一对可爱的母女,谁说得更有道理呢。

吻您的手

　　吻手是一种礼仪，施礼者吻受礼者的手背，用来表达吻者对被吻者的一种感情（尊重、礼貌、悔过、忠诚、顺从、爱慕乃至献殷勤）。虽说是吻，但吻手在多数情况下只是一种象征性的动作，嘴唇并不接触手背，而是在快要挨着手背时打住。在欧美某些守旧的家庭中往往保留着孩子吻父母手背的习惯，早上孩子们首次见到父母时都会以吻手的形式表示问候。据说德国总理安格拉·默克尔在访问柏林新克尔恩区的一所学校时，一位出身传统家庭的男生在征得同意后吻了总理的手。

　　吻手习俗多见于欧美国家，但土耳其、亚洲东部和东南亚的某些国家也流行吻手。吻手形成于中世纪和近代早期的欧洲，表示普通人对显贵人物（贵族、高官、教皇、主教等）的忠心和敬重。具体表现为吻这些贵人的印章戒指，因为印章戒指是权力的象征和证明，后来人们甚至把吻手看成了统治者对臣民的一种奖励。最后，吻手流行在不戴印章戒指的普通老百姓中间，渐渐地，对显贵的忠敬元素越来越少，吻手经常出现在社交场合和民间活动中。

　　吻手在波兰至今仍很流行。在奥地利，吻手的习俗也一直延续到今天，常见于维也纳歌剧院舞会和各种社交圈内。奥地利人常把"吻您的手"作为问候语使用，向女主人或女宾说"吻您的手"表示一种祝愿，并可同时吻其手背。另外，"吻您的手"也用来代替

"再见"和"谢谢"的意思。在匈牙利(主要对年长者)和罗马尼亚,"吻您的手"也是问候语。

土耳其人在很多场合(如久别重逢、节日里、婚礼中),面对父母、教师、年长的亲戚和朋友经常通过吻手表示尊敬,在吻手后,还要将对方的手背放到自己的额上。按习俗,只对年长者施吻手礼,对同龄人或比自己年轻者不吻手。

吻手是需要讲究规则的,男女之间可以吻手,但只限男子吻女子的手,女子不能吻男子的手。女子不宜主动将手伸给男子(要求被吻),而只能顺从对方意愿而"迎合被吻"。吻手分"完成式"和"非完成式","完成式"指名副其实的吻手,"非完成式"即象征性吻手。女子已婚或守寡,则可对其行"完成式"吻手;女子若为单身,吻者宜取"非完成式"。

在特别提倡传统的社会或家庭中,吻手往往是一种常见的求婚形式:男子(未婚夫)首先在女子(未婚妻)的母亲面前跪下,表白自己的求婚愿望。如果未来岳母应允,便将手伸给未来女婿,让其吻手。接着未婚夫又跪到未婚妻的脚边,请求她做自己的太太;若她同意,同样将手伸给他吻。在恭敬地吻手后,他给她戴上结婚戒指,并再吻一次已经戴上婚戒的手,表达他对她的忠诚和恭顺,而从这一刻起,她也就从他的未婚妻变成了他的太太。

怎样骑单车

　　几年前,我曾在一篇介绍欧洲交通的短文中提到,欧洲有些国家正在考虑制定自行车驾驶规则。今天已有一些国家正式施行了自行车驾驶条例。根据自行车的普及程度、交通问题的严重与否,每个国家的规定不全一样。

　　作为道路交通行为者,骑自行车的人(简称骑车人)系处于中间地位者;从安全角度来说,骑车人要让步行者,驾驶汽车的人(简称驾车人)要让骑车人,因为在交通行为中,步行者除了两条腿,无任何手段。由于很多国家的骑车人相对不多,为了保护骑车人的安全和不影响机动车道的车辆行驶,多年来,大部分自行车都在从人行道上分出的自行车道上行驶,但这不是强制规定;除非遇有画着白色自行车的蓝色圆牌,则骑车人必须走自行车道。人行道绝对不能骑车,不过有两种例外:一是有明确规定步行道可作自行车道用,前提是慢而小心行驶。二是 11 岁以下儿童可在步行道上骑车(8 岁以下儿童必须在步行道上骑车)。反过来,当自行车在机动车道上行驶时,驾车者必须礼让骑车者。骑车者通常与路边保持 1 米距离,按法院作为判决的规定,汽车超越自行车时,必须在离路边 1.5 米的安全距离外。一般可以这么计算:自行车离路边的距离 + 自行车的宽度 + 超车缓冲距离,约为 3 至 4 米。在正常行驶中,骑车人没有义务给驾车人让路。

对骑车人而言,必须牢记,骑车人已经不是"两轮车上的步行者",而是一个交通工具的驾驶者,所以他必须全神贯注地骑车,和驾车人一样,他不许喝酒。骑车时被测出血醇浓度为1.6毫克/毫升者,应该受罚,如果因此而发生事故,则达到0.3毫克/毫升就要受罚。也许读者对骑车人违规罚款的金额感兴趣吧,总的来讲,骑车人违规支付的罚金是驾车人的一半,大部分罚款项的金额在10至15欧元,此外还要参考违规是否妨碍了别人的交通行为、是否造成事故;如果是,则罚款升级。罚得很重的是穿红灯(这一原则同样适用于汽车),因穿红灯而引发事故,可罚180欧元(不包括赔偿费)。有一个规定很有意思:16人以上的一个前后跟紧的自行车队,只要第一骑车人碰到的是绿灯,则全队人都可通过,哪怕期间已经变成红灯。

晚间和雨雾天气骑车应开照明灯,这是普遍的道理,欧洲一些国家对此规定得更为仔细——每辆自行车应有8枚照明灯和反光灯:车的前后各有一枚照明灯和反光灯,轮胎或辐条上各有两枚反光灯。作为照明灯,只能采用"自发电照明灯"(类似于摩电灯),建议用内装电容器的照明灯,它可在行车时充电,碰到红灯停车时能继续照明……

我们还没有专门用于自行车的具体驾驶条例,如果要制定和实施,当然要根据我国的国情。看到有的骑车人在步行道上任意穿梭,更有少数人随意逆向行驶和穿红灯,不禁令人担心:有了规则,骑车人会不会自觉遵守。人的素养和文明与制度是否完善同样重要。

我们如何下雪

读者或许一眼就发现了,这篇文章的标题有问题——雪不是人下的,而是"天"下的。自然现象皆如此,包括下雨、出太阳、起雾、刮风、打雷、闪电等。尽管如此,我还是想先说一句笑话:上大学时,我们都喜欢体育课,也都喜欢体育老师;哪怕下雨天也好,可听听体育老师介绍体育知识、说些体坛轶事之类的。某天上体育课正好又碰上下雨,体育老师一上讲台就开腔:"同学们,今天我们下雨……"在座的所有学生笑得不亦乐乎,我必须强调一下:这是善意的笑。老师只是急于把想说的两句话不完整地并在一起说了。

其实"我们"真的能下雪(人造雪)。人造雪包括两种:用制雪机制造的真正的雪,多用在滑雪场,也可用在拍摄电影和电视剧时。还有一种制雪机制造的不是真正的雪,而是在剧中产生雪的效果的假雪。本文说的是后者。

虽说制造的是假雪,出现在影视剧中的雪却是那么逼真,因为造雪技术也是随着电影事业的发展而不断前进的。20世纪30年代,拍摄下雪场景是很累人的事情,几个工人用铲子将碎石棉往空中扬撒;到了50年代,又产生了另一种材料:漂成白色的麦片。还有一种方法是将冰磨碎了当雪用,此法今天偶尔也用,其缺点和盐一样,对草地、植物、其他物体等有伤害作用,所以用起来必须谨慎。现在用得最多的是制雪机,原料主要是纸和水。

拍摄现场有一台能液压升降的长臂制雪机,臂的端部有两个工作人员的座位及相关设备。纸的粉碎大小是有讲究的,和水的配比同样也很重要,制好的雪花要用喷射机或风机通过筛网和软管喷、撒或扬出去,网格的大小决定雪片的大小。还有一点十分关键,被打碎的纸屑边部必须是毛糙的,纸屑之间要有一定量的空气。

人造雪的原料不一定全用纸,也可用塑料、化学聚合物、薯片、棉花、泡沫等。有一种化学混合物,加水后就形成了像刚积起来的雪层一样的泡沫。在实际拍摄过程中,从拍摄成本、效果和环保出发,人们往往将不同的材料和方法组合应用。比如一场雪景戏,近景可用盐有效地仿造出雪中踩出的脚印;演员在表演的中景用制雪机打造出雪花飘舞的场面;远景的积雪则可用泡沫(泡沫的成本较低)。再比如要在一座林子里拍雪景,从环保要求考虑,就不用纸屑了,而是改成漂白薯片,因为戏拍完后通常要求还原环境,纸屑喷射在树林里几乎是无法清理的,而薯片基本上可以不去管它。

说到这种制雪机,不能不提一下发明者英国人戴维·克朗肖,他的公司在伦敦西部 150 公里的斯托附近。只要有人去拜访,不管是什么季节,他就让住宅前的一棵针叶树和其他一些灌木银装素裹,以示欢迎。他的名片上印着"雪人王",20 世纪 80 年代,他曾在一家造纸厂工作过,当时影片《庞贝城的最后日子》的制片人希望造纸厂提供模仿火山灰的灰色纸屑,厂方成功地完成了任务,制片人和导演十分满意。几个月后他们又来了,这次要求造纸厂提供人造雪,老板没有接受订单,原因是数量太少。克朗肖让老板同意他在业余时间做这件事,制片方再次满意地收了货。后来克朗肖辞职单干并发明了制雪机。

无痛觉生命

很多年以前的一次手术后，觉得并非伤处的右下肋骨有一种不舒服的感觉，似痛又不像痛，说不上来。医生问："是不是觉得这里很重？""对，对，对！就是这种感觉。"其实，"重"在这里也是一种"痛"的感觉。对"痛"较难下一个确切的定义。国际疼痛协会（IASP）认为，痛是即时的或潜在的组织损伤引起的不舒服的感官经历或感受。痛感比痒感复杂，种类也很多，各种疼痛之间存在区别，描述有时也很困难（没有恰当的语言来表达），比如"酸"、"针刺般"、"隐痛"、"锐痛"、"灼痛"、"一跳一跳的"、"电击般"……这些都是痛觉。

人类从很早的时候开始就在与疼痛作斗争。一万年前，行医者对付严重头疼病患者的办法是，在他们的头颅上钻一个窟窿，让魔鬼从头脑里钻出来；病人能否活着而无头疼，就要看他的造化了。今天，我们尽管有止痛药物，但那只能起到暂时的作用，疼痛一直是人类的同路人。疼痛降低了人的生活质量，使人睡不好、吃不好，身体和精神受到折磨。使人不痛始终是医学史上最古老的目标之一，1804年，名叫弗里德里希·威廉·泽尔蒂尔纳的药剂师助手首次从鸦片中分离出有镇痛作用的吗啡；1899年，著名解热镇痛药阿司匹林上市，以后，止痛药物越来越多。然而很多止痛剂会使患者产生依赖性，而且有副作用，长期服用或超过剂量时会伤害肝或胃。近几年来，全世界的医生都在不断发出警告：止痛药的销售量在不断增长。

我们如何才能摆脱疼痛呢？人们终于在一个巴基斯坦的男孩身上发现了疼痛的"肇事者"，这个男孩将刀刺进自己的手臂和大腿、在火烫的红炭上走路而不感到疼痛，原来他身上的基因SCN9A发生了突变，所以他没有痛感，什么事都敢做。基因SCN9A因此得了个外号"苦行僧基因"。但这个男孩在他十四岁生日那天去世了——从一个屋顶上跳下致死。

医界于是出现了一个新概念，谓之"废除痛觉者"，这些人多数是有威望的科学家。当前有一个医学家造梦小组在研究迅速彻底消除痛觉的方法，他们准备借助基因疗法关闭人类的疼痛感觉。在技术上，医学专家已经有足够知识和能力去除肉体的疼痛：疼痛以及痛觉阈受到一系列基因的控制，其中的基因 SCN9A 是我们的痛觉阈地址，其基因突变可导致人的痛觉消失。

2013 年，科学家们又发现了同样会导致痛觉的基因 SCN11A 的突变也能关闭痛觉。许多科学家相信，建立一个健康而无痛的生命世界在技术上是完全可行的，然而巴基斯坦男孩的事件教训了我们：无痛觉的生命充满了危险，因为痛觉虽然是折磨人的，但同时也是生命存活的重要警示信号。即便如此，人们并未望而却步，比如已经研制出使上述基因定时失去活力的方法，这意味着在一次手术时可临时关闭痛觉。一些人道主义者也想到了在一个无痛觉世界里保存警告功能的做法：利用替代机制——植入能对极端高温或低温、超高压力及其他危险源发出警告的微型传感器和微型芯片，不过这样的替代机制尚属"未来之音"，因为其控制相当复杂，而且必须确保精准可靠。

无指纹的悲哀

　　1858 年 7 月 28 日,英国人威廉·詹姆斯·赫谢尔因建一座小学而和一建筑材料供应商签订一份合同。为防止供应商日后对合同约束不认账,他要求用右手的 5 个手指按手印。在西方的很多人看来,这好像是"开先河"之举。不是我们自大,在这方面,中国人真的要比西方人早得多。在 2 500 年前的战国时期,人们就开始利用罪犯留下的指纹进行破案。1975 年,在湖北省出土了一批竹简,被称为"云梦竹简",其中就有关于战国后期时,人们知道去掌握罪犯留在地洞洞壁的"手迹"(此处指"手印",而不是"亲笔字画")的记载。

　　作为破案重要手段之一的指纹,如今已完全数字化了,被广泛应用在确认身份和保密工作中:指纹保险柜、指纹开门、(电脑)指纹开机、指纹枪柜……使用香港迪士尼乐园的多次门票,首次入园时留下指纹,以后凭指纹就能进去。

　　指纹是独一无二的,然而并不是每个人都可以使用这一方便特征,因为世上还有无指纹的人,他们的手指上没有纹线,他们因此也不具备独一无二的特征。美国弗吉尼亚州有一位非常漂亮的空姐,她出生时就没有指纹,她的母亲和妹妹也没有指纹,他们家里只有身为军人的父亲有指纹,由于军事机密和安保的需要,全家都需要配合提供指纹,这给他带来不少麻烦。同样,美丽的空姐也有烦恼，每次为获得航空管理局证明时，都要费一番周折。

无指纹是一种遗传病，称为"网状色素性皮肤病"，简称DPR，以前叫内格利氏综合征，因系瑞士皮肤病学家内格利发现而命名。患这种病的人比例很小，大概每300万人中有一个患者。无指纹患者的另一个特点是皮肤排汗能力很差，因为他们没有汗腺。病情严重者会掉落牙齿、头发，手掌和脚掌变厚，脚趾甲变形。

不久前发现，造成DPR疾病的原因是角蛋白-14基因缺损或密码错误，这种基因突变使其无法与角蛋白-5配合起作用，因而产生上述种种症状。至今在医学上还没有一种治疗DPR的方法，只能起到减轻症状的作用。据说瑞士有一家医药公司研究的基因疗法很有成效，估计在两年内可完成人体上的试验。然而，如果成功，也还是会给患者留下遗憾——能消除其他症状，却不能赋予具有个性的指纹。

五更只欠一声啼

　　在诸多花卉的名字中,鸡冠花可以说是最形象的了。那火红色的肉质鸡冠状花序,扁平而扭曲折叠,就差会啼鸣了。鸡冠花容易栽培,我小时候在家里的后天井胡乱地种过两种草本花卉:凤仙花和鸡冠花,因为好伺候,不需花卉栽种知识也长得挺好,一年一次,伴我度过平淡的童年夏天。

　　大多数鸡冠花的花色是大红色或紫红色的,但也有黄色、橙色、玫瑰色、红黄相间,甚至还有白色的。明代解缙是一位文思敏捷的大学士,一次永乐帝以"鸡冠花"命题让其赋诗,解缙随即吟成第一句"鸡冠本是胭脂染";皇帝也很快从袖中取出一支白色鸡冠花说:"鸡冠花不是白色的吗?"解缙不慌不忙续完全诗:"今日为何成淡妆。只为五更贪报晓,至今戴却满头霜。"一时传为诗坛佳话。

　　民间传说,有一个蜈蚣精常变成美女模样诱惑并毒食青年男子,有个名叫双喜的少男被其美貌所迷,将其带回家,在家门口碰上双喜养的公鸡,蜈蚣精惧怕公鸡,只好遁避。第二天,蜈蚣精又找到了双喜,邀其到山上去游玩。双喜色迷心窍,欣然陪同而去。谁知到了山上,公鸡也随即赶到。于是蜈蚣精和公鸡之间发生了一场生死之斗,最后蜈蚣被鸡啄死,但公鸡也因精力衰竭而死。双喜涕泗葬公鸡,次年在坟上长出一株花,形状似鸡冠,为公鸡化身,故得名鸡冠花。

鸡冠花还有另外一种形状：羽毛状的穗状花序，呈芦花状，像个火炬似的，称为羽状鸡冠。鸡冠花除观赏外，花和种子可供药用，通常作为收敛剂，有止血、凉血和止泻作用。有的嫩茎和叶子可作蔬菜，在尼日利亚南部、贝宁、刚果、印度尼西亚等国食用比较普遍。鸡冠花的花可是一种营养丰富的理想食材，含有大量氨基酸。南京名菜"花玉鸡"即用鸡冠花瓣和母鸡炖制而成，其他鸡冠花菜点尚有红油鸡冠花、鸡冠花蒸肉、鸡冠花炒肉片、鸡冠花豆糕等；都以营养全面、鲜美可口、风味别致而受欢迎。鸡冠花的花籽蛋白质含量极高，可以炒了吃，味如榛子。

在非洲有一种鸡冠花亚变种，它有特别的功效——能清除庄家地里的杂草，尤其能杀死危害粮食作物根部的杂草。乌干达农民因此常将这种鸡冠花种子混在粮食种子里一起播种。此鸡冠花的"杀手机制"在于能产生一种化合物，在方圆几米的土壤中产生作用，使杂草提前产生自杀性种子，从而提高粮食产量。

通过人工培养，鸡冠花的品种已不像以前那么单调，花色也越来越丰富。印度培育出一种相当漂亮的新品种"孟买紫"，花序的下面像丝绒一样闪闪发亮，花色艳丽，被用来插花。为此，国际花卉组织授予金奖。

雅俗共赏的鸡冠花，将因其食用、药用和经济价值而前途无量。

五味杂陈的疼痛

　　如果说川菜的风味在于麻辣（辣得很另类），那么肘部撞击的感受就是麻痛（痛得很另类）。麻痛和一般疼痛不一样，是一种不太好描述的感觉，有的人说伴随着疼痛的是瞬间的眼前一片黑暗，有的说眼前直冒金星，耳朵听到嗡嗡声，还有的说是一种痛、麻和针刺的混合感觉，有的甚至说因为痛得天昏地黑，干脆失去了感觉……

　　之所以这样，关键在于肘部的解剖结构有些不一样，简单地说，是这个地方没有或缺少可以用来缓冲撞击和打击的脂肪层和肌肉层。人的尺骨和桡骨是分开的，位于小指侧，参与肘关节的组成，并与桡骨组成能做旋转运动的桡尺近侧关节（肘关节的一部分），背面可摸到隆起的"鹰嘴"，容易受外界碰撞和击打，而尺骨的骨膜对疼痛又特别敏感，人就会觉得特别痛。

　　倘若要仔细追究起来，责任还在尺神经，肘部周围的神经总的来讲，分布和覆盖得不够精致和复杂，尺神经以一个敞开的骨小管的形式经过肘部接近表皮的地方，只受到极少的脂肪组织或结缔组织的保护。通常，神经传导径路（神经通路）都会受到严格的保护，比如被埋在肌肉、肌腱和结缔组织之间的柔软凹洼处。然而在肘部，尺神经没有受到像样的保护，它们只是穿过一个尺神经槽——一个很容易摸到的"骨坑"，因此就会不时地受到撞击，痛得难受。在碰撞时，神经受到强烈压迫和打击，各种神经束在强烈刺激下形成过度反应，尺神经于是向大脑发出整个"包干区域"异样的疼痛信息。

对肘部的特殊疼痛另有一种解释，认为是尺神经在传递该覆盖区的刺激信息时受到干扰，于是这种信息传导便成了"故障报告"，而这一报告要传递到下臂、手、小指和无名指，所以这些部位都会感受到另类疼痛。

类似的麻痛也会发生在膝关节处，膝关节由人的胫骨上端与股骨下端及髌骨组成，发生的原因与肘关节处相同。好在这种五味杂陈的疼痛一般只持续一小会儿，过后便没事了。

物尽其用说丝瓜

　　以前曾有西方人奇怪地问中国人："竹子也能吃吗?""我们吃的是竹笋,是很年轻的竹子,但是熊猫能吃竹子。"这样的回答并不能令人满意,什么叫"年轻的竹子",尚需作一番解释。丝瓜同样是西方人不吃的蔬果类植物之一,由于地域、民族、历史发展和饮食文化的区别,在中国和其他一些亚洲国家作为蔬菜的丝瓜,欧美人从来不吃。

　　"数日雨晴秋草长,丝瓜延长瓦墙生";丝瓜是葫芦科一年生草本植物,分普通丝瓜和棱角丝瓜两种,最长可攀缘(高攀或平缠)15米。丝瓜原产印度尼西亚,中国南方各地栽种较多,嫩瓜为营养丰富的蔬菜,丝瓜炒鸡蛋和丝瓜蛋汤是老百姓家里夏天的清爽家常菜。在瓜类中,丝瓜的各种营养物质含量都比较高,特别是含有某些特殊物质如皂甙类物质、丝瓜苦味质、瓜氨酸、木聚糖和干扰素等。

　　由于用途不同,中西方对丝瓜的称呼也不一样,如欧洲某些国家俗称丝瓜为"海绵瓜",因为对欧洲人而言,丝瓜的最广泛用途是代替海绵作为灶具、厨具、餐具等器物的洗刷和擦拭用品。如果说丝瓜在西方还有别的用途,那就是做宠物玩具、凉鞋鞋底、垫子的充填物。20世纪早期,丝瓜络是国外轮船上的滤油器。西方人说"成熟丝瓜"就是指早已不能食用的老丝瓜,"未成熟丝瓜"则是我们拿来做菜的嫩丝瓜。其实,有着悠久中医历史和传统中草药药物学的中国人是绝对不会忽视丝瓜的药用价值和治病作用的。丝瓜可全株入药:丝瓜(天罗)、丝瓜叶、丝瓜花、丝瓜皮、丝瓜根、丝瓜藤、丝瓜蒂、丝瓜子、丝瓜络(丝瓜筋)都是药名。丝瓜性微寒、味苦略甘,有清凉、利尿、活血、祛风湿、通经络、解毒等功效;能抗病毒、抗过敏。丝瓜所含之 B 族维生素和 C 族维生素有利于防止皮肤老化,能增白皮肤、保护皮肤、消除皮肤斑块。在巴拉圭,人们用丝瓜络加上一些人造物质,生产一种造房和制家具用的材料。

物尽其用,欧美人虽然不吃丝瓜,但那里的人们对丝瓜用途的开发可谓到家了。笔者曾在欧洲见到一种滴剂(滴鼻药),包装盒上印着"丝瓜滴鼻剂,德国顺势疗法联合会监制"。该药通过喷雾,将有效物质均匀润湿鼻粘膜,使鼻粘膜功能正常化,用以治慢性感冒。中美洲和南美洲的印第安人很早就开始用丝瓜煎剂排毒和治疗感冒,在正确的配置下,煎剂通过溶解在鼻粘膜中有效物质的作用,对副鼻窦进行彻底的清洗。这种方法被现代医学继承和发展,成为丝瓜疗法。通常一个疗程为 5 天,治疗过程中,身体会有一种"得了流感般的"感觉,根据不同的体质,有的病人甚至有发热反应,因此病人需要休息和康复,不许工作。在丝瓜疗法过程中适当用其他措施配合,如大剂量维生素 C 和淋巴导液等。

除慢性副鼻窦炎及由此引起的灶性疾病外;丝瓜疗法的适应症尚有脊椎病、慢性疲劳症、偏头痛、哮喘、枯草性鼻炎、内分泌障碍、风湿性疾病等。

换个角度说西湖

　　我想，如果现在有人提到西湖，大伙首先想到的大概是杭州的西湖和越南河内的西湖。杭州西湖一向独领风骚，至于河内的西湖，是在出国旅游热潮中被国人发掘并认可了的。中国大地约有三十几个西湖，最受欢迎的还是杭州西湖，而吸引游人的河内西湖凭的是一种新鲜感。杭州与河内同处亚洲，文化和风习较为接近，能为两国人民共同接受。传说从前有两个仙女羡慕人间的生活而偷偷结伴下凡，正感受着人世的幸福和温暖之际，两人却不约而同地担心起来。她们已经触犯了天规，有慑于天庭的惩罚，不敢久留人间，决定返回天国。途中，两仙女依依不舍人间，各自取出自己的梳妆小镜子撒落人间。两面镜子，一面变成了杭州西湖，另一面化为河内西湖。

　　杭州的西湖风景不仅仅是一个湖，而是一个以湖为中心的、积淀了中国历史上文化、艺术、建筑、园林、山水、教育、民俗、工商、农贸、饮食、语言……各种领域丰厚知识的宏观景群。

　　生活在杭州这一富庶的人间天堂是幸福的，谚曰"苏不断菜，杭不断笋"。以前的西湖中不仅有荷花莲藕，而且多鱼蟹："未到清明土鲋肥"（鲋鱼，即鲫鱼，明闺秀邵斯贞诗句）。唐朝时，湖中渔火通宵不绝。上海人嗜食之"阳澄湖大闸蟹"，杭州人也爱吃，不过杭人称之为"湖蟹"（西湖有蟹，杭人呼蟹，犹曰湖蟹也）。大闸蟹和湖蟹皆为"绒螯蟹"。

"湖船"为游览西湖的一大特色，唐时，船首多画龙头，船之首尾很高。宋时湖船通常漆以红色。宋贾似道有私家车船，船上无人撑驾，但用车轮脚踏而行。据《都城纪胜》载，西湖舟船，大小不等，大者可容百余客，亦有可载三五十客者。一年四季，皆有游人包租，朝出登舟而饮，暮则径归。民国后，洋人曾在湖中驶汽艇。

西湖景区多泉。历代有玉泉、六一泉（以宋欧阳修号"六一居士"名之）、佛足泉（在宝石山下，石壁有足迹二，俗传钱王故迹）、君子泉（有二，其一在凤林寺后，南宋时，宫廷常在泉中浸鲜果）；暖泉原在灵隐冷泉之上，今已无迹；冷泉在灵隐飞来峰下，冷泉亭的柱上有一副趣联：峰从何处飞来，泉自何时冷起。本是一副问联，对者甚多，有一副答如未答的被认为最佳者：峰从飞处飞来。泉自冷时冷起。虎跑泉以"二虎跑山出泉"而闻名，被誉为"天下第三泉"。杭州之泉，不可胜数，但至今大部分都已湮没，无从考据。

有人发了一个值得一提的问题：为什么有那么多的湖都叫"西湖"？窃以为，答案可能包括几个方面：首先是有的湖本身位于某个地方（城市或山脉）的西面，被称为西湖是顺理成章的；其次是因为有了杭州西湖的名声，取名西湖能吸引游人。再者盖与"西"字的意义有关，古时宾师（不居官职而受君主尊重者）所居的一方谓"西席"，故师曰"西席"或"西宾"。还有一种理由和佛教有关，"极乐世界"是佛教称道的"安养"、"净土"，它远在西方"十万亿佛土"以外，所以也称"西方极乐世界"，是人们向往的地方。只要能找出一个参照物，表示湖在参照物的西面，怎么说都是西湖。

西落残阳映彩霞

　　我们现在还在用过时的概念吗？答案是"Yes"，但是很少。举个例子，"日落"就是一个历史留下的以"地心说"为基础的残余概念；而地心说则是在哥白尼的"日心说"创立以前一直占统治地位的错误理论。当然，日心说后来由开普勒和牛顿不断加以完善，成为稳固的理论基础。无奈人不能在太阳上观察"地出地落"，所以只能让太阳继续貌似"落山"。

　　所谓的日落，天文学家将它理解成太阳在地平线以下从人的视线中消失。说具体一点，即日轮的下边缘和地平线开始接触到上边缘和地平线接触的这一过程。这一过程持续多长时间，取决于在什么季节、在地球的什么部分以及观察者位于什么地方。比如日落在赤道上的持续时间很短，因为那里太阳几乎是垂直落下的；三月和九月的昼夜平分时（即春分和秋分时），赤道附近的日落持续时间正好是6秒钟。在其他月份里，日落的最长持续时间可达2分钟。

　　离赤道越远，至日轮上边缘在地平线以下消失所需的时间越长。根据不同的季节，比如在荷兰、德国、波兰、白俄罗斯等国的日落可持续3至4分钟，而在斯堪的纳维亚半岛和苏格兰地区的日落过程持续时间更长。在北极或南极，太阳总是24小时以同样的高度移动着。冬天有半年时间在地平线以下"兜圈子"，这时有半年时间是"黑夜";夏季正好相反,太阳始终在地平线的上方,晚上也不"落山",这便是6个月的"极昼"(极昼发生在极圈内,24小时可直接见到阳光。而"白夜"是在极圈外的高纬度就能经历到的、整夜天不完全黑的晨昏蒙影现象)。

日落前后,天空或云层上会出现艳丽耀眼的彩光,系由接近地平线的阳光经大气中灰尘、水汽和气体分子散射后的剩余色光组合而成,这一美丽的色与光的现象,中国人称之为晚霞(发生在日出前后的叫朝霞),晚霞比朝霞浓重多彩。从另一个角度来理解,霞也指白天开始前或白天结束后,昼夜之间的"流畅"过渡。霞,尤其是晚霞,不一定像通常所说的是红霞,严格讲应该是彩霞,包括红色、橙色、黄色、紫色、绿色等。人们曾用特技摄影,在宇宙中拍摄到各种令人震惊的彩霞;在能见度特别好的条件下,甚至还能看到其中的绿色闪电。

中国古代文人很早就在诗词中描绘和颂扬晚霞及朝霞了,如宋·朱熹在《晚霞》中曰:"日落西南第几峰,断霞千里抹残红。"劳动人民还能从浓抹的晚霞判断出次日为大好晴天:"朝霞不出门,晚霞行千里。""彩云结得高,明朝晒断腰。"因彩霞之艳丽,古代一种妇女的披肩服饰于是被称为霞帔,宋以后,霞帔甚至被定为妇女命服,按品级高下而规定华丽贵重的程度。

晚霞,宛如陪伴和护送日落的丽人。

希米翩跹肚皮舞

　　舞者的全身都在不断希米和飞转；袅娜的舞姿以腹部为中心，配上指钹的锵锵声，令观者心醉神迷——肚皮舞的魅力。

　　肚皮舞以前叫腹舞，其亮点在于"希米"（也称"西米"），希米是连续快速抖动的意思，系英语 shimmy 的音译。肚皮舞的基本动作分为四大类：圆形动作、8 字形动作、直线形动作和希米动作。其中的希米是最典型的肚皮舞动作类型，包括腹部希米、臀部希米、胯部希米、胸部希米、腿部希米、膝盖希米、肩膀希米等。

　　肚皮舞是一种古老的传统民间舞蹈，产生于东非的某些部族以及阿拉伯地区，最初作为丰收舞流行。舞蹈动作以人类劳动动作为基础加以夸张和艺术化，由女子"静止"独舞，所谓静止，即头和脚不动，"两极"之间的躯体（尤其是腹部）剧烈运动。肚皮舞在阿拉伯人民中特别受欢迎，人们不仅在庆丰收的仪式上跳，而且在所有的节日里跳，孩子出生、成年式、婚丧喜事……在所有的庆祝会上跳，真所谓"无会不舞"。由于肚皮舞的腹部动作丰富，曾一度被孕妇当作体操舞。后来，土耳其和很多阿拉伯国家将肚皮舞演员招聘进宫，肚皮舞开始从民间进入宫廷，肚皮舞沦为供统治阶级消遣娱乐的"奴隶艺术"。

　　1893 年，在美国芝加哥举行的世博会上，人们建造了一个阿拉伯村，一个以外号叫"小埃及"的女舞蹈家为首的表演队演出的肚皮舞让美国和来自全世界的参观者如痴若狂。

早期的肚皮舞是不露腹部的；露出肚脐，据说是好莱坞的发明，此发明还包括在肚脐眼上装饰一颗红宝石。这种装束曾引起争议，许多妇女协会反对裸露肚脐。但另一种观点认为露脐无伤大雅，相反能更好地体现肚皮舞之美。

在历史上，少数肚皮舞演员出于种种原因而兼营色情服务，曾使一些人对肚皮舞产生过偏见。1880 年，土耳其驻埃及总督穆罕默德·阿里将生活在开罗的戈瓦齐妇女全部赶到南部的伊斯纳（戈瓦齐妇女中有较多的肚皮舞者出卖色相）。这么一来，原来由肚皮舞者承担的税金全落到了其他公民的头上，于是在肚皮舞历史上产生了一个为时短暂的插曲：在开罗出现了男子肚皮舞，舞者多为男孩，但他们的表演很是别出心裁：在腹部画上人物的脸，利用跳舞时动作引起的腹部肌肉伸缩而产生特殊效果：这些画在腹部的脸面似乎在装出各种怪相。这一插曲成了今天的男子腹舞者选择这一行无可指责的理由。在"中国达人秀"的舞台上，年轻的肚皮舞教师朱海以精湛的技艺，让观众为之倾倒，成为男子肚皮舞达人。

长期以来，肚皮舞吸收了印度舞、芭蕾舞、爵士舞等舞蹈的元素，采用了现代化的布景、灯光、音乐手段，甚至在服装中设置了发光二极管，以取得神秘的光效应。但有一点一直被传承下来，那就是阿拉伯风情和中东民间舞的氛围。

息息相关树与人

在许多民族的神话中都提到，人来自于树木。如北欧神话说，是神仙用白蜡树和榆树塑造出男人和女人。罗马神话中的拉丁英雄西尔维乌斯（罗马古城阿尔巴·萨伽的杰出治理者）是在树林里出生的，所以西尔维乌斯在拉丁语里是"树林的"的意思。

人类从原始森林里走出来，离开了树，但又通过垦荒，重新种起树来，建立起人类最早的文明，始终和树息息相关。树跟人一样，它们有皮肤——树皮、有头和头发——树根和根须、有器官；它们还有自己的形象，能对外界作出敏感的反应，知道一年四季的变更。秋天，树叶凋零，和人到了晚年一样的凄凉。儿童文学家埃·克斯特讷（著名儿童侦探小说《埃米尔捕盗记》的作者）说过："我们可以跟树木说话，就像跟我们的兄弟说话一样。"树和人有着类似的精神：像树那样长得壮实、强健；腰杆和树干一样挺直；是一块好木料，比喻一个人会有造就的；树小易弯，树大难曲（年轻人比老年人的可塑性大）。

有一位老人，他当了大半辈子的伐木工，后来退休了，心里很内疚，决心要用余下的生命种上许许多多的树，以报答养育人类的大地、山川、河流。每年的植树季节里，他每天平均植树1 000棵。这位老人在中国的吉林省，他的名字叫赵希海。

树木为人类带来很多好处，它们在调节气候，保持生态平衡；

通过光合作用，吸进二氧化碳，排出氧气，一亩地的树放出的氧气可供 60 人左右呼吸。树能保持水土，防风固沙，吸收灰尘，一亩地的树每年能吸收粉尘 20 至 50 吨。树能降低噪声污染，40 米宽的树林带可将噪声减弱 10 分贝左右。树林里每立方米空气中的细菌数远远少于空地里的细菌数，因为许多树木的分泌物具有杀菌作用。产生负离子亦是树木的有利功能。

树和所有的植物一样，它们都有一种"植物性生物场"。有的植物能释放出可治病的物质。如桉树等植物能产生"抑制场"，可杀死导致感冒的病原体；夹竹桃的"抑制场"能赶走蟑螂；松柏发出的"场"对肺结核有防治功能；油桐产生的"场"有降血压作用；竹子的"场"能调理脾胃；樟树的气味有助于活血化瘀。此外，有的树木发出的生物场还能产生维生素，通过呼吸系统提供给人体。当然，也不能忽视少数植物会产生负面作用。

1981 年 12 月 13 日，五届全国人大四次会议作出了《关于全民义务植树运动的决议》，三十几年来，举国上下都在努力植树造林，绿化祖国，共建绿色家园，造福子孙后代。除了每年的植树节以外，人们平时也用各种有意义的名字造林种树：友谊林、生日林、结婚纪念林、公仆林、网友林、共青团林、三八林、笔友林、工会林……让植树风气一代一代传承下去。

呵欠招来牢狱之灾

西方曾经有一个人因在法庭旁听法官宣布判决时大声打呵欠而被判监禁 6 个月（此案的被告只不过被判 2 年有期徒刑缓期执行），罪名是蔑视法庭。也许是人们一向把在庄严场合打呵欠看成是不严肃、不感兴趣、表示无聊的心情乃至对某一对象的蔑视行为吧，不过医生、心理学家和行为学家可能会认为这是一次悲剧性审判不公，因为打呵欠是一种不自觉的生理行为，不一定说明行为者有不敬、冷漠和无视心理。

不管怎么说，关于打呵欠确实有礼仪规定：在某些公共场所（如正在开会的会议室）打呵欠要捂住嘴，甚至有必要抑制打呵欠。受古代迷信文化的影响，爱尔兰人打呵欠时在嘴唇前画十字，印度人接着轻轻念一句咒语，因为在许多民族中，人们迷信打呵欠时灵魂会逃走，或者恶魔会进入身体。

打呵欠经常发生在疲乏劳累、困倦欲睡以及刚刚醒来的时候。关于打呵欠的原因及其作用有一些现成的说法，诸如"血液内二氧化碳增多"、"为了吸入更多的氧气"、"想睡觉了"、"对某人某事厌烦、不感兴趣而产生无聊感"。但这些理由越来越显示出它们的矛盾性，比如睡足后乍醒时打呵欠并不表示又想睡觉。实验表明，受试人员在吸入不同氧含量的空气时，他们的打呵欠频率并不受影响；同样，在提高二氧化碳含量后，他们的打呵欠行为还是没有变化。又如在激烈的体育比赛（如奥运会上的比赛）前，运动员也会打呵欠，这绝对不可能说明他们对比赛不感兴趣。

一种"大脑降温"理论正在备受关注，这一理论的论点是"打呵欠是为了冷却大脑"。人和哺乳动物的大脑如果得到冷却，则其工作状态最佳。大脑和电脑一样，需要适中的温度以保持最高工作效率。降温理论可以帮助我们解释很多关于呵欠的问题：人为什么睡醒后也爱打呵欠（为了调节大脑的温度，使大脑从睡眠状态有效地过渡到工作状态）；为什么冷敷前额和用鼻子呼吸能减少和抑制打呵欠（鼻腔的细血管能有效起到热交换作用）；为什么有些疾病的患者老打呵欠……当然，最新的理论也不是无懈可击的，所以尚未被每个人都接受，呵欠之谜远远没有全部揭开。

打呵欠通常持续 5 至 8 秒钟，经常伴有伸展四肢的动作。人的胎儿从第十一周或十二周起就会打呵欠，随着年龄的增大，打呵欠的次数相应减少，一岁的婴儿每天约打 30 几次呵欠；60 岁左右的人每天只打 10 次左右呵欠。关于胎儿打呵欠有一种特殊解释：为了在出生后达到良好的肺功能。据一本关于古怪医学记录的书记载，19 世纪有一个患神经系统疾病的法国女子，其打呵欠的最高纪录是每小时 480 次。许多动物也打呵欠，但有的动物的张嘴动作并不是真正的打呵欠。

在夏天的高温下到外面走一圈，回到家里便汗如雨下，过一会即开始呵欠连连，这是很正常也很有必要的——大脑深处温度较高。

夏说梧桐不言愁

"何处合成愁,离人心上秋",秋天是引发愁思的季节,而梧桐是对秋凉最敏感的树木。"一叶落知天下秋",这里所说的叶就是梧桐叶。秋风瑟瑟、桐叶声声⋯⋯中国的古典诗词文学中,梧桐从来就是离情别意、愁思忧绪的比喻。初夏,乘梧桐花开的时节,不妨删掉愁字,说说梧桐在愁情以外的那些事儿。

梧桐又名青桐,梧桐科,梧桐属,落叶乔木,原产亚热带,中国和日本较多。梧桐花较小,开花时(通常在 6 至 7 月份),树上呈现出一片一片的淡黄绿色,为自身的浓荫碧绿抹上淡雅的数笔。

西方好多国家把梧桐树称为"凤凰树"(如英语中的 phoenix tree 和德语中的 Phoenixbaum),很有可能当中国的梧桐传到西方的时候,连带着将与此相关的文化典故一起输了出去。庄子《秋水》曰:"夫鹓雏发于南海,而飞于北海,非梧桐不止。"鹓雏是中国古代传说中的凤凰一类的鸟,它从南海飞往北海,非梧桐树不栖身。民间因此也就有了"栽桐引凤"之说。

我们平时经常听到的有三种"桐树":梧桐、泡桐、法国梧桐,其实它们并不是同科植物。泡桐是玄参科植物,是我国黄河流域及以南地区的庭园行道树和制作箱盒器械的用材树。而法国梧桐其实为悬铃木科,悬铃木属,而且原产地并不是法国。因外观尤其是叶子相像而被误认为梧桐。法国梧桐系用一球悬铃木(美国梧桐)与三球悬铃木(法国梧桐)在英国杂交成的二球悬铃木,当时被称为英国梧桐。后来法国人将二球悬铃木带到上海,作为行道树种在霞飞路(今淮海中路)上,上海人又把它们当成是法国梧桐。

梧桐树是我国古代常用的庭园树,夏天,干青叶茂,有梧桐傍窗蔽日,则满屋生凉。梧桐子圆圆的,炒熟后可食,将很薄的外壳剥掉,因为颗粒很小,只有豌豆大小,只能让孩子们打发时间而已。梧桐子亦可榨油,用于制皂和生产润滑油。树皮可造纸,木材用于制家具和乐器。东汉文学家蔡邕精通音律,擅长制琴,一次路过吴地,听见梧桐木烧裂之声,原来是当地人家在用梧桐木烧火煮饭。蔡邕赶忙请求该家女主人将刚开始燃烧的最后一块梧桐木取出。他用这块上等梧桐木制成一把古琴,该琴音色绝顶,为琴中佳品。因琴尾尚留有焦疤,世人称之为"焦尾琴"。

梧桐的生命力极强,寿命很长,活百岁不在话下。1945 年 8 月 6 日,美国在日本广岛投下了第一颗原子弹,离原子弹爆炸中心不远的当地邮局内院种有不少梧桐树,由于放射线和极大的热量,这些梧桐树基本上已经烧死。可是第二年春天,奇迹出现了,有几棵梧桐树长出了新的叶子。1973 年,这些复活了的梧桐树被迁种到广岛和平公园内。我想,梧桐的寓意应该是志高执着、顽强求生。

身高不会超过三米

近几十年来,世界各国的人身高普遍在增长;今天,荷兰人和斯堪的纳维亚人被认为是全球个子最高的人,荷兰男子的平均身高为 1.82 米;20 世纪时,日本人的身高有明显上升。

国外有一种身高预算器,你可以通过触摸屏或键盘,输入你孩子的性别、目前的年龄和身高,然后根据提示继续操作⋯⋯最后预算器会告诉你孩子将来会长得多高。其实不用计算器也可以自己用一个公式计算:将父母的年龄相加后除以 2,如果是男孩,再加上 6 厘米,若是女孩,则减去 6 厘米。这样算出的结果是一个大概值,今后的实际身高最大可能会有正负 7 至 8 厘米的误差。比较精确一点的方法是用 X 射线观察腕骨,能较为可靠地确定骨龄,从而推算生长状况及前景。不过通常很少有人去作这样的检查,除非发现孩子有生长障碍。

对孩子身高起主要作用的是遗传基因,其次还有一些外界因素(如营养、疾病等)。曾经有过报道,乌克兰有一位名叫列奥尼德·施达特尼克的兽医,他的身高达 2.57 米,被认为是(报道时)世界身材最高的人;但他患有肢端肥大症,由于脑垂体中长有一个良性肿瘤而导致生长激素分泌过量。还有一个因素也不能忽视:精神和心理照料。孩子需别人(首先是家人)的呵护和微笑,否则他们的生长不能和年龄的增长成正比。

早在 1847 年,解剖学家卡尔·贝格曼就发现生活在寒冷地方的哺乳动物和鸟类比生活在温热地带的同类个头大。后来有人用一个例子来证明贝格曼的观点:将 1 升水放在一个玻璃烧瓶里加热到 77℃,接着让其自然冷却,经 25 分钟后,水还保持着 67℃ 的温度。然后再将 100 毫升的水加热到 77℃,经 25 分钟后,水温只有 51℃ 了。人们将贝格曼的论断称为贝格曼规则,他的规则适用于人。生活在寒冷地区的人,他们的个子高,因此容易保持体温,这就是我们通常所说的"北方人的个子比南方人高"的原因。

　　一般来说,高个子父母的子女大多身材比较高,但也有例外,即矮父母生出高子女,高父母生出矮子女。这是因为影响身高的遗传基因有 180 多个,在遗传时,如果有利于长高的基因较多,则子女长得也较高,反之则较矮。另外,儿童在生长发育时期的营养、气候、锻炼等外界条件也起着一定作用。

　　人的身高都有一个绝对现象,即早伸晚缩,也就是一个人的身高是早上略大于晚上,这是因为身高以人体立位时的总高度表示,人的脊柱中的椎间盘是位于两椎之间的盘状软骨,既坚固又有弹性,它们不仅连接着椎体,而且能承受压力。经过白天的活动,椎间盘受到压缩,脊椎骨紧靠着,人就矮一点点了。经一晚的水平躺卧,椎间盘得到放松,凭借其弹性而稍稍伸长,所以早晨的身材就"高了一点"。

　　今后几十年内,人的身高还会继续增长,但不会永远一代比一代地高下去。人类学家认为,人的身高是有自然极限的,估计不可能达到 3 米,因为到了这一高度,心脏已无法向大脑供应足够的氧气了。

现代保镖

保镖指有武艺者受雇于他人（雇主），负责保护雇主的财物和人身安全。从事这一行业的人称镖客或镖师，也可直接称保镖。保镖也可泛指做护卫工作或从事护卫工作的人。

从古到今，保镖分为"国营"和"民营"两种，中国古代，君主和皇家的安全通常由禁卫（警卫人员）担任，因为他们住的地方及理政的地方称为禁地，国王的警卫队便称禁军。禁卫通常分成三个等级，负责宫内日常值守的禁卫最重要，必须经过严格审查，一般都选贵族子弟。这是一个一举两得的措施：皇上和其他宫中要人既得到安全保护，又可避免被封在外的诸侯及大臣的造反和叛乱，因为这些人的子弟都在京城的禁军中服务，无形中成了人质。不仅中国如此，国外大体也是这样。如古代波斯国王有一支由一万名禁卫组成的精锐禁军，成员基本上是亲王、诸侯、贵族的子弟——好一个防止谋反的手段。

民间的保镖之所以一直活跃在社会上，是因为贫富不均，社会不安定，一些超级富豪就会时刻担心自己的人身和财产安全。还有，一些重要人物如著名学者、科学家、掌握着重要线索的人物或在执行极为秘密任务的人，也都需要安全保护。然而保镖这一行在国外的运行是令人担忧的。有的保镖接受黑社会组织的委托，担任黑帮头头的贴身保镖，但他们也是黑帮组织的职业杀手，通过杀人而赚取血淋淋的报酬,以致哥伦比亚政府不得不请美国军队帮助剿歼麦德林贩毒网的卫队(保镖)。法国马赛黑社会组织头头的保镖兼杀手保罗因累次杀人,命案太多,终于被警方抓获,绳之以法。在有的国家,请私人保镖首先需解决一个问题:是否被法律所允许。

被称为"影星守护神"的美国里特侦探事务所是专门为好莱坞著名影星提供保镖的,一天的保镖服务费通常在1万美元左右。可是里特后来自己也必须请保镖来保护安全了——他也成了超级富翁。

当前,女保镖在西方很吃香,因为女子的隐蔽条件好,她们通常不显威胁性,可淡化对手的警惕性。女保镖的最大优势在于,人们搞不清在场的这位女子是主人的夫人还是女儿、情人还是秘书。没等你搞清楚,女保镖已经占了上风。

保镖们体格健壮、肌肉发达,站在那里就给人威慑感。据悉,中国已经出现了不少保镖公司(有的公司用"特卫"代替传统的"保镖"这一概念)。那些来自特警、武警、体校、武馆、拳馆的人选经过系统的学习和培训,最后经考核由中国保镖协会认证资格、授予证书,然后才能上岗服务。中国现代保镖具有中国特色:良好的职业道德、有正义感、有责任心、有吃苦精神、有法律意识……最重要的一点是,必须先弄清楚,受你保护的雇主经营的是否是正当、合法的业务,如果是的,那就要忠心耿耿。保镖和普通公民一样,有正当防卫权利,但没有无端地主动进攻他人的权利。据说对保镖还有一条很高的要求:保镖要敢于为人民的生命和财产安全而付出自己的生命。总而言之,保镖业必须遵循法律、接受国家相关机构的监控,真正起到安保黎民的作用。

献给母亲的花

传说圣母玛利亚看到耶稣受难而流下伤痛的眼泪，眼泪掉落的地方于是长出粉红色的康乃馨。康乃馨是全世界人民使用得最多、最普遍的花卉之一，名字美丽、温馨、雅致。其实康乃馨是中国人赋予的一个优雅译名，系从英文 carnation 音译而来，发音既贴切，又有诗意。康乃馨为石竹科，石竹属，多年生宿根草本，原产地中海地区，品种、花色繁多。如在温室栽培，可望四季开花。

康乃馨虽是大众喜爱的花卉，但她未被列为名花，故北宋文学家王安石作《咏石竹花》诗曰："春归幽谷始成丛，地面纷敷浅浅红。车马不临谁见赏，可怜亦能度东风。"然而康乃馨在欧洲却有 2 000 余年的栽培历史，一向为西方名花，17 世纪的英国已有 800 多个品种。

在美国有一位贾维斯夫人，她生有 10 个子女。美国南北战争结束后，她为学生讲授美国国殇纪念日课程。讲到在战场捐躯的英勇战士时，她看着讲台下一张张可爱的学生脸庞，不由想到，为胜利提供成千上万英雄儿子的是那些英雄的母亲们；承受着失去儿子悲痛的也是这些母亲们。于是她提议制定一个母亲节，以表示对伟大的母亲们的崇敬和抚慰。没想到贾维斯不久与世长辞；贾维斯的女儿安娜·玛丽·贾维斯决心要实现母亲的遗愿，她向美国国会、州政府和妇女组织发出几十封信，呼吁创立母亲节。她的呼吁得到包括马克·吐温在内的社会各界人士的广泛支持。1914年5月7日，国会通过决议，5月9日由总统威尔逊亲自宣布，将每年5月的第二个星期日定为母亲节。是日家家户户悬挂国旗。由于贾维斯夫人生前喜欢康乃馨，所以子女都要向母亲奉献康乃馨，并在自己胸前佩戴康乃馨，母亲健在的子女佩粉红色康乃馨，母亲已亡故的子女戴白色康乃馨。母亲节这天，子女们（主要是男性）揽下全部家务，每人做一件能让母亲高兴的事。

从此，世界上许多国家将每年5月的第二个星期日定为母亲节；还有不少国家为母亲节另立了日子，如格鲁吉亚定在3月3日、挪威定在2月的第二个星期日、阿根廷定在10月的第二个星期日；更有些国家干脆把国际三八妇女节当作母亲节，这些国家为俄罗斯、罗马尼亚、塞尔维亚、黑山、波斯尼亚、黑塞哥维那、摩尔多瓦、保加利亚、乌克兰、阿尔巴尼亚、白俄罗斯等。我国并未正式规定母亲节的日子，但民间也把5月的第二个星期日作为母亲节庆祝。

亚洲一些国家，包括中国某些地方，将康乃馨花晒干后沏茶喝，且不说有何功效，光看着康乃馨在热水中徐徐开放，已是一种视觉享受。康乃馨花可制成蜜饯，康乃馨的香味被用来制醋、酿啤酒和葡萄酒、制调味汁（沙司）和做色拉。牛津大学的学生们有个传统，在第一次重要考试时佩戴白色康乃馨，以后佩戴的花之颜色逐渐增深，直至毕业考试时佩戴红色康乃馨。

康乃馨，就像她的名字一样，充满了人间温馨，她是回报母爱的象征，是亲情的使者。

香肠的内涵

一天，一个苏格兰人和他的妻子一起逛市场，经过一个煎香肠的摊子。"这香肠真香啊!"妻子说。"是的，挺香的。如果你喜欢的话，回去的时候我们再从这儿过。"苏格兰人不仅喜欢吃香肠，而且有自己的特产香肠哈吉斯。哈吉斯是一种用羊肉或羊杂碎为填料的辣味香肠（或香肚），因 18 世纪苏格兰诗人罗伯特·伯恩斯（旧译彭斯）在庆祝自己生日时对哈吉斯香肠的赞美而闻名世界。如果要用食品打比方的话，苏格兰人也往往拿香肠作喻体。

香肠是一种肉制品，用肉丁或碎肉或切碎的内脏加肉膘与各种调味品拌和，然后灌进肠衣或肚子（广义的香肠包括香肚），进而风干、发酵、烘焙、烟熏。作为肉制品的一个概念，香肠的内涵是几乎可以将肠衣忽略不计的，然而肠衣毕竟又是不可或缺的成形手段。香肠曾经是，今天依然是对被宰杀家畜成功利用的结果。人类在古代乃至更早的时候就开始制作香肠，尽管那个时候的香肠和现在的不尽相同。据称中国在公元前 589 年左右已经出现了用羊肉做的香肠。中国的香肠有自己的特色，风味多样，有广东香肠、北京香肠、南京香肠、哈尔滨红肠等。香肠的优点之一是耐储存，可应不时之需，充作一个荤菜。

意大利的萨拉米香肠是全球闻名的，俗称咸香肠，我国的大卖场也出售这种香肠（如那波利-萨拉米肠——也称那不勒斯香肠）。

萨拉米香肠品种繁多（至少有 40 种），属于耐储存香肠，采用专门的微生物发酵。今天的萨拉米香肠通常用猪肉或牛肉制成，摩德纳曾经是意大利的萨拉米香肠生产中心，眼下几乎所有的欧洲国家都生产萨拉米香肠，而且注明是意大利什么地方的风味。费利诺风味萨拉米肠的制作自 2013 年起受原始生产数据保护，不仅对肉质有严格规定，生产条件也必须符合要求，比如用盐比率定为 2.0％—2.8％。那波利风味的萨拉米肠的填料猪肉、小牛肉和猪肉膘的用量分别为三分之一。此外还有米兰风味、维罗纳风味、法布里亚诺风味的萨拉米肠等。

欧洲值得称道的香肠不胜枚举，比较重要的品种有血肠（亦称红肠或黑肠）、肝肠、碎肉冻肠、猪头肉和肉皮冻肠。作为商标而出名的有维也纳煎香肠、纽伦堡小香肠、法尔茨肉冻灌肠等。

匈牙利人生产的萨拉米香肠亦颇有名气，人们对萨拉米非常熟悉，由此而衍生出一个政治概念——萨拉米策略（就像将一根萨拉米香肠切成薄片那样，一点一点地逐步达到政治目的的策略）。

香肠无处不在，但欧洲人不忍说香肠不好。一位客人在餐馆吃饭，点了一份香肠，吃着吃着终于把服务生叫来了。"先生，请问您觉得香肠的什么地方让您不舒服？"服务生绕着圈子说。"上面的扎结，"客人说。"这是很正常的呀，每根香肠都有两个扎结的。""可是两个扎结之间的距离太短。"

家里的灰尘

　　"洒扫庭除"、"勿使染尘埃"、"勤拂拭"之类的话每每出现在中国古代的家训中,可见古人也很讨厌灰尘,故将扫灰除尘事项列入做人的规矩中。

　　工业粉尘、岩石长期风化、土壤扬尘、大量的工业排放物、建筑工地的泥灰粉粒、每天每日的大批房屋装修……构成了悬浮在空气中大大小小的粒子——灰尘。灰尘颗粒的直径通常小于 500 微米;小于 10 微米的悬浮粒子(PM10)被认为是有害于人体的;小于 2.5 微米的细颗粒(PM2.5)是老百姓眼下关心的霾。灰尘是环境的一面镜子。

　　老听人说:"现在怎么家里总是有那么多的灰尘?"灰尘常飘浮在空中,它们好像在逃离我们,然而却喜欢和别的有机颗粒粘着在一起。家里的灰尘有 60—70％是纤尘和肤尘(主要来自我们人体和所穿的衣服),剩下的是泥尘和沙尘——我们从外界带入室内的灰尘。很多欧洲人认为,冬天的灰尘带有咸味,这是人们常常为了融雪而在马路上撒盐所致。毛发和皮屑是家庭灰尘的重要组成部分,人平均每天掉下 2 克皮屑,螨虫以人体掉下的皮屑为食,所以灰尘中难免没有螨虫。不过家里的灰尘中细菌数量不如室外多,因为家里的灰尘太干燥,对细菌而言只能构成一个不稳定的生态系统。

有一句话叫作"给我看看你携带的灰尘,我就知道你是干什么的"。这句话绝对靠谱;比如某人家里养着宠物,狗和猫能在家尘中留下痕迹,因为它们也掉毛发和皮屑。专家能从某些家尘中看出某件事情与男人有关还是与女人有关,并知道当事人穿的是什么衣服。刑警有时会详细研究灰尘,在灰尘中发现的颗粒都能在《颗粒图集》中找到并加以比对;这就是所谓的"灰尘能揭露隐私和协助破案"。

床底下往往是家里积灰最多的地方,为什么?据解释说,床上有许多纺织品,它们常常被弄皱,纤维会掉落,以"绒尘"或"丝尘"而积聚起来。当人们起床时,席梦思就像一个吸气泵一样抽吸纤尘。不过这一解释不太令人满意,有的干脆说,还不是因为床底下不易收拾、难得收拾。此外,暖气包的下面也是经常汇集家尘的地方;由于灰尘的飘浮与气流有关,家尘随着热空气在暖气包的上方往天花板上升,最后在窗户旁受冷而掉下来。团状或块状的灰尘在静电作用下互相吸引,经不断循环,由于重量不断增加,最后都落在暖气包下。

灰尘本身对健康就有害处,加上来自外界的灰尘经常粘附着细菌、病毒、污垢、虫卵等到处飞扬,成为疾病的媒介。家里的灰尘对电脑有某种程度的危害,灰尘太多容易阻塞 CPU 的风扇,严重时造成风扇停止运行,致使 CPU 过热受损。

拒绝灰尘是所有人的共性,然而灰尘也有其优点:阳光经过含有灰尘的空气等介质而散射,光的强度大减,变得柔和,易于为人接受。喜欢朝晖晚霞、晓雾彩虹的人也许会说,大自然的万千气象也得感谢灰尘。对待灰尘,犹宜辩证法也。

消酷暑说茶话水

出于平衡人体水分比例和降温的原因，人需要水最多的时候莫过于夏天。在骄阳下赶路，有经验的出门人常在头顶上压一块湿漉漉的毛巾，或将湿毛巾围挂在脖颈上，这样做确能驱走一点体温。还有的人把自己的汗衫浸湿后穿到身上，这也能带来暂时的凉意。中世纪的欧洲，夏天中午，普通百姓有的便在大树下将床单浇上水，赤背躺到上面冷却身子。

世人以为，夏天用天然冰水的办法是中国人发明的，人们在冬天采冰雪（山上的雪水和冰块）后，将它们置于坛子里密封好，再把坛子储藏在黑暗的地窖里。古希腊医生西波克拉底于公元前400年创造了用天然冰雪水做冷冻剂的办法，以此冰镇饮料，并拿冰水治疗炎症、肿块和肚子痛。

据说有一种土耳其清凉饮料最早是古罗马皇帝尼禄发明的——将冬天的雪水掺入用覆盆子、柠檬、橙子、肉桂、生姜压榨的汁水，制成一种美味解渴的冰冻果汁。

通常认为，夏天消暑，喝茶比喝水好。因为除了解渴降温外，茶水含有很多营养成分，能起到保健和治疗作用。"何须魏帝一丸药，且尽卢仝七碗茶。"经现代医学和化学检验，发现茶叶中的有机化合物多达400余种，有营养价值的无机矿物质也有十几种。

有人问，夏天吃茶，吃热的还是吃凉的？一般人在夏天都喜欢喝一杯能提神和降温的凉茶,其实喝热茶具有同样的作用。因为降体温有两种途径:其一是喝冷的液体或吃一点冷食,身体于是感觉到一种冷却过程,但这一冷却结果往往已经低于体温,所以过后身体还是必须恢复到正常体温。另一种方法是摄入热的食物或液体(比如热茶),身体于是将多余的热通过出汗而排出体外,此时,如果有一阵微风吹过或用扇子轻扇一下,更觉凉风习习。

茶叶最早以药物而被认识,分凉性茶、中性茶和热性茶,中医认为,夏天喝茶同样要讲究茶性和体质。燥热体质适合饮凉性茶(绿茶和青茶中的铁观音);体质虚弱和胃寒者宜饮中性茶(青茶中的乌龙茶、大红袍等)或温性茶(红茶和普洱茶等)。苦丁茶凉性较重,较适合于燥热体质,虚寒体质者不宜。儿童和孕妇不宜喝茶,因钙、铁、锌等易与茶中所含鞣酸结合成不溶性物质而不利于被吸收。

有一点必须认识到:不要等到口干唇焦才喝水饮茶,因为这时候细胞已经处于脱水状态。中国人常说"以茶代酒",别以为酒要喝醉人,而茶却不会误事。有道是:"茶亦醉人何必酒,书能香我不须花。"喝大量浓茶,尤其在空腹时,会得"茶醉"的,表现为血糖降低,浑身无力,此时可喝一些糖水缓解。

"前路赤日炎炎,试问能行几步?这里凉风飕飕,何妨暂坐片刻!"(山口茶亭联语),大热天何必来去匆匆,客官啊,请喝一杯茶,解解暑,歇歇脚吧。

香樟有脑做球丸

很小的时候，每年端午节临近，大人会给我佩戴一串香包，挂在胸前的盘纽上，说是用来避邪祛毒气的。它由粽子形小香包以及元宝形、虎形等小香囊和一颗樟脑丸组成，每一单件之间都有小珠子隔开，下面垂彩色缨穗。香囊用彩色布和彩色丝线缝制，内置各种香料；粽子香包则先用纸板加香料做成粽子形，外面用彩色丝线缠包起来。这一串东西真够异香扑鼻的，不过我最喜欢那棵樟脑丸的香气，它是裸装的——用丝线编成网兜起来的。有一位长辈说，这棵樟脑丸是用香樟树的脑汁做的，所以叫樟脑丸。是吗，香樟树有脑子吗？用现代科研的眼光来看，树是有脑子的，所以它们很聪明，而且会互通信息，但它们的脑子长在根部，一些科学家称之为"根脑"。我的那位长辈咋的那么有学问？嗨，歪打正着呗；再说，他也是听别人说的。

樟树，因为很清香，所以江南一带都叫香樟。樟树广布于我国长江以南各省（《史记》中也提到："江南出枏、樟"），其中以台湾省最多，台湾的樟脑产量占全世界总产量的 70％左右。国外如斯里兰卡、巴西和东非较多见。樟树的茎、枝、叶、根都可通过蒸馏的方法制取樟脑和樟油。我国很早就开始将樟脑这一白色结晶体（多为粉末状）压制成一个个小球丸——樟脑丸，作为日常生活中的防霉、防蛀剂。民间流传，将樟树叶子捏碎涂擦手背，蚊子就不敢叮了。樟脑在瑞士作外用药较多,如和其他有效物质及芳香油等混合,制成软膏、沐浴添加剂或吸入剂等。

樟树是一种颇具经济价值的树种,其木材有抗虫、杀虫、耐潮湿的功能,所以樟木常用在建筑、造船、打制家具和雕刻等领域。直至20世纪80年代,樟木箱一直是女儿出嫁时的嫁妆之一,有一对樟木箱陪嫁,父母会觉得女儿嫁得很体面,而女儿也有"风光不已"之感,因为那个时候送嫁妆要放鞭炮、吹吹打打游走一番的。家有樟木箱,衣物喷喷香。樟木箱不仅用来存放衣被等,一些文人甚至专门腾出一只樟木箱,用来珍藏名人字画。

有人担心樟脑丸有毒,会致癌,其实这是"樟脑丸"这一概念被模糊而引起的。只要是用天然樟树为原料制成的樟脑丸,那它们根本就不会致癌。后来市面上出现了俗名"卫生球"的萘丸,但许多人仍称它们为"樟脑丸"。萘是致癌物质,1993年在我国已被禁止生产和销售。再后来又相继产生了用对二氯苯为主要原料的防蛀片和拟除虫菊酯(一类模拟天然除虫菊酯化学结构而合成的仿生产品)做成的防蛀杀虫剂,它们都和真正的樟脑丸毫无关系。

眼下正刮收购老樟木箱的热风,连老外也不愿放过好机会。不过大家千万要提高警惕,不要上黑心厂家和商家的当,以免买一口只有一层夹板是樟木的新"樟木箱"回来。

我喜欢香樟,我甚至常常回想起以前祖父在劈柴的时候偶尔会叫一声:"呦!又是一个香樟根。"于是将它另外放置,可惜弄到最后还是当柴烧了。

小开张与副刊

近代报纸的副刊最早出现和成型于法国巴黎。18 世纪,巴黎的报人为了吸引更多读者和提高报纸的发行量,想出了"点火式"主意——在每天的报纸中夹入另页"小开张",它们的开张小于本身的报纸,法语叫"feuilleton"。"小开张"的内容包括文化和社交活动介绍、戏剧和书籍短评等,也刊登广告。它们当时确实只作为报纸的"附加物",因此也称"附张",但这些附张颇受读者欢迎,报纸的发行量大大上升,于是附张很快正式归入报纸,也不再用小开张。不过副刊在报纸中的地位仍然不高,一般位于版面的最下方四分之一处,并有一条黑体粗线和"正刊"分开。

巴黎人的做法很快被法国的其他报纸和外国报纸仿效,几乎所有的西文报纸都用"feuilleton"这个词表示副刊。副刊的内容五花八门,有文化消息、短评、随笔、杂文、漫画……读者尤其爱看的是连载小说,许多著名的通俗小说家都愿意为副刊的小说连载尽力。随着副刊质量的提高和读者的认可,副刊已成为体现报纸特色不可缺少的组成部分。

我国报纸开辟副刊起于清末,当时不叫副刊,和西方一样称"附张"。创刊于 1872 年的上海《申报》设有刊载诗词、地方曲调、小品等的附张,可看作中国报纸副刊雏形。

"副刊"这个名字正式见于北京的《晨报》,1921 年,晨报改版,将第七版定为副刊《晨报附镌》，并请一位擅长隶书的书法家写刊头题名。据说因隶书中没有"附"字，于是这位先生信手写成"晨报副镌"。

"五四"前后，思想界和文化界的进步知识分子纷纷利用副刊这块园地，积极宣传新思想、新文化、新知识，或利用这一阵地和反动势力作斗争，副刊空前未有地繁荣起来。北京的《晨报》、《京报》和上海的《民国日报》、《时事新报》的副刊被称为当时最有影响的四大副刊。

如今的报纸也都有副刊，专业报纸和企业办的报纸也设副刊。不过笔者发现不少晚报的副刊在退化，他们在搞"专刊化"，有的将副刊变成了许多专刊中的一个"子专刊"。

值得欣慰的是《新民晚报》的副刊"夜光杯"始终保持着传统特色，雅俗共宜，内容丰富。

正因为副刊应以可读性见长，所以"feuilleton"（副刊）这个词现在多了一个意思：可读性风格。

笑死了

民间说"气煞金兀术，笑死老牛皋"；时有传闻"某人气死了"，但鲜有报道说谁笑死了。传说不必当真，这里说的确实是"笑死人"。17世纪欧洲三十年战争期间，有人发明过一种"笑刑"：将犯人或战俘的手脚捆住，脚底涂上蜂蜜、白糖或食盐，然后让一只山羊大舔特舔脚底板的美味涂层，直舔得受刑者奇痒难忍，却又动弹不得，终于狂笑而死。在这种别出心裁的酷刑前，因连续狂笑而导致受刑者呼吸系统的空气越来越少，最后心脏极度缺氧而停止工作。20世纪60年代，乌干达及坦桑尼亚的坦噶尼喀发生了一种"流行性笑病"，患者也是因持续不断地笑，最后体衰力竭，气息奄奄。

笑会闯祸，但这是个别现象或人为事件，均属事物的极端，我们当然没有理由因此而拘于言笑，人需要笑和乐，没有笑的生活是不可想象的。在人的各种表情中，笑最有感染作用，人们用笑来表达欢愉、满足、钟爱、幽默、陶醉、同情、好奇、鄙视、嘲讽乃至悲哀、苦痛和绝望……每个人有独具一格的笑态，有人笑得甜美、有人笑得尴尬、有人笑起来带酒窝、有人笑起来落眼泪。对同一事物，有人觉得可笑、有觉得不可笑、有人会跟着别人傻笑。在众多笑态中，有一种很不可取，那就是取笑别人的生理短处，柏拉图称此为"罪恶的东西"。

在大多数情况下，笑有利于人体健康，比如当人们笑的时候，与消化有关的腺体受到按摩，分泌的腺素增加，有助于人体对营养物质的吸收。

英国文豪狄更斯的作品中曾经描写到一个又聋又哑的水手，一天去看马戏，马戏团小丑的精彩表演居然使这个水手失声大笑起来，从此恢复听觉和说话能力。200多年前的事情，又是文学作品中的东西，人们怀疑它的真实性是完全有道理的；然而20世纪的美国新闻记者诺曼·科辛斯曾得严重风湿病，引起四肢麻痹。医生对他已经不抱希望。从此科辛斯每天只好躺在床上看马克斯兄弟主演的滑稽电影，几乎每次看完大笑，同时血压降低，病情日趋好转。后来他写了一本关于疾病自疗的书，很多地方谈到笑对疾病的疗效。该书畅销一时，唤起了无数病魔缠身的失望者对生活的信念。近年来，建立在笑的基础上的"小丑疗法"较为流行，特别适用于治疗儿童孤僻症。

笑尚能表达用语言、手势和动作难以表达的内容。例如碰到某些尴尬的事情只需报以尴尬的一笑；无言可答时，不妨露出自讪的一笑；而佯笑则常用来掩饰窘相。

不希望有人真的笑死了，但愿常常听说："快把我笑死了。"

鞋子让女人幸福

商店是为女人开的，世上大部分商品是为女人生产的……诸如此类的话，是说女人喜欢购物。在所有商品中，女人买得最多的恐怕就是鞋子。有人戏称女人喜欢鞋子远远胜过喜欢男人，原因是：鞋子在马路上不会回头看别的女人；鞋子总是听我指挥；喜欢鞋子不会引起失恋的痛苦；鞋子有时需要袜子，但它们不会乱扔袜子；鞋子不会因突如其来的项目任务而取消早就安排好的共同休假……

人们曾指责菲律宾前总统马科斯夫人生活挥霍，她在辩解时说，她只有1 000双鞋。当然，倘若与著名流行歌星玛丽亚·凯里相比，是少了很多，因为玛丽亚·凯里拥有约10 000双鞋。

女人喜欢鞋子是"历史遗留问题"，在英国发现了一个1 800年前的女子墓穴，内有软木后跟的麂皮鞋，可见那个时期的女人喜欢鞋子已经到了"死要带走"的地步。其实女人喜欢鞋子的原因是各方面的，有生理学的、心理学的和社会学的。人的大脑中有一个叫"酬劳系统"的脑区，这里所谓的"酬劳"，意义比较广泛，就是人希望成功，希望超过别人、希望打败别人、希望有较高的经济地位和社会地位、希望受表扬。这一系统让人具有一定程度的虚荣心，当虚荣心得到满足时，会促使分泌"幸福激素"。男人和女人都有虚荣心，由于社会发展过程中的原因，女人经常只能通过包装自己、展现自己而受到夸奖,使自己的虚荣心得到满足而获得幸福感。人的"酬劳系统"是必要的,否则人活着就会非常乏味、没有个性、没有追求和上进心,像个机器人,做了活儿可以不要报酬、不要夸奖;反过来,不做事情也无所谓。

与买衣服相比,女人永远不会厌倦买鞋,因为买衣服常常使她们失望,看中了一款好的,试衣后大失所望——不合身,体型问题;鞋子只要尺码对了,脚的肥瘦基本上不会有太大出入。另外,女人穿衣讲究场合、缘由,买不到恰当的衣服会让她们很沮丧;鞋子就不一样了,只要颜色和季节相配,选择的余地大得很。再说,鞋子本身的种类就很多:高跟鞋、软底低跟便鞋、浅口便鞋、凉鞋、长统靴、半高统靴、搭扣鞋、帆布鞋……更何况每年要冒出不少时尚鞋。还有,试鞋比试衣服方便,而且买鞋时女人最像皇后——西方很多鞋店的售货员几乎是跪着帮女顾客试鞋的。

男人当然也希望酬劳、希望出人头地,但他们有很多别的途径(这也与历史和社会有关),所以他们不重视买鞋,大部分男人只有当旧鞋穿坏了才想到去买鞋。

一些民意调查表明,欧洲某些发达国家 40% 的妇女拥有 20 至 25 双鞋。男人把爱鞋和爱买鞋的女人称为"鞋癖"——男人似乎始终不理解女人的追求、嗜好和幸福感。要知道,对绝大多数女人来说,鞋子不仅仅是日用品,它们是时尚和风格元素,它们甚至还是藏品。鞋子让女人幸福,为什么不让女人有一点幸福感呢。

心诚则灵？

小时候不小心割破了手，老人说快拿门档灰敷上。门档灰是门闩上积的灰，幸亏没有细菌感染，破口后来也自行愈合。

生活中常有这样的事情：某甲说他总有什么什么不舒服，某乙听后说："你去吃什么什么东西或做什么什么事情，准保有用。"过了一段时间，乙问甲："怎么样，我的法子灵不灵？"甲答："好像有效果。"同样的法子在某丙身上却不起作用。"因为你不相信，所以就不灵；俗话说'心诚则灵'，就是这个道理。"乙这么回答。

"心诚则灵"这句话我们通常都没有把它当回事情，但有时候对有些人来讲居然是正确的——"因为他们相信，所以也就有效。"

在国外，有医生拿了一种镇痛膏对孩子们说，涂在皮肤上打针时便不疼啦。当红外激光打在 3 个孩子的臂上时，2 个孩子说不疼或只有微疼。神了，因为涂在孩子臂上的只是洗洁膏罢了。

以上现象其实是一种"安慰剂效应"，安慰剂是无药理活性、无毒副作用的物质，因为它很便宜，以前被称作"穷人药"，而且不少人用后觉得管用。有人用抗抑郁剂和被充作抗抑郁剂的安慰剂来治疗抑郁症患者，脑扫描显示他们的生化反应模式是一样的，只是用安慰剂的效果持续时间不长。

人的脑子对成功的治疗过程通常是有记忆的，以后，当信息类似时，就会把安慰剂定位到"有效治疗物"，于是下丘脑活跃，身体产生皮质醇、肾上腺素和去甲肾上腺素，它们向免疫系统报警，使血液中的吞噬细胞和"杀手细胞"增多。

为了减少药物用量和药物的毒副作用，国外的药理学家重新开始重视安慰剂。有的专家发现，少数疼痛患者甚至对安慰剂有依赖性，需要不断加大剂量。还有的专家认为病人对安慰剂的信任以及效果和许多不寻常的因素有关：红-蓝色胶囊比白色胶囊效果好；体积大一点的比体积小一点的效果好；苦的比甜的效果好；输液比口服效果好；主任医生和年纪大的医生开的比普通医生和年轻医生开的效果好。其实，这些因素都属心理因素，本来嘛，每一个治疗过程多多少少含有安慰效果的，而医生和药物是病人的信任中心。

安慰剂对治疗神经症和疼痛症有一定疗效，而且在药物临床疗效判断（如双盲法和三盲法实验）中具有一定地位，对于除此以外的更多效果，医学界颇有分歧意见。不过，就精神影响和心理作用而言，从安慰剂的效果出发来理解我们历来所说的"心诚则灵"，会觉得这四个字在一定程度上是说得通的。

心之形

　　在生活中我们常常会提到一种叫"鸡心"的形状（比如鸡心领羊毛衫；金项链的挂件以前多为鸡心形），于是有人便问："鸡心是什么形状的?"别看这个问题简单，要解释清楚的话，还是蛮啰嗦的——画起来容易说起来难。于是又有人想到了："就是扑克牌中的红桃呗。"

　　心，是人体中将血液泵送到各个器官去并提供氧气和养料的重要器官，中国人把这一心的象征性图案称为鸡心，是因为中国人历来擅长"象形"和比喻，上方两个圆凸、中间凹陷、下方尖凸的形状，人们发现它和鸡心最像。

　　心形是一个图像和符号，早在几千年前就出现在古代欧洲的湿壁画和陶罐上，硬币和首饰等也被制作成心的形状。但当时的人们心里想的不是人的心脏，而是常春藤叶子、葡萄的果实或无花果叶子。常春藤在古代是永恒之爱和长生不死的象征，而且经常用来表现酒神巴克斯；无花果的果实同样是心形的。这些植物性心形通过宗教而流传起来，教会用心形来宣扬对耶稣的崇拜和敬仰。《圣经》是这样叙述世界和人类起源的：上帝从亚当的身上取下一根肋骨，变出了一个夏娃。颇有植物中的扦插之类的无性繁殖的嫌疑，然而研究《圣经》文化的专家们发现，后来亚当和夏娃偷吃了智慧果，为自己的赤身露体感到羞耻。这里的智慧果不是苹果,而是无花果,无花果的形状和心形更加接近;他俩用来遮住下身的也是无花果叶子。从知羞耻、穿衣服、讲文明到男女之间的爱慕,通过丘比特之箭,将神圣爱情串联在一起,心形和爱情被拉近了距离。

　　人的情感、思想、爱情为什么用心脏来表示和控制,据说古埃及人在人的心脏中看到的东西远远不止于肌肉,他们把心脏看成是感觉和感情的所在、情思和理解的中心。至中世纪,埃及人又把心的象征概念扩大到"人的精神所在、思想所在、信念所在和智慧所在。"中世纪时,教会的统治者和世俗统治者决定死后将自己的精神中心单独葬在一个墓穴里,墓地选在死者生前最喜欢的地方,埋葬的坛子是心形的,墓穴和葬地都有心形记号标志。我们今天常用的心形产生于中世纪,当时不仅继续保留着心脏-大脑概念和功能混淆的状态,而且由于医学水平有限,人的器官形状只能凭猜测;更有甚者,中世纪的解剖学家也采用心脏的象征性图形。

　　中世纪对于心之形的最后定型是一个重要时期,心之形被赋予红色,因为红色象征火焰般的激情和浪漫的爱情,爱情歌手和情歌诗人起了推波助澜的作用。中世纪的书籍插图以及中欧的骑士文学都开始采用一直延续至今的心之形——扑克牌的红桃。

　　从此,心脏和大脑在语言和风格性表达中(包括艺术、建筑、广告等)的被错位再也无法纠正了。"发自内心的祝愿"显然不能改成"发自大脑的祝愿"。

新年的旋转

在欧洲，每年的除夕或元旦都要举行大型新年舞会，跳维也纳华尔兹，所以维也纳华尔兹被称为新年舞。关于维也纳华尔兹，人们一向认为是起源于奥地利的一种 3/4 拍民间舞蹈，其实这一观点在欧洲是有争议的。一种说法——起源于德国南部和奥地利的一种"乡村华尔兹"，男女双双搂腰搭肩围成圆圈而舞，所以也叫"圆舞"。第二种说法——起源于德国巴伐利亚的"德意志舞"（或叫"日耳曼舞"），在流行时髦法语的德国和奥地利宫廷及王府被称为"阿勒曼德"（"德意志"的法语音译）。还有少数法国人则认为"维也纳华尔兹最早出现在巴黎"。

华尔兹舞原文 Walzer，系从动词 walzen（有"旋转"的意思）派生，这个动词是德语，而华尔兹的特点就是旋转。华尔兹舞有两种，慢节奏的叫"慢三步"华尔兹，如英国、法国、美国人跳的都是慢三步华尔兹；而维也纳华尔兹节奏较快，称为"快三步"。

别以为西方人都很开放，其实华尔兹舞在德国和奥地利曾一度被禁止，理由是："舞者身体接触太多，而在快速旋转中很容易发生猥亵动作。"宫廷里于是改跳小步舞（法国古代民间的慢步舞）。然而思想开明的奥地利皇帝约瑟夫二世却非常喜欢"德意志舞"的节奏，他让犯忌的舞蹈重新进入沙龙，至少在化装舞会上准许跳，并委托莫扎特、海顿等著名作曲家创作相应的舞曲，但正式返回上流社会是在维也纳会议(1814—1815 年欧洲各国为结束反拿破仑战争在维也纳召开的国际会议)期间,为庆祝这一重要政治事件,奥地利宫廷举行了无数壮观的舞会,贵妇人们都兴奋地随着 3/4 拍的节奏转了起来,老"阿勒曼德"又重现青春,终于变成了"维也纳旋转舞"(维也纳华尔兹)。

19 世纪中期,维也纳华尔兹传入美国,美国人不适应太快的节奏,将维也纳华尔兹改变成节奏缓慢、旋律悠扬的慢华尔兹,人们称之为"波士顿华尔兹"。1951 年,纽伦堡舞蹈教师保罗·克雷布斯将欧洲流行的传统维也纳华尔兹与英国华尔兹相结合作了改良。

明快的节奏、流畅的旋律、优美的舞曲相得益彰,成为华尔兹舞的三大要素。约瑟夫·拉纳、海顿、约翰·施特劳斯父子、柴可夫斯基等创作了数以百计的圆舞曲(维也纳华尔兹)。同样,在欧洲还有一种不同说法,认为"圆舞曲之父"的称号应属于原籍维也纳的约瑟夫·拉纳,他为后人留下了几百首宫廷圆舞曲,在当时,人们对他的作品的爱好胜过约翰·施特劳斯。

今天,当舞厅响起《蓝色多瑙河》或《维也纳森林的故事》等优美舞曲时,舞者的心就会激动起来,因为舞曲将带着大家旋转到新的美好的一年或新的美好的生活(华尔兹也常作婚庆舞)。

信

　　我的祖父从小念的是私塾，因此对我要求也很严，不仅要我天天清晨练毛笔字，还要求由我给父亲的来信按传统的"章法"回信。他教我信的开头要这么写："父母双亲大人敬启者……"

　　按以前的概念，信是写在纸上的、由一个信使传递给收信人的私人信息。在纸未发明前，我国古代的信是"写"在竹片、木板或帛上的。所以书信在我国也称竹简、尺牍、尺素。牍是木简的意思，一尺长的木简叫"尺牍"，"尺素"也就是一尺长的素帛。古巴比伦人把信的内容刻在陶板上，古埃及人则用莎草纸写信。至于古希腊和古罗马人，他们也用木板，但先在木板上涂上蜡层，这样刻起来就容易了。

　　按照历史学家的观点，只有私信才能叫信，如果是官员或一个机构写的，那叫公文或通告，不在此列。以前在欧洲寄信很贵，普通老百姓很少寄信，直至18世纪，邮信才在上层社会流行（从这一层面讲，18世纪也叫"信札世纪"）。平民只有在万不得已的情况下才请人写信，后来慢慢形成了一种代写书信的职业，和中国一样，这些代写书信者讲究写信的套路和格式，有时反而把委托人的意思给疏忽掉了。但从另一方面讲，书信后来在文学中也占有了一定地位（如歌德的《少年维特之烦恼》是一部书信体小说）。20世纪的欧洲，人们开始重视小人物的书信，出版过两次世界大战参战士兵写给亲人的书信集，受到人们的极大关注。有的图书馆员或文化史研究者写过专门的信札史。

中国的书信文化很有中国特色，体现出丰富的礼仪，因为中国人自古讲究敬人和自谦，这种礼仪在书信中表现得十分完善，如书信中要求不出现你、我、他之类的代词，"你"要用"阁下"、"仁兄"等代替，提到"我"，应称"在下"、"小弟"等，虽然温文尔雅，但同时也颇为繁琐。魏晋和隋唐时期出现了很多"书仪"类书籍（如谢元的《内外书仪》以及供妇女、僧人用的《妇人书仪》、《僧家书仪》等），供人们写信套用。明朝和清朝是中国尺牍类书籍和书信文化的鼎盛时期，很多佳作出自当时的绍兴师爷们之手。

从 1990 年开始，传统的书信开始慢慢被电子邮件代替，因为电子邮件快、便宜。尽管如此，传统的书信仍然在发挥必要的作用。中国有的文人以前写信用自己独特的信笺，上面印有书斋名和木刻水印的花鸟图案；这当然要比到网上去下载现成的有意义得多。再说，e-mail 毕竟尚未普及到"没有问题"的程度，世界上还有许多十分偏僻、文盲较多或者信号达不到的地方。瑞士和德国都是发达国家，瑞士有的偏远山区的农民就是靠邮递员用机动和脚踏两用车为他们送信的。德国勃兰登堡州有个叫施普雷瓦尔德的乡村，一位邮局的女投递员每天撑船为这个村子的居民送去五六封信。收到这样的信，人们往往有一种兴奋感。"宝贝，这是你的报纸。"美国的一位乡村邮递员送完他自己村子的邮件后最后总要对他的妻子温情地说道。

幸福的几厘米

　　身高对人是有一定意义的,在某些体育运动项目中尤其显出重要性。平时,有一定身高的男子较有形象,女子同样也不希望自己是个"矮女人"。问题在于身高与人种和基因传承有关,不是想高就高、想矮就矮的,先天的因素多于后天的努力,有时确实让人感到无奈。

　　按传统的理论,男孩的身高等于父亲和母亲身高之和乘以一个略大于 1 的系数,然后再除以 2;对女孩来说,所取之系数略小于 1。欧洲人所取的系数又略小于中国人。这就是孩子身高的基因法则,但基因法则也不是绝对的,后天弥补也能适当奏效。具体来说,在孩子生长发育时期,应给予充足的营养,要合理搭配,不能偏缺。孩子应从事适当的体育活动,以刺激生长激素的分泌。睡眠必须充足,因为促使身体长高的生长激素分泌量在睡眠状态下远远大于清醒状态。

　　如果说孩子的身高尚有一定的补救希望,那么年轻人到了一定年龄(男性约 22 至 23 岁,女性 20 岁左右)就不再有"拔长"的希望,因为软骨不再发生钙化,身体就不再长高。

　　每个人的身高在白天和夜间是不一样的,白天身高通常比夜间小 1 至 3 厘米,原因在于重力和椎间盘。椎间盘含有有弹性的骨胶原,它像海绵一样会吸水和存水。夜间,当人水平躺着的时候,脊柱不再受压,椎间盘便放松并吸收液体。白天,人在站、走、扛东西时,由于重力作用,液体又被压放出来,椎关节组织又受压,脊柱便显得短一点。

最近几十年来,不少国家的人平均身高都有所增长,这可能与经济水平及科学发展有关。据欧盟国家的统计,欧盟公民的平均身高每年都在增长 0.5 至 1 毫米,估计这一趋势还会维持好几代人。人们已经注意到,在二战后长大的人平均身高小于他们的后代。人的身高会一直增长吗?大部分科学家认为这是不可能的,因为作为直立行走的人,人体的其他各种器官必须与身高相适应。

任何时候都会有一些人的身高低于平均值,都会有一些人对自己的身高不满意,尽管他们已经成年,然而他们仍然希望自己的身高能再增加几个厘米。欧洲有一个名叫奥古斯丁·贝茨的外科教授发明了一种增加身高的手术方法,并获得专利,专利名称叫"伸缩钉"。贝茨将"伸缩钉"移植到被锯断的大腿骨(股骨)和小腿骨上,病人可以在一定程度上自己将腿拉长——每天拉长 1 毫米。腿骨的生长缝(被锯断处)会长出骨质,人也就长高了,而且几乎不留疤痕。据称"贝茨长高法"是世界上损伤最小的长高法。不过在整个疗程中,受疗者需要借助拐杖行走几个月。1 至 2 年后,腿骨便坚硬如故。世界各地的"患者"纷纷慕名而来,令人不解的是来者并不都是引人注目的矮个子,大部分女子在 1.6 米以上、男子在 1.7 米以上。他们坚信自己缺少有决定意义的、能给自己带来幸福的几个厘米,花 8 万欧元长高,值!

修旧咖啡屋

有一种场所叫修旧咖啡屋,在这里可以喝咖啡、吃蛋糕或者喝茶;但来到这里的人,更重要的是为了做一件有意义的事情:无论是有求于别人或者帮助别人,他们的举动都是围绕环保和节约资源。一把椅子断了一条腿、一件毛衣蛀了一个洞、一个电吹风坏了,怎么办? 扔掉? 以前也许是,但今天应该说不。在欧洲、北美洲、南美洲的许多国家和地区都建立了修旧咖啡屋,本着"多修理,少消费"的精神,这些设在街区的"服务站"越来越受欢迎。

有一位退休女士,家里的一台老式收音机已经用了几十年,但是开关一直有问题,尽管如此,也还是能凑合着用,她用插头代替开关——想开了就插上电源插头,不听了便拔掉插头。有人建议她到附近的一个修旧咖啡屋去找人拾掇拾掇。"我用这个已经习惯了,让我扔掉吧,我会像离开一只狗狗那样伤心的。"她不好意思地向修旧咖啡馆的一位志愿者解释说,"不过在电器面前我是非常小心的"。志愿者故意给她一把螺丝刀说:"你今天可以学会打开收音机外壳、清除机芯上的灰尘。"然后他让她坐下"一起检查"。"只是坏了一个弹簧。"他确定说,"在许多新的器具中往往是厂家故意设置的毛病,让产品刚过保质期就出问题,他们希望用户马上再去买新的,这很成问题"。他是一个坚决反对动辄就买新货的志愿者。

2009 年 10 月,荷兰的马蒂内・波斯特马女士在阿姆斯特丹首创了一家修旧咖啡屋,次年又成立了"修旧咖啡屋基金会",这是一个非盈利组织,专门向国内外有意并设修旧咖啡屋的有识之士和团体提供支持。

　　截至 2014 年 3 月 11 日,全世界已拥有 400 多个修旧咖啡屋,仅荷兰就有 200 多个,还有 200 多个分布在欧洲其他国家、北美洲和南美洲。波斯特马女士发起修旧咖啡屋的初衷是保护环境、保护资源。她的行动受到全世界的关注,2013 年夏天,卡塔尔"半岛电视台"派了一个摄制组来到荷兰,进行了为期三天的采访和拍摄,参观了修旧咖啡屋阿姆斯特丹总部,采访了创始人波斯特马女士。节目播出后,在全世界引起了反响,广大退休者及青年志愿者十分给力。

　　修旧咖啡屋基本上不收费(有时象征性收一点),如果有人需要一点材料(如缝纫线、缝衣针、电线、织补用的毛线或呢子、粘结剂等),也能在这里免费领取,咨询就更不用提了。修旧咖啡屋欢迎大众的捐赠,包括技术和劳力的支援,所以不定期招聘义工(包括烧水、煮咖啡、端咖啡的联络员)。

　　有一技之长的退休老人把修旧咖啡屋当成老有所为、老有所乐的最佳场所,他们在这里既帮了别人的忙,也解了自己的闷。最吃香的是退休工程师和技师,尤其是下列领域的内行:服饰和纺织品、小家电、自行车、家具、木制品。而上述人员也兢兢业业、乐此不疲:"帮人本是分内事,咖啡一杯即上场;环保才是大道理,更喜还能唠家常。"这也许是修旧咖啡屋成员们的典型心声。

蓄须不蓄须

胡须是人的体毛之一种,是男子的第二性征之一,随着人类历史的发展而形成了一种胡须文化。因为性激素代谢的原因,青春期后的健康男子都会长胡须;具体而言,是雄激素睾酮在起作用。但有的女子也会在青春期长出"胡须";其实那不是胡须,只是毳毛罢了,通常过了青春期会消失的。还有一些女子从更年期开始,上嘴唇上会长出胡须,人们管叫"妇女面部多毛症"。白种人会从耳朵长出毛发来,这其实也是胡须。有一种讹传,说经常刮胡须会使胡须长得茂盛稠密;胡须是否长得快、是否茂密,和剃胡须的频率没有关系,只和雄激素及基因有关。

欧洲人非常讲究胡须的式样,胡须和流行色一样,随文化、时尚及时代的不同而有所区别,曾经最流行的胡须式样有:下巴胡须(又称山羊胡须)、络腮胡须(大胡子)、三日胡须(留三天再剃)、亨利四世胡须(围满嘴巴的胡须)、马蹄形胡须、威廉皇帝胡须……有的人别出心裁,将下巴下面的长胡须编结起来。有个名叫汉斯·朗泽特的挪威人,当他于1927年在美国去世时,胡须长到了5.33米。

不同的人剃胡须的频率很不一样,从每天数次到每周数次不等。早先,胡须被看作力量的象征和男子与生俱来的装饰品,为此开发了许多养护胡须的方法,比如为了给胡须增光添彩,有人像对待头发那样,用胡须油替胡须上光。古埃及的法老均留一种"礼仪胡须",用来象征"男性的绝对实力和地位",但这种胡须的其中一部分是人造的,只有天然生长的部分是可剃的。在古代文化较为发达的社会中,胡须的式样体现出男人的社会等级和名望地位。

古希腊文化(从亚历山大大帝到奥古斯都这一历史时期发展起来的文化)中的胡须文化包含着留长须及剃胡须两个方面。日耳曼民族有个部族叫朗戈巴登,实为"长胡须"的意思。波斯人曾热衷于用金线交织胡须。19世纪,欧洲兴起了蓄须高潮。

自1789年法国大革命开始后,蓄须成为一种接近民众的象征,但同时也是激进主义的标记。知识分子蓄须则表示对社会持批评态度和具有革命意识(如卡尔·马克思、弗里德里希·尼采等)。我国著名京剧表演艺术家梅兰芳先生堪称蓄须明志的典范,卓别林是梅兰芳的好友,梅兰芳的这一爱国义举通过卓别林的介绍而扬名世界。

随着第一次世界大战的爆发,曾经泛滥一时的大胡子受到了冲击,为使士兵能快速戴上防毒面罩,尤其在军队中禁止蓄须。

蓄须和剃须的问题在人类历史上来回反复折腾了好几个世纪,孰好孰坏,没有定论。今天,卫生专家终于站出来说话了,美国新泽西州一个研究所的研究指出,某些胡须里藏着和马桶里一样多的细菌,这些细菌是哪里来的?首先是不少男子如厕后未注意彻底洗手,又喜欢常用手摸弄胡须,所以胡须里经常发现肠道细菌;其次是胡须上的食物残余未及时加以清除。总之,没有勤洗胡子。有句外国俗语:为皇帝的胡须争论不休——为琐碎小事作无谓争论。看来,是否蓄须、如何蓄须不是小事,而是该好好想一想的问题。

学霸·吃货·无厘头

在一家超市门口，一个年轻小伙子和一个介乎中老年的男子在唇枪舌剑，不可开交。"你就是无厘头，简直莫名其妙!"年轻人理由十足地对半老人说。"你小子骂我大便还有理，你才是污粒头呢!"半老人回击道。围观者中终于有人说话了："别吵了，别吵了。你们互相误会了。以前上海人(尤其是小孩子)在口语中把大便称'污粒头'，小孩子拉屎叫'排排(音 bá)污粒头'；而这位小兄弟说的'无厘头'是从广东话来的，'无来头'的意思。"长者还没反应过来，年轻人又甩了一句："真够 out 的。"说完，头也不回走了。"无厘头"已经打破了界限，从原意"无利可图"引申为莫名其妙，广为流传。对于眼下出现得越来越多的流行语(其中不少来自网络)，众说纷纭，但通常以年龄分派别。年长的人不愿理解年轻人，说他们把干干净净的语言搞得乱七八糟。年轻人追新求异，喜攀高端，无可厚非，但有时不顾及语言的纯洁性、规范性和沟通性；而且动辄用"落伍"、"老土"、"不懂时尚"来嘲笑中老年人或毫无外语知识的人。于是在语言上构筑了两代人之间的隔墙。

流行语古今中外都有，在一定时间内可以活跃人际交流的气氛，甚或增加表达的幽默感，当前中国的流行语有的采用方言，大多系人们自己创造。笔者十分赞赏一种"被字结构"，很有创意。随便造个句子吧：某人被失踪了。"失踪"不是及物动词，所以句子不是被动态。这里的"被"表示"被认为失踪了"或"故意将某人说成失踪了"("被流行了"也不是被动,而是"使然")。"被字结构"好就好在它不仅仅是一个词或一句流行语,而是一个结构,可以举一反三,组成句子,精炼不啰嗦。

目前颇有一些网络语被流行,有些人喜欢随意为贬义词平反,有一个叫"学霸"的贬义词十分吃香。句法和词法中确实有一种叫"贬词褒用"和"褒词贬用"的方法,但那是在特定语境中的用法,属特殊语言现象。现在人们却毫无顾忌地把学习刻苦、成绩出类拔萃的学生通称为"学霸"。"霸"是一个不折不扣的贬义词,不在特定语境中转换使用,绝对是贬义,"学霸"的本来意思是"学界的恶棍"。"霸"只有在一个特定场合(如羽毛球、排球等体育比赛)中被认可为"褒义";解说员常常会说某个球队或某个球员在场上缺少霸气,意思就是打球不够兴奋、不够自信,没有发挥应有的威力,把对方的气势压下去,这是一种特殊用法。所以说,把优秀学生称为"学霸",实不可取。

"吃货"一词也流行相当时间了,用货指人本来就是骂人的话,通常都用贬义词修饰,诸如"懒货"、"贱货"、"蠢货"等。在特殊情况下可用来代替褒义词,比如"他可是我们这儿的俏货啊。"现在用"吃货"泛指"爱吃、会吃、懂吃的人",也许是觉得授予"美食家"头衔太高,因而想到给个"吃货"当当。"吃货"漏网而流行,似乎也不妥。

学会应对走天下

　　英国前首相丘吉尔以善于应对出名。一次,他在下院演讲,期间,有一位在野党女议员大声喊道:"如果我跟这个男人结婚的话,我会在他的咖啡里下毒。"丘吉尔镇静地回答道:"如果我跟这位女士结婚,我会喝掉这杯咖啡。"真是绝妙的应对。人们是如此分析的:首先,如果丘吉尔同这位反对党女议员结婚,"她还会不会下毒",这本身就是一个很大的疑问。其次,这句话表达了丘吉尔的态度:"我是不会跟她这种人结婚的。"所以不存在"如果",喝掉虚拟的有毒咖啡又有何妨。

　　善于应对是人际交流中的一种优势,社交场合非常需要善于应对的本领,但并不是人人都能做到的。美国幽默作家马克·吐温曾说,一句好的应对,普通人也许要过 24 小时才能想出来。

　　随机应变、善于接茬虽说是一个人的天性,但倘若缺乏知识、不善于学习、没有自信性,同样会难以做到快速、准确地作出反应,因为首先发话的人往往是一个"语言攻击者",答话者只有凭借机智、果断和幽默,才能解除对方的武装。比如甲对乙说:"我想象中的你,个子要高多了。"乙听罢明知对方对自己的身高不满意,但不妨先回敬一句幽默话:"那是因为你在长个子的时候,我正好在长智慧。"若对方露出笑意,便可打住了。

　　有时候可以顺着对方的话茬儿,来一个偷梁换柱。比如在交谈过程中,一个男子对一个女子的见解不满,认为是"女人之见":"你这是典型的女人!"女子答曰:"完全正确,热心、聪明、有魅力。"保留了对方的话语框架,却改变了内涵的性质。女子也会说男子:"典型的男人!"男人也会接受:"总比典型的女人好!"

"你小子休假休胖了。""可不,前两天我坐的大巴后轴都被压断了。"这种顺水推舟式的反应通常不会引起任何一方的不愉快。有些不自觉的烟民经常用一句似乎很有礼貌的话来获得吸烟的理由:"如果我吸烟,你会介意吗?"因为他们知道在通常情况下,被问者的回答都是"没关系"。其实遇到这种情况不妨动点真格的,如:"我不知道,因为至今为止还没有人当着我的面吸过烟。"有时还可以让问话者感到一点尴尬(因为问者太喜欢管别人的闲事,而且还自以为是),问者(女):"你还没有结婚? 是不是没有人愿意嫁给你?"答者(男):"有的,但她们长得都像你。"

传说古代有两个私塾的书生,他们每天一起去上学,一起回家。一天,在回家的路上,两人争执得很厉害,其中一个对他的同窗说:"难怪你一点不像你父母,原来你是被领养的。"同窗很生气,十分敏捷地作出反应:"他们是经过选择后把我领到家里来的,你的父母没有选择的余地,于是只好接受你这副德性。"

其实,中国自古重视应对能力,对对联、赋诗填词就是考的即兴应对功夫。当今社会,做生意、进行谈判、当一名节目主持人尤其必须擅长应对能力。

学一点"驴脾气"

　　什么是"驴脾气",就狭义而言,是"倔强"、"执拗"的意思,因为驴在作为役畜而为人类服务时,如果发现对自己有危险的情况,他会显得不听话,甚至十分固执,不愿听从驱使。从广义理解,"驴脾气"应该是驴的全部脾性、风格和精神。兴许有人要问,驴很愚笨,这也要学吗? 这里首先需要解决的问题是:驴真的很愚蠢、很倔强吗? 驴的倔强脾气的发作,往往是当人类不能善待它们的时候、硬把超重的负荷压在它们背上的时候、让它们通过危险地区的时候……发"驴脾气"正是驴的聪明、敏感和富有反抗精神的表现。驴其实一点也不蠢,有一个故事说,农夫的驴子不慎掉下一口枯井,井深壁陡,农夫无法救驴子出井;想想驴子已年老体衰,不如用土将它埋在井里吧;农夫于是请了一些老乡来相帮填土。驴子见状大声哭叫,然而不一会儿又安静下来。农夫惊奇地往井里看下去,发现驴的身上并没有土。原来当土掉到它背上时,它很快将土抖落到周围,然后站在新土堆上。就这样,土堆越来越高,驴子离井口越来越近……最后跳出井圈,飞快奔逃而去。这个故事也许是人们虚构的,但虚构这样的故事至少说明了一点:真正了解驴的人并不认为驴子很蠢,相反,驴子很聪明。

　　驴为哺乳纲马科动物,多分布在亚洲、非洲、南美洲,欧洲也有。早在公元前 4 世纪,驴已在尼罗河流域被驯养,人类历史上几乎所有的伟大建筑工程中都有驴的贡献：埃及的金字塔、罗马的斗兽场、科隆大教堂；甚至某些地方建核电站时，也有驴在承担运输任务。它们默默地甘当人类乘、挽、驮和拉磨的工具。平心而论，驴非常温驯，在通常情况下，小孩子也很容易乘骑和驾驭它们。驴在中国北方较多，农村娶媳妇时，新娘常用驴驮着；骑驴赶集十分普遍。由于驴的身体比马窄，最适合在山区羊肠小道上驮物。

　　驴不仅温驯，而且任劳任怨，耐心而能吃苦，又十分知足，能忍受粗食，适应性和耐病力很强，可活到40岁左右。它们很早已成为人类的好伙伴、好朋友，驴服务于人类在马之先。驴是《圣经》中最有名的动物，有127处被提到。然而自从出现了"钢丝驴"（自行车），"蠢驴"的说法更加普及，后来又有了摩托车和汽车，驴的运输作用越来越削弱了。不是驴变笨了，而是因为人类有了更先进的帮手。在比较发达的欧洲国家尤其喜欢用驴子比喻笨人，比如"一驴骂另一驴是长耳朵"（不怨自己蠢，反怪别人笨）、"蠢驴先提自己名"（在列举包括自己在内的人员时，出于礼貌，本应最后提到自己）等。

　　人是不是应该学一点驴的精神，学任何一点也错不了，哪怕是犟脾气，一个人总要有点个性，否则不管对与错，只好被人牵着鼻子走。时下的"驴友"们似乎有点驴脾气：像驴一样，自己驮着睡具、炊具，到野外去探险、去穿越、去吃苦……而任劳任怨地做好一件事，这是当今社会最为难能可贵的品行。

雪后说雪

雪是纯洁、干净的象征，中国人的名字用"雪"的很多，尤其在女孩子的名字中。"雪"还是一个罕见的姓氏，据称姓雪的多为回族人，明洪武年间有个姓雪的山西人，叫雪霁，官至吴江巡检。外国人姓雪的更多，只因为我们平时都用音译，所以体现不出来。中国人民的好朋友、写过报导中国共产党领导下的中国革命斗争和中国工农红军长征的《西行漫记》、《中国巨变》和《漫长的革命》等书的埃德加·帕克斯·斯诺就是姓雪的（"斯诺"意译即为"雪"）。如果意大利人姓雪，我们便音译为"内韦"。德语国家的人姓雪，则译成"施内"，他们还有很多人姓"雪地"、"雪山"、"雪人"、"雪白"、"风雪"和"雪鹅"的。为什么姓雪，很难考证，可能是那些地方的人自古经常和雪打交道吧，至少是他们喜欢雪。

下雪是水汽在空中不经过液态阶段而直接凝华成固态的固态降水现象。根据空气中所含水汽多少和温度高低的不同，形成的雪花形状也不同。由于雪晶在凝固时会放出热量（融化时则吸收热量），所以雪花在穿过地球大气层降落过程中，有部分雪晶会融化或升华，有可能重新结晶，这时结晶的基本规律被打破，形成复杂的混合形状，出现多种多样的晶体。世界上最早拍摄雪花的人是威尔逊·班特利，他从 1885 年开始，拍摄了 5 000 多种不同的雪花晶体。至今几乎没有发现 2 个绝对一样的组合雪晶。反过来说,当空气干燥的时候,已经形成的雪花即使在 5℃时,也仍有相当数量能到达地面,因为另一部分雪花在升华(凝华的逆过程,物体从固相直接转变为气相)时吸收热量(升华热,用来破坏固相分子结构和分子间的相互吸引力),这意味着对剩下的雪花起到冷却作用,从而让它们纷纷扬扬地顺达地面。

正因为天空中的气象条件多变和雪晶生长环境有差异,所以造成了形形色色的固态降水,难免出现概念混乱。于是国际雪冰科学委员会在 1949 年召开了国际会议,会上通过了"大气固态降水简明分类提案"。人们统称为"雪"的概念有 7 个:雪片、星形雪花、柱状雪晶、针状雪晶、枝状雪晶、轴状雪晶、不规则雪晶。

雪有利于人体健康,常用雪水洗澡能促进血液循环,增强身体抵抗力。长期饮用清洁的雪水有防衰老和益寿作用,因为雪水中所含重水的量小于普通水中的重水量,而重水会抑制生命过程。中国自古就有冬天储雪的习惯。

通常情况下,雪后的空气总是分外清新,这是由于大气中的灰尘、煤粉和其他杂质构成了雪花凝结的"凝结核"。一旦气象条件成熟,水汽便会"裹住"凝结核形成雪花,等于在清洗空气中的污染物。

地面的积雪,尤其是新雪,对音波的反射能力很差,可吸收大量音波,减少噪声。还有,积雪就像覆盖在大地上的被子,雪的空隙里充满了空气,空气的导热性不良,因而对地面有保温作用,刚积聚的新雪中空隙最大,其保温效果也最佳(当然,雪也有负面作用,如长时间大量降雪造成的山区雪崩或牧区雪灾)。

腌菜的风味

　　几年前，我和一组德国人一起在鞍山办事。一天傍晚，我说："走，今晚咱们吃德国酸菜去。"一听这话，大伙来劲了。有的问："鞍山没有宝莱纳（德国巴伐利亚风味餐厅，以德国黑啤和酸菜蹄膀出名），怎么会有德国酸菜呢？"我们进了一家中式小餐馆，我点的酸菜名叫"酸菜肉末粉丝"。尝后都说真像德国的 Sauerkraut（酸菜），不足之处是油水不够，肉不过瘾。

　　德国不仅以酸菜出名，德国人而且还得过一个不雅的外号——第二次世界大战期间，同盟国把德国人尤其是德国士兵称作"酸泡菜"，因为德国人被看成世界上最喜欢吃酸菜的民族。德国人十分坦率地说："酸菜不是我们发明的，老祖宗在古希腊、古罗马和中国，只不过我们德国是至今仍然最爱吃这种酸菜的国家而已。"古希腊和古罗马的酸菜早已很有名气，古希腊著名医生，西医奠基人希波克拉底也曾提到过酸菜。德国人甚至认为，如果酸菜是从中国传入的话，那么就是 13 世纪通过鞑靼人传到欧洲的。作为这条酸菜路上的居民，东欧国家如波兰、匈牙利、捷克的老百姓通常都嗜食酸菜。我在想，中国的酸菜兴许到德国转了一圈又回到了东北，抑或是途中折向苏联，经由哈尔滨回到了东北。然而德国酸菜成了欧洲酸菜的代表品种，甚至作为文艺作品的表现对象。德国 19 世纪著名幽默画家和诗人威廉·布施有一幅诗画作品，图文并茂地描绘了一个家庭主妇面对酸菜时的欣喜若狂,以致锅里的鸡被人从烟囱口钓了上去也全然不知。

德国酸菜的原料是切成丝的卷心菜,从 19 世纪末开始用工业化生产,酸菜桶全用上好云杉木做成。现代生产工艺使酸菜更加健康卫生——生产过程中可根据需要继续添加乳酸菌,以避免发酵不足。另外还要加维生素 C(抗坏血酸),具有抗氧化和抗癌作用。有一种"酒酸菜",生产时需要加白葡萄酒。

有人把四川泡菜、朝鲜泡菜(或韩国泡菜)、德国酸菜和欧洲的酸黄瓜称为世界"四大腌菜"。这几种腌菜,我最爱吃的还是中国的四川泡菜,它内容丰富多样,有萝卜、黄瓜、青菜头、莴苣、豇豆、卷心菜、嫩姜、胡萝卜、芹菜……这些都可一起放进泡菜坛。加花椒和白酒使四川泡菜更有独特风味——清脆、爽口、鲜嫩、味浓,其中的青菜头口味尤佳(青菜头即做榨菜用的、芥菜的一个变种,以重庆涪陵产的为最优)。

关于腌菜,一直有两种说法:一种意见说吃多了致癌(形成之亚硝酸盐与人体中的胺类物质生成亚硝胺);另一种意见认为乳酸菌不含硝酸还原酶,不能使硝酸盐还原成亚硝酸盐,但建议尽量多腌制些时间再吃(比如至少 20 几天后再吃),以避开腌菜后几天因杂菌引起的"亚硝峰"。最近,芬兰科学家在酸菜中发现了异硫氰酸盐,具有防癌作用(尤其对乳房癌、肠癌、肺癌和肝癌)和抑制癌细胞增长作用。因此人们正在研究如何使发酵过程产生更多的异硫氰酸盐。

摇钱树

从前有一对老夫妇靠种田勉强度日,一日有一饿得快晕过去的老者路过,老夫妇俩将他扶至家里,拿出仅有的一把米煮粥让他吃了。老者感恩不尽:"你二老自己日子也难过,还拿米救我。无以相报,我这里有一颗榆树种子,你们将它种下,日后等树长大了,若有难处,摇树便有铜钱落下,切记莫贪心。"老两口很少摇树,除非是确实有难或需要救济别人时。可当地的恶霸财主知道了此事,于是带了一帮打手将二老赶了出去,霸占了榆树,大摇特摇,从一大早摇到晌午,钱币越落越多,把恶财主和打手们活活压死。榆树从此也不再落铜钱。不料有一年大旱,村民们都快饿死了。几个小孩偶尔爬上榆树,发现树上一串串铜钱般的榆荚(榆树的翅果),拿来尝吃,味道不错,而且管饱;村民们就用这榆果度过了荒年。此后人们就把榆树翅果叫作"榆钱","摇钱树"也成为榆树的别名。这个村子也改名榆树村,后来发展为榆树县,据说它就是现在吉林省的榆树市。

榆树是落叶乔木,我国的榆树有很多种,以北方分布最广,长江以南也有栽培。榆树是多用途树种,我国北方许多地方产高粱,高粱面做主食很粗很干,所以通常都要在高粱面中掺入榆皮面(剥下嫩枝榆皮,切碎晒干磨成粉),做成面食(如打卤河捞面)后吃起来滑溜爽口。

在欧美,山榆的韧皮很受重视,以前常作捆扎材料,甚至用来编绳索和蜂巢。20世纪初,日本的阿伊努人善于在木织机上用韧皮纤维织出精美的料子。榆木是我国北方的传统家具用材,素有"北榆南榉"之称。榆木家具因纹理正直、坚实牢固、变形率小、做工精致、典雅隽秀而代表着中国家具文化中的一种独特格调。而西方人以前多用榆木做器具,如厨房的柜架、绞盘、辘轳、钟座以及抗撞击器物,后来也转向家具制作。欧美的山榆灰所含碳酸钾是云杉灰的8倍,是山毛榉灰的2.5倍,系生产优质玻璃的重要材料之一。

公元1世纪时,古希腊医生第奥库里德特别推荐用榆树韧皮煎汤药治疗顽固咳嗽,又因韧皮中含有一种粘液,能保护胃肠,所以他认为能治腹泻。

我国的榆树盆桩是盆栽艺术的精品,艺人们多取看似"榆树疙瘩"的奇干虬枝,栽培出造型优美的艺术品。中国的榆树在国外被专门列为一个品种,称为"中国榆",而且专用来制作盆景。中国榆的特点之一是抗"荷兰榆树病"的能力强,美国迪士尼乐园的行道树用的就是中国榆。

榆树在西方象征公正、平等和哀思,法国南部曾经流行在榆树下召开审判大会,就像德国人喜欢在椴树下庭审一样,所以榆树在法国及周边地区被看作"公正之树"。古代西方人常在阵亡的英雄坟上种植榆树,表示悼念。如果说我们今天还能从摇钱树上引出一点什么思考的话,可能就是"人不能过分贪心";君不见,一些大大小小的黑心鬼,贪官也好,刁民也罢,不是都被铜钱压死或压得半死了吗?

叶落知多少

我们通常按树叶在秋冬是否凋零而将树木分为落叶树和常绿树,像杨、柳、桃、梨等树,它们的叶子寿命只有几个月,是典型的落叶树。根据不同的种类,松、柏、杉的叶子可活 3 至 12 年,其实常绿树在上述时间内也要落叶的,由于老叶不在同一时间凋落,新老交替有一个过渡,在人们的眼里,常绿树就永远长青了。世界上有一种绝对的常绿植物,那就是百岁兰,百岁兰一生只长 2 片叶子,寿命可达 100 多岁,2 片叶子的寿命和其植物本体一样长。

有人提过一个不太好回答的问题:你能数清楚一株树(落叶树)上长着多少叶子吗?"数清楚"是要费一番周折的,一株树有许多枝干,枝干根据主次是可以分级的,有两种分法,一种是把树干作为一级枝,从树干分出的旁枝称为二级枝,从二级枝分出的旁枝叫三级枝,从三级枝分出的叫四级枝……另一种分法不包括树干,把二级枝升为一级枝、三级枝升为二级枝……以此类推。不妨用第二种分级法来计算一下树上的叶子数量:假定最外面的旁枝是三级枝,每根枝上长有 22 枚树叶,三级枝共有 50 根,那么该树的三级枝上共有 1 100 枚树叶。设二级枝共有 10 根,则二级和三级枝上共有 11 000 枚树叶。如果一级枝有 8 根,则全树共有约 88 000 枚树叶。也就是说,至秋冬,这株树前前后后共要凋落 88 000 枚树叶。秋冬时节,人们就会忙于扫落叶了。

从前有个小和尚，他承担着每天早上打扫院子的任务。一到秋冬，起早本来就很难受，加上每天有扫不完的落叶，小和尚很觉凄苦。另一岁数大一点的和尚对他说："你明天在扫地前先摇树，把叶子全摇下来，后天你就不用再扫叶子了。"第二天小和尚按此话照办了。第三天早上，当小和尚来到院子时，看到的又是满地狼藉的树叶……此时方丈走了过来："阿弥陀佛，先对付今天的烦恼吧，勿要提前明天的烦恼，切记切记！"树要落叶，因为树要生存下去；树不会在一天之内凋尽所有树叶，这是自然规律。人应该在生活中不断提高自己的悟性才是。后来的校书人真的悟出了一个道理：校书如扫落叶，扫了还在。

落叶是需要清除的，但落叶也是可以利用的。有院子的人家可用耙子将落叶耙在一起，掺入泥土和植物性有机质，做成堆肥，增加院子土地的肥力。以前人们习惯于将落叶与其他生物垃圾一起烧掉。这样做污染环境，在很多国家已被禁止；人们已采用吸叶机代替人工扫叶，有的吸叶机是配有碎叶装置的，可减少树叶的体积。欧洲不少国家实行免费提供树叶袋，倘若你不想利用落叶，那么专门的机构会定期来取走树叶袋。也有的人家将归总起来的树叶堆在院子的一角，冬天，一些寻找食物的小动物（如小刺猬等）会在树叶堆里筑窝，颇有情趣。

夜香江南第一花

"瑶池仙子宴流霞,醉里遗簪幻作花。"传说王母娘娘在瑶池设宴,众仙女应邀赴宴,欣然大醉,云发上的玉簪纷纷散落,遗向人间的玉簪后来都化为玉簪花。玉簪花系百合科,玉簪属,另有催生草、小芭蕉、白鹤花等别名。花色多为白色或紫色,尤其是白色玉簪花,色如白玉,淡香沁人;花管细长,前端呈漏斗状,花头微绽时,酷似妇人发髻上的玉簪。中国古代替花卉起名不但形意确切,而且颇具浪漫的想象,和古希腊神话故事有异曲同工之妙。

玉簪花是多年生宿根花卉,原产我国和日本,花期在 6 至 7 月,夜间开放,花开时如白鹤展翅,故又名白鹤花和白仙鹤。古人认为,花品白,则花香袭人,所谓"酒成碧后方堪饮,花到白来原自香"是也。

玉簪花为典型的耐阴植物,喜阴湿环境,耐寒(我国大部分地区的玉簪花都能在露天越冬),赏花观叶皆宜,多被植于林下和草地。欧美各国的玉簪花多从亚洲传入,也有专门来自中国、朝鲜和(前)苏联的品种。欧洲有些国家称玉簪花为"心叶百合"(因其叶子呈标准的"鸡心形"),园艺师把玉簪花看成妩媚的大叶半灌木,常与风铃草和毛地黄相配栽种。2009 年,玉簪花在德国被联邦德国园艺家协会评为年度半灌木。西方人对玉簪花很重视,如美国有一个专业的玉簪花协会。不过欧美人更欣赏的是玉簪花的叶子,可能是原始品种或变种的原因,花的优势不显著、被忽略。叶的形状和色彩反而成为玉簪花的亮点,叶子的色彩丰富,有金黄色、黄绿色、浅绿色、深绿色、浅紫色……还有带黄边的绿叶、有花纹的绿叶等。

玉簪花的别名"催生草"源自一个民间传说:商纣王的爱妃难产,生命垂危,想再赏一次玉簪而诀别,宫女捧花于妃子榻前。妃子看着与她终生相伴的玉簪花正含苞待放,便眼泪汪汪地说道:"你洁白如玉,终生伴我,我深深喜爱着你。如今我要走了,要和你诀别了。"说完,泪如雨下。不料此时的玉簪花顿时怒放,并伴随着婴儿的啼哭声——妃子之子呱呱落地了。纣王大喜曰:"这难道不是催生草吗?"从此以后,民间凡有妇女难产,便用玉簪花催生,蔚为风习。

尽管许多文献中记载,说玉簪花全草、根和花可入药;根可治跌打损伤和疮疖;叶捣汁可治中耳炎,外敷能治蛇虫咬伤;但玉簪花有毒(或有小毒),忌内服,应遵医嘱使用。

玉簪花"不与寻常俗艳争",却永远被世人誉为"江南第一花"。做人恐怕也是这个道理。

一本书写一棵草

　　有一种草,名叫斗篷草,在我国另有别名羽衣草、蚰蜒草和锯齿草等。这种草的叶子长得非常别致,某些种类的整扇叶子是一片搭接着一片,绕成一个圆,犹如一把展成360度的折扇。清早起来,到野外或山坡去走走,会发现斗篷草,倘若你蹲下身子仔细观察,可以看到叶子的中间和边缘承载着晶莹的"露水",像珍珠一般;但它们不是露水,而是斗篷草通过吐水作用而溢出的液滴。晚上,当气温下降、土壤中水分充足、湿度升高时,植物根部吸收的水分不能全部通过毛细孔排出,在根压下,完好的叶片尖端或边缘会出现吐水液滴,这是经过植物体生化作用后分泌的液体,不同于普通露水,而从斗篷草叶片上得到的吐水液滴,其意义和其他有吐水作用的植物又不一样。

　　斗篷草主要是草本植物,也有半灌木的,原产欧洲、亚洲、非洲以及美洲少数地方,我国也有很多野生品种,以东北和西北居多。花小,呈绿色和淡黄色,不显眼。斗篷草学名 Alchemilla(意为"小炼金士"),派生于"炼金术"一词,因为中世纪的欧洲炼金士(同时也是化学研究者)认为,可利用斗篷草上的"露水"寻找"智石",从"智石"可炼出金子。斗篷草其实是个俗名,由于其叶长得像圣母玛利亚的斗篷,故有此名。

　　在我国,斗篷草一向被当作妇科草药,用来治疗痛经、更年期障碍等多种妇科病；也可消炎、利尿以及制成漱口剂和化妆水。

斗篷草作为草药在欧洲已有悠久历史，尤其受妇女欢迎，几个世纪以来，一直被当作"妇科全药"，用来治疗所有的妇科病，据说能治月经不调、带下、子宫发炎、输卵管发炎、阴道感染、妇女内伤、增强子宫肌肉、促进分娩并预防各种妇科病。此外还能愈合伤口、止血、消炎……所以斗篷草在欧洲还有一个别名"帮女草"。几个世纪来，有许多人（其中多数为女性）写过关于斗篷草的专论专著，眼下正在流行一本由女医生玛格丽特·马德伊斯基撰写的《斗篷草》，该书总共有 349 页，是一部内容详实的专著，其中包括 150 多个方剂。早在公元前，欧洲的助产士已开始用斗篷草进行抗菌消毒。在此后相当长的时间里，人们将斗篷草晾干后切碎，再掺入同样数量的小米壳或荞麦壳，作为充填物做成垫子，供产妇在分娩时以及分娩后坐月子（应该说"坐周子"，西方不兴坐月子，分娩后一般只休息一周）时使用，通过体温使斗篷草的治病功效得到发挥。民间常将采集到的叶、花、根晾在通风的地方，使其干燥，然后装入深色的玻璃容器内储存。或用吸管收集斗篷草的吐水液滴，再加入白兰地，或与核果混合，制成浸剂或药酒，供不时之需。

现代医学兴起和发展于西方，然而当代的西方人却热衷于挖掘天然药物。提倡者认为，斗篷草富含鞣剂、苦味素、天然孕酮（根部）、精油及草酸钙-晶簇等，其药理机制不容轻视。

一团和气说甘草

　　甘草,小时候接触得多一些——小学的门口每天停着一副小担子,主要通过摸彩赚小学生的钱,摸不到奖也能吃上一粒甘草橄榄或一小撮甘草山楂,它们都是用甘草粉拌的,吃起来很甜。此外摊主也出售整根的甘草棒(甘草的根)。就这样,我很早认识了甘草。

　　甘草其实是我国的传统药材,以味甘甜而得名,但以前曾被不恰当地作为零食来哄孩子(甘草吃多了有副作用)。

　　古代禹州被称为"中药圣地",传说该城有一家药店,声誉颇好,在该店所配之药均很灵验。为确保配伍和计量的准确,掌柜亲自撮药,而且每一味都要亲口尝一下。药店的吴姓邻居之子把这一切都看在眼里,但他的兴趣在学医、行医;父母只好拿出平生积蓄送儿子到外地拜师学医。几年以后,儿子学成归来,一日拜访药店掌柜,见掌柜面色青灰,便劝其就医。掌柜没有把一个年轻小子的话放在心里,但数日后果然卧病不起,遍求城里郎中,无人能治他的病。掌柜这才想起邻居后生的话,赶紧差人把吴姓后生请来,表示要以重礼求治。后生开一药方:甘草六两煎服。第二天重复此方,计量改为八两。第三日增至十两。连服三日甘草,掌柜的病基本痊愈,看着掌柜的满脸感激和疑惑,后生解释道:"老伯平时撮药必亲自尝之,日积月累,百药之毒聚积体内,今日并发,甘草能解百药之毒也。"甘草对药物中毒和食物中毒均有一定的解毒作用，能缓解中毒症状；其作用物质主要是甘草甜素（甘草酸）。

古埃及人已经十分重视甘草的根和根状茎的医疗作用，所以他们制造了一种甘草饮料。古罗马人把甘草视为能祛痰镇咳的草药和解渴剂，故甘草后来成为罗马士兵的标准配备之一。甘草还能治消化道疾病，第二次世界大战中，法国和土耳其士兵的军用背包中都备有甘草。拿破仑一世的身上随时都带着甘草粉。甘草的根状茎可内服，如沏茶、做成浸剂（如药酒），治胃灼热或胃炎。亦可制成漱口药水，减轻牙龈炎、口腔发炎和口臭。

甘草喜干燥气候，多生长在砂土、黄土、荒漠草原地带。在我国分为东甘草（产于内蒙古东北部、东北等地）和西甘草（产于内蒙古西部、青海、甘肃、陕西等地）。以内蒙古伊克昭盟杭锦旗所产甘草质量最佳。

南朝医学家陶弘景称甘草为"国老"——众药之王。是中药中应用最广的药物之一，"经方少有不用者"。因甘草能调和诸药，故寓意"调节、随和、一团和气、容易相处"。旧时在一个小范围的人群中常将某一个性格随和、人缘好、能与任何人相处者奉为"甘草"（姓加"甘草"或"甘草"加职务）。

甘草尽管有很多功效，但不能过量食用，否则会使血钠排出减少，钾排出增多，造成体内水分平衡障碍，导致高血压、低血钾、浮肿等现象。

以葱的名义

　　葱(小葱)总是不大受人注意,买完蔬菜,你想要的话,摊主可以送你一小撮,但仅仅是一小撮(几根)罢了。倘若你想多要,比如拿回去熬葱油,做葱油拌面的浇头,那摊主还得论斤卖。根据不同季节,价钱大约在每斤3至5元。

　　小葱亦称"分葱"、"冬葱"、"细香葱",百合科,葱属,多年生宿根草本,分蘖性强,很好伺候,成活率高。家里只要有地方,拿个破脸盆、旧瓦罐,装点烂泥就能种葱,够每天做菜用的了。空心、细圆的嫩葱看似无足轻重,然而中国有一座地域广阔的古山脉却是以"葱"命名的,它叫葱岭,传说是因山上多青葱而得名。葱岭北起南天山、西天山,向南绵亘至帕米尔高原、西昆仑山、喀喇昆仑山和兴都库什山,是古代中国的西部界山,那时的葱岭遍地是葱,好一片郁郁葱葱啊。

　　小葱是葱蒜类蔬菜中的一种,含有挥发性硫化丙烯,所以有辛辣味,能增进食欲,具杀菌功效。姜、葱、蒜、辣椒、胡椒并称"五辣"(或称"五辛",五辛的种类各地略有不同,但葱必在其内)。古代汉族在过年、立春等节日有吃"五辛盘"的习俗,盘中装5种辛辣生菜,有迎新的意思。辛辣味、开胃、杀菌、祛病……把葱神化了,有的地方将葱挂在门上,以此避邪消灾。国外也有类似的风俗,古埃及人把葱看作神明之物,葱成了神的象征,人们常常会说:"我以葱的名义发誓。"埃及人也用葱供奉亡灵,在法老的棺木中曾发现好多作为陪葬品的、成捆的葱。以前希腊人和罗马人都相信葱头的汁水能提高军士的战斗力,所以每次战役前,所有军士都要吃大量葱头榨出的汁水,以求胜利。色雷斯(欧洲南部地区,古指巴尔干半岛东南部、爱琴海到多瑙河之间的地区)人把葱头看作壮阳之物,婚礼时,新郎往往会收到宾客送来的许多葱头。英国国王理查一世老是随身携带葱头,因为他相信吃葱头使人长寿。

大凡从事强体力劳动和打仗的士兵都需要吃辛辣的东西,就像当年造金字塔的民工没有蒜头不干活一样;而美国南北战争时,格兰特将军却向国防部告急说,他已经没有葱头了,没有葱头吃,军队不听他的指挥。国防部只好调动一切力量,往前线运送大批葱头。其实并不奇怪,葱头和我国中药中的"葱白"差不多,"葱白"有通阳发表的功能,有利于治疗感冒风寒、头痛发热、腹痛腹泻、小便不通等症。

菜场里天天露面却又不给挂牌的小葱,细说起来,营养成分其实非常丰富,除蛋白质、脂肪、碳水化合物、胡萝卜素、维生素 A、维生素 C、维生素 E 以外,每 100 克小葱含 27 毫克磷、18 毫克镁、1 毫克铁、0.35 毫克锌、0.06 毫克铜、140 毫克钾、0.16 毫克锰、0.05 毫克硫胺素、0.07 毫克核黄素、0.5 毫克尼克酸、12 毫克抗坏血酸。

小葱因其去腥解膻、增味助鲜的功能,把菜肴协调得美味可口,因而得"和事草"的雅号。我们还可以和古埃及人一样,以葱的名义发誓:强健身体、战胜疾病,吃葱。

罂粟花和虞美人

　　曾经有一年,在广州市区主要街道出现"创卫广告"(创建国家卫生城市广告),不少市民对该海报背景的红色花朵有所质疑,说它们是罂粟花。后经专家鉴别,认定为虞美人。有人会问,这个问题有这么重要吗? 是的。

　　罂粟花和虞美人虽同属罂粟科罂粟属,它们的花也同样千娇百媚,但虞美人是一种观赏花卉和药用植物,无法提取毒品。罂粟花尽管美得迷人,可是果实是提取鸦片等毒品的原料。在我国,罂粟花是禁止种植的,虞美人则是允许栽培的。

　　罂粟花的花房呈圆球形,有盖有蒂,像古代小口大腹的盛酒器皿罂,而其籽似谷物,罂粟的名字就是这么来的。

　　罂粟原产南欧,经阿拉伯传入我国。从罂粟科植物种子提取的油通称罂粟籽油,其色金黄,有香味,以前在欧洲曾作为橄榄油的代用品。从罂粟果中提取的鸦片是祸国害民的毒品,《芙蓉外史》一书中写到红国公主罂粟,她聪明秀丽,被黑国国王黑龙强占为妻,公主跳台自尽,化作美丽的罂粟花,用花中毒汁毒害黑国,后红国大军讨伐,黑国军队已毫无战斗力,一败涂地,军溃国亡。此书的积极意义在于宣传禁烟。

　　罂粟花(果实)虽是毒品,但也有一定药用价值,民间用其果壳和种子治病,有镇痛、止咳、停泻等效用。最引人注目的是其娇艳亮丽的花朵，以红色居多，此外尚有粉红、白色、紫色和白花红边的。缅甸、泰国、老挝三国交界的"金三角"土壤湿润，养分充足酸性小，这里是广阔美丽的罂粟花海洋，同时也是臭名昭著的毒品王国，毒窝匿藏，毒枭出没，"金三角"已经成为"毒品生产地"的代名词。

虞美人又名赛牡丹、舞草、玉美人、满园春等，花色多为红色（猩红、深红、赭红、淡红）和黄色及红花白边等，原产欧洲和亚洲北部。《贾氏谈灵》和《梦溪笔谈·乐律》中都提到，歌之以《虞美人》曲，则此草相应而舞，奏其他曲则不灵，虞美人得名盖由此而来。有一个美丽悲壮的神话：楚汉相争，项羽被困垓下，弹尽粮绝。虞姬知大王已走投无路，因不愿拖累之，乘项羽不备，抽剑自刎，鲜血涌处，长出艳红艳红的花朵，世人称之"虞美人"。此后，虞美人在我国寓意生离死别。

当花儿红得和鲜血一样的时候，人们不禁会想起壮烈而死或无辜而死的人。在欧洲，罂粟花被看成"缅怀之花"。第一次世界大战时，比利时的佛兰德大地成了西线主战场，成百万士兵倒在了这里（其中英军阵亡最多）。一战结束以后，每年11月，许多英国人都要穿过英吉利海峡来到这里纪念他们的好男儿，摘上几枝罂粟花放在墓地上；人们相信，开得血红的罂粟花是阵亡战士的鲜血哺育起来的。英国人从此在所有的战争纪念日都要戴罂粟花。

罂粟花和虞美人，一对娇丽的孪生姐妹，姐姐的美貌中隐藏着险恶，妹妹才是美的真谛。

樱花·樱桃·樱桃树

樱花原产中国、日本和朝鲜,被列为日本的国花和"花王"。在日本,樱花有 800 多种,每至樱花节,举国倾城而出,万人空巷,狂欢至极;学生都放"樱花假"。每年 4 月,美国的华盛顿也举行樱花节。

有的人往往把樱花和樱桃花混为一谈,其实是两码事。樱花树是观赏花木,樱桃树则为果树。樱花除白色外,尚有红色、黄色、粉红色、绿色;而樱桃花只是白色略带粉红。樱花的果实很小,呈紫褐色或黑色;樱桃则红得像玛瑙般可爱(也有黄色和紫色的),寓意"红运连连"。

"借暖冲寒不用媒,匀朱匀粉最先来。"樱桃先诸果而熟,因有"春果第一枝"之称。唐朝时,新及第的进士习以樱桃谢客,"刘覃及第……覃遣人购樱桃数十担宴谢宾客,一时樱桃告罄,市价攀升"(《摭言》)。

樱桃娇小可爱,富有营养,含铁量很高,尚有丰富的胡萝卜素、维生素 C、蛋白质等。除此以外,樱桃树的各部分都有药用价值:樱桃果能调中益气、祛风湿;樱桃核有清热功效;樱桃叶和樱桃枝有助于温胃、健脾、解毒;樱桃根是治蛔虫的药料。

樱桃在我国已有 3 000 多年栽培历史,主要品种有中国樱桃、毛樱桃、酸樱桃、甜樱桃等。公元前 74 年,古罗马统帅卢库卢斯首次将樱桃树放在战车上,作为战利品从小亚细亚带回罗马。樱桃成熟时,鸟儿往往先于人类享受樱桃,所以一开始,瑞典植物学家林耐将樱桃定名为"鸟樱桃"。红艳艳的心形樱桃果在西方是"热血沸腾的爱情"的象征,按古代欧洲的习惯,对于失去贞操的姑娘,每年5月1日要在她的门前插上樱桃枝。"摘樱桃"比喻偷情;迷信的说法,未婚姑娘怀孕了,死后会变成樱桃树。宗教改革家马丁·路德有一次提到一个男子,他使一个姑娘怀孕后又让她去跟另一个男人结婚。对此,马丁·路德用了一句十分精练的话:"吃完了樱桃将篮子挂在别人的脖子上。"这句话后来用以比喻男人对女人的不负责任以及女人自己的无主见和任人摆布。还有,在欧洲的农村里,曾经流行一个有趣的习俗,每年12月4日,每一家农户都要削一些樱桃枝,放在温水里浸泡一夜,然后插在花瓶里。家里的每一位姑娘将自己心上人的名字写在一张纸上,挂到一根樱桃枝上。圣诞节期间最早开花的那根枝所对应的姑娘明年就该出嫁了。

樱桃树在国外也有不少用途,比如树上分泌的浅红色樱桃胶可以愈合伤口,据说古代人还用它来帮助治疗肺病;樱桃胶的其他用途是做毡帽上浆剂和粘鸟胶。英国的农民曾用樱桃叶腌黄瓜;由于樱桃果柄具有脱水功能,故今天仍被掺在减肥茶内;欧洲人常用樱桃果酿制的樱桃烧酒治痢疾。樱桃树上的各个部分都在物尽其用,樱桃成熟的季节,西方的农民家里都会准备好吐核钵,将吐出的樱桃核收集起来,放在水里熬煮,接着放到灶头上烘干,然后灌入小枕套。寒冬时节,拿出这些枕套,放到灶头加热后塞进被窝,不愧为经济实惠的民间取暖器。

鹦鹉岂止会学舌

"你是一个好人，我爱你，明天见。"这是世界上最有语言天才的灰鹦鹉亚历克斯留给它的导师伊雷妮·佩珀伯格和整个人类最后的话语。就在当天傍晚（2007 年 9 月 6 日），亚历克斯去世了，死于一种没有任何前兆的心血管疾病。动物心理学家佩珀伯格及她的助手们和亚历克斯相处了整整 19 年（鹦鹉在人类的家里最多可活 60 年），期间对亚历克斯进行了卓有成效的培训，使它成为世界最有语言能力的鹦鹉。亚历克斯会说约 200 个英语词汇，但它能听懂的词汇更多（500 个左右）。

鹦鹉能学人说话，在我国的《礼记》中已有记载。但人们历来习惯把"鹦鹉学舌"作为贬义语理解。唐敬宗时，宫廷里养着许多鹦鹉，那些被打入冷宫的失宠妃子喜欢互相诉说怨情，后来发现鹦鹉们在学她们的话，因此又怕又恨，骂鹦鹉"学舌"和"饶舌"。朱庆余的《宫词》便是这一情状的直白反映："寂寂花时闭院门，美人相并立琼轩。含情欲说宫中事，鹦鹉前头不敢言。"

鸟类主要依靠特有的发声器官"鸣管"发出鸣叫声，而鹦鹉的发声器官比一般的鸟类完善，其鸣管外面有 3 对发达的鸣肌。通过神经系统的控制，鸣管便进行不同程度的收缩和放松，鸣管的形状得到改变，鹦鹉便能发出各种鸣叫声。鹦鹉的口腔大、舌头肥厚、肌肉发达，形状也类似于人的舌头。而且，鸣管与舌头形成一个接近直角的钝角,这一角度使鹦鹉的发音具有强烈的音节感和腔调感。此外,人类利用鹦鹉具有较强模仿能力这一特性,将特定的动作和特定的声音结合起来,对鹦鹉进行条件反射式训练,提高鹦鹉的说话能力。

鹦鹉一生都保持着语言模仿和学习能力,它们既能始终保留自己的语言习惯,又很愿意学习别的鹦鹉群体乃至别的动物的发声。所以一旦鹦鹉被人收养,就肯定会学这个家庭成员的说话。说话的能力主要取决于主人的教育方法和教育能力。

有人说鹦鹉说人话不过是学舌而已,它根本不知道自己在说什么,对此,佩珀伯格及一些经验丰富的动物行为学家和心理学家有着不同看法:鹦鹉不仅在学话,鹦鹉还在与人对话,在回答人的问题。鹦鹉还会提出自己的要求,比如佩珀伯格训练的亚历克斯经常会在恰当的时刻说出恰如其分的话。如果它说要吃香蕉,而训练助理却给了它坚果,他便默默地看看周围,然后再重复一遍"要吃香蕉";或者用嘴咬住坚果并将它们扔向训练师。亚历克斯也经常接受有关物体的颜色、形状和材质的训练,经过一定的时间,它能将学过的词和有关物体结合起来。牵涉到数量问题,六件以下是不会出错的。

鹦鹉因它们的语言天赋、模仿能力和记忆力而曾经在中外案件侦破中立过功,它们会指证作案嫌疑人(不断叫唤嫌疑人的名字)。据《开元天宝遗事》记载,一只绿色鹦鹉因"举报杀人者李弇"有功而被唐明皇封为"绿衣使者"。鹦鹉能举报作案嫌疑人,但也会出卖自己,如果它从主人家溜出来,要不了多久就会被人送回去,因它不断呼唤主人的名字及住址。

悠悠球,悠着玩

打悠悠球从台湾传入大陆起,这种"小球"一直沿用台湾的名称"溜溜球",其实叫悠悠球和国际上的叫法 yo-yo 非常贴近。关于悠悠球的起源地,意见很不一致。希腊的雅典国家博物馆收藏着一个画有一位男孩在玩悠悠球的花瓶,但有较多的人相信悠悠球起源于菲律宾,他们认为 yo-yo 一词源自菲律宾一土著部族的语言 Tagalog(意为"来吧-来吧");反对者认为 yo-yo 一词源自法语 jouer(游戏、玩耍)。然而作为世界第二古玩具(第一古玩具为洋娃娃)的悠悠球最早被希腊的史书所记载。

从 18 世纪末开始,玩悠悠球在法国是一种绝对时髦的现象,其影响力直至社会的最高层,而且感染到法国的邻居德国,当时,悠悠球被称为"诺曼底玩具"。1866 年,詹姆斯·L·黑文和查尔斯·赫特里奇在美国获得第一个关于悠悠球的专利;1912 年,在《美国科学》上首次提到至今通用的名字 yo-yo。后来有一个名叫佩德罗·弗洛里斯的菲律宾人移民到美国,于 1928 年成立了 yo-yo 公司,专门生产悠悠球。该公司不久被唐纳德·F·大邓肯收购,大邓肯通过有效措施,为普及悠悠球作出了巨大贡献,并于 1932 申请了悠悠球自由运行原理的专利,仅 1962 年一年中,他销售了 4 500 万个悠悠球,紧接着他又注册了商标名 yo-yo,可是好景不长,几年后,这一注册商标被取消,因为 yo-yo 已成为知识产权共享的普通商品概念。

悠悠球在国外相当普及,甚至常用在比喻中,比如"悠悠球效应"是指经多次重复实行(减肥)规定饮食后,体重的变化就像悠悠球一样上上下下,糟糕的是最后一次的体重往往大于刚开始减肥时的体重;此外也用来隐喻股市行情像悠悠球一样暴跌暴涨。

玩悠悠球分为三级(初级、中级、高级),每一级有 10 种招数(动作技巧),有意思的是,每一种动作均有一个神奇的名字,比如劲力旋风(属初级动作,伸出手臂,用手腕之力和手心向上的姿态往下抛出悠悠球。球抛出后,手心向下,悠悠球在绳头便不停地转动着)、天龙卷风、地龙卷风、旋风扫落叶、直上云霄、天外来客、雷霆万钧、登陆月球、星际穿梭……

1985 年,悠悠球搭乘美国发现号太空船进入太空,证明了在失重情况下无法旋转反弹,而且必须抛掷才能有效运动。1992 年,为拍摄一部科教片,悠悠球再次进入太空。当今,悠悠球已不仅仅是儿童游戏,它已成为一个运动项目——手上技巧运动,并举行悠悠球世界锦标赛和欧洲锦标赛。

悠悠球比赛设花式分组:A 组(单手绳上花式)、2A 组(双手回旋花式)、3A 组(双手线上花式)、4A 组(离绳花式)、5A 组(离手花式)。此外还有双球玩 4A 和艺术表演。

悠悠小球悠悠玩,指上技巧千千万。悠悠球可以玩出各种复杂的高难度花式,作为休闲游戏,可以锻炼一个人的手脑灵活、反应能力和节奏感;能舒畅心情和陶冶情操;作为比赛项目,能培养不断探索、不断超越自我的精神。

有车不妨共享

　　曾几何时，拥有一辆自己的小汽车，对许多年轻人来讲，乃一生中最大的梦想之一。然而今天西方的青年看法已经变了，经调查得知：没有人会拒绝汽车，但汽车已不那么重要。

　　买一辆汽车要花不少钱，而车到手后，其价值就会一年比一年减小。西方的年轻人接受了一种新观念：自己尚未工作不买车，以后要是买车，一辆小型普通的共享汽车足矣。将自己的汽车和一个共享汽车组织（中介平台）挂钩，自己不用的时候，车可以提供给别人使用。欧美的许多国家都已流行共享汽车（carsharing）。共享汽车看似新概念，其实早在1975年，英国《泰晤士报》的一篇文章标题就用过这一概念，当时只是一种想法而已，意思也和今天的不尽相同，响应者甚微，因而也就没有下文了。到了1977年，carsharing的意思变了，用来表示多个司机驾驶一辆车的意思。

　　对于暂时没有车的人来讲，只要为手机（或电脑）装上一个相应的应用软件，他（她）随时都可很容易用到别人的汽车。举个例子：如果你临时想到某地去办一件事，不费吹灰之力就能在你所处地的周围找一辆共享汽车。你的手机显示器会告诉你，那是一辆什么样的车，是否加满了油。你只要输入自己的密码，就表示要使用这辆车。接着你很快找到了这辆车，用你的个人身份识别芯片在挡雨玻璃上刷一下，玻璃下面的激光仪便和车载电脑接通，信息传到（中介平台）调度中心的订车服务器。几秒钟后车门便开了。

　　上车后,你可在仪表板上输入你的身份识别号,显示器上便出现"欢迎某某先生/女士"。在你用车前,应利用符号按钮检查车是否干净、是否有可见的损害处,然后把你的意见输入显示屏。按确认键,你就可借助导航仪开车了。用完车你可按下"结束"键,还车有两种模式,一是在借用地(分享汽车组织向城市或某个停车场租用的车位上)或明确界定的商业区内的任何一个停车场还车(导航仪会引领你还车);另一种模式是自由停车模式,不必在借车地还车。下车前按惯例将车钥匙放在副驾驶座前面的手套箱(杂物箱)内。

　　使用分享汽车的费用约为每分钟30欧分,如果用车者只是想中途临时离开一下,他可按"泊车"键,计费装置于是按"逗留"模式运行,费用每分钟10欧分。用车结束后,从用车者的账户上扣除用车费,并很快通过短信或邮件发来一张收讫单。

　　车主可以自己决定共享费用,共享平台只起中介作用,每次用车提取一定的佣金罢了。加入共享汽车组织很方便:办理一次性登记(包括出示驾照、提供有关车况的数据和图片、缴纳30至50欧元的登记手续费)。

　　共享汽车的运作既解决了汽车的闲置问题,又为暂时买不起车或暂时不想买车的人提供了临时用车的方便,是一种互利、双赢、节约资源和对公交服务的补充模式。

有去无归奔火星

　　火星和地球有许多相似的条件,其公转周期为 687 天,即一个火星年有 687 天;自转周期 24 时 37 分。火星也有四季,但每季长约 6 个月。火星的表面有火山和沙漠,已发现河床、水道及流域地形,这说明火星上曾经有大量的水,地表下有大量水资源。所以一直以来,火星的生命现象备受地球人的关注。

　　地球虽然已经存在了很久很久,但作为宇宙生命的地球人,面临着许多威胁,如小行星和彗星的撞击、超新星爆炸等,地球上本身也潜藏着种种威胁:严重的全球流行病、战争狂人发动核战争和生物战争的可能性、地球变热、超级火山爆发、生态环境的突然崩溃……到那时候,火星是现代人的诺亚方舟。

　　然而火星必须由人类加以改造(即环境地球化)才能成为适合人类居住的"第二个地球",因此必须有一部分人先行移民,在火星上实施逐步改造工作,逐步建立"移民城"。和地球上相反,有科学家提出要在火星上制造巨大的温室效应,使寒冷的火星变热,同时释放出被冷冻在地表下面的大气和水。火星上一旦有了液态水,便能生长植物并通过植物的光合作用释放氧气。

　　至 2002 年,人类共进行过 33 次火星探测,其中成功的只有 8 次,但从来没有人登上过火星。2011 年就有人提出先建立火星科学实验室,根据火星探测器提供的关于火星表面的地质资料,在火星上找出一个合适的场地营造"封闭式移民城"。利用送上火星的探测器对地下进行研究,找出一个冰窟,以便为来自地球的移民提供必要的水和氧气。借助探测器和机器人建立一个配有计算机、发电机和可从地球上遥控的望远镜的火星站。接下去就是开始采用核推进火箭的载人火星飞行。

根据计算,载人火星飞行约需 250 天时间,这么长时间待在狭小的飞行舱内,会导致宇航员的严重应激反应和抑郁,为此,欧洲航天局已在进行"火星 500"测试计划,收集人在长时间隔绝和极限负荷情况下的反应。此外,在飞往火星的途中,宇宙辐射是一个较大的风险问题。美国有几位科学家建议:火星飞行是单程的,被送往火星的宇航员将不会有返程飞行,他们将永远生活在火星。所以应挑选年龄在 50 和 60 岁之间的宇航员,他们已经享受过地球上的人生,他们的孩子都已长大,他们将在世界科学史上千古流芳。这样做有好处,因为每一次宇宙飞行都伴随着宇宙放射性辐射的风险,最危险的是起飞和着落。如果只有单程飞行,风险便可减少一半;而且费用可降低 80%。这一初步计划将持续几十年,每隔 26 个月有一架宇航运输机着落在火星,送来给养和新的移民(两名医务人员和两名具有技术操作经验的科学家)。据悉,美国已有 400 多人报名移民火星。

有的科学家估计,至火星成为第二个地球,约需 1 000 年时间,但也有人认为只要二三个世纪就能完成大业。愿世世代代的人都能真正为人类的延续而付出努力。

有猪有福

对猪的评价，人们习惯用三个字：脏、懒、笨。但每到猪年，为了给自己讨吉利，有人就开始盲目地给猪戴起高帽子来：幸运猪、迷你猪、猪到福到……新婚夫妇都想在猪年生个金猪宝宝。猪在人类心目中的形象确实有双重性，人们总爱用猪来骂人，国外喜欢用猪比喻有外遇的男人：有外遇的男人是猪，经常有外遇的男人是野猪，有外遇而被抓住的男人是笨猪，有外遇而不被发现的男人是侥幸猪；没有外遇的男人是可怜猪，一直待在家里的男人是家猪，爱谈论外遇的男人是脏猪，自我暴露外遇的男人是蠢猪，不去找外遇的男人是懒猪，不剃胡子去找外遇的男人是豪猪，有外遇并生孩子的男人是配种猪，无力再找外遇的男人是该宰的猪。搞外遇的人被骂作猪，猪显然是骂语。

另一方面，猪也被比喻为有福气、交好运。"交上猪运"即来了意想不到的运气，为什么有猪就有运气、有福气？这一说法出自欧洲 16 世纪的纸牌游戏，当时最大的牌上有猪的图案，称为"猪牌"，比如"梅花猪"即梅花中最大的牌，抓到猪牌显然是运气好。后来人们又将这一层意思引申到其他方面，如除夕晚煮猪嘴巴吃，祝来年生意好。在农村，谁家的母猪下了七八头小猪，这头猪便是幸运猪。

猪和人的关系密切，人类养猪已有五六千年的历史，所以谚语和成语中经常出现猪,有猪有福的说法亦见于德国农谚"这下你可有猪了"(这下你可交好运了)。"我们什么时候一起放过猪啦?"就是"你套什么近乎?"的意思。"他是一头可怜的猪"即"他是个可怜虫"。

对猪的评价不到位,主要是因为我们对猪的认识还不够,或者说对猪的特性缺乏研究。猪是杂食动物,善于觅食,故掘土和啃物是它们的爱好;猪的体温比人的高,在 38.5℃ 至 39.5℃ 之间;心跳 60—80 次/分,呼吸频率 10—20 次/分(平时),激动时 30—80 次/分。

猪的听觉和嗅觉器官发达,听到突然发出的声音便会本能地逃跑;碰到人通常发出咕咕声。猪的视力不太好,有点近视。猪是群居动物,养猪应在两头以上,不能把狗和猪关在一起,因为一旦狗显得不友好甚至把猪当成猎物,那猪会非常危险,因为猪的心血管系统较弱,容易紧张,容易得心肌梗塞,曾经发生过小孩子把猪吓死的事情。

猪喜欢泥水塘不是脏的表现,而是为了护理自己的身体,在身上形成的干泥外壳可保护身体不受寄生虫的侵害和阳光的灼烤。猪比狗聪明,它们会嗅出地雷和埋在地下的蕈类,能承担警卫工作。只是它们执行主人命令时有点滞后,这一点是可以通过训练而改进的。

令人悲哀的是,给人类带来幸运的猪,它们自己却不怎么幸运。出生、养肥、宰杀,这就是它们短暂和不幸的一生。尽管它们的平均寿命在 20 岁左右,但被食物链注定的命运,它们也只好认了。如果人类还能为它们做一点什么的话,那么最好是在它们的有生之年,将它们放牧在宽广的天然牧场里,让它们多一点自由和轻松。

玉米的多元化

上海人称玉米为"珍珠米",多美丽的名字,晶莹透亮、光溜圆润的籽粒,活像珍珠。玉米的故乡在墨西哥,5 000年前,将野生的玉米培育成世界三大粮食作物之一,是墨西哥人的贡献。从此,玉米成了生命的源泉,成了墨西哥古代玛雅人创造玛雅文明的基础。按玛雅文化,玉米至今仍是神圣的作物。传说远古时,造物之神用黄色和白色玉米做成人的肉体(所以有白种人和黄种人之分),用玉米糊糊塑造人的手臂和腿脚。玛雅人信仰玉米神,玉米神有着金黄色头发(玉米须),脸长得像玉米棒子。每当玉米种子播入地下后,玉米神也就消失;等玉米发芽出土,玉米神又复活了。

玉米于17世纪传入中国,由于产量高,玉米种植很快在中国广大地区普及起来,玉米同时也成为平民和穷人的主要粮食(粗粮);玉米在许多国家(如欧洲国家)首先是牲畜的饲料,科学的进步以及对玉米的再认识导致玉米的身价骤升,精加工技术和粗粮细做的手段使玉米堂而皇之登入五星级酒店的自助餐取食台和宴会餐桌。说到玉米烹饪文化,墨西哥人和中美洲人则远远走在了我们的前面,他们善做各种玉米卷饼、玉米粽子、玉米饺子、玉米粉蒸肉(用玉米壳包裹)等。

今天,玉米正在成为重要的工业原料和能源基础。从玉米提炼的淀粉可用在500多种产品中,诸如粘结剂、洗涤剂、调味品、布丁、纸张和纸板、纺织品、药品、化妆品、果酱、牙膏;玉米还能作油料(玉米胚芽油)和低热值增甜剂;玉米秆可做人造丝,玉米芯子可用作研磨剂中的材料、地板铺层材料、硬质纤维板材料。

　　精美的玉米点心固然好吃,但因玉米籽粒含赖氨酸和色氨酸很少,且几乎不含能被人体利用的游离态尼克酸,故不宜长期作主食用。当前有关玉米的最热门话题是生态塑料、生态煤气和作为汽车动力的玉米乙醇。用玉米中提取的淀粉为原料生产生态塑料,这种塑料在室温下是固态,很容易加工。用玉米生态塑料做的塑料袋、保鲜薄膜、塑料食盒、酸奶杯等均属环境友好型产品,它们用完后不再是环境的负担,细菌能分解它们。用玉米生态塑料制成的医用塑料线缝刀口后不需拆线,它们自己会慢慢溶解。同样,用于骨外科的玉米塑料植入物(如塑料螺钉等)可以留在体内,不必通过第二次手术取出。玉米生态塑料熔化后可喷压成弹性纤维,用来制作透气运动服及功能 T 恤衫。玉米乙醇作为汽车动能在美国和巴西已非常流行,所谓的生态汽油车排出的二氧化碳只有普通汽油车的 50%。

　　玉米已从纯谷物发展为集粮食、饲料、油料、环保型工业原料和能源为一体的多元化作物。

玉盘皎皎说月震

　　人类，同住地球村，共瞻皎洁月。人世间多少变迁，穹苍中明月依旧。中华民族是一个富于月亮情结的民族，每年的中秋节，皓月当空的夜晚，人们尽情地吐露思乡、恋人、渴望的心意；抒发人生短暂、宇宙无限的感叹……

　　然而，当"阿波罗11号"飞船于1969年7月20日在月球静海西南角着落、宇航员阿姆斯特朗作为世界第一位登月者踏上月面时，月球的神秘面纱从此被揭开，人们发现月亮没有想象中那样神奇和富于情趣。然而科学研究就是要在枯燥的探索途径上发现问题、找出答案、提出方案、想出办法、实现目标。科学家们非常关心的问题之一是，一向用来比喻女性的月亮发不发脾气、是怎样发脾气的——月球上有没有"地震"。确切地说，月球上的"地震"应该叫月震，但也有人执拗地反问："月球的震动叫月震，那么火星和其他星球的震动难道称'火震'、'金震'不成？"其实，其他星球的震动统称为"星震"。

　　人类需要进一步了解月球的构造、证实至今为止所作的推断、为利用和开发月球打下正确的基础。人类对月球尚存在许多疑问，比如关于月球的起源目前有四种假说并存（俘获说、分裂说、同源说、撞击说）。"阿波罗11号"的宇航员们在月球上安置了测振仪，通过以后的飞船，至1972年，在月球上已经建立起一个测振网络,该网络能连续向地球发回月震记录资料,到 1977 年,月震网共监测到 10 000 多次月震,每年都会测到 600 至 3 000 次月震。根据月震波(研究月震波是了解月球内部结构的最好方法)及其他信息,宇宙科学家们进行了长期的月震研究。

研究表明,月球有四种月震:发生在月表 700 千米以下的月震、彗星造成的后果或流星体撞击造成的月震、表面快速升温引起的月震和震源在月表下 20 至 30 千米处的月震。引起月震的主要原因是太阳和地球的引潮力、太阳系的小天体(陨石、彗星碎片等)撞击月球。有一点很明显:每年发生的月震次数远远少于地震,月震的震级一般都在里氏 2 级左右。"阿波罗 12 号"曾从环月轨道上将登月舱上升级射向月面,作为一次人工"陨石"撞击月球的试验,引起月震,持续时间达 55 分钟。

科学家们希望详细了解月球内部的结构、解开遗留的疑问,如月球的确切大小和成分、月幔的详细结构等。德国卡尔斯鲁厄技术研究所和斯图加特大学联手研发的 VBB-测震仪(很宽带-测振仪)具有极高的灵敏度,能更好地满足这方面的要求。从月球测振仪提供的数据看,1972 年至 1977 年,月球发生过 28 次震源深度在 30 千米以内的较大月震,据分析是月坑中的滑坡引起的,不管是何种原因造成的,这些资料对今后月球建筑物的防震极有参考意义。

愿人间多飘彩带

　　1991年春天,美国纽约一个名叫"视觉艾滋"的艺术家团体发起倡议,号召全世界都来关怀和尊重艾滋病人和感染了艾滋病毒的人,包括得了艾滋病的女演员们,并用红丝带标志爱心,因为红色象征血和激情。次年,在一次纪念死于艾滋病的英国著名皇后乐队主唱弗雷迪·墨丘里的音乐会上,约一万名观众佩戴了红丝带,沉痛悼念。从此,红丝带走向了全世界,并带动产生了表示对各个领域、各种人群关爱、团结和尊重的各色丝带。比如粉红丝带象征对妇女健康的关心和重视,尤其是对患有乳腺癌的妇女的关爱。

　　现代"关爱丝带"可以上溯到更远的年代,在美国曾经流传着一首名叫《黄丝带挂上老橡树》的歌,歌词内容表达了美国南北战争时期的一个传说。有一个参战的士兵写信给他的妻子,如果她还爱他的话,就将黄色丝带挂到家门口的橡树上。当士兵打完仗回到家里时,果然看见黄丝带在树上飘扬;后来亲戚和朋友们纷纷仿效这一行动。1979年,一个美国人在伊朗遭绑架,他的妻子将一条黄丝带挂在一棵树上,表示她的悲伤和担忧。黄丝带在国际上已成为哀思的象征,也用来表示对亲人、朋友的期盼,特别是为正在打仗或执行危险任务的个人和人群祈祷,愿他们平安回家。中国传统的"还愿树"(或许愿树)有着同样的意义,就这一点而言,也许真的可以说："关爱丝带在中国古已有之。"因为人们要在树上悬挂红丝带为亲人和朋友祝福；然而现代关爱丝带的最大特点在于其社会意义。

1989年12月6日，加拿大一个仇视妇女运动的暴徒枪杀了14名女大学生。惨案发生后，许多男士组织起"白丝带运动"，强力谴责对妇女的暴力行为。以后每年从11月25日的国际终止妇女受暴日至12月6日，人们（多为男子）都会佩戴白丝带，反对别人对妇女施暴，同时也表示自己不会施家暴。

绿色一向是安全、健康和幸福的象征。2008年，我国南方普降暴雪，有些地方的出租车和私家车上纷纷挂出绿丝带，车主们免费把受阻行人送到家里或安全地方，奏响了爱人和助人的凯歌。在中国，绿丝带也是对精神病患者关怀和爱护的象征。德国人则以佩戴绿丝带表示对贫穷化和减少社会福利费用的抗议。上海造币厂于2006年制作了一种纪念世界防结核病日的纪念币，钱币中间是双绿丝带。

当今世界，互联网已成为了人类不可或缺的伙伴，但互联网同样需要我们去爱护、去关怀、去净化。净蓝丝带代表着共同抵御互联网恶意行为（如垃圾邮件、病毒、恶意软件等）；2006年11月1日，中国互联网协会等数个机构共同宣布启动"净蓝丝带"，这一特殊丝带标志着人们热爱互联网，希望互联网保持纯净，也体现了互联网机构对网民的关怀。

彩色的丝带，牵动着人的爱心。让我们把爱心献给需要的人，愿人间多飘彩带，让世界更加美好。

月亮属于谁

"天上秋期近，人间月影清。"年年中秋，发人遐想。可是近几年，月亮让某些人想昏了头：有少数人想把月亮据为己有，把月亮上的土地销售给其他人。如美国人丹尼斯·霍普，他开了一家名为"月球大使馆"的公司，以这一公司的名义出售月球土地。据说花 16 至 20 美元可买一块橄榄球场大小的月球地皮。而在有的国家居然也冒出"月球大使馆"分公司。

据称有一个名叫马丁·于尔根斯的德国人曾出示过一份证书，是 1756 年 7 月 15 日普鲁士国王弗里德里希二世签发给于尔根斯祖先的"月球土地赠与证书"。如果说 250 多年前的弗里德里希二世在这件事情上显得十分无知（或者出于无聊），那么现代人想占有月球则纯粹是利欲熏心。

其实，联合国大会早在 1966 年 12 月 19 日就通过了《外层空间条约》，1967 年 1 月 27 日分别在伦敦、莫斯科和华盛顿签订，1967 年 10 月 10 日生效。中国于 1983 年 12 月 30 日加入此条约。条约中规定，各国有权探索和利用外层空间，但不得将外层空间（包括月球及其他天体）据为己有。后来，联合国大会又于 1979 年 12 月 5 日通过了《月球协定》，1984 年 7 月 11 日生效，其中明确提到"月球不得由任何国家以任何方式据为己有，月球及其自然资源为全人类的共同财产。"

1969 年,人类的足迹首次留在了月面上。那时候,两个超级大国在宇航和登月上的竞争不遗余力,主要是为了证明谁的国力强大、谁的科技发达。美国的阿波罗登月计划耗资约 1 100 多亿美元。今天的探月和登月已经出于更多的商业和经济考虑。首先,月球是人类最容易达到的星球;月球的引力比地球的小得多,因此不会造成飞行器从月球起飞的很大障碍,所以月球可成为飞往其他星球理想的中转站(如果到很远的星球,宇宙飞行器无法被加速到从地球直飞该星球的速度)。此外月球没有大气层,没有居住者引起的光污染,是建立望远镜观察站的最好场所;尤其是月球的背面,它是观察星球的理想地方。还有一点也许是人类要开发月球的重要原因:月球上有丰富的物质资源。地球上有的元素,月球上都有,另外还有好几十种矿物,其中好几种是地球上没有的。而开发月球上的氦-3 以及金属铱,对人类有着十分巨大的经济意义。随着对月球不断深入的探测和了解,人类开发月球的意志更趋坚定。2009 年秋天,美国航天航空局用一个"击入"月球的探测器,发现在"上旋"的灰尘中有水的痕迹。难怪地球人如此热衷于探月、登月,从国家、企业到个人无不例外。据悉全球搜索引擎巨头 Google 赞助 3 000 万美元开发登月机器人,设立"Google-登月机器人-X 大奖"。

明月当空,回到题目,希望月亮能造福于全人类。对于想霸占月球的人,只有一个答案:"注销你在地球村的户口,请上月球吧!"

再说食盐

从前有个国王,他有三个女儿。一天,他问她们是否爱自己的父亲;三个女儿都说非常非常爱。大女儿说:"我像爱宝石一样爱父王。""我像爱珍珠一样爱你,父王。"二女儿接着说。国王听了十分高兴,接着又问小女儿:"那你呢?"小女儿不假思索地回答:"父亲,我像爱盐一样地爱你。"不料国王顿时转喜为怒,觉得小女儿竟敢如此侮辱自己,"像爱盐一样"简直是大不敬呀。于是派侍从将小女儿带到郊区的树林里赐死。

若干年后,国王应邀参加邻国王子的婚礼。席间国王说他做过一件十分荒唐的事情,后悔因自己的无知和粗暴而害了自己的小女儿。作为新郎的王子立马将新娘带过来笑问国王可认得新娘。原来新娘正是国王的小女儿,父女重见,抱头大哭。其实当年是侍从放走了小公主,并嘱其离开本国,不要回来。小公主后来被邻国的太后认为义女,太后的孙子和小公主一见钟情……于是就有了今天的重逢。

盐在恋爱中也能发挥作用,国外流行一句话:"热恋中的厨师乱放盐。"热恋中的人应激激素量升高,这不仅能刺激新陈代谢,同时还会抑制味觉,咸味很重的菜肴会让热恋中的厨师觉得很正常,不过这种效应只出现在热恋阶段。

在众多的盐化合物中,对我们人体最有意义的是氯化钠(俗称食盐）。根据不同的身高和体重，人体需要有 150 至 300 克的食盐储备量，以确保在机体内完成复杂的任务；钠是生命必需的宏量营养元素。人体因出汗和小便，每天失去的盐为 1 至 3 克，但身体自己不会产生盐，为了努力让盐储存量始终保持在同样的水平，我们必须每天从食物中摄取盐。在长期进化过程中，人对盐的需求已经深深扎在大脑中，就像口渴了必须喝水一样，补充盐分已成为人类的一种原始本能。

然而盐是一种辩证食物，过多摄入食盐和缺乏食盐是同样危险的。吃盐越多，高血压发病率越高。食盐过多，钠会在体内积累，钠具有亲水性，所以会引起水肿并增加肾脏负担。世界卫生组织建议每人每天食盐最多为 5 克。但是现实令人担忧，全世界绝大部分的人食盐量都是超标的，而且近几年来关于"低盐饮食"的争议越来越多，比如有人认为不是所有人对盐的反应是同样敏感的。

古代人把盐看成宝贝，不仅是因为人们已经认识到盐对人体的重要性，而且由于当时盐税很高（"盐战"也就不可避免）。可悲的是很多现代人至今保留着一个陋习：什么缺少就抢购什么，而这种行为有时候是十分无知和盲目的。其实地球上的盐藏量是绰绰有余的。全世界每年生产 2 亿 5 千万吨盐，食盐只占到 3%。

很多食品加工厂商往往在"营养成分表"中只列出"钠含量"而不写明"盐含量"。有一种说法：将列出的钠含量乘以 2.5，所得结果便是盐含量。尽管不是很精确，但可作为近似值参考。

盐和面包在西方人的眼里如生命一样重要，但若把曾经被奉为"白色金子"的盐说成是"健康杀手"，恐怕也是不符合辩证法的。

黏土，生态建材

人类用黏土造房已有 9 000 多年的历史，黏土是最古老的建筑材料。甚至在建造著名的世界遗产中国长城时，有部分地方也用到了黏土。非洲人至今仍在建造黏土茅舍。

中国古代称黏土为"埴"（音 zhí），"《考工记》用土为瓦，谓之搏埴之工，是埴为黏土，故土黏曰埴。"（唐·孔颖达疏）。

我国西北地区、陕西、山西等地多黏土，那些地方干旱少雨，农村长期以来流行黏土房（主要是四面房墙和院墙部分用黏土），这种黏土房称为"干打垒"，在墙泥外面通常还要抹一层草泥，条件好的人家则在墙外糊一层砖，粗看好像是砖房。

五六十岁以上的中老年人，应该都记得"干打垒"是中国石油工人艰苦创业的代名词，也是大庆人"六个传家宝"之一。为了从根本上改变依靠"洋油"过日子的状态，几万建设大军在国务院前副总理和中国石油工业创建人余秋里的直接领导下，在黑龙江省松嫩平原战天斗地，本着"有条件要上，没有条件创造条件也要上"的精神，为了确保油田开发的起始时间和进度，大庆人在 120 天时间内，建成了 100 万平方米的干打垒住房，解决了大庆职工在创业初期的住房问题，切实完成了大庆油田会战指挥部创议的"人进屋、机进房、车进库、菜进窖"的目标，成为世界石油工业建设中的一个创业奇迹。

建造干打垒房子可就地取材、节省木料,最大的优点是冬暖夏凉。

如果说当年的中国工人阶级是在极度困难的条件下不得不采用黏土造房,那么今天的欧洲人看上了黏土房却是出于环保和生态的原因。尽管材料是原始的,然而意念、风格和技术是先进和前卫的。

关于黏土,倘若要认真讲究概念的话,还是有说法的。首先要说的是黏性土(具有粒间联结性能的细土粒),根据所含黏粒(粒径小于 5 微米)的多少,黏性土可分为三类:第一类叫黏土,黏粒含量大于 30%;第二类叫粉质黏土(旧称亚黏土),黏粒含量 10% 至 30%;第三类为粉土,黏粒含量 3% 至 10%。通常用来造房的所谓"黏土",实际上是一种混合物,其黏粒总含量应大于 25%,此外尚含有细沙、陶土等。其中,黏土(即第一类黏性土)含量高的俗称"肥黏土",反之就叫"瘦黏土"。

黏土有很多优点,在欧洲被建筑生物学家确定为生态建筑材料,用这种材料营造的居住空间特别健康,不仅因为黏土本身不含有害物质,而且还能吸收和改造有害物质,起到净化室内空气的作用。黏土中的气泡能吸收讨厌的气味和潮气,很少形成让人过敏的灰尘。黏土砌成的墙能储存热量,具有室内调温作用,故冬暖夏凉,且可节省能源,有利于环境。一些欧洲国家十分看好黏土这一生态建材,城市的建材商店可以买到(因掺有不同的矿物质而形成)不同色彩的黏土。

今天,曾经激励过中国人民艰苦奋斗、自力更生的大庆油田干打垒建筑群在大庆市博物馆的保护和管理下,已成为那段历史生动的实体教科书。

战场上的喊声

　　第一次世界大战时,交战国之间常打阵地战,交战双方在相隔一定距离的地方挖起长长的战壕,在战壕的后面安营"扎寨"。双方战壕之间的土地称为"无人区"。在非开火时间每方都会有狙击手在"放冷枪",狙击手通常都是神枪手,只要看见了目标,基本上百发百中。问题是敌人都在掩蔽部或战壕里面,不会随便露脸,目标很少。据说英国军队的士兵想出了一个办法:英国人知道德国人有很多用得相当普遍的名字,如汉斯、卡尔、弗里茨等。有一天,一名叫汉斯的德国士兵听到有人叫他的名字,他立即站了起来说:"到!"话音刚落便饮弹倒地——英军试探性喊了这一"大路货"名字。这种喊声被称为"致命喊声",有人认为这仅仅是个笑话,但有的一战老兵回忆说,确实发生过类似的事情。

　　一场战役犹如一首由枪声、炮声、号声和军士的喊声交织成的"硝烟交响曲",其中士兵们所发出的声音起着相当大的作用。从古罗马的雇佣军团、北美洲印第安人的部族军……直至第二次世界大战武器精良的陆军,打起仗来没有一个不发出震耳欲聋的喊叫声——冲啊! 杀啊! 通常称之为"喊杀声"。喊杀声能给予参战士兵以勇气和力量、提升战斗力、增强官兵休戚相关的意识,是心理战的手段之一。

　　然而在没有为军队发明军服以前,喊叫声还有另外一种作用:

区别自己的军队和敌方的军队,因为喊叫声并不局限于"冲啊!杀啊!"喊什么内容,每支军队可以事先设定的。欧洲中世纪和巴洛克时期,喊叫声被当作军队番号的声响标志,在"混战"中尤其重要。历史上有些军队的喊叫声人们至今没有忘记:"阿拉拉!阿拉拉!"("阿拉拉"系一位女战神的名字)、"狠狠打!狠狠打!"(古罗马军队的喊叫声)、"圣乔治"(英格兰守护神)、"死的好日子"(印第安抵抗军喊叫声)、"他们必败"(西班牙内战时共和党人军队的喊叫声)、"要么自由,要么死"(反对奥斯曼人的自由战士喊叫声)、"上帝保佑"或"玛丽亚保佑"(十字军东征时的喊叫声)……

人们常说,赛场如战场,不少国家把"赛场喊叫"也称为"战场喊叫"。体育比赛中的场上球员同样可以通过喊声造声势,在震慑对手的同时为自己鼓劲、克服"慢热"、尽早进入状态。尤其是2015年女排世界杯赛中,中国女排勇夺冠军宝座,令人瞩目的新秀副攻手袁心玥,她每次扣球会怒吼一声,以自己的霸气来压倒对手,哪怕只是做假动作佯攻,她也照喊不误,毫不"偷工减料",每每取得良好效果,有时对方球员甚至会隔网惊讶地看着她。更为有意思的是,袁心玥能发出各种频率的喊叫声;其他队员也都伴着各自独特的喊声兴奋打球,可谓"女排精神"中的新元素。

找回遗失的记忆

　　如果有人对你说，他记得自己一岁的时候经历过什么有趣的事情，甚至还没有忘记出生的时候是怎么怎么的，你可千万别当真，其实他不是在忽悠你，就是听他父母说的。因为人从出生到三岁通常是没有记忆能力的，这叫儿童记忆缺失。儿童记忆缺失就像一本书被撕掉了前面几页，让人觉得很遗憾。

　　对儿童记忆缺失问题最早进行研究的是法国心理学家 V·亨利和 C·亨利，他们在 1898 年曾调查过成人对自己早期的记忆状况，大部分人回答三岁生日前后的部分事情尚能依稀记得。稍晚一点的研究表明，人对往事的记忆要从 6 岁开始才能获得清晰的轮廓，有极少数人能记起 2 岁时发生的某一事件，可是对更晚发生的事情反而毫无印象。

　　20 世纪 80 年代，记忆研究迈出了具有决定意义的一步。研究者发现，2 岁至 3 岁的孩子会有短时的生平记忆，但这些记忆很快就变得苍白乃至消失。为什么是这样，没有找到答案。不过科学家们达成了一个共识：留住记忆需有一些因素，这些因素是互相影响的。其中一个因素在大脑构造中；生平记忆主要产生于前额叶皮质和海马，海马在为长期记忆整理事件和经历的细节；问题就出在这里，海马的一小部分，即所谓的"齿状回"要在 4 岁至 5 岁才发育完善，齿状回起一种桥梁作用，它将来自这一脑区的各种信息联系起来；如果这一功能尚未成熟和完善，则经历和事件不能作为长期记忆保存。然而确实有个别孩子能在齿状回尚未完全发育时记得一些生平事件，这说明还有别的因素在起作用——儿童记忆缺失其实随着所谓的"自我认知"（能区别"我"和"你"）的出现（出生后18至24个月）而开始改善；对自我认知的最好验证方法是看孩子能否在镜中认识自己。

自我认知固然是一个重要条件，但人们从另一个实验又证明了另一个因素的作用，研究者让一组2至4岁的孩子玩一种"收缩金刚"，按照成人的解释操作，直至金刚变得很小。半年以后再把孩子们招来，问他们如何玩这种机器。他们只有在用上次听到过的单词时才能操作。这一结果说明，一个人在回忆的时候，必须使用一个当时和这件事有关的单词。换句话说，自我认知为记忆搭起了一个框架，而语言又提供了第二个构架，它使人在较长时间后仍能把事件从记忆中"提取"出来。

由此看来，儿童早期生平记忆的界限基本上定位在三岁，个别例外是因为相关因素比较有利。剩下的问题是：人真的没法回忆起自己出生后头三年的生平事件吗？一种看法认为，这三年中的信息压根儿就没有为长期记忆而储存在大脑中。多数的意见却是：记忆是对感官经历的"抓拍"，在头三年里，除了"出生"外，还有许多其他信息都被"抓拍"并储存在大脑中。人在成长过程中，大脑不断发育完善、自我认知形成、熟练掌握语言和叙述能力加强，这些都是有利于将"抓拍"定影下来的因素。有朝一日，只要发现它们被掩藏在什么地方，我们会找回这些遗失的记忆。

照妖镜

　　为防止国际恐怖分子携带武器炸药,几年前,个别国家曾设法在航空港安检时采用"人体扫描"。因该项措施涉嫌侵犯人的隐私和尊严而被责为"裸体扫描",外加仪器本身的缺陷而未能推广使用。2010 年 9 月,汉堡机场的一个安检亭内又出现了一台试验性太赫扫描仪(太赫为频率单位,等于 10^{12} 赫兹),该仪器已消除了上述缺点,人体轮廓和成像细部经技术处理后只以简单形式显示,或者说看上去像一个无个性可言的机器人。如果被安检人携带有武器、炸药、毒品、液体和其他违禁物品,它们则以实物呈现。太赫摄像头检查速度快,可在 20 米远处发现藏在人身上的武器。

　　太赫-射线的分辨率相当高,让人放心的是,这种射线对人体没有伤害。太赫波在扫描时能让身体表面的分子振动起来,但不会破坏分子,这是太赫射线和 X 射线的根本区别。扫描后,如没有特殊情况,所有数据即被自动删除。

　　太赫技术还能用在尸体身上,有一种干尸(或部分肢体)扫描仪,可透过防腐香料和绑带而透视内部秘密,但不会影响干尸的任何内部结构。然而仅仅用在身体扫描和考古上,太赫技术似乎有点"大材小用"。人们已经用太赫射线揭开了南极无须鳕生存的秘密:南极无须鳕生活在零下 2℃ 以下的含盐冰水中,在它们的血循环系统中有一种专门的蛋白质,能使水分子的运动发生变化,抑制血凝结成固体。用太赫射线可看到水分子的"跳舞运动"。这一发现大大激励了制药工业的专家们,因为很多生物活化物质能在水中以及血液中导致各种变化,采用太赫波比用其他方法能更加有效地分析这些变化。用太赫射线扫描,我们还可以看到药物的有效作用,这等于提供了一种大有希望的研制新药工具。对于已经在临床应用的药物,不用打开药物的包装盒,反射波就能给出药物所含物质的信息,也就是说,通过这一技术,我们很容易揭露假冒药品。所以从某种意义来讲,太赫扫描仪是一面"照妖镜"。

太赫扫描在技术领域的应用极广,一堵已经砌好的墙体、一件包装得好好的商品都可以用太赫射线进行无损检查(不需拆封或破坏被检物),看到其内部质量。随着新材料的不断出现和应用,对材料的连接,人们已越来越少用焊接和螺栓连接的方法,而是用粘结方法,太赫技术是检查粘结质量的理想手段。当然,太赫技术绝不会放过夹在邮件中的炸弹及任何危险品的。太赫探测仪将被科学家们用来跟踪下一代新星的形成,分析这些新星周围正在发生的化学和物理过程。

在医学领域内,不久也会出现一种可植入生物体内的太赫-生物芯片,它能发现生物体的基因突变。

祝君晚安

记得以前的洗脸毛巾上经常有"祝君早安"的字样,而枕头套上则用丝线绣着精美的"祝君晚安"。晚安者,睡个好觉也。可是不少人晚上不安,因为他们有睡眠障碍。

对付睡眠障碍,一些名人很善于为自己支招,想方设法让自己入睡。例如中国古代教育家、思想家孔子,传说他在睡觉的房间里养了一只蝉,这很可能是老夫子夏天午睡时用来催眠的。德意志国王、神圣罗马帝国皇帝弗里德里希一世(红胡子)睡觉前坐在床上为小锡人(锡做的士兵)列队和整队,直至疲倦了。喜剧大师卓别林则习惯在睡前玩杂耍球。如果卡尔·马克思睡不着觉,那他会一直理捋自己的胡子。英国当代著名间谍小说家约翰·勒卡雷的妙方是读书,但他认为一般的读书不奏效,他是倒读书,从后面往前面读,据说读得越不顺则越容易睡着。意大利物理学家和天文学家伽利略却选了《旧约全书》来读,而且是希伯来语(犹太人的宗教、文学和世俗语言)版的;其实伽利略的希伯来语水平够呛,他之所以这样做,完全是为了把自己弄疲劳。还有一位英国著名的侦探小说家——多产的女作家阿加莎·克里斯蒂,她的方法很简单:坐在床上不断地擦拭玻璃杯。至于爱因斯坦,他总喜欢把一只玩具熊带进卧室。

招数确是五花八门,是否真的那么有效,只有他们自己最清楚。如果奏效，主要是通过做一些无聊的事情把自己搞累搞无聊。不过他们的做法却提前为研究者的一个结论提供了佐证：美国睡眠医学研究院发现，睡眠障碍与高智商有关；另一些研究组织也得出结论说，有创意、有智慧的人睡眠不好，不容易"关机"（难以入睡）。以上人物都是智商很高的天才，他们有睡眠问题就很好理解了。

睡眠不仅需要保证一定的时间，还要有一定的质量。睡觉的质量如何，第二天白天的感觉是一个衡量标准。有人经常会背痛、脖颈痛、头痛，这跟睡觉姿势有关。睡眠科学家建议用最好的睡觉姿势仰卧，因为仰卧能放松头、颈和脊柱，尤其是脊柱不会被额外弯曲，头部有一个适当的高度，食道的位置高于胃的位置，能避免胃不适（如胃灼热）。仰卧姿势还能预防脸部皱纹，因为没有任何东西压迫脸部。对女性来讲，仰卧时乳房完全得到支撑，有利于减轻乳房松弛。但仰卧有一个缺点：容易打鼾。所以建议打鼾者和孕妇采用侧卧姿势，但侧卧时腿不要内收得太过分、太靠近下巴，否则会影响放松地深呼吸，而且容易导致关节痛。最不好的姿势是俯卧，俯卧会压迫关节和肌肉、刺激神经系统。

少数人习惯于睡觉戴睡帽，其实这一习惯是旧时从西方传入的，戴睡帽最初的目的是头部保暖和防止得头虱，后来也为了不让头发把枕头弄脏。若觉得睡帽影响睡眠，则应放弃。

"晚安"不等于不能做梦，春天里做些美梦又有何妨；所以晚上的告别语经常是这样的："晚安，做个好梦！"

资源紧缺尿亦贵

我们赖以生存的地球负担越来越重，一方面是人类生活和生产造成的废物和有害物质肆无忌惮地污染着地球和大气层；另一方面是地球的资源不断被滥用和不合理消耗。面对这种严峻形势，有识之士十分担忧；但不少人却无动于衷——因为天一时还塌不下来。

在自然资源方面，我国的境况同样不容乐观，我国的土地资源只有世界平均水平的 40%，水资源只有世界平均水平的 25%，而且利用率很低（只有 40%）……节约用水其实是爱护资源、爱护地球和爱护人类自己的一种理念和素质。家庭的抽水马桶和公共厕所的马桶消耗的水量非常惊人，感谢科技人员的贡献，免水可冲型厕所将会不断得到推广，利用固液分离技术，大小便分离后，对小便作杀菌、消毒、除臭和净化处理，处理后的液体可冲洗大便，从而节约大量水资源。

太空中的水资源更为宝贵，我国"神七"太空舱的尿液处理令人鼓舞：宇航员的尿液和粪便中的水通过处理装置被分离出来，经生物菌处理、过滤和消毒，可以达到饮用水标准，供宇航员使用。

磷是作物生长的重要营养素，能促使作物发育早熟、根系发达、增强抗寒抗旱能力、提高产量和品质。然而和石油一样，磷这一自然资源变得日益紧张，估计天然磷的蕴藏量最多只能供人类用 80 年。我们必须早想办法,通过别的途径获取磷,于是人们又想到了新陈代谢的最终产物之一尿液。

尿液除了含有氮、钾、氨以外,尚有丰富的磷,一个人每年产生的尿液可满足生产 250 公斤小麦对磷的需求。这里同样要用分离技术,尿液被分离出来后,除了杀病毒、灭菌外,还需去除人服药后留下的残余。瑞士联邦技术大学的水科学家们最近介绍了一种尿液处理方法:用臭氧熏。通过这一方法分离的尿液便是一种微生物含量上无可指责的、富含磷的液体肥料,在实际使用中通常添加一些镁,产品可以放心使用。在芬兰,人们将处理后的尿液施在黄瓜地里,经口感测试,发现黄瓜的味道没有异样。

对尿液的处理和利用从另一个角度体现出节能减排态势:前几年日本科学家从健康人的尿液中提取出增值调节因子——由三种蛋白构成的一种抗癌物质。试验表明,这种物质对实验鼠和女子宫颈癌细胞有抑制功能。不仅如此,人的尿液中的尿液酶也有强化抗癌药物功能的作用,因此,尿液和某些抗癌药结合使用,可防止癌细胞转移和扩散。

变废为宝将是减少污染和解决资源紧缺的一大途径。

锱铢必较

　　中国古代的重量单位是比较复杂的,即使秦始皇统一中国、统一度量衡制度以后,重量单位仍然没有全部采用十进制,1 斤等于 16 两,1 两等于 24 铢,30 斤等于 1 钧,4 钧等于 1 石。至唐朝,把 1 两定为 10 钱,废除了 24 铢等于 1 两的进位制。宋朝时,在原来最小的重量单位"钱"以下增加了十进位的分、厘、毫、丝、忽。当时已经有了相当精密的戥子(称药或贵重物品的衡器,放置被称物的是一个盘子),最大单位是两,最小可称到厘。

　　此外,古代尚有一些特殊的重量单位:锱,1 两的四分之一、锱和铢合在一起表示极为细小的物事,如成语"锱铢必较"、"锱铢较量"。锾,一锾等于六两。镒,合 20 两(另说 24 两或 30 两)。还有一个更为特殊的重量单位"担",1 担等于 100 斤;但它也是一个量词,用于可挑起来的、成担的东西,比如 1 担水、1 担柴火、1 担青菜……它们的重量并不相等,更不等于 100 斤。

　　仅中国一个国家的重量单位就这么复杂,如果世界各国都各行其是,那么相互之间便无法进行全面的文化沟通和公平的贸易。比如欧洲中世纪有一种重量单位叫"谷",它是用一种谷类作物的种子重量作标准的,用在天平上作为最小"砝码"。今天我们购买宝石戒指时常用"克拉"这一重量单位,系从法语 carat 而来(carat的另一意思是"开"——表示黄金纯度的单位)。这一单位最早也

277

是根据一种角果的种子重量确定的。

直至 1889 年,在国际度量衡大会上才确定了世界通用的基本单位"公斤"(确切地说是"千克",符号为 kg,系质量的基本单位,但在生活和贸易中也作重量单位用。在中国,人们习惯于叫公斤),不过也有少数国家至今仍用英制,使用中需要换算。例如英国的磅,1 磅 = 453.592 克;英国的英吨(也叫长吨),1 英吨 = 1 016 千克;美国又弄出个美吨(也叫短吨)来,1 美吨 = 907 千克。

用了将近 130 多年的"公斤"这一单位的定义有可能要作修改,因为在最近一次的定期检测中发现,保存在巴黎国际度量衡局的"1 千克"原器(一个直径和高度均为 3.9 厘米的铂铱合金圆柱体,它有 51 个复制品)尽管被密封在三层透明的钟形罩内,却已经轻了 50 微克,原因是这一原器失去了一部分氢原子。所以今后应该为"千克"确立一个新的定义。办法已经有了:打造一个 1 公斤重的硅球,先用 X-射线测出一个硅原子的体积,然后用激光光谱仪确定整个硅球的体积,用硅球的体积除以硅原子的体积,得出硅球的原子数。将硅原子量乘以硅球的原子数,便得出 1 千克的质量(1 公斤的重量)。这一定义法是建立在原子数基础上的。道理虽然很清楚,但实施非常麻烦,因为硅有很多同位素,且含有不同杂质。不过现在已经找到了一种叫硅-28 的同位素,其纯度达99.99%,用它确定的硅球原子数精确到小数点前 23 位,小数点后8 位。

"斤斤计较"已经是够小气的了,现在还要"锱铢必较",这叫科学精确没商量。

足球不是圆的

　　1997 年,在法国举行了法国杯足球邀请赛(被称为 1998 年同样在法国举行的第 16 届世界杯足球赛的前奏),开幕式的一场比赛是法国队对巴西队。比赛进行至第 21 分钟,巴西队的罗伯托·卡洛斯在离法国队球门 30 米处罚任意球,球从法国队人墙上方一米高越过,往偏离球门的右方飞去。法国队守门员法比安·巴尔泰松了口气,观众都叹息球太偏右了。突然间,球开始往左飞行,速度也加快了,最后从惊得发呆的巴尔泰身边进了球门。巴西队的球迷们在沉默了 3 秒钟后为卡洛斯狂喊猛叫。这一球被作为最佳任意球载入世界足球史。

　　卡洛斯擅长左脚射门,他这一脚踢的是弧形球(亦称香蕉球),弧形球是旋转的,着落前会改变方向,这是一般球员都知道的,但是像这样犹如被一只魔手从右边送到左边而进入球门,是观众和球员万万没有想到的。这个任意球居然让科学家们研究了整整一年,虽然人们早就知道用马格努斯效应(物理学家古斯塔夫·海因里希·马格努斯于 19 世纪在研究炮弹和枪弹的飞行轨迹时发现的一种流体力学中的现象)来解释弧形球(包括乒乓球中的弧形球),但科学家们还是反复观看了现场录像,发现卡洛斯用左脚的外脚背踢球,在向右偏离重心 70％处起脚,球是逆时针旋转的。根据马格努斯效应,当一个旋转物体的旋转角速度矢量与物体飞行速度矢量不重合时,旋转物体会受到一个横向力的作用而偏转飞行轨迹(此处因为球的旋转带动周围空气的旋转,所以右侧的空气速度和压力增加,左侧的空气速度和压力减小,形成一种把球从右推向左的横向力)。卡洛斯射球的速度为 100 公里/小时,使球剧烈旋转,以每秒 10 圈的转速自转。在 30 米的射程中,最后有 4 米以上的轨迹是具有强烈的马格努斯效应的。

卡洛斯也许从来没有听说过马格努斯的名字,然而他的任意球竟然引出了一门所谓的"足球物理学"。足球物理学家门研究出罚任意球时的人墙正确宽度,而且有一个复杂的计算公式,它牵涉到很多变量。

"足球是圆的"——通常没人怀疑。然而许多足球是多角形的,甚至非常多角。卡洛斯罚任意球的那个球有 60 个角,因为那个球是缝合起来的,由 12 块五角形和 20 块六角形的皮缝制而成。缝合的地方以及其他不平之处的空气也会旋转,这就给马格努斯效应添加了增效作用。

在足球史上,足球作过多次改良,从 20 世纪 70 年代以后,足球不再采用牛皮制作,因为牛皮碰到下雨天比赛,重量会增加。到了 2010 年的南非世界杯时,比赛用球"JABULANI"(普天同庆)由足球生产厂阿迪达斯精心制作,球事先经过风道作充分的空气动力学试验,并尽量适应南非的气候特点。球的表面适当增加了粗糙度,以保持飞行轨迹的稳定。尽管已经没有了 60 个角的表面结构,但严格讲仍然不是一个 100% 的球形。可以肯定,用今天的比赛球,卡洛斯当年是踢不进那个任意球的。所以他的"最佳任意球"是不会被人超越的。

最潮女式短发

随着英国超模阿格妮斯·迪恩率先复兴 Pixie 发型（顽童式女子短发），于是维多利亚·贝克汉姆（辣妹）、塞尔维·范德法特（荷兰 MTV 台著名主持人，荷兰足球明星范德法特的妻子）纷纷跟潮，将这一"中性发型"重新推上时尚潮流。而《哈利·波特》中小魔女赫敏的饰演者艾玛·沃特森则于 2010 年夏天抛弃长发、秀出顽童式短发，从而成为全球女性青少年的偶像，被认为是 Pixie 发型在全球大回归的最佳体现者。

20 世纪 20 年代已经出现过女子短发型，但真正的 Pixie 发型兴起于 20 世纪五六十年代，先驱者为著名影星奥黛丽·赫本（《罗马假日》女主演），她于 1952 年在影片中首次剪掉了秀美的长发，带来了意想不到的效果，从此，影坛女明星争相仿效。这一发型的发明者是伦敦的理发师维达尔·沙逊，不少女子渴望从"传统女性美"中被解放出来，沙逊的理发沙龙的大门几乎被这些女子挤破；这一发型后来一直流行至 70 年代。

由于这种女式短发型比较适合于娇小、窈窕的女子，又能给人一种淘气、俏皮的印象，所以英国人冠以 Pixie（小顽童）这一名字，它体现一种迷人的天性。Pixie 源自英国西南部的方言，是童话中的一个形象，后来作为小淘气、小精灵的意思。他喜欢胡闹和捉弄人，有时还会要一点恶作剧，偷走一点东西，或将其放到别的地方……尽管如此,人们仍然喜欢这一"淘气包"形象。

Pixie 发型的特点是周围的头发剪得较短,一般在 5 厘米左右;头顶的头发留得较长,至额前做成明显的刘海,这一片较厚的头发可作多款式处理,比如可非对称地挂在脸上,甚至可遮住一只眼睛。两边的发丝可成缕处理,随意性较强。根据不同的爱好及脸形和肤色特点,短发可染色,通常用手指上发蜡。剪顽童式短发除了夏天凉快以外,主要是可以体现一个女人的个性:有棱有角、却有孩子气、有点逗人和贪玩、诙谐中注入了一些挑剔和难对付的元素,显出较强的自信性。

顽童式女子短发最宜于个子较小、脸形亦小的女子,但和真正的性格其实是不相干的,充其量只是给人一种印象(错觉)罢了。自 2011 年卷土重来的 Pixie,着实又迎来了万种风情,在炎夏中透尽清凉。

做牛要到印度去

　　人类的好帮手——牛在我的心目中是勤劳、听话、苦命的家畜。小时候常听人说："牛最可怜了,在人们要宰杀它时,它会流眼泪的。"所以"做牛做马"在汉语中成为"又苦又累"的意思。当然,牛也有凶悍的时候,那是因为人们惹怒了它,比如西班牙人斗牛的时候。从另一角度来讲,牛也是大、好、强的象征。汉语中不少成语体现了上述意思,如成语"牛鼎烹鸡"(大材小用)、"牛刀小试"(有大才而先在小事上露一手)、"牛马走"(自我谦称:跑跑腿的人。本意为"在皇帝前牛马般奔走的人")、"牛衣对泣"(贫贱夫妻共度苦日子)……在某些国家中,"牛村"即指"穷乡僻壤"。现在的人干脆把"牛"字作形容词用:很牛、牛得很;上涨的股市叫"牛市"。

　　然而在印度,尤其在印度的城市里,做牛一点不苦,那里的牛被奉为神圣,享有一切特权,且不被宰杀。在印度曾经发生过一次因"救牛"而导致火车出轨的灾难:在卡加里亚附近,当列车快到一座大桥时,司机突然来了个紧急"满刹车"——铁轨上站着一头牛。年久而又缺乏维护的铁路经受不了强烈的挤撞负荷,六节满载旅客的列车出轨沉入巴格马蒂河,其中240多名旅客丧生。

　　牛们肆无忌惮地冲进邮局、闯入步行街、在市场偷吃东西、在甜食店"讨取"糕点……没有人赶它们、打它们、蔑视它们;所有的人都相信牛是神圣的。说一个女人的眼长得像牛眼，那是对她的高度赞美（印度女人的眼睛长得确实很大，看来也只有用牛眼来形容了）。

印度北部的北方邦，那儿的养牛者把牛看成家庭成员，让牛一起吃晚饭，它们也有一个食盘，配上米饭、蔬菜和饭后甜品。人们不会将牛卖掉、不会将牛宰掉、不会吃牛肉。在南方的喀拉拉邦有一家饭店老板说，如果牛老了，他就先将牛卖给伊斯兰教徒或基督教徒开的肉铺，然后再将牛肉买回来（他卖牛肉是供基督教徒、伊斯兰教徒等非印度教徒吃的）。好几百年前，执政的印度教曾制定法律：杀牛者被判为"不可接触的贱民"。

人们不禁要问，牛在印度为什么如此神圣。这个问题连印度人也说不清楚，而且说法不一。多数理由都和宗教有关，有的说因为印度教中的毁灭之神是骑牛的；也有的说因为恶作剧之神曾经是放牛的。但却有人反问："保护之神是以猪的形象出现的，为什么猪就不神圣了？"近几年来，印度的科学家们也提出了一些解释：牛是印度人生活中不可或缺的家畜，除耕地外，牛浑身都有经济价值——牛奶为吃素的人们提供蛋白质、钙等养分；牛粪既可作肥料，干后又能作生活燃料，还可以做成地砖（据说有杀虫作用）；用牛粪做成的牛粪饼是生产棒香、肥皂、治皮肤病药的原料……所以牛必须善待。

当然，街上的牛如果放肆到伤人的地步，或者是非法放养的，那么它们也会被城管部门的捕牛队抓走，倘三天之内无人认领，即被送进神牛养老保护院，直至老死。我想，如果牛会说话，也许临死前还要留下一句："来生还要做牛。"

做瓶塞太可惜

一瓶葡萄酒，如果开瓶器对劲儿，用不了半分钟，"嘣"的一声，瓶塞就被取了出来。随着酒尽瓶空，这个软木塞很快又进了垃圾桶。太可惜了！

软木是一种神奇的物质，它的重量轻到几乎可以忽略不计，全身 90％是由空气组成的，一立方厘米的软木约含 4 000 万个小得需用显微镜才能看见的气孔。

我们通常所说的软木，其学名叫木栓（或栓皮），系植物的茎和根生长变粗后处于体表的保护组织，它们的细胞壁含有大量木栓质，细胞腔内除空气外，尚有树脂、鞣质等化合物，软木质轻、不透水、不透气、有弹性、耐压、抗腐蚀，是热、电、声的不良导体，不易与化学药品起作用。国内外所用的软木主要取自于栓皮栎。古罗马人曾将软木粘在凉鞋底下，美国人将软木用在航天飞机的大燃料箱上，装在土星运载火箭的隔热屏中，显然，在 2 000 多年的历史进程中没有发现更合适的材料。

有人做过一个试验，用 800℃的本生灯火焰加热一块 5 厘米厚的压制软木板，经过整整 4 个小时，火焰才钻进这块板。采剥软木用的树被认为是唯一能在森林大火中挺过来的树木，一棵被炭化的"软木树"的树冠很快可以在大火后形成嫩枝和新梢。

"软木树"的寿命最长可达 250 年，在它们生长 25 年后才能收

285

获首批树皮(栓皮),采剥后用400℃的高温蒸汽对软木进行预处理,以改善体积和坚固性;这里,首先是高温使天然树脂溶解,而在冷却时,通过硬化重新将树脂结合起来,软木便成为均质材料。有时,软木甚至被掺入钢筋混凝土,做机场的跑道,能提高机场跑道的抗冻性,坚固性却不受影响。

软木的用途相当广,约有20％的生软木在建筑工业中加工;有10％的生软木被用在制鞋工业、时装业;还用来制作体育用品如棒球、曲棍球、高尔夫球、乒乓球拍、弓、钓鱼工具等。软木可作为抗盐水的贵重材料。在潜艇和军舰中,软木用来包裹蒸汽管道,起阻燃或延时燃烧作用。但奇怪的是,据统计,全世界每年采剥的生软木中,有70％被加工成葡萄酒(或香槟酒)的瓶塞。原因很简单:没有一个领域产生的利润像葡萄酒工业那么高。一只用在较高级的葡萄酒上的瓶塞价值可达一欧元,而一欧元可购置好几磅的压制软木。

栓皮栎等树干生成的栓皮层被采剥后,过一定年限(通常要经过无干扰的25年),经木栓细胞再生,可再次采剥,所以只有在充满商机的地方,人们才会种植新的"软木树"。由此看来,让经营者放弃软木在葡萄酒工业的应用是不现实的。不过葡萄牙里斯本大学的专家们发明了一种"微波辐射扩大软木颗粒体积"的方法,已获得欧洲专利局的发明奖。其实这是一个非常简单的方法,但却远远优于蒸汽法,可扩大细胞体积达85％,使软木变得更轻,而且不用甲醇或氯仿这样的溶剂,远离有毒物质。专家们的下一个目标是:在轻型飞机制造中用软木复合材料代替PVC。

等　待

　　排队等待是人们很不愿意做、但也必须做的事情,因为排队是人类高级进化后形成的自觉行动,是出现在公共场所的应有的文明行为。排队一般发生在服务机构的力量和节奏跟不上被服务者的数量和节奏的时候。但这种本来是文明的行为却因少数人的不文明举动而成为问题。为创造北京奥运会期间文明有序的环境,北京于 2007 年 1 月 18 日作出决定,将每月 11 日定为自觉排队日,之所以选 11 日,是因为 11 象征着先后站着的两个人,要求两人以上应像 11 一样顺序排列。这一决定,地球人全知道了。

　　人们当然希望生活中没有排队等待现象或者减少排队等待时间。1910 年,丹麦电话工程师埃尔朗在解决自动电话设计问题时首次提出了"排队论",后由前苏联、瑞典、美国、英国等科学家不断发展,使之成为适用于各种类型排队问题的现代排队论。排队论又称"随机服务系统理论",是运筹学的一个分支,主要研究随机性的排队现象,包括等待时间、排队长度等概率分布。

　　根据排队论,正常情况下,排队等待的时间是可以通过代入各种因素,用公式计算出来的。但有的因素是没有规律的,笔者曾在某省城火车站改签窗口排队 35 分钟,最后没有办成事情。原因之一:该窗口工作人员操作不够熟练;原因之二:前面有一个旅客手里拿着 27 张车票需改签。等我到了窗口,从里面传出话来,该车次已无坐票。

缩短排队队伍长度和等待时间，主动权往往在服务机构，比如超市增开收银口（但这意味着经营者多付工资）。其次是实行分割制：比如规定购3件商品以下的顾客可在快速收银口付账；只购一张车票且不需咨询的旅客可在快速售票窗口购票；职工食堂可将现金支付和刷卡支付分开……顾客唯一能做的是选一排最短的队伍，然而这并非可靠的做法，因为最短的队伍不等于最快的队伍。倘若所有队伍都很长，各队的长度差别不是太大，那么排在长队的人先轮到的概率通常在50％。有经验的顾客往往身在队中，眼看四方（空的收银口），一听到广播，收银员尚未到位，他们已经站在即将开放的收银口了。

　　排队和办其他事情等待令人心烦，等待者感觉到的等待时间通常为实际时间的2倍，因此许多公交车站、地铁站、火车站、交通信号灯……都设有电子倒计时显示，从心理上消除人们的烦躁。纽约有一幢大楼的管理者时常收到业主的意见书，抱怨等电梯时间太长，这位管理者并没有增加电梯，而是在电梯门旁的墙上安装了镜子，让等电梯的人有足够的时间观察和"欣赏"自己，打此以后不再有人提意见了。美国休斯敦机场到达的旅客总是抱怨等行李时间太长，机场想了一个绝招——通过绕道延长了机舱出口至行李提取处的路程。

　　真正解决排队和等待问题的是近几年推广的快优智能排队和叫号系统，它们在银行、医院、电信营业厅、税务局、工商局、签证处、保险公司等已得到广泛应用。然而眼下社会上毕竟有更多的地方和机构没有条件用这样的系统，面对排队和等待，每个公民尚需不断提高素质，用文明的行为去对待——首先是不要插队。

从柴爿到良材

榉木在我国是优良木材，榉树系榆科落叶乔木，多分布于淮河以南。其实我国居民对榉木应该是很熟悉的，只要经历过房屋装潢的都知道，用来做门套、窗套、护墙壁、踢脚板等贴面材料的通常都是榉木(红榉)，白榉作为花纹搭配用。

在古代的中欧、西欧和北欧，高山上和森林里到处能见到榉树(山毛榉)，这一树种平均占那里森林面积的17％以上，所以榉树被称为"森林之母"。可惜的是，那时候的欧洲人除了知道山毛榉的嫩叶煎出的汁水可食用、嫩叶夹在黄油面包里很好吃以外，就是拿榉木当柴火烧，因为榉木耐烧，热值较高，现代人算过，烧7立方米的榉木所产生的热值相当于8立方米的橡木燃烧时产生的热值。尽管如此，烧得起榉木的家庭一般都是富人家，当时人说别人家很有钱时，用的是这种表达方式："他们家可是烧榉木的。"在英国、瑞典和其他北欧国家，到了圣诞节，家里再穷也要想办法弄几块榉木来烧烧，选一块最大的放到壁炉里(穷人家则放到普通炉子里)。农民还要把烧剩的榉木灰撒到地里，据说这样做新年的收成就好，其实这是有道理的，榉木灰是一种肥料。榉木灰中含有许多钾碱(碳酸钾)，人们还将它收集起来，用土法自制洗涤和去污用的碱。

时间在流逝，榉木从家庭走向社会，但其用途仍然没有跳出

"燃料"的圈子，人们开始用煤以前，在需要热力的工厂（如铁工厂）里便大量烧榉木。车子背上一个烧榉木的小炉子，可解决动力问题。再后来，玻璃厂开始用榉木灰做原料制造一种绿色的所谓"森林玻璃"。另一方面，有人在为榉木的用途另辟蹊径；1842 年，维也纳的细木工米夏埃尔·托内特创造了一种新的木工工艺，他利用榉木的易弯曲性，通过化学-机械途径，将榉木在高温、高压的水蒸气中弯曲成任意形状，从而制作出有名的"维也纳 14 号椅"。当时在全世界销售了 6 千万把这样的椅子，这种椅子后来成为"维也纳咖啡馆"的典型座椅。不久，为了方便和节省运费，一把椅子改成由六小件组成。货收到后，客户自行组装椅子。

　　与此同时，榉木在家具制造方面的功能受到广泛重视，它们从牛奶罐、平底煎锅的长柄、洗衣盆、木碗、木勺等普通居家小件而走向大型家具、镶木地板。今天，榉木因其质地坚硬、有耐水性、纹理清晰美观和细腻均匀而被公认为细木良材，作为高级家具和室内装潢用材，在我国被列为国家一级保护树种。

从油灯到树灯

可以这么说,我的童年是在油灯陪伴下度过的:无论冬夏,每天一清早天还没亮我就跟着祖父起床了,祖父做早饭,掸尘扫地,我则点起油灯练字和温习功课。

自从发明了火,人类生活中的照明就慢慢用到了油灯。《周礼》中提到有专司取火或照明的官职。油灯是以植物油为燃料的照明灯,在中国历史上有着几千年的文明史。受佛教影响,古人提倡一个"素"字,不杀生,油灯多用素油(菜籽油),据说点油灯要做到不让飞蛾扑火。文人常在诗词作品中提到油灯,唐·韩愈《月蚀》诗:"油灯不照席,是夕吐焰如长虹。"油灯别名青灯,因其光青荧,故名。宋·陆游《雨夜》:"幽人听尽芭蕉雨,独与青灯话此心。"青灯黄卷(语出陆游诗)更是道出了文人深夜苦读的孤寂人生。陆游晚年在病中仍关心其子的前途:"但令病骨尚枝梧,半盏残膏未为费。""残膏"是油灯的另一个别名。

电灯的发明结束了油灯的使命,也为人们带来了方便,但是随着人口和用电的不断增长,能源不够用,于是发明了节能灯,然而节能灯也不是十全十美的。一段时间以来,有三位年轻的美国大学教师和编程专家(他们分别是数学家、生物化学家和分子生物学家)在进行大胆创业,他们在从事一个工程,要使路旁的树木成为路灯,成为天然光源,这些树木是通过转基因技术培育的。直接用植物照明，这就更"素"了。为了解决资金问题，他们通过互联网集资平台募集启动资金。

这几位专家的做法十分有趣：凡捐赠 40 美元者可获赠一包 50 粒装发光植物的种子，捐 150 美元者可获一朵夜间发光玫瑰——让人们在自家的窗台上建立"发光植物园"。三位创业者在大学里学过改变基因的方法，设在家里的实验室被称为"地下室实验室"或"车库实验室"，他们三位因此被戏称为"车库发明家"。

"车库发明家"的工程是有根据的，萤火虫身上的虫荧光素通过虫荧光素酶的氧化，以光的形式释放能量。有些海洋动物与夜间发光的海洋细菌共生而"借光"，从而也启发了许多科学家。加利福尼亚大学的科学家们已于 1986 年成功培育了发光烟草，他们将萤火虫的基因转移到烟草植株中，使这些烟草成为发光植物。现在，这三位年轻科学家要将发光细菌的 DNA 转移到已经被破解了基因组密码的植物遗传特征中去。他们先从小型植物着手，比如培养发光盆景，让它们在家里成为灯光源，想法本来是很绿色、很有创意的，是为了寻求新的能源，但是受到另一些环保人士的责疑，他们担心转基因植物会进入大自然而失控，更不放心让大家在未经有关部门批准的家庭实验室里培植发光植物。

然而三位年轻科学家的回答是："我们培养的植物是不能随便在大自然存活的，它们是需要补充额外养料的。"创业者们的更大目标是培养发光树，将发光树栽在路旁直接成为路灯。

地球人的总重量

　　人是地球上最优秀、进化最完善的动物（物种），就这一点而言，人排在所有动物的前面。然而从各种动物和微生物在地球上的总重量来看，人类却落在了第六位，因为有的物种尽管个体重量（单重）很小，但数量很多，加在一起，总重便超过了人；还有的物种虽然数量不及人口，可它们的单重是人的好几倍，于是总重也超过了人。

　　不妨先来说说细菌，地球上细菌无处不在：土壤、空气、水、有机物中和生物体的体内和体表……有的人说起细菌便狭隘地想到使人生病，其实细菌对自然界物质循环很重要。有的细菌能提高土壤的肥力；有的能用来处理污水；有的可用于生产食品（如奶酪、酸奶等）、化学品和药品；有的能用在细菌冶金和石油脱蜡上；只有一部分能引起人和动植物的病害或物品的霉腐。人身上的细菌有体内细菌和体表细菌之分，人对体内细菌具有免疫力，所以体内细菌不仅与人体长期和平共处，而且在保护我们的皮肤或帮助我们消化。如果没有这些细菌，每个人的体重会减轻约 8 克。一个细菌的平均重量约为 0.000 000 000 11 毫克，估计地球上的细菌数量为 5 后面带 30 个零，所以全球细菌的（瞬时）总重量约为 5 500 亿吨，列全球第一名。

　　排在第二名的是蚯蚓。蚯蚓曾被人类误解，19 世纪以前，蚯蚓被当作吃食植物根的害虫；今天人们都知道蚯蚓是对改良土壤起着重要作用的环节动物。除了极地、冰川和荒芜的沙漠外，地球上到处都有蚯蚓。据统计，在一平方米的草地下，约生活着70至1 500条蚯蚓。估算全世界土地中的蚯蚓数量约为36 000兆，它们在地球上的总重量约为1 000亿吨。

人们将第三名的奖状授予了四海为家的双翅目昆虫苍蝇，这些甚至在条件极端恶劣的沙漠地区也能生存的小动物，它们在全世界的总重量为19亿吨。

牛的数量显然没有人口多，但牛的单重是人的几倍，牛与人的数量比为1比5。人类从古代野牛（原牛）培养出100种左右的家牛，全世界约有13亿头牛在为人类忘我献身，它们的总重在12亿吨左右。

聪明勤劳的蚂蚁经常出现在神话或科幻作品中，澳大利亚的土著居民中流传着一种神话，最早是绿蚁创造了世界。小小蚂蚁，不注意的话，也许看不见它们，可是它们的集体重量（11亿吨）竟然大于人类的总重量。所以蚂蚁在某些作品中甚至被描写为人类在地球上的接班人——未来的地球主人。

科学家们将零岁（不满一岁者）至99岁的人分成若干组，最后得出人的平均体重为55公斤。在地球史上，人是很年轻的物种，19世纪，人的总重量几乎翻了一倍，20世纪翻了将近4倍。按68亿的世界总人口算，人类以3.74亿吨左右的总重量排名第六，应该满足了。

了解地球村物种重量的概况，对认识生态平衡、人类和地球的未来是颇有益处的。

电子时代话速记

速记是用特别简单的记音符号和词语缩写符号迅速记录语言的方法。速记记录通常必须经过整理，转写为文字。

速记的起源可追溯到 3 000 多年前，不过从西方传入中国，已经是清朝末期的事情了。通常认为，现代意义上的速记是 1888 年由美国人格雷格发明的。现代速记基本上是字母文字，也包括音节文字（如日文中的元素）和整个词语的简略记号。

19 世纪中期以前，速记往往由一小部分精通书写的精英在使用，他们中有学者、统治者、教会中的专业人员、服务于经济界和管理层中的书记官、文书、录事等。

速记在欧美国家相当流行，法国、意大利、美国等很早开始采用机器速记了。20 世纪 50 年代初，在美国出版了一本名为《格雷格-速记应用教材》的书，书中专门介绍了供左撇子使用的镜对称速记法（从右往左记录的方法，因为有人估计速记对左撇子有一定的难度，事实上是多虑了），可见人们对速记的重视。德国尤其注重速记，在德国的高级中学里普遍开设速记课（作为学生的选修课），所以直至 20 世纪初，许多大学生都会速记，他们把速记文字作为工作文字和起草文字，以速记的方式记录讲座、写研究报告。德国哲学家，现象学的创始人胡塞尔留下了用加贝尔斯贝格系统速记的约 40 000 张哲学手稿。在德国君主制时代及魏玛共和国时期,速记是培养校级军官和司法人员的必修课。人们发现过一张印有巴伐利亚国王路德维希二世肖像的明信片,为了利用有限的空间传递足够多的信息,写信人用速记文字密密麻麻填满了明信片的空白处,足见速记在当时的普及程度。

随着口述录音机、PC机(个人计算机)、文字处理软件的问世以及不断出现的相关发明,信件、报告、讲话不再需要口授,速记作为口述文字记录的意义慢慢开始消失。尽管电脑速记的结果是普通文字信息,不需再作文字转写工作,而且记录和说话能做到同步(现场直播时能在电视屏幕上立即出现字幕)然而在西方不少国家召开议院大会或议会全体会议时,一如既往地采用手写速记。

由于大会现场发生的一切都必须记录到会议纪要中去(包括发言者的每一种姿态、手势、每个动作的特点等),所以发言不作录音,也不用其他技术手段记录,而是采用传统的手写速记。德国总理默克尔如果要发表一个声明或其他议员在发言时,通常有16名速记员投入工作,场上始终有两名速记员在做同样的工作——跟踪所发生的一切,持续时间为5分钟,然后换班。另有一名速记员担任审校,他(她)工作30分钟后换班。换下去的速记员利用空隙时间检查记录的语言精确性和正确性,纠正语法错误,消除说错的话(或口误)。修正稿由发言人亲自过目一遍,并结合审校的意见再检查一次,直至纪要在内容上没有任何疑问。

第二天早上已经可从网上提取纪要,中午即以印刷品问世。据称,联邦德国的议院速记员是世界上速度最快的,全德国只有200名左右拥有这种高水平(500音节/分)的速记员。

动物的方舟

据世界自然保护联盟最新公布的信息,目前已有 17 291 种动物被列入红色清单(因疾病和环境等因素而面临灭种危险的动物清单)。为此,很多动物保护组织都很担心。一些机构启动了拯救濒危动物工程,建立全世界所有动物种类档案库,与此同时,收集和储藏动物干细胞、建立动物细胞库,用于检查和分析各种动物的疾病并进行有效的救护和治疗。

科学家们通过专门的冷冻技术将动物尤其是濒危动物的基因物质冷冻和保存起来,因为干细胞中有着动物的基因密码,储存着所有的遗传信息和几百万年来进化过程的结果。建立动物细胞库的途径之一是和某些动物园进行合作,很多动物园豢养着濒危动物。当一头动物不幸死去了,或者有一头小动物出生了,那么就从刚死亡动物的胰腺或者新生儿胎盘中采集细胞组织试样。试样很小,只有一个分币那么大,但每一份试样包含着几百万个活细胞,而每个细胞都具有完整的基因信息。为了保证不让宝贵的干细胞死亡,必须在 4 小时(最多 8 小时)内将试样送到实验室进行冷藏。

在实验室,把试样组织剪成小块,放入一种含酶的液体中,约一个半小时后,单个的细胞被分解出来,游离在液体中。接着将细胞充进具有营养剂的培养瓶中,把瓶放在孵化箱里 1 至 3 天,细胞很快增殖;人们于是得到越来越多的新细胞,而且在以后需要时还可以继续增殖。现在重新冷冻细胞,尽管增殖过程停止了,但细胞不会死,而是被持久地保存着;不过事先需将细胞灌进带有专门保护剂的小管子,这种保护剂是防止形成冰晶的,使细胞不致受损。冷藏开始时,试样分多级冷却,每分钟降低1℃,直至达到零下80℃,这同样是为了保护干细胞。最后,小管子被装进充有液氮的、温度为零下196℃的超大冷却罐(为了避免搞错,每一个小管子的干细胞试样都要配上数据芯片)。在这种状态下,细胞可保存几十年至几百年,随时可以解冻取用,让细胞继续生活或增殖。

目前,被储存的干细胞首先用来帮助诊断各种动物的疾病,弄清所患的疾病并设法治愈,这对拯救濒危动物尤其具有重要意义。其次,干细胞库对生物技术也有重要作用,许多动物体具有医疗上的特性,比如某些蛙类分泌的毒素可制作止痛剂。有了细胞库,动物细胞可以培养、分析和详细研究,而且很多实验不必再用动物活体来做。再者,为今后诸如禽流感病毒等烈性病原体及对付手段的研究也创造了基础条件。

有人问,干细胞库中冷藏的细胞以后是否可用来克隆已经灭种的动物。对此,科学家们明确表示,他们的研究从来没有考虑到克隆,保护环境和保持大自然的多物种状态是最高原则。再说,克隆的动物是否能真正返回到大自然并生存下去是个大问号,因为孤单克隆的动物是无法在野外经历和学会对生命至关重要的行为模式的。

本能的升华

　　本能是动物在进化过程中形成、通过基因传承而固定下来的行为,对个体和物种的生存具有重要意义。鸡鸭会孵蛋、蜜蜂会酿蜜、鸟类会筑巢……这些都是动物的本能。人类是高等动物,当然有着更多的本能,但是人类经历了超级进化,人类的语言和思想在影响着本能,因此,除初生婴儿外,人类没有纯属本能的行为。

　　婴儿有通过嚎哭达到进食目的的本能,据测最大哭声可达 97 分贝。可口的食物被贪婪地咽下,苦辣的东西被本能地吐出。斗争本能是人的基本本能之一,这里说的斗争包括与人斗、与动物斗、与环境斗。孩子出生后就开始斗争——和兄弟姐妹争夺父母亲的爱抚和关心,而年幼者肯定比较霸道和更有造反精神,这也是本能。为自身的利益而斗争,我们的身体是为斗争的胜利而编好程序的(即胜利本能),当我们取得了胜利,会觉得自己了不起:由脑下垂体分离获得的内啡肽把我们带入一种亢奋的境界,同时封锁疼痛感。

　　和斗争本能相反,人还有一种逃跑本能。它是被科学家称之为"斗争或逃跑-本能"的另一半,这一本能在现代人身上保留得非常完整。他告诉我们什么时候应该"溜走",以免陷入不必要的危险。碰到这种情况,大脑的害怕中心启动:心跳加快、对肌肉增加供氧,人会获得超人的力量,努力逃避危险,从而保存生命。

每一个物种都有自己独特的本能,有一种企鹅,它们的繁衍后代和保护后代的本能是连在一起的。雄企鹅为了求偶,必须表示自己今后有足够的能力保护后代,于是它们大量收集小石头并将这些石头堆在自己的脚前,雌企鹅便选定石头最多的那只企鹅与之交配,因为这些石头是今后用来筑窝和保护幼企鹅的。目前国外有一种观点,让人们不要死死抱住人的繁衍本能。行为学家和环境科学家警告说,如果我们继续毫不犹豫地追随我们的繁衍本能,大自然的针对性"措施"将会把为人类文明而存在的一切都破坏掉。社会学家分析,如果说我们无法控制人口的过度增长,那是因为我们的繁衍欲(繁衍本能)强于我们的思维能力,生存本能尚停留在奴隶社会。

　　人不仅有保护自己、保护自己的亲人(尤其是自己的子女)的本能,而且有保护完全陌生者和非亲非故者的本能。人之所以为人,是因为人还有一种其他物种不具备的"社会本能"——对弱者给予帮助和支持。社会本能使人成为地球上最优秀、最有成就的物种。汶川大地震时,母亲用自己的身躯保护孩子,把生的机会留给孩子;更有不顾自己生命危险而救助同学的老师和学生,这是人身上特有的本能。团结互助是几十万代人成功地生存下来的经典本能,更何况我们是几十万代人的后来人,人的基本本能还会在我们身上继续传承,而其中的社会本能将会随着机制和环境的变化而不断升华。

过年感觉异同

地球人随着地球绕行太阳一周,经历了一年时间,大家都长大了一岁。

又要过年了,过年肯定有过年的感觉。以前过年最开心的是孩子,我也有过这样的幸福时光。孩子们总是盼着过年,我所记得的开心事情真是"莫佬佬"(杭州方言,"非常多"的意思,后传入上海,也被不少上海人吸收和应用):"送灶",旧历 12 月 23 日为祭灶送灶日,每家都要好好与灶君举行一次告别活动——供奉糖圆子或糖年糕、小橘子等,然后用轿子送他上天(把纸糊的红色轿子在天井里烧掉,希望他在玉帝面前多说好话)。"分岁"(除夕祭祖后全家长幼聚餐并祝来年平安),我们家祭祖放在除夕的前一天或前两天,因此就多了一个节目。现在的城市人光吃不祭,也就是单纯的年夜饭,拜年就更不用提了。

我最难忘的是那些有吃有喝有进账(压岁钱)的日子,从年初一开始,在城隍庙前的场地上就摆起了各色摊子、围起了游戏圈子。我喜欢套泥菩萨(出钱换取小藤圈,隔一定距离将藤圈甩出去,套中的菩萨可拿走)。过年前大人们要做很多准备,看着大人们忙活——掸尘、杀鸡鸭、烧鱼肉同样让我兴奋。我们家有个年俗,要煮一大砂锅的"藕富"(用藕、荸荠、红枣等为食材煮的甜食);还要烧一大砂锅的鲞冻肉(黄鱼鲞烧肉),这两样东西可在春节期间细水长流地吃上好几天。

随着人生的进展，读书、工作、成家、立业，自己成了大人，这过年的感觉和儿时的大不一样了。如果说孩子是因为享受而欢乐，那么大人则是因为劳累而渐渐失去过年的感觉。本来我只认为中老年人缺少过年的感觉，没想到现在很多年轻人也找不到感觉。民俗学家说，这是民俗文化的遗失。其实也不尽然。社会条件和物质生活的变化，你想过年，天天可以过。其次，生活节奏的加快和工作压力的增大，人们没有那么多精力和时间去模仿以前的习俗。再说，现代人不是都在提倡简单生活吗？

其实从心理学观点来看，随着年龄的增长，人会觉得时间过得越来越快，每过一年，剩下的生命就少了一年。从自然科学的角度来理解，这种现象和感觉跟人的体温有关。体温影响到人对"活着"的感觉，越冷越觉得自己的时间不多了。青少年的平均体温略高于老年人，老年人容易怕过年。国外有一个老人，每年在新年钟声敲响前约一个小时服用安眠药——不愿听见宣告他离生命终点更近一年的钟声。美国科学家作过试验，让不同年龄段的人说出对时间的感觉，发现才过 3 分钟，老年人都说过了 5 分钟。华盛顿大学的科学家在进行比较后得出结论，认为老年人在上午对时间的感觉（理解力）比较准确，故建议正在变老的人们，把重要的事情放在上午做，并通过参加各种活动减少孤独感。

紫薇花开百日红

大约二十几年前,我在德国出差时结识了一位德国朋友,他对中国文化颇有兴趣(他知道陶渊明爱菊种菊的故事,还知道中国有"出淤泥而不染"的名句),对我也挺热情的,常主动跟我聊天。有一次我对他说起,我很喜欢我下榻的那条小街,尽是两三层的独立房子,矮墙或篱笆上往往攀附着花卉和各种植物,每家的大门也是千姿百态、风格各异;于是,在他的鼓励和帮助下,我完成了一组起名为《门》的照片。有一天去他家里,看到院子里有两棵像灌木又似小乔木的树,开满了我叫不上名字的紫红色花朵,他说,在德国人们都叫"女王花"。

回国后我一直在注意这种所谓的女王花,经过一段时间的观察、核查和比对,我终于明白了,女王花就是中国人所说的紫薇。后来又听一位朋友提到,他的两个女儿,一个名紫珠,另一个叫紫薇。我知道紫珠是紫荆的别名,于是问他为什么用这两个花名,他说紫薇花开百日红,紫荆怒放满枝红。从此,我又加深了对紫薇的印象。

澳大利亚、印度、马来西亚及我国的中部和南部地区是紫薇的原产地,紫薇的花色以紫红为多,亦或有桃红、白色、蓝色、浅紫和紫蓝色的。紫薇花期相当长,6 至 10 月为花盛期,故有百日花之称。紫薇颇有一些奇怪的别名:用手指挠树干,会让人觉得树身在轻微摇动，"薄肤痒不胜轻爪"，人们因此别称紫薇曰"怕痒树"、"痒痒花"、"肉麻树"；年代久远的紫薇树身表皮脱落后不再新生，树干显得十分光滑，连猴子也难以爬上去，于是"猴刺脱"和"猴郎达树"也成了紫薇的别名。

紫薇不仅常被家长们用来替女孩起名，而且在唐时还是中书令（丞相）和中书侍郎官职的代称："开元元年，改中书省曰紫薇省，中书令曰紫薇令……"（《唐书·百官志》）唐代诗人杜牧一生久不得志，后来官居中书舍人，自称"紫薇舍人"。

紫薇生命力强，树龄长（约有 200 年的寿命）。唐以后的帝王官僚多有将紫薇移栽至宫廷或私邸，以此象征帝业和官运长久。虬枝古朴的紫薇，纵然树干多半枯烂，却依然年年吐新枝、发新芽，花开满枝。从夏季到秋季，火红烂漫，连绵不绝，成为历代诗人的咏唱对象。

紫薇花味酸、性寒、微苦，有活血、止血、消肿之功效；紫薇叶可治痢疾；根可治牙痛。紫薇是环保的优良树种，能吸收有害气体，据称每公斤紫薇叶可吸收 10 克有害气体而不危害自身的生存，有利于美化城市、净化空气。对粉尘亦有一定吸附作用，适宜工矿企业种植。

木质坚硬、耐腐蚀的紫薇既是庭院观赏之佳木，又可用来制家具、农具、造纸，做建筑用材、艺术盆景等。

"似痴如醉弱还佳，路压风欺分外斜。"紫薇，象征着高贵佳丽、坚强不屈，难怪历来许多家庭喜欢用作姑娘的名字；我国至少有十个城市选紫薇作市花。

四季风行说短裤

　　和外衣相比,内衣是羞涩的;和长裤相比,短裤是含蓄的。短裤穿在男人身上也许是天经地义的,因为短裤是为男人发明的;但也有人说,是男人强占了裤子(包括短裤),因而逼得女人只好去穿裙子。事实确实如此,曾经有很长一段时间,欧洲的妇女是不许穿裤子的,谁家的老婆要是在家里穿裤子,那就是"反了",也就是老婆做主了;以后"老婆穿裤子"就用来比喻"怕老婆"。可是后来男人渐渐地放弃了(穿在外面的)短裤,一年四季躲在长裤里面,天气再热也要穿长裤,否则就不够绅士。倘若一位男士穿了短裤出席一次宴会、参加一场面试或一次谈判,那就是绝对不文明、不礼貌了。

　　时代变了,规矩也变了,打从女士夺回了穿短裤的权利后,不仅夏天穿,而且反季节穿:寒风凛冽,西装短裤配皮靴。有一年冬天,女式短裤着实流行了一阵子,到了初春,仍在满街作秀。

　　古代,穿在上身的叫"衣",穿在下身的称"裳",我们通常用"衣裳"概括人身上的全部服装,其实这不够全面,忘了重要的一件东西:裤子。古代的"裳"是一种类似于裙子的服装,男女都穿,仅仅用来遮羞,而且前后分片。如果只穿"裳",则需遵守种种礼仪,比如"不能将裳掀开";坐的时候必须"跪坐",让臀部压在足跟上。当时(春秋时期)的裤子是一种无裆无腰的短裤,套在小腿上,所以也叫"胫衣"，胫者，小腿也。穿着这种短裤，隐私部分无遮掩，需用"裳"盖覆。战国时，曾在秦、魏为相的张仪与齐相苏秦志同道合，常一起外出游学，一路上所见所闻随时被记下；有时身边正好无可供记事之物，便"以墨书掌及股里"，回到住处，再转抄下来。可见当时的短裤并不包裹大腿，用料也不讲究，只有有钱人家的绔子才用丝绸做成。"纨绔子弟"即指衣着讲究而不学无术的年轻人，"纨绔"系细绢制成的裤子（"绔"同"裤"）。

公元前6世纪的欧洲出现过齐膝短裤，穿在罩衫或罩裙里面。青铜器时期的日耳曼人、印度日耳曼人和萨尔马希亚人习惯穿短裤加绑腿，这种短裤被看作衬裤，后来渐渐发展成罩裤。

1530年，在西班牙开始流行膝盖以上的短裤，下面穿长袜，开始是贴身短裤，后来演变成宽松的短外裤。稍后，西班牙宫廷里出现了充填麻絮、麸皮或马鬃的夹短裤，裤口收紧，裤身鼓得像个球，也叫南瓜裤、灯笼裤或西班牙裤。直至17世纪，西班牙短裤一直是欧洲的宫廷服装之一。后来，西班牙人自己取消了这种短裤，只有法国的宫廷侍童继续保持着灯笼裤的打扮。

如此看来，冬天穿短裤由来已久，有时候时尚和流行其实是过去事物的周期性重复而已。

过节说送礼

在西方，圣诞节也是一个互相馈赠的节日。一个家庭里最重要和最亲近的家庭成员（父母、孩子、夫妻）以及作为客人围坐在圣诞树旁的人都能在圣诞树上找到一份美好的圣诞礼物。很多家庭为了给家人增加惊喜感和神秘度，将礼物放在扫帚柄里、土豆里或大白菜内。至于圣诞老人走街串巷送礼物，对孩子们来说，更是一件天经地义的开心事。

其实，人类自从进入社会生活后，就没有中断过送礼。送礼是一种古老而人性的礼俗。送礼是在发送一种人类之间爱的信息、尊重的信息和肯定的信息；然而送礼也能变质为一种贬低对方、侮辱对方的行为。好的礼物不但能使收礼者感到由衷的高兴，而且也是送礼者一片真心的表白。倘若某人收到一件梦寐以求、但从未向对方透露过的礼物，那么这件礼物就送得非常成功，说明送礼者十分关注对方，他很可能通过某种渠道打听到对方的意愿。

很多人也许还记得，在物质尚不很丰富、收入还很低的年代，中国的老百姓依然崇尚着春节带礼物走亲戚的习俗。发生过一个很可能是真实的故事，通常亲戚之间在年边就互相约定，初一到哪家、初二上谁家……一般都不希望自己初一去拜访别人，而是喜欢等着甲家先来作客，乙家（自己）于是在年初二提着甲家送来的蛋糕等礼物去造访丙家……不知是年初四还是年初五，丁家或者戊家去向甲家拜年了;等亲戚走后,甲家打开蛋糕时发晕:这蛋糕竟然是他在年初一送给乙家的,所不同的是,蛋糕的部分表面已经长了绿毛——礼俗成了庸俗。

如果不是有意要造成送礼的某种不良后果,那么首先应该注意送礼时的某些禁忌。比如男士不要随便送女士香水,因为把香水送给妻子或最好的女友是一种温馨的表示,其潜台词为:我很想闻闻你。所以说,如果关系并不私密,送香水会被对方误解。送礼时了解一些风俗也很有必要,在新几内亚曾经有一个颇为奇特的风俗:如果一个部落向另一个部落赠送了相当珍贵的礼物,致使另一个部落无以回报,在这种情况下,很可能引起两个部落之间的战争,因为送礼被理解成了恶意的挑衅。古代印第安人中,在某些情况下送礼是一种平衡手段:我送你一些东西,免得你来拿走我的东西,这种送礼是无需回报的。

英国的心理学家们发明了一个鉴定礼物是否出色的公式:PPI＝T＋G＋S＋V＋B。PPI是礼物受欢迎的指数;T为送礼所花的时间,可评0至5分;G即收礼者对礼物的兴趣,可打0至4分;S表示礼物的用途,有0至3分的区别;V乃礼物的价值,任何礼物都给1分;B系礼物的可调换性,统打1分。指数在12以上的礼物是出色的礼物,小于4的礼物是在浪费钱。

西方人认为在一般情况下不应该把食物作为礼物送人(名酒、名雪茄等除外)。礼物的好坏不在于价值(所以上述公式中的价值都是1分)。

圣诞节到了,如果上司对下属的一年工作满意的话,不妨送他们一份礼物;员工可在上司的下一个生日时回敬一件礼物。

一品红与"圣诞花"

　　一品红是冬春之交一种非常美丽的观赏植物，属大戟科，系落叶灌木，下部的叶绿色，花序下的叶却鲜红鲜红，一品红的学名因此叫 Euphorbia pulcherrima（大戟科之最美）。作为盆栽植物布置环境，一品红堪称没商量。近几年来，人们似乎更熟悉"圣诞花"，提起"一品红"，反而不知为何物。其实"圣诞花"这一俗称也是以讹传讹从西方进入我国的，她本来叫"圣诞星"，因其红叶分布得像圣诞星。而圣诞星被看作人们心目中照耀和引导智者抵达耶稣诞生地的明星，欧洲人在圣诞节用纸做的圣诞星来装饰室内外或点缀在圣诞树上。后来，德国移民保罗·埃克在美国经营一品红生意大发其财，他干脆把"圣诞星"称为"圣诞花"。很多人也就跟着这么叫。

　　有的国家俗称一品红为"圣诞星"（或"圣诞花"），有的国家则称"波因塞特"，因为一品红原产墨西哥，19 世纪初，喜欢一品红的美国驻墨西哥大使乔尔·罗伯茨·波因塞特将此种植物带回他的家乡南卡罗来纳州的格林维尔。从此，一品红在美国落户，为纪念这位大使的功绩，英美等国俗称一品红为"波因塞特"。在美国，每年的 12 月 12 日是"波因塞特节"。在法国，一品红也叫"爱之星"。"爱之星"这一名字倒是起源于墨西哥，墨西哥阿兹特克人的统治者蒙特苏马认为一品红的叶子颜色是不幸的阿兹特克女神心碎所滴之血染成的，这一说法一直流传到欧洲，在法国诸侯的宫廷里尤为流行。关于一品红的"红"，在墨西哥还有一种传说：某人向一个印第安人购买一种漂亮的植物，但付钱时他耍了手腕，欺骗了那个印第安人。印第安人便在后面大声诅咒："你的血会洒在叶子上的！"所以一品红的叶子就成了血红的。

有人担心一品红有毒，怀疑其乳状汁水接触到皮肤会引起皮肤轻度发炎，如吃进嘴里会导致消化系统不适。专家指出，能引起上述不适的是野生的大戟科植物，经过几个世纪栽培的一品红，已经不含能导致上述不适的微毒物质；尽管如此，建议不要将一品红放进嘴里，因为一旦量多了，可能也会引起粘膜的轻度发炎和肚子疼。值得注意的是，动物对一品红的反应比人敏感得多。如果兔子、啮齿目动物、猫、狗、鸟类等误食一品红，能引起粘膜发炎、胃肠不适，并伴有痉挛、出血性腹泻、体温下降、心脏节奏障碍等症状。

一品红受人欣赏的是（上部的）叶子，它们多数为大红色，也有浅红色和白色的，更有双色（红色和白色）出现在一株的。一品红的花很小，呈黄绿色，不引人注目。

世间事物的名称，流行的、好听的有时不一定是科学的，"圣诞花"便是其一，它居然让人们忘记了以红叶出名的"一品红"。

失恋之痛

　　时下的新闻节目不乏关于年轻人因失恋而要寻死觅活的报道，观众看到的画面往往是正在高处哭诉着"负情人"的他或她，表示自己已经痛不欲生。失恋确实会导致一些经不起打击和想不开的人萌发死的念头。然而说实在的，因为失恋而去死，实在不值得。

　　广义的失恋还包括另一种现象：对一个女子（或男子）十分渴想，尽管对方已和别人有恋爱关系；或者对方并无恋爱关系，但被许多人追求着，而这位暗恋者又没有勇气去表白，于是非常痛苦、非常嫉妒，忍受着失恋之痛的煎熬。

　　在国外，有人将失恋带来的痛苦称为一种"身心综合征"。本来，失恋是一种常见的现象，几乎所有的人一生中都会经历一次到数次失恋，但根据每个人不同的个性，失恋会导致不同程度的心理和肉体疾痛，严重的会自杀或去杀害曾经的恋人。

　　失恋之痛一般分为四个阶段。阶段Ⅰ：不相信（或不希望）事情是真的。阶段Ⅱ：有了断肠的感觉。阶段Ⅲ：开始寻找新的方向。阶段Ⅳ：有了新的生活方案。

　　一个人一旦陷入了失恋之痛，在他（她）身上往往会出现下列状况：心身医学（研究心理对疾病影响的学科）上的痛苦和问题，如内心不安、思想不集中、头疼、肚子疼、血循环问题、失眠等；无心学习和工作,常常无端出神;对社交不感兴趣,把自己隔绝起来;生活乐趣下降,失去了生活动力和目标;饮食行为障碍,吃饭没有胃口,爱上烟酒;对别人行为粗暴,有对立情绪;意志消沉,萎靡沮丧;有自杀念头。

绝大多数人都能自己克服以上状态,从痛苦中走出来,但需要几个月的时间。倘若情况比较严重,如不能胜任日常工作或有自杀念头,则必须去医院接受治疗。

为什么失恋不仅带来心理折磨,也造成肉体的疾痛呢?为了搞清这一问题,科学家们邀请了几十名近6个月内被恋人抛弃的志愿者(包括男性和女性),这些人皆有心理和肉体痛苦,参与研究。通过测试和拍片,最后分析发现,他们大脑中的两个脑区活度很大,即第二躯体感觉区和(脑)岛皮质后部。第二躯体感觉皮质负责加工来自皮肤、关节和肌肉受体的信息,并为触觉压力、碰触、疼痛、温度等感觉服务。岛皮质是一个至今尚未完全研究清楚的脑区,科学家们估计它具有感觉化学刺激(嗅觉、味觉刺激)以及对疼痛作情感分析的功能。另外专门对志愿者作了疼痛试验:给他们施加试验性热刺激,这种刺激能引起尚能让人接受的疼痛。经比较,发现出现活度的仍然是上述两个脑区。由此可见,感情挫折和肉体受伤的信息是在同样的脑区被加工的,精神和肉体受挫因此都可用一个"痛"字来表达。

通常情况下,失恋之痛总有一天会过去的——时间是良药。但要学会放得下,有道是:"天涯处处有芳草,何必单恋一枝花。"

施粥与慷慨咖啡

食粥是中国人自古以来的饮食习惯之一,粥系用稻米等粮食熬成。食粥通常出于三种原因:家境贫寒食粥、赈灾济贫(被)食粥、养生疗体食粥。历史上的文人墨客记载了生动的食粥百态,汇总成了洋洋中华粥文化:"日典春衣非为酒,家贫食粥已多时"(宋·秦观诗);曹雪芹以"举家食粥酒长赊"自嘲;明张方贤以《煮粥诗》自得其乐。

有人说食粥是一件快乐的事情,诗人们虽穷尤乐。清黄云鹄著有《粥谱》一书,全书收编 234 个条目,综述了粥史、粥宜、粥忌,以及按食材所分的八大粥类,每一条均阐述疗效。

中国食粥史上不能不提的是粥厂和施粥,无论是官办、民(间慈善机构)办,还是私家独办;不管有什么背景目的,在老百姓遇到荒年时节,能向他们递出一碗热粥,这样的行动应该予以肯定。据《燕京岁时纪胜》载,顺天府(北京)广宁门外的普济堂便是一个"冬施热粥夏施茶"的慈善所在。

公益性善举一向是受到全世界人民点赞的爱心行动。第一次世界大战结束后的第三个圣诞节的平安夜,在意大利的那不拉斯,一位将近六十岁、衣衫单薄的老人走过一家咖啡馆,他隔着橱窗看了很久,露出了羡慕的笑容,但还是没有勇气走进去。这一情景被咖啡馆的收银员看在眼里,他很快走出来对这位老人说:"大叔,您需要咖啡吗？请进来。有一位客人已经为您付了钱。"老人高兴地喝着咖啡，同时流下了苦涩的眼泪：他有两个儿子，都在第一次世界大战中阵亡；老伴因贫病于去年去世；家里唯一的亲人是他的女儿，然而她经不起家中一系列不幸的打击，导致精神失常……

老人喝的咖啡是意大利的"慷慨咖啡"。它在意大利已有将近100年的传统历史，起源于第一次世界大战后，起源地便是意大利的港湾城市那不拉斯。当时的那不拉斯民风敦厚，有一批反战的正义人士，他们同情和尊重那些在战争中失去幸福、失去亲人、失去正常生活的人，首先是那些在战争中身心受到严重创伤的人、那些在战争中失去丈夫、儿子、父亲、弟兄的人。他们主张在严寒的冬天向这些人奉献一杯热腾腾的咖啡，让他们感到既暖身，又暖心。于是有人提出了"慷慨咖啡"的倡议：要两杯咖啡，付钱后自己只喝一杯，另一杯留给"需要的人"。这样做既不显眼，又能照顾到更多的人群（比如有的穷大学生）。

"慷慨咖啡"后来逐渐流行到欧洲的其他国家。在金融危机的年代，"慷慨咖啡"在西班牙、葡萄牙、法国、爱尔兰和保加利亚等国家很快复兴起来。眼下，无家可归的人成了"慷慨咖啡"的主要接受者。在法国，参与"慷慨咖啡"活动的咖啡屋的橱窗玻璃上都贴有"在等待的咖啡"标签。有的国家把它称为"悬挂咖啡"（谁来喝，悬而未定）。

人需要温暖，世界需要爱心，热粥也好，咖啡也罢，只要有心，都能抚慰。

致信圣诞老人

　　和中国人过年一样,圣诞节最开心的是孩子,孩子们最喜欢的是圣诞老人。但是圣诞老人到底是谁,这个问题颇多争议。人们通常把尼古拉和圣诞老人混为一谈,而研究民俗的人却认为尼古拉和圣诞老人是两个概念,两者的最大区别在于,圣诞老人是没有历史背景的,而尼古拉确有其人,他于公元 4 世纪生于小亚细亚,家境富裕,父母是虔诚而善良的天主教徒,不幸双双早逝。尼古拉长大后把家产全部用来济贫救世,自己在教会担任神职,在百姓中的形象是个大善人。尼古拉最后担任米拉城的主教,被称为圣尼古拉,民间于是将许多助人为乐、帮困扶贫的故事及传说都和尼古拉挂起钩来。

　　17 世纪,欧洲移民将所有关于尼古拉的事迹和习俗带到了美洲,最后在那儿形成了 Santa Claus(圣诞老人)。在美国,尼古拉和圣诞老人是没有区别的。其实,尼古拉是带有传奇色彩的历史人物,而圣诞老人则是后人塑造的人物形象。然而今天即使在欧洲,圣诞老人的概念也比尼古拉这个名字更为普及,据说这和可口可乐公司的广告攻略有关。把红袍子、白胡子、笑容可掬的微胖老人作为圣诞老人的形象,这是可口可乐公司于 1931 年请人设计的,从此,圣诞老人作为可口可乐公司的"形象代言人"而走向了世界。

　　至今为止,关于圣诞老人的来历和户籍问题仍然众说纷纭,而且许多国家都愿意把圣诞老人与自己国家的历史和传说联系起来。不过对孩子们来讲,问题没有那么复杂,他们只知道可爱的白胡子、红袍子老头是送礼物的圣诞老人。圣诞节在西方国家逐渐成为一年中最重要的送礼节日,有些欧洲国家的孩子们可收到两次圣诞礼物:12 月 6 日获得圣尼古拉的礼物(据民间风俗,圣尼古拉在这一天显圣,并给孩子们送礼物,所以 12 月 6 日也叫尼古拉日)。12 月 24 日轮到圣诞老人送礼物了,可把孩子们乐坏了!

　　长期以来,西方的众多国家在圣诞节期间都要开展一种名叫"致信圣诞老人"的活动,各地的邮局在基督降临节(圣诞节前第四个星期日开始至圣诞节止)期间专门设立"圣诞邮箱",供孩子们投寄"致圣诞老人"的信件。孩子们通常都能收到回信,有的回信是按专门格式的,有的则是回信人亲手写的。不少回信相当漂亮,贴了圣诞节特种邮票,加盖了纪念邮戳。在孩子们的心目中,他们真的能和圣诞老人沟通。这一活动多数由邮政机构承办,也有民间组织协办的,协办组织自称"圣诞老人办公室"或"圣诞老人写字间"等。孩子们在信中往往夹入一张心愿条,年龄较小的孩子希望得到玩具、甜品等。近年来,越来越多的孩子提高了思想境界,他们用自己创作的画向圣诞老人或需要帮助的人倾诉自己的爱心,同时表达他们的非物质愿望:希望生活安定、世界和平、家庭完美、亲人和朋友健康幸福。有的孩子盼望度过一个"白色圣诞节"(雪花飞舞而有诗意的圣诞节),也有的孩子希望来年取得优秀的学习成绩。

　　其实社会需要很多圣诞老人,有条件的人也许都可以学做圣诞老人,将爱心送给贫困的人和需要帮助的人。

脖　子

　　"你们家里谁是头啊?""我呀。""那你妻子干嘛了?""她是脖子。"脖子很重要,头由脖子连接着、支撑着并跟着脖子转。脖子里面有着精密和敏感的"力学结构"——颈椎,颈椎是脊柱的最上面部分。人共有七节颈椎,第一和第二节颈椎分别叫寰椎和枢椎,合称上颈椎,两者之间无椎间盘组织,发病率小于其他 5 节颈椎。

　　通常认为脖子长一点比较美观。缅甸的东南部有一个民族的妇女习惯戴颈饰,这是一个流行了 1 000 年左右的风俗。传说这个民族的祖先是一条有甲壳的母龙,女人们都很崇拜,于是通过戴颈饰(代表甲壳)来纪念。颈饰原来是由许多单个的铜制环圈组成,后来改用一条黄铜带子呈螺旋状缠绕在妇女的脖子上。据说螺旋带通过张力作用能引长脖子,但实际上是沉重的颈饰在往下压迫肩膀。X-光摄片表明,在长期、恒定的压力下,脖颈和肩膀已经变形得很厉害,平肩都变成了斜肩(所谓的美人肩),加深了人们的错觉:脖子变长了、变漂亮了。颈饰一生中要更换几次,每次都要加长一点,到最终卸掉时,颈肌已经松弛和萎缩了。

　　绝大部分哺乳动物和人一样,有七节颈椎。猫头鹰被誉为转头大师,它们的脖子能转动 270 度,一个圆的四分之三。这样的灵活性和它们的颈部解剖结构有关,猫头鹰有 14 节颈椎,对这些"夜间活跃分子"来讲十分重要,因为它们的眼睛不像其他鸟类那样长在头部两侧,而是在正前方。

长颈鹿又是如何稳固它们的脖子和支撑它们的脑袋的？强有力的肌腱是长颈鹿在静止时稳定身体的保障,相反,屈身使它们感到很累,要用到很大的肌力,所以在河边喝水时,它们显得很笨拙。

颈椎病是许多人迟早会碰到的常见病,但有时体征部位不太明确,因为疼痛往往会延伸到肩部和背部。在多数情况下都和颈椎退行性改变及继发性椎间关节退行性改变有关。颈椎退变是不可避免的人生过程,随着年龄的增长,每个人都会经历。但颈椎病是可以预防的。比如暂停始终如一的单调工作,往各个方向放松脖子;改进不利的坐姿和工作姿势;调整睡觉枕头;不要把所有东西都放在伸手可及的地方,这样就自动造就了工作时的运动。有颈椎病的人不应打网球(鉴于该项目单侧对身体施加负荷),不宜游蛙泳,自由泳和仰泳比较合适。颈椎病可采用保守治疗,一般认为,症状缓解即为临床治愈。

比较严重的颈、肩、背疼痛有可能是椎间盘骨折引起。近年来已经成功地实现了手术安装人造椎间盘。新兴的脊椎整形外科不久前还只能施用在腰椎和胸椎上,脖颈处手术难度较大,现在已能用来对付因骨折造成的颈椎体下陷(采用包括摄像头、照明、液囊、人工骨水泥和手术器械在内的微创手术,将椎体抬高复位)。科学家们正在研发由自体活细胞培养的椎间盘组织和软骨组织。估计至正式临床应用大概尚需 10 年时间。

粥天粥地

吃粥好,小时候每逢感冒发热,大人便让我吃粥、忌嘴,除了酱瓜,不给别的菜。吃完发一阵汗,烧退了,身子就舒服了。中国人吃粥源远流长,粥文化内涵丰富,意义深广。影响最大的就数旧历十二月初八的腊八粥了,关于吃腊八粥的起源,正宗的说法是因为释迦牟尼在这一天得道,寺庙皆于是日煮粥供佛,此举后传至民间成俗。

广州人最爱吃粥,早茶宵夜都有粥:皮蛋瘦肉粥、鱼生粥、生滚粥、艇仔粥、及第粥等。艇仔粥最初在珠江的小艇和渡船上出售,后来陆上的小吃店也开始供应。相传清朝广东林召棠中状元后回家拜祖,每日在家用猪肝、猪肚、猪腰煮粥而食。一日,有一位退居广州的老御史前来拜会。状元正在吃粥,御史问吃什么粥,状元答及第粥,并邀御史同食。御史回家后也让厨子如法熬煮及第粥给儿子吃,儿子果然金榜题名。直至今天,孩子考大学前,还有父母煮及第粥给孩子吃的。

借用一个流行词,吃粥的理由有 N 种:中医认为,菊花粥、荷叶粥、芹菜粥、绿豆海带粥等均有降血压的功效。百合粥能润肺、安神、养心;胡萝卜粥对皮肤、眼睛有好处;栗子粥补肾、健胃、活血;天门冬粥有防治喘咳、盗汗、咽喉疼痛的作用……

纵观几千年的吃粥历史,人们吃粥主要还是因为穷,曹雪芹移居北京香山后,长期过着"举家食粥酒常赊"的日子(有的红学家对"赊酒"另有理解:倘若曹公连粥都吃不起,那《红楼梦》的问世恐怕就变成另外一回事了)。封建社会长期以农为本、靠天吃饭的老百姓遇上灾荒年,没有那救命的"一碗粥"是不堪想象的,所以有头脑的统治者和富人便纷纷开设粥厂,赈济灾民,以保社会安定。古代的文人从不同侧面写过食粥的种种感受,明张方贤的《煮粥诗》写得幽默而亲切:煮饭何如煮粥强,好同儿女细商量。一升可作三升用,两日堪为六日粮。有客只须添水火,无钱不必问羹汤。莫言淡泊少滋味,淡泊之中滋味长。

粥吃多了能悟出些道理来。有个寓言说的是天使带着一个老人下地狱参观,老人看到那里放着一大锅热气腾腾的肉粥,而一大群面黄肌瘦的人只是围着看,宁可饿死也不吃粥。天使解释说,勺柄太长,他们无法自己舀来吃。到了天堂,只见那里也有一大锅粥,但那里的人个个肌红肤润、笑容满面。"他们也必须用长柄勺吃粥吗?"老人问。"他们用长柄勺互相喂粥。"英国历史学家阿克顿讲过一个分粥的故事,七个人分一锅粥,指定一人分粥,他每次给自己最多。于是改成轮流负责分粥,每人有一天吃饱,其余六天挨饿。选一公平者分粥吧,开始还行,后来也被人拉拢而不再公正。继而成立分粥委员会和监督委员,然两者经常发生矛盾。终于决定轮流值日分粥,但分粥者只能最后取粥。问题解决了:分粥者必须把七碗粥分得一样多,否则他得到的就是最少的一份。如果说前一故事寓意工作方法问题,那么后者强调的就是一个制度问题了。

粥天粥地,粥,尽可变着花样吃,但办事千万不要搞成"一锅粥"哦。